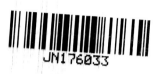

石澤一志著

風雅和歌集　校本と研究

勉誠出版

はじめに

『風雅和歌集』は、花園院監修の下、光厳院の親撰により成立した、第十七番目の勅撰和歌集である。文学史的・歌壇史的な側面からすれば、いわゆる「京極派」の手により成立した、二つ目の勅撰集であるということが、重要であろう。京極派の理論的中心であり、実作面でも全体を指導する立場にあった京極為兼が、伏見院の勅を奉じて単独撰者として編纂撰進し成立したのは、第十四番目の勅撰和歌集である『玉葉和歌集』であった。その伏見院の后妃で、京極派随一の女流歌人である永福門院の膝下で成長し、また伏見院の皇子で、京極為兼に直接教えを受け、その教えに達したことを自負する叔父の花園院という二人の京極派歌人に導かれ、その遺伝子を色濃く受け継いだ光厳院。その手により成立したこの『風雅和歌集』であるが、二つの京極派による勅撰和歌集の名称は、相前後して成立した「二条派」の手に成る勅撰集『続拾遺和歌集』『新後撰和歌集』『続千載和歌集』『続後拾遺和歌集』『新千載和歌集』などと並べてみた時、その違いはまさに文字通り、一目瞭然である。そしてその内容もまた、一読すればその違いは自ずと、鮮やかに立ち上がってくるであろう。

『風雅和歌集』は、それまでの勅撰集とは異なり、天皇・上皇の下命によるのではなく、武家からの執奏を受けて、撰集の業が開始された。これ以降の勅撰和歌集がすべて同様に武家からの執奏を受けて成立したところから、文学史上様々な評価を与えられている。形式的な面のそれはそれとして重要な問題ではあるが、文学作品である以上、あくまで内容面のそれが最も肝要であることを、疑う余地はない。まずは『風雅和歌集』というものの持つ、内容面からの検討こそが重視されなければならない。その為にはやはり、その本文を読むことから全ては始まると言える。

これまで『風雅和歌集』については、諸先学達による様々な研究がなされてきている。その中で最も特筆すべきは、次田香澄と岩佐美代子による『風雅和歌集』（中世の文学、三弥井書店、一九七四）であろう。これにより『風雅和歌集』の本文は、それまで主に提供されてきた江戸時代の板本系の本文から、奏覧本の系統にまで遡り得るものが提供され、より原型に近い姿で読むことが可能となった。これは近代の国文学・日本文学研究が果たした、大きな成果の一つと言うことができよう。しかしながらこの本文にも全く問題がないわけではなかった。さらにそれ以後和歌本文の巨大なデータベースである『新編国歌大観』（角川書店）が刊行された。その便利さ有益さは、計り知れないほど大きなものがある。しかし、こと『風雅和歌集』に関しては、そこで底本として取り上げられた本文とその解題に示された分類は、次田・岩佐『風雅和歌集』の提示したものとは、全く異なるものであった。にもかかわらず、その是非に関する検討はほとんどなされないまま、個々が論文等で引用する本文は、それぞれが使いやすい本文を適宜利用しているだけで、その本文の質やそれを支える諸本の性格、本文系統などについては、ほとんど無自覚に近いのではなかろうか。先人の業績、先行の研究を重んずることは大切なことである。しかし、それを無批判に受け入れ続けることは、学問的態度としては頂けない。ましてや、見解が明確に分かれているにもかかわらず、そのことを問題にしようとすらしない現在の状況は、必ずしも適切な状態とは思われない。

そのような現状に鑑み、十年ほど前から『風雅和歌集』の諸本調査とその本文の異同を確認するという作業を開始した。そのきっかけは、和歌本文の注釈を行うにあたって、拠るべき本文はどれかということを明らかにしよう、というところにあった。全ての文学作品に於いて、身近にある活字本を繙いて事足りるとするような態度は、その入門段階として、まずはその文学作品に触れることを第一義にするというのならばともかく、こと内容表現にこだわった研究——特に「注釈」という行為——を行う場合に関しては、そうはいかない。どのような本文が拠るべきものであるのかということへの自覚、そしてその本文の検討は、決して避けては通れないものである。ましてや、独自の表現がその特徴として言われる京極派の和歌であってみれば、その語句の差異は、たとえ一文字であったとしても、決して忽せにする訳にはいかない。自らが読み解こうとする本文が、果たして正しいもの、適切なものであるのかどうか。もしそれが適切でなかった場合、長い時間をかけて調べ上げた用例の検討や、一首に巡らされた思考的格闘や、複数人による解釈をめぐる熱い議論が行われた末に、辿り着いたと思われた結果が、たった一字の誤読によるものであったことが判明した時、全ては砂上の楼閣として跡形も無く消え去ってしまい、徒労ということにもなりかねない。その後に残るものは、ただただ虚無的な疲労感のみである。また、その誤読にすら気付かなかった場合、それが後世を誤った方向へと導いてしまうという、罪を犯すことにもなろう。その事への畏れの気持ちを研究者は常に抱き続けるべきであろう。基本的なミスが後代を誤らせるようなことは、研究にとっては、本来絶対にあってはならない。本文のありようは、まさにその基本であるが、同時にそれを追求することは、実は研究の究極でもあるのである。

後代を徒に誤らせるようなことにならない為に、その為には出来るだけ良質の、拠るべき本文を提供する必要がある。その思いから、私は調査を始め、その結果をこの本に纏めることとした。当然、私自身が後代を誤らせるようなことのないよう、肝に銘じて執筆したつもりである。誤脱や錯誤は極力少なくするよう努力した。しかしそれでもなお、力不足や不注意から、過ちが生じている可能性がある。その場合御批正頂ければ、謹んで速やかに訂正するにやぶさかでない。また、伝本調査に関しては、写本六十余本（残欠本等を含む）を実見し、現在出来る限りの博捜を尽くしたつもりではあるが、近い将来、新たな伝本や古筆断簡、史料などが出現することは十分に予想される。その時にはそこから新たに判明し追加された結果が、この本で明らかにし思い描いたところと果たして一致するか相違するのかどうか。どのような結果であれ、謙虚にそれらと向かい合いたいと思う。

この本がきっかけとなって、京極派和歌が、より多くの人々の手元に届くようになることを願う。

はじめに……(1)

第一部　校本　風雅和歌集……1

真名序 5／仮名序 7／巻第一　春哥上 11／巻第二　春哥中 22／巻第三　春歌下 37／巻第四　夏哥 49／巻第五　秋哥上 67／巻第六　秋哥中 77／巻第七　秋哥下 89／巻第八　冬哥 102／巻第九　旅哥 124／巻第十　恋哥一 132／巻第十一　恋哥二 142／巻第十二　恋哥三 154／巻第十三　恋哥四 164／巻第十四　恋哥五 176／巻第十五　雑哥上 186／巻第十六　雑哥中 213／巻第十七　雑哥下 232／巻第十八　釈教哥 265／巻第十九　神祇哥 274／巻第二十　賀哥 281

第二部　風雅和歌集　伝本考……289

第一章　諸本解題……293

1　九州大学附属図書館蔵　細川文庫本（五四四―フ―一八）
伝邦高親王筆本（聖護院道興筆）　室町中期写 293

2　京都府立総合資料館蔵　A本（＊甲本）（特―八三一―二三）　近世前期写 294

3　宮内庁書陵部蔵（四〇三―一二）
寛文八年（一六六八）　山田隠士冬木翁奥書本　近世前期写 295

4　静嘉堂文庫蔵　伝正広筆本（一〇四―三七）　室町中期写 295

5　宮内庁書陵部蔵（四〇〇―一〇）　御所本（旧称桂宮本）　近世前期写 296

6　宮内庁書陵部蔵（五〇三―一三）　永禄七年（一五六八）吉田兼右筆本　室町後期写 297

7 宮内庁書陵部蔵（五〇八―二〇八）
明暦三～寛文三年（一六五七～六三）頃　飛鳥井雅章筆本　近世前期写　298
8 国立公文書館蔵　内閣文庫本（三〇〇―一四五）　近世前期写　299
9 京都女子大学図書館蔵（〇九〇―Ta八八―Ki六八二）
谷山茂旧蔵　谷山文庫本（谷山A本）　近世初期写　＊校本　底本　299
10 今治市河野美術館蔵　A本（一二二―七七八）　近世前期写　301
11 今治市河野美術館蔵　B本（一〇一―六八二）　近世前期写　301
12 岡山大学附属図書館蔵　池田家文庫A本（貴九一一―三一―一七、池田）　近世前期写　302
13 岡山大学附属図書館蔵　池田家文庫B本（九一一・一四―四八）　近世後期写　302
14 鹿児島大学附属図書館蔵　玉里文庫本（九一一―一六―二―C）　近世後期写　303
15 吉川史料館蔵本（五六二）　近世中期写　303
16 北野天満宮蔵本（六―二―四二）　近世後期写　304
17 京都女子大学図書館蔵本（KN―九一一・一四五―N73　四六～五〇）　近世後期写　304
18 京都大学国文学研究室蔵本（国文学　Eb・1）　近世初期写　305
19 京都府立総合資料館蔵　B本（＊乙本）（特八三一―一一一―一〇～一三）　近世前期写　305
20 宮内庁書陵部蔵本（四〇〇―七）　近世前期写　306
21 宮内庁書陵部蔵本（C一―九七）　近世前期写　306
22 慶應義塾大学斯道文庫蔵　A本（〇九一―ト三二四―一四）　近世前期写　307
23 慶應義塾大学斯道文庫蔵　B本（〇九一―ト一六四―三七）　近世前期写　307
24 甲賀市水口図書館蔵本（中世―一一・五―一）　近世後期写　308
25 国文学研究資料館蔵本（アニ―一〇―三七～三九）　近世中期写　308
26 国立歴史民俗博物館蔵　A本（H六〇〇―四二二）　近世前期写　309
27 国立歴史民俗博物館蔵　B本（H六〇〇―四二九）　近世前期写　309

28　斎宮歴史博物館蔵本　近世前期写　310

29　専修大学図書館蔵本（A九一一・一―N七三）　近世前期写　310

30　大東急記念文庫蔵本（四一―一〇―二四―三〇一二）　近世前期写　310

31　武雄市図書館・歴史資料館蔵　鍋島文庫本（前編九―一―一二）　近世初期写　311

32　伊達文化保存会蔵本　近世前期写　311

33　多和神社蔵本（中世―一一・五―一）　近世前期写　312

34　鶴見大学図書館蔵本（九一一・一〇一―八　N一七―一、二）　近世前期写　312

35　東京国立博物館蔵　A本（QB―九六一五　五五―三九～四二）　近世後期写　313

36　東京国立博物館蔵　B本（一七〇二）　近世前期写　313

37　東京大学国文学研究室蔵　A本（中世　一一・五―一）　近世前期写　314

38　東京大学国文学研究室蔵　B本（一般　一一・三―一）　近世中期写　314

39　東洋文庫蔵本（三―Fa へ―八八）　近世前期写　315

40　二松学舎大学附属図書館蔵本　近世前期写　315

41　日本女子大学図書館蔵本（Wa―九一一・一〇八―Nij）　近世中期写　316

42　呑香稲荷神社蔵本（一二七）　近世前期写　316

43　仏教大学図書館蔵本（〇九三・一―一〇一）　近世初期写　317

44　蓬左文庫蔵本（一六四・二）　近世前期写　317

45　前田育徳会尊経閣文庫蔵本（八―什上）　近世前期写　317

46　明治大学図書館蔵　A本（〇九九・一　一六一―三）　毛利家旧蔵本　近世前期写　318

47　明治大学図書館蔵　B本（〇九九・三　二一）　毛利家旧蔵本　近世後期写　318

48　目白大学図書館蔵本　近世前期写　319

49　陽明文庫蔵本（近―五三―九）　近世初期写　319

50　早稲田大学図書館蔵　A本（へ四―八〇九九―一七）　近世前期写　319

51　早稲田大学図書館蔵　B本（文庫三〇―D四二一―一～四七）　近世前期写　320
52　久保田淳蔵本　A本　近世前期写　320
53　久保田淳蔵本　B本　近世前期写　321
54　中川博夫蔵本　近世前期写　321
55　濱口博章蔵本　近世前期写　322

真名序

1　久曾神昇旧蔵　風雅和歌集真名序　尊円清書本　323
2　東北大学附属図書館蔵
　三春秋田家旧蔵　風雅和歌集真名序（丙A―一―一一―七三）　尊円筆本　323

残欠本

1　逸翁美術館蔵（〇九〇―Ta八八―Ki六八二）　伝頓阿筆本　南北朝期写　324
2　厳島神社　野坂宮司蔵　伝浄弁筆本　南北朝期写　327
3　京都府立総合資料館蔵本（太宰二九　A特九一一・一四五二―H二八）
　太宰政夫旧蔵　室町末期写　327
4　谷山茂旧蔵本（谷山B本）　近世前期写　327
5　国立公文書館蔵　内閣文庫本（二〇〇―一四三）　近世前期写　328
6　広島大学図書館本（大國―二一九一）　近世前期写　328
7　冷泉家時雨亭文庫蔵本　室町初期写　329

刊本

1　正保四年（一六四八）吉田四郎右衛門尉開板　二十一代集（十三代集）の内　330

2　小型板本　近世前期以降　二十一代集の内　330
第二章　伝本研究と分類……333
第三章　尊円親王筆『風雅和歌集』断簡をめぐって……353

第三部　光厳院　関連論考……373

第一章　伝西園寺実衡筆「書状切」について……375
第二章　『高野山金剛三昧院奉納和歌短冊』（『宝積経要品』紙背）の無署名短冊をめぐって……389
第三章　宸筆『光厳院御集』をめぐって……399
あとがき……411
「校本　風雅和歌集」各句索引……415

第一部　校本　風雅和歌集

凡例

この校本は、京都女子大学図書館蔵（〇九〇―Ta八八―Ki六八二）谷山茂旧蔵、谷山文庫本を底本として、作成したものである。

校合に用いた諸本と略号は、以下の通りである。

九州大学附属図書館　細川文庫本　…　九
京都府立総合資料館　A本　…　府
宮内庁書陵部　冬木翁奥書本　…　冬
静嘉堂文庫本　…　静
宮内庁書陵部　御所本（旧称桂宮本）　…　桂
宮内庁書陵部　吉田兼右筆本　…　兼
宮内庁書陵部　飛鳥井雅章筆本　…　章
内閣文庫本　…　内
正保版本　…　正版

なお、真名序に於いては、以下の二本も校異に加えた。

久曾神昇旧蔵　風雅和歌集真名序　…　久

東北大学附属図書館　風雅和歌集真名序　…北

翻字、及び校異の取り方に於ける方針は以下の通りである。

・漢字は基本的に、通行の字体に改めた。但し、

歌(哥・謌)、余(餘)、舟(船)、波(浪)、川(河)、島(嶋)、峰(峯・嶺)、燈(灯)

などは、書写関係を明らかにする可能性もあると判断し、現時点では、一応区別して翻字した。

・かなづかいは、底本のままとした。「ん」「む」の違いも底本通りとした。

・格助詞「の」の有無は、これを厳密に区別しているとは考えられないことが多く、異同として取らなかった。

・対校本の本文が、ミセケチになっていた場合、明らかに間違いを直したと思われる場合は、訂正された本文の方を取り、元の本文は基本的には示さなかった。しかし、訂正前の本文が、他の異同と共通するような場合は、適宜、原態を示した部分がある。

・作者名注記及び出典注記と思われるものは、異同としては取らなかった。

風雅和歌集序

夫和歌者気象充塞乾坤意想範囲宇宙渾沌[一]未割其理自存人物既生其製遂著風雲草木之[二]赴於機感也万彙入雅興之端思慮哀楽之発於[三]景趣也一心為諷諭之本吟詠性情美刺政教難波津之什者天子之徳也聖人之風始被一朝浅香山之辞者采女之戯也賢者之化已及四方[四]倩憶吾朝之元由自諧二南之餘裕者乎[五]而世迄醲醨人趣浮華不知和歌之実義偏以為好色之媒近代之弊[六]至於益巧益密惟[七]以綺麗彫刻為事竊古語仮艶詞修飾而成之還暗乎大本或以鄙俚庸俗之語直述拙意不知風体所在並以不足観者也淳風質朴情理之本孰不拋此而[八]暗於態度而猥取之者非述作之意閑情巧辞華麗之美何以[九]加旃而牽於興味而苟好之者[一〇]失雅正之体又風采傚高古難兼含蓄之情句

一　未割―未剖府・冬・静・兼・久　未判正版
二　赴―起兼・章・正版
三　景趣―意趣章・正版
四　倩―情正版
五　而世迄―・[而]世迄兼・章　而[祐イ]世迄内
六　至於益巧―至益巧静
七　以綺麗彫刻為事―以綺麗彫刻為本兼・北　以綺麗彫刻為事[本イ]内
八　暗於態度而猥取―暗於態度猥取静・兼
九　加旃―加誨兼
一〇　失雅正之体―告雅正之体内

法欲精微易[一一]入細砕之失[一二]勁直則成怒張之
気妖艶亦有[一三]懦弱之病論其体裁不遑毛
挙[一四]乃如文質互備意句共到者[一五]宜忘言得
旨豈仮筆舌尽乎惣而謂之不達其本源
者多溺彼末流焉只須染志於古風不可仮
歩於邪径者耶三代集以後得其意者
僅[一六]不過数輩其或有昇堂不入室況[一七]項
年以来哉歎息有餘為救此頽風迴温元久
故事適合風雅者鳩集而成編天下[一八]無可棄
之言故[一九]博采偏訪自上古至当世集而録之
命曰風雅和歌集茲惟握図自推運数[二〇]脱
蹤不為神仙猶雖有万機渉諮詢既而得
三漏多間暇[二一]剏復[二二]煙気早収春馬徒逸
華山之風霜刑不用[二三]秋荼空朽草野之
露衆功已興庶績方熙雖片善而必挙傷
一物之[二四]失所故嗟此道久廃俗流不分涇渭
所以有此撰非偏採華詞麗藻兮壮一時之
観専欲挙正風雅訓兮[二五]遺千載之美者也
干時貞和二年十一月九日概立[二六]警策[二七]因記
大綱云爾

一一　入細砕之失―入得細砕之失内
一二　勁直―謹直正版
一三　懦弱―懦《儒歟》弱内
一四　乃如―乃始正版　及《乃イ》如内
一五　宜忘言―宜忌言章・正版　宜忌《忘イ》言内
一六　不過数輩―不過・輩《数》兼
一七　項―頃九・府・冬・静・桂・兼・章・内・正版・久・北
一八　無可棄之言―無可棄之言云北　無可棄之言之内
一九　博采偏訪―博采編正版
二〇　脱蹤―脱蹝久・北
二一　剏復―刻復正版
二二　煙気―煙《烟氛イ》気内
二三　秋荼―秋茶正版　秋蘭内
二四　失所―共所府
二五　遺千載之美―遐遺千載之美府・冬・桂・兼・内・北
二六　警策―敬言以采府
二七　因記―同記府　固記正版

やまとうたはあめつちいまたひらけさるよりそのことわりおのつからあり人のしわささたまりてのちこのみちついにあらはれたり世をほめ時をそしる雲風につけてこゝろさしをのふよろこひにあひうれへにむかふ花鳥をもてあそひて思をうこかすことはかすかにしてむねふかし[一]まことに人のこゝろをたゝしつへし下ををしへ上をいさむすなはちまつりことの本となる難波津の君にそへし歌はあめのしたの風をかけあさか山のうねめのたはふれはよもの民のこゝろをやはらく[二]やまとことはのあさはかなるにゝたれとも周雅の[三]ふかきみちにひとしかるへし[四]かるかゆへに代々のひしりのみかともこれをすてたまはす目に見えぬおにかみの心にもかよふはこの歌なりしかるを世くたりみちおとろへゆきしよりいたつらに色をこのむなかたちとなりて国をおさむるわさをしらすいはむやまたちかき世となりて四方のことわさすたれまことすくないつはりおほ

一　まことに―をのつから府・冬・桂・兼・章　まことに《おのつからイ》内

二　やまとことはの―やまとことの葉の正版

三　ふかきみちに―ふる《かイ》きみちに桂　ふかきみち正版

四　かるかゆへに―故に冬・静・桂・兼・章

くなりにけれはひとへにかされるすかたたくみなるこゝろはせをむねとしていにしへの風はのこらす[五]或はふるきことはをぬすみいつはれるさまをつくろひなしてさらにそのもとにまとふ[六]またこゝろをさきとすとのみしりてひ」なひたるすかたたみたることの葉にて[七]おもひえたる心はかりをいひあらはすたゝしきこゝろすなほなることはゝいにしへの道なりまことにこれをとるへしといへとも[八]ことはりにまよひてしゐてまなはゝすなはちいやしきすかたとなりなむ艶なる体たくみなるこゝろ優ならさるにあらすもし本意をわすれてみたりにこのまはこのみちひとへにすたれ」ぬへしかれもこれもたかひにまよひていにしへのみちにはあらすあるいはすかたたかゝらんとすれはそのこゝろたらすことはこまやかなれはそのさまいやしえんなるは[九]たはれすきつよきはなつかしからすすへてこれをいふにそのことはりしけきことの葉にてのへつくしかたしむねをえてみつからさとりなむおほよ

五　或は―ナシ冬　或兼・章

六　またこゝろを―心を静

七　おもひえたる―思ひみたる正版

八　ことはりにまよひて―ことはりにまとひて内　ことはりまよひて正版

九　たはれすき―たはれす静

そ出雲[一〇]やくもの色にこゝろさしをそめ和歌の」
うらなみに名をかくる人々なかれての世にた
へすしてをの〳〵おもひのつゆひかりをみかき
て玉をつらねことはの花にほひをそへて[一一]に
しきをゝるとのみおもひあへるうちにまことの
こゝろをえて歌のみちをしれる人はなを
[一二]かすゝくなくなむありけるなにはのあしの
[一三]あしよしわけかたくかたいとのひき〳〵にのみ[一四]あら
そひあひてみたりかはしくなりにけりたれ」
かこれをいたまさらんやたゝふるきすかたをし
たひたゝしきみちをまなはゝをのつからその
さかひにいりぬへしそも〳〵むかしはあまつ日
つきをうけてもゝしきの[一五]うちしけきことわさ
にまきれすくしゝをいまはちりのほかはこ
やの山しつかなるすまゐをしめなからなを
あめのしたよろつのまつりことをきゝてつと
におきよはにゐぬるいとまなしゝかるをこの」
ころ八の埏みたれしちりもをさまりて野かひ
のこまもとりつなかす四方のうみあらかりし
波もしつまりてふなわたしするみつきもの

一〇　やくもの色に―八雲の道《色イ》府
一一　にしきをゝる―にしきをる府
一二　かすゝくなくなむ―かすゝくなむ静
一三　あしよし―よしあし府
一四　あらそひあひて―あらそ《あイ》ひわひて内
一五　うちしけき―うち《にイ》・しけき内

たえすなりにけれはよろつのみちのおとろへ
よものことわさのすたるゝをなけくこれに
よりて元久のむかしの跡をたつねて[一六]ふるき
あたらしきことはめにつきこゝろにかなふを
えらひあつめてはたまきとせりなつけて」
風雅和歌集といふこれいろにそみなさけ
にひかれてめのまへの興をのみおもふに
あらすたゝしき風いにしへのみちすゑの世
にたえすして人の[一七]まとひをすくはむかため
なり時に貞和二年十一月九日になむしる
しおはりぬるこのたひかくえらひをきぬ
れははま千鳥ひさしき跡をとゝめうらの
たまもみかけるひかりをのこしてあしはらや」
みたれぬかせ代々にふきつたへしきしま
のたゝしきみちをたつねむのちのとも
からまよはぬしるへとならさらめかも

一六　ふるきあたらしきことは—ふるきあたらしきことのは府

一七　まとひを—まとひ《よイ》を内

風雅和歌集巻第一

春哥上

春たつこゝろをよめる
前大納言為兼
0001 あし引の山のしら雪けぬかうへに春てふけふは霞たなひく

文治六年正月女御入内の屛風に小朝拝
皇太后宮大夫俊成[一]
0002 こゝのへや玉しく庭にむらさきの袖をつらぬる千代の初春

元日宴を
後法性寺入道前関白太政大臣
0003 たちそむる春の光とみゆる哉星をつらぬる雲のうへ人

建仁元年太神宮へたてまつられける百首御哥の中に
後鳥羽院御歌
0004 朝日さすみもすそ川の春の空のとかなるへき世のけしき哉

早春霞をよみ侍ける
後西園寺入道前太政大臣
0005 山のはを出る朝日のかすむより春のひかりは世にみちにけり

初春の心をよませ給ける
伏見院御哥
0006 かすみたちこほりもとけぬあめつちの心も春をゝしてうくれは

春御哥の中に霞
院御歌

一　俊成―俊成女桂

0007 わか心はるにむかへる夕暮のなかめのすゑも山そかすめる
おなしこゝろを　進子内親王

0008 のとかなるけしきを四方にをしこめて霞そ春のすかたなりける
題不知　前中納言定家

0009 なにとなく心そとまる山の端にことしみそむる三か月の影
天暦の御時大きさいの宮にてこれかれ子日して哥よみ侍けるに　大中臣能宣朝臣

0010 みな人の手ことにひける松の葉のはかすを君かよはひとはせむ
子日を　中務　」

0011 野へに出て今日ひきつれは時わかぬ松のすゑにも春はきにけり
若菜をよめる　小弁

0012 けふも猶春ともみえすわかしめし野へのわかなは雪やつむらん
源順

0013 めもはるに雪もあをく成にけりけふこそ野へにわかなつみてめ
題しらす　藤原基俊

0014 春山のさきのゝすくろかき分てつめるわかなにあは雪そふる
源俊頼朝臣

0015 かすかのゝ雪のむらきえかきわけてたかためつめる若菜なるらん
住吉社にたてまつりける百首哥の中に若菜を　」

一　三か月の影―みかの月影内

一　今日ひきつれは―けふ引つれて内

一　さきのゝすくろ―まきのゝすくろ桂　ま《さイ》きのゝすくろ内

皇太后宮大夫俊成

0016 [一]いさやこらわかなつみてむねせりおふる[二]あさゝはをのは里遠くとも

おなしこゝろを

崇徳院御哥

0017 春くれは雪けのさはに[一]袖たれてまたうらわかきわかなをそつむ

前大納言為家

0018 朝日山のとけき春のけしきよりやそうち人も[一]わかなつむらし

百首哥たてまつりし中に春哥

民部卿為定

0019 若菜つむいく里人の跡ならむ雪まあまたに野はなりにけり

霞を

太上天皇

0020 あまのはらおほふ霞のゝとけきに春なる色のこもるなりけり

題しらす

後鳥羽院御哥

0021 まつらかたもろこしかけてみわたせはさかひは八重の霞なりけり

0022 伊勢島やしほひのかたのあさなきに霞にまかふわかの松原

九条左大臣女

0023 ふかくたつかすみの内にほのめきて朝日こもれる春の山のは

前大納言為兼家に歌合し侍けるに春朝を

[一]前中納言為相

0024 いつる日のうつろふ峰は空はれて松よりしたの山そかすめる

承久元年内裏百番哥合に[一]野径霞といふ

一 いさやこら―いさやこゝ正版
二 あさゝはをのは―朝まにをのは桂

一 袖たれて―袖ぬれて桂

一 わかなつむらし―わかなつむらん桂

一 前中納言為相―前大納言為相桂

一 野径霞といふことを―野径霞府・冬

ことを　　順徳院御哥

0025 ゆふつくひかすむすゑのに行人のすけのをかさに春風そ吹

春御哥の中に　　伏見院御哥

0026 ゆふくれの霞のきはにとふ鳥のつはさも春の色にのとけき

題しらす　　前大納言為兼

0027 しつみはつる入日のきはにあらはれぬかすめる山の猶おくの峯

従二位為子

0028 のとかなるかすみの空の夕つくひかたふくすゑにうすき山のは

宝治二年後嵯峨院に百首哥たてまつり
ける時山霞を　　常磐井入道前太政大臣

0029 なかめこしをとはの山もいまさらにかすめはとをき明ほのゝ空

後京極摂政左大臣に侍けるとき家に哥合
し侍けるに暁霞といふことを

前中納言定家

0030 はつせ山かたふく月もほの〲とかすみにもるゝ鐘のをとかな

春哥の中に　　柿本人麿

0031 こらかてをまきもく山に春されは木の葉しのきて霞たな引

紀貫之

0032 みよしのゝ吉野の山の春霞たつをみる〲猶雪そふる

春雪をよませ給ける　　後伏見院御哥

一　霞のきはに―霞軒はに桂　かすむのきはに章

一　しつみはつる―しつみつる章

＊0028歌・作者名を欠く内

一　山霞を―山霞九

一　侍けるに―侍けるとき九

一　人麿―人丸府・冬・静・桂・兼・章・内

一　こらかてを―こらかてに《をイ》桂　こし《らイ》かてを正版

一　猶雪そふる―なをそ雪ふる九

0033 たまらしと嵐のつてにちる雪にかすみかねたる槙のひとむら

後京極摂政左大将に侍ける時家に六百番
歌合し侍けるに餘寒のこゝろをよめる

前中納言定家

0034 かすみあへす猶ふる雪に空とちて春ものふかき埋火のもと

おなし哥合に春水

従二位家隆

0035 春かせにしたゆくなみの数みえてのこるともなきうす氷かな

百首御哥の中に

順徳院御哥

0036 ちくま川春行水はすみにけりきえていくかの峯のしら雪

千五百番歌合に春哥

前大納言忠良

0037 花や雪かすみやけふり時しらぬふしのたかねにさゆる春かせ

春の哥あまたよませ給ける中に早春を

伏見院御哥

0038 春へとは思ふ物から風ませにみゆきちる日はいともさむけし

餘寒のこゝろを

永福門院

0039 朝あらしはそともの竹に吹あれて山のかすみも春さむき比

春雪を

円光院入道前関白太政大臣

0040 かつきゆる庭には跡もみえわかて草葉にうすき春のあは雪

一 たまらしと―たよらしと静

一 春水―春氷九・府・冬・静・桂・兼・章・内

一 数みえて―数すみて桂

一 朝あらしは―あさ風は桂　朝嵐兼　朝嵐《風イ》は内

一 かつきゆる―かきゝゆる九

0041 春もいまたあさるきゝすの跡みえてむら〳〵のこる野へのしら雪
土御門院御哥

題しらす
安嘉門院四条

0042 日影さす山のすそのゝ春草にかつ〳〵ましる下蕨かな

早春柳といふことをよませ給ける
伏見院御哥

0043 春の色は柳のうへにみえ初てかすむものから空そさむけき

題しらす
後伏見院御哥

0044 花鳥のなさけまてをそ思ひこむる夕山ふかき春のかすみに

人麿」

0045 山きはに鴬なきてうちなひき春とおもへと雪ふりしきぬ

よみ人しらす

0046 うちなひき春さりくれはさゝの葉におはうちふれて鴬なくも

鴬のをそくなくとてよめる
道命法師

0047 つれ〳〵とくらしわつらふ春の日になと鴬のをとつれもせぬ

鴬を
源信明朝臣

0048 うくひすの鳴ねをきけは山ふかみわれよりさきに春はきにけり

土御門院御哥

0049 きりにむせふ山の鴬出やらてふもとの春にまよふ比かな」

一　なさけまてをそ—なさけまてこそ正版

一　人麿—人丸府・冬・静・桂・兼・章・内

一　うちなひき—うちなひく内

二　春とおもへと—春とおもへは九　春とおもへと《はイ》内

一　鴬なくも—鴬そなく静　鴬なくも《そなく》府　なくも《そなくイ》冬

一　鴬を—反舌を冬

[一]春の哥よみ侍けるに　正三位知家

0050 たかためそしつはた山の永日に声のあやをる春のうくひす

前大納言為兼

0051 鴬のこゑものとかになきなしてかすむ日影はくれむともせす

徽安門院

0052 つく〳〵となかき春日にうくひすのおなしねをのみ聞くらす哉

題しらす　皇太后宮大夫俊成

0053 [一]わかそのをやとゝはしめよ鴬のふるすは春の雲につけてき

読人しらす

0054 かすみたつ野かみのかたにゆきしかは[一]鴬なきつ春になるらし

0055 梅の花さけるをかへに家居せは[一]ともしくあらし鴬のこゑ

0056 むめの花ちらまくおしみわかそのゝ竹の林にうくひすなくも

[一]嘉元二年後宇多院に百首哥[二]たてまつりける時鴬を　後西園寺入道前太政大臣

0057 さゝ竹のよはにやきつるねやちかきあさけの窓に鴬のなく

文保三年たてまつりける百首哥に　前大納言為世

0058 [一]明ぬれとをのかねくらを出やらて竹の葉かくれうくひすそ鳴

[一]伏見院にめされける[二]五十首哥の中に　従一位教良女

一　春の哥よみ侍けるに―春の歌の中に九・兼・章・内・正版

一　わかそのをやとゝはしめよ―我園を《にイ》宿と《りイ》はしめよ正版

一　鴬なきつ―鴬なきぬ静

一　ともしくあらし―ともしくもあらし九・冬・静・桂・兼・章・内

一　嘉元二年―嘉元々年府

二　たてまつりける―たてまつける静

一　明ぬれと―明ぬれは内

一　伏見院に―伏見院に《より》桂　伏見院より内

二　五十首哥の中に―五十首の中に九

0059 のとかなるかすみの色に春みえてなひく柳にうくひすの声
　春哥の中に　後京極摂政前太政大臣
0060 春の色は花ともいはしかすみよりこほれてにほふ鴬のこゑ
　前参議経盛家の哥合に鴬を　道因法師
0061 花ならて身にしむものは鴬のかほらぬこゑのにほひなりけり
　春哥とて　藤原為基朝臣
0062 梅のはなにほふ春へのあさ戸あけにいつしかきゝつ鴬の声
　梅をよませ給ける　伏見院御哥
」
0063 みちのへや竹吹かせのさむけきに春をませたる梅かゝそする
　延喜十六年斎院の屏風に人の家に女とも
　の梅のはな見あるは山にのこれる雪を見
　たる所　貫之
0064 むめの花さくとしらすやみよしのゝ山にともまつ雪のみゆらん
　題しらす　中納言家持
0065 雪の色をうはひてさける梅の花いまさかりなり見ん人もかな
　梅を　永福門院
0066 山もとのさとのつゝきにさく梅のひとへに世こそ春になりぬれ
　後宇多院御哥
」
0067 二月や猶風さむき袖のうへに雪ませにちる梅のはつ花

一　うくひすの声―うくひの声冬

一　春になりぬれ―春になりぬ《けイ》れ府　春に成け《ぬ》れ静

百首歌たてまつりしに春哥

0068 さきそめて春をゝそしと[一]待けらし雪のうちより匂ふ[二]梅かえ

権大納言公蔭

早春梅といふことを

0069 ふりつみし雪もけなくに深山へも[一]春しきぬれや梅さきにけり

今上御哥

[一]遠村梅を

0070 ひとむらの[一]かすみの底そにほひゆく梅の梢の花になるころ

徽安門院

春歌の中に

0071 梅かえにまつさく花そ春の色を身にしめそむる[一]始なりける

皇太后宮大夫俊成

清慎公家の屏風に

0072 春たちて[一]さかはと思ひて梅の花めつらしみにや人のおるらむ

貫之

梅を

0073 梅の花にほひをとめておりつるに色さへ袖にうつりぬるかな

中務卿具平親王

従一位倫子[一]春日にまうてけるともに侍けるに源[二]兼資梅花を折て車にさしいるとて[三]手も

たゆくおりてそきつる梅の花[四]ものおもひしれ

ともにみむとてといへりければ

[五]赤染衛門

一 待けらし―待くらし内
二 梅かえ―梅かゝ内

一 春しきぬれや―はるしきぬれは桂

一 遠村梅を―遠樹梅を府

一 かすみの底そ―霞の底に九・章・正版

一 始なりける―はしめ成けり桂

一 さかはと思ひて―さかはとおもひし九・府・冬・静・桂・兼・章・内・正版

一 春日に―春○[日]に桂
二 兼資―兼資朝臣静
三 手もたゆく―手もたゆみ静
四 ものおもひしれ―物おもひしれと桂
五 赤染衛門―赤染右衛門兼

0074 山かくれにほへる花の色よりもおりける人の心をそみる
紅梅をよめる　[一]俊頼朝臣
0075 くれなゐのむめかえになく鴬はこゑの色さへことにそありける
題しらす　前大僧正慈鎮
0076 さきぬれは大宮人もうちむれぬ梅こそ春のにほひなりけれ
[一]　後鳥羽院御哥
0077 もゝちとりさえつる春のあさみとり野への霞に匂ふ梅かえ
[一]　[二]人麿
0078 いもかため[一]ほつえの梅を手折とてしつえの露に[二]ぬれにけるかも」
読人しらす
0079 人ことにおりかさしつゝあそへともいやめつらしき梅のはなかも
宝治百首哥の中に梅薫風といふことを　前大納言為家
0080 かすめともかくれぬものは梅の花[一]風にあまれる匂ひなりけり
春歌とてよめる　祝部成仲
0081 むめの花にほふさかりは山かつのしつのかきねもなつかしき哉
夜梅を　中務
0082 にほふかのしるへならすは梅の花くらふの山におりまとはまし
題しらす　前中納言定家」
0083 雲ちゆく雁の羽風もにほふらん梅さく山の在明のそら

一　俊頼朝臣—源俊頼朝臣九・府・冬・静・桂・兼・章・内・正版
一　ナシ—春の御歌の中に九・府・冬・桂・兼・章・内・正版
一　ナシ—たいしらす九・桂・兼・章・正版
二　人麿—人丸府・冬・桂・兼・章・内
一　ほつえの梅を—ほすえの梅を章・正版
二　ぬれにけるかも—ぬれにけるか《哉イ》も桂　ぬれにける哉内
一　風にあまれる—かせにあまきる章

0084
梅か香はまくらにみちて鴬のこゑよりあくる窓のしのゝめ
百首たてまつりし時春の哥　　前大納言為兼

0085
まとあけて月の影しく手枕に梅かゝあまる軒の春風
梅をよみ侍ける　　進子内親王

0086
軒の梅は手枕ちかく匂ふなり窓のひまもる夜半の嵐に
題しらす　　前大納言尊氏

0087
たか里そかすみのしたの梅柳をのれ色なるをちかたの春
題しらす　　院御哥

0088
雨はるゝ風はおり〳〵吹いれてこすのまにほふ軒の梅かえ
春哥の中に　　永福門院内侍

0089
わかなかめなにゝゆつりて梅のはなさくらもまたてちらんとすらん
太上天皇

0090
みるまゝにしつえの梅も散はてぬさもまちとをにさく桜かな
題しらす　　和泉式部

一　百首たてまつりし時春の哥─百首歌の中に九・兼・章・内・正版　百首歌たてまつりし時春の歌府・冬・静・桂

一　かすみのしたの─かすみの○《したの》桂

一　春哥の中に─春の御歌の中に九

風雅和歌集巻第二

春哥中

百首御哥の中に

院御哥

0091 みとりこき霞のしたの山の端にうすき柳の色そこもれる

題不知

権大納言公蔭

0092 春雨にめくむ柳のあさみとりかつみるうちも色そゝひゆく

五十首御哥の中に柳を

伏見院御哥

0093 いつはとも心に時はわかなくにをちの柳の春になるいろ

文保三年後宇多院にたてまつりける百首歌の中に

前大納言為世

0094 ひとかたに吹つる風やよはるらんなひきもはてぬ青柳の糸

柳をよみ侍ける

西園寺前内大臣女

0095 かすみわたるをかのやなきの一もとにのとかにすさふ春の夕風

儀子内親王

0096 ふくとなき風に柳はなひきたちてをちこちかすむ夕暮の春

百首歌たてまつりし時

権大納言公宗母

いつはとも―いつしとも桂　いつはとも《はイ》内

文保三年―元応二年府・冬　文保《元応イ》三年内

をかの―をのか九

夕暮の春―夕暮の春《空イ》内

公宗母―公宗母《女イ》桂

0097 はつかなる栁の糸のあさみとりみたれぬほとの春風そふく
名所柳を　土御門院御哥

0098 船つなくかけも緑になりにけりむつ田のよとの玉のをやなき
春の哥の中に　前大納言為家

0099 ひろさはの池のつゝみの柳かけみとりもふかく春雨そふる
法印定円

0100 芳野河いは波はらふふし柳はやくそ春のいろはみえける
永福門院内侍

0101 春はまつなひくやなきのすかたより風ものとけくみゆるなりけり
権大納言公宗」

0102 雨そゝく柳かすゑはのとかにてをちの霞の色そくれゆく
古集一句を題にて哥よみ侍けるに黄梢新
柳出城墻といふことを　前中納言定家

0103 この里のむかひのむらのかきねより夕日をそむる玉のを栁
柳をよめる　中務

0104 くりかへし年へてみれと青柳のいとはふりせぬ緑なりけり
大江嘉言

0105 きしのうへのやなきはいたくおいにけりいく世の春をすくしきぬらん
人麿」

一　古集―古詩桂　古集《詩歟》内

一　年へてみれと―年へてみれは府・冬

一　すくしきぬらん―すこしきぬらん府・冬

一　人麿―人丸九・府・冬・静・桂・兼・章・内・正版

0106 もゝしきの大宮人のかさしたるしたり柳はみれとあかぬかも
読人しらす
0107 梅のはなさきたるそのゝ青柳はかつらにすへく成にけらしも
貫之
0108 よる人もなきあをやきの糸なれは吹くる風にかつみたれつゝ
春歌の中に　藤原為基朝臣
0109 あさみとり柳の糸のうちはへてけふもしき〱春雨そふる
徽安門院一条
0110 昨日けふ世はのとかにて降雨にやなきか枝そしたりまされる └
春雨を
前大納言為兼
0111 春の色をもよほす雨のふるなへに枯野の草も下めくむ也
土御門院御哥
0112 あさみとりはつしほそむる春雨に野なる草木そ色まさりける
権大納言公蔭
0113 かきくれて降たにまされつく〱としつくさひしき軒の春雨
従三位親子
0114 みるまゝに軒のしつくはまされとも音にはたてぬ庭の春雨
住吉社にたてまつりける百首歌の中におな
しこゝろを
皇太后宮大夫俊成
0115 春雨は軒のいと水つく〱と心ほそくて日をもふるかな └

一　みれとあかぬかも—みれとあかぬか静
一　さきたる—さきたる《けイ》内
一　けふもしき〱—けふもしき《く》〱桂

題しらす
前中納言定家

0116 はるさめよ木葉みたれしむら時雨[一]それもまきるゝかたはありけり

前大納言為兼

0117 さひしさは[一]花よいつかのなかめしてかすみにくるゝ春雨の空

従二位兼行

0118 [一]なかめやる[二]山はかすみて夕くれの軒端の空にそゝく春雨

藤原教兼朝臣

0119 かすみくるゝ空ものとけき春雨にとをき入会の[一]声そさひしき

徽安門院

0120 はれゆくか雲とかすみのひま見えて雨吹はらふ春の夕かせ﹂

春の御哥の中に
後伏見院御哥

0121 春風は柳の糸を吹みたし庭よりはるゝゆふくれの雨

題をさくりて哥よみ侍けるに河上春月といふ
ことを
前大納言為兼

0122 うちわたす宇治のわたりの夜深きに河をとすみて月そかすめる

百首歌たてまつりし時春哥
前大納言実明女

0123 風になひく柳のかけもそことなくかすみふけ行春のよの月

題しらす
永福門院﹂

一　それもまきるゝかたはありけり―それはまきるゝ方も有けり九

一　花よいつかの―花にいつかの章

一　なかめやる―なかめやる《はやイ》内
二　山はかすみて―山はかすまて内

一　声そさひしき―こゑもひさしき章

0124 なにとなく庭の梢は[一]かすみ深て[二]入かたはるゝ山のはの月
同院内侍

0125 閨まても花の香ふかき春の夜の窓にかすめる入かたの月
きゝすをよめる
俊恵法師

0126 狩人のあさふむをのゝ[一]草わかみかくろへかねてきゝす鳴也
題しらす
[一]人麿

0127 あさ霧にしのゝにぬれてよふこ鳥みふねの山を鳴わたるみゆ
喚子鳥を
前大納言[一]尊氏

0128 人もなき深山のおくのよふこ鳥いく声なかはたれかこたへん
[一]百首哥の中に
」

0129 つはくらめすたれのほかにあまたみえて春日のとけみ人かけもせす
太上天皇
題しらす
儀子内親王

0130 はる日かけ世はのとかにてそれとなくさえつりかはす鳥の声々
春の御哥の中に
後二条院御哥

0131 雲雀あかる山のすそ野の夕くれにわか葉のしはふ春風そ吹
永福門院

0132 [一]なにとなき草の花さく野への春雲にひはりの[二]声ものとけき
前大僧正慈鎮
」

一　かすみ深て―かすみふ《かイ》けて桂　かすみかけて内
二　入かたはるゝ―いるかたはるゝ九・内・正版　いりかたはるゝ静・桂

一　草わかみ―草わ《ふイ》かみ内

一　人麿―人丸府・冬・静・桂・兼・章・内・正版

一　尊氏―為氏冬

一　百首哥の中に―百首御歌の中に兼

一　なにとなき―なにとなき《くイ》内
二　声ものとけき―声ものとけ《しイ》内

0133 春ふかき野への霞の下風にふかれてあかる夕ひはり哉
千首歌よみ侍けるに
前大納言為家
0134 かへる雁はねうちかはすしら雲のみちゆきふりは桜なりけり
春の哥とてよめる
従二位家隆
0135 かへるかり秋こし数はしらねとも寝覚の空に声そすくなき
帰雁を
藤原為秀朝臣
0136 わかるらむ名残ならても春の雁あはれなるへき明ほのゝ声
永福門院内侍
0137 入かたの月は霞のそこにふけてかへりをくるゝ雁のひとつら
康資王母
0138 雁かねの花のおりしも帰らむたつねてたにも人はおしむに
春日社にたてまつりける百首哥の中におなし
こゝろを
皇太后宮大夫俊成
0139 なにとなくおもひそをくる帰雁ことつてやらむ人はなけれと
題しらす
西行法師
0140 春になる桜の枝はなにとなく花なけれともなつかしきかな
いまたさかさる花といへることを
俊頼朝臣

一 名残ならても―名残なくても内

一 いへることを―いふ事を九・章・内・正版

0141 めくむよりけしきことなる花なれはかねても枝のなつかしき哉

花をおもふこゝろをよめる　鴨長明

0142 思ひやる心やかねてなかむらんまたみぬ花の面影にたつ　前関白右大臣母

0143 さかぬまの待とをにのみおほゆるは花に心のいそくなるらし

春の哥の中に　朔平門院

0144 さきさかぬ梢の花もをしなへてひとつかほりにかすむ夕暮

花のうたとて　永福門院右衛門督

0145 みるまゝに軒はの花はさきそひて春雨かすむをちの夕くれ

伏見院西園寺に御幸ありて花の哥人々に
よませさせ給けるとき

0146 やとからや春の心もいそくらむ外にまたみぬはつ桜はな　前大納言為兼

題不知　よみ人しらす

0147 うらなひき春はきぬらし山きはのとをき梢のさきゆくみれは　人麿

0148 みわたせはかすかの野へに霞たちひらくる花はさくら花かも

桜を　中納言家持

0149 鶯の木つたふ梅のうつろへはさくらの花のときかたまけぬ

一　さきそひて―さきそひ《めイ》て桂　さき初て初《そひイ》て内
一　西園寺に―西園寺兼
二　人々に―人々静・桂
三　給けるとき―給けるに府

一　はつ桜はな―初さくらかな九・静・兼・章・正版　はつさくらはな《かなイ》府・冬　はつ桜花《哉イ》桂　はつさくらか《花イ》な内

一　人麿―人丸府・冬・静・桂・兼・章・内・正版

一　ときかたまけぬ―ときかたまけ《てイ》ぬ内

0150 春雨にあらそひかねて我やとのさくらの花はさきそめにけり

宝治百首歌の中に見花

後鳥羽院下野

0151 やまさくらまたれ〳〵てさきしより花にむかはぬ時のまもなし

[一]春の哥に

民部卿為定

0152 みよしのゝ芳野のさくらさきしよりひとひも雲のたゝぬ日そなき

光明峰寺入道前摂政[一]左大臣

0153 [一]すみすてし[二]志賀の花そのしかすかにさく桜あれは春はきにけり

従二位家隆

0154 ゆくすゑの花かゝれとて吉野山たれしら雲の種をまきけん 」

後鳥羽院に五十首哥めされけるとき深山花

後京極摂政前太政大臣

0155 かへりみる山ははるかにかさなりてふもとの花も八重のしら雲

題しらす

前中納言匡房

0156 しら雲のやへたつ峰とみえつるはたかまの山の花さかりかも

延喜十四年女一宮の屏風の哥

貫之

0157 やまのかひたなひきわたる白雲はとをき桜のみゆるなりけり

春の哥とて

前中納言定家

0158 いつもみし松の色かはゝつせ山さくらにもるゝ春のひとしほ 」

一 春の哥に―春歌の中に静

一 左大臣―太政大臣桂

一 すみすてし―すみすて《はイ》し内

二 志賀の花その―志賀の山園静

文保三年後宇多院にたてまつりける百首
哥の中に　　後西園寺入道前太政大臣

0159 山とをき霞のにほひ雲の色花のほかまてかほる春かな

春哥の中に　　権大納言公宗女

0160 花かほるたかねの雲の一むらは猶あけのこるしの丶めの空

前参議雅有

0161 はなさかぬやとの梢もなかりけりみやこの春は今さかりかも

花を　　左兵衛督直義

0162 花見にと春はむれつ丶玉鉾のみちゆき人のおほくも有かな

延喜十六年斎院の屛風に人の花の本に
たちてみたるところ　　貫之

0163 やまさくらよそにみるとてすかのねの長き春日をたち暮しつる

天慶四年右大将屛風に山さとに人のはな
見たるところ

0164 またしらぬところまてかくきてみれと桜はかりの花なかりけり

宝治百首歌の中に見花　　従二位行家

0165 さくら花あかぬ心のあやにくにみても猶こそみまくほしけれ

花の哥の中に　　藤原為秀朝臣

一　文保三年―元応二《建保三イ》年府　元応二年冬

一　一むらは―一むらに内

一　兵衛―衛門桂

一　きてみれと―きてみれは府・冬・静・章・正版　きてみれは《とイ》桂

一　あやにくに―あやなくに静

0166
さきみちて散へくもあらぬ花さかりかほるはかりの風はいとはす
伏見院花のころ[一]所々に御幸ありて御覧せら
れけるにさかにてよみ侍ける
永福門院右衛門督

0167
なかめ残す花の梢もあらし山かせよりさきに尋つるかな
春哥とて
前中納言為相

0168
みよしのゝおほみやところ尋みむふるきかさしの花やのこると
桜をよめる
中務

0169
いそのかみ故郷にさく[一]花なれはむかしなからに[二]にほひけるかな
承平五年内裏の御屏風に馬にのりたる人
の古郷とおほしき所に桜の花[一]みる所
貫之

0170
故郷にさけるものからさくらはな色はすこしもあせすそありける
大炊御門右大臣いまた[一]納言に侍けるとき三条の
家の桜[二]さかりなりけるころ人々哥よみ侍けるに
皇太后宮大夫俊成

0171
君かすむやとの梢の花さかり気色ことなる雲そたちける
そのゝち[一]いくはくのとしもへたてす近衛[二]太皇
太后宮立后侍りけるとなむ
宝治百首哥に翫花

一　所々に―所々静

一　花なれは―花なれと九
二　にほひけるかな―匂ひぬるかな桂

一　みる所―みたる所九・府・冬・兼・章・内・正版

一　納言―大納言桂
二　さかりなりけるころ―さかりになりけるころ九・静・兼・章・内・正版

一　いくはくの―いくはく内
二　太皇太后宮―皇太后宮静

前大納言為氏

0172 さくら花いさや手ことにたをりもてともに千とせの春にかさゝむ

花下日暮といへるこゝろを

普光園入道前関白左大臣

0173 すかのねのなかき日影をあしひきの山の桜にあかて暮ぬる

永承五年賀陽院哥合に桜を

藤原家経朝臣

0174 さても猶あかすやあると山さくら花をときはにみるよしもかな

題しらす　西行法師

0175 おなしくは月のおりさけ山さくら花みる春のたえまあらせし

百首歌に　太上天皇

0176 かほりにほひのとけき色を花にもて春にかなへる桜なりけり

春哥とて　前左大臣

0177 のとかなる鶯のねにきゝそめて花にそ春のさかりをはみる

法橋顕昭

0178 誰にかもけふをさかりとつけやらんひとりみまうき山さくら哉

祝部成茂

0179 としことになかめぬ春はなけれともあかぬは花の色やそふらん

寿成門院

0180 けさは猶さきそふ庭の花さかりうつろはぬまをとふ人もかな

一　賀陽院—賀陽門院桂

一　月のおりさけ—月のおもか《リサイ》け桂

一　百首歌に—百首御歌の中に兼

一　かほりにほひ—かほるにほひ府・冬・静

一　のとかなる—長閑《しつかイ》なる内

寛[一]治七年三[二]月十日法勝寺の花御覧しける
次に常行堂のまへにて人々鞠つかうまつり
けるに京極前関白太政大臣まりをたてまつる
とてたつぬときくにさそはれぬと奏し侍ける
御返し　　　　　　　白川院御哥
0181 やまふかくたつねにはこてさくら花なに[一]しこゝろをあくからすらん
高倉院御時内裏より女房あまたいさなひて
上達部殿上人花見侍けるに右京大夫おりふし
風の気あり[一]てともなひ侍らさりけれは花の枝に
つけてつかはしける　　　　　　　小侍従
0182 さそはれぬ心のほとはつらけれとひとりみるへき花の色かは
かへし　　　　　　　建礼門院右京大夫
0183 風をいとふ花のあたりはいか[一]ゝとてよそなからこそ思ひやりつれ」
題しらす　　　　　　　源道済
0184 駒とめてみる[一]にもあかすさくら花おりてかさゝん心ゆくまで
前大納言為家
0185 旅人のゆきゝの岡は名のみして花にとゝまる春の木の本
前参議為実
0186 あすかゐの春の心はしらねともやとりしぬへき花の陰かな」

一　寛治―宝治兼
二　三月十日―二《三イ》月十日桂

一　なにしこゝろを―なにゝ心を府・冬・内　なにし《又イ》こゝろを桂

一　ありて―ありとて章　ありと《てイ》て正版

一　いかゝとて―いかゝして内

一　みるにもあかす―みれともあかす兼

いとさくらのさかりに法勝寺をすくとて
浄妙寺関白前右大臣

0187 たちよらて過ぬとおもへは糸桜こゝろにかゝる春の木の本

花の哥あまたよみ侍ける中に
従二位為子

0188 みぬかたの木すゑいかにとこの里の花にあかても花をこそ思へ

藤原為基朝臣

0189 たつねゆくみちもさくらをみよしのゝ花のさかりのおくそゆかしき

百首歌たてまつりしとき
大納言公重

0190 こえやらてあかすこそみれ春の日のなからの山の花の下みち

遠村花といふ事を
後伏見院御哥

0191 桜さくとをちのむらの夕くれに花折かさし人かへるなり

文保三年後宇多院にたてまつりける百首
哥の中に
前大納言為世

0192 暮ぬとてたちこそかへれさくらかりなをゆくさきに花を残して

花の御哥の中に
伏見院御哥

0193 枝もなくさきかさなれる花の色に梢もをもき春の明ほの

従二位兼行

0194 さかりとは昨日も見えし花の色の猶さきかほる木々のあけほの

一　さかりに―さかり内

一　浄妙寺関白前右大臣―浄明寺関白右大臣静

一　過ぬとおもへは―過ぬとおもへと九・府・冬・静・桂・兼・章・内・正版

一　文保三年―元応《文保三イ》二年府　元応二年冬　文《元イ》保三《二イ》年内

一　花の御哥の中に―花の御歌の中静

従三位親子

0195 花なれやまた明やらぬしの〻めのをちのかすみのおく深き色

伏見院人々に花の歌あまた[一]よませさせ給ける
に

従一位教良女

0196 山のはの月はのこれるしの〻めに麓のはなの色そあけゆく

春朝といふことを

後伏見院御哥

0197 花のうへにさすや朝日の[一]かけはれてさへつる鳥の声ものとけき

進子内親王

0198 [一]ひらけそふ梢の花に露みえてをとせぬ雨のそ〻く[二]朝あけ

夕花を

永福門院

0199 はなのうへにしはしうつろふ夕つくひいるともなしに影きえにけり

伏見院御時[一]五十番哥合に春夕を

従三位親子

0200 つく〱とかすみてくもる春の日の花しつかなる[一]やとの夕暮

同歌合に春風を

前大納言家雅

0201 吹となき霞のしたの春風に花の香ふかきやとのゆふくれ

題しらす

花山院御哥

0202 足引の[一]山に入日のときしもそあまたの花はてりまさりける

一 よませさせ―よませ九

一 かけはれて―空はれて静

一 ひらけそふ―日影そふ静　ひらきそふ内

二 朝あけ―明《朝明イ》ほの内

一 五十番哥合―五十首歌合兼

一 やとの夕暮―春の夕暮静

一 山に入日の―山にいり日の九・桂

伏見院御哥

0203 はなのうへの暮ゆく空にひゝきゝて声に色ある入逢のかね

徽安門院

0204 そことなきかすみの色にくれなりてちかき梢の花もわかれす

進子内親王

0205 山うすき霞の空はやゝ暮て花の軒端ににほふ月影

前大納言為兼家に哥合し侍けるに春夜を

従二位為子

0206 花しろき梢のうへはのとかにてかすみのうちに月そ深ぬる

千五百番哥合に　」

前大納言忠良

0207 峯しらむ梢の空に影おちて花の雲まにあり明の月

春の御哥の中に　後鳥羽院御哥

0208 あたら夜の名残を花に契をきてさくら分いる在明の月　」

一　声に色ある—声も色ある静

一　くれなりて—暮なして府・冬・桂

一　侍けるに—侍ける桂

風雅和歌集巻第三

春歌下

西園寺に御幸ありて翫花といふ題を講せられけるに

後嵯峨院御歌

0209 よろつ世の春日をけふになせりとも猶あかなくに花やちりなん

花の御哥の中に

崇徳院御哥

0210 としふれとかへらぬ色は春ことに花にそめてし心なりけり

花をたつねてともなひ侍ける人につきの日つかはしける

後光明照院前関白左大臣

0211 けふも猶ちらて心にのこりけりなれしきのふの花の面かけ

花の哥に

従二位隆博

0212 あちきなくあたなる花の匂ひゆへうき世の春にそむ心かな

三月に閏ありけるとしよめる

修理大夫顕季

0213 つねよりものとけくにほへ桜花春くはゝれる年のしるしに

千五百番哥合に

前大僧正慈鎮

0214 春のこゝろのとけしとてもなにかせむたえて桜のなき世なりせは

惜花といふことを

後西園寺入道前太政大臣

0215 老か身はのちの春ともたのまねは花もわか世をおしまさらめや

一 花やちりなん―花も散らん冬・正版

一 かへらぬ色は―かはらぬ色は内

一 閏ありける―閏のありける兼

一 のとけくにほへ―のとかににほへ府・静　のとかに匂へ冬

一 花もわか世を―花もわか世も九・兼・章・正版

持明院にうつりすませ給て花の木ともあまた
うへそへられてみとせはかりのゝち花さきたるを御
覧して
　　伏見院御哥

0216 うへわたす我世のはなも春はへぬましてふる木のむかしをそ思
　[一]雨中に花を思といふことをよみ侍ける
　　権中納言定頼

0217 雨のうちにちりもこそすれ花さくら折てかさゝん袖はぬるとも
　源師光家にて人々哥よみ侍けるに花を
　　俊恵法師

0218 おらすとてちらてもはてし桜花この一枝はいへつとにせむ　」
　山家の花を[一]よめる
　　平忠盛朝臣

0219 たつねくる花もちりなはやま里はいとゝ人めやかれむとすらん
　屏風の絵に[一]旅人みちゆくに[二]さくらの花ちる所
　　藤原元真

0220 ゆきてたにいかてとくみん我やとのさくらはけふの風に残らし
　題しらす
　　中納言家持

0221 たつた山[一]みつゝこえこし桜はなちりか過なむ我かへるとき
　花の哥の中に
　　二条院三河内侍

0222 みる人のおしむ心やまさるとて花をは風のちらすなりけり　」

一　雨中に―雨のうちに九・府・章・内・正版　雨中冬

一　よめる―よみ侍ける静

一　旅人みちゆくに―旅人の道行に府
二　さくらの花ちる所―桜の花のちる所を九　桜の花のちる所兼・章・内・正版

一　みつゝこえこし―みつゝこえにし内

宝治百首哥中に落花

0223 雲まよふ風にあまきる雪かとてはらへは袖に花のかそする

藻壁門院但馬

後京極摂政左大将に侍ける時家に六百番哥
合し侍けるに志賀山越をよめる

0224 袖の雪そら吹風もひとつにて花に匂へる志賀の山こえ

前中納言定家

正治二年後鳥羽院にたてまつりける百首哥
の中に

式子内親王

0225 けさみれはやとの梢に風過てしられぬ雪のいくへともなく

千五百番歌合に

皇太后宮大夫俊成女

0226 高砂の松のみとりもまかふまておのへの風に花そちりける

春哥の中に

前中納言為相女

0227 あしからの山の嵐の跡とめて花の雪ふむ竹のした道

落花をよめる

前大納言為兼

0228 ひとしきり吹みたしつる風はやみてさそはぬ花ものとかにそちる

入道二品親王法守

0229 春風のやゝ吹よはる梢よりちりをくれたる花そのとけき

院くらゐにおはしましけるとき南殿の花の比

一 雪かとて―雲かとて正版

一 六百番哥合―六百番の歌合府・冬

一 そら吹風も―空ふく風も《のイ》桂

一 百首哥―百首冬

一 いくへともなく―いくへともなき兼　いくへともなし内

一 院くらゐに―院のくらゐに桂

いらせ給へかりけるをさはる事ありてほとへ
侍けるに花[二]のちり方にたてまつられける
顕親門院
0230 うらみはやたのめしほとの日数をもまたてうつろふ花の心を
御返し
院御哥
0231 あたなれとさきちるほとはあるものを問れぬ花や猶うらむらん
花のころ北山に御幸あるへかりけるをとゝまらせ
給てつきの日つかはさせ給ける
伏見院御哥
0232 たのめこし昨日のさくらふりぬともとはゝや明日の雪の木の本
御かへし
後西園寺入道前太政大臣
0233 花の雪あすをもまたすた[一]のめをきしそのことのはの跡もなけれは
落花をよみ侍ける
従二位為子
0234 梢よりよこきる花をふきたてゝ山もとわたる春のゆふ風
徽安門院
0235 吹わたる春のあらしのひとはらひあまきる花にかすむ山もと
正[一]三位知家
0236 なからへんものともしらて老か世にことしも花のちるをみるらむ
春御哥の中に
後鳥羽院御哥

二　花のちり方に―花ちり方に章
一　たのめをきし―たのめこし《をきしイ》桂
一　正三位―従三位静・兼

0237 我身世にふるの山辺の山さくらうつりにけりなゝかめせしまに
宇治にて山家見花といふこゝろを
大納言経信

0238 しら雲の八重たつ山のさくら花ちりくる時や[一]はなとみゆらむ
[一]百首歌たてまつりしに
入道二品親王尊円

0239 さくら花うつろふ色は雪とのみふるのやま風ふかすもあらなん
落花を
従二位宣子

0240 いかにせむ花も嵐もうき世かなさそふもつらしちるもうらめし
鎌倉右大臣

0241 春ふかみあらしの山のさくら花さくとみしまにちりにけるかな
左京大夫顕輔

0242 ちるはなをおしむはかりや世中の人のこゝろのかはらさるらむ
[一]宝治百首歌に惜花といふ事を
安嘉門院高倉

0243 ひとすちに風もうらみしおしめともうつろふ色ははなの心を
題しらす
前参議教長

0244 ちらさりしもとの心は忘られてふまゝくおしき花の庭かな
百首歌に
前中納言定家

0245 ちりぬとて[一]なとてさくらを[二]恨けむちらすはみましけふの庭かは

一 はなとみゆらむ—花と見るらん府・冬　花をみるらん静
一 百首歌たてまつりしに—百首歌奉し時府・冬・桂・内

一 宝治百首歌に—宝治百首に兼

一 なとてさくらを—なとか《てイ》桜を桂・内
二 恨けむ—おしみけん府

春歌とて　従三位親子
0246 すみれさくみちのしはふに[一]花散てをちかたかすむ野への夕暮
永福門院内侍
0247 ちりのこる[一]花おちすさふ夕くれの山のはうすき春雨の空
閑庭落花を　前中納言清雅
0248 つく〳〵と雨ふるさとの庭たつみちりて波よる花のうたかた
題しらす　藤原為顕
0249 吹よする風にまかせて池水のみきはにあまる花のしらなみ
百首御哥の中に　院御哥
0250 梢よりおちくる花ものとかにて[一]霞にをもき[二]入会の声
三井寺へ[一]まかれりける[二]かへさに白河わたりにもと
すみ侍けるところへよりたりけるに花のみな
[三]ちりにけれは　前大納言公任
0251 ふるさとの花はまたてそ散にける春よりさきに[一]帰ると思へと
花留客といふことを
皇太后宮大夫俊成
0252 尋くる人はみやこをわするれとねにかへりゆく山さくら哉
花哥の中に　太宰大弐重家
0253 根にかへる[一]花とはきけとみる人の心のうちにとまるなりけり

一　花散て―花ちりて冬
一　花おちすさふ―花おちすさむ静
一　霞にをもき―霞そをもき正版
二　入会の声―入相のこゑ《かねイ》桂　入相の鐘《こゑイ》内
一　まかれりける―まかりける九・章・内・正版
二　かへさに―かへるさに府　比かへさに冬
三　ちりにけれは―散けれは兼
一　帰ると思へと―帰ると思へは冬・桂・内・正版
一　花とはきけと―花とはいへと桂

前参議為実

0254 ちる花はうき草なからかたよりて池のみさひにかはつ鳴也

永福門院

0255 たきつせやいはもとしろくよる花はなかるとすれと又かへるなり

水上落花といふことを

従三位頼政

0256 吉野河いはせの波による花やあをねか峯にきゆる白雲

題しらす

法橋顕昭

0257 駒とめてすきそやられぬ清見かたちりしく花や波の関守

雨中花を

後伏見院御哥

0258 雨しほるやよひの山の木かくれに残るともなき花の色かな

山花未落といふことを

大納言経信

0259 うらみしな山のはかけの桜花をそくさけともをそく散けり

花の一枝ちりのこれるを人のそれ折てといひけれはよめる

道因法師

0260 風たにもさそひもはてぬ一枝の花をはいかゝおりて帰らん

題しらす

前中納言定家

0261 おもたかやした葉にましるかきつはた花ふみ分てあさるしら鷺

百首御哥に

院御哥

一　池のみさひに―池の汀に桂

一　きゆる白雲―消る白雪兼　消る白雲《雪イ》内

一　駒とめて―駒とめや内

一　をそく散けり―ちりのこりけり府・冬　ちり残けり桂

0262 やふしわかぬ春とやなれも花のさくその名もしらぬ山の下草

苗代を　安嘉門院四条

0263 山河をなはしろ水にまかすれは田のもにうきて花そなかるゝ

儀子内親王

0264 さくらちる山した水をせきわけて花になかるゝ小田の苗代

九条左大臣女

0265 春の田のあせのほそみちたえまおほみ水せきわくるなはしろの比

百首歌の中に　太上天皇

0266 みなそこのかはつのこゑも物ふりて木深き池の春の暮かた

建保四年百首御哥に」

0267 せきかくる小田の苗代水すみてあせこす波にかはつなく也

後鳥羽院御哥

春の哥の中に　西行法師

0268 ますけおふる荒田に水をまかすれはうれしかほにもなく蛙かな

殷富門院大輔

0269 みかくれてすたくかはつの声なからまかせてけりな小田のなはしろ

蛙鳴苗代といふ事をよめる　前大僧正慈鎮

0270 春の田の苗代水をまかすれはすたく蛙のこゑそなかるゝ

題しらす　伏見院御哥」

一　田のもにうきて—田のもうきて内

一　たえまおほみ—絶まおほき桂

一　百首歌の中に—百首御歌の中に九・兼・内

一　春の暮かた—春の暮哉内

一　せきかくる—せきかはる桂　せきかへる正版

一　みかくれて—みかくれて《にイ》府・冬

一　といふ事をよめる—といふ事を静

0271 さよふかく月はかすみて水おつる木陰の池にかはつ鳴なり

中務

0272 やまふきの花のさかりはかはつなくゐてにや春もたちとまるらん

太神宮へたてまつりける百首歌に款冬を

皇太后宮大夫俊成

0273 むかしたれ[一]うへはしめてか山ふきの名をなかしけむ[二]ゐての玉水

春の御哥の中に

後鳥羽院御哥

0274 芳野河さくらなかれし岩間よりうつれはかはる[一]款冬の花

百首歌たてまつりしとき

大納言公重」

0275 すゑをもる花はさなから水にふして河瀬にさけるゐての款冬

百首の御哥に

順徳院御哥

0276 河の瀬に秋をやのこすもみち葉のうすき色なるやまふきの花

屏風にゐての山吹むら〳〵みゆる家の河のきし
にも所々やまふきありおとこまかきにより
てせうそこいひたるところ

壬生忠見

0277 おりてたに行へき物をよそにのみみてや帰らんゐての山ふき

朱雀院の御屏風の絵にいけのほとりに款冬
さくらさけり女すたれをあけてみてたてり」

一　うへはしめてか―うへはしめたる九・兼・章・正版　うへはしめたる《てかイ》内
二　ゐての玉水―ゐての玉川府

一　款冬の花―山ふきのいろ九・兼・章・正版　山吹の花《色イ》内

藤原元真

0278 我やとのやへ山ふきはちりぬへし花のさかりを人のみにこぬ

題しらす　よみ人しらす

0279 鴬のきなく山ふきうたかたも君かてふれす花ちらめやも

亭子院哥合に　藤原興風

0280 吹風にとまりもあへすちるときはやへ山吹のはなもかひなし

春の御哥の中に　後鳥羽院御哥

0281 やまふきの花の露そふ玉河のなかれてはやき春の暮哉

日吉社にたてまつりける百首歌に　前大僧正慈鎮

0282 春深き野寺たちこむるゆふ霞つゝみのこせる鐘のをと哉

暮春のこゝろを　伏見院御哥

0283 かすみわたるとをつ山辺の春の暮なにのもよをす哀ともなき

三条関白こもりゐて侍けるころ家の藤のさき[一]はしめたるをみてよみ侍ける[二]　前大納言公任

0284 年ことに春をもしらぬやとなれと花さきそむる藤もありけり

朝藤といふことを　前大僧正覚円

一　さきはしめたるを―さきそめたるを府・冬・兼
二　よみ侍ける―よめる静

0285 むらさきの藤さく比の朝くもりつねより花の色そまされる
題しらす　俊頼朝臣

0286 ふくかせにふちえの浦をみわたせは波は梢のものにそ有ける
従二位成実

0287 藤の花おもへはつらき色なれやさくとみしまに春そくれぬる
春の御哥の中に　永福門院

0288 ちりうける山のいはねのふちつゝし色になかるゝ谷川の水
百首哥たてまつりしとき　前大納言実明女

0289 つゝしさく片山かけの春のくれそれとはなしにとまるなかめを
樵路躑躅といふ事を　前大僧正慈鎮

0290 山人のつま木にさせるいはつゝし心ありてや手折くしつる
題しらす　後伏見院御哥

0291 なにとなくみるにも春そしたはしきしはふにましる花の色々
暮春浦といふことを　前大納言為兼

0292 春の名残なかむる浦の夕なきにこきわかれゆく船もうらめし
百首歌の中に　太上天皇

0293 此ころのふちやまふきの花さかりわかるゝ春もおもひをくらん

一 ふちえの浦を—ふちこのうらを正版
一 従二位成実—兵部卿成実九・府・冬・兼・章・内・正版
一 実明女—実為女府
一 百首歌の中に—百首御歌の中に兼

進子内親王

0294 [一]春もはやあらしのするゑに吹よせて[二]いはねの苔に花そのこれる

春哥の中に　藤原教兼朝臣

0295 花のゝちも春のなさけはのこりけり在明かすむしのゝめのそら

春のくれによめる　殷富門院大輔

0296 身にかへてなになけくらむ[一]大かたはことしのみや[二]は春にわかるゝ

藤原長能

0297 行てみん深山かくれのをそさくらあかす暮ぬる春の形見に

三月晦日人々[一]歌よみけるに」　俊頼朝臣

0298 とゝまらむことこそ春のかたからめゆくゑをたにもしらせましかは

やよひのつこもりに花はみな四方のあらしにさそはれてひとりや春のけふはゆくらんと法印静賢[一]申て侍けるに　皇太后宮大夫俊成

0299 おしと思ふ人のこゝろしをくれねはひとりしもやは春のかへらむ

三月尽のこゝろを　貫之

0300 こむとしもくへき春とはしりなからけふのくるゝはおしくそありける」

一　春もはや—花《春イ》もはや内
二　いはねの苔に—いはねの草に静

一　大かたは—大方に静
二　春にわかるゝ—春はわかるゝ静

一　歌よみけるに—歌よみ侍けるに静

一　申て侍けるに—申て侍るに桂

風雅和歌集巻第四

夏哥

後鳥羽院よりめされける五十首歌の中に

後京極摂政前太政大臣

0301 きのふまてかすみしものをつの国の難波わたりの夏の明ほの

[一]首夏を

後伏見院御哥

0302 春くれしきのふもおなし朝みとり今日やはかはる夏山の色

宝治百首哥の中におなしこゝろを

前大納言為家

0303 夏きてはたゝひとへなる衣手にいかてか春をたちへたつらむ

正治二年後鳥羽院にたてまつりける百首
哥の中に

式子内親王

0304 さくらいろの衣にも又わかるゝに春をのこせるやとの藤波

百首御哥の中に更衣を

後二条院御哥

0305 桜色の衣はうへに[一]かふれとも心に春をわすれぬものを

四月のはしめによませ給ける

院御哥

0306 花鳥の[一]春にをくるゝなくさめに[二]まつまちすさふ山ほとゝきす

後鳥羽院にたてまつりける五十首歌の中に

一 首夏を―首夏章

一 かふれとも―かふ《は》れとも桂　かゆれとも内

一 春にをくるゝ―青葉にくるゝ《春にをくるゝイ》桂

二 まつまちすさふ―まつ待さすふ静

従二位家隆

0307 ほとゝきすまつとせしまに我やとの池の藤なみうつろひにけり

千五百番哥合に

前中納言定家

0308 時しらぬ里は玉河いつとてか夏のかきねをうつむしら雪

前大納言[一]兼宗家哥合に卯花を

前大納言経房

0309 あさまたき卯花山をみわたせは空はくもらてつもるしらゆき

[一]題しらす

前大納言為兼

0310 夏あさきみとりの木たち庭とをみ雨ふりしむる日くらしの宿

夏朝雨といふ事を

権大納言公宗

0311 うすくもる青[一]葉の山の朝あけにふるとしもなき雨そゝくなり

[一]夏哥に

後一条入道前関白左大臣

0312 もろかつらまた二葉よりかけそめていく代かへぬるかもの瑞籬

院に[一]三十首歌めされける時[二]葵

兵衛督

0313 あはれとや[一]神もみあれにあふひ草二葉よりこそ憑そめしか

宝治百首歌の中に[一]待郭公

前大納言為家

0314 あふひ草かさす卯月の時鳥人のこゝろにまつかゝりつゝ

一　兼宗家—兼宗静・桂

一　題しらす—ナシ府

一　青葉の山の—青のゝ山の静

一　夏哥に—夏歌の中に府

一　三十首歌—三十首静
二　葵—葵を内

一　神もみあれに—神もみあれの兼

一　待郭公—郭公桂

鷹司院按察

0315 [一]我ためのこゑにもあらしほとゝきす[二]かたらへとしもなと思ふらむ
四月はかりに[一]人のもとにいひやりける
[二]源頼実

0316 まちわひて聞やしつると郭公人にさへこそとはまほしけれ
郭公をよめる
刑部卿頼輔

0317 としをへておなし声なるほとゝきすきかまほしさもかはらさりけり
徽安門院

0318 年をへて[一]おなし鳴ねを時鳥なにかはしのふなにかまたるゝ
百首哥たてまつりしとき
左兵衛督直義

0319 い[一]つとてもまたすはあらねとおなしくは山ほとゝきす月になかなむ
権大納言公蔭

0320 ほとゝきすさやかにをなけゆふつくよ雲まの影はほのかなりとも
後嵯峨院に三首歌たてまつりけるに河郭公
前大納言資季

0321 石はしる滝つ河なみ[一]おちかへり山ほとゝきすこゝになかなむ
郭公を
前大納言為兼

0322 おりはへていまこゝになく郭公きよくすゝしき声の色かな
[一]右近大将道嗣

一 我ための―わかために府
二 かたらへとしも―かたらひとしも桂
一 人のもとに―人のもと兼
二 源頼実―源頼賢[実イ]桂

一 おなし鳴ねを―おなしねをなく九

＊0320・0319の順府・冬
一 ナシ―「百首歌奉し時」兼

一 おちかへり―落かへり冬　立かへり静

一 右近大将―左近大将静

0323 待えてもたとるはかりの一こゑはきゝてかひなきほとゝきす哉

里時鳥といふことを　　入道二品親王尊円

一　きゝてかひなき―やかてかひなき府・冬

0324 呉竹のふしみのさとのほとゝきすしのふ二代のことかたらなん

伏見院に三十首哥たてまつりける時聞郭公　　前大納言為兼

一　聞郭公―郭公内

0325 ほとゝきす人のまとろむ程とてや忍ふるころは深てこそなけ

題不知　　前中納言為相

一　忍ふるころは―しのふるこゑは府・冬・静

0326 わかためときゝやなさまし時鳥ぬしさたまらぬをのかはつねを

堀河院にたてまつりける百首哥に郭公を　　京極前関白家肥後

一　百首哥に―百首に内

0327 山ふかく尋きつれはほとゝきすしのふる声もかくれさりけり

夏哥の中に　　前中納言定家

一　尋きつれは―たつねきぬれは桂

0328 わすられぬこそのふるこゑ恋〳〵て猶めつらしきほとゝきす哉

連夜待郭公といふことを　　俊頼朝臣

0329 ほとゝきすまつ夜のかすはかさなれと声はつもらぬ物にそ有ける

聞時鳥を　　前参議俊言

一　聞時鳥を―聞時鳥府・静・桂・兼

0330 ほとゝきすあかぬ名残をなかめをくる心もそらにしたひてそ行

藤原為基朝臣

0331 猶そまつ山時鳥ひところゑのなこりを雲にしはしなかめて
鎌倉右大臣

0332 あしひきのやまほとゝきす深山いてゝ夜ふかき月の影に鳴なり
正治二年後鳥羽院にたてまつりける百首
哥の中に
式子内親王

0333 ほとゝきす横雲かすむ山のはの在明の月に猶そかたらふ
夏の御哥の中に
伏見院御哥

0334 郭公なこりしはしのなかめよりなきつる峯は雲あけぬなり
ひえの山にあひしりたる僧のさとへ出はかならす
をとせむとちきり侍けるに里にはいてなからをと
せす侍けれは四月十日ころにつかはしける
祝部成仲

0335 里なるゝ山ほとゝきすいかなれはまつ宿にしもをとせさるらん
尋時鳥帰路聞といふことを
正三位季経

0336 たつねつるかひはなけれと時鳥かへる山ちに一こゑそなく
題しらす
後鳥羽院御哥

0337 尋ねいるかへさはをくれ郭公たれゆへくらす山ちとかしる
前中納言定家

一 雲あけぬなり─雲明ぬめ《な》り冬

一 里にはいてなから─いてなから九

一 尋ねいる─尋ねつる静

0338 なをさりに山時鳥なきすてゝわれしもとまる杜のした陰

藤原仲実朝臣

0339 ゆふかけて[一]いつちゆくらむほとゝきす神なひ山に今そなくなる

延喜の御時古今集[一]えらひはしめられけるに
夜ふくるまて御前にさふらふに[二]ほとゝきすの
なきけれは

貫之

0340 こと夏は[一]いかゝなきけむ郭公こよひはかりはあらしとそ聞

[一]郭公を

従三位頼政

0341 ほとゝきすあかてすきぬる名残をは[一]月なしとてもなかめやはせぬ

待賢門院堀川

0342 とふ人もなき故郷のたそかれに我のみなのるほとゝきす哉

千五百番歌合に

前中納言定家

0343 またれつゝとしにまれなる郭公さつきはかりの声なおしみそ

題しらす

前大納言尊氏

0344 あやめをはふきそふれとも五月雨のふるやの軒はもるにそありける

[一]前大納言経継

0345 あやめ草ひく人もなし山しろの[一]とはに波こす五月雨のころ

伏見院御時五十番哥合に夏雨をよみ
侍ける

前大納言経親

0346 あふちさく梢に雨はやゝはれて軒のあやめに残るたま水

一　いつちゆくらむ—いつこえつらん府・冬・静
一　えらひはしめられけるに—えらひはしめけるに静
二　ほとゝきすの—ほとゝきす府・冬
一　いかゝなきけむ—いかゝ聞けん章
一　郭公を—郭公冬
一　月なしとても—月をしとても静
一　前大納言—前中納言静
一　とはに波こす—とはは波こす府　とはは《に》波こす冬

夏哥の中に　院冷泉

0347 あやめつたふ軒のしつくもたえ〳〵に晴間にむかふ五月雨の空

百首歌たてまつりし時　左近中将忠季

0348 夕つくよ[一]かけろふ窓はすゝしくて軒のあやめに風わたるみゆ

前大納言公泰

0349 暮かゝるそとものを田の村雨にすゝしさそへてとる早苗かな

早苗を　前大僧正慈鎮

0350 またとらぬさなへの葉するゑなひくなりすたく蛙の声のひゝきに

宝治百首歌の中におなしこゝろを　従二位行家

0351 みわ河の水せき入て大和なるふるのわさ田はさなへとるなり

冷泉前太政大臣

0352 いまよりは五月きぬとやいそくらむ山田のさなへとらぬ日そなき

前参議忠定

0353 さなへとるたのもの水のあさみとりすゝしき色に山かせそ吹

百首歌たてまつりしとき　藤原為忠朝臣

0354 ゆふ日さす山田の原をみわたせは杉の木陰にさなへとる也

夏御哥に　後伏見院御哥

一　かけろふ窓は―かけろふ窓の静

0355 小山田やさなへのするゑに風みえてゆくて涼しき杉の下道
太上天皇

0356 風わたる田のものさなへ色さめて入日のこれるをかの松はら
進子内親王

0357 さなへとる山もとをたに雨晴て夕日の峯をわたる浮雲
院一条

0358 雨はるゝ小田のさなへの山本に雲おりかゝる杉のむらたち
山家五月雨をよみ侍ける
従二位為子

0359 やまかけや谷よりのほる五月雨の雲は軒まてたちみちにけり
嘉元百首哥に五月雨を
後山本前左大臣

0360 かはつ鳴ぬまのいはかき波こえてみくさうかるゝ五月雨の比
千五百番歌合に
参議雅経

0361 さみたれにこえ行なみはかつしかやかつみかくるゝまゝのつき橋
題しらす
権中納言公雄

0362 あすか河ひとつ渕とやなりぬらんなゝせのよとの五月雨のころ
河五月雨を
正二位隆教

0363 さみたれに岸のあをやき枝ひちて梢をわくるよとの河舟
宝治百首歌の中に渓五月雨

一　をかの松はら―をかの松原《杉村イ》内

一　嘉元百首―喜元百首府

一　みくさうかるゝ―み草なかるゝ桂　みくさうかるゝ《よる〳〵イ》内

一　かつしかや―かへしかや兼

一　なゝせのよとの―なる瀬のよとの桂

一　梢をわくる―梢をわたる正版

源俊平

0364 なかれそふ山のしつくのさみたれにあさせも深き谷河の水

夏哥とて　藤原清輔朝臣

0365 たこのうらのもしほもやかぬ五月雨にたえぬは富士の煙なりけり

従二位成実

0366 河やしろしのに波こす五月雨に衣ほすてふひまやなからむ

後宇多院にたてまつりける百首哥の中に

法印定為

0367 五月雨のはれままち出る月影に軒のあやめの露そすゝしき

題しらす　後京極摂政前太政大臣

0368 五月雨の雲をへたてゝゆく月のひかりはもらて軒の玉水

二品法親王承覚

0369 さみたれにあたら月夜をすくしきてはるゝかひなき夕やみの空

盧橘を　修理大夫顕季

0370 我やとの花たちはなや匂ふらむ山ほとゝきす過かてになく

文保三年後宇多院へたてまつりける百首

哥の中に　民部卿為藤

0371 月影にうふねのかゝりさしかへてあかつきやみのよかはこく也

鵜河を　中務卿宗尊親王

0372 大井河うふねはそれとみえわかて山本めくるかゝり火のかけ

一　谷河の水―谷の川水静・桂

一　従二位成実―兵部卿成実九・府・冬・兼・章・内・正版

一　二品法親王―二品○《法》親王冬

一　文保三年―元応二年府・冬・静　文《元イ》保三《二イ》年内

一　さしかへて―さしそへて内

弘安百首哥たてまつりけるとき
前大納言為氏

0373 をしかまつさつをのほくしほのみえてよそに明行はやましけ山

照射をよみ侍ける
藤原義孝

0374 五月やみそこともしらぬともしすとは山かすそにあかしつる哉

千五百番哥合に
皇太后宮大夫俊成

0375 ますらをやは山わくらむともしけち蛍にまかふゆふやみのそら

三十首御哥の中に夏鳥といふ事を
永福門院

」

0376 かけしけき木のしたやみのくらき夜に水の音してくゐな鳴なり

水鶏を
後伏見院御哥

0377 こゝろある夏のけしきのこよひかな木の間の月に水鶏こゑして

百首歌たてまつりし時
前大納言実明女

0378 水鶏なくもり一むらは木くらくて月にはれたる野へのをちかた

夏哥の中に
郁芳門院安芸

0379 槙の戸をしゐてもたゝくくゐな哉月のひかりのさすとみる〳〵

祝子内親王

」

一　よみ侍ける—よめる府・冬

一　実明女—実為女府

0380 松のうへに月のすかたもみえそめてすゝしくむかふ夕くれの山

後京極摂政前太政大臣

0381 雨はるゝ軒のしつくに影みえてあやめにすかる夏のよの月

前関白右大臣

0382 しけりあふ庭の梢を吹分て風にもりくる月のすゝしさ

百首哥たてまつりしとき

前中納言重資

0383 うたゝねにすゝしき影をかたしきてすたれは月のへたてともなし

夏歌の中に

従三位盛親

0384 はしちかみうたゝねなから深る夜の月の影しく[一]床そ涼しき

」

伏見院新宰相

0385 秋よりも月にそなるゝすゝむとてうたゝねなからあかす夜な〱

前大僧正道意

0386 山水のいはもるをともさよふけて木のまの月の影そすゝしき

藤原隆祐朝臣

0387 よひのまにしはしたゝよふ雲まよりまち出てみれは明る月かけ

水上夏月を

賀茂重保

0388 夏の夜はいはかきし水月さえてむすへはとくる氷なりけり

雨後夏月といふことを

後京極摂政前太政大臣

」

一 床そ涼しき―床の《そイ》涼しさ桂

0389 夕立の風にわかれてゆく雲にをくれてのほる山のはの月

千五百番哥合に
後鳥羽院御哥

0390 またよひの月まつとても明にけりみしかき夢のむすふともなく

夏の御哥の中に
伏見院御哥

0391 月や出る星のひかりのかはる哉すゝしき風の夕やみの空

0392 すゝみつるあまたのやともしつまりて夜深てしろき道のへの月

夏夜といふ事を
従二位為子

0393 ほしおほみはれたる空は色こくて吹としもなき風そ涼しき

題しらす
小野小町

0394 夏の夜のわひしきことは夢をたにみるほともなくあくるなりけり

千五百番哥合に
寂蓮法師

0395 いにしへの野守のかゝみ跡たえてとふひは夜半のほたるなりけり

百首歌たてまつりしとき
前関白左大臣基

0396 そこきよき玉江の水にとふほたるもゆる影さへすゝしかりけり

蛍を
式部卿恒明親王

0397 月うすき庭のまし水をとすみて汀のほたるかけみたるなり

一　ゆく雲に―ゆく雲の《にイ》内
一　あまたのやとも―あまたの宿ゆ《も》冬
一　夏夜といふ事を―ナシ静
一　題しらす―ナシ静
一　蛍を―ナシ静

0398 池水は風もをとせてはちすはのうへこす玉はほたるなりけり
順徳院御哥

0399 ほたるとふかた山かけの夕やみは秋よりさきに[一]かねて涼しも
宝治百首歌の中に水辺蛍
後一条入道前関白左大臣

0400 秋ちかし雲ゐまてとや[一]ゆくほたるさはへの水にかけのみたるゝ
正治二年後鳥羽院にたてまつりける百首
皇太后宮大夫俊成女

0401 [一]秋風とかりにやつくる夕くれの雲ちかきまてゆくほたるかな
哥の中に
式子内親王

0402 すゝしやと風の便をたつぬれは[一]しけみになひく野へのさゆりは
夏哥の中に
如願法師

0403 山ふかみ[一]雪きえなはとおもひしにまた道たゆる[二]やとの夏草
建仁四年百首御哥の中に夕立
後鳥羽院御哥

0404 かたをかのあふち波より吹風にかつ〳〵そゝくゆふ立の雨
千五百番歌合に
同院宮内卿

0405 衣手にすゝしき風をさきたてゝくもりはしむる夕立の空
[一]宝治百首歌の中に夕立
前大納言為家

一 かねて涼しも―かねて涼しき冬・正版

一 ゆくほたる―飛蛍桂

一 秋風と―秋かせを九　秋風《をイ》と内

一 しけみになひく―しけみにましる静

一 雪きえなはと―雲きえなはと静
二 やとの夏草―野卜《宿》の夏草冬

一 宝治百首歌の中に夕立―宝治百首歌たてまつりし時夏歌静

0406 山もとのをちの日影はさたかにてかたへすゝしき[一]ゆふたちの雲
[一]百首哥たてまつりしとき夏哥
前大納言経顕

0407 外山にはゆふたちすらしたちのほる雲よりあまるいなつまのかけ
題しらす
前大納言為兼

0408 松をはらふかせはすそのゝ草におちて夕たつ雲に雨きをふ也
徽安門院

0409 行なやみてる日くるしき山みちにぬるともよしや夕立の雨
院に三十首哥めされしとき[一]夏木を
前太宰大弐俊兼 └

0410 虹のたつふもとの杉は雲にきえて峰よりはるゝ夕たちの雨
夕立を
徽安門院小宰相

0411 [一]降よはる雨をのこして風はやみよそになりゆくゆふたちの雲
夏哥の中に
宣光門院新右衛門督

0412 ゆふたちの[一]雲吹をくる追風に梢の露そ[二]また雨とふる
百首御哥の中に
院御哥

0413 夕立の雲とひわくるしら鷺のつはさにかけて晴る日の影
[一]文保三年後宇多院に百首哥たてまつり
ける時夏哥
後西園寺入道前太政大臣 └

一　ゆふたちの雲―ゆふたちの雲《空イ》内
一　百首哥たてまつりしとき夏哥―ナシ兼

一　夏木を―夏木兼

一　降よはる―吹よはる兼

一　雲吹をくる―雲吹はらふ桂
二　また雨とふる―又雨となる内

一　文保三年―元応二年府・冬・静　文《元イ》保三《二イ》年内

0414 月うつる[二]まさこのうへの庭たつみ跡まてすゝし夕立の雨

後山本前左大臣

0415 さらにまた日影うつろふ竹の葉にすゝしさみゆる夕たちの跡

題しらす

藤原為守女

0416 ふるほとはしはしとたえて[一]むら雨のすくる梢の蝉のもろ声

[一]夏声といふことを

今上御哥

0417 風たかき松の木陰にたちよれはきくも涼しき日くらしのこゑ

蝉を

進子内親王

0418 雨はれて露ふきはらふ木すゑより風にみたるゝせみのもろ声

夏歌の中に

二品法親王尊胤

0419 せみのこゑは風にみたれて吹返すならのひろ葉に雨かゝる也

式部卿恒明親王

0420 暮はつる梢にせみは声やみてやゝかけみゆる月そ涼しき

百首御哥の中に

院御哥

0421 空晴て木すゑ色こき月の夜の風におとろく蝉の一こゑ

後京極摂政左大将に侍ける時家に六百番

歌合し侍けるに蝉をよめる

藤原隆信朝臣

二　まさこのうへの―また《さイ》このうへの正版

一　むら雨の―夕たちの府

一　夏声―夏声《歌イ》府

0422 なきすさふひまかときけはをちこちにやかて待とる蟬のもろ声

納涼を

伏見院新宰相

0423 なく蟬のこゑやむもりに吹風のすゝしきなへに日も暮ぬなり

藤原為秀朝臣

0424 ゆふつくひ梢によはく鳴せみのはやまのかけはいまそ涼しき

建仁三年影供哥合に雨後聞蟬といふ事を

皇太后宮大夫俊成女

0425 雨はれて雲吹かせになく蟬のこゑもみたるゝ杜のした露

題しらす

曽祢好忠

0426 あしの葉にかくれてすめはなにはなるこやの夏こそ涼しかりけれ

中務卿宗尊親王家百首歌に

平政村朝臣

0427 夏山のしけみかしたに滝おちてふもと涼しき水のをとかな

深夜納涼を

覚誉法親王

0428 吹[一]わくる梢の月は影ふけてすたれにすさふ風そすゝしき

夏の御哥の中に

後鳥羽院御哥

0429 みたれあしの下葉なみより行水のをとせぬ波のいろそすゝしき

題しらす

今出河入道前右[一]大臣

0430 風かよふ山松かねの夕すゝみ水のこゝろもくみてこそしれ

従二位兼行

一　吹わくる—吹わたる府《くイ》　吹渡る冬

一　右大臣—左大臣兼

0431 夏の日の夕かけをそきみちのへに雲一むらのしたそすゝしき
祝子内親王

0432 日の影は竹よりにしにへたゝりてゆふ風涼し庭の草むら
権律師慈成

0433 山川のみなそこきよき夕波になひく玉藻そみるもすゝしき
権大納言公蔭

0434 やまもとや木の下めくる小車のすたれうこかす風そ涼しき
夜納涼といふ事を
進子内親王

0435 もりかぬる月はすくなき木の下に夜深き水のをとそすゝしき
題しらす
従二位兼行

0436 こけあをき山の岩ねの松かけにすゝしくすめる水の色かな
前大僧正慈鎮

0437 夏ふかき峯の松かえ風こえて月影すゝしありあけの山
寂蓮法師

0438 あさちふに秋まつほとや忍ふらんきゝもわかれぬ虫のこゑ〳〵
永福門院

0439 草のすゑに花こそみえね雲風も野分にゝたる夕暮のあめ
夏月を
大納言通方

0440 むすふ手に月をやとして山の井のそこの心に秋やみゆらん
晩風似秋といふことを

一　みちのへに―みちのへの桂　みちのへは内

一　夕暮のあめ―夕たちの雨府・冬　夕暮《立歟》の雨静

0441 松にふく風もすゝしき山陰に秋おほえたる日くらしの声　前左大臣

夏の御哥の中に　伏見院御哥

0442 なくこゑもたかき梢のせみのはのうすき日影に秋そちかつく

文保三年後宇多院にたてまつりける百首

歌の中に　権中納言公雄

0443 みそきする川せの波のしらゆふは秋をかけてそすゝしかりける

六月祓を　円光院入道前関白太政大臣

0444 みそきするゆくせのなみもさよふけて秋風ちかしかもの河水

順徳院御哥　」

0445 みなと河夏のゆくてはしらねともなかれてはやき瀬々のゆふして

一　伏見院―秋見院内

一　文保三年―元応《文保三イ》二年府　元応二年冬　文《元イ》保三《二イ》年内

一　すゝしかりける―涼しかりけゆ《る》冬

風雅和歌集巻第五
秋哥上
後京極摂政左大将に侍ける時家に六百番
謌合し侍けるに残暑を
前中納言定家
0446 秋きてもなをゆふ風を松かねに夏を忘れし陰そたちうき
宝治二年百首哥人々にめされけるつゐ
てに早秋を
後嵯峨院御哥
0447 風のをとのにはかにかはるくれはとりあやしと思へは秋はきにけり
藻壁門院但馬
0448 しら露はまたをきあへぬうたゝねの袖におとろく秋の初かせ
題しらす
正二位隆教
0449 露ならぬ涙ももろく成にけりおきの葉むけの秋のはつ風
秋哥とて
入道二品親王法守
0450 おちそむる桐の一葉のこゑのうちに秋のあはれをきゝはしめぬる
権大納言公宗
0451 夕暮の雲にほのめく三か月のはつかなるより秋そかなしき
前大納言為家
0452 ゆふまくれ秋くるかたの山の端に影めつらしくいつる三か月

一 松かねに―松かえに静
一 正二位―正三位静

初秋露を　　　　　　　　　　　　　権大納言公蔭

0453 秋きてはけふそ雲まに三か月のひかりまちとる[一]萩のうは露

正治二年百首哥に　　　　　　　　　式子内親王

0454 なかむれは木のまうつろふ夕つくよやゝけしきたつ[一]秋の空哉

名所百首哥の中に泊瀬山　　　　　　従二位家隆

0455 秋の色はまたこもりえのはつせ山なにをかことに露もをくらん

題しらす　　　　　　　　　　　　　前中納言定家

0456 やま里はせみのもろ声秋かけてそとものきりの下葉おつなり

[一]従三位客子

0457 色ぅすき夕日の山に秋みえて梢によはるひくらしの声

権中納言俊実

0458 かけよはき木のまの夕日うつろひて秋すさましき日くらしのこゑ

永福門院

0459 むらすゝめ声する竹にうつる日の影こそ秋の色になりぬれ

[一]七月七日よみ侍ける　　　　　凡河内躬恒

0460 けふはゝやとく暮なゝむ久堅のあまの河きり[一]たちわたるへく

[一]文保三年たてまつりける[二]百首哥に　　　　後山本前左大臣

一　萩のうは露—萩のうへの露府・冬・兼　荻のうは露正版

一　秋の空哉—秋の暮かな静

一　従三位—従二位兼

一　七月七日—七月七日に兼

一　たちわたるへく—たちわたりつゝ正版

一　文保三年—元応二〔文保三イ〕年府　元応二年冬　文〔元イ〕保三〔二イ〕年内

二　百首哥に—百首に章・正版

0461 こゝろをはかすともなしにあまの河よそのあふせに暮そまたるゝ

文永十年内裏にて七夕七首歌講せられけるに

前参議隆康

0462 あふことをまとをにたのむ七夕のちきりやうすきあまの羽衣

題しらす

清輔朝臣

0463 おもひやる心もすゝし彦星のつまゝつよひのあまの河風

読人しらす

0464 あまのはらふりさけみれは天河[一]きりたちわたる[二]君はきぬらし

尚侍貴子四十賀民部卿清貫し侍ける屛風に七月七日たらいにかけみたるところ

伊勢

0465 めつらしくあふたなはたはよそ人もかけみまほしき[一]夜にそ有ける

七夕の哥の中に

紫式部

0466 大かたを[一]おもへはゆゝしあまの河けふの逢瀬は[二]うらやまれけり

前中納言匡房

0467 あまの河逢瀬によするしら波はいく代をへてもかへらさらなん

太宰大弐重家

0468 たなはたのあふせはかたき天河[一]やすのわたりも名のみなりけり

後光明照院前関白左大臣

0469 たなはたの契はあきの名のみしてまたみしか夜はあふ程やなき

(0464)
一 きりたちわたる—霧たちわたり静　きりたちわたる《りイ》内
二 君はきぬらし—ころもきぬらし府・冬　君かきぬらし兼

(0465)
一 夜にそ有ける—夜《空イ》にそ有ける正版

(0466)
一 おもへはゆゝし—おもへはゆかし府
二 うらやまれけり—うらやまれぬる《けり》冬

(0468)
一 やすのわたりも—やそのわたりも内

0470 年をへてかはらぬものはたなはたの秋をかさぬる契なりけり

[一]百首哥の中に　　源義詮朝臣

0471 ふけぬなりほしあひの空に[一]月は入て秋風うこく庭のともし火

太上天皇

七夕のこゝろを

後嵯峨院御哥

0472 たなはたに心をかしてなけくかな明かたちかき天の川かせ

後宇多院[一]大覚寺におはしましけるころ[二]七夕

七百首歌の中に野女郎花を

0473 いくとせかさかのゝ秋のをみなへしつかふる道になれてみつらん

前大納言実教

顕昭ひさしくをとつれさりけれは申つかはしける

」

0474 秋くれは萩もふるえにさくものを人こそかはれもとの心は

前左兵衛督惟方

返し

0475 わか心またかはらすよはつ萩の下葉にすかる露はかりたに

法橋顕昭

草花露深といふことを

0476 あたし野の萩のするゑこす秋風にこほるゝ露や玉河の水

俊頼朝臣

萩をよめる

0477 さこそわれ萩のふるえの[一]秋ならめもとの心を人のとへかし

安嘉門院四条

」

一　百首哥の中に―百首御歌中に兼

一　月は入て―月入て静

一　大覚寺―大学寺冬・静
二　七夕七百首歌の中に―七夕七百首歌中に九・章・正版
七夕の七百首歌の中に府・冬　七夕の七百首の歌の中に桂

一　秋ならめ―秋《露イ》ならめ内

秋の御哥に

0478 真萩ちる庭の秋かせ身にしみて夕日の影そかへにきえ行

永福門院

0479 風ふけは枝もとをゝにをく露のちるさへおしき秋はきの花

前中納言定家

乾元二年伏見院五十番哥合に秋露を

九条左大臣女

0480 しほれふすえた吹返す秋風に[一]とまらすおつる萩のうは露

題しらす

藤原[一]公直朝臣母

0481 ひとしほり雨はすきぬる庭の面にちりてうつろふ萩か花すり

[一]従三位盛親

籬薄を

0482 [一]秋ふかみ花ちる萩は[二]もとすきてのこる末葉の色そさひしき

前大納言尊氏

0483 露にふすまかきのはきは色くれて[一]おはなそ白き秋風の庭

秋の哥あまたよませ給ける中に

伏見院御哥

0484 庭の面にゆふへの風は吹みちてたかき薄の末そみたるゝ

0485 みわたせはすそのゝおはな吹しきて夕暮はけし[一]山おろしのかせ

進子内親王

風後草花を

0486 秋さむきゆふ日は峯にかけろひてをかの尾花に風すさふ也

[一]従三位親子

＊0478歌から、0479作者名までを欠く九

一　とまらすおつる―とまらすうつる兼

一　公直朝臣母―公直朝臣女府・冬　公直朝臣静

一　従三位―従二位冬

一　秋ふかみ―秋ふかき《みイ》桂

二　もとすきて―もと過て府・冬・正版　もと透《過イ》て内

一　おはなそ白き―おはなそ《にイ》白き内

一　山おろしのかせ―山下の風府　山下《オロシ》の風冬

一　従三位―従二位冬

0487 まねきやむおはなかすゑもしつかにて風吹とまる暮そさひしき
百首御哥の中に　院御哥
0488 吹うつりなひくすゝきのすゑ〳〵をのとかにわたる野への夕風
[一]九条前内大臣家百首哥に遠村秋夕と
いふことを　藤原隆祐朝臣
0489 ゆふ日さす遠山本の里みえて薄ふきしく野への秋風
薄を　[一]二品法親王慈道
0490 身をかくすやとにはうへし花すゝきまねくたよりに人もこそとへ
秋哥の中に　前大納言為兼」
0491 あはれさもその色となき夕暮のおはなかすゑに秋そうかへる
源重之女
0492 まねくともたのむへしやは花薄かせにしたかふ心なりけり
[一]後法性寺入道[二]関白右大臣に侍ける時よませ
侍ける[三]百首歌の中に草花を　正三位季経
0493 吹風のたよりならてははなすゝきこゝろと人をまねかさりけり
題しらす　前中納言定家
0494 うちしめり[一]すゝきのうれはをもりつゝにしふく風になひく村雨
荻風を　伏見院御哥」

一　九条前内大臣—九条内大臣静
一　二品法親王—二品親王静
一　後法性寺—法性寺後
二　入道関白—入道前関白桂・兼
三　百首歌の中に—百首の歌に兼
一　すゝきのうれは—薄の上は兼

0495 こゝにのみあはれやとまる秋風のおきのうへこす夕暮のやと
前大納言為兼
0496 ふきすてゝすきぬる風の名残までをとせぬ荻も秋そかなしき
百首歌たてまつりし時
入道二品親王法守
0497 庭しろきいさこに月はうつろひて秋風よはき花のすゑ〳〵
秋哥とて
前太宰大弐俊兼
0498 うす霧の空はほのかに明そめて軒の忍に露そみえゆく
藤原為守女
0499 秋そかしいかにあはれのとはかりにやすくもをける袖の露かな
藤原重顕
0500 ひかりそふ草葉のうへに数みえて月をまちける露の色哉
庭草露といふ事を
如願法師
0501 ふみ分てたれかはとはむよもきふの庭もまかきも秋のしら露
千五百番歌合に
後鳥羽院御哥
0502 あはれむかしいかなる野への草葉よりかゝる秋風ふきはしめけん
題しらす
前大僧正覚円
0503 むら雲にかけさたまらぬ秋の日のうつりやすくも暮る比かな
従二位家隆

一 前大納言―権大納言兼
一 名残まて―やとりまて桂
一 いさこに月は―いさこの月は桂
一 露そみえゆく―露そみえゆく《たる、イ》内

0504 あさち原秋かせふきぬあはれまたいかに心のならむとすらむ
伏見院御哥

0505 秋風はとをき草葉をわたるなりゆふひのかけは野へはるかにて
藤原為基朝臣

0506 さきのゐるあたちの草はうらかれて野沢の水も秋そさひしき
秋の哥あまたよませ給ける中に
院御哥

0507 むらさめのなかははれゆく雲霧に秋の日きよき松原の山
永福門院

0508 夕つくひ岩ねの苔にかけきえてをかの柳は秋風そふく
前大納言為兼
」

0509 秋風にうき雲たかく空すみて夕日になひく岸の青柳
伏見院御哥

0510 庭ふかき柳のかれ葉ちりみちてかきほあれたる秋風のやと
百首哥の中に
太上天皇

0511 河とをき夕日のやなき岸はれて鷺のつはさに秋風そふく
前中納言重資

0512 影よはき柳かうれの夕つくひさひしくうつる秋の色かな
従二位家隆
秋哥とて
」

一　わたるなり―わたる哉桂

一　あたちの草は―あたりの草は九・府・冬・静・桂・兼・章・内・正版

一　岸の青柳―峯の青柳兼

一　百首哥の中に―百首御歌の中に府・兼

0513 たましまやおちくるあゆの河柳した葉うちゝり秋風そふく
儀子内親王

0514 うす霧の山本とをく鹿なきて夕日かけろふをかのへの松
[一]さやの中山といふところにて鹿のなくを[二]きゝて
よめる
橘為仲朝臣

0515 たひねする[一]さよの中山さよなかに鹿も鳴なり妻や恋しき
題しらす
藤原為秀朝臣

0516 くれうつるまかきの花はみえわかて霧にへたてぬさをしかの声
百首哥たてまつりしとき
徽安門院一条

0517 へたゝらぬをしかの声はまちかくてきりの色よりくるゝ山もと
[一]秋哥に
寂然法師

0518 木からしに月すむ峰の鹿のねを[一]われのみきくかおしくもある哉
[一]千五百番歌合哥
後京極摂政前太政大臣

0519 物おもへとするわさならし木の間よりおちたる月にさを鹿のこゑ
野鹿を
前大僧正範憲

0520 いく秋の涙さそひつかすか野やきゝてなれぬるさをしかの声
題しらす
貫之

0521 あきはきのみたるゝ玉は[一]なく鹿の声より落るなみたなりけり
堀河院百首哥に鹿を

一 さやの中山と―さ夜の中山と九・章　さよの中山と兼・正版
二 きゝてよめる―きゝて府
一 さよの中山―さやの中山九・冬・兼・章・内・正版　さよの中山府・内

一 秋哥に―秋哥静
一 われのみきくか―われのみきくは九・兼・章・正版
一 千五百番歌合哥―千五百番歌合のうた府・静　千五百番歌合に桂・兼・内

一 なく鹿の―さを鹿の静

基俊

0522 風さむみはたれしもふる秋の夜は山したとよみ鹿そ鳴なる
おなしこゝろを
[一]前大納言[二]成通

0523 夜もすからつまとふ鹿を聞からにわれさへあやなゐこそねられね
正治二年百首歌に
式子内親王

0524 やま里は峰の木のはにきをひつゝ雲よりおろすさをしかの声
[一]文保三年後宇多院よりめされける百首哥の中に
[二]民部卿為藤

0525 小山田のいほもるとこも夜さむにていなはの風に鹿そなくなる

一　前大納言―大納言九・府・冬・静・兼・章・内・正版
二　成通―成道府・正版

一　文保三年―元応《文保三イ》二年府　元応二年冬　文治三年静　文保《元イ》三《二イ》年内
二　民部卿―式部卿府・冬

風雅和歌集巻第六

秋哥中

初雁をよめる　俊頼朝臣

0526 はつかりは雲ゐのよそにすきぬれと声はこゝろにとまるなりけり

院五首歌合に秋視聴といふ事を　藤原為基朝臣

0527 色かはる柳かうれに風過て秋の日さむきはつかりのこゑ

儀子内親王

0528 吹しほる千くさの花は庭にふして風にみたるゝはつ雁のこゑ

雁を　前大僧正道玄

0529 このねぬるあさ風さむみ初かりの鳴空みれはこさめ降つゝ

題しらす　後西園寺入道前太政大臣

0530 むら雲によこきる雁の数みえて朝日にきゆる峯の秋きり

百首御哥の中に　伏見院御哥

0531 あさほらけ霧のはれまのたえ〳〵にいくつらすきぬあまつかりかね

伏見院に三十首歌たてまつりけるとき霧中

雁を　従三位為信

0532 きりうすき秋の日影の山のはにほの〳〵みゆるかりのひとつら

秋哥に　後伏見院中納言典侍

0533 夕日影さひしくみゆる山本の田面にくたるかりの一つら

一 秋視聴といふ事を―ナシ静

一 秋の日さむき―秋の日さむみ章・正版

一 前大僧正道玄―後西園寺入道前太政大臣静

一 あさ風さむみ―秋風さむみ内

一 後西園寺入道前太政大臣―前大僧正道玄静

一 伏見院に―伏見院府・冬

二 三十首歌―三十首兼

百首歌たてまつりし時

覚誉法親王

0534 ゆふきりのむら〳〵はるゝ[一]山きはに[二]日影をわたる[三]雁の一つら

大納言公重

0535 しほれきて都もおなし秋霧につはさやほさぬあまつかりかね

和哥所にて暮山遠雁といふ事を講せられけるに

皇太后宮大夫俊成

0536 をくら山麓の寺のいりあひにあらぬねなからまかふかりかね

従二位家隆

0537 はれそむるをちの外山の夕霧に[一]あらしを分る初雁のこゑ

秋御歌の中に

伏見院御哥

0538 うちむれてあまとふ雁のつはさまてゆふへにむかふ色そかなしき

百首御哥に

院御哥

0539 雲とをき夕日のあとの山きはにゆくともみえぬ雁の一つら

関白右大臣

0540 くもまもる入日の影に数みえてとをちの空をわたる雁かね

秋哥とて

徽安門院

0541 雁のなくとをちの山はゆふ日にて[一]軒はしくるゝ秋のむら雲

前大納言為兼

0542 夕日うつる[一]柳のするの秋かせにそなたの雁の[二]声もさひしき

一　山きはに―山きはの兼
二　日影をわたる―日影をゝくる内
三　雁の一つら―かりの一むら桂

一　あらしを分る―嵐を渡る兼　嵐をわたる《分イ》内

一　軒はしくるゝ―軒はしくるゝ《れしイ》内

一　柳のするの―柳か末の兼
二　声もさひしき―声そさひしき府・冬

0543 秋風にうす霧はるゝ山のはをこえてちかつく雁の一行

大江宗秀

0544 雁のなくゆふへの空のうす雲にまた影みえぬ月そほのめく

永福門院内侍

0545 秋かせのたかきみそらは雲晴て月のあたりに雁のひとつら

二品法親王尊胤

雁を

伏見院御哥

0546 つれてとふあまたのつはさよこきりて月のした行よはの雁かね

正治二年後鳥羽院にたてまつりける百首

哥の中に

式子内親王

0547 萩のうへにかりの涙のをく露はこほりにけりな月にむすひて

百首哥たてまつりしに

徽安門院一条

0548 窓しろき寝覚の月の入かたに声もさやかにわたる雁かね

秋哥の中に

賀茂保憲朝臣女

0549 秋の夜のねさめのほとを雁かねのそらにしれはや鳴わたるらん

和泉式部

0550 かりかねの聞ゆるなへにみわたせは四方の木すゑも色つきにけり

題しらす

読人しらす

0551 雲のうへになきつるかりのさむきなへに木々の下葉はうつろはむかも」

一 ゆふへの空の—夕日の空の桂

一 月のあたりに—月のあなりに兼

一 よはの雁かね—夜のかりかね静

一 たてまつりしに—奉りし時兼・内

一 賀茂保憲朝臣女—賀茂保憲女九・静・兼・章・正版

一 そらにしれはや—空にしれとや桂

穂積皇子

0552 今朝のあさけ雁かねきゝつ春日山もみちにけらし我心いたし

貫之

0553 あさきりのおほつかなきに秋の田のほに出て雁そ鳴わたりける

春日社にたてまつりける百首哥の中に

前大納言為家

0554 色かはる木すゑをみれはさほ山のあさ霧かくれ雁は来にけり

霧中雁を

後伏見院御哥

0555 あまつかりきりのあなたに声はして門田のすゑそ霜に明ゆく

月前虫といふ事を

永福門院

0556 きり〳〵すこゑはいつくそくまもなきしらすの庭の秋の夜の月

藤原定成朝臣

0557 きり〳〵す月をやしたふ庭とをくかたふく方の影になく也

夜虫を

前左大臣

0558 よひのまはまれにきゝつるむしのねも更てそしけきよもきふの庭

題しらす

章義門院

0559 わきてなと夜しもまさるうれへにて明るをきはに虫の鳴らん

棲心院内大臣

0560 野への色もかれのみまさるあさちふに残るともなきまつ虫の声

百首哥たてまつりしとき

一　穂積皇子―穂積親王静・桂

一　我心いたし―ナシ静

一　おほつかなきに―おほつかなさに府・冬

一　月前虫といふ事を―ナシ静

一　くまもなき―草もなき九・桂・章・正版

一　棲心院―接心院兼・章・正版

権大納言公蔭

0561 きり〳〵すをのか鳴ねもたえ〳〵にかへのひまもる月そかなしき

秋哥とて　後京極摂政前太政大臣

0562 むしのねはならのおち葉にうつもれて霧のまかきに村雨のふる

従二位兼行

0563 蟋蟀なく夜をさむみをく露にあさちかうへそ色かれて行

伏見院御時六帖の題にて人々に哥よませさせ給
けるに秋雨を　前大納言為兼

0564 庭の虫はなきとまりぬる雨の夜のかへにをとする蛬かな

文保三年後宇多院にたてまつりける百首歌
の中に　今出河前右大臣

0565 夜さむなるまくらのしたのきり〳〵すあはれに声の猶のこりける

題しらす　西行法師

0566 なにとなく物かなしくそみえわたる鳥羽田のおもの秋の夕暮

建仁元年百首御哥の中に　後鳥羽院御哥

0567 露しけきとはたの面の秋風にたまゆらやとるよひのいなつま

秋哥に　大納言公重

0568 秋の田のまたはつかなるほのうへをはるかにみする夜ゐの稲妻

院に三十首歌めされしとき秋山を

一　秋哥とて―秋歌に府
一　村雨のふる―むらさめのふ《そ》る九　むらさめのふ《そイ》る内
一　人々に―人に兼　人々章・正版
一　文保三年―元応二《文保三イ》年府　元応二年冬　文《元イ》保三《二イ》年内
一　猶のこりける―猶のこりたる《けるイ》内
一　鳥羽田のおもの―鳥羽のおもの静

0569 ゆふ日さす外山の木すゑ秋さひて麓の小田も色つきにけり
百首哥たてまつりしとき
権大納言公蔭

0570 をやま田の露のをくてのいなむしろ月をかたしく床のひとりね
題しらす
前内大臣

0571 なにとなく山田のいほのかなしきに[一]秋風さむみうつらなくなり
正治百首哥に
前大納言経房

0572 うちはらひをのゝあさちにかる草のしけみかすゑに[一]鶉たつ也
式子内親王

0573 いなつまのしはしもとめぬひかりにも草葉の露の数はみえけり
稲妻を
藤原為秀朝臣

」

0574 [一]秋の雨のはれゆく跡の雲まよりしはしほのめく[二]夜ゐの稲妻
従三位実名

0575 ゆふやみにみえぬ雲まもあらはれてとき〳〵てらす[一]よひのいなつま
前大納言為家

0576 にほひしらみ月のちかつく山のはの[一]光によはるいなつまのかけ
秋の御哥に
伏見院御哥

0577 月をまつくらきまかきの花のうへに露をあらはす夜ゐの稲妻
徽安門院

待月といふことを
後伏見院御哥

」

一　秋風さむみ―秋風さむき冬

一　鶉たつ也―うつら鳴也静　うつらたつ《なくイ》也内

一　秋の雨の―秋の田の府・冬・静
二　夜ゐの稲妻―よひのいた妻兼

一　よひのいなつま―よひの雷桂

一　光によはる―光にかはる静

0578 声たつる軒の松風庭のむしゆふくれかけて月やもよをす
[一]百首哥の中に　太上天皇

0579 草むらの虫のこゑより暮そめてまさこのうへそ[一]月になりぬる
秋哥に　院一条

0580 くさかくれ虫なきそめて夕霧の晴間の軒に月そみえ行
伏見院新宰相

0581 影うすき月みえそめて庭の面の草にむしなくやとの夕暮
祝子内親王

0582 吹分る竹のあなたに月みえてまかきはくらき秋風の音
前大納言経顕

0583 たちならふ松の木のまにみえ初て山のはつかに月そほのめく
百首歌たてまつりしとき秋哥に　関白右大臣

0584 いましはやまたるゝ月そにほふらしむら雲しろき山の端の空
題しらす　徽安門院

0585 くまもなく閨のおくまて[一]さし入ぬむかひの山を[二]のほる月影
前太宰大弐俊兼

0586 月のほるゆふへの山に雲はれてみとりの空をはらふ秋風
百首御哥に　院御哥

0587 暮もあへすいまさしのほる[一]山のはの月のこなたの[二]松のひともと

一　百首哥の中に―百首御歌中に兼
一　月になりぬる―月になりぬる《ゆくイ》内

一　さし入ぬ―さし出ぬ冬
二　のほる月影―のほる《出るイ》月影内

一　山のはの―山のはの《にイ》内
二　松のひともと―まつのひとしほ章

月哥の中に　　媋子内親王

0588 山のはを出ぬとみゆるのちまてもふもとの里は月そまたるゝ

前大納言尊氏[一]

0589 ほともなく松よりうへになりにけり木[一]のまもりつる夕暮の月

藤原定宗朝臣

0590 いつるより雲もかゝらぬ山のはをしつかにのほる秋の夜の月

八月十五夜伏見に御幸ありて人々に月の
哥よませさせ給けるつゐてに　　伏見院御哥

0591 軒ちかき松原やまの秋風にゆふくれきよく月出にけり

秋哥とて　　前中納言定家

0592 月影をむくらの門にさしそへて秋こそきたれとふ人はなし

月の哥に　　前関白左大臣通[一]

0593 さよふけて人はしつまる槙の戸にひとりさしいる月そさひしき

伏見院万葉のことはにて人々[一]に哥よませ
させ給けるとき秋[二]のもゝよをといふことを

前参議家親

0594 なかしてふ秋のもゝ夜をかさねてもなかめあくへき月の影かは

月を　　従二位隆博

0595 心こそあくかれやすくなりにけれなかめうかるゝ月のしるへに

一　尊氏―為氏冬

一　木のまもりつる―木の間もりくる章

一　左大臣通―左大臣章・正版

一　人々に哥―人々に正版

二　秋のもゝよを―秋のもゝよ章・正版

清輔朝臣

0596 ひたすらにいとひもはてし村雲のはれまぞ月はてりまさりける

正治二年百首哥めされけるとき

後鳥羽院御哥

0597 うす雲のたゞよふ空の月影はさやけきよりもあはれなりけり

題しらす

従二位為子

0598 月かけのすみのほるあとの山きはにたゞ一なひき雲のゝこれる

千五百番歌合に

後久我前太政大臣

0599 秋はたゞ荻の葉すくる風のをとに夜ふかく出る山の端の月

月前萩をよめる

権大納言実尹

0600 真萩原よふかき月にみかゝれてをきそふ露のかすそかくれぬ

月前露を

前大納言実明女

0601 うちそよき竹の葉のほる露ならて月深る夜のまたをともなし

月をよみ侍ける

藤原為基朝臣

0602 月のゆく晴まの空はみとりにてむら／＼しろき秋のうき雲

平宗宣朝臣

0603 たえ／＼の雲まにつたふ影にこそゆくともみゆれ秋のよの月

題しらす

永福門院

0604 むら雲にかくれあらはれゆく月のはれもくもるも秋そかなしき

0605 吹しほるかせにしかるゝ呉竹のふしなからみる庭の月かけ

一 荻の葉すくる—萩の葉すくる内

一 月前萩—月前荻内

二 実尹—実平府・冬

一 よふかき月に—夜ふかく月に章・正版　夜ふかき《わたるイ》月に内

一 月前露を—月前露府・冬

一 はれもくもるも—はれもくもりも九・府・冬・静・桂・兼・章・内・正版

一 吹しほるかせにしかるゝ—ふきしほり風にしくるゝ章・正版

月の哥とて

前大納言為兼

0606 月の色も秋にそめなす風のよのあはれうけとる松のをと哉

永福門院内侍

0607 松かせも空にひゝきてふくる夜の木すゑにたかき深山への月

崇徳院御哥

0608 みる人にものゝあはれをしらすれは月やこの世のかゝみなるらん

月のくまなき夜よみ侍ける

選子内親王

0609 こゝろすむ秋の月たになかりせはなにを浮世のなくさめにせむ

百首哥たてまつりしとき秋哥

民部卿為定

0610 秋をへて涙おちそふ袖の月いつをはれまとみる夜半もなし

見月といふ事を

院御哥

0611 我こゝろすめるはかりにふけはてゝ月をわすれてむかふ夜の月

おなしこゝろを

前大納言忠良

0612 雲はれてすめはすみけりみる人の心や月のこゝろなる覧

文保三年百首歌に

二品法親王覚助

0613 わか袖の露もなみたもあまりある秋のうれへは月のみそとふ

月をよめる

西行法師

0614 ふかき山にすみける月をみさりせはおもひ出もなき我身ならまし

一　月をわすれて―うきをわすれて府・冬

一　おなしこゝろを―ナシ九

一　こゝろなる覧―こゝろなる《かイ》らん正版

一　文保三年―元応《文保三イ》二年府・冬　文《元イ》保三《二イ》年内

0615 心こそや〻すみまされ世の中をのかれて月はみるへかりけり
山家月を　前大僧正道玄

0616 山里は月もこ〻ろやとまるらむみやこにすきてすみまさる哉
月哥とて　崇徳院御哥

0617 [一]いつことてあはれならすはなけれともあれたる宿そ[二]月はさやけき
西行法師

0618 庵にもる月の影こそさひしけれ山田はひたの音はかりして
藤原為秀朝臣

0619 霧はる〻をちの山本あらはれて[一]月かけみかく宇治の河なみ
秋哥に　前中納言[一]定資

0620 かけは〻やとをきうらわに[一]さきたちていそ山出る秋のよの月
月前旅を　皇太后宮大夫俊成

0621 きよみかた波をかたしく旅衣またやはか〻る月をきてみむ
海辺月明といふ事を　後鳥羽院御哥

0622 清見かたふしの煙やきえぬらん月かけみかくみほのうらなみ
遍照寺にて人々月見侍けるに　平忠度朝臣

0623 [一]あれにけるやと〻て月はかはらねとむかしの影は[二]猶そゆかしき
宝治百首哥に山月を

一　いつことて—いつくとて兼
二　月はさやけき—月や《はイ》さやけき正版

一　月かけみかく—月影なかす兼
一　定資—定《重イ》資府・冬　重資静
一　さきたちて—さきたて《ちイ》〻桂

一　あれにける—あれにけり桂
二　猶そゆかしき—猶そ恋しき静

0624
前大納言為氏
ときは山かはる梢はみえねとも月こそ秋の色にいてけれ

風雅和歌集巻第七

秋哥下

九月十三夜月をみて
左京大夫顕輔
0625 くれの秋月のすかたはたえねとも光は空にみちにけるかな

仁和寺よりあからさまに京へ御幸ありて九月
十三夜山家月を
院御哥
0626 深山いてし秋の旅ねの夜ころへてやともる月やあるし待らん

九月十三夜住吉社にてよみ侍ける
前参議俊言
0627 すみよしの神のおまへのはまきよみこと浦よりも月やさやけき

秋哥とて
従二位宣子
0628 しはしみむかたふく方は空はれてふけはとたのむ村雲の月

山里にて月を見てよめる
永福門院内侍
0629 露ふかき籬のはなはうすきりて岡へのすきに月そかたふく

院五首哥合に秋風月といふことを
儀子内親王
0630 風におつる草葉の露もかくれなくまかきにきよき入方の月

一 月をみて―をみて内
一 たえねとも―たらねとも九・冬・静・桂
一 あるし待らん―あるしなる覧府・冬
一 よみ侍ける―よめる兼
一 月やさやけき―月そさやけき府・冬

題しらす　　　　　　前大僧正慈鎮

0631 いる月をかへすあらしはなかりけり出る峰には松の秋かせ

月の歌とてよめる

太宰大弐重家

0632 なかめやる秋の山風こゝろあらはかたふく月をふきやかへさぬ

前大納言経顕

0633 月は猶なか空たかく残れとも影うすくなる在明のには

月前草花を

院御哥

0634 風になひくおはなかすゑにかけろひて月とをくなるあり明の庭　」

百首哥たてまつりしとき秋哥

宣光門院新右衛門督

0635 影きよきありあけの月は空すみて鹿のねたかき暁のやま

嘉暦二年九月十五日内裏五首哥合に暁月

聞鹿といふ事を　　　　　　万秋門院

0636 在明の月はかたふく山の端にしかのねたかき夜はの秋風

秋天象といふことをよみ侍ける

西園寺前内大臣女

0637 月ならぬほしのひかりもさやけきはあきてふ空やなへてすむらん

元亨元年内裏にて[一]三首哥講せられけるに　」

一　三首哥—三首章・正版

霧間暁月　前中納言季雄
0638 あり明の月はたえ〳〵影みえて[一]霧ふきわくる[二]秋の山かせ
題しらす　後西園寺入道前太政大臣
0639 むら雲のひまゆく月のかけはやみかたふく老の秋そかなしき
大斎院の女房春秋のあはれをあらそひ侍けるに
中将春のあけほののはなをまさるなと申けるか
秋のころ山さとにこもりゐて侍けるにいひ
つかはしける　選子内親王家中務
0640 やま里に[一]ありあけの空をなかめても猶やしられぬ秋のあはれは
秋の御哥の中に　伏見院御哥
0641 山風もしくれになれる秋の日にころもやうすきをちの旅人
永福門院
0642 さすとなき日影は軒にうつろひて木の葉にかゝる庭の村雨
百首歌たてまつりしとき　宣光門院新右衛門督
0643 もろくなる柳のした葉かつ散て秋ものさむき夕暮の雨
百首御哥の中に　順徳院御哥
0644 むら雨の[一]雲吹すさふ夕風に一葉つゝちるたまのをやなき
題しらす　昭訓門院権大納言
0645 ひとしきりあらしはすきて桐の葉のしつかにおつる夕暮の庭

一　霧ふきわくる―霧吹わたる冬
二　秋の山かせ―秋の山かせ桂

一　ありあけの空を―ありあけの月を府・静　ありあけの空月を冬

一　雲吹すさふ―雲吹すさむ兼

[一]秋哥に　　太上天皇

0646 ぬれておつるきりの枯葉は[一]音をもみ[二]嵐はかろき秋のむら雨

[一]百首哥たてまつりしとき

大納言公重

0647 おちすさふ槙のした露なをふかし雨の名残の[一]きりのあさ明

藤原為秀朝臣

0648 たちそむるきりかとみれは秋の雨のこまかにそゝく夕暮の空

題しらす　　徽安門院

0649 しほりつる野分はやみてしのゝめの雲にしたかふ秋の急雨

院一条　」

0650 吹みたし野分にあるゝあさ明のいろこき雲にあめこほるなり

野分を　　前大納言為兼

0651 野分たつゆふへの雲のあしはやみ時雨にゝたる秋のむら雨

藤原為名朝臣

0652 草も木ものわきにしほる夕暮は空にも雲のみたれてそ行

秋哥に　　院一条

0653 はとのなくすきの木すゑのうす霧に秋の日よはき夕暮の山

[一]三十首御哥の中に秋山を

永福門院

一　秋哥に―秋御歌に兼

一　音をもみ―音をゝもみ章・正版

二　嵐はかろき―嵐はかるき兼

一　たてまつりしとき―たてまつりける時兼

一　きりのあさ明―桐の朝あけ兼

一　三十首御哥―三十首歌静

0654 山かけや夜のまの霧のしめりよりまたおちやまぬ木々の下露　」
秋朝のこゝろを
0655 薄霧のあさけの木するゑ色さひて虫のね残るもりの下草
野霧　弾正尹邦省親王
0656 つの国のゐなのゝ霧のたえ〳〵にあらはれやらぬこやの松はら
百首哥たてまつりしとき
権大納言資明
0657 あさ日やままたかけくらき明ほのにきりの下行宇治の柴船
題しらす　大江広秀
0658 うちわたすはまなの橋の明ほのにひとむらくもる松のうす霧
前太宰大弐俊兼　」
0659 朝日影うつる木するゑは露おちて外面の竹に残るうす霧
百首歌たてまつりしに
左近中将忠季
0660 日影さすいなはかうへは暮やらて松原うすき霧の山本
文保三年後宇多院にたてまつりける百首
歌の中に　前中納言為相
0661 おくみえぬはやまのきりの曙にちかき松のみのこる一むら
後西園寺入道前太政大臣
0662 いりかゝるをちの夕日はかけ消てすそよりくるゝうす霧の山

一　虫のね残る—虫の音のこす正版

一　たてまつりしに—奉りし時府・冬・静・兼

一　文保三年—元応《文保三イ》二年府・冬　文《元イ》保三《二イ》年内

秋哥とて　　　　　　　　権中納言俊実
0663 霧ふかきつま木のみちの帰るさに声はかりしてくたる山人
秋山といふことを　　　　前大納言尊氏
0664 いりあひは檜原のおくにひゝき初て霧にこもれる山そ暮行
　　　　　　　　　　　　藤原為基朝臣
0665 たちこめておのへもみえぬ霧のうへに梢はかりの松のむら立
河霧をよみ侍ける　　　　前大納言為兼
0666 あさあらしの峯よりおろす大井河うきたる霧も流てそ行
　　　　　　　　　　　　前大僧正実超
0667 ふしみ山ふもとのいなは雲晴て田面にのこる宇治の河きり
海辺霧を　　　　　　　　前左兵衛督為成
0668 いりうみの松のひとむらくもり初てしほよりのほる秋の夕霧
　　　　　　　　　　　　二条院参川内侍
0669 難波かた浦さひしさは秋きりのたえまにみゆる海士のつり舟
秋哥の中に　　　　　　　従二位家隆
0670 さえのほるひゝきや空にふけぬらん月のみやこも衣うつなり
月前擣衣といふ事を　　　鎌倉右大臣
0671 夜をさむみ寝覚てきけはなか月の在明の月にころもうつ也
建武二年内裏千首哥に擣衣

一 ひゝき初て―ひゝきゝて《初てイ》内
一 田面にのこる―田つらにのこる桂
一 浦さひしさは―うらさひしきは兼

民部卿為定

0672 衣うつよその里人なれをしそあはれ[一]とはおもふ秋の夜さむに[二]

秋夜を　九条左大臣女

0673 いまはゝやあけぬと思ふ鐘のをとの後しもなかき秋の夜は哉

百首哥たてまつりし時　永福門院内侍

0674 そめやらぬ木すゑの日影う[一]つりさめてやゝかれわたる山の下草

[一]院に三十首歌めされしとき秋木を　新室町院御匣

0675 をかへなるはしのもみちは色こくて四方の木すゑは露の一しほ

[一]秋哥とて　左兵衛督直義

0676 をのれとや色つきそむるうす紅葉また此ころはしくれぬ物を

[一]侍従具定

0677 みるまゝにもみち色つく足引の山の秋風さむくふくらし

[一]山紅葉を　中院入道前内大臣

0678 まなくふる時雨にいろやつくは山しけき梢ももみちしにけり

岡紅葉といふ事を　後宇多院御哥

0679 色々にならひの岡のはつもみち秋のさかのゝゆきゝにそみる

百首哥たてまつりしとき　前大納言実明女

一　あはれとはおもふ―あはれとおもふ府・冬・静
二　秋の夜さむに―秋の夜寒《はイ》に内

一　うつりさめて―うつりそめて府　うつりさ《きイ》めて内

一　院に―院九・章・内・正版

一　秋哥とて―ナシ九・章・内・正版

一　侍従具定―ナシ冬

一　山紅葉を―山紅葉府・冬・静

0680 あさきりのはれゆくをちの山本に紅葉ましれる竹の一むら」
　　題しらす　　　　　　　　　前大僧正道玄
0681 志賀の山こえてみやれははつ時雨ふるき都はもみちしにけり
　　　　　　　　　　　　　　　読人しらす
0682 秋されはをく露霜にあへすしてみやこの山は色つきぬらむ
　　人々さそひて大井河にまかりて紅葉臨水といふ
　　ことをよみ侍ける　　　　　　権大納言長家
0683 おほゐ河山のもみちをうつしもて唐くれなゐの波そ立ける
　　紅葉を　　　　　　　　　　　後京極摂政前太政大臣
0684 しくれつる外山の雲は晴にけり夕日にそむる峰の紅葉ゝ」
　　紅葉映日といふことを　　　　　内大臣
0685 日影さへ今ひとしほを染てけり時雨のあとのみねのもみちは
　　伏見院に三十首歌たてまつりける時山紅葉
　　をよみ侍ける　　　　　　　　前中納言清雅
0686 はれわたる日影にみれは山もとの木すゑむら／＼紅葉しにけり
　　人々に三十首哥めされけるついてに秋山を　院御哥
0687 霧はるゝ田のものすゑに山みえていなはにつゝく木々のもみち葉
　　秋木

一　色つきぬらむ―色付ぬらん《にけりイ》府

一　秋木―秋木を兼

0688 呉竹のめくれるさとをふもとにてけふりにましる山の紅葉ゝ

秋望といふ事を　　今上御哥

0689 ゆふ日うつるそとものもりのうす紅葉さひしき色に秋そ暮行

[一]建長三年吹田に御幸ありて人々に十首哥

よませさせ[二]給けるつゐてに　　後嵯峨院御哥

0690 もろこしもおなし空こそしくるらめからくれなゐに紅葉する比

二品法親王覚助なか月のすゑに長谷の山庄に

まかりて紅葉の枝を折てたてまつり侍けるに

この[一]一枝のこり[二]ゆかしくこそとて[三]たまはせける　　伏見院御哥

0691 色ふかき[一]やとのもみちのひとえたに折しる人のなさけをそみる

御かへし　　[一]二品法親王覚助

0692 いろそへてみるへき君のためとてそ我やま里の紅葉をもおる

正治二年百首哥の中に　　式子内親王

0693 とけてねぬ袖さへ色に出ねとや露ふきむすふ峯の木からし

なか月のころすゝか山のもみちを見て　　能宣朝臣

0694 したもみち色々になるすゝか山しくれのいたくふれはなるへし

一　建長三年―建長二年正版
二　給けるつゐてに―給ける兼

一　一枝のこり―一枝のゝこり九・桂・兼・正版
二　ゆかしくこそ―ゆかしく九
三　たまはせける―たまはせ給ける兼

一　やとのもみちの―山の紅葉の内

一　二品法親王―一品親王正版

九月九日を　花山院御哥」

0695 よろつ代をつむともつきし菊の花なか月のけふあらむかきりは

宝治百首哥に重陽宴を　山階入道前左大臣

0696 長月の菊のさか月こゝのへにいくめくりとも秋はかきらし

冷泉前太政大臣

0697 こゝのへに千代をかさねてかさす哉けふおりえたる白菊のはな

藤原隆祐朝臣

0698 めくりあふ月日もおなしこゝのへにかさねてみゆる千代のしら菊

位の御時三首哥講せられけるつゐてに

庭菊を　後醍醐院御哥」

0699 もゝしきやわかこゝのへの秋のきく心のまゝにおりてかさゝむ

題しらす　源光行

0700 夜もすからひかりは霜をかさぬれと月にはきくのうつろはぬかな

堀河院百首哥に菊を　前中納言師時

0701 しもかれむことをこそおもへ我宿のまかきに匂ふしら菊の花

屏風にをむなの菊花みたる所　貫之

0702 をく霜の染まかはせる菊のはないつれかもとの色にはあるらん

一　けふおりえたる—けにおりえたる九・正版

一　三首哥—三十首歌兼

一　秋のきく—菊の花兼

一　前中納言—権《前イ》中納言府

一　菊花みたる所—菊の花をみたる所兼

秋哥に
0703 もすのゐるまさきのするゑは秋たけてわらやはけしき峯の松風
百首歌たてまつりしとき秋哥
前中納言定家

進子内親王
0704 みるまゝにかへにきえゆく秋の日のしくれにむかふ浮雲のそら
霜草欲枯虫思苦といへるこゝろを
前中納言匡房

0705 はつ霜にかれゆく草のきり〳〵す秋は暮ぬと聞そかなしき
崇徳院よりめされける百首歌に
前参議教長

0706 ほに出てまねくとならは花すゝき過行秋をえやはとゝめぬ
秋の御哥の中に
後鳥羽院御哥

0707 まとふかき秋の木の葉を吹たてゝまた時雨ゆく山おろしの風
院五首歌合に秋視聴といふことを
権大納言公宗女

0708 秋の雨の窓うつをとにきゝわひてねさむるかへにともし火のかけ
暮秋雨を
前大僧正覚円

0709 庭の面に萩のかれ葉はちりしきてをとすさましき夕暮の雨
院に三十首歌めされしとき秋木を
西園寺前内大臣女

一 秋哥に—秋哥に《の中イ》内

一 霜草—霜菊桂

一 かれゆく草の—かれゆく菊の冬

一 まとふかき—まとふ《ちイ》かき内

一 萩のかれ葉は—荻のかれはは章・正版

0710 秋の雨にしほれておつるきりの葉はをとするしもそさひしかりける」

題しらす　　　永福門院

0711 もろくなる桐のかれ葉は庭におちて嵐にましる村雨のをと

秋の比よみ侍ける　　　慶政上人

0712 としへたる深山のおくの秋の空寝覚しくれぬ暁そなき

建仁四年百首御哥に　　　後鳥羽院御哥

0713 なにとなく庭のよもきもしたおれてさひゆく秋の色そかなしき

暮秋虫を　　　伏見院御哥

0714 ゆふ日うすきかれ葉のあさちしたすきてそれかとよはき虫の一声

後伏見院左京大夫」

0715 うらかるゝあさちか庭のきり〳〵すよはるをしたふ我もいつまて

正治百首歌に　　　式子内親王

0716 しるきかなあさち色つく庭のおもに人めかるへき冬のちかさは

百首歌たてまつりしとき　　　侍従隆朝

0717 いとはやもをしね色つくはつ霜のさむきあさけに山風そ吹

秋霜をよませ給ける　　　後伏見院御歌

0718 ゆふしものふるえの萩の下葉よりかれゆく秋の色はみえけり

一　建仁四年―建保四年桂

一　色そかなしき―色そさひしき静

浅茅秋霜を　　従二位為子 」

0719 なか月や夜さむのころの有明のひかりにまかふあさちふの霜

秋哥に　　前大納言長雅

0720 風わたるまくすか原に秋暮てかへらぬものは日かすなりけり

九月尽によめる　　登蓮法師

0721 としことにかはらぬけふのなけき哉おしみとめたる秋はなけれと

前中納言為相

0722 山をこえ水をわたりてしたふともしらはそけふの秋の別路

宝治百首歌に九月尽を　　常磐井入道前太政大臣

0723 ゆく秋のなこりをけふにかきるともゆふへはあすの空もかはらし 」

おなしこゝろを　　後伏見院御哥

0724 月もみす風もをとせぬ窓のうちに秋を送りてむかふともし火

一　長雅―長雄《雅イ》章・正版

一　ゆふへはあすの―夕は雨の桂

風雅和歌集巻第八

冬哥

十月一日[一]おほゐにまかりてこれかれ歌よみ[二]けるに
前大納言公任
0725 おちつもるもみち葉見れは大井河ゐせきにとまる秋にそ有ける

杜初冬といふことを
円光院入道前関白太政大臣
0726 冬のきて霜のふり葉もあはれなりわれもおひその杜のした草

百首御歌の中に
後二条院御哥
0727 もみち葉の深山にふかくちりしくは秋のかへりし道にやあるらん
」

初冬の哥に
伏見院新宰相
0728 草枯てさひしかるへき庭の面にもみちゝりしき菊もさきけり

後西園寺入道前太政大臣
0729 浮雲の秋より冬にかゝるまてしくれすさめるとを山のまつ

時雨を
太上天皇
0730 夕日さすおち葉かうへに時雨すきて庭にみたるゝ浮雲のかけ

儀子内親王
0731 やまあらしに[一]うきゆく雲の一とをり日影さなから時雨降なり

従三位盛親
0732 ふりすさふ時雨の空のうき雲にみえぬ夕日の影そうつろふ
」

一　おほゐに―大井河に兼
二　よみけるに―よみ侍けるに桂

一　うきゆく雲の―ふ《うイ》き《きえイ》行雲の桂

文保[一]百首哥たてまつり[二]けるとき
民部卿為定
0733 しくるともよそにはみえすたえ〳〵に外山[一]をめくる峯の浮雲
冬哥の中に　前中納言為相
0734 時雨行雲まによはき冬の日のかけろひあへすくるゝ空哉
伏見院五十番[一]歌合に冬雲を
前大納言家雅
0735 うきてゆく雲のたえ〳〵影みえてしくるゝ山にゆふ日さすなり
時雨をよめる　前参議教長
0736 時雨のあめなにとふるらむはゝそ原ちりてのゝちは色もまさらし
題しらす　進子内親王
0737 山あらしに木の葉ふりそふ村時雨はるゝ雲まにみか月の影
後鳥羽院御哥
0738 神無月くも[一]ま待まにふけにけりしくるゝころの山の端の月
永福門院
0739 月のすかた猶在明のむら雲にひとそゝきするしくれをそみる
権大納言公蔭
0740 かみな月雲のゆくてのむら時雨はれもくもりも風のまに〳〵
百番[一]哥合に閨時雨を
伏見院新宰相

一　文保百首哥—元応百首歌府・冬　文《元イ》保百首歌内
二　たてまつりけるとき—奉りし時兼・内・正版
一　外山をめくる—遠山めくる兼
一　五十番歌合—五十首歌合兼・章・正版
一　くもま待まに—雲ままつ夜に兼
一　百番—百首《番イ》桂

0741 おり〳〵に時雨をとしてなかき夜のねやのいたまはまたてしらます

冬歌のなかに

藤原為仲朝臣

0742 外山よりしくれてわたる浮雲に木葉吹ませゆくあらし哉

永陽門院左京大夫

0743 さそひはてしあらしの後の夕時雨にはのおち葉を猶や染らん

均子内親王もき侍けるに尚侍淑子をくり侍ける屏風にかさとりやまのほとりを人ゆくほとにしくれのするに袖をかつきたるところ

大中臣頼基朝臣

0744 かさとりの山をたのみしかひもなく時雨に袖をぬらしてそゆく

題しらす

従二位為子

0745 しくれゆくたゝ一むらははやくしてなへての空は雲そのとけき

永福門院

0746 むら〳〵に小松ましれる冬枯の野へすさましき夕暮の雨

進子内親王

0747 かれつもるならのおち葉にをとすなり風ふきまする夕暮の雨

落葉深といふことを人々によませさせ給けるついてに

伏見院御哥

0748 吹分る木の葉のしたもこのはにて庭みせかぬる山おろしの風

一　またてしらます―まてとしらます九・府・冬・静・桂・兼・章・内・正版

一　吹ませ―降《吹イ》ませ桂

一　永陽門院―永福門院兼

一　大中臣頼基朝臣―大中臣頼基朝臣歟九　大中臣頼基兼・章・内・正版

一　風ふきまする―風ふきましる府　風ふきます《しイ》る冬　風ふきまさる桂

一　よませさせ給ける―よませ給ける府・冬・桂・章・内

冬庭をよませ給ける　後伏見院御哥

0749 しくるともしられぬ庭は木葉ぬれてさむき夕日は影おちにけり

宇治入道前関白家に殿上人とも残紅葉をたつぬといふ題を[一]よみ侍ける時　[二]四条太皇太后宮下野

0750 こゝろして風のゝこせるもみち葉をたつぬる山のかひにみるかな

題しらす　貫之

0751 もみち葉のちりしくときはゆきかよふ跡たにみえぬ山ちなりけり

山河に紅葉のなかるゝをみて　順

0752 みなかみにしくれふるらし山河の[一]瀬にももみちの色ふかくみゆ

弘長二年嵯峨にて十首歌講せられけるついてに[一]河落葉　後嵯峨院御哥

0753 我やとのものなりなから大井河せきもとゝめすゆく木の葉哉

冬御歌に　後二条院御哥

0754 神なひの山した風のさむけくにちりかひくもる四方の紅葉ゝ　院兵衛督

[一]文保三年後宇多院にたてまつりける百首哥の中に　芬陀利花院前関白内大臣

0755 神かきのもりの木葉は散しきておはな残れるかすかのゝ原

一　よみ侍ける時―よみ侍ける九・府
二　四条太皇太后宮―四条皇太后宮静

一　瀬にももみちの―せゝも紅葉の兼

一　河落葉―川紅葉兼

一　文保三年―元応[文保三イ]二年府・冬　文[元イ]保三[二イ]年内

0756 吹風のさそふともなき木すゑより落るかれ葉の音そさひしき」

冬哥とて

権大納言公宗

0757 入あひのひゝきをゝくる山風にもろき木葉のをとそましれる

後一条入道前関白左大臣

0758 いつのまにこけさへ色のかはるらむ今朝はつ霜のふる里の庭

百首歌たてまつりしとき

徽安門院一条

0759 秋見しはそれとはかりの萩かえに霜のくち葉そひとは残れる

権大納言資明

0760 冬かれのしはふの色のひとゝおり道ふみ分る野へのあさしも

題しらす

祝子内親王」

0761 霜さむきあさけの山はうすきりてこほれる雲にもる日影哉

冬の御哥のなかに

今上御哥

0762 しもこほる竹の葉分に月さえて庭しつかなる冬のさよ中

権大納言公蔭

0763 吹とをす梢のかせは身にしみてさゆる霜夜の星きよき空

冬動物といふ事を

藤原為基朝臣

0764 をく霜は閨まてとおる明かたの枕にちかきかりのひと声

霜を

紀淑文朝臣

0765 のこりつる峯の日影も暮はてゝ夕霜さむしをかのへの里

一　落るかれ葉の—落る木の葉の兼

一　をとそましれる—をとそまし《のこイ》れる府・冬　音そ残れる静

一　竹の葉分に—竹の葉分に《るイ》内

0766 暮かゝる日影はよそになりにけりゆふ霜こほるもりの下草

前大僧正源恵

百首歌たてまつりしとき

前大納言実明女

0767 空たかくすみとほる月は影さえてしはふにしろき霜の明かた

冬哥に　祝部成茂

0768 もみちせし岡へもいまはしろたへの霜のくち葉に月そ氷れる

三条入道前太政大臣

0769 草葉こそをきそふ霜にたへさらめなにゝかれゆくやとの人めそ

寒草をよめる　前大納言実教

0770 ふりはつる我をもすつな春日野やをとろかみちの霜の下草

建仁元年三月哥合に嵐吹寒草といふことを

前中納言定家

0771 あさちふやのこる葉すゑの冬の霜をきところなく吹あらしかな

冬歌の中に　従二位家隆

0772 霜しろき神のとりゐのあさからす鳴ねもさひし冬のやま本

後伏見院中納言典侍

0773 しもとくる日影の庭は木葉ぬれて朽にし色そ又かはりぬる

後京極摂政左大将に侍ける時家に六百番哥

合し侍けるに残菊　正三位経家

一 なりにけり—なりはてゝ《にけりイ》桂

一 影さえて—影みえて兼

一 霜のくち葉に—霜のくちはも府

一 冬のやま本—冬の山里府・冬・兼　冬の山もと《さとイ》内

一 又かはりぬる—又かへりぬる静

一 侍ける時—侍ける時に九

二 残菊—残菊を兼

0774 染かふるまかきの菊のむらさきは冬にうつろふ色にそありける」

人々に哥をめして[一]あはせられ侍けるついてに庭

残菊といふことをよませ給ける

後宇多院御哥

0775 庭の面に老のともなるしらきくは六十の霜や猶かさぬへき

菊をみてよめる　藤原道信朝臣

0776 こむらさきのこれる菊はしら露の秋のかたみにをけるなりけり

[一]文保百首歌の中に

前大納言為世

0777 冬されはさゆるあらしの山のはにこほりをかけて出る月影

百首哥たてまつりしに」

正二位隆教

0778 おほろなる光もさむし霜くもりさえたる空にふくる夜の月

題しらす　儀子内親王

0779 吹とたに[一]しられぬ風は身にしみて[二]影さえとほる霜のうへの月

二品法親王覚助

0780 なかき夜の霜のまくらは夢たえてあらしの窓にこほる月影

冬雲を　徽安門院

0781 こほるかと空さへみえて月のあたりむら〳〵しろき雲もさむけし

河辺冬月　冷泉前太政大臣

一　あはせられ侍ける―あはせられける九・静・章・内・正版

一　文保百首歌―元応《文保イ》百首歌府・冬

一　しられぬ風は―しらせぬ風は兼

二　影さえとほる―影さへとをる静・桂・章・内・正版

0782 ものゝふのやそうち河の冬の月いるてふ名をはならはさらなん

藤原為秀朝臣 」

0783 瀬たえするふる河水のうす氷ところ〳〵にみかく月かけ

題しらす

[一]後伏見院御哥

0784 かねのをとに[一]あくるか空とおきてみれは霜夜の月そ庭しつかなる

左近中将忠季

0785 在明の月と霜との色のうちにおほえす空もしらみそめぬる

冬鐘といふ事を

前大納言為兼

0786 吹さゆるあらしのつての二こゑにまたはきこえぬあかつきのかね

暁かたに千とりのなくをきゝて

増基法師 」

0787 あかつきやちかくなるらむもろともにかならすもなく河ちとりかな

千鳥をよみ侍ける

左京大夫顕輔

0788 あふみちやのしまかさきのはま風にゆふなみ千鳥たちさわくなり

宝治百首哥に[一]潟千鳥

正三位[二]経朝

0789 夕暮のしほ風あらくなるみかたかたもさためすなく千とり哉

海辺千鳥といふことを

平宣時朝臣

0790 はるかなるおきのひかたのさよちとりみちくるしほに声そ近つく

一 後伏見院―伏見院静

一 あくるか空と―あくるか空を静　あくるか空も兼

一 潟千鳥―潟千鳥を兼

二 経朝―経明九

寒蘆を　　　　　　　　　　権中納言通相」

0791 なにはかた入江にさむき夕日かけのこるもさひしあしのむら立

如願法師

0792 みなといりのたなゝしをふね跡みえて蘆の葉むすふうすこほり哉

氷をよめる　　　　　　　　後西園寺入道前太政大臣

0793 ゆきなやむ谷の氷のしたむせひすゐにみなきる水そすくなき

恵助法親王

0794 冬ふかき谷のした水をとたえて氷のうへをはらふ木からし

冬哥の中に　　　　　　　　前関白左大臣基

0795 わきて猶こほりやすらむ大井河さゆるあらしの山かけにして

百首歌たてまつりしとき」

0796 風さむき山かけなれはなつみ河むすふこほりのとくるひもなし

藤原為忠朝臣

冬雨を　　　　　　　　　　永福門院

0797 さむき雨はかれのゝ原にふりしめて山まつ風の音たにもせす

冬夕のこゝろをよませ給ける　　伏見院御哥

0798 木すゐにはゆふあらしふきてさむき日の雪けの雲に雁なき渡る

正治百首哥の中に　　　　　式子内親王

0799 むれてたつ空も雪けにさえ暮て氷のとこにをしそ鳴なる

一　あしのむら立―あしの一むら府

一　したむせひ―下むせふ《ひイ》桂

一　前関白左大臣基―前関白左大臣府・冬・静

一　さゆるあらしの―さむる嵐の正版

一　たてまつりしとき―奉りける時兼

一　空も雪けに―雲も雪けに兼

霰を　　前中納言為相女

0800 空さむみ雪けもとをす山風の雲のゆきゝに霰ちるなり

前中納言重資

0801 風のをともさむき夕日はみえなから雲一むらにあられおつなり

野外霰といふ事を　　如法三宝院入道前内大臣

0802 霜こほる野へのさゝ原風さえてたまりもあへすふる霰かな

正治百首哥の中に冬哥　　式子内親王

0803 しくれつゝよものもみち葉ふりはてゝ霰そおつる庭の木葉に

題しらす　　前大納言為兼

0804 降はるゝ庭のあられはかたよりて色なる雲に空そくれ行

冬夜といふことを　　伏見院新宰相

0805 ゆふへよりあれつる風のさえ〱て夜ふかき窓に霰をそ聞

霰を　　権僧正永縁

0806 冬の夜のねさめにきけはかたをかのならの枯葉に霰ふるなり

百首歌たてまつりし時　　民部卿為定

0807 をたつるそとものならのひろ葉にもあまりてよそにちる霰哉

題しらす　　章義門院

0808 なかめやる岡の柳は枝さひて雪まつ空の暮そさむけき

0800
一 雪けもとをす―雪けもよほす九・府・冬・静・桂・兼・章・内・正版
二 霰ちるなり―あられちる《ふるイ》也内

0803
一 よものもみち葉―よものもみちは九・府・冬・静・桂・兼・章・内・正版

0804
一 色なる雲に空そくれ行―色なる雲そ空に暮行章・正版

0805
一 夜ふかき窓に―夜ふかきまゝに九

0809 うき雲のしくれくらしてはるゝ跡になかは雪なる軒の山のは　」
藤原為基朝臣

雪哥の中に
鎌倉右大臣

0810 まきもくのひはらの嵐さえ〳〵てゆつきかたけに雪降にけり

建仁元年三月哥合に雪似白雲といふ事を
後鳥羽院御歌

0811 雪やこれはらふたかまの山風につれなき雲の峯にのこれる

策々窓戸前又聞新雪下といふことを
前中納言定家

0812 はつ雪の窓のくれ竹ふしなからをもるうは葉の「ほとそ聞ゆる　」

題しらす
前中納言雅孝

0813 ふりけるもまさこのうへはみえわかて落葉にしろき庭のうす雪
「道全法師

0814 庭はたゝ霜かとみれは岡のへの松の葉しろきけさの初雪
藤原朝定

0815 さゝの葉のうへはかりにはふりをけと道もかくれぬ野へのうす雪
院冷泉

0816 跡たえて「うつまぬしもそすさましき芝生かうへの野へのうすゆき
寂恵法師

0817 あさ日影さすや雲まのたえ〳〵にうつるもこほる峯のしらゆき

一　ほとそ聞ゆる―程そしらるゝ兼

一　道全法師―道命法師九・府・桂・章・正版　道命《全歟》法師内

一　うつまぬしもそ―うつまぬ霜そ府・冬・静・桂・兼

[一]冬のうたに　　右近大将[二]道嗣

0818 いつくともつもるたかねはみえねとも雲のたえ〴〵ふれるしら雪

野雪といふ事をよみ侍ける　　内大臣

0819 たかねにはけぬかうへにやつもるらんふしのすそのゝ今朝の初雪

行路雪を　　藤原為守

0820 旅人のさきたつ道はあまたにて跡なきよりもまよふ雪かな

左兵衛督直義家の哥合に　　藤原重能

0821 浪かゝるしつえはきえていその松木するゐはかりにつもる白雪

雪ふりけるひ日吉社へまうてけるに山深く[一]なるまゝに風ふきあれてゆくさきもみえす雲たちむかひ[二]侍けれは　　前大納言為兼

0822 ゆくさきは雪のふゝきにとちこめて雲に分いる志賀の山こえ

題しらす　　鎌倉右大臣

0823 深山には白雪ふれりしからきの[一]まきのそま人[二]道たとるらし

山家雪　　基俊

0824 雪のうちにけふも暮しつ山里はつま木のけふり心ほそくて

[一]文保百首哥たてまつりける時冬哥　　民部卿為定

一　冬のうたに—冬雪《歌》に九
二　右近大将—右《左イ》近大将府・冬左近大将静

一　なるまゝに—なるまゝ章・正版
二　侍けれは—けれは桂

一　まきのそま人—さきの杣人兼
二　道たとるらし—道たとるらん章・正版

一　文保百首歌—元応《文保イ》百首歌府・冬　文保《元イ》百首歌内

0825 降まゝにひはらもいとゝこもりえのはつせの山は雪つもるらし

百番歌合に山雪を　永福門院

0826 鳥の声松のあらしのをともせす山しつかなる雪のゆふ暮

雪の哥とてよめる　津守国夏

0827 みよし野やすゝふくをとはうつもれて槙の葉はらふ雪のあさ風

雪埋樵路といふことを　俊恵法師

0828 つま木こる山ちは雪のふかけれは世にふるみちもたえやしぬらん

雪のいみしくふりたりけるあした慶政上人
西山にすみ侍ける庵室によみてつかはしける　光明峯寺入道前摂政左大臣

0829 いかはかりふりつもるらむおもひやる心もふかき峯のしら雪

かへし　慶政上人

0830 たつねいりしまことのみちのふかき山はつもれる雪の程もしられす

無動寺にこもりて侍けるころ雪のあした藤原
為顕につかはしける　前大僧正道玄

0831 みやこへも見ゆらむものをあはれとも問ぬそつらき峯のしら雪

返し　藤原為顕

0832 なかむへきそなたの山もかき暮て都も雪のはるゝまもなし

題しらす　権中納言宗経

一　国夏―国守九　国基兼・章・正版

一　ふかけれは―ふりけれは正版

0833 とふ人の跡こそあらめ松風のをとさへたゆる山のしらゆき 」
藤原頼氏

0834 ふりつもる梢の雪や[一]こほるらし朝日ももらぬ庭の松かえ
建保五年四月庚申に冬夕を
西園寺入道前太政大臣

0835 山の端の雪のひかりに暮やらて[一]冬の日なかしをかのへのさと
雪をよみ侍ける
従二位兼行

0836 [一]降をもる軒はの松は[二]をともせてよそなる谷に雪折のこゑ
三嶋社にたてまつらむとて平貞時朝臣すゝめ侍ける十首哥の中に松雪を
前大納言為兼

0837 山おろしの木すゑの雪をふくたひに一くもりする松のした陰 」
雪の哥に
前中納言定資

0838 夜もすからふるほとよりも[一]たまらぬはあらしやはらふ松のしら雪
従三位盛親

0839 夕暮のみそれの庭やこほるらんほとなくつもる夜半のしら雪
従二位為子

0840 [一]はなよたゝ[二]またうすくもる空の色に木すゑかほれる雪のあさ明
院よりめされける三十首哥の中に
永福門院内侍

一　こほるらし―こほるらん桂・兼

一　冬の日なかし―冬の日なから兼

一　降をもる―ふりを《フイ》もる桂
二　をともせて―音もせす冬・静

一　たまらぬは―つもらぬは九・兼・章・正版　つも《たまイ》らぬは
内

一　はなよたゝ―晴よたゝ静・内
二　またうすくもる―又うすくもる桂

0841 ふれはかつこほる朝けのふる柳なひくともなき雪のしらいと

冬哥とて　前大僧正道意

0842 あさ日さす軒はの雪はかつきえてたるひの末におつる玉水

朝雪といふ事を　後伏見院御哥

0843 をかのへやさむき朝日のさしそめてをのれとおつる松の白雪

後西園寺入道前太政大臣

0844 野も山もひとつにしらむ雪の色にうす雲くらき朝あけの空

徽安門院

0845 うすくもりまたはれやらぬあさあけの雲にまかへる雪のとを山

題しらす　院一条

0846 深雪ふるかれ木のすゑのさむけきにつはさをたれてからす鳴也

後鳥羽院御哥

0847 鳥かへる谷のとほそに雪ふかしつま木こるをの道やたえなん

儀子内親王

0848 うすくもりおり〳〵さむくちる雪にいつるともなき月もすさまし

前大僧正覚実

0849 ふりすさむ夕の雪のそら晴て竹の葉しろき軒の月影

藤原親行朝臣

0850 吹かくるすたれもしろくなりにけり風によこきる夕暮の雪

一　なひくともなき―なひくとはなき桂

一　前大僧正道意―前大僧正道玄府・冬

一　ふりすさむ―ふりすさふ府・冬・桂

百首歌たてまつりしとき　前中納言重資

0851 うつもるゝ草木に風のをとはやみて雪しつかなる夕暮のには

冬哥とて　院一条

0852 山もとの竹はむら〳〵[一]うつもれてけふりもさむき雪のあさあけ

冬地儀といふことを　左兵衛督直義

0853 みわたせは山もとゝをき雪の内に煙さひしき里のひとむら

[一]夕雪　伏見院御哥

0854 ふりつもる色より月のかけになりて夕暮みえぬ庭のしら雪

前大納言為兼

0855 くるゝまてしはしはらふ竹の葉に風はよはりて雪そふりしく

屏風の絵に雪のふりたる[一]ところ　貫之

0856 みよし野の山より雪は[一]降くれといつともわかぬ我やとの竹

題しらす　読人しらす

0857 いけのへの[一]松のすゑ葉にふる雪はいほへふりしけ[二]あすさへもみむ

0858 うはたまのこよひの雪に[一]いさぬれむ[二]あけんあしたにけなはおしけん　貫之

一 うつもれて―うつまれて府

一 夕雪―夕雪を静

一 ところ―所《竹イ》内

一 降くれと―ふりくれて九

一 松のすゑ葉に―松のうは葉に静
二 あすさへもみむ―あすまてもみむ静

一 いさぬれむ―いさいねん静
二 あけんあしたに―あけむ朝《けイ》に章

0859 ものことにふりのみかくす雪なれと水には色も残らさりけり
水上雪といふ事をよめる
源仲正
」

0860 もろともにはかなき物は水の面にきゆれは消るあはのうへの雪
[一]文保三年後宇多院へめされける百首歌の中に
二品法親王覚助

0861 ふりつもる雪まにおつるたき河の岩ねにほそき水のしら波
[一]氷上雪を　[二]従二位行家

0862 かつむすふ[一]こほりのほともあらはれて雪になり行庭の池水
雪のふりたりけるつとめて俊頼朝臣許によみ
てつかはしける　修理大夫顕季

0863 雪ふりてふまゝくおしき庭の面はたつねぬ人もうれしかりけり
かへし　俊頼朝臣
」

0864 我こゝろ雪けの空にかよふとも[一]しらさりけりな[二]跡しなけれは
正応二年十一月廿八日賀茂臨時祭の還立また
せ給ふほと上達部殿上人あまたさふらひて夜もす
から御哥合なとありけるあさほらけ雪さへふり
ていとおもしろく侍けるをおなし五年のおなし月
日臨時祭にて雪ふりて侍けれはおほしめし出る
事ありて御すゝりのふたに雪をいれて浄妙寺関白

一　文保三年―元応《文保三イ》二年府・冬　文保《元イ》三《二イ》年内

一　氷上雪を―氷上雪府・冬
二　従二位行家―従二位顕《行イ》家桂
一　こほりのほとも―氷のほとの内

一　しらさりけりな―しりさりけりな兼
二　跡しなけれは―跡のなけれは内

そのころこもりゐて侍けるに[一]つかはさせ給ける
伏見院御哥
0865 めくりあふおなし月日は思ひいつやよとせふりにし雪の明ほの
御返し
浄妙寺関白前[一]右大臣
0866 つもれとも[一]つかへしまゝの心のみふりてもふりぬゆきのあけほの
冬声といふことを
進子内親王
0867 ふりはれてこほれる雪の梢よりあかつきふかき鳥のはつ声
[一]朝雪を
覚誉法親王
0868 ふりはるゝあさけの空はのとかにて日影におつる木々の白雪
雪の哥の中に
従二位隆博
0869 日影さすそなたの雪のむらきえにかつ〳〵おつる軒の玉水
鷹狩を
前中納言為相
0870 みかり野に草をもとめてたつ鳥のしはしかくるゝ雪のした柴
前大納言公泰
0871 御狩するかた山かけのおち草にかくれもあへすたつきゝすかな
前大納言為兼
0872 たにこしに草とる鷹をめにかけてゆくほとをそき柴の下みち
[一]文保三年後宇多院へたてまつりける[二]百首
歌に
前大納言為世
0873 風さゆるうちのあしろ木せをはやみ氷も浪も[一]くたけてそよる

一 つかはさせ給ける—つかはせ給ける章
一 右大臣—左大臣内
一 つかへしまゝの—つかへしまゝに章
一 朝雪を—朝雪府・冬・静
一 文保三年—元応二《文保三イ》年府・冬
二 百首歌に—百首歌の中に九・府・冬・静・桂・兼・章・内・正版
一 くたけてそよる—くたけてそみる桂・正版

0874 山ふかき雪よりたつる夕煙たかすみかまのしるへなるらむ
前中納言雅孝
題しらす
安嘉門院四条
0875 をの山はやくすみかまのしたもえてけふりのうへにつもる白雪
住吉社にたてまつりける百首歌の中に
前大納言為家
炭竃
0876 すみかまのけふりに春をたちこめてよそめかすめるをのゝ山本
遠炭竃といふ事を
平貞時朝臣
0877 すみかまのけふりはかりをそれと見て猶みちとをしをのゝ山里
冬夕のこゝろをよませ給ける
院御哥
0878 暮やらぬ庭のひかりは雪にしておくくらくなるうつみ火のもと
日吉社へたてまつりける百首哥の中に炉火を
皇太后宮大夫俊成
0879 うつみ火にすこし春ある心ちして夜ふかき冬をなくさむる哉
冬哥の中に
太上天皇
0880 さむからし民のわらやを思ふにはふすまの中のわれもはつかし
宝治百首歌に冬月
後深草院少将内侍
0881 雲のうへのとよのあかりに立出てみはしのめしに月を見しかな

一　題しらす―ナシ章・正版

一　おくくらくなる―おくことくなる静

一　心ちして―心して静・章・正版

一　さむからし―さむからし《む歟》内

内一　月を見しかな―月をみるかな兼・章・正版　月をみる哉《しイ》

[一]文保三年後宇多院へめされける百首哥の中に
民部卿為藤

0882 をとめ子か雲のかよひちふく風にめくらす雪そ袖にみたるゝ

永仁五年五節の[一]まいりの日申させ給ける
亀山院御哥

0883 面影もみるこゝちするむかしかなけふをとめ子か袖のしらゆき

御かへし　伏見院御哥

0884 しのふらしをとめか袖の[一]しら雪もふりにしあとの[二]けふの面影

[一]文保百首歌の中に　権中納言公雄

0885 わすれすよとよのあかりのをみ衣きつゝなれしはむかしなれとも

賀茂臨時祭の舞人つとめけるとき社頭にて
よみ侍ける　前左兵衛督為成

0886 やまあゐの袖の月かけさよふけてしも吹かへすかもの河かせ

文治六年女御入内の屛風に十二月内侍所御
神楽の所　皇太后宮大夫俊成

0887 ことはりや[一]あまの岩戸もあけぬらん雲ゐの庭のあさくらの声

冬哥の中に　永福門院右衛門督

0888 のこりなくことしもはやく呉竹のあらしにましる雪もすさまし

正治二年人々に[一]百首歌めされけるついてに
としのくれを　後鳥羽院御哥

一　文保三年―元応二《文保三イ》年府・冬　文治三年桂

一　まいりの日―まつりの日章・正版

一　しら雪も―おも影も静
二　けふの面影―けふの白雪静
一　文保百首歌―元応《文保イ》百首歌府・冬　文《元イ》保百首歌内

一　あまの岩戸も―あまの岩との《もイ》桂

一　百首歌―百首兼

0889 けふまては雪ふるとしの空なから夕暮かたはうちかすみつゝ

十二月十七日立春節方違にほかへまかりてあかつき
あり明の月をみて　中務卿宗尊親王

0890 入かたの影こそやかてかすみけれはるにかゝれる在明の月

冬庭といふことを　伏見院御哥

0891 をのつからかきねの草もあをむなりしものしたにも春やちかつく

としの内の梅をよみ侍ける　貫之

0892 一とせにふたゝひにほふ梅のはな春のこゝろにあかぬなるへし

百首御哥の中に　後鳥羽院御哥

0893 おしみこし花やもみちのなこりさへさらにおほゆるとしの暮かな

題しらす　永福門院

0894 あれぬ日のゆふへのそらはのとかにて柳のすゑも春ちかくみゆ

冬のうたとてよめる　卜部兼直

0895 身のうさもかはりやするとよしさらはことしは年の暮もおしまし

百首歌たてまつりしとき　関白右大臣

0896 ことしはた暮ぬとおもへは今更にすきし月日のおしくもある哉

藤原為明朝臣

0897 いたつらにけふさへくれはあすか河又としなみのかすやかさねん

一 あかつき―暁に兼

一 影こそやかて―月こそやかて兼

一 あれぬ日の―明ぬ日の内

一 はた―又九・兼・章・内・正版

一 藤原為明朝臣―ナシ桂

宝治百首哥のなかに歳暮を

正三位知家

0898 暮ぬとてなにかはいそく年をへて「人のためなる春とみなから」

一　人のためなる―人たのめなる静

風雅和歌集巻第九

旅哥

人のむまのはなむけに　貫之

0899 とをくゆく君をゝくると思ひやる心もともに旅ねをやせむ

雨のふる日[一]兼茂朝臣ものへゆくに兼輔むまの
はなむけする所にてよめる

0900 久かたの雨もこゝろにかなはなむふるとて人のたちとまるへく

とをくまかりける時四条太皇太后宮よりさうそ
くをたまはせたりければ申ける　康資王母

0901 たひころもはるかにたてては秋きりのおほつかなさをいかになかめん

とをき所へ[一]まかる人に[二]つかはし侍ける　民部卿為定

0902 目にみえぬ心を人にたくへてもやるかたなきは[一]わかれなりけり

百首哥の中に暁を　安嘉門院四条

0903 いつかたに在明の月のさそふらん空にうかるゝ旅のこゝろを

題不知　順徳院御哥

0904 たひころもあさたつ人はたゆむなり霧にくもれるあけくれのそら　修理大夫顕季

一　兼茂朝臣—兼義《茂》朝臣桂

一　まかる人に—まかりける人に九・章・正版
二　つかはし侍ける—つかはしける九・章

一　わかれなりけり—心なりけり九

0905 あつさ弓いる野の草のふかけれはあさゆく人の袖そ露けき
藤原定宗朝臣
0906 あふさかの関はあけぬといてぬれとなを道くらし杉の下かけ
藤原頼成
0907 ふかき夜に関の戸いてゝあしからの山もとくらき竹のした道
藤原行朝
0908 ふしのねを山よりうへにかへり見ていまこえかゝるあしからの関
藤原朝定
0909 我のみと夜ふかくこゆる深山ちにさきたつ人の声そ聞ゆる
山路梯といふ事を
道全法師
0910 いはたゝみのほりわつらふ峯つゝき雲にはつれてみゆるかけはし
院に三十首哥めされし時山旅
権律師慈成
0911 ゆく末はなをいくへともしら雲のかさなる峯に又むかひぬる
夕旅行を
院御哥
0912 雲霧にわけいる谷はすゑくれてゆふ日のこれる峯の梯
修行し侍けるに先達にて侍ける権僧正良宋
もとへつかはしける
前大僧正道昭
0913 分きつる山又やまはふもとにてみねより峯のおくそはるけき
山を
延政門院新大納言

一 いる野の草の―いる野の原の静
一 いてぬれと―いてぬれは《と》府・冬
一 いまこえかゝる―いまこ《そ歟》えける桂
一 良宋―良采章

0914 山たかみいつれを分てこえゆかむあまた跡ある岩のかけ道

五十首哥よみ侍けるに旅

前大納言為兼

0915 めにかけて暮ぬといそく山本の松のゆふ日の色そすくなき

宝治二年百首哥めされけるに旅行

従三位行能

0916 一むらのさとのしるへにたつけふりゆけともとをみくるゝ空哉

題しらす

和気仲成朝臣

0917 ゆきくれて宿とふすゑの里のいぬとかむる声をしるへにそする

本如法師

└

0918 ゆふま暮まよふ山ちはこえすきてやとゝふ里に出る月かけ

旅月をよみ侍ける

従二位為子

0919 こえなやみわかゆきとまるゆふ山のおのへを月はいまそ出なる

平維貞朝臣

0920 ゆきとまる草のまくらの露にしもわれまちかほにやとる月哉

九月十三夜いつくしまへまいりけるに備後のともと
いふ所にて海辺月といふ事をよめる

藤原公重朝臣

0921 あたら夜の月をひとりそなかめつる思はぬいそになみまくらして

題しらす

従三位基輔

└

0915と0916の間に「旅の心を　二品法親王慈道／ゆくさきのとまりやちかく成ぬらん松のあなたに煙たつ也」アリ内

一　わかゆきとまる—我身行とまる章・正版

一　平維貞朝臣—平維貞九・府・冬・章・内・正版

0922 夜もすからとまもる月をまくらにてうちもねられぬ波のをと哉

藤原頼氏

0923 とまり舟いりぬる磯の波のをとにこよひも夢は見らくすくなし

藤原公重朝臣

0924 夜をこめて旅のやとりをたつ人はくまなき月を明ぬとや思ふ

羈中嵐を

前参議俊言

0925 吹おろすふしのたかねのあさあらしに袖しほれそふ浮嶋か原

あつまへまかりけるにやすかはを[一]わたるとてよめる

前大納言為兼

0926 やす河といかてか名にはなかれけむくるしき瀬のみ[一]ある世と思ふに

さやの中山にて

0927 峯の雲うらわのなみを目にかけてあらしを分るさやの中山

旅の哥とて

光明峯寺入道前摂政左大臣

0928 さゝの葉のさやのなか山なかき夜もかりねの夢はむすひやはする

あつまへまかりけるみちにてよみ侍ける

前大納言為兼

0929 [一]たかせやま松のしたみちわけゆけは[二]ゆふあらし吹てあふ人もなし

旅宿友といふ事を

聖尊法親王

0930 あすもまたおなし道にと契るかなとまりかはらぬ夜半の旅人

前左大臣家に三十首歌よませ侍ける中に

一　わたるとてよめる―わたるとて九・章・正版　わたりけるによめる府・冬

一　ある世と思ふに―あると思ふに府・冬

一　たかせやま―たかし山静

二　ゆふあらし吹て―夕風ふきて府

海旅といふことを　　前大納言公泰

0931 あまの原八十嶋かけててる月のみちたるしほに夜舟こく也

雑哥の中に　　前太宰大弐俊兼

0932 あしの葉に雨ふりかゝるくらき夜の入江の舟に都をそおもふ

世の中さはかしく侍けるころみくさの山をとほり
ておほくら谷といふところにて　　前大納言尊氏

0933 いまむかふかたはあかしの浦なからまたはれやらぬわかおもひかな

はりまなる所にすみ侍けるころつねにみわたし
たるかたを旅人のとおるもあはれに見をくられて
よみ侍ける　　永福門院内侍

0934 うらやまし山田のくろにみちもあれや都へかよふをちのたひ人

前大納言為兼安芸国に侍けるところへたつね
まかりて題をさくりて哥よみけるに海山といふ
ことを　　道全法師

0935 海山のおもひやられしはるけさも越れはやすき物にそ有ける

さぬきより宮こへのほるとてみちより崇徳院に
たてまつりける　　寂然法師

0936 なくさめにみつゝもゆかむ君かすむそなたの山を雲なへたてそ

松山へおはしましてのちみやこなる人のもとにつか

一 みくさの山―みくさ山章・正版

内一 みわたしたる―見いたしたる府・冬・静　みわ《ひイ》たしたる

一 みちより―みち桂

一 なくさめに―なくさみに桂

はさせ給ける　　崇徳院御哥

0937 おもひやれ都はるかにおきつなみたちへたてたる心ほそさを

雑の御哥の中に　　後鳥羽院御哥

0938 すき丶つる旅のあはれをかす〳〵にいかて都の人にかたらむ

祭主定忠

0939 ゆきうつるところ〳〵の面影をこ丶ろにとむる旅のみちかな

権大納言公蔭

0940 露にふし嵐に袖をかさねきて野山の旅も日数へにけり

後伏見院御哥

0941 とふ鳥のなかめのすゑもみえぬまて都の空を思ひこそやれ

宝治百首哥の中に旅行　　兵部卿隆親

0942 わけきつる露のたもとはほしわひぬまた里遠き野への夕暮

旅哥の中に　　正三位経家

0943 ゆきすりの衣にうつれ萩か花たひのしるしと人にかたらむ

題しらす　　人麿

0944 いさやこらやまとへはやくしらすけの真野の萩原手折て行ん

笠金村

0945 しほつ山うちこえくれはわかのれる駒そつまつく家こふらしも

読人しらす

一　経家—隆家桂

一　人麿—人丸静・兼・内

一　わかのれる—わかのほる静

0946　里はなれとをからなくに草枕たひとしおもへは猶恋にけり
　敦頼あつまのかたへくたりけるに人々餞し侍け
　るに
　　　　　　　　　　　　　　　　　　従三位頼政

0947　はる〳〵とゆくもとまるも老ぬれは又あふことをいかゝとそ思ふ
　題しらす
　　　　　　　　　　　　　　　　　　道因法師

0948　はかなくもかへらんほとを契かなさらぬわかれになりもこそすれ
　贈左大臣範季みちのくにのかみにてくたり侍に
　つかはしける
　　　　　　　　　　　　　　　　　　従三位頼政

0949　かへるまてえそ待ましき君かゆくすゑはるかなる我身ならねは
　崇徳院松山におはしましけるにまいりて日数
　へてみやこへかへりなむとしけるあかつきよめる
　　　　　　　　　　　　　　　　　　寂然法師

0950　かへるとものちには又と憑むへきこの身のうたてあたにも有かな
　つくしへまかりけるみちより宮こへいひつかはしける
　　　　　　　　　　　　　　　　　　登蓮法師

0951　故郷をこふるなみたのなかりせはなにをか旅の身にはそへまし
　旅のうたに
　　　　　　　　　　　　　　　　　　民部卿為定

0952　ふるさとにかよふ心のみちはあれとこえて跡なき峯のしら雲
　秋のころあつまにおもひたつ事侍ける時
　　　　　　　　　　　　　　　　　　藤原有範朝臣

一　贈左大臣範季〜―みちのくにのかみ範季下侍につかはしける府・冬　贈左大臣範季《みちのくにのかみイ》内

一　旅のうたに―旅のうた府・冬

0953 山姫のもみちのにしきわれにかせふるさと人に[一]きてもみゆへく

宝治百首哥に旅宿

前大納言為家

0954 あはれなとあひもおもはぬ[一]故郷も[二]たひねとなれは恋しかるらむ

山階入道前左大臣

0955 露なからむすふをさゝのかりまくらかりそめふしのいく夜へぬらん

従三位行能

0956 いはしろのをかのかやねをむすふ夜も夢はみやこにかはらさりけり

旅哥の中に

0957 故郷にちきりし人も寝覚せはわか旅ねをもおもひやるらん

前大納言為兼

0958 むすひすてゝ夜な〳〵かはる旅枕かりねの夢の跡もはかなし

読人しらす

0959 たまかつまあへしま山の夕露にたひねしかねつ[一]長きこの夜を

一　きてもみゆへく―きてもみゆへき《くイ》桂　きてもみゆへき章

一　故郷も―ふるさとに九

二　たひねとなれは―旅ねになれは静

一　長きこの夜を―なかきこのよは静　長き此夜に兼

風雅和歌集巻第十

恋哥一

恋哥の中に　権大納言公蔭

0960 ちきりありてかゝる思ひやつくはねのみねとも人のやかて恋しき

「百首歌たてまつりし時恋哥　関白右大臣

0961 しられしなおさふる袖の涙川したにははやき水のこゝろを

題しらす　前参議教長

0962 しはしこそ袖につゝめなみた川たきつ心を「いかにせかまし」

後醍醐院御哥

0963 我恋ははつもとゆひのこむらさきいつしかふかき色にみえつゝ

初恋の心をよめる　前中納言定家

0964 昨日けふ雲のはたてになかむとてみもせぬ人の思ひやはしる

恋思といふことを　今上御哥

0965 ものおもふとわれたにしらぬこのころのあやしくつねはなかめかちなる

院六首歌合に恋始　冷泉

0966 人しれぬ心の中のおもひゆへつねはなかめの日ころにもにぬ

恋山を　権大納言公蔭」

0967 いはかねのこりしく山にあらなくにいもかこゝろのわれにうこかぬ

一　百首歌―百首兼

一　いかにせかまし―いかてせかまし九・静・兼・章・内・正版

0968
題しらす　従三位親子
ふかきえのあしの下ねよゝしさらはたゝくちはてねみこもりにして

はしめて人のもとにつかはしける　大弐三位
0969
うつもるゝ雪の下草いかにしてつまこもれりと人にしらせむ

承平五年内裏の御屏風に女におとこ物いふまへに梅花ある所　貫之
0970
よそにては花のたよりとみえなから心のうちにこゝろあるものを

恋哥の中に　従二位家隆
0971
青柳のかつらき山のよそなから君に心をかけぬ日はなし

寄樹恋といふ事を　前大納言為兼
0972
はつしくれおもひそめてもいたつらに槙の下葉の色そつれなき

とし月契なからあはさりける人に　権中納言敦忠
0973
人しれすおもふ心はとしへてもなにのかひなくなりぬへきかな

堀河院百首歌に忍恋を　中納言国信
0974
うちたへてなかめたにせす恋すてふけしきを人にみせしと思へは

おなしこゝろを　太宰大弐重家
0975
つらからむ時こそあらめあちきなくいはて心をくたくへしやは

一　従三位親子―従三位親王桂・内
一　ふかきえの―ふかきえに《のイ》内
一　おとこ物いふ―おとこの物いふ九・兼・章・内・正版
二　梅花―桜花九・冬・兼・章・正版
一　くたくへしやは―くたくへしとは静

恋御哥の中に
後二条院御哥
0976 いひ出むことの葉も猶しのはれてこゝろにこむる我おもひ哉
恋硯といふことを
徽安門院
0977 いつとなく硯にむかふ手習よ人にいふへきおもひならねは
百首哥たてまつりしに
左兵衛督直義
0978 涙をはもらさすとても物思ふこゝろのいろのえやはかくれむ
恋哥とて
宣光門院新右衛門督
0979 忍かねこゝろにあまるおもひなれはいはても色にいてぬへきかな」
院六首哥合に恋始を
権大納言公蔭
0980 しらせねはあはれもうさもまたみぬに涙まてにはなにかこほるゝ
宝治百首哥の中に寄月恋
花山院前内大臣
0981 ほのかなるおもかけはかり三か月のわれて思ふとしらせてしかな
月前恋といふ事を
鎌倉右大臣
0982 我袖におほえす月そやとりけるとふ人あらはいかゝこたへん
祝子内親王
0983 月はたゝむかしはかりのなかめかなこゝろのうちのあらぬおもひに」
宝治百首歌に寄草恋

一 たてまつりしに―たてまつりし時府・冬・兼
一 もらさすとても―もらさすさすとても兼
一 恋始を―恋始章・正版
一 むかしはかりの―むかふはかりの九・府・冬・静・桂・兼・章・内・正版

0984 かれねたゝその名もよしや忍草おもふにまけは人もこそしれ

前大納言為氏

一 おもふにまけは—思ひにまけは静・内

建長五年五月後嵯峨院に三首歌たてまつりけるに寄郭公恋といふことを

0985 時鳥いまは五月と名のるなりわかしのひねそときそともなき

前大納言為家

題しらす

0986 忍ふれはねにこそたてねさをしかのいるのゝ露のけぬへき物を

鴨長明

一 忍ふれは—しのふれと静・桂

宝治百首哥に寄関恋を

0987 こえてまた恋しき人にあふさかのせきならはこそ名をもたのまめ

皇太后宮大夫俊成女

題しらす

0988 こひしなむのちのあはれのためはかりかくともせめてしらせてし哉

今出河前右大臣

恋のこゝろを

0989 さてもわか思ふおもひよつゐにいかになにのかひなきなかめのみして

永福門院

一 思ふおもひよ—おもふ心《おもひイ》よ桂

日吉社の哥合に

0990 つらくともつゐのたのみはありなましあはぬためしのなき世なりせは

刑部卿頼輔

はしめて人のもとにつかはしける

0991 しのふれとおもふ思ひのあまりには色に出ぬるものにそ有ける

大江嘉言

題しらす　藤原元真

0992 わするやとしはしはかりはしのふるにこゝろよはきは涙なりけり

つれなくのみ侍ける人のもとへつかはしける　俊頼朝臣

0993 わひつゝはたのめたにせよ恋しなん後の世まてもなくさめにせん

恋哥の中に　進子内親王

0994 身をかへてみるみちもかなつれなさの人にもかゝる人のこゝろか

百首歌たてまつりしとき　大納言公重

0995 をのつからわかおもひねにみる夢や人はゆるさぬ契なるらむ

恋哥とて　源定忠朝臣母

0996 わすられん名をたにせめてなけかはやそれもなれての後そと思へは

文保三年後宇多院にたてまつりける百首哥の中に　後醍醐院少将内侍

0997 つれもなき人の心のせきもりは夢路まてこそゆるさゝりけれ

つれなかりける女の夢にはなさけあるさまにみえけれは申つかはしける　前左兵衛督惟方

0998 つれもなきうつゝを夢にひきかへてうれしき夢をうつゝともかな

恋哥に　権大納言公宗

0999 しらせねはつれなき色もみえぬまのうからぬ人にものをこそ思へ

一　しのふるに―忍ふ間《るイ》に章・正版

一　もとへ―もとに九・内

一　たのめたにせよ―たのみたにせよ兼

一　わすられん―わすられ《る、イ》ん内

一　文保三年―文治《保》三年静　文《元イ》保三《二イ》年内

一　みえぬまの―みえぬまの《てイ》桂　みえぬまて内

1000 おもひあまりしられむと思ふことの葉も猶人つての中そかなしき
順徳院御哥

清慎公のむすめのもとへつかはしける
西宮前左大臣

1001 つゆはかりたのむ心はなけれともたれにかゝれるわれならなくに

女のもとにはしめてつかはしける
祭主輔親

1002 とふことのはしめはけふにみゆらめとおもふ心はとしそへにける

女につかはし侍ける
東三条入道摂政前太政大臣

1003 をとにのみきけはかひなし時鳥ことかたらはむとおもふ心あり

返し
前右近大将道綱母

1004 かたらはむ人なきさとに郭公かひなかるへき声なふるしそ

顕恋のこゝろを
源兼氏朝臣

1005 かくれなきにほのかよひちいまさらにあさきこゝろのみつからそうき

春のころ山しなわたりをありきけるに梅の花さかりなるやとのみえ侍けれはあるしをとはせ侍にはしたなくいひけれはいひいれ侍ける
藤原隆信朝臣

1006 梅か香はしるへかほなる春風のたかゆくゑともなとや吹こぬ

一 たれにかゝれる—たれかかゝれる静

一 つかはし侍ける—つかはしける冬・章・内

一 おもふ心あり—おもふこゝろに府・冬

一 春風の—春風に静

かへし　読人しらす

1007 しらるへき[一]ゆくゑならねと梅かゝにさそはれてこはいかゝいとはむ

かやうにいひてたいめむなとし侍けるのちにいひ
つかはしける　藤原隆信朝臣

1008 色ふかくそめし心そわすられぬみやまの里の梅のにほひに

返し　よみ人しらす

1009 かへりにし心の色のあさけれはあたに染ける花とこそみれ」

恋哥とて　永福門院

1010 あやしくも[一]心のうちそみたれゆく[二]物思ふ身とはなさしとおもふに

忍恋を　西園寺前内大臣女

1011 くやしくそしはし人まをゆるしつるとゝめかねける袖の涙を

六帖題にいひはしむといふことを　徽安門院

1012 大かたになれし日比もうとき哉かゝるこゝろをおもひけるよと

[一]恋御哥の中に　永福門院

1013 おもふかたにきゝし人まの一ことよさてもいかにといふみちもなし」

忍恋のこゝろを　後伏見院御哥

1014 あちきなや人のうき名を[一]たてしゆへ我おもひをはなきになしつる

六首歌合に恋始といふことを　院御哥

一　ゆくゑならねと―行ゑならねは桂

一　心のうちそ―心のうちも桂
二　物思ふ身とは―物おもふ身と《はイ》内

一　恋御哥の中に―恋歌の中に静

一　たてしゆへ―たてしより冬

1015 うちつけにあはれなるこそあはれなれ契ならてはかくやと思へは

徽安門院

1016 おもふてふことはかくこそおほえけれまたしらさりし人のあはれの

百首歌たてまつりしに

藤原為忠朝臣

1017 あひ思ふ心とまてはたのまねと憂名は人もさそしのふらむ

恋哥の中に

新宰相

1018 なき名そと我心にもこたへはやその夜の夢のかことはかりは

前大納言実明女

1019 さてもともとはれぬいまはまたつらし夢なれとこそいひしものから

前大納言俊定

1020 夢にたにみつとはいはしをのつからおもひあはする人もこそあれ

不惜名恋

平宗宣朝臣

1021 なき名とも人にはいはしそれをたにつらきか中のおもひ出にして

題しらす

永福門院右衛門督

1022 夢か猶みたれそめぬるあさねかみ又かきやらむするゐもしらねは

初逢恋のこゝろを

進子内親王

1023 今朝よ猶あやしくかはるなかめかないかなる夢のいかゝみえつる

題しらす

永福門院

一 人のあはれの—人のあはれの《をイ》内

一 なき名そと—なき名そと《ともイ》内

一 またつらし—またつらし《さらにイ》府・冬　またさらに静

一 みたれそめぬる—みたれそめにし正版

一 いかゝみえつる—いかゝ《にイ》みえつる内

1024 とにかくにはれぬおもひにむきそめて[一]うきよりさきに[二]物のかなしき

太上天皇

恋哥の中に

1025 我はおもひ人にはしゐていとはるゝこれを此世の契りなれとや

進子内親王

百首哥たてまつりし時

1026 ねられねは夢にはあらし面影のこゝろにそひてみゆるなりけり 」

徽安門院一条

恋歌に

1027 さすかいかに人のおもはゝやすからむつゝむかうへの夢のあふせも

永福門院右衛門督

1028 ことかよふ[一]みちもさすかになからめやたゝうき中そしのふにはなる

藤原為秀朝臣

1029 おり〳〵にきゝみることのそれもみな[一]こひしきうちの[二]すさひにそなる

女のもとへつかはしける

俊頼朝臣

1030 こひしさに身のうき事もわするれはつらきも人は[一]うれしかりけり 」

恋哥の中に

賀茂[一]保憲朝臣女

1031 おもはしとこゝろをもとく心しも[一]まとひまさりて恋しかるらむ

題しらす

よみ人しらす

1032 うつせみの人めをしけみあはすして年のへぬれは[一]いけりともなし

1033 こゝろにはもえて思へと空蟬の人めをしけみいもにあはぬかも

一　うきよりさきに―うきより先《うきイ》に内
二　物のかなしき―物そのかなしき桂

一　みちもさすかに―道《夢ちもイ》もさすかに内

一　こひしきうちの―こひしき事の九
二　すさひにそなる―すさみとそなる桂

一　うれしかりけり―うれしかりける桂・兼

一　保憲朝臣女―保憲女府　保憲朝臣兼

一　まとひまさりて―まよひまさりて桂

一　いけりともなし―いけるともなし桂　いけり《るイ》ともなし内

1034 人ことをしけしといもにあはすして心のうちに恋ふる此ころ

中納言家持

1035 うつゝにはさらにもいはす夢にたにいもか袂をまきぬとしみは

読人しらす

1036 いかならむ日の時にかもわきもこかもひきのすかたあさにけにみむ」

1037 かくはかりこひんとかねてしらませはいもをはみすそあるへかりける

一 人ことを―人《一イ》ことに内

一 日の時にかも―日の時にもか静

一 いもをはみすそ―いもをも見すそ府　いもをはみすそ《もイ》桂

いもをはみすも章・内・正版

風雅和歌集巻第十一

恋哥二

忍待恋のこゝろを　　永福門院

1038 つゝむ中のかさねてきかぬ契こそ待ものからにたのみかたけれ

恋の御哥の中に

1039 うれしとも一かたにや[一]なかめらるゝまつ夜にむかふ[二]夕暮の空

一　なかめらるゝ―なかめくるゝ桂
二　夕暮の空―夕暮のくも《空イ》桂

院冷泉

1040 たのましと思ふ心はこゝろにて[一]くれ行空の[二]又いそかるゝ

一　くれ行空の―暮行空そ静
二　又いそかるゝ―はたいそかるゝ桂

従三位親子

1041 かならすと[一]さしもたのめぬゆふ暮をわれまちかねて我そかなしき」

一　さしもたのめぬ―さしもたのまぬ内

藤原重能

1042 とはすともさはるとせめてきかすなよまつを憑みの夕暮の空

待恋を　　新宰相

1043 [一]とへかしとおもふ心のあらましにたのめぬくれそ空にまたるゝ

一　とへかしと―とへかしと《なイ》桂・内

恋哥に　　伏見院新宰相

1044 たのまねとたのめしくれは待といはむあはれと思ふ方もありやと

寄鐘恋の心を　　前大納言尊氏

1045 よしさらはまたしと思ふ夕くれを又おとろかす入あひのかね

恋哥とて　　永福門院

1046 くれにけり[一]あまとふ雲のゆきゝにもこよひいかにとつたへてしかな」

一　あまとふ雲の―あまとふ雲《鳥イ》の府・冬・内

待恋　　　　　　　　　　　　西園寺前内大臣女

1047 をのつからおもひもいてはとはかりのわかあらましに待そはかなき

百首歌の中に　　　　　　　　前大納言為兼

1048 たのまねはまたぬになしてみる夜はの深ゆくまゝになとかゝなしき

忍待恋の心を　　　　　　　　前権僧正円伊

1049 よゐのまはたれも人めをつゝめはとふくるつらさを忘てそまつ

　　　　　　　　　　　　　　光福寺前内大臣女

1050 つゝむ中は人めにさはるかたやあると深てしもこそ猶またれけれ

恋哥とて　　　　　　　　　　永福門院

1051 たのめすてゝとはぬはさこそやすくとも待こゝろをは思ひやらなん

契明日恋といふ事を　　　　　後伏見院御哥

1052 いくゆふへむなしき空にとふ鳥のあすかならすを又やたのまむ

恋哥の中に　　　　　　　　　進子内親王

1053 みるもうしさすかさこそとまつくれにあすかならすの人の玉章

　　　　　　　　　　　　　　後照念院前関白太政大臣

1054 面影はこゝろのうちにさきたちて契し月のかけそふけぬる

藤原隆方朝臣月のあかゝりける夜下野か
つほねにたつねまかりたりけるに御まへにいとま
いるよし申て侍けるつとめてよしさてもまたれぬ身
をはをきなから月みぬ君か名こそおしけれと申つかはし

一　たのまねは―たのまねと兼

一　つゝめはと―つゝめとも兼　つゝめはと《ともイ》内

一　光福寺―光《香隆イ》福寺内

一　かたやあると―方やありと兼

二　猶またれけれ―なをまたれける桂

一　契明日恋―契時《明イ》日恋桂

一　あすかならすを―あすかならすと九・兼・章・内・正版

けれはかへし　四条太皇太后宮下野
1055 ちきらぬに人まつ名こそおしからめ月はかりをはみぬよはそなき
宝治百首哥の中に寄月恋　藤原隆祐朝臣
1056 深にける槙のいた戸のやすらひに月こそいつれ人はつれなし
おなしこゝろを　源和氏
1057 わすれすは夜よしと人につけすとも月みるたひに待としらなん
権大納言公宗
1058 ふ[一]けぬともたれにかいはむ人しれすまつよの月のよひ過るかけ
忍待恋の心を　永福門院」
1059 まきの戸を風のならすもあちきなし人しれぬよのやゝふくるほと
契待恋　従三位客子
1060 人はいさあたし契のことの葉をまことかほにやまちふけぬらむ
恋哥あまたよませ給ける中に　伏見院御哥
1061 おもひとり恨はてゝもかひそなきたのむれは又またれのみして
歴夜待恋といふことを　永福門院
1062 我も人もあはれつれなきよな[一]〱よたのめもやます待[二]もよはらす
題しらす　宣光門院新右衛門督」

一　ふけぬとも―深《明イ》ぬとも内

一　よな〱よ―よな〱に府・冬・兼　よな〱よ《にイ》内
二　待もよはらす―まちもかはらす府・冬

1063 深ぬれとさはるときかぬ今夜をはたのみのうちにまつもはかなし

夜恋を　院御哥

1064 [一]ふけぬなり[二]またとはれてとむかふよの涙に〻ほふともし火の影

恋御哥の中に　土御門院御哥

1065 いもまつと山のしつくに立ぬれてそほちにけらし我こひころも

待恋のこ〻ろを　伏見院新宰相

1066 ふけはてぬたのめしをさへ忘てやさはるとたにもをとつれもなき

二品法親王尊胤

1067 さらにこそ明日の契もたのまれねす〻まぬかたの[一]さはりとおもへは

進子内親王家春日」

1068 さのみやと我さへはてはつれなきにこよひは人にまつとしられし

従二位為子

1069 さはりあれはのちかならすの[一]なくさめよいくたひき〻ていくよ待らん

憑恋を　前大納言経顕

1070 しゐて猶たのみやせまし偽のちきりもさすかかきりありやと

恋哥の中に　権大納言資明

1071 いつはりのある世とたれもしりなからちきりしま〻をたのむはかなさ

忍契恋　左近大将経教

1072 たまさかの人めのひまをまちえてもおもふはかりは契りやはする

百首哥たてまつりし時恋哥」

一　ふけぬなり―ふけにけり九　ふけぬなり《にけりイ》府・冬
二　またとはれてと―又とはれても桂

一　さはりとおもへは―さはると思へは桂

一　なくさめよ―なくさめに冬

権大納言公宗母

1073 つもりけるほとをも人にみゆはかりまつ夜のとこのちりは払はし

進子内親王

1074 おもひやる寝覚もいかゝやすからんたのめし夜半のあらぬ契は

恋御哥の中に　伏見院御哥

1075 [一]とはすなり今よりかくやへたてゆかむこよひはかりはさて明すとも

待空恋といふ事を　永福門院

1076 いひしまゝのこよひたかはぬこよひにて又あすならはうれしからまし

題しらす

1077 このくれの心もしらていたつらによそにもあるかわかおもふ人」

恋雨を　同院内侍

1078 [一]けふの雨よはるゝもわひし[二]ふるもうしさはりならひし人をまつとて

恋哥の中に　従三位親子

1079 我かたのさはりをしゐてうらみねはあさかりけりとつらくこそなれ

[一]院に三十首哥めされしとき恋月　前太宰大弐俊兼

1080 たのめねはこぬをうしとはかこたねとかゝる月よをひとりみよとや

[一]契不来恋といふことを　前右近中将資盛

1081 中〳〵にたのめさりせはさよ衣かへすしるしはみえもしなまし」

一　とはすなり―とはすなる《りイ》府・冬・内　とはすなる正版

一　けふの雨よはるゝもわひし―けふの雨は《よイ》はるゝもわひし
桂　けふの雨よはるもわひし章・正版
二　ふるもうし―ふるもよし桂

一　院に―院九・内

一　契不来恋―契不来府

伏見院御時六帖題にて人々に哥よませさせ
給ひけるに一夜へたてたるといふことを
　　前大納言為兼

1082 よかれそむるねまちの月のつらさよりはつかの影も又やへたてん

二夜へたてたる
　　従二位為子

1083 むなしくて又明ぬるよ一夜こそけにもさはりのあるかとも思へ

おなしこゝろを
　　西園寺前内大臣女

1084 さりともとけふをはまちし昨日こそよかれになれぬ心なりけれ

暁恋を
　　賀茂重保

1085 さりともと猶まつものをいまはとて心よはくそ鳥はなくなる

恋哥の中に
　　進子内親王

1086 むなしくて明つる夜はのをこたりをけふやと待つに亦をともなし

待恋のこゝろを
　　永福門院

1087 なにとなくこよひさへこそまたれけれあかぬ昨日の心ならひに

恋歌とて

1088 とはぬかなとふへきものをいかにあれはきのふも今日も又すきぬらん

堀河院百首歌に初会恋を
　　修理大夫顕季

1089 はりまかたうらみてのみそ過しかとこよひとまりぬあふの松原

逢恋
　　源兼氏朝臣

一　人々に—人々章・内
二　一夜へたてたる—一夜へたてたる恋桂
一　よかれそむる—夜かれそむ《すイ》る府
二　つらさより—つらきより兼
一　二夜へたてたる—二夜へたてたる恋桂
一　鳥はなくなる—鳥はなくなり正版
一　あかぬ昨日の—あはぬ昨日の正版

1090 いまさらにくるしさまさるあふさかを関こえなはとなに思ひけむ
ある女にはしめて物こしに[一]申かたらひてかへりて
あしたにつかはしける
従三位頼政

1091 あひもせすあはすもあらぬけふやさはことありかほになかめくらさん
大内にて月のあかゝりける夜おもひかけすあひ
たりける女のゆくゑを[一]とひ侍けれともいはさりけるに
藤原隆信朝臣

1092 こゝろをは雲ゐの月にとめなからゆくゑもしらすあくかれよとや
かへし
よみ人しらす

1093 ゆくゑなき月もこゝろしかよひなは雲のよそにも[一]あはれとはみむ」
初逢恋を
太宰大弐重家

1094 あふことに身をはかへむといひしかとさてしもおしき命なりけり
忍逢恋といふ事を
[一]従二位為子

1095 [一]うき中のそれを情にありし夜の[二]夢よみきとも人にかたるな
女とよもすから物かたりしてあしたに[一]いひつかはし
ける
前大納言為家

1096 いきてよのわすれかたみとなりやせむ夢はかりたに[一]ぬともなきよは
返し
安嘉門院四条

1097 あかさりしやみのうつゝを[一]かきりにて亦もみさらむ夢そはかなき
[一]恋哥とてよめる
永福門院内侍」

一　申かたらひて―かたらひて内
一　とひ侍けれとも―とひ侍けれと内
一　あはれとはみむ―あはれとやみむ九
一　従二位―従三位内
一　うき中の―うき事の内
二　夢よみきとも―夢を《よイ》みきとも桂
一　いひつかはしける―つかはしける府・冬
一　ぬともなきよは―ぬとはなきよは兼
一　かきりにて―うらみにて桂
一　恋哥とてよめる―ナシ静

1098 あひみつるこよひのあはれ夢なれなさめては物を思[一]はさるへく
従二位為子

1099 夢[一]とてやかたりもせまし人しれすおもふもあかぬ夜はの名残を
夢中逢恋といふことを
藤原為基朝臣

1100 うつゝにもあは[一]ゝかくこそとおもひねの夢はさめても[二]うれしかりけり
女のもとにあからさまにまかりて物かたりなとして
たちかへりて申つかはしける
前大納言為家

1101 まとろまぬときさへ夢のみえつるは心にあまるゆきゝなりけり
返し
安嘉門院四条
」

1102 たましゐはうつゝの夢にあくかれてみしも見えしも思ひわかれす
題しらす
法印長舜

1103 ぬるかうちにあふとみつるもたのまれす心のかよふ夢ちならねは
女のもとへちかき程にあるよしをとつれて侍けれは
こよひなん夢にみえつるはしほかまのしるしなりけりと
中て侍けるにつかはしける
前大納言為家

1104 きゝてたに身こそこかるれかよふなる夢のたゝちのちかのしほかま
返し
安嘉門院四条

1105 身をこかす契[一]はかりかいたつらにおもはぬ中のちかのしほかま
」

一 思はさるへく—思はさるへく《きイ》桂

一 夢とてや—夢とても府・冬

一 あはゝかくこそと—あはゝかくこそ桂・章・内
二 うれしかりけり—うれしかりけれ桂・内

一 契はかりか—契はかりは府・冬・桂

忍逢恋　　徽安門院一条

1106 つゝむ中はまれのあふよもふけはてぬ人のしつまる程を待まに

建治百首歌の中に　　後西園寺入道前太政大臣

1107 かきみたすねくたれ髪のまゆすみもうつりにけりなさよの手枕

題[一]しらす　　よみ人しらす

一　題しらす―ナシ兼

1108 あひかたき君にあへるよ時鳥ことゝきよりはいまこそなかめ

1109 からあひのや[一]しほの衣あさなく／＼なれはすれともいやめつらしみ

一　やしほの衣―やしほのきぬも桂

恋哥の中に　　章義門院

1110 む[一]かふうちのつらくしもなきけ[二]しきにそ日比のうさもいはすなりぬる

一　むかふうちの―むかふ夜は《うちイ》の府・冬　とふ中の兼
二　けしきにそ―けしきにて府・冬・静

百首歌たてまつりし時　　徽安門院一条」

1111 我ためにふかき方にはいひなせとたかさはる夜のすさひなるらん

忍逢恋　　新室町院御匣

1112 あはれなりかゝる人まの時のまも又いかならむよにかとおもへは

安嘉門院四条

1113 人にたに忍ふる中のあ[一]かつきをたれしらせてか鳥のなくらん

一　あかつきを―あるへきを静

恋哥に　　徽安門院

1114 たまく／＼のこよひ一夜は夢にして又[一]いく月日こひんとすらむ

一　又いく月日―又いく月か《日イ》桂

別恋のこゝろをよませ給ける　　後伏見院御哥」

1115 わかれちをいそかす鳥のこゑよりもまた空たかき月そうれしき

権大納言公宗

おなしこゝろを

1116 うかりける人こそあらめ暁の雲さへみねになとわかるらむ

入道二品親王法守

1117 深てとふ夜半の残はすくなきを又かへるさに猶いそく覧

左近中将忠季

1118 さても亦いつそとたにもいひかねてむせふ涙におきわかれぬる

永福門院

恋暁といふ事を

1119 衣〳〵をいそくわかれは夜深くてまたねひさしき暁のとこ

従三位客子

百首哥の中に

1120 あかつきをうき物とたにしらさりき枕さためぬ夢のちきりは

太上天皇

1121 たまさかの夜をさへわくるかたのあれや鳥のねをたにきかぬ別路

進子内親王

恋哥とてよめる

1122 いてかてに又たちかへりおしむまに別の戸口あけすきぬ也

従三位親子

1123 明ぬるか又はいつかの鳥のねに人のたのめをきくまてもなし

句のかみに文字をゝきてよみ侍ける歌の中に

前中納言定家

1124 手にむすふほとたにあかぬ山の井のかけはなれ行袖のしら玉

一　いそかす鳥の—いそかぬ鳥の正版

一　おなしこゝろを—ナシ九

一　またねひさしき—又ねさひし《ひさしイ》き桂

一　夢のちきりは—夢のちきりも《はイ》正版

一　鳥のねをたに—鳥のねをたに《さへイ》内

一　あけすきぬ也—あけすきにけり静・内　明すきぬなり《にけりイ》桂

一　鳥のねに—鳥のねに《よイ》内

一　文字をゝきて—文字をきて冬

恋哥に　　　　従三位頼政

1125 あけぬとてなく〳〵かへるみちしはの露はわかをく物にそ有ける

別恋のこゝろを　　　　後伏見院御哥

1126 又やみむまたやみさらんとはかりにおもかけくるゝけさの別ち

前大納言実明女

1127 われならぬ人もやしのふかへるさの夜ふかき道にあへるをくるま

恋歌の中に　　　　前大納言為家

1128 八声なくかけのたれ尾のをのれのみ[一]なかくや人に思ひみたれん

進子内親王

1129 [一]なこりとは[二]さすかにかくる玉つさに[三]又このくれとなとかたのめぬ」

後朝恋を　　　　永福門院

1130 そのまゝの夢の名残のさめぬまにまたおなしくは[一]あひみてしかな

従三位親子

1131 いつとまつ日数はしはしなくさむをけさわかれぬる[一]今日そわひしき

永福門院内侍

1132 まれにみる夢の名残はさめかたみけさしもまさる物をこそ思へ

[一]九月はかり暁かへりける[二]人のもとに　　　　和泉式部

1133 人はゆき霧はまかきに[一]たちとまりさも中空になかめつる哉

題しらす　　　　読人不知」

一　なかくや人に―なかくや人を府・冬

一　なこりとは―なこりを《とイ》は九・府・冬・兼・章・正版　なこりを《とイ》は内

二　さすかにかくる―さすかにかく《かイ》る府　さすかにかゝる静

三　又このくれと―又此暮も正版

一　あひみてしかな―逢みても哉《しイ》桂　あひみてしな正版

一　今日そわひしき―けふそわひ《かなイ》しき府・冬　けふそさ《わイ》ひしき桂

一　九月はかり―九月はかりに府・冬

二　人のもとに―人のものへ府・冬

一　たちとまり―立とまる兼

1134 たまゆらに昨日の夕へ見し物を今日のあしたはこふへきものか

藤原元真

1135 けさこそは別てきつれいつのまにおほつかなくもおもふなるらむ

風雅和歌集巻第十二

恋哥三

題不知　後二条院御哥

1136 いかにせむ世に偽のあるまゝに我かねことを人のたのまぬ

後宇多院にたてまつりける百首哥の中に　後光明照院前関白左大臣

1137 よしいまはたのますとてもことのはのかはるかすゐに[一]思ひあはせよ

契恋のこゝろを　徽安門院

1138 かきりなく深き契をきくうちに[一]人にもさそのなからましかは

百首哥たてまつりしとき」　前大納言実明女

1139 なをゆかしおもふそといふ[一]そのうちの[二]ふかきかきりはわれはかりかと

恋御哥の中に　院御哥

1140 人よまして心のそこのあはれをは[一]われにてしらぬおくものこるを

永福門院

1141 [一]なるゝまゝのあはれにつゐにひかれきていとひかたくそ今はなりぬる

従三位親子

1142 かよひけりと思ひしられしひとつまにこゝろの色のそひまさる比

[一]従二位宣子

1143 恋うらみ君に心はなりはてゝあらぬおもひも[一]ませぬころかな」

1137 一　思ひあはせよ―おもひあはせは九・章・内・正版　おもひあはせよ《はイ》桂

1138 一　人にもさその―人にもさその《なイ》桂　人にもさそな内

1139 一　そのうちの―そのなかの兼
二　ふかきかきりは―ふかき契《かきりイ》は桂・章

1140 一　われにてしらぬ―我にてしりぬ桂・内

1141 一　なるゝまゝの―なるゝまの九・章・正版　なるゝま《まゝイ》の内

1142 一　従二位宣子―従二位宣《定イ》子内

1143 一　ませぬころかな―ませ《けイ》ぬころかな桂

進子内親王

1144 あはれさらはわすれてみはやあやにくにわかしたへはそ人は思はぬ

前大納言実明女

1145 まさるかたの人にいかなることのはのわかきかさりしきはをいふらん

院別当

1146 さのみたゝ[一]あはれなるしもたのまれす[二]かくては人のはてしと思へは

大江高広

1147 うらみてもおもひしらねは中〳〵になにかこゝろの色をみえけむ

契顕恋といふ事を　従三位[一]為理

1148 もらすよりあたなるほとのしらるれはいひしちきりのすゑもたのます」

恋五首哥合に恋命

院冷泉

1149 一たひのあふせにかへし命なれはすてもおしみも君にのみこそ

契恋のこゝろを　藤原為名朝臣

1150 なにかいふ後の世までのかねことよ人も思はしわれもたのます

恋哥の中に　院兵衛督

1151 はしめよりたのましすへてたのむよりつらき恨はそふとおもへは

院御哥

1152 うきなからさすかにたえぬ契をはなをもあはれに[一]なしこそはせめ

儀子内親王　「

1146
一　あはれなるしも―哀なりしも桂
二　かくては人の―かくては人は府・冬

1147
一　為理―為理《経イ》桂　為経内

1152
一　なしこそはせめ―なりこそはせめ兼

恨恋を　　今上御哥

1153 おもひけつかきりこそあれうき身そと忍ふかうへも餘るつらさを

院冷泉

1154 つらさをはうき身のとかとかこちつゝあはれを猶もさましかねぬる

恋哥とて　　前大納言為兼

1155 さはかりも心とゝめておもふかとうらむるにしもそふあはれかな

永福門院

1156 おもひけりと憑なりてのゝちしもそはかなきことも人よりはうき

1157 思とりし昨日のうさはよわれはやけふはまつそと又いはれぬる

寄人恋といふ事を　　院御歌

1158 ならひあらはけふもしやともたのまゝし偽としもみえぬことのは」

百首歌たてまつりしに　　徽安門院一条

1159 さらはとてたのむになれは人こゝろをよはぬきはのおほくもある哉

入道二品親王法守

1160 人よされはたれかよかるゝよかれとてあはぬたえまをうしといふらん

宣光門院新右衛門督

1161 けに思ふ心のうちはことの葉のをよはぬうへもみゆらむ物を

1162 かはかりもおもひけるよのあはれよりわれも心をゆるしたちぬる

題しらす　　永福門院

1163 おもふかたによしたゝすへてをしこめてさのみは人の心をはみし」

一　おもひけつ―おもひた《けイ》つ内

一　うき身のとかと―うき身のとかに静

一　昨日のうさは―時日のうさは静

一　けふもしやとも―けにもしやとも九・府・冬・静・桂・兼・章・内・正版

一　おもひけるよの―思ひける夜の府・冬・桂

1164　うきも契つらきもちきりよしさらは[一]みなあはれにや思ひなさまし
院五首哥合に恋憂喜といふことを
進子内親王

1165　憂にそふあはれに我もみたされて一方にしもえこそさためね
恋歌の中に
権大納言[一]公宗女

1166　人はしらしいまはとおもひ[一]とるきはゝうらみのしたによはきあはれも
後京極摂政左大将に侍ける時家に六百番哥合し侍けるに契恋を
大蔵卿有家

1167　先の世をおもふさへこそうれしけれ[一]ちきるもけふのちきりのみかは」
千首歌の中に
前大納言為家

1168　契しをたのめはつらし思はねはなにを命のなくさめそなき
百首歌たてまつりし時恋哥
権大納言公蔭

1169　をしかへしあはれなるかなむくひありてうきも二世の契とおもへは
恋契を
院一条

1170　うきにしもあはれのそふよこれそこののかれさりける契と思ふに
恋情といふ事を
左近中将忠季

1171　おもひとけはこゝろつからにかへれともたゝなを人の憂におほゆる
寄身恋
従一位教良女

1172　[一]身をしらぬおもひと人や思ふらむ[二]うきをはをけるうへのおもひを」

一　みなあはれにや―みなあはれとや内

一　公宗女―公宗母《女イ》府・冬　公宗内

一　とるきはゝ―とるきはゝ《のイ》府・冬　とるきはの静

一　ちきるもけふの―ちきりもけふの九・静・兼　契もけふの桂・章

一　身をしらぬ―身を《にイ》しらぬ内
二　うきをはをける―うきをはおく《け》る内

題しらす　　従二位為子
1173 我もいひきつらくは命あらしとはうき人のみやいつはりはする
伏見院新宰相
1174 かきりなくうき物からに[一]あはれなるはいつれ我身のこゝろなるらん
互恨恋といふ事を　　徽安門院一条
1175 いはねともつらしと思ふ色やみゆるなくさめかほに人のうらむる
稀逢恋　　大納言公重
1176 わひぬれはかくこそ物はあはれなれたえぬはかりの[一]たまく〵のよを
題しらす　　徽安門院
1177 うからぬもましてうきにもあはれ〳〵よしなかりける[一]人にちきりを　」
百首哥に　　太上天皇
1178 あはれなるふしもさすかにありけるよおもひ出なき[一]契りとおもへと
恋哥に　　儀子内親王
1179 それまては[一]おもひいれすやとおもふ人のうらむるふしそ[二]さてはうれしき
恨恋のこゝろを　　後光明照院前関白左大臣
1180 我と人あはれ心のかはるとてなとかはつらき[一]なにか恋しき
山本入道前太政大臣女
1181 かねてより恨をかはや憂にならむ心のゝちはかひもあらしを
1182 つらけれと猶こひしきよ身のほとのうきをはしらぬ[一]人のならひに

1174 一　あはれなるは—あはれなる章・正版

1176 一　たまく〵のよを—たまく〵の世を九・府・冬

1177 一　人にちきりを—人にちきるを九　人に契を府・冬　人の契を章・正版　人に契る《りイ》を内

1178 一　契りとおもへと—契とおもへは府・冬・桂・兼・章・内

1179 一　おもひいれすやと—思い《はイ》れすやと内
二　さてはうれしき—さてもうれしき府・冬・静

1180 一　なにか恋しき—なとか恋しき静　なに《とイ》か恋しき内

1182 一　人のならひに—人のな成《ならひにイ》に桂

恋哥とて　　　　　　　　　権大納言公宗女

1183 あはれしらしつねのうらみにおもなれてこれをまことの[一]限なりとも」

一　限なりとも—恨也とも桂・内

恋五首歌合に恋夢を　　　　　　　　徽安門院一条

1184 人のかよふ[一]あはれにならてあはれなるよ夢はわか見る思ひねなれと

一　あはれにならて—あはれになして九・府・冬・静・桂・兼・章・内・正版

院一条

1185 さめかたみしはしうつゝに[一]なしかねぬ[二]あはれなりつる夢の名残を

一　なしかねぬ—なしかねぬ《てイ》府・冬　なしかねて静
二　あはれなりつる—あはれなりける内

恋哥の中に　　　　　　　　[一]権中納言公雄

1186 面影はのこるかたみのうつゝにてまたみぬ夢の[一]さむるまもなし

一　権中納言—前中納言九・府・章・内・正版
一　さむるまもなし—さむるともなし桂

藤原懐世朝臣

1187 をのつからゆめちはかりのあふ事を[一]かよふ心と[二]たのむはかなさ」

一　かよふ心と—かよふ心と《にイ》府・冬　かよふ心に静
二　たのむはかなさ—たのむはかなき内

従二位為子

1188 おもひつくす[一]心よゆきて[二]夢にみゆなそをたに人のいとひもそする

一　心よゆきて—心にゆきて静
二　夢にみゆな—夢にみゆる章

前太宰大弐俊兼

1189 つらきをは世々のむくひとおもふにも人はうからて猶そ恋しき

百首哥の中に　　　　　　　　太上天皇

1190 世々の契[一]いかゝむすひしと思ふたひにはしめて更に人のかなしき

一　いかゝむすひしと—いかゝ《にイ》むすひしと府・冬

題しらす　　　　　　　　永福門院

1191 大かたは[一]たのむへくしもなき人のうからぬにこそ思ひわひぬれ

一　たのむへくしも—たのむへくしも《しともイ》内

院兵衛督

1192 それしもや憂身は人にいとはれむふかき思ひの[一]きはをみすとも

伏見院御歌

1193 かはりゆく昨日のあはれ今日のうらみ人に心のさためなの世や

恋涙といふことを　　徽安門院

1194 おちけりな我たにしらぬ涙かなまくらぬれゆく夜はのひとりね

永福門院右衛門督

1195 そのゆくゑきけは涙そまつおつる[一]うさ恋しさも[二]思ひわかねと

[一]院百番歌合に寄心恋を　　兵衛督

1196 思はぬになす心しもいかなれやつねはなかめて涙のみうく

題しらす　　今出河入道[一]前右大臣

1197 あはれにも[一]うさにもおつるわか涙さものこりある物にそ有ける

前参議家親

1198 つらけれとおもひしらぬになすものをなにと涙のさのみおつらん

藤原[一]公直朝臣母

1199 うきふしもおもひいれしと思ふ身になにゆへさのみおつる涙そ

恋御哥の中に　　伏見院御哥

1200 なみたにおもふかほとは[一]こほれぬよ[二]あまりくたくる[三]今の心に

1201 おもひ〳〵涙とまてになりぬるをあさくも人のなくさむるかな

従二位為子

一　きはをみすとも―きはをみすとて正版

一　うさ恋しさも―うき《さイ》こひしさも府・冬
二　思ひわかねと―思ひわかねは《とイ》内
一　院百番―院百番《首イ》内

一　前右大臣―前右《左イ》大臣府・冬　前左大臣静
一　うさにもおつる―うき《さイ》にもおつる府・冬　うきにもおつる静

一　公直朝臣母―公直朝臣女府　公直朝臣母《女イ》冬　公真《直イ》朝臣母正版

一　こほれぬよ―こほれぬよ《そイ》桂
二　あまりくたくる―あまりくたくる《みたるゝイ》府　あまりみたるゝ静
三　今の心に―いまの心を府・冬

1202 せめてたゝおもふあたりのことをたにおなしこゝろにいふ人もかな」

百首歌たてまつりしに　徽安門院小宰相

1203 わたるせのさもさためなき中河よしほのみちひる浦ならなくに

文保三年宇多院へめされける百首哥に　二品法親王覚助

1204 人こゝろ思ひみたるゝかくなはのとにもかくにもむすほゝれつゝ

六帖題にて哥よみける中にあやを　前左兵衛督為成

1205 夕くれはおもひみたれて雲とりのあやに恋しき人の面影

題しらす　貫之

1206 くれなゐに袖そうつろふこひしきやなみたの河の色にはあるらん」

読人しらす

1207 うらふれてものなおもひそあま雲のたゆたふ心わかおもはなくに

恋哥の中に　大納言実家

1208 恋しさのあまつみそらにみちぬれは涙の雨はふるにそありける

院に三十首めされしとき恋月を　権大納言公蔭

1209 あまくものたえま〱をゆく月のみらくすくなきいもに恋つゝ

百首歌たてまつりし時　正二位隆教

版一　宇多院―後宇多院九・府・冬・静・桂・兼・章・内・正

一　かくなはの―かくな《たイ》はの府・冬　かたなはの静

一　色にはあるらん―色にはあるらし《んイ》内

一　大納言―権大納言九・府・冬・章・内

一　涙の雨は―涙の雨の兼

版一　三十首―三十首歌九・府・冬・静・桂・兼・章・内・正

一　正二位―正三位内

1210 そのまゝにおもひあはする方そなきあたにみし夜のうたゝねの夢」

後京極摂政左大将に侍ける時家に六百番の哥合し

侍けるに寄風恋を　前中納言定家

1211 しらさりし夜ふかき風のをともせす手枕うとき秋のこなたは

恋海といふ事を　権大納言公蔭

1212 君ゆへに思ふおもひはおほうみの波をは袖にかけぬまもなし

伏見院御哥

1213 伊勢のうみなきさにひろふたま〳〵も袖ほすまなき物をこそ思へ

恋哥あまたよませ給けるに

1214 こひしさになりたつうちのなかめには面影ならぬ草も木もなし

寄書恋を　権大納言公宗女」

1215 なにとなくうちもをかれぬ玉つさよあはれなるへきふしはなけれと

儀子内親王

1216 おもふほとはかゝしと思ふ玉つさになをともすれはすゝむことのは

宣光門院新右衛門督

1217 なをさりに人はみるらん玉章におもふこゝろのおくはのこさむ

通書恋といふ事を　法印実性

1218 かよふとていかゝたのまむいたつらにすゑもとをらぬ水くきの跡

人のふみをあた〳〵しくちらすときゝてうらみ

侍けれは　よみ人しらす

一　をともせす―をとも似す兼

一　寄書恋を―寄書恋桂

一　おくはのこさむ―おくはのこさぬ章・正版

一　うらみ侍けれは―うらみ侍れは正版

1219 ときは山つゆもゝらさぬことのはの色なるさまにいかて散けん」

返し　相模

1220 色かへぬときはなりせはことの葉を風につけてもちらさましやは

実方朝臣みちのくにより人のもとへゆみをつかはして恋しくはこれをいたきてふせと申たりける[一]返事人にかはりて　三条院女蔵人左近

1221 これやさはあたちのまゆみいまこそは思ひたためたることもかたらめ

宝治百首哥に寄玉恋　花山院前内大臣

1222 かさしけむぬしはしら玉しらねとも手にとるからにあはれとそ思ふ

冷泉前太政大臣」

1223 しら玉か[一]なにそとたとる人もあらは涙の露を[二]いかゝこたへん

一　返事—返し九・兼・章・内・正版　返事に府・冬

一　なにそとたとる—なにそととたとる内
二　いかゝこたへん—いかにこたへん章・正版

風雅和歌集巻第十三

恋哥四

日ころ雨のふるに人のもとにつかはしける

権中納言定頼

1224 つれ〳〵となかめのみするこの比は空も人こそこひしかるらし

雨ふる日女のもとよりかへりてほとへてつかはしける

左近大将朝光

1225 ほとふれはわすれやしぬる春雨のふることのみそわれは恋しき

返し

馬内侍

1226 いとゝしくぬれのみまさる衣手に雨ふることをなにゝかくらん」

題しらす

貫之

1227 かへる雁わかことつてよ草枕たひはいもこそこひしかりけれ

人のこむとたのめてみえ侍らさりけるつとめてよめる

和泉式部

1228 水鶏たにたゝくをとせは槙の戸をこゝろやりにもあけてみてまし

題しらす

よみ人しらす

1229 いかにしてわするゝものそわきもこに恋はまされとわすられなくに

1230 おほはらのふりにしさとにいもをゝきてわれいねかねつ夢にみえつゝ

1231 わきもこにあふよしもなみするかなるふしの高根のもえつゝかあらん

小町」

一　権中納言―権大納言兼

一　こひしかるらし―恋しかるらめ桂　恋しかるらし《んイ》内

一　みえ侍らさりける―みえさりける九

1229の詞書の次に「いもか袖わかれし日より敷妙の衣かたしき恋つゝそぬる」アリ　府・冬・桂・内

一　わきもこに―わきもか《にイ》章　わきもこに内　わきもこか《にイ》正版

一　わきもこに―わきもこか《にイ》正版

1232 世中はあすかゝはにもならはなれ君とわれとか[一]なかしたえすは

恋のこゝろを　永福門院

1233 けふはもし人もやわれをおもひ出る我もつねより人の恋しき

恋命　進子内親王

1234 空の色草木をみるも[一]みなかなし命にかくるものをおもへは

[一]寄雲恋を　前大納言為兼

1235 物思ふこゝろの色にそめられて目にみる雲も人や恋しき

院御哥

1236 [一]こひあまるなかめを人はしりもせしわれと染なす雲の夕暮

永福門院　」

1237 いましもあれ人のなかめもかゝらしをきゆるもおしき雲の一村

恋の御哥の中に　伏見院御哥

1238 それをたにおもひさまさし恋しさのすゝむまゝなる夕くれの空

同院新宰相

1239 ねられねはたゝつく〳〵と物を思ふ心にかはるともし火の色

太上天皇

1240 [一]まちすくす[二]月日のほとをあちきなみたえなんとてもたけからし身を

従一位教良女

1241 かくやはと[一]おほえしきはもおほえけりすへて人に[二]はなれてそあらまし

前太宰大弐俊兼　」

一　なかしたえすは―中に《しイ》たえすは桂

一　みなかなし―又かなし九

一　寄雲恋を―寄雲恋章・内・正版

一　こひあまる―こひあまり兼

一　まちすくす―待過《つくイ》す桂　まちつくす内
二　月日のほとを―月日の程も兼

一　おほえしきは―おほえしきはと桂　おほら《え歟》しきはも内
おほえしときも正版
二　なれてそあらまし―なれ《へイ》てそあらまし内

1242 いまはとてつらきになしてみる人のさてもいかにといふしもそうき
従二位為子

日増恋といふことを
院御哥

1243 恋しさも人のつらさもしらさりし[一]むかしなからの我身ともかな

1244 きゝそふる昨日にけふのうきふしにさめぬあはれもあやにくにして
権大納言公蔭

題不知
伏見院御哥

1245 [一]恨たゝはさこそあらめとおもふかたに[二]おもひむせひてすくる比かな
後伏見院御哥

1246 いとゝこそたのみところもなくならめ憂にはしはしおもひさためし
」

二品法親王寛尊

1247 [一]したふかたのすゝむにつけていとひまさる人と我との中そはるけき

儀子内親王

1248 さためなき人のこゝろのいかなれはうき一かたにかはりゆくらむ

院恋五首哥合に恋涙を
権大納言公蔭

1249 すへてこの涙のひまやいつならんあはれはあはれうきはうしとて

百首歌たてまつりし時恋哥

1250 おもひとれはさすかあはれもそふものをつねのうらみの涙とやみる
恋哥とてよませ給ける
」

一　むかしなからの―昔なから《と歟》桂

一　恨たゝは―うらみたらは九・府・冬・章・内・正版　うらみたえは静
二　おもひむせひて―おもひむすひて兼

一　したふかたの―した《のイ》ふかたの内

院御哥
1251 つねはたゝひとりなかめて大かたの人にさへこそうとくなりゆけ

太上天皇
1252 いふきはゝをよはぬうさのそこふかみあまる涙をことの葉にして

永福門院
1253 おほかたの世はやすけなし人はうし我身いつくにしはしをかまし

五十番哥合に漸変恋を

[一]院御哥
1254 そことなき恨そつねに[一]おもほゆるいかにそ人のあらすなる比

」

永福門院
1255 [一]かはりたつ人の心の色やなにうらみんとすれは[二]そのふしとなき

恋哥の中に

儀子内親王
1256 これやさはかはるなるらむそのふしとみえぬものから[二]ありしにもにぬ

五十首歌合に恋憂喜といふ事を

院御歌
1257 かはりたつすへてうらみのそのうへに[一]うさあはれさはかりのふし〳〵

漸変恋

式部卿恒明親王
1258 [一]問ぬまをわすれすなからほとふるや遠さかるへきはしめなるらん

昭訓門院権大納言
1259 くれなはとたのむ夜半の[一]深しよりむなしくあくるうさそ重なる

」

一 院御哥—ナシ府・冬

一 おもほゆる—おほゝゆる正版

一 かはりたつ—かはりたつ《ゆくイ》内

二 そのふしとなき—そのふしもなき府・冬・静

一 みえぬものから—みえし《ぬイ》物から内

二 ありしにもにぬ—ありしにもにす《ぬイ》内

一 うさあはれさは—うさ哀さは《のイ》桂　うさ哀さの内

一 問ぬまを—とはぬ夜《ま》を桂

一 深しより—ふけしこそ内

変恋のこゝろを　　覚誉法親王

1260 [一]かはりたつ心とみゆる[二]そのうへの[三]なけのなさけよゝしやいつまて

永福門院内侍

1261 かはるかと人に心をとめてみれははかなきふしもありしにそにぬ

前大納言実明女

1262 うさはましてあはれと思ふうちにしもかはる心のいろはみゆるを

五十番哥合に寄人恋を

永福門院右衛門督

1263 一すちに憂よりも猶うかりけりありしにかはる人のなさけは」

五首哥合に恋昨今といふことを

儀子内親王

1264 [一]かはるてふ[二]人よけにこそ[三]かゝりけれ昨日みさりし今日のつらさは

恋哥に

後伏見院中納言典侍

1265 恨はてむいまはよしやと思ふより心よはくそまたあはれなる

宣光門院新右衛門督

1266 人はうく我のみさめぬあはれにてつゐの契りのはてそゆかしき

藤原実熙朝臣

1267 せめてわかおもふほとこそかたくともかけよやつねのなさけはかりは

藤原俊冬

1268 いかにせむつねのつらさはつらさにてま[一]た一ふしのさらにそふ比」

（1260）
一　かはりたつ―かはりゆく九
二　そのうへの―その人の桂
三　なけのなさけよ―なけのなさけよ《のイ》府・冬　なけのなさけの桂

（1264）
一　かはるてふ―かはりてふ静
二　人よけにこそ―人はけにこそ内
三　かゝりけれ―かはりけれ正版

（1268）
一　また一ふしの―いま一しほの九　又《今イ》ひとふしの桂　今ひとふしの章・内・正版

恨恋のこゝろを
権大納言公宗[一]母

1269 つらしともなをよのつねのうらみかはいつくにのこる心よはさそ

恋歌とて
進子内親王

1270 つらしとも中〳〵なれは[一]いひはせてうらみけりとは[二]いかてしられむ

儀子内親王

1271 おもひとるたゝこのまゝのつらさにてまたはあはれにかへらすもかな

前太宰大弐俊兼

1272 [一]あはゝやのたゝ一かたを思ひにてわひぬるはてはうさもしられす

院五首哥合に恋憂喜
[一]冷泉

1273 あはれみせし人やはあらぬ[一]うきやたれ[二]我はかはらぬもとの身にして

恋餘波といふ事をよませ給ける
院御哥

1274 人こそあれ我さへしゐて忘なは名残なからむそれもかなしき

康永二年哥合に恋終を

1275 ひとしれす我のみよはき[一]あはれ哉此ひとふしそかきりと思ふに

永福門院右衛門督

1276 我のみはうさをもしゐて忍ふともかはるかうへの人はいつまて

恋命
徽安門院

1277 [一]憂にいとひ又おなし世をおしむとて命ひとつをさためかねぬる

一 公宗母―公宗母《女イ》府・冬

一 いひはせて―いひもせて九　いひは《もイ》せて内
二 いかてしられむ―いかてしらせむ九・静・兼・章・内・正版

一 あはゝやの―あはら屋の冬　あはらやの桂・章・内・正版

一 冷泉―ナシ兼

一 うきやたれ―うさやたれ章
二 我はかはらぬ―我はからはぬ章

一 あはれ哉―こゝろかな九

一 憂にいとひ―うきにいとふ九・静・章・内・正版

伏見院五十番哥合に恋夕を　延政門院新大納言

1278 いかにせむ雲のゆくかた風のをと待なれし夜にゝたるゆふへを

七月七日よみ侍ける　西宮前左大臣

1279 たなはたのちきれる秋もきにけるよいつとさためぬ我そわひしき

恋哥の中に　貫之

1280 まれにあふといふ七夕もあまの河わたらぬ年はあらしとそ思ふ

寄七夕恋といふ事を　後伏見院御歌

1281 さらにこそわすれしことのおもほゆれけふほしあひの空になかめて

題しらす　永福門院」

1282 はれすのみこゝろに物を思ふ間に萩の花さく秋もきにけり

人にたまはせける　光孝天皇御哥

1283 秋なれは萩の野もせにをく露のひるまにさへも恋しきやなそ

恋哥の中に　貫之

1284 萩の葉の色つく秋をいたつらにあまたかそへてすくしつる哉

読人しらす

1285 我やとの秋の萩さく夕かけにいまもみてしか君かすかたを

鎌倉右大臣

1286 君にこひうらふれおれは秋風になひくあさちの露そけぬへき

思ふ事侍ける比月をみて　和泉式部」

一 我そわひしき―我そかなしき静

一 萩の葉の―萩のはの《なイ》内

1287 物思ふにあはれなるかとわれならぬ人にこよひの月をとはゝや
月の夜久我内大臣もとへつかはしける
小侍従

1288 なかむらんおなし月をはみる物をかはすにかよふ心なりせは
返し
久我内大臣

1289 [一]こよひわかとはれましやは月をみてかよふ心の空にしるくは
恋御哥の中に
伏見院御歌

1290 おもふ人こよひの月をいかにみるやつねにしもあらぬ色にかなしき
同院新宰相

1291 さらさりし[一]その夜は月を[二]いかゝみしむかへは人のうさになり行
権大納言公蔭

1292 あはれいかにおもふ心のあらさらむなかめは月にいまかよふとも
前大納言為兼家にて哥よみ侍けるに寄月恋
前中納言為相

1293 みるからに恋しさをのみもよをして人をさそはぬ月もうらめし
おなしこゝろを
藤原隆清朝臣

1294 かはらぬも中〳〵つらしもろともに見し夜の月はおなし面かけ
暁片思といふ事を
大僧正行尊

1295 おもひ出る心や君はなかるらんおなし在明の月をみるとも
[一]恋哥の中に
中院前太政大臣

一　こよひわか—こよひわか《れイ》府・冬・内　こよひわれ桂

一　その夜は月を—その世は月を桂・兼　そのよは月を章　その夜は《のイ》月を正版
二　いかゝみし—いかゝ《にイ》みし府・冬　いかにみし兼

一　恋哥の中に—恋歌合の中に章・正版

1296 うき物とうらみても猶かなしきは面影さらぬありあけの月

千五百番歌合に　　後京極摂政前太政大臣

1297 我とこそなかめなれにし山の端にそれもかたみの有明の月

題不知　　読人しらす

1298 君こふと[一]しなへうらふれ[二]わかおれは秋風ふきて月かたふきぬ

1299 [一]いもをおもひ[二]いのねられぬに暁の[三]あさきりこもり雁そ鳴なる

伏見院御哥

1300 この暮に[一]わかこひおれはさむきかり[二]なきつゝゆくはいもかりか行

永福門院内侍

1301 あはれまた夢たに見えて明やせむ寝ぬ夜の床は面かけにして　」

順徳院御哥

1302 [一]わすれんとおもふはをのか心にてたかおとろかすなみたなるらん

前中納言定家

1303 うしとてもたれにかとはむつれなくてかはる心をさらはをしへよ

院兵衛督

1304 人にうつる心をたにもをしへをけさらはなくさむかたもありやと

恋情といふ事を　　藤原定宗朝臣

1305 われなからわれにかなはぬ心なれやわすれんとすれはしゐて恋しき

藤原親行朝臣

1306 憂にならふこゝろかあはれたまさかの人のなさけの今はうれしき　」

一　しなへうらふれ―しる《なイ》へうらふれ桂　しるへうらふれ内
二　わかおれは―我を《かイ》れは内
一　いもをおもひ―いもをこひ府・冬・静
二　いのねられぬに―いの《をイ》ねられぬに内
三　あさきりこもり―朝きりかくれ九
一　わかこひおれは―われこひおれは桂
二　なきつゝゆくは―なきつゝゆけは九　なきつゝゆけは《くはイ》内

一　わすれんと―忘れなんと兼

恋哥に

従二位為子

1307 我こゝろ恨にむきて恨はてよあはれになれは忍ひかたきを

左近中将忠季

1308 かくてしもおもひやよわるとはかりにうきかうれしき[一]かたもありける

恋命を

前大納言実明女

1309 うきかうへのなをもなさけのうちにこそ君に命をすてゝきかれめ

題しらす

伏見院御哥

1310 うき事を[一]いかてなへてに思ひなさむうれしくとてもいく程の世に

儀子内親王

1311 うきもよしむくひなるらんと思へともみえぬよゝにはなくさまはこそ」

伏見院新宰相

1312 [一]人よりは身こそうけれと[二]おもひなすもそれしもものゝかなしき物を

逢不遇恋

民部卿為定

1313 おなし世にいくたひものを思へとてつらきにかへるこゝろなるらん

恋哥の中に

祝子内親王

1314 [一]うきうへも[二]かくやはとおもふ[三]ふし〳〵よわれこそ人を猶たのみけれ

恨恋のこゝろを

権大納言公蔭

1315 つらさをもおもふはかりはえそいはぬかこともとむる人のけしきに

百首哥たてまつりしとき

左兵衛督直義 └

一 かたもありける—かたもありけり九・冬・桂・兼・章・内・正版

一 いかてなへてに—いかになへてに九・兼

一 人よりは—人よりも府・冬・静・兼　人よりも《はイ》内
二 おもひなすも—思ひなすに九

一 うきうへも—うきゆへも九・兼・章・内・正版
二 かくやはとおもふ—かくやと思ふ桂
三 ふし〳〵よ—ふし〳〵に桂　ふし〳〵に《よイ》内

1316 ひきかへてかはるしもうし思ふ色をさのみは人のなにかみせけむ
恋哥に　　院兵衛督
1317 かはかりのうさならさりしころたにもおり〳〵ませしそこのうらみを
宝治百首哥に寄虫恋　　前大納言為家
1318 たえねはと思ふもかなしさゝかにのいとはれなからかゝるちきりは
六帖題にこと人をおもふといふことを　　徽安門院
1319 [一]人をひとの思ふかきりをみるにしも[二]くらふとなしに身そあはれなる」
題しらす　　永福門院
1320 すへてたゝ[一]人になれしとこりぬるもいつのためそとあはれなる哉
寄情恋といふ事を　　権大納言公宗
1321 わひつゝは人にまかせてうらみぬを[一]うきをもしらぬ心とやおもふ
藤原[一]宗秀
1322 猶しはし憂をはうきになしはてしかはる心のかはりもそする
恨恋のこゝろをよめる
1323 うき中よ恨のかすはつもれともなさけとおもふひとふしもなし
前大納言尊氏
題しらす　　永福門院
1324 [一]いはゝやと思ひしこともいくへたてへたつるはてはことの葉もなし」

一　人をひとの—人をひと静
二　くらふとなしに—はらふ《くイ》となしにそ桂
一　人になれしと—人にはなれしと府・冬
一　うきをもしらぬ—うきせ《をイ》もしらぬ内
一　宗秀—宗季正版
一　いはゝやと—いまはゝやと九・兼・章・正版　今《いはゝイ》はゝやと内

1325 猶しはしこのひとふしは恨はてしなしかとおもふなさけもそみる
　　建長三年吹田にて十首哥講せられけるに
　　　　　後嵯峨院御哥

1326 うきふしはかすにもあらすしつたまきくり返しては猶そ恋しき
　　心やすくもえあはぬ人に
　　　　　謙徳公

1327 つらかりし君にまさりてうき物はをのかいのちのなかきなりけり

一　なしかとおもふ―なし《にイ》かとおもふ内

一　猶そ恋しき―猶そ恋《悲イ》しき内

一　えあはぬ人に―あはぬ人に内

風雅和歌集巻第十四

恋哥五

[一]百首の哥に　　太上天皇

1328 恋しともなにかいまはとおもへともたゝこの暮を[一]しらせてしかな

恋哥の中に　　徽安門院

1329 まよひそめし[一]契思ふかつらきしも人にあはれの世々にかへるよ

[一]永福門院内侍

1330 [一]たちかへるこれも夢にて又たえはありしにまさる物や思はむ

内大臣室

1331 をのつから[一]あふ世あるやと待ほとに思ひしよりも[二]なからへにける

高階師直

1332 なからへはおもひ出てやとはるゝといけるかひなき身をおしむ哉

後宇多院にたてまつりける百首哥の中に

前中納言雅孝

1333 なからへてあらはとたのむ命さへ恋よはる身は明日もしられす

恋哥とて　　清輔朝臣

1334 中〳〵に思ひたえなむとおもふこそ恋しきよりもくるしかりけれ

殷富門院大輔

1335 しなはやとおもふさへこそはかなけれ人のつらさは此世のみかは

[一]大納言実家

一　百首哥に─百首御歌に兼
一　しらせてしかな─しられてしかな静・桂
一　契思ふか─契思へは静　契おもふも桂
一　永福門院内侍─永福門院九・府・兼・章・正版
一　たちかへる─たちかへり九・兼・章・内・正版
一　あふ世あるやと─あふ世ありやと九・静・桂・兼・章・内・正版　あふ夜ありやと府・冬
二　なからへにける─なからへにけり府・冬・静・桂・章・正版　なからへにる《りイ》内
一　大納言─権大納言九・府・冬・章・内・正版

1336 人こゝろうきにたへたる命こそつれなきよりもつれなかりけれ

題しらす　よみ人しらす

1337 玉のをゝかたをによりてをゝよはみ[一]みたるゝ時に恋さらめやも

1338 たまかつらかけぬ時なくこふれとも[一]いかにかいもにあふ時もなき

1339 ますら男のうつし心も[一]われはなしよるひるいはす恋しわたれは

小弁かもとにまかりたりけるに人あるけしきなれは帰りてつかはしける　藤原道信朝臣

1340 露にたにこゝろをかるな夏萩の下葉の色よそれならすとも

従三位頼政たえて久なりにける女又[一]かたらひ侍ける人にわすられてのち[二]あひ侍て申つかはしける　読人しらす

1341 すむとしもなくてたえにし忘水[一]なにゆへさても思ひ出けむ

かへし　従三位頼政

1342 人もみなむすふなれともわすれ水われのみあかぬ心ちこそすれ

[一]恋御哥の中に　二条院御哥

1343 いかてわれ人をわすれん忘行人こそかくはこひしかりけれ

[一]浄妙寺関白に物申ける人の心にしめてものおもふよしなといひけるか関白[二]なくなりてのち又従一位兼教にいひかはすよしきゝけれはたれともなくて花の枝につけて[三]さしをかせける

一　みたるゝ時に―みたるゝ時も《にイ》桂

一　いかにかいもに―いかてか妹に府・冬　いかにかいもに《とイ》

桂　いかにもいもと《にイ》内

一　われはなし―いまはなし九　我《今イ》はなし内

一　かたらひ侍ける―「ける〜あひ侍」ナシ静　かたらひける章・正版

二　あひ侍て―あひ侍て《にイ》正版

一　なにゆへさても―何ゆへにても静

一　恋御哥の中に―恋歌の中に静

一　浄妙寺―浄明寺静

二　なくなりてのち又―なくなりて九

三　さしをかせける―さしをかせ給ける静

1344 ほとなくそのこる片枝にうつしけるちりにし花にそめし心を
従二位為子

題しらす
永福門院

1345 さらはとて恨をやめてみる中のうきつま〱にたのみかねぬる

1346 みる人も物をおもはぬさまなれはこゝろのうちをたれにうれへん
権大納言公宗母

1347 なけくらんこふらんとたに思出よ人には人のうつりはつとも
西園寺前内大臣女

恋命を
伏見院御哥

1348 うしとのみわれさへすつる身のはては猶たれゆへとかこたすもなし

1349 いとふしもかこちかほにや思ひなさむつれなしとたにかけし命を
前中納言重資

百首歌たてまつりしに
権大納言公宗母

1350 なにゝかゝる命そされはつれもなくわれやはおしむ人もいとふを

恋哥に
権大納言資名

1351 人もさそつれなき方に思ふらんしたふにゝたるいのちなかさを

1352 わすらるゝ我身も人もあらぬ世にたか面影の猶のこるらん
祝子内親王

1353 我さへに心にうときあはれさよなれし契の名残ともなく

一　のこる片枝に―残るかたみに静

一　たれにうれへん―誰か《にイ》うれへん内

一　内大臣女―内大臣内

一　猶たれゆへと―なき誰ゆへと正版

一　人もいとふを―人も《はイ》いとふを《にイ》府・冬　人はいとふに静

百首歌たてまつりし時　権大納言公宗母

1354 うきなからおもひ出けるおり〳〵や夢にも人のみえしなるらむ

藤原為秀朝臣

1355 又かよふおなし夢ちもある物をありしうつゝそうたてはかなき

恨恋のこゝろを　従二位為子

1356 おもひさます身をしるかたのことはりもあまりうきには又忘れぬる

伏見院御哥

1357 思ひつらねさもうかりけると思ふのちに又恋しきそことはりもなき

1358 ためしなくつらきかきりやこのきはと思ひしうへのうさもありけり

百首哥たてまつりしに」

徽安門院小宰相

1359 をのつから思ひいつともいまはたゝ憂かたのみやわすれさるらむ

関白右大臣

1360 なみたこそをのか物からあはれなれそをたに人のゆくゑとおもへは

左兵衛督直義

1361 逢事はたえぬる中におなし世の契はかりそありてかひなき

恋哥の中に　従三位盛親

1362 人こゝろうきあまりにはおほかたの世をさへかけていとひたちぬる

西園寺前内大臣女

1363 こひしなむ身をもあはれとたれかいはむいふへき人はつらき世なれは」

一　公宗母—公宗母《女イ》桂

一　為秀—為季章・正版

一　恨恋のこゝろを—恨恋静

一　さもうかりけると—さもうかりけりと府・冬・静

一　うさもありけり—うきも有けり正版

一　盛親—成《盛イ》親府・冬

一　たれかいはむ—たれいはむ静

式部卿恒明親王

1364 おもふかたへせめてはなひけ恋しなん我世のゝちのけふりなりとも

永福門院

1365 いとひおしみわれのみ身をは[一]うれふれと[二]恋なるはてをしる人もなし

1366 さま〳〵のわかなくさめもことつきていまはとよはるほとそかなしき

同院右衛門督

1367 いくほとゝおもふあはれも又かなし人の憂世を[一]われもいとへは

寄雲恋

朔平門院

1368 待なれし[一]むかしに似たる[二]雲の色よあらぬなかめの[三]くれそかなしき

触物催恋といふことを

」

永福門院

1369 [一]月の夜は[二]雲のゆふへもみなかなし[三]その世にあはぬ時しなけれは

忘恋

弾正尹邦省親王

1370 わすらるゝ袖にはくもれ夜半の月[一]みしよにゝたる影もうらめし

遇不逢恋の心を

前中納言定家

1371 [一]とひこかしまたおなし世の月をみてかゝるいのちに残る契りを

宝治百首哥の中に寄風恋

従二位顕氏

1372 そなたより吹くる風のつてにたになさけをかくるをとつれそなき

恋哥に

藤原朝定

」

一　うれふれと―うれふれは静
二　恋なるはてを―こふなるはてを九

一　われもいとへは―われもおもへは九

一　むかしに似たる―昔にわたる静
二　雲の色よ―雲の色は《よイ》桂
三　くれそかなしき―暮《空イ》そかなしき正版

一　月の夜は―月の夜《半イ》は内
二　雲のゆふへも―雲の夕も章
三　その世にあはぬ―そのよはあはぬ正版

一　みしよにゝたる―みし夜にゝたる兼

一　とひこかし―とひかはし内

1373 あふことは朽木の橋のたえ〳〵にかよふはかりの道たにもなし
侍従隆朝

1374 わひはつるのちはかたみと忍ふ哉うかりしまゝの在明の月
前参議家親

1375 おもひたえ又みるましき夢にしものこる名残のさめかたき哉
百首哥の中に
太上天皇

1376 しらさりし深きかきりはうつりはつる人にて人のみえける物を
互に久をとせさりける女のもとへつかはしける
前左兵衛督惟方

1377 をとせすはをともやすると待ほとにたえはたえよと思ひけるかな
おもふ事侍ける比
相模

1378 つらからむ人をもなにかうらむへき身つからたにもいとはしき身を
藤原相如にわすられて侍けるのちよみてつかはしける
読人しらす

1379 我なからわれからそとはしりなからいまひとたひは人をうらみむ
返し
藤原相如

1380 忘れぬときかはそわれもわするへきおなし心に契こしかは
大伴郎女につかはしける
中納言家持

1381 夢にたにみえはこそあらめかくはかり見えすてあるは恋てしねとか

一 百首哥—百首御歌内
一 人にて人の—人して人の静　人にそ人の桂
一 おもふ事侍ける比—ナシ静
一 うらむへき—うれへへき桂
一 人をうらみむ—人はうらみむ兼
一 大伴郎女—大伴良女章・正版
一 恋てしねとか—恋てしねとは《かイ》桂

題しらす　　　　　　　　よみ人しらす

1382 君にあはてひさしくなりぬ玉の緒のなかき命のおしけくもなし

[一]人麿

1383 しきたへの枕せし人[一]ことゝへやそのまくらには苔おひにけり

人にたまはせける

花山院御哥

1384 いまよりはあひも思はし過にける[一]とし月さへにねたくもある哉

[一]御かへし　　　　　　読人しらす

1385 思ふといふすきにし身たにうかりしをそふるつらさを思ひこそやれ

恋哥に　　　　　　　　西園寺前内大臣女

1386 うらむともこふともよしや忘らるゝ身をある物と人にきかれし」

永福門院

1387 [一]つゐにさても恨の中にすきにしをおもひ出るそ[二]おもひいてなき

伏見院御哥

1388 鳥のゆくゆふへの空よそのよにはわれもいそきし[一]かたはさためき

1389 [一]猶も世に[二]ありやとかくる[三]人つてよ憂身のうさを更にしれとや

わするましきよし契ける人のさもあらさりけれは

[一]なけきける人にかはりてよみ侍ける

京極前関白家肥後

1390 はかなくてたえにし人のうきよりも物わすれせぬ身をそうらむる」

一　人麿—人丸九・府・内　ナシ冬

一　ことゝへや—ことゝへや《はイ》府・冬・内　ことゝへは静

一　とし月さへに—とし月さへも兼

一　御かへし—御返事九　かへし府・冬・静

一　つゐにさても—つゐにさて静・桂

二　おもひいてなき—おもひ出もなき九・兼・章・内・正版

一　かたはさためき—かたはさためき《すイ》府・冬

一　猶も世に—なをもよに《世にもイ》内

二　ありやとかくる—あるやとかくる九・静・桂・兼・章・正版　ある《りイ》やとかくる内

三　人つてよ—人伝に桂　人つてよ《にイ》内

一　なけきける—ナシ静

題しらす　　殿富門院大輔

1391 あかさりしにほひのこれる[一]さむしろはひとりぬる夜もおきうかりけり

たえて久とはぬ人に五月五日[一]ねにつけてつかはし
ける人にかはりて　　[二]永陽門院[三]左京大夫

1392 しられしなうきみかくれのあやめ草我のみなかきねにはなくとも

恋御哥の中に　　伏見院御哥

1393 面影のとまる名残よそれたにも人のゆるせる形見ならぬを

永福門院

1394 よそなりしその世に人はかへれとも身はあらためぬ物をこそ思へ

善成王」

1395 うらみすは人もなさけやのこさまし身をしりけりと思ふあはれに

藤原宗光朝臣

1396 恨しをわかうきふしになしやはつるそれより絶し中そと思へは

百首歌たてまつりし時恋哥

左近中将忠季

1397 かくそありしその世まてはのあはれより更に涙も[一]ふるき玉章

題しらす　　永福門院

1398 人のすてしあはれをひとり身にとめてなけきのこれる[一]はてそ久しき

伏見院御時六帖題にて人々に哥よませさせ給
けるに人つてといふことを」

一　さむしろは―さ筵に内

一　ねにつけて―あやめにつけて章　ね《あやめのイ》につけて正版

二　永陽門院―永陽《福イ》門院府・冬　永福門院静・章・正版

三　左京大夫―左《右イ》京大夫府

一　ふるき玉章―ふかき玉章章・内・正版

一　はてそ久しき―はてそかなしき府・冬・静・桂・兼

1399 をのつからとひも問はれも人つてのことのはのみを聞までにして　新宰相

恋の御哥の中に　伏見院御哥

1400 おもひくたすうさもあはれもいくうつり世はあらぬよの身はもとのみに　今出河前右大臣室

1401 いまはたゝみすしらさりしいにしへに人をも身をもおもひなさはや　藤原隆信朝臣

1402 憂なから身をもいとはし世の中にあれはそ人をよそにてもみる

題しらす　前中納言為相

1403 たか契たか恨にかかはるらむ身はあらぬよのふるき夕くれ

恋哥あまたよみ侍けるに　従二位為子

1404 たのみありて待しよまての恋しさよそれもむかしの今の夕暮

絶恋のこゝろを　永福門院

1405 つねよりもあはれなりしをかきりにて此世なからはけにさてそかし

千五百番歌合に　源家長朝臣

1406 わひつゝはおなし世にたにとおもふ身のさらぬ別になりやはてなむ

恋御哥の中に　崇徳院御哥

1407 なをさりのあはれも人のかくはかりあひみし時にきえなましかは　従二位宣子

一　いくうつり—いくかへり桂　いくうつり《かへりイ》内・正版
二　身はもとのみに—もとの身にしてに桂　もとの身に《身はもとの身にイ》して府・冬

一　藤原隆信朝臣—ナシ静

一　たか契—たかちきる静
二　ふるき夕くれ—ふる《かイ》き夕くれ府・冬・内　ふかき夕暮静・章・正版

一　おなし世にたにと—おなし世にたと兼　おなし世にたに内
二　おもふ身の—思ふ身に静

1408 をのつからおもひやいつるとはかりのわかなくさめもよそのとし月

建長二年八月廿七日庚申哥合に絶久恋

前大納言為氏

1409 わすれしの人のためはかひなくていけるはかりのとし月そうき

一 為氏—為《尊イ》氏正版

一 とし月そうき—年月そう《なイ》き桂　とし月そなき内

風雅和謌集巻第十五

雑哥上

年の始に人々おほくあつまりたる所にて

中納言兼輔

1410 あたらしき年のはしめのうれしきはふるき人とちあへるなりけり

春生人意中といふ事を

左京大夫顕輔

1411 春きぬと思ふはかりのしるしには心の中そのとかなりける

題しらす

大江頼重

1412 かすますは春ともえやはしら鳥のとは山松に雪はふりつゝ

山里にすみ侍けるころよめる

永福門院内侍

1413 みるまゝに軒はの山そかすみゆくこゝろにしらぬ春や来ぬらん

正月一日鴬のこゑはきくやと人のいひ侍けれは

清原元輔

1414 としことに春のわするゝやとなれは鴬のねもよきて聞えす

題しらす

夢窓国師

1415 我やとを思ふとはなしに春のきて庭に跡ある雪のむらきえ

太神宮へたてまつりける百首哥の中に残雪を

前大納言為家

一　のとかなりける―のとか《けかイ》なりける府・冬

一　こゝろにしらぬ―心もしらぬ兼

一　夢窓―夢想章

一　思ふとはなしに―とふとはなしに九・府・冬・静・桂・兼・章・内・正版

一　百首哥―百首兼

1416 をのつから猶ゆふかけて神山の玉くしの葉にのこるしら雪

題しらす　　平重時朝臣

1417 はつ草はしたにもゆれと片岡の[一]をとろかうへの雪はけなくに

隆信朝臣従上五位にて年へ侍けるに一級ゆる
されて侍ける時よみてつかはしける　　清輔朝臣

1418 位山[一]むすほゝれつる谷水はこの春風にとけにけらしな

かへし　　藤原隆信朝臣

1419 くらゐ山春まちえたる谷水のとくるこゝろはくみてしらなん

春哥とて　　大中臣[一]直宣

1420 雪かゝるそともの梅はをそけれとまつ春つくる鶯のこゑ

ある人のもとより在原業平朝臣家の梅をつたへ
て[一]うへつきて侍とて[二]をくりて侍けれはよみてつ
かはしける　　前大僧正[三]範憲

1421 世々へてもあかぬ色香はのこりけり春やむかしのやとの梅かえ

定家卿はやうすみける家にしはしたち入て又
ほかへうつり侍けるおりかの身つからうへて侍ける
梅の木の枝にむすひつけゝる　　永福門院内侍

1422 忘れしなやとはむかしに跡ふりてかはらぬ軒に匂ふ梅かえ

一　をとろかうへの―おとろかうへに兼

一　むすほゝれつる―むすほゝれつ《たイ》る内

一　直宣―真宣内

一　うへつきて侍―うへつき侍九　うへつ《をイ》きて侍内
二　をくりて―をくり桂
三　範憲―範兼桂

返し　前大納言為世

1423 朽のこるふるき軒はの梅かえも又とはるへき春をまつらし

一 梅かえも―梅かえ《かイ》も内

春哥とて　藤原教兼朝臣

1424 春風の心のまゝにさそへともつきぬは梅のにほひなりけり

平久時

1425 軒ちかき梅の匂ひも深き夜の閨もる月にかほる春風

伏見院かくれさせ給にける時出家し侍ての

一 出家し侍て―出家して侍て九

ち梅の花をみて　前参議家親

1426 むめの花うつるにほひはかはらねとあらぬ憂世に墨染の袖

春の御哥の中に　伏見院御哥」

1427 あはれにもをのれうけてやかすむらんたかなす時の春ならなくに

一 春ならなくに―春ならねとも《なくにイ》内

遠山霞といふ事をよませ給ける

一 よませ―よみませ冬

院御哥

1428 かすみにほふ夕日の空はのとかにて雲に色ある山のはの松

一 夕日の空は―夕日のかけは九

賀茂社にたてまつりける百首歌の中に霞を

皇太后宮大夫俊成

1429 たちかへりむかしの春の恋しきはかすみをわけし賀茂の曙

一 たちかへり―立帰る静・桂

海辺霞　権中納言長方

1430 よさのうみかすみわたれる明方におきこく舟のゆくゑしらすも

春の比天王寺へまいりてよみ侍ける」

一 まいりて―まうてゝ府・冬

寂然法師

1431 こゝろありてみるとしもなき難波江の春のけしきは惜くもある哉

春曙を　　九条左大臣女

1432 しらみゆく霞のうへのよこ雲に在明ほそき山のはのそら

源頼春

1433 しのゝめのかすみも深き山のはに残るともなきありあけの月

従二位為子

1434 しのゝめのやゝ明すくる山の端にかすみ残りて雲そわかるゝ

左大将に侍けるとき家に六百番哥合しけるに

春曙をよめる　　後京極摂政前太政大臣

1435 みぬ世までおもひのこさぬなかめよりむかしにかすむ春の明ほの

前大僧正慈鎮

1436 おもひ出はおなしなかめにかへるまて心にのこれ春のあけほの

三十首歌の中に　　前中納言定家

1437 おもふ事たれに残してなかめをかむ心にあまる春の明ほの

題しらす　　前大納言為兼

1438 暮ぬとてなかめすつへき名残かはかすめる末の春の山の端

伏見にて人々題をさくりて哥つかうまつりける

つゐてに水郷　　伏見院御哥

1439 ふしみ山あら田の面の末はれてかすまぬしもそ春の夕暮

一　春曙―春曙《同心イ》内

一　水郷―水郷春望府

文保三年後宇多院にめされける百首哥の中に

民部卿為藤

1440 ふみ分る雪まに色はみえそめてもえこそやらね道のしは草

百首哥よみ侍ける中に[一]早蕨を

[二]安嘉門院四条

1441 いまは世にありて物うき身のほとを野へのわらひのおり〳〵そしる

[一]題しらす

前中納言定家

1442 かすみたつ峯のさわらひこれはかりおりしりかほのやともはかなし

[一]従三位家隆

1443 たらちねの跡やむかしにあれなましをとろの道の春にあはすは　」

権律師慈成

1444 春草は[一]またうらわかき岡のへのをさゝかくれにきゝすなくなり

百首歌の中に

前中納言定家

1445 おもひたつみちのしるへかよふこ鳥[一]ふかき山辺に人さそふなり

近衛太皇太后宮に紅梅を[一]たてまつりて侍ける
につきのとしの春[二]花のさきたるみよとておりて
たまはせけるにむすひつけ侍ける

読人しらす

1446 うつしうへし色かもしるき梅の花君にそわきてみすへかりける

かへし

前参議経盛　」

一　早蕨を—蕨を桂
二　安嘉門院—安喜門院章
一　題しらす—ナシ兼
一　従三位—従二位九・府・冬・静・桂・兼・章・内・正版
一　またうらわかき—またうらわかみ府・冬
一　ふかき山辺に—ふるき山辺に内
一　たてまつりて—たてまつえ内
二　花のさきたる—花のさきたるを府

1447 うつしうへしやとの梅ともみえぬかなあるしからにそ花もさきける

大江挙周つかさめしにもれてなけき侍りけるころ

梅花をみて　赤染衛門

1448 おもふことはるとも身には思はぬに時しりかほにさけるむめかな

除目のころ梅の花につけてたてまつりける

大蔵卿行宗

1449 かくこそは春まつ梅はさきにけれたとへんかたもなき我身哉

御かへし　崇徳院御哥

1450 八重さくらひらくるほとをたのまなん老木も春にあはぬものかは

後山本前左大臣左大将に転任して侍けるつきの

あした申つかはしける　前大納言為兼

1451 時わかぬ君か春とや橘のかけもさくらに猶うつるらむ

返し　後山本前左大臣

1452 おもひやれ君かめくみの時にあひて身にあまりぬる花のひかりを

法勝寺にて人々花十首歌よみ侍けるに

皇太后宮大夫俊成

1453 花にあかてつゐにきえなは山桜あたりをさらぬ霞とならむ

題しらす　僧正公朝

1454 たつねつる花はかきりもなかりけり猶山ふかくかゝるしら雲

百首哥たてまつりしとき春哥

一 さけるむめかな―さける花かな九・府・冬・桂・兼・章・内・正版

一 御かへし―御返事章・正版

一 花にあかて―花のあかて内

一 僧正―前大僧正内

覚誉法親王

1455 よし野山花のためにも尋はやまたわけそめぬすゝの下道

春述懐の心を

伏見院御哥

1456 花鳥のなさけはうへのすさひにて心のうちの春そ物うき

前中納言為相

1457 はなとりに猶あくかるゝ心かな老の春とも身をはおもはて

山家春といふことを

権僧正憲淳

1458 時しあれは花鴬の情をもほかにたつねぬ春の山里

はやうすみ侍ける家に人のうつりゐて後花を

折にやるとてよめる

伊勢」

1459 花の色のむかしなからにみえつれは人のやとゝもおもほえぬかな

上達部殿上人白河わたりにて鞠なともてあそ

ひけるに女のさまにかきて花の下におとさせける

藤原惟規

1460 花ゆへにみゆきふりにしわたりとはおもひやいつるしら河の水

式子内親王斎院に侍けるころ御かきの花を折て

建礼門院右京大夫もとにつかはし侍とて

中将

1461 しめのうちは身をもくたかす桜花おしむ心を神にまかせて

かへし

建礼門院右京大夫」

一　またわけそめぬ―また分《ふみイ》そめぬ内

一　身をはおもはて―身をはおもはし府・冬

一　みゆきふりにし―み雪幸ふりにし桂

静一　つかはし侍とて―つかはしける九　つかはし侍けるとて

1462 しめのほかも花としいはむ花はみな神にまかせてちらさすもかな
春哥の中に　祭主定忠
1463 春風のいはねの桜吹たひに波のはなちるあさくまの宮
二条院御時いまた殿上ゆるされぬ事をなけき侍
けるころやよひの十日比大内に行幸なりて南
殿のさくらさかりなるを一枝おらせてこそとことし
といかゝあるとおほせられけるに枝にむすひつけて
たてまつりける　従三位頼政
1464 よそにのみ思ふくもゐの花なれは面かけならてみえはこそあらめ
おなし御時藤原隆信朝臣殿上のそかれて侍ける
つきの年の春臨時祭の舞人にてまいり侍けるに南
殿のさくらのさかりなりける枝につけてわするなよなれ
し雲ゐの桜花うき身は春のよそになるともと女房の
中に申て侍ける返し　よみ人しらす
1465 おもはさりし身こそ雲ゐのよそならめなれにし花はわすれしもせし
おなし院かくれさせ給てのち南殿の桜を見て　三河内侍
1466 おもひいつやなれし雲ゐの桜花みし人かすにわれをありきと
文保三年後宇多院にたてまつりける百首
哥の中に　権中納言公雄

一 申て侍ける―申侍ける九・章・内・正版

一 われをありきと―われもありきと章・正版

1467 忘めやむかしみはしの桜花いまは雲ゐのよその面かけ

永仁二年三月大江貞秀蔵人になりて慶を
奏しけるを見て宗秀かもとに申つかはしける

前大納言為兼

1468 めつらしきみとりの袖も雲のうへの花に色そふ春の一しほ

花哥の中に

皇太后宮大夫俊成

1469 むもれ木となりはてぬれとやま桜おしむ心はくちすもある哉

出家のゝち寄花衣といふことを

従二位兼行

1470 袖ふれし春はむかしにへたてきて花にそうとき苔の衣手

宝治百首哥の中に見花といふ事を

皇太后宮大夫俊成女

1471 たつぬともおもはていりしおく山のいほもる花をひとりこそみれ

春哥に

法印長舜

1472 世のうさはいつくも花になくさめはよしやよしのゝ奥もたつねし

なちのやまに花山院の御庵室のありけるまへに
桜の木の侍をみてすみかとすれはとよませ給けむ
事おもひ出られてよみける

西行法師

1473 木のもとにすみける跡をみつる哉なちのたかねの花を尋て

一　申つかはしける—つかはしける九

一　春はむかしに—音はむかしに正版

一　ありけるまへに—ありけるうへに兼・章・内・正版

花哥の中に　従三位氏成

1474 こゝのそちあまり老ぬる身にも猶はなにあかぬはこゝろなりけり

みやこのほかにすみ侍けるころ宣光門院新右衛門督もとへ申つかはしける　永福門院内侍

1475 またはよも身は七そちの春ふりて花もことしやかきりとそみる

これを御覧して御返し　院御哥

1476 人も身も又こむ春もしらぬ世にかすむ雲ちをへたてすもかな

寄花述懐の心を　伏見院御哥

1477 時すきしふる木のさくらいまは世にまつへき花の春もたのます

暦応二年の春花につけてたてまつらせ給ける　永福門院

1478 ときしらぬやとの軒端の花さかり君たにとへな又誰をかは

御返し　院御哥

1479 春うときみ山かくれのなかめゆへとふへき花のころもわすれて

花のいとおもしろきを見て　和泉式部

1480 あちきなく春は命のおしき哉花そこの世のほたし成ける

題しらす　如浄法師

1481 風ふけはまさらぬ水も岩こえてたきつ河瀬は花のしら波

一　御返し―御返事兼

一　春うとき―春ことに《うときイ》桂

源貞行
1482 山深く猶わけ入てたつぬれは風にしられぬ花もありけり
源貞世
1483 ちる花をせめて袂に吹とめよそをたにかせのなさけと思はむ
平親清女
1484 ちるまてに人もとひこぬ木の本はうらみやつもる花の白雪
帰雁をよめる　源和義
1485 玉つさもことつてゝまし春の雁わかふる里にかへるとおもはゝ
春雨　源貞泰
1486 さひしさはむかしより猶まさりけり我身ふりぬるやとの春雨　」
春歌に　源高国
1487 春といへは昔たにこそかすみしか老のたもとにやとる月かけ
百首哥の中に春月　従二位家隆
1488 おほろにもむかしのかけはなかりけりとしたけてみる春の夜の月
おなしこゝろを　土御門院御哥
1489 時わかぬ涙に袖はおもなれてかすむもしらす春のよの月
後京極摂政左大将に侍ける時家に六百番哥合し
侍けるに遅日をよめる　藤原隆信朝臣
1490 かくしつゝつもれはおしき春の日をのとけき物となに思ふらん
春哥とて　徽安門院　」

一　貞行―貞行《定イ》内

一　和義―和義《氏イ》府・冬

一　かへるとおもはゝ―かへるとおもは《へイ》ゝ内

一　むかしより猶―むかしよりけに静

一　かすむもしらす―かすむもしらぬ九・府・冬・桂・兼

1491 心うつすなさけよこれも夢なれや花うくひすの一ときの春

山階入道左大臣家十首哥に松藤を

山本入道前太政大臣

1492 影うつす松も木たかき春の池にみなそこかけてにほふ藤なみ

おなしこゝろを

前大僧正実超

1493 そこきよき池のみきはの松か枝にかけまてなひく春の藤波

春哥の中に

前太政大臣女

1494 やまふきの花のしからみかくれとも春はとまらぬゐての玉河

この春はかならすともなひて花見るへきよしなと
申侍ける人やよひのすゑまてとはす侍けれは

永陽門院左京大夫

1495 なをさりのことはの花のあらましをまつとせしまに春も暮ぬる

雑哥の中に

前大僧正慈鎮

1496 さらぬたに心ほそきをさゝかにの軒にいとひく夕暮の空

百首哥よみ侍けるに

深心院関白前左大臣

1497 あつまやのまやのゝきはに雨すきて露ぬきとむるさゝかにの糸

題しらす

従三位氏久

1498 みあれ木にゆふしてかけし神山のすそのゝあふひいつか忘れん

時鳥を

高階重成

1499 都にはまたしきほとの時鳥ふかき山ちをたつねてそきく

一　池のみきはの―池の汀は桂

一　人―人の静
二　永陽門院―永福門院府・冬

三善為連

1500 [一]たかためも[二]つれなかりけり郭公きゝつとかたる人しなけれは

菅原[一]朝元

1501 ほとゝきす鳴へき比と思ふより雲になかめぬ夕くれそなき

前大僧正忠源

1502 待えても老はかひなしほとゝきすおなしはつねも[一]かすかにそきく

藤原行信朝臣

1503 さこそけに[一]忍ねならめほとゝきすくらき雨夜の[二]雲に鳴らん

藤原景綱

1504 あま雲の夕ゐる峯の郭公よそに鳴ねは聞かひもなし

権中納言宗経

1505 たつねいる深山かくれの郭公うき世のほかの事かたらなむ

右大将兼長むまはにてまゆみ[一]いさせ侍けるにと
ねりとものまとかくることをあらそひて夜ふくる
まて侍けれは物見くるまともみな[二]をひく〳〵にかへり
けるにある女車よりかくかきて大将の随身に
とらせて侍ける
よみ人しらす

1506 あつさ弓ためらふほとに月影のいるをのみみてかへりぬる哉

世をそむきて後あやめを見てよめる

従三位客子

一　たかためも―たかためも《にイ》内
二　つれなかりけり―つれなかりける桂・章・内・正版

一　朝元―朝光章

一　かすかにそきく―かす《はつイ》かにそきく府・冬　はつかにそきく静

一　忍ねならめ―しのひねなから《らめイ》府・冬　しのひねならね《めイ》内
二　雲に鳴らん―空に鳴らん正版

一　いさせ侍けるに―いさせ給けるに内

二　をひく〳〵に―をひく〳〵内

1507 けふとてもあやめわくへき身ならぬになに〻かけてかねのなかるらん

題しらす

従二位兼行女

1508 橘のかほりす〻しく風たちて軒はにはる〻ゆふ暮の雨

早苗を

祝部成実

1509 ゆふかけてけふこそいそけ早苗とる御戸代を田の神の宮人

安倍宗長朝臣

1510 松かけの水せき入てすみよしの岸のうへ田にさなへとる也

五月雨を

藤原教兼朝臣

1511 はれまなき心のうちのたくひとや空もかきくらす五月雨の比

津守国夏

1512 みかくれてしけみはみえぬ五月雨にうきて残れるよとのかりこも

高階重茂

1513 ほさてけふいくかになりぬあま衣たみの〻嶋のさみたれのころ

夏哥に

源顕氏

1514 いましかも夕立すらし足引の山のはかくす雲のひとむら

野夕立

惟宗光吉朝臣

1515 富士のねははれゆく空にあらはれてすそ野にくたる夕立の雲

五十首御哥の中に夏草

伏見院御哥

1516 夏草のことしけき世にみたされて心のすゑは道もとほらす

一　けふとても―けふとて《かイ》も内

一　五月雨を―五月雨府・冬

一　重茂―重茂《成イ》府・冬　重成静

一　いましかも―今もかも兼・章・正版

一　野夕立―野夕立を内

一　心のすゑは―心のすゑの《はイ》府・冬

山家晩涼といふことを　前参議雅有

1517 雨そゝく外面のましは風過て夏をわするゝ山の夕かけ

夏歌の中に　よみ人しらす

1518 むら雨ははれゆく跡の山陰に露ふきおとす風のすゝしさ

源貞頼

1519 やまもとに日影をよはぬ木かくれの水のあたりそ夏にしられぬ

題しらす　儀子内親王

1520 深にけりまたうたゝねにみる月の影もすたれにとをくなり行

述懐百首哥の中にともしを

皇太后宮大夫俊成

1521 ますら男はしかまつことのあれはこそしけきなけきもたへ忍ふらめ

北野社にたてまつりける百首歌に　前大納言為家

1522 五月やみともしにむかふ鹿はかりあふもあはぬもあはれ世の中

題しらす　従三位基輔

1523 秋ちかき草のしけみに風たちて夕日すゝしき杜のした陰

大江貞懐

1524 木陰ゆく岩根のし水そこきよみうつるみとりの色そ涼しき

藤原秀治

一　山の夕かけ—山の下かけ章・正版

一　たへ忍ふらめ—うへ忍ふらめ内

一　北野社にたてまつりける—北野社たてまつりける兼

一　杜のした陰—松の下陰兼

一　貞懐—頼《貞イ》懐章

1525 一むらの雲吹をくる山風にはれてもすゝしゆふたちのあと
惟宗光吉朝臣

1526 心あらはまとの蛍も身をてらせあつむる人のかすならすとも
貞空上人

1527 岩間つたふ泉のこゑもさよふけて心をあらふとこのすゝしさ
河原院にて法橋顕昭哥合し侍けるに故郷
の瞿麦といふ事を
藤原隆信朝臣

1528 うへてみし籬はのへとあれはてゝあさちにましるとこ夏の花
七月七日亀山院より七夕哥めされけるときよみ
侍ける
後西園寺入道前太政大臣
」

1529 こけ衣袖のしつくをゝきなからことしもとりつ草のうへの露
おなしこゝろを
藤原秀行

1530 天河とわたる舟のみなれさほさして一夜と[一]なとちきりけむ
高階師冬

1531 はつ秋はまたなかゝらぬ夜はなれはあくるやおしき星会の空
寧世間安隠一身乎といふ事を
慶政上人

1532 もちわふる身をも心の秋風にをきところなき袖のしら露
題しらす
只皈法師

1533 しられすも夕の露のをきやそふ庭のこ萩の末そかたふく
」

一 なとちきりけむ―なと契るらん桂

式部卿久明親王

1534 大かたの秋のなかめもわきて猶山と水とのゆふくれのいろ

大江貞広

1535 ものにふれてなせるあはれは数ならすたゝそのまゝの秋の夕暮

和気全成朝臣

1536 日影のこる籬の草に鳴そめてくるゝをいそくきり〳〵す哉

前権僧正円伊

1537 なれてきく老のまくらのきり〳〵すなからむ跡のあはれをもとへ

賀茂重保

1538 夕ま暮すかるなく野の風のをとにことそともなく物そかなしき

秋述懐といふ事を　前中納言為相

1539 かすか野に秋なく鹿もしるへせよをしへし道のうつもるゝ身を

秋哥あまたよませ給けるに　順徳院御哥

1540 鹿のねを入あひの鐘に吹ませてをのれ声なき峯の松風

田家のこゝろを　伏見院御哥

1541 はるかなる門田のすゑは山たえていなはにかゝる入日をそみる

たきをよめる　貫之

1542 松の音をことにしらふる秋風は滝のいとをやすけてひく覧

秋哥の中に　後京極摂政前太政大臣

1543 水あをき麓の入江霧はれて山ち秋なる雲のかけはし

一　和気全成朝臣―和気全成府・冬

一　くるゝをいそく―く《タイ》るゝをいそく府・冬

一　うつもるゝ身を―うつもるゝ身に桂

一　すけてひく覧―とけて引らん桂

1544 入日さす浦よりをちの松原にきり吹かくる秋のしほかせ
権少僧都潤為
百首歌たてまつりし時
前大納言尊氏
1545 秋風にうきたつくもはまよへとものとかにわたる雁の一行
題しらす
藤原頼清朝臣
1546 はれそむる峯の朝霧ひまみえて山の端わたる雁の一つら
藤原宗行
1547 ほにいつる秋のいなはの雲間より山本みえてわたる雁かね
秋雨を
中臣祐夏
1548 あらし吹たかねの空は雲晴てふもとをめくる秋のむら雨 」
題しらす
平英時
1549 さひしさは軒はの荻のをとよりも桐の葉おつる庭の秋風
明通法師
1550 空はまたのこる日影のうすきりに露みえそめて庭そ暮行
藤原宗泰
1551 須磨のうらや波ちのすゑは霧はれて夕日に残るあはち嶋山
前大納言尊氏
1552 松風に月のおのへは空晴てきりのふもとにさほしかのこゑ
後宇多院七夕七百首歌に駒迎を
権中納言公雄 」

一　潤為―潤為《洞イ》内
一　まよへとも―まとへとも九・桂・章・正版　まと《よイ》へとも内
一　きりのふもとに―きりのふもとに《のイ》正版

1553 いまもかもたえせぬものか年ことの秋のなかはのもち月のこま

同七百首歌に湖月を　　従三位為親

1554 さゝなみやにほてる浦の秋風にうき雲はれて月そさやけき

月哥の中に　　前大納言尊氏

1555 はつせ山ひはらに月はかたふきてとよらの鐘のこゑそふけ行

津守国実

1556 いねかてになかめよとてや秋の月深てはかけの[一]さえまさるらん

賀茂経久

1557 故郷は軒はふ蔦のすゑたれてさしいる月の影たにもなし

藤原為守女」

1558 このころは月にも猶そなれまさるねられぬまゝの老のすさひに

藤原懐通朝臣

1559 雲のうへに[一]なれみし月そしのはるゝ[二]我よふけゆく秋の涙に

和気種成朝臣

1560 おもひいつるむかしにゝたる月影そふるきをうつすかゝみなりける

丹波長典朝臣

1561 身のうれへなくさむかとてみる月や[一]秋をかさねて老となるらん

法印源全

1562 年ことにあひみる事はいのちにて老の数そふ秋の夜の月

貞永元年八月十日ころ中宮の女房いさなひて」

一　さえまさるらん—さえわたるらん九

一　なれみし月そ—馴にし月そ兼

二　我よふけゆく—我に《世イ》更行桂

一　秋をかさねて—秋をかさねて《ぬるイ》内

東山へまかり侍けるに水に月のうつりてくまなかりければ
光明峯寺入道前摂政左大臣

1563 せきいるゝ石まの水のあかてのみやとかる月を袖にみるかな

返し
後堀河院民部卿典侍

1564 たちかへる袖には月のしたふともいしまの水はあかぬたひ哉

護持に侍けるころ月をみて
二品法親王尊胤

1565 いのりきてつかふる夜ゐの秋もはやなれて三とせの雲の上の月

百首歌たてまつりし時
入道二品親王尊円

1566 かくてこそみるへかりけれおく山のむろのとほそにすめる月かけ

雑哥の中に
儀子内親王

1567 空きよく在明の月は影すみて木高き杉にましらなくなり

丹波忠守朝臣

1568 秋さむき有明の空の一しくれくもるも月の情なりけり

山家月を
恵助法親王

1569 いとひこしうき世のほかの山里に月はいつよりすみなれにけむ

世をのかれてのちあつまにすみはへりけるころよめる
藤原為守

1570 すみわひて出しかたとは思へとも月に恋しきふるさとの秋

題しらす
法印隆渕

一 護持—護持僧府・冬・桂

一 儀子—議子桂

一 すみはへりけるころ—すみけるころ兼

一 為守—為子内

1571 なれてみる月そしるらむ年をへてなくさめかたき秋の心は

承平五年内裏の御屛風月夜に女の家におと

こいたりてすのこにゐて物いはせたるところ

貫之

1572 山のはにいりなむと思ふ月みつゝわれはとなからあらむとやする

女返し

1573 久方の月のたよりにくる人はいたらぬところあらしとそ思ふ

おもふ事ありける比

寂然法師

1574 つく〳〵とことそともなきなかめして今夜の月もかたふきにけり

こもりゐて侍ける比月を見て」

太宰大弐重家

1575 月かけのくまなしとてもわひ人の心のやみのはれはこそあらめ

月前述懐を

俊恵法師

1576 なかむれは身のうきことのおほゆるをうれへかほにや月もみるらん

月の御哥の中に

土御門院御哥

1577 なけくとて袖の露をはたれかとふおもへはうれし秋のよの月

従二位家隆

1578 むかしにはありしにもあらぬ袖の上にたれとて月の涙とふらん

月十五首歌人々によませさせ給けるに雑月を

伏見院御哥」

一　ことそともなき—ことそともなき《くイ》内

一　はれはこそあらめ—はれまこそあらめ静

一　おほゆるを—おほか《ゆイ》るを内

1579 あはれさてもなにのすさひのなかめして我よの月の[一]かけたけぬらん

寄月雑といふ事をよませ給ける
院御哥

1580 雲ふかきみとりの洞にすむ月のうき世の中に影はたえにき

題しらす
四条太皇太后宮主殿

1581 のこりなく思ひすてゝし世の中にまたおしまるゝ山の端の月

賀茂雅久

1582 をちこちの砧のをとにいくさともおなし夜さむのあはれをそしる

雑哥のなかに
[一]前僧正慈勝

1583 あれにける[一]庭のかきほの苔のうへに蔦はひかゝる故郷の秋

紅葉を
祝部成国

1584 ひとしほは手折てのちも染てけり時雨にかさす山のもみちは

秋哥に
兼空上人

1585 うらかるゝ小花かすゑの夕つくひうつるもよはき秋の暮かた

暮秋のこゝろを
大江千里

1586 [一]やまさむし秋もくれぬとつくるかも槙の葉ことにをけるあさしも

秋のすゑつかたより雨[一]うちつゝきふるに[二]十月一日
よめる
和泉式部

1587 けふは猶ひまこそなけれ[一]かきくもるしくれ心ちはいつもせしかと

[一]題しらす
藤原冬頼

一 かけたけぬらん―影ふけぬらん桂

一 前僧正―前大僧正九・府・冬・静・兼・章・内・正版
前権僧正桂

一 庭のかきほの―庭のかきほ《ねイ》の内

一 やまさむし―山さひし冬・静

一 うちつゝき―うちつゝ《そゝイ》き内

二 十月一日よめる―十月一日によめる章・正版

一 かきくもる―かきくもり内

一 題しらす―題しらぬ桂

1588 ゆふつくひ雲ひとむらにかけろひて時雨にかすむをかの松原
祝部成国
1589 をとはかりいた屋のゝきのしくれにてくもらぬ月にふる木葉哉
落葉交雨といふ事を
前大僧正賢俊
1590 神無月時雨にましるもみち葉は散かふほとも色やそふらん
冬哥の中に
二品法親王尊胤
1591 おち葉にも秋の名残をとめしとや又さそひ行木からしの風
閑居冬夕を
従二位為子
1592 さひしさよ桐のおち葉は風になりて人はをとせぬ宿の夕暮
風前落葉といふ事をよませ給ける
後伏見院御哥
1593 山あらしにもろくおちゆく紅葉はのとゝまらぬ世はかくこそありけれ
神無月のころ岡屋入道前関白もとより山中何事
か侍と申つかはして侍ける返事によみてつか
はしける
慶政上人
1594 なかめやるまさ木のかつら散はてゝめにかゝるへき物たにもなし
題しらす
守子内親王
1595 影よはき夕日うつろふかたをかに残るもすこきむらすゝきかな
藤原高範
1596 風かよふ籬のおきの冬かれも色こそかはれ音はかはらす

一　風になりて―風に成て冬・兼

一　影よはき―影きよ《よはイ》き桂

百首歌よみ侍ける中に野を
安嘉門院四条

1597 むさし野はみな冬草のしほれ葉に霜はをくとも根さへかれめや

江寒蘆
読人不知

1598 みなとえの氷にたてるあしのはに夕霜さやき浦風そ吹

冬月をよめる
前権僧正尊什

1599 さえとほる霜夜のそらのふくるまゝにこほりしつまる月の色哉

題不知
法印宰承

1600 かきくらししくるとみれは風さえてみそれになりぬ浮雲のそら

冬哥の中に
贈従二位清子

1601 空にのみちるはかりにてけふいくか日をふる雪のつもらさるらん

浦雪を
惟宗忠貞

1602 難波かたみきはの雪は跡もなしたまれはかてに波やかくらむ

文保三年後宇多院にたてまつりける百首哥の中に
権中納言公雄

1603 いほむすふ山ちの雪も年ふりてうつもるゝ身はとふ人もなし

後伏見院北山第に御幸ありて人々歌つかうまつりける時雪を
今出河入道前右大臣

1604 かそふれはまちもまたれす君かためつかへふりぬる雪の山里

おなしこゝろを
法印覚懐

一 みな冬草の—みな冬草《かれイ》の 桂

一 夕霜さやき—夕霜さやく 兼・内

一 ふくるまゝに—ふくるまに 静

一 宰承—宰永 静　宰承《実承イ》 桂　実永 内

一 贈従二位—贈従三位 章・内・正版

一 北山第に—北山亭に 九・桂・章・正版

一 まちもまたれす—まちもまたれも 九・桂・兼・章・内・正版　まちもまたれ《すイ》も 冬　まちもまたすも 静

1605 玉ほこのみちある御代にふる雪はむかしの跡そ猶のこりける
藤原為量朝臣

1606 春きても花を待へき梢かは雪たにのこれ谷のむもれ木
後照念院前関白[一]大政大臣

1607 ふりにける跡をし世々にたつぬれはみちこそたえね関の白雪
[一]冬哥の中に
太上天皇

1608 [一]降うつむ雪に日かすはすきのいほ[二]たるひそしけき山陰の軒
順徳院御哥

1609 千鳥なくさほの山風こゑさえて河きりしろくあけぬ此夜は
前権僧正隆勝

1610 さゆる夜の入うみかけて友ちとり月にとわたるあまのはしたて
後宇多院[一]七夕七百首哥に浦千鳥を
前中納言有忠

1611 つかへこし跡にのこりて浦千鳥あるかひもなきねをのみそなく
おなしこゝろを
紀行春

1612 跡つけむかたそしられぬ浜千とり和哥のうらはの友なしにして
冬哥に
藤原成藤

1613 こほりてもをとはのこれるみなせ河したにや水のありて行らん
藤原基雄

1614 山河のいはまに残る紅葉ゝの[一]したにはすけるうす氷かな

一　大政大臣—太政大臣九・府・冬・静・桂・兼・章・内・正版

一　冬哥—冬御哥内

一　降うつむ雪に日かすは—降つもる雪に日影は兼

二　たるひそしけき—たるひそしる《け》き桂

一　七百首哥に—七百首に章

一　したにはすける—下にはすめ《けイ》る桂

堀河院百首哥に炭竈を
俊頼朝臣
1615 すみかまのけふりならねと世の中を心ほそくもおもひたつ哉
炉火
1616 いかにせむはひの下なるうつみ火のうつもれてのみきえぬへき身を
歳暮を　前権僧正静伊
1617 老となるかすは我身にとゝまりてはやくもすくる年の暮かな
[一]おなし心を　前権僧正雲雅
1618 身のうへにつもる月日もいたつらに老のかすそふとしのくれ哉
冬哥の中に　兵部卿熙明親王
1619 ゆくすゑをおもふにつけて老らくの身にはいまさらおしき年哉
歳暮の哥とてよめる　前中納言為相
1620 いまはたゝしたふはかりの年のくれあはれいつまて春を待けん
世をそむきてのち山さとにすみ侍けるに[一]とし暮ていほりのまへのみちを樵夫ともの[二]いそかはしけにすき侍けれは
藤原為基朝臣
1621 山人の軒はのみちにいそかすはしらてや年のくれをすきまし
百首歌[一]たてまつりし時冬哥
永福門院内侍

一 おなし心を―ナシ九

一 とし暮て―年のくれて正版
二 いそかはしけに―いそかしけに九・兼・章・内・正版

一 たてまつりし時―たてまつりける冬

1622 こそもさそまたはかけしの老の波こゆへきあすの春もつれなし

風雅和歌集巻第十六

雑哥中

暁雲といふことを

藤原為基朝臣

1623 あかつきやまたふかゝらし松のうれにわかるともなき峯のしら雲

文保三年百首歌の中に

後西園寺入道前太政大臣

1624 みるまゝにあまきる星そうきしつむ暁やみのむら雲のそら

百首歌たてまつりしとき

左近中将忠季

1625 時はゝや暁ちかくなりぬなりまれなるほしの空そしつけき

雑御歌の中に

今上御哥

1626 にしの空はまた星みえて在明の影よりしらむをちの山のは

康永二年哥合に雑色を

院一条

1627 しらみまさる空のみとりはうすくみえて明のこる星のかすそ消行

暁のこゝろを

祝子内親王

1628 山ふかみおりゐる雲は明やらてふもとにとをき暁のかね

雑歌の中に

太上天皇

1629 夜からすはたかき梢になきおちて月しつかなる暁の山

1630 鐘のをとに夢はさめぬる後にしもさらにひさしきあかつきの床

一 あまきる星そ―はたきる《あまきる》星そ桂

一 まれなるほしの―まほ《れイ》なるほしの桂　まほなるほしの内

一 影よりしらむ―月《かけイ》よりしらむ桂

一 かすそ消行―かけそきえ行府・冬

一 山ふかみ―山ふか《たかみイ》く《みイ》内

一 後にしも―後にして《も》桂

二 さらにひさしき―さらにさひしき九・章・正版　さらにさ《久イ》ひしき内

従三位親子

1631 窓ちかき軒端の峰は明そめてたによりのほるあかつきの雲

進子内親王

1632 き丶きかすおなしひ丶きもみたるなり嵐のうちの暁のかね

春宮権大夫冬通

1633 あけぬるか寝覚の窓のひまみえて残ともなき夜半の燈

百首御歌の中に　　院御哥

1634 羽をとしてわたる鳥の一こゑに軒はの空は雲明ぬなり

徽安門院一条

1635 たちそむるからすひと声鳴すきて林しつかにあくるしの丶め 」

前大納言実明女

1636 あさからす声する森の梢しも月は夜ふかきありあけの影

題をさくりて人々哥つかうまつりけるに関と
いふ事をよませ給ける　　伏見院御哥

1637 あふさかやあかつきかけてなく鳥の声しろくなる関の杉むら

百首御哥に　　院御哥

1638 里々のあけゆくをとはいそけとものとかにしらむ山のはのそら

題しらす　　藤原為基朝臣

1639 出やらて朝日こもれる山の端のあたりの雲そまつにほひぬる

朝煙を　　従二位為子 」

一　従三位—従二位府　従三《ニイ》位冬

一　声しろくなる—こゑしつかなる府・冬

一　百首御哥に—百首御哥の中に府・冬

1640 やと〳〵にたつるけふりのすゑあひて一むらかすむ里の朝あけ

百首歌たてまつりし時　徽安門院一条

1641 をちかたの里はあさ日にあらはれて煙にうすき竹の一むら

前大納言実明女

1642 風すさふ竹のさえたの夕つくひうつりさためぬ影そさひしき

あさき夕といふ事を　前大納言為兼

1643 もりうつる谷に一すち日影みえて峯もふもとも松の夕風

雑御哥に　順徳院御歌

1644 入日さす峯のうき雲たなひきてはるかにかへる鳥の一声

太上天皇

1645 夕日影田のもはるかにとふ鷺のつはさのほかに山そ暮ぬる

栄子内親王

1646 山もとはまつくれそめて峯たかき梢にのこる夕日かけ哉

夕山といふことを　後伏見院御歌

1647 ゆふ山やふもとのひはら色さめて残る日影そ峯にすくなき

百首哥の中に　中務卿宗尊親王

1648 みわたせは雲間の日影うつろひてむら〳〵かはる山の色かな

雑哥に　徽安門院

1649 ゆふ日さす峯はみとりのうすくみえてかけなる山そ分て色こき

百首歌たてまつりし時　左近中将忠季

一　山そ暮ぬる―山そくれぬる《ゆくイ》桂　山そくれゆく《ぬるイ》内

一　色さめて―色こめて桂

1650 ゆふつくひ入ぬる峯の色こきにひと本たてる松そさひしき

百首御哥の中に　　順徳院御哥

1651 夕つくひ山のあなたになるまゝに雲のはたてそ色かはりゆく

雑哥に　　院一条

1652 山のはの色ある雲にまつすきて入日の跡の空そしつけき

徽安門院一条

1653 西の空の夕日の跡はさめやらて月よりかはる雲のいろかな

源義詮朝臣

1654 月はあれとまた暮やらぬ空なれやうつるもうすき庭の影哉　」

従二位行家

1655 人とはぬ谷のとほそのしつけきに雲こそかへれゆふくれの山

暮山をよめる　　前大納言尊氏

1656 山かせはたかねの松に声やみてゆふへの雲そ谷にしつまる

百首哥たてまつりしとき　　民部卿為定

1657 こもりえのはつせのひはら吹分てあらしにもるゝ入あひの鐘

前中納言重資

1658 雨そゝく槇のしつくはおちそひて雲ふかくなる夕くれの山

題しらす　　後伏見院御哥

1659 鳥のゆく夕の空のはる〳〵となかめのするゑに山そいろこき　」

一　まつすきて―まつすきて《の》桂《イ》

一　谷にしつまる―谷にしつまる《めカ》九

藤原為基朝臣

1660 飛つれてとをさかりゆくからす羽にくるゝ色そふをち方のそら

夕鐘を　伏見院御歌

1661 鐘の音をひとつあらしに吹こめて夕くれしほる軒の松風

1662 ならひたつ松のおもてはしつかにて嵐のおくにかねひゝくなり

一　ならひたつ―ならひたる静

1663 山の端のなかめにあたる夕暮にきかて聞ゆるいりあひの音

一　いりあひの音―いりあひのかね《をとイ》府・冬

祝子内親王

1664 つれ〳〵となかめ〳〵てくるゝ日の入あひの鐘のこゑそさひしき

雑御哥の中に　後伏見院御哥

1665 たつねいる山路のすゑは人もあはす入会の鐘に嵐こそふけ」

永福門院

1666 かくしてそ昨日もくれし山の端の入日の後に鐘のこゑ〳〵

一　入日の後に―入相の後に兼

従二位為子

1667 なにとなく夕の空をみるまゝにあやしきまてはなそやわひしき

後鳥羽院御哥

1668 なにとなくすきこし方のなかめまて心にうかふ夕暮の空

伏見院御哥

1669 寺ふかきねさめの山はあけもせてあま夜の鐘の声そしめれる

一　声そしめれる―声そしめれる《しつめるイ》桂

儀子内親王

1670 つく〳〵とひとり聞夜の雨のをとはふりをやむさへさひしかりけり」

1671 みな人のいをぬるなへにむはたまのよるてふ時そ世はしつかなる

燈をよみ侍ける　従一位教良女

1672 おもひつくす心にときはうつれともおなし影なる寝屋のともし火

宝治百首歌に夜燈を　前大納言為家

1673 あはれにそ月にそむくるともし火のありとはなしにわかよ更ぬる

雑哥に　前大納言長雅

1674 まきの屋のひまふく風も心せよ窓ふかき夜に残るともし火

徽安門院

1675 ともしひはあま夜の窓にかすかにて軒のしつくを枕にそきく」

月を　後伏見院御哥

1676 一すちにおもひもはてし猶も此うき世の友は月こそありけれ

読人しらす

1677 世中はむなしき物とあらんとそこのてる月はみちかけしける

月のあかきをみてよめる　大僧正行尊

1678 ありし世にめくる身としも思はねと月はむかしの心ちこそすれ

蔵人おりて後月を見てよめる　藤原敦経朝臣

1679 むかしのみなかむるまゝに恋しきはなれし雲井の月にやあるらん」

一　世はしつかなる—世静なる桂

一　夜燈を—夜灯九

一　ありとはなしに—あると《りイ》はなしに桂

一　猶も此—猶この静

かしらおろして後月を見て

前参議家親

1680 いまはわれ又みるましきあはれさよ[一]なれてつかへし雲の上の月

雑哥の中に

如願法師

1681 袖のうへにかはらぬ月のかはる哉ありしむかしの影をこひつゝ

1682 なにとなくむかし恋しき我袖のぬれたるうへにやとる月かけ

従二位為子

1683 時ありて花も紅葉もひとさかりあはれに月の[一]いつもかはらぬ

大峯修行の時よみ侍ける

二品法親王覚助

1684 うきてたつ[一]雲ふきまよふ山風のをさゝにすくるをとのはけしさ

雲を

永福門院

1685 山あひにおりしつまれるしら雲のしはしとみれは[一]はやきえにける

前右衛門督基顕

1686 うすくこき山の色かとみる程に空ゆく雲のかけそうつろふ

雑歌の中に

前大納言為兼

1687 大空にあまねくおほふ[一]雲のこゝろ[二]くにつちうるふ雨くたす也

従二位為子

1688 あらき雨のをやまぬほとの庭たつみせき入ぬ水そしはしなかるゝ

百首歌たてまつりし時雑哥

一　なれてつかへし—なれて久しき静

一　いつもかはらぬ—色もかはらぬ内

一　雲ふきまよふ—雲ふきはらふ府・冬・静・兼・章・内・正版　雲吹まよふ《はらふイ》桂

一　はやきえにける—はやきえにけり九・府・冬・兼・章・正版　はや絶にけり桂　はやきえにけり《るイ》内

一　雲のこゝろ—雲の心《比イ》内

二　くにつちうるふ—くにつちおほふ《うるふイ》桂

入道二品親王法守

1689 枝くらき木するゑに雨のをとはしてまた露おちぬ槙の下みち

五首歌合に[一]雑遠近を　太上天皇

1690 雲かゝる遠山松はみえすなりてまかきの竹に雨こほるなり

永福門院内侍

1691 なかめつる草のうへより降そめて山のはきゆるゆふ暮のあめ

雨夜思といふ事を　後伏見院御哥

1692 ひとりあかすよものおもひはきゝこめぬたゝつく〳〵とふくる夜の雨

雑御哥の中に　伏見院御哥

1693 夜の雨に[一]心はなりておもひやる千里の寝覚[二]こゝにかなしも

元久元年七月北野社哥合に暮山雨を　大蔵卿有家

1694 みぬ世までおもふもさひしいその神ふるの山辺の雨の夕暮

題しらす　儀子内親王

1695 山松はみる〳〵雲にきえはてゝさひしさのみのゆふくれの雨

藤原親行朝臣

1696 にしのたつ峯より雨は晴そめてふもとの松をのほるしら雲

藤原公直朝臣母

1697 雨はいまはれぬとみつる遠山の松にみたれてかゝるしらくも

百首歌たてまつりし時　[一]永福門院内侍

一　雑遠近を―雑遠近九

一　心はなりて―心はなりぬ《てイ》府・冬
二　こゝにかなしも―こゝにかなし《きイ》も内

一　永福門院内侍―永福門院内侍イ内

1698 雨晴て色こき山のすそ野よりはなれてのほる雲そまちかき

題しらす　藤原為基朝臣

1699 山もとや雨はれのほる雲の跡にけふりのこれる里のひとむら

従三位親子

1700 谷陰やましはの煙すこくみえて入あひくらき山のしたみち

雑哥の中に　進子内親王

1701 立のほる煙さひしき山もとの里のこなたにもりの一村

嘉元百首歌に山を　後山本前左大臣

1702 しら雲の八重たつ峯もちりひちのつもりてなれる山にしあらすや

題しらす　前大僧正慈順

1703 三の峯ふたつのみちをならへをきて我立杣の名こそたかけれ

雑御哥の中に　伏見院御哥

1704 うら風はみなとのあしに吹しほり夕くれしろき波のうへの雨

後二条院御歌

1705 浦の松の木の間にみえてしつむ日の名残の波そしはしうつろふ

永福門院

1706 しつみはてぬ入日は波のうへにしてしほひにきよき磯の松原

藤原為基朝臣

1707 いそ山のかけなる海はみとりにてゆふ日にみかくおきつしら波

祝部成茂

一　すこくみえて―こくみえて九・兼・章・正版

一　名こそたかけれ―名こそおし《たかイ》けれ桂

一　浦の松の―浦の松九・章・内・正版　1705歌、作者名ともナシ冬

1708 しら波のたかしの山のふもとより[一]まさこ吹まきうら風そふく
藤原朝村

1709 かつしかのまゝの浦風ふきにけりゆふなみこゆるよとのつき橋
院兵衛督

1710 うちよするあらいそ浪の跡なれやしほひのかたに残るもくつは
眺望のこゝろを　前中納言定家

1711 わたのはら波と空とはひとつにて入日をうくる山のはもなし
藤原冬隆朝臣

1712 きよみかた磯山もとは暮そめて入日のこれる[一]みほの松原
」
物へゆくに海のほとりにて　よみ人しらす

1713 風をいたみよせくる波にいさりするあまをとめ子かものすそぬれぬ
たいしらす

1714 玉津嶋みれともあかすいかにしてつゝみもたらむみぬ人のため

1715 家つとに貝をひろふとおきへよりよせくる波に衣手ぬれぬ

1716 [一]ありかよふなにはの宮はうみちかみ[二]あまをとめらかのれる船みゆ
宝治百首歌に江蘆を　山階入道前左大臣

1717 難波えに夕しほとをくみちぬらしみらくすくなき蘆のむら立
津の国に侍ける比京にあひしりたる人の許につかはす文のうへに書て侍ける　津守国基

1718 津の国のなにはよりそといはすともあしてをみてもそれとしらなん
」

一　まさこ吹まき—まさこ吹まく《きイ》桂・内

一　みほの松原—峯の松原内

一　ありかよふ—ありか《かイ》よふ冬

二　あまをとめらか—あまをとめ子かれ九・桂・兼・章・正版
あまをとめ子《らイ》か内

題しらす　光明峯寺入道前摂政左大臣

1719 つのくにの難波の里のうらちかみまかきをいつる海士のつり舟

前中納言為相女

1720 あら磯の松のかけなるあまをふねつなきなからそ波にたゝよふ

従三位行尹

1721 こき出てむこの浦よりみわたせは波にうかふすみよしのまつ

日吉へまいるとてからさきの松をみてよめる

従二位為子

1722 からさきやかすかにみゆる真砂地にまかふ色なき一もとの松

雑哥に　前中納言有光

1723 にほのうみやかすみて遠きあさあけに行かたみえぬ海士の釣舟

従二位家隆

1724 明わたるをしまの松の木間より雲にはなるゝあまのつり船

前中納言基成

1725 うら〳〵のくるゝ波まに数みえておきに出そふ海人のいさり火

従二位為子

1726 こきいつるほともなみちにかすきえぬ追風はやき浦のつり舟

前大納言為兼

1727 物としてはかりかたしなよはき水にをもき舟しもうかふと思へは

従二位兼行

一 くるゝ波まに―くるゝ波ま《ちイ》に桂

一 ほともなみちに―ほともなみち《まイ》に内

一 うかふと思へは―うくと思へは府・冬

1728 河むかひまた水くらき明ほのにいつるか船のをとそきこゆる

百首歌たてまつりし時雑哥

前内大臣

1729 こけむして人のゆきゝの跡もなしわたらてとしやふるのたか橋

題しらす　前大納言為兼

1730 大井河はるかにみゆる橋のうへに行人すこし雨のゆふくれ

1731 をかの辺やなひかぬ松は声をなして下草しほる山おろしの風

藤原為守女

1732 谷ふかき松のしつえに吹とめて深山の嵐こゑしつむなり

従二位宣子

1733 山人のおへるましはの枝にさへなををとつれてゆくあらしかな

従三位親子

1734 つれ〳〵と山かけすこき夕暮の心にむかふ松のひともと

前大納言為兼

1735 みるとなき心にも猶あたりけりむかふみきりの松のひと本

夕松といふ事を　伏見院御哥

1736 いましもはあらしにまさるあはれかなをとせぬ松の夕暮のやま

百首歌たてまつりし時　権大納言公蔭

1737 年ふかき椙の木するゐも神さひて木くらき杜は宮ゐなりけり

雑哥の中に　浄妙寺左大臣

一　雑哥―雑歌に静・兼・章

一　わたらてとしや―わたら《りイ》てとしや桂

一　谷ふかき―谷ふかみ兼

一　従三位親子―従三位親王静

一　猶あたりけり―猶あまりけり静

一　年ふかき―年ふるき内

一　浄妙寺―浄明寺府

1738 くれぬるかまかきの竹のむら雀ねくらあらそふ声さはく也

康永二年歌合に雑色といふことを
徽安門院

1739 みとりこき日影の山のはる〳〵とをのれまかはすわたる白鷺

鷺を
伏見院御歌

1740 山もとの田面よりたつ白鷺のゆくかたみれはもりの一むら

雑哥
前中納言為相

1741 たにかけや木ふかき方にかくろへて雨をもよほす山はとの声

従三位忠嗣

1742 鐘のをと鳥のねきかぬおく山の暁しるは寝覚なりけり

山家夢といふ事を
正二位隆教

1743 吹おろす軒はの山の松風にたえてみしかき夢のかよひち

三十首歌の中に山家松
前中納言定家

1744 しのはれむ物ともなしにをくら山軒端の松そなれてひさしき

山家のこゝろを
円光院入道前関白太政大臣

1745 松のかせかけひの水にきゝかへて都の人のをとつれはなし

山を
権律師慶運

1746 ちりの身そをき所なき白雲のたなひく山のおくはあれとも

題しらす
藤原基任

一 雑哥―雑歌に九・府・冬・静・桂・兼・章・正版

一 かくろへて―かくろひて静

一 正二位―正三《二イ》位内

一 をとつれはなし―をとつれは《もイ》なし桂　をとつれもなし内

1747 山ふかきすまゐはかりはかひもなし心にそむく浮世ならねは
権律師慈成
宝治百首哥に山家嵐を
1748 やまふかきやとには人の音もせて谷しつかなる鳥の一こゑ
前大納言為氏
雑哥の中に
1749 山本の松のかこひのあれまくにあらしよしはし心してふけ
権中納言俊実
1750 たゝひとへあたにかこへる柴のかきいとふ心に世をはへたてゝ
式子内親王
1751 我やとはつま木こり行山かつのしは〳〵かよふ跡はかりして」
山家木を
西園寺前内大臣女
1752 こゝにさへ嵐ふけとはおもはすよ身のかくれかの軒の山まつ
百首歌たてまつりし時
入道二品親王法守
1753 山のおくしつかにとこそおもひしにあらしそさはく檜原槙はら
世をのかれて山ふかくすみ侍ける比よめる
山本入道前太政大臣女
1754 また人のいほりならへぬ山陰は音する風をともと聞かな
竹を
前権僧正良海
1755 一もとゝおもひてうへし呉竹の庭みえぬまてしける故郷
六帖の題にて人々に哥よませさせ給けるつゐてに」

一　浮世ならねは―浮世ならねは《とイ》桂　浮世ならねと内
一　つま木こり行―つま木こりつむ《ゆくイ》桂
一　ともと聞かな―友ときくかな《するイ》正版
一　六帖の題にて～山さと―詞書き全てナシ静

山さと
伏見院御哥
1756 つくろはぬ岩木を庭のすかたにてやとめつらしき山の奥かな

題しらす
仏国禅師
1757 我たにもせはしとおもふ草のいほになかはさし入峰のしらくも

山家夕といふことを
伏見院御歌
1758 山陰やちかき入あひの声くれてそともの渓にしつむ白雲

百首御哥に
院御哥
1759 跡たえてへたつる山の雲ふかしゆきゝはちかきみやこなれとも

無動寺に籠山[一]して侍けるとき源兼氏朝臣[二]もとに申送り侍ける
前大僧正道玄
1760 山里をたれすみうしと[一]いとひけむ心のすめはさひしさもなし

題しらす
藤原宗秀
1761 とふ人もまたれぬほとにすみなれて深山のおくはさひしさもなし

前大納言家雅
1762 奥山のいはほのまくら苔むしろかくてもへなんあはれ世中

宝治百首歌に山家水を
安嘉門院高倉
1763 人めこそかれなはかれめやま里にかけひの水の音をたにせよ

題しらす
儀子内親王
1764 とはるやとまたましいかにさひしからん人めをいとふ奥山の庵

一 籠山して—山こもりして府・冬
二 源兼氏朝臣—源兼氏朝臣の府・冬

一 たれすみうしと—たれすみこ《う歟》しと桂

二品法親王承覚
1765 くちのこる軒のかけ樋をつたひきて庭にしたゝる苔の下水

山家御哥の中に　　伏見院御哥
1766 をちかたの山は夕日のかけ晴て軒はの雲は雨おとすなり

雨を　　進子内親王
1767 雲しつむ谷の軒端の雨のくれきゝなれぬ鳥のこゑもさひしき

雑御歌に　　順徳院御歌
1768 ますら男かやまかたつきてすむいほのそともにわたす杉のまろはし

前大納言忠良
1769 やまふかき草のいほりの雨の夜にをとせてふるは涙なりけり

百首歌たてまつりし時　　前大納言実明女
1770 山里はさひしとはかりいひすてゝこゝろとゝめてみる人やなき

田家雨をよめる　　前大納言尊氏
1771 やまもとやいほの軒はに雲おりて田面さひしき雨の夕くれ

宝治二年百首歌人々にめされけるついてに里竹を　　後嵯峨院御歌
1772 おもひ入みやまの里のしるしとてうき世へたつる窓の呉竹

西山の善峯寺にてよみ侍ける　　二品法親王慈道

一　軒のかけ樋を―軒の懸樋の《をイ》正版
一　かけ晴て―かけろひて桂　影は《ろひイ》れて内
一　こゑもさひしき―こゑも《そ歟》さひしき府・冬　こゑそさひしき静・兼

1773 此里はそとものましは[一]しけゝれはほかにもとめぬつま木こる也

題しらす　院御哥

1774 跡もなきしつか家居の竹のかき犬の声のみおくふかくして

宝治百首歌に山家水を

山階入道前左大臣

1775 身をかくす深山のおくのかよひちをありとなつけそ渓の下水

文保三年後宇多院にたてまつりける百首哥の中に

後花山院前内大臣

1776 いほむすふ山下水の木かくれにすますこゝろをしる人そなき

千首歌よみ侍けるに

前大納言為家

1777 あか棚の[一]はなの枯葉もうちしめり朝きりふかし[二]峯の山寺

山さとなる所へまかりけるみちにてよみ侍ける

藤原為基朝臣

1778 月はまた峯こえやらぬ山陰にかつ〳〵みゆる松のした道

百首歌よみ侍けるに

従三位頼政

1779 いなり山西にや月のなりぬらむすきのいほりの窓のしらめる

山家鳥

伏見院御歌

1780 山陰や竹のあなたに入日おちてはやしの鳥の声そあらそふ

山路のこゝろを

従二位為子

1781 やま人の分いるほかの跡もなし峯よりおくのしはの下みち

一　しけゝれは―しけゝれと《はイ》静

一　はなの枯葉も―はなのかれ葉の静
二　峯の山寺―嶺の古寺桂

樵夫を　　　　　　　　　　　　　中務卿宗尊親王

1782 見わたせはつま木のみちの松陰に柴よせかけてやすむ山人

前大納言公泰

1783 しはし猶ふもとのみちのくらけれは月まちいてゝかへるやま人

ふかき山さとに人のたつねくるもなくてなにとなく

[一]物あはれなるに　　　　　　　　前左兵衛督惟方

1784 [一]人はいはし鳥もこゑせぬ山ちにもあれはあらるゝ身にこそ有けれ

東山に[一]すみ侍けるころ従三位頼政[二]たつねきて

のちかきたえをとせさりけれはつかはしける

1785 いかにして野中のし水おもひ出てわするはかりに又なりぬらむ

笙のいは屋にこもりてよみ侍ける　　　　静仁法親王

1786 くるとあくとつゆけき苔の袂かなもらぬ岩屋の名をは憑まし

玉井といふ所にて　　　　　　　　藤原道信朝臣

1787 我ならぬ人にくますなゆきすりにむすひをきつる玉の井の水

高野の奥院へまいるみちに玉河といふ川のみな

かみに毒虫のおほかりけれはこのなかれをのむまし

きよしをしめしをきてのちよみ侍ける　　　弘法大師

1788 わすれてもくみやしつらん旅人のたかの〻おくの玉川の水

一 物あはれなるに―あはれなるに静

一 人はいはし―人はい《しイ》はし桂

一 すみ侍けるころ―すみける比内

二 たつねきて―たつねきれ内

おなし山にのほりてさんこの松をみて

阿一上人

1789 これそこのもろこし舟にのりをきてしるしをのこす松の一本

白河なりける家にすみたえて年へて後まかり
てよみ侍ける

前左兵衛督惟方

1790 故郷はあさちかしたにうつもれて草のいほりとなりにけるかな

大覚寺にすみ侍けるころよめる

二品法親王寛尊

1791 年をへてあれこそまされさかの山君かすみこし跡はあれとも

雑哥に

藤原為守女

1792 いのちまつかりのやとりのうちにたに住さためたる隠家もなし

いほりをすみすてゝ出けるに

夢窓国師

1793 いくたひかかくすみすてゝ出つらむさためなき世にむすふかりいほ

百首哥の中に

前中納言定家

1794 さきのゐる池のみきはに松ふりて都のほかの心ちこそすれ

長和五年四月雨のいとのとかにふるに大納言
公任につかはしける

権中納言定頼

1795 やへむくらしけれるやとにつれ〳〵ととふ人もなきなかめをそする

一 のりをきて―のりをえて九・府・冬・静・桂・兼・内・正版

一 いのちまつ―命さへ静

一 しけれるやとに―しけれるやとのにイ正版

風雅和歌集巻第十七

雑哥下

題不知　　伏見院御哥

1796 あまつそらてる日のしたにありなからくもる心のくまをもためや

雑哥の中に　　太上天皇

1797 てりくもりさむきあつきも時として民に心のやすむまもなし

百首歌たてまつりしとき　　権大納言資明

1798 たれもみな心をみかけ人をしる君かかゝみのくもりなき世に

述懐哥の中に　　左兵衛督直義

1799 しつかなる夜半の寝覚に世中の人のうれへをおもふくるしさ　」

光明峯寺入道前摂政左大臣

1800 神代よりみちある国につかへけるちきりもたえぬ関のふち河

前大納言経顕

1801 いまゝては代々へてすみししら河のにこらし水のこゝろはかりは

雑御哥の中に　　後伏見院御哥

1802 あふきみて我身をとへはあまのはらすめるみとりのいふ事もなし

前大僧正道玄

1803 さりともとあふきて空をたのむかな月日のいまたおちぬ世なれは　」

一　くもる心の―くもるところの静

一　いふ事もなし―いふこともなく静

深心院関白前左大臣

1804 ゆくすゑのみちはまよはし春日山いつる朝日のかけにまかせて

文保百首哥に　芬陀利花院前関白内大臣

1805 くもらしとおもふ心をみかさ山いつる朝日も空にしるらむ

雑御哥とて　後醍醐院御哥

1806 おさまれる跡をそしたふをしなへてたかむかしとはおもひわかねと

百首歌の中に　太上天皇

1807 おさまらぬ世のための身そうれはしき身のための世はさもあらはあれ

嘉禎二年十二月四位の従上に叙して慶を奏しけるに[一]雪いみしく降侍けれは　従三位為継

1808 くらゐ山かさなる雪に跡とめてまよはぬみちは猶そかしこき

山を　藤原秀経

1809 [一]みちしあらは今もまよはて位山むかしのあとに名をのこさはや

百首歌たてまつりし時　前大納言実教

1810 老の身にいま一さかのくらゐ山[一]のほらぬしもそ[二]くるしかりける

雑御哥の中に　伏見院御哥

1811 うれへなくたのしみもなしわか心いとなまぬ世はあるにまかせて

藤原為守女

1812 なきにのみ[一]身をなしはてし心よりあるにまかする世こそやすけれ

法印顕範

一　雪いみしく―雪のいみしく章

一　みちしあらは―みちしあれは府・冬

一　のほらぬしもそ―のほらぬにしも章・正版
二　くるしかりける―くるしかりけり章

一　身をなしはてし―身をなしはて丶桂

1813 いにしへはなけきし事もなけかれす憂にならひて年のへぬれは

藤原重能

1814 人はしらしかた山陰のむもれ水こゝろの底はいかにすむとも

百首歌たてまつりしに　藤原為明朝臣

1815 うきなからあるにまかする我身こそかくてもすつる此世なりけれ

雑哥に　徽安門院

1816 身こそあらめこゝろをちりの外になして憂世の色にそましとそ思

皇慶贈法印慈応の謚号を申たまはりて
よみ侍ける　入道二品親王尊円

1817 谷河の水のみなかみ世々をへていまそかしこき名を流すらん

題しらす　大江広秀

1818 水上のすめるをうけてゆく河のすゑにもにこる名をはなかさし

百首たてまつりし時　左兵衛督直義

1819 たかき山ふかき海にもまさるらし我身にうくる君かめくみは

中納言に拝任の時よみ侍ける
前中納言為相

1820 のほるせのありけるものをひく人のなきにもよらぬよとの河舟

文保百首歌に　芬陀利花院前関白内大臣

1821 しつむ身となになけきけむさほ河のふかきめくみのかゝりける世に

世をのかれてこもりゐ侍けるに建武の比又世にまし

一　外になして―外にして内

一　皇慶贈法印慈応の―慈応和尚の府・冬　贈僧正慈応の静
皇慶贈法印慈応和尚の桂　皇慶贈法印慈応《慈応和尚の謚―イ》の内

一　すめるをうけて―すめるをうけよ静

一　百首―百首歌内

一　のほるせの―のほる世の静

一　芬陀利花院前関白内大臣―芬陀利花院前関白内大臣《芬陀利花院前関白左大臣イ本ニアリ》桂

一　なになけきけむ―なる歎けむ内

一　ましらへ侍―ましらひ侍静

らへ侍とてよめる　藤原時藤

1822 おなしくはおとろへさりしもとの身をいまにかへして世につかへはや

題しらす　源致雄

1823 いのちをはかろきになしてものゝふのみちよりをもき道あらめやは

百首歌たてまつりし時

入道二品親王尊円

1824 もゝしきやみきりの竹のふしておもひおきていのるも我君のため

雑哥に　西園寺前内大臣女

1825 すみわふる我こそつねにいそかるれ月はなにゆへ山にいるらん

なやむ事侍けるころ雨の降けるに衣笠前内大臣」

とひて侍けれはよみてつかはしける

慶政上人

1826 何事をおもひつゝくとなけれとも雨の寝覚はものそかなしき

西山にすみ侍けるに京へ出ける時草庵の障子

にかきつけゝる　前大僧正道玄

1827 いるたひに又は出しとおもふ身のなにゆへいそく都なるらむ

述懐哥の中に　弾正尹邦省親王

1828 身のうさを心ひとつになくさめてわかあらましを待そはかなき

前大僧正守誉

1829 いつまてとおもふはかりそあたし世のうきになくさむたのみなりける」

一　いまにかへして―いか《まイ》にかへして内

一　侍けるころ―侍るころ冬

一　寝覚はものそかなしき―ねさめそ物はかなしき静

1830 世中のうきはうれしき物そとも[一]いつまてはてゝ思ひあはせん
権律師有淳

1831 なれぬれはおもひもわかぬ身のうさを忘ぬものはなみたなりけり
如円法師

1832 なけくへき事をあまたの身のうさにまつは涙のなにゝおつらん
源宗満

皇太后宮大夫俊成千載集えらひ侍ける時[一]申
つかはし侍ける

1833 もしほ草かきあつめたる和哥の浦の[一]その人なみにおもひ出すや
前左兵衛督惟方

[一]かへし 」
皇太后宮大夫俊成

1834 いまも猶なれしむかしはわすれぬをかけさらめやは和哥のうら波
題しらす
平久時

1835 [一]かきつもるもくつのみしてあるかひもなきさによする和哥の浦なみ
大江宗秀

1836 和哥の浦に心をよせて[一]年ふれと[二]もくつそつもる玉はひろはす
賀茂重保か[一]堂の障子に時の歌よみとものかたを
かきてをの〳〵よみたる歌を[二]色紙かたにかくへきよし
[三]申侍けれはわれも入たるらむとたつね侍りけるに[四]くら
ゐたかき人はおそれありてかゝぬよし申たりけれは色紙
形かきてつかはすとて
後徳大寺左大臣
」

一　いつまてはてゝ—いつすてはてゝ九・府・冬・静・桂・兼・章・内・正版

一　申つかはし侍ける—申つかはしける正版・内

一　その人なみに—その人数《なみイ》に正版

一　かへし—ナシ章

一　かきつもる—かひつもる章・正版　かきつもり《るイ》内

一　年ふれと—年はふれと府・冬・桂
二　もくつそつもる—もくつうつもる兼・正版

一　堂の—室の桂
二　色紙かたに—色紙に冬
三　申侍けれは—申侍れは章・正版
四　くらゐたかき人は—位なき人は府・冬

1837 和哥のうらの浪のかすにはもれにけりかくかひもなきもしほ草哉
皇太后宮大夫俊成打聞せむとて忠盛朝臣
歌を[一]こひ侍けるにつかはすとて[二]よめる
前参議経盛

1838 家の風ふくともみえぬ木のもとにかきをくことの葉をちらすかな
百首歌たてまつりしとき
左兵衛督直義

1839 ことの葉の六くさのうちにさま〳〵の心そみゆるしきしまの道
基俊に古今集をかりて[一]侍けるを返しつかはす
とて
皇太后宮大夫俊成 ⌞

1840 君なくはいかにしてかははるけましいにしへ今のおほつかなさを
かへし
基俊

1841 かきたむるいにしへいまのことの葉を残さす君につたへつる哉
[一]西行[二]みもすその哥合とて前中納言定家に
[三]判すへきよし申けるをわかゝりける比にていなひ申を
あなかちに申侍りけれは判してつかはすとて山水の深かれ
とてもかきやらす君にちきりをむすふはかりそと[四]申
て侍ける返事に
西行法師

1842 [一]むすひなするを心にたゝ[二]ふれはふかくみゆるを山河のみつ
建保三年内裏にめされける名所百首歌の中に ⌞

一　こひ侍けるに―こひけるに九・章・内・正版
二　よめる―ナシ桂・兼

一　侍けるを―侍けるに静

一　西行―西行法師内
二　みもすその哥合―御裳濯川歌合府・冬
三　判すへきよし―判すへきよよしを静
四　申て侍ける―申侍ける桂

一　むすひなす―むすひをく《なすイ》桂　むすひなす《をくイ》内
二　ふかくみゆるを―ふかくも《見ゆるをイ》見ゆる桂

辰市

1843 敷島のみちに我名はたつの市やいさまたしらぬ[一]大和ことのは　前中納言定家

宝治百首歌たてまつりける時浦舟を　前大納言為家

1844 和哥のうらに身そうき浪のあまをふねさすかかさなる跡な忘そ

従三位頼政[一]正下五位に叙して侍ける時そのよろこひいひつかはすとて　藤原隆信朝臣

1845 わかの浦にたちのほるなる波の音はこさるゝ身にもうれしとそきく

返し　従三位頼政

1846 いかにしてたちのほるらんこゆへしとおもひもよらぬ和哥のうら波」

おなし人高倉院の殿上の[一]還昇をゆるされて侍りけるに申つかはしける　清輔朝臣

1847 たちかへる雲ゐのたつにことつてんひとりさはへになくとつけなん

橘為仲朝臣蔵人おりてまたの日さは水におりゐるたつはとしふともなれし雲ゐそ恋しかるへきと[一]申て侍ける返事に　大弐三位

1848 あし原に羽やすむめるあしたつはもとの雲ゐにかへらさらめや

[一]二条院御時御かしこまりにてこもりゐ侍けるにゆるされて後殿上をはいまた[二]ゆりさりけるころ奏せよとおほしくて蔵人尹明に申つかはしける」

一　大和ことのは―わか《大和イ》のことのは桂

一　正下五位に―正下四位に府・冬・桂　正下五《四イ》位に内

一　還昇を―還昇を《イ無》章・正版

一　申て侍ける―申侍ける九・章・内・正版

一　二条院―高倉《二条イ》院府・桂　高倉《一条イ》院冬　二条《高倉イ》院内

二　ゆりさりける―ゆるされさりける府・静　ゆるさりける

桂　ゆるさゝりける章　ゆりさり《るさゝりイ》ける内

太宰大弐重家

1849 このうちをいつとしならはあしたつのなれし雲ゐになとや帰らぬ

石清水臨時祭の舞人にてたちやとりける家のあるし又こむ[一]春もまつへきよしいひけれはおもふ心やありけむ

藤原定長

1850 またもこむ春とはえこそいはし水たちまふ事もありかたき世に

六条院位におはしましける時臨時祭四位陪従にもよをされてまいりけるにおもふことやありけむひあふきのつまにかきて中宮の御かたの女房のなかにさしをかせける

清輔朝臣

1851 むかしみし雲のかけはしかはらねと我身ひとつのとたえなりけり

世をのかれてのち大納言三位に琵琶の譜を返すとて

欣子内親王

1852 くもれよしなかはの月のおもかけもとめてみるへきたもとならねは

文保三年百首歌めされけるとき

民部卿為定

1853 今更にのほりそやらぬ位山くるしかるへき[一]世々の跡かも

白糸を人の心にたとへたる事をよめる

高弁上人

1854 むかしたれ人の心をしら糸の[一]そまる[二]色になきけむ

一　春も—春静

一　世々の跡かも—代々の跡かは九・府・冬・静・桂・兼・章・内・正版

一　そまる—そまぬ静　まさる桂
二　色になきけむ—色になしけむ府・冬

世をのかれてきそちといふ所をすき侍とて
兼好法師
1855 おもひたつきそのあさぬのあさくのみ染てやむへき袖の色かは
題しらす
藤原惟規
1856 なにとなく花や紅葉をみるほとに春と秋とはいくめくりしつ
西行法師
1857 花ちらて月はくもらぬ世なりせは物をおもはぬ我身ならまし
権少僧都光覚竪義請のそみ侍けるとき
基俊
1858 こゝのつのさはになくなるあしたつの子をおもふ声は空にきこゆや
返し
法性寺入道前関白太政大臣
1859 よそにても子を思ふたつのなく声をあはれと人のきかさらめやは
ある人のひさしくたいめむせさりけるかをとつれ
て侍けれは
高弁上人
1860 なからへてとはるへしとは思ひきや人のなさけも命なりけり
雑哥に
祝子内親王
1861 うしとてもいくほとの世とおもふ〳〵猶そのうちも物のわひしき
前中納言為相
1862 うしとてもうからすとてもよしやたゝいそちのゝちのいく程の世は
百首歌たてまつりし時
前大納言実教

一　すき侍とて―すくるとて章
一　こゝのつの―九重の府・冬　こゝのへの静
一　をとつれて―をとつれ九・章・内・正版
一　物のわひしき―物のわひ《かなイ》しき桂　物のかなしき内

1863 おもひ出もなくて過こし年月の数にまさるはなみた成けり

「雑哥に　法印延全

1864 七そちのとしなみこえていまは身のなにをかすゑのまつ事にせむ

前中納言為相女

1865 あさゆふの心のうちのものうさをさてもある身と人やしるらん

百首歌「たてまつりし時　徽安門院小宰相

1866 おもひしらはそむきもすへき身をゝきてたか名にたてし憂世なるらん

題しらす　前大僧正道玄

1867 いまさらにうしといふこそをろかなれかゝるへき世の末としらすや

宣光門院新右衛門督」

1868 すてかぬるこゝろも我身そのうへにたかおもはせていとはしき世そ

儀子内親王

1869 おもふことなくはいつまてすまんとてたゝ目のまへの世をなけくらん

百首歌たてまつりし時　前中納言雅孝

1870 はかなしとおもひなからもあらましに身をなくさめて年をふるかな

世の中さはかしかりけるころ東さかもとにおはしまし
けるほとの御哥ともを後にみてたてまつりける
権大納言公蔭

1871 「さこそはとおもひやられしそのおりのたひのあはれをさなからそみる

院御哥」

一 雑哥に―雑歌の中に静・兼

一 たてまつりし時―たてまつりしに九・章・内・正版

一 ナシ―御返し九・府・冬・静・兼・内・正版

1872 ことの葉に色はなけれとおもひやる心をそへてあはれとやみる

文保のころつかさとけてこもりゐて侍けるころ

山里にて　藤原為基朝臣

1873 心とはすみはてられぬおく山に我跡うつめ八重のしら雲

述懐歌の中に　新宰相

1874 ゆくすゑをたのむと人やおもふらん心にもあらて世をすくす身を

藤原秀信

1875 憂世とはおもひなからにすてやらてあらましにのみすくしつる哉

源仲教

1876 うき世とはなへていふなることはりを我身ひとつになしてこそ思へ　」

1877 憂事をおもはしとてもいかゝせむさすか心のなき身ならねは

権少僧都浄道

1878 おり〳〵の身のあらましもかはりけり我こゝろさへさためなの世や

従二位宣子

文永のころ西山へいるよし申つかはして侍けれは出

京いつころそと申侍ける人の返事に

前大僧正道玄

1879 世のうさにおもひたちぬる山里はいさいつまてとほともさためす

閑居述懐といふ事を　西園寺前内大臣女

1880 あはれにそよもきか庭の跡もなきもとより誰をまつ身ならねと　」

一　秀信―秀能九・章・正版　秀信《能イ》桂　秀能《信イ》内

一　申侍ける―申て侍ける府・冬・桂・章・内・正版

一　まつ身ならねと―待身ならねは桂・章・内・正版

雨を　俊頼朝臣

1881 つく〳〵とおもへはかなしかすならぬ身をしる雨よをやみたにせよ

大峯のふる屋のとまりにて　前大僧正道昭

1882 涙のみふるやのゝきのいたひさしもりくる月そ袖にくもれる

題しらす　藤原宗秀

1883 山ふかく身をかくしても世中をのかれはてぬはこゝろなりけり

山田法師

1884 かくはかりとりあつめたる身のうさにこゝろつよくもなかき命か

読人しらす

1885 身はかくてのかれはてぬる世中を人のうへまて猶いとふ哉

権僧正忠性

1886 世をうしとおもひたつとも我山のほかにはいかゝすみそめの袖

前大僧正公什

1887 よをうみのあみのうけなは一すちにひくへき人もなき身なりけり

雑御哥の中に　崇徳院御哥

1888 我こゝろたれにかいはむ伊勢のあまのつりのうけひく人しなけれは

前大僧正道意

1889 いかにせむそむかはとこそ思ひしにすてゝもうきは此世なりけり

前左兵衛督惟方使の別当になりて侍ける比なけく

一　身はかくて―身は置《かくイ》て内

一　すてゝもうきは―捨しもうきは桂

事ありけるをとふらはす侍けれは申つかはしける

読人しらす

1890 「なけきをもとはぬつらさはつらけれとうれしき事はうれしとそきく

返し

前左兵衛督惟方

1891 いふよりもいはておもふはまさるとてとはぬもとふに「をとりやはせし

題しらす

従二位為子

1892 心たに我おもふにもかなはぬに人をうらみむことわりそなき

康永二年哥合に雑心を

儀子内親王

1893 物ことに心をとめはなにゝかは憂世の中のしられさるへき」

百首哥の中に

安嘉門院四条

1894 こゝろこそ身の関もりとなりにけれやすく出へき「此世なれとも

雑哥の中に

徽安門院

1895 世中のうきたひことになくさむるよしいくほとのなからましかは

寿成門院

1896 あらましの心のまゝにみる夢をおもひあはするうつゝともかな

百首歌たてまつりし時

徽安門院小宰相

1897 あはれにもうつゝにおもふあらましのたゝそのまゝに「みつる夢哉

「夢中述懐を

後京極摂政前太政大臣

1898 うたゝねのはかなき夢の中にたに千々のおもひのありける物を」

一　なけきをも―なけくをも静

一　をとりやはせし―をとりやはす《しイ》る桂

一　此世なれとも―此世なり《れ》とも桂

一　みつる夢哉―うつる夢哉桂　見する夢哉章

一　夢中述懐を―夢中述懐桂

夢中歓楽又紛然といふ事を　大江千里

1899 夢にてもうれしきことのみえつるはたゝにうれふる身にはまされり

雑御哥の中に　後鳥羽院御哥

1900 大かたのうつゝは夢になしはてつぬるか内にはなにをかもみん

権僧正永縁

1901 なかき夜の夢のうちにてみる夢はいつれうつゝといかゝさためん

前大僧正慈鎮

1902 夢そかしおもふまゝなる身なりともうれしかるへき此世とやみる

嘉元百首歌に夢を　後山本前左大臣」

1903 いつかたにおもひさためむ夢といひておもふもみえす思はぬもみゆ

おなしこゝろを　前左大臣

1904 あたし世にねてもさめてもみることはいつれを夢と心にかわく

百首御歌に　院御哥

1905 もとよりのさなから夢とみるうへはよしやかならすさめもさめすも

正慶二年藤原為基朝臣世をそむきぬときゝて申つかはしける　永陽門院左京大夫

1906 驚くもさこそとかなしうき夢のさめぬ迷ひに世をやすてけん

かへし　藤原為基朝臣

1907 さめやらぬ浮世の夢の名残こそすてぬる身にも猶のこりけれ」

一　永陽門院―永陽《福イ》門院府・冬

一　驚くも―おとろくは《もイ》府

雑哥の中に

内大臣室

1908 暁のかねは枕にをとすれとうき世の夢はさめむともせす

従二位為子

1909 なかき夜にまよふやみちのいつさめて夢をゆめともおもひあはせん

藤原為基朝臣

1910 ぬるかうちにみるより外のうつゝさへいやはかなゝる夢になりぬる

前中納言為相女

1911 おとろかぬ昨日の夢の世をしらてまたあらましの明日もはかなし

円光院入道前関白太政大臣

1912 みし人ものこりすくなき老か世にたれとむかしをかたりあはせむ」

源頼貞

1913 あはれとて我寝覚とふ人もかなおもふこゝろをいひもつくさん

永福門院内侍

1914 いまになりむかしにかへりおもふまに寝覚の鐘も声つきぬ也

建礼門院大原におはしましける比[一]たつねまいり
たるに夢の心ちのみ[二]し侍けれは思ひつゝけ侍ける

右京大夫

1915 いまや夢むかしや夢とたとられていかにおもへとうつゝとそなき

水無瀬にすみ侍けるころ後鳥羽院下野たれ
ともなくてみな瀬河あはれむかしとおもふより涙のふちを」

一　たつねまいりたるに―まいりたるに九

二　し侍けれは―して侍けれは九・章・内・正版

わたりかねつゝとかきてさしをかせ侍けるにをひてつ
かはしける　　前参議信成

1916 君もさはわたりかねける涙河わか身ひとつの渕と思ふに

懐旧の心を　　藤原隆信朝臣

1917 二たひとかへるかたなきむかしにも夢ちはかよふ物にそ有ける

院に三十首歌めされしとき夜懐旧を　　弾正尹忠房親王

1918 むはたまの夜の衣をいにしへにかへすたのみの夢もはかなし

雑哥の中に　　儀子内親王

1919 さめてのちくやしきものは又もこぬむかしをみつる夢にそ有ける

前関白左大臣通

1920 つく〳〵とすきにしかたをおもひねの夢そむかしの名残なりける

式部卿恒明親王

1921 かへりこぬむかしにかよふ夢ちをはしはしもいかてさまさてをみん

藤原宗親

1922 おもひねの夢よりほかはたのまれすさらてはかへるむかしならねは

李夫人を　　前内大臣冬

1923 みても猶思ひそまさる筆の跡なか〳〵つらきかたみなりけり

配所よりかへりてのち清輔朝臣もとよりとり
の子のありしにも似ぬふるすにはかへるにつけてねを

一　わたりかねける―わたりかねける《りカ》九　わたりかけ《ぬイ》る府・冬

一　かへすたのみの―帰《かへすイ》るたのみの内

一　前関白左大臣通―前関白左大臣府・冬

一　前内大臣冬―前内大臣府・冬

一　筆の跡―花の跡章・正版

やなくらむと申て侍ける返事に

民部卿成範

1924 かた〳〵になきてわかれしむら鳥のふるすにたにも帰りやはする

右兵衛督基氏

雑哥の中に

1925 いにしへのいまみるはかりおほゆるはわか老らくの寝覚なりけり

高階宗成朝臣

1926 いにしへになせはこそあれ思ひいつる心はいまの物にそありける

如願法師

1927 しつたまきかすにもあらぬ身なれともつかへしみちは忘しもせす

後宇多院宰相典侍　」

1928 こしかたのわすれかたきもまた人にかたるはかりのおもひ出はなし

藤原頼氏

1929 ことに出てあはれむかしといはるゝもさらに身のうき時にそ有ける

三善遠衡朝臣

1930 おり〳〵にむかしをしのふ涙こそこけの袂にいまもかはかね

藤原為嗣朝臣

1931 うつゝにていまみる事はまきるれとむかしの夢そわすれさりける

後宇多院宰相典侍

1932 老ぬれはかつみることは忘られてとをきむかしのしのはるゝかな

従三位為継　」

一　申て侍ける返事に—申ける返しに九・章・内・正版

一　むら鳥の—むら鳥の府《はイ》・冬　むら鳥は静・兼

一　おもひ出はなし—おもひてもなし桂

一　むかしをしのふ—むかしをおもふ桂

一　従三位—従二位内

1933 おもひいてのなき身なれともいにしへをこふるは老をいとふなりけり
[一]前関白左大臣基

1934 へたゝらぬ我身のほとのいにしへもすきにしかたは猶そ恋しき
読人しらす

1935 すきぬれは今日を昨日といひなしてとをさかるこそむかしなりけれ

文保三年後宇多院にたてまつりける百首歌の中に
権中納言公雄

1936 あやにくにしのはるゝ身のむかし哉物わすれする老のこゝろに

述懐哥に
藤原範秀

1937 みし友はあるかすくなきおなし世に老のいのちのなに残るらん」

雑哥の中に
従二位為子

1938 そむかはやよしや世中とはかりの[一]あらましまてやつゐにすきなん
藤原資隆朝臣

1939 あさことにあはれをいとゝます鏡しらぬおきなをいつまてかみむ

もろともに世をそむきなむと契ける人に心ならすなからふるよしをいひて
読人しらす

1940 はかなさはけふともしらぬ世中にさりとももとのみいつを待らん

返し
寂然法師

1941 思ひしる心とならはいたつらにあたらこの世をすくさゝらなむ
我若未忘世[一]雖閑心恵忙[二]世若未忘我雖退身」

一　前関白左大臣基―前関白左大臣府

一　あらましまてや―あらましにてや九・府・冬・桂・兼・章・内・正版

一　雖閑心恵忙―雖閑恵忙府・冬　雖閑心亦忙静・兼　雖閑心亦将章・正版
二　世若未忘我―世若未忘冬

難蔵といふ事を　　中務卿宗尊親王

1942 そむくとも猶や心ののこらまし世に忘られぬ我身なりせは

出家の後述懐哥の中に　　前中納言有忠

1943 子をおもふやみにそまよふくはの門うき世にかへるみちはとちても

御くしおろさせ給て秋のはしめつかた永福門院に
たてまつらせ給ける　　後伏見院御哥

1944 秋をまたておもひたちにし苔衣いまより露をいかてほさまし

御返し　　永福門院

1945 おもひやるこけの衣の露かけてもとの涙の袖やくちなん

応長元年八月竹林院前左大臣かさりおろ
して侍けるを聞て申つかはしける　　前大納言為兼

1946 かた〳〵におしむへき世を思ひすてゝまことの道に入そかしこき

かへし　　竹林院入道前左大臣

1947 きえぬへき露の命をおしむとて捨かたき世をけふそむきぬる

としころめしつかひけるものゝ出家し侍けれは　　民部卿成範

1948 なからへてわれもすむへきやとならはしはしと人をいはまし物を

雑哥の中に　　藤原為守女

一 みちはとちても—みちはとりても章

一 給ける—給うける兼

1949 あらましはさなからかはる身のはてにそむくはかりそ末とほりける

内侍みやこのほかにすみ侍けるに御心ちれいなら
さりける比つかはされける　永福門院

1950 わすられぬむかしかたりもおしこめてつゐにさてやのそれそかなしき

御返し　同院内侍

1951 はるけすてさてやとおもふうらみのみふかき歎にそへてかなしき

1952 あはれそのうきはてきかて時のまも君に先たつ命ともかな

述懐の心をよめる　寂然法師

1953 なに事をまつことにてかすくさまし憂世をそむくみちなかりせは

雑夕を　従三位盛親

1954 いまはわれうき世をよそにすみそめの夕の色のあはれなるかな

夕暮に雲のたゝよふを見てよめる　待賢門院堀河

1955 それとなきゆふへの雲にましりなはあはれたれかはわきてなかめん

題しらす　寂然法師

1956 いなつまのひかりのほとか秋の田のなひく末葉の露のいのちは

俊恵法師

1957 後の世といへははるかにきこゆるを出いるいきのたゆるまつ程

前大僧正慈鎮

1958 いへはうししぬる別の遁ぬをおもひもいれぬ世のならひこそ

一　それそかなしき—それ《我そイ》《そふイ》そかなしき内

一　まつことにてか—まつことにては章

一　いへはうし—いへはよ《うイ》し内

五月五日為道朝臣身まかりて後[一]三とせ回ぬるおなし
日数もあはれにて前大納言為世に[二]つかはさせ給ける
後二条院御哥

1959 けふといへはわかれし人の名残よりあやめもつらき物をこそ思へ

御かへし
前大納言為世

1960 けふは猶あやめの草のうきねにもいとゝ三とせの露そかわかぬ

雑哥の中に
三条入道前太政大臣

1961 あはれいつか[一]それはむかしになりにきとはかなき数に人にいはれむ

はかなき事のみきこえけるころよみ侍ける
院冷泉
」

1962 いとへとも身はあやにくにつれなくてよそのあはれを聞つもる哉

心ちれいならさりける比よみ侍ける
郁芳門院宣旨

1963 露の身のきえはてぬとも[一]ことの葉にかけても誰か思ひいつへき

むかし法金剛院の梅をめてける人の[一]としへて
後いかゝなりぬらむといふに折てつかはすとて[二]よめる
上西門院兵衛

1964 なに事もむかしかたりになり行は花もみしよの色やかはれる

返し
二条太皇太后宮堀河

1965 かくはかりうつりゆく世の花なれとさくやとからは色もかはらす
」

一　三とせ—みとせに内
二　つかはさせ給ける—つかはさせける九

一　それはむかしに—それはむかしと内

一　ことの葉に—ことの葉の《にイ》桂
一　としへて後—年をへて後桂
二　よめる—ナシ桂

後深草院かくれ給ての又のとしの春伏見院
へ梅花を折てたてまつらせ給とて
遊義門院

1966 故郷の軒端に匂ふ花たにも物うき色にさきすさひつゝ

御返し
伏見院御哥

1967 花は猶春をもわくや時しらぬ身のみ物うきころのなかめを

文永九年二月十七日後嵯峨院かくれ給ぬと聞て
いそきまいるみちにておもひつゝけ侍ける
中務卿宗尊親王

1968 かなしさはわかまたしらぬ別にてこゝろもまとふしのゝめの道

中臣祐春墓にさくらをおりてたつるとて
中臣祐任

1969 をのつから苔のしたにもみるやとて心をとめし花をおりつる

前大僧正行玄身まかりて後何事も引きかへて
なけかしくおほえ侍けるに又の年の春日えの山に
のほりて花のおもしろくさきたりけるをみてよみ
侍ける
前大僧正全玄

1970 けふみれはみやまの花はさきにけりなけきそ春もかはらさりける

後深草院かくれ給てまたのとしの二月はかりに雨
ふりけるに覚助法親王の許にたまはせける

一 春をもわくや―春を《とイ》もわくや内

一 たつるとて―たてまつるとて内
二 祐任―祐臣内
一 花をおりつる―花を折つる《もイ》府　花を折つる《つゝイ》冬
一 おほえ侍けるに―おほえけるに府

1971 露けさは昨日のまゝの涙にて秋をかけたる袖のはるさめ　伏見院御哥

御返し　二品法親王覚助

1972 かきくれし秋のなみたのそのまゝに猶袖しほるけふの春雨

雑歌の中に　西園寺前内大臣女

1973 露きえむいつのゆふへも誰かしらんとふ人なしのよもきふの庭

後一条入道関白身まかりて後八月のすゑつかた
袖の露もおりしもおもひやらるゝよし申たる人
の返事に　従二位隆博

1974 おもへかしさらてももろき袖のうへに露をきあまる秋の心を

深心院関白身まかりにける時よみてつかはしける　藤原光俊朝臣

1975 まことゝもおほえぬほとのはかなさは夢かとたにもとはれやはする

返し　高階宗成朝臣

1976 いまも猶夢かとおもふかなしさをたかまことゝておとろかすらむ

太宰帥世良親王の一めくりに臨川寺へおもひたつ
とて　欣子内親王

1977 常ならぬうき世のさかの野への露きえにし跡を尋てそとふ

二条院かくれ給てまたのとしの春南殿の花を
折て人のもとへつかはしける

一　かきくれし—かきくらし府・冬・兼

一　誰かしらん—誰《かイ》しらん府・冬

一　露をきあまる—露をきつあまる内

前大納言実国

1978 九重にみし世の春はおもひいつやかはらぬ花の色につけても

父なくなりて後ときはの山里に侍ける比三月はかりに

源仲正か許につかはしける　寂念法師

1979 春まてもとはれさりける山里を花さきなはとなに思ひけむ

返し　源仲正

1980 もろともにみし人もなき山里の花さへうくて問ぬとをしれ

顕親門院御いみのころたてまつりける

永福門院内侍

1981 ことしもあらぬ方にやしたひまさるつらき別の花鳥の春

御返し　院御歌

1982 花のちり春のくるらんゆくゑたにしらぬなけきのもとそかなしき

後京極摂政身まかりて後四五日ありて従二位家隆

許よりふしてこひおきてもまよふ春の夢いつか

おもひのさめむとすらむと申て侍ける返事に

前中納言定家

1983 夢ならてあふ夜もいまはしら露のおくとは別れぬとはまたれて

やまひかきりに侍けるときかきをきける

藤原為守

1984 六十あまり四とせの冬の長き夜に浮世の夢をみはてつる哉

一 前大納言―権大納言府・冬・静・兼

一 春まても―春来ても兼・章・内・正版

一 花鳥の春―花寺《鳥イ》の春内

一 花のちり―花のちる桂　花の《後》ちる《りイ》内

一 おきてもまよふ―おきてもまとふ章・正版

一 かきをきける―かきをき侍ける府・冬

雑哥の中に　　従二位為子

1985 人の世はひさしといふも一ときの夢のうちにてさも程もなき

百首歌[一]たてまつりし時　　永福門院右衛門督

1986 けふくれぬあすありとてもいくほとのあたなる世にそうきもなくさむ

無常のこゝろを　　僧正慈快

1987 きくたひによそのあはれと思ふこそなき人よりもはかなかりけれ

秋のはしめつかたちかく[一]さふらひなれたる人の[二]身まかりにけれは　　伏見院御哥

1988 ひこほしのあふてふ秋はうたてわれ人にわかるゝ時にそ有ける

前中納言為相七年の遠忌に藤原為秀朝臣一品経供養しけるついてに秋懐旧といふ事を　　久良親王」

1989 わすられぬ涙はおなしたもとにて[一]はや七年の秋もきにけり

近衛院の御事に土左内侍さまかへてこもりゐて侍けるもとへ又のとしの七月七日よみてつかはしける　　備前

1990 天川ほしあひの空は[一]かはらねとなれし雲ゐの秋そ恋しき

月催無常といふことを　　正三位季経

1991 すむとてもたのみなき世と[一]おもへとや雲かくれぬる在明の月」

一　たてまつりし時―たてまつりしに兼

一　さふらひなれたる―さふらひたる章・内
二　身まかりに―身まかり章

一　はや七年の―はや七《一イ》年の桂　はや一年の内

一　かはらねと―かはらねは府・冬

一　おもへとや―おもへと《はイ》や桂

平貞時朝臣身まかりて後四十九日過すきてかの跡
にいひつかはしける　　前中納言為相
1992 跡したふかたみの日数それたにも昨日の夢に又うつりぬる
かへし　　藤原頼氏
1993 そのきはゝたゝ夢とのみまとはれてさむる日数にそふ名残哉
正和五年九月仏国禅師かまくらより下野
の那須にくたり侍ける時春はかならすくたりて
かの山の花をもみるへきよしなと[一]契けるにその年
の十月に入滅し[二]侍にけれは[三]仏応禅師もとへ
申つかはしける　　前中納言為相
1994 さく花の春をちきりしはかなさよ風の木葉のとゝまらぬ世に
従三位守子[一]なくなりにけるころ
院御哥
1995 めにちかき人のあはれにおとろけは世のことわりそ更にかなしき
題しらす　　中務卿宗尊親王
1996 みし人の昨日のけひりけふの雲たちもとまらぬ世にこそありけれ
朔平門院かくれ給て後よみ侍ける
永陽門院[一]左京大夫
1997 のこりゐておもふもかなしあはれなともえし煙にたちをくれけん
安嘉門院四十九日の法事すきて人々出けるに

一　契けるに―契侍けるに静・桂・兼
二　侍にけれは―侍けれは静
三　仏応禅師―松《仏》応禅師桂

一　なくなりにけるころ―なくなりてけるころ章・正版

一　左京大夫―左《右イ》京大夫府　右京大夫静

前権僧正教範許より身にかへて思ひしほとは
なけれともけふもわかれはかなしかりけりと申つかはし
侍ける返事に
従三位為信

1998 とをさかる名残こそ猶かなしけれ[一]うさはへたゝる[二]日数ならねは

権大納言行成女にすみ侍けるを身まかりてなけ
きける比よみ侍ける
権大納言長家

1999 恋しさにしなはやとさへおもふ哉わたりかはにもあふ瀬ありやと

前大僧正尊信[一]身まかりて後思つゝけ侍ける
前大僧正範憲

2000 とをさかる日かすにつけてかなしきは又もかへらぬ別なりけり」

後西園寺入道前太政大臣身まかりて又のとし
服ぬき侍とて
前大僧正道[一]意

2001 うかりつる藤の衣のかたみさへわかるとなれは又そかなしき

相空法師身まかりて侍けるを西行法師とはす
侍けれはあまたよみてつかはしける哥の中に
寂然法師

2002 [一]いかゝせむ跡のあはれはとはすともわかれし人のゆく[二]ゑたつねよ

返し
西行法師

2003 なき人をしのふおもひのなくさまは跡をも千たひ問こそはせめ

めなくなりてのころ秋になりて物かなしくおほえけ」

1998
一　うさはへたゝる―うさはへたつる府・冬
二　日数ならねは―日数ならねと府・冬

1999
一　身まかりて後―身まかりて九

2000
一　道意―道玄静

2002
一　いかゝせむ―いかにせむ内
二　ゆくゑたつねよ―ゆくゑたつねは《よイ》府・冬

れはよみ侍ける
祝部成仲

2004
秋風の身にしむはかりかなしきはつまなき床の寝覚なりけり
後伏見院かくれ給て後仙骨を従三位守子
墓所にならへてをきたてまつるへきよし御遺
誡にまかせて[一]おさめたてまつるとて
清空上人

2005
をく露もひとつ蓮に[一]むすへとや煙もおなし野へにきゆらん
[一]左近中将維盛熊野浦にてうせにける[二]よしを
きゝてよみ侍ける
建礼門院右京大夫

2006
かなしくもかゝるうきめをみくまのゝ浦わの波に身をしつめける
おなしころ[一]右近中将資盛西国に侍けるにたよりに
つけて[二]申つかはし侍ける

2007
おなし世となをおもふこそかなしけれあるかあるにもあらぬ此世を
世中さはかしかりけるころ西国のかたにまかりて
ほとへて都にかへりて侍けれはしりたる人はみな
なくなりて[一]よろつに心ほそくあはれなりけれは
全性法師

2008
さもこそはあらすなりぬる世にしあらめ都も旅の[一]こゝちさへする
後醍醐院かくれ給て後人の夢にをのつからまほ
ろしにもやかよふらんわかすむ山の面影にたつと[一]見え

一　おさめたてまつるとて―をさめてたてまつるとて内
一　むすへとや―むすへはや桂
一　左近中将―右近中将内
二　よしを―よし九・内
一　右近中将―左《右イ》近中将内
二　申つかはし侍ける―申つかはしける静
一　よろつに―よろつ九・静・桂・兼・章・内・正版
一　こゝちさへする―心ちやはする章
一　見え給けれは―見え侍けれは府・冬・桂

給けれはこの哥の一句ををゝきて経のれうしのために
よみ侍ける歌の中に　　前左大臣

2009 わかれこし人も心やかよふらん夢のたゝちはいまもへたてす

後光明峯寺摂政第三年仏事のころ源邦長
朝臣にをくり侍ける　　[一]正二位隆教

2010 いかにしのひいかになけくうしと見し夢は三とせのけふの名残を

返し　　源邦長朝臣

2011 さめかたきおなしつらさの夢なから[一]三とせの今日も猶そおとろく

近衛院かくれ給て後土左内侍さまかへて大原
にて経供養しけるに火舎に煙たちたるをかき」
たる扇を[一]さゝけ物にして侍けるにかきつけてつ
かはしける　　法印澄憲

2012 これやさはかさねし袖のうつり香をくゆる思ひのけふりなるらむ

前左大臣母の[一]十三年の仏事し侍けるにかの[二]ふみのうら
に寿量品をかゝせ給てつゝみ紙にかきつけさせ
給ける　　後宇多院御歌

2013 はかなくてきえにし秋の涙をも玉とそみかく蓮葉の露

御返し　　前左大臣

2014 みかきなす光もうれし蓮葉のにこりにしまぬ露のしら玉

前大納言為家身まかりて後百首歌よみ侍けるに」

一　正二位―正二《三イ》位府・冬

一　三とせの今日も―三年のけふに府・冬　三年のけふに《そイ》桂

一　さゝけ物にして―さゝけ物にし静

一　十三年―十《第イ》三年府・冬　第三年静・桂・兼　第十三年内
二　ふみのうら―かみのうら府

2015 夢にさへたちもはなれす露きえし草のかけよりかよふ面影
安嘉門院四条

2016 くやしくそさらぬ別に[一]さきたちてしはしも人に[二]とをさかりける

題しらす
読人しらす

2017 ます鏡てにとりもちてみれとあかぬ君にをくれて[一]いけりともなし

むすめのなくなりて侍けるに[一]服きるとてよめる
赤染衛門

2018 我ためにきよとおもひし藤衣身にかへてこそかなしかりけれ

かたらひ侍ける人のおやなくなりぬときゝていひつかはしける
能宣朝臣

2019 わかためにうすかりしかと墨染の色をはふかくあはれとそ思ふ

道済筑前守にてくたり侍けるか国にてなくなりぬときゝてまかり申にまうてきたりけることを思いてゝ
赤染衛門

2020 かへるへきほとゝたのめしわかれこそ今はかきりの[一]旅にはありけれ

後一条院かくれ給てのころ月を見て
上東門院五節

2021 さやかなる月も涙にくもりつゝむかしみし世のこゝちやはする

父なくなりてのち日かすものこりすくなくなり侍けるころ
[一]寂然法師

一 さきたちて―さきたゝて桂・兼
二 とをさかりける―とをさかりぬる九・章
一 いけりともなし―いけるともなし桂　いけり《るイ》ともなし内
一 服きるとて―服きけるとて府
一 旅にはありけれ―旅には《もイ》ありけれ冬
一 寂然法師―寂念《然イ》法師桂　寂然《念イ》法師内

2022
君にわかをくるゝみちのかなしきはすくる月日もはやきなりけり
前中納言定家母のおもひに侍けるころ比叡の山
の中堂にこもり侍に雪のいみしうふりけるつと
めておほつかなさなとかきておくに
皇太后宮大夫俊成

2023
子をおもふ心や雪にまよふらん山のおくのみ夢にみえつゝ
返し
前中納言定家

2024
うちもねすあらしのうへの旅枕みやこの夢にわくる心は
雪のふる日母のはかにまかりて
頓阿法師

2025
おもひやるこけの下たにかなしきにふかくも雪の猶うつむ哉
待賢門院の御いみのころ
上西門院兵衛

2026
木のもとをむかしのかけとたのめとも涙の雨にぬれぬまそなき
後西園寺入道前太政大臣なくなりて後北山家に
御幸ありて題をさくりて人々歌よみ侍けるに
山家水を
後伏見院御哥

2027
山里のなきかけしたふ池水にむなしき舟そさして物うき
後深草院七月にかくれ給ての又のとしの九月
亀山院うせ給にけれは

一　をくるゝみちの―をくるゝあとの章
一　ふりける―ふりけり府
二　おほつかなさ―おほつかなき章

一　わくる心は―わたる心は正版
一　雪のふる日―雪のふりける日府

伏見院御哥

2028 きえつゝきをくれぬ秋の哀しらはさきたつ苔の下や露けき

遊義門院かくれ給にける秋かりのなくをきか
せたまひて

2029 をくれてもかついつまてと身をそ思ふつらにわかるゝ秋のかりかね

室町院かくれ給て後持明院に御幸あり
て紅葉を御覧してよませたまひける

2030 心とめしかたみの色もあはれなり人はふりにしやとのもみちは

後深草院かくれ給てのとし神無月のはしめ
つかた円光院入道前関白もとよりふみをたて
まつるとて冬にもほとなくなりぬることにおもひ
とかめらるゝよし申て侍ける御返事のついてに

2031 おもへたゝ露の秋よりしほれきて時雨にかゝる袖のなみたを

御返し
円光院入道前関白太政大臣

2032 思ひやる老の涙のおちそひて露もしくれもほすひまそなき

つきの年又亀山院かくれ給けるに前大納言
為兼二とせの秋のあはれはふかくさやさかのゝ露も
またきえぬなりと申て侍けるに

従二位為子

2033 深草の露にかさねてしほれそふ憂世のさかの秋そかなしき

2028 一 哀しらは―あはれとは府　哀あらは内

2030 一 冬にも―冬も桂

2032 一 又―ナシ章・正版
二 給けるに―給ける兼
三 申て侍けるに―申侍けるに九・章・正版

2033 一 露にかさねて―露もかさねて内

おなしころよませ給ける

伏見院御哥

2034 あたし色に心はそめし山風におつるもみちの程もなき世に

後醍醐院かくれ給ける十月に[一]女御栄子さま
[二]かへける戒師にて[三]侍けるかそのあはれなと申とて
よみ侍ける

二品法親王慈道

2035 おもひやれ[一]ふかき涙のひとしほも色に出たる墨染の袖

[一]返し

入道二品親王尊円

2036 色かはる袖のなみたのかきくらしよそもしくるゝ神無月かな

永福門院御いみのころすきて[一]かた〳〵にちりあはれ
なと宣光門院新右衛門督もとへ申けるつ　」
いてに

右衛門督

2037 わかれにしそのちり〳〵の木の本にのこる一葉もあらし吹也

伏見院九月三日かくれ給けるのち

顕親門院

2038 うらみてもいまはかたみの秋の空涙にくれし三日月のかけ

文学上人遠忌の日よみ侍ける

高弁上人

2039 こゝのめくり春はむかしにかはりきて面影かすむけふの夕暮　」

一　女御栄子―安福殿女御府・冬　安福殿女御《女御栄子さまかへイ》桂
二　かへける―かへ侍ける九・府・内
三　侍けるか―ナシ九・章・内・正版　侍けるか～申とてナシ府・冬　侍けるか～申とてナシ、「そのあはれなと申てイ」傍記桂　侍ける内
一　ふかき涙の―ふかき《るイ》涙の内
一　返し―これを見て府・冬　これ《かへしイ》を見て桂
一　かた〳〵にちり―かた〳〵にちる九・府・冬・静・桂・兼・章・内・正版

風雅和歌集巻第十八

釈教哥

2040 待かねてなけくとつけよみな人にいつをいつとていそかさるらん

此哥は善光寺如来の御哥となん

2041 いそけ人弥陀のみふねのかよふ世にのりをくれなはいつか渡らん

かの御哥につきて聖徳太子のよみ給へるとなむ

2042 補陀落のうみをわたれるものなれはみるめも更におしからぬ哉

これは長治のころある人めしゐたる子をあひくして粉河寺にまうてゝかのこをひさにすへてなく〳〵いのり申とて補陀落の海におふなるものなれは子のみるめをはたまへとそおもふと思ひつゝけてまとろみたりける夢に観音のしめし給けるとなん

法花経序品のこゝろを　　西行法師

2043 ちりまかふ花のにほひをさきたてゝ光を法のむしろにそしく

方便品　　前権少僧都源信

2044 妙法のたゝひとつのみありけれは又二なしまた三もなし

譬喩品の心をよめる　　権僧正永縁

2045 心をは三の車にかけしかと一そ法のためしにはひく

不覚不知不驚不怖のこゝろを

2046 おとろかてけふもむなしく暮ぬ也あはれうき身の入[一]あひの空

慶政上人

信解品　前参議経盛

2047 年ふれとゆくゑもしらぬたらちねよこはいかにして尋あひけん

前大納言尊氏

2048 五十まてまよひきにけるはかなさよたゝかりそめの草のいほりに

伏見院かくれ給てのち人々一品経かき侍けるに

信解品をかきてたてまつるとてよめる

入道二品親王尊円

2049 われそうきいそちあまりの年ふともめくりあふへき別ならねは」

薬草喩品の心を

[一]法成寺入道前[二]摂政太政大臣

2050 [一]法の雨はあまねくそゝく物なれとうるふ草木はをのかしな〱

権大納言行成

2051 くさ〱の草木のたねと[一]おもひしをうるほす雨はひとつなりけり

大僧正行尊

2052 草も木もたねはひとつをいかなれは二葉三葉にめくみそめけん

前大納言尊氏一品経哥とてすゝめ侍けるに

安楽行品若入他家不与小女処女寡女等共語

といふ文の心をよめる

藤原為明朝臣

2053 名にめてゝまよひもそするをみなへし匂ふやとをはよきてゆかなん」

一　入あひの空―入逢のかね九

一　法成寺―法性寺章・正版

二　前摂政―前関白九・章・正版

一　法の雨は―法の雨○《はイ》｜府・冬　法の雨桂

一　おもひしを―おもひしを《にイ》府・冬

寿量品のこゝろを　　祭主輔親

2054 此世にて入ぬとみえし月なれとわしの山にはすむとこそきけ

分別功徳品を　　正二位隆教

2055 みな人をわたさむとおもふともつなのなかくもかなやよとの川舟

薬王品是真精進是名真法供養如来といへる
心をよませ給ける　　院御哥

2056 つはめなく軒端の夕日影きえて柳にあをき庭の春風

妙音品　　赤染衛門

2057 [一]ことにのみ[二]ありとやはみるいつくにもたへなる声に[三]法をこそとけ

普門品即得浅処のこゝろを　　平忠度朝臣

2058 おりたちてたのむとなれはあすか川ふちも瀬になる物とこそきけ

陀羅尼品　　赤染衛門

2059 法まもるちかひをふかくたてつれはするゐの世まてもあせしとそ思

般若経常啼菩薩を　　前大僧正覚実

2060 のりのため[一]我身をかへは小車のうき世にめくるみちや絶なん

円覚経生死涅槃猶如昨夢の心を　　院御哥

2061 たれもみなあたら色香をなかむらし昨日もおなし花鳥の春

一　ことにのみ―こゝにのみ九・兼・章・内・正版
二　ありとやはみる―ありやとはみる府・冬
三　法をこそとけ―法をこそきけ九・兼・章・正版　法をこそと《きイ》け府・冬　法をこそき《とイ》け内

一　我身をかへは―我身をかへて内

居一切時不起妄念

2062 雁のとふたかねの雲のひとなひき月入かゝる山のはの松

挙足下足皆是道場のこゝろを

夢窓国師

2063 ふるさとゝさたむるかたのなき時はいつくにゆくも家ちなりけり

本覚流転の心をよめる

法印実澄

2064 すみなれしやとをは花にうかれきて帰るさしらぬ春の旅人

随求陀羅尼経の倶縛婆羅門をよみ侍ける

前大納言忠良

2065 くちのこる法のことの葉吹風ははかなき苔のしたまてそ行

但指無明即是法性といふことを

慶政上人

2066 すゝめこしゐひの枕の春の夢見しよはやかてうつゝなりけり

三諦一諦非三非一のこゝろを

院御哥

2067 窓のほかにしたゝる雨をきくなへにかへにそむける夜半の燈

未得真覚恒処夢中といふ事をよめる

寛胤法親王

2068 なかき夜のやみのうつゝにまよふ哉夢をゆめともしらぬ心に

＊2064と2065の間に、「最勝王経捨身品を／殷富門院大輔／今はとて衣をかけし竹の葉のそよいかはかりかなしかるらん」アリ内

一　よみ侍ける—ナシ静

一　三諦一諦非三非一のこゝろを—ナシ静

法印覚懐

2069 さむるをもまつたのみたになからましなかきねふりのうちと聞すは

因明論の似現量のこゝろを

前大僧正覚実

2070 むら雲のたえまのかけはいそけともふくるはをそき秋の夜の月

釈教の御哥の中に

後宇多院御哥

2071 そのまゝにたえまをしるはまことある三国つたはること葉なりけり

百首歌たてまつりしに雑哥

入道二品親王法守

2072 我うくる御法はつねのことの葉のをよはぬうへにとけるなるへし

大梅山別伝院に御幸侍ける時僧問雲門樹凋葉落時如何雲門云体露金風といふ因縁を頌せさせ給けるついてに

院御哥

2073 龍田河もみち葉なかるみよし野のよしのゝ山にさくら花さく

藤原為基朝臣

2074 見るやいかに山の木葉はおちつきてみちにあたれる虎のまたらを

題しらす

仏国禅師

2075 夜もすから心のゆくゑたつぬれは昨日の空にとふ鳥の跡

一 因明論—因明《円明イ》論府

一 秋の夜の月—秋《山》の夜《はイ》の月府・冬

一 たえまをしるは—たゝまをしるは九　たる《えイ》るまをしるは府・冬

夢窓国師

2076 いつるともいるとも月を思はねは心にかゝる山のはもなし

眉間宝剣といふ事を　院御歌

2077 さゆる夜の空たかくすむ月よりもをきそふ霜の色はすさまし

一花開五葉結果自然成のこゝろを　永福門院内侍

2078 さきそむるやとの桜の一もとよ春のけしきに秋そしらるゝ

厭離穢土の哥五十首よみ侍ける中に　前大僧正慈鎮

2079 うき世かなよし野の花に春の風しくるゝ空にあり明の月

釈教の心をよませ給ける　後宇多院御歌

2080 心さしふかくくみてしひろ沢のなかれはすゑもたえしとそ思

前大僧正慈鎮

2081 むかしより鷲のたかねにすむ月のいらぬにまよふ人そかなしき

前大僧正道玄

2082 みな人の心のうちはわしの山たかねの月のすみかなりけり

百首御哥の中に　院御哥

2083 世をてらすひかりをいかてかゝけましけなはけぬへき法のともし火

如何不求道安可須待老といふこゝろを

一　よみ侍ける中に―よみ侍けるに府・冬

一　不求道安―不求安府　不道安冬　不及道安章

2084 いたつらに老をまつにそなりぬへきことしもかくて又くらしつゝ　慶政上人

雑哥の中に　前大僧正慈鎮

2085 さりともなひかりはのこる世なりけり空行月日法のともし火

前大僧正良覚横河にて如法経かき侍けるに
天長のむかしまておもひやらるゝよし申とて　前大納言為家

2086 いにしへのなかれのすゑをうつしてや横川の杉のしるしをもみる

返し　前大僧正良覚

2087 そのまゝになかれの末をうつしても猶いにしへの跡そゆかしき

光台寺に住侍けるに二月十五日山本入道前
太政大臣もとより桜のうち枝にすゝをかけて
ありなからきえぬとしめす仏にはゆきにもまかふ
花をたむけよと申て侍ける返事に　山本入道前太政大臣女

2088 ありなからきえぬとみえてかなしきはけふの手向の花のしら雪

釈教哥の中に　示証上人

2089 しつみこしうき身はいつかうかふへきちかひの舟の法にあはすは

観勝寺にて理趣三昧をこなひける道場に
花籠よりもみちのちりたりけれはよみ侍ける

一　申とて―申て府・冬・静・兼

一　しるしをもみる―しるしをもみる《つイ》内

一　桜のうち枝に―桜の折枝に府・冬　桜のたち枝に内

二　仏には―仙《仏イ》には静

一　示証―示《永イ》証内

一　道場に―道場にて静

二　ちりたりけれは―散たちけれは内

2090 法の庭にちらす紅葉は山ひめのそむるもふかきえとやなるらん
従二位為子

式乾門院十三年の法事に法花山寺にて唐本の一切経供養せられける時空に音楽の聞えけれはよみ侍ける
慶政上人

2091 のりのには空に楽こそ[一]聞ゆなれ雲のあなたに花やちるらむ

極楽六時讃を哥によみけるに晨朝を
皇太后宮大夫俊成

2092 あさまたき露けき花をおるほとは玉しく庭に玉そちりける

女人往生願
後光明照院前関白左大臣」

2093 こと浦にくちてすてたる海士を舟我かたにひく波もありけり

不浄観の心をよめる
前参議教長

2094 わたつうみをみなかたふけてあらふとも我身のうちをいかてきよめん

雪山成道の心をよみて前大納言為兼許につかはしける
法源禅師

2095 ふりにける雪の深山は跡もなしたれふみ分てみちを知らん

返し
前大納言為兼

2096 しるへする雪のみやまのけふにあひて[一]ふるきあはれの[二]色をそへぬる

尺教哥の中に
如空上人

2097 西をおもふ心もおなし夢なれとなかきねふりはさめぬへき哉」

一　聞ゆなれ—きこえけれ九

一　ふるきあはれの—ふかきあはれの府・冬・内
二　色をそへぬる—色をそへける章

従三位親子

2098 心をはかねてにしにそをくりぬる我身をさそへ山のはの月

経をひらきて涙をのこひ侍けるとき花を見て

よみ侍ける

慶政上人

2099 匂へともしる人もなき桜花たゝひとりみてあはれとそ思ふ

百首御哥の中に

伏見院御哥

2100 ふかくそめし心のにほひすてかねぬまとひのまへの色とみなから

法成寺にまいりてよみ侍ける

かたのゝ尼

2101 くもりなくみかける玉のうてなには塵もゐかたき物にそ有ける

釈教歌の中に

前大僧正慈鎮

2102 般若台におさめをきてし法花経もゆめとのよりそうつゝにはこし

一 ナシ―三諦一諦非三非一のこゝろを静

一 まとひのまへの―まよひのまへの章

一 うつゝにはこし―うつゝにはこ《みイ》し内

風雅和歌集巻第十九

神祇哥

2103 世中にものおもふ人のあるといふはわれをたのまぬ人にそありける
　これは鴨御祖明神の御歌となむ

2104 三笠山雲ゐはるかにみゆれとも真如の月はこゝにすむかな

2105 世中に人のあらそひなかりせはいかにこゝろのうれしからまし
　このふた哥は暦応三年六月の比春日の神木
　やましな寺の金堂にわたらせ給けるときつけさ
　せたまひけるとなむ

2106 われかくてみかさの山をうかれなはあめのしたにはたれかすむへき 」
　これは春日の御さかきみやこにおはしましける
　春のころある人の夢に大明神の御哥とてみえけるとなん

2107 波母山や小比叡の椙のみ山ゐはあらしもさむしとふ人もなし
　これは日吉地主権現の御哥となむ

2108 有漏よりも無漏に入ぬる道なれはこれそ仏のみもとなるへき
　此哥は後白河院熊野の御幸三十三度になり
　けるときみもとゝいふ所にてつけ申させ給けるとなん

2109 もとよりも塵にましはる神なれは月のさはりもなにかくるしき
　これは和泉式部熊野へまうてたりけるにさはり
　にて奉幣かなはさりけるにはれやらぬ身の 」

2103の前に「さくら花あたにちるこそうれしけれうき世をしらぬ人も見るへく／この歌は賀茂の大明神の御歌となん」アリ府・冬
2103の後に「桜花あたにちるこそうれしけれ浮世をしらぬ人もみるへく／この歌は賀茂大明神の御歌となん」がアリ、「これは鴨御祖明神の御歌となむ」ナシ桂
2103の後に「桜花あたにちるこそうれしけれうき世をしらぬ人もみるへく／この歌は賀茂大明神の御歌となん」アリ内

一　波母山や―波母や府

一　つけ申させ給ける―つけさせ給ける桂・内

うき雲のたなひきて月のさはりとなるそかなしきと
よみてねたりける夜の夢につけさせ給けるとなむ

神祇を　　後伏見院御哥

2110 神ち山内外の宮のみや柱身はくちぬともすゑをはたてよ

建治百首歌に　　後西園寺入道前太政大臣

2111 うこきなき国つまもりの宮柱たてしちかひは君かためかも

河を　　太上天皇

2112 よとみしも又たちかへるいすゝ河なかれのすゑは神のまに〳〵

左兵衛督直義稲荷に奉納し侍ける十首哥
の中に月を　　前左大臣

2113 やはらくる光を三の玉垣に外よりもすむ秋の夜の月

神祇を　　院御哥

2114 神風にみたれし塵もおさまりぬあまてらす日のあきらけき世は

月五十首御歌の中に雑月を　　後宇多院御哥

2115 とこやみをてらす御かけのかはらぬはいまもかしこき月よみの神

社頭月を　　荒木田氏之

2116 すむ月もいくとせふりぬいすゝ河とこよの波のきよきなかれに

豊受大神宮にて立春の日よめる　　度会家行

一　国つまもりの―国のまもりの静

一　かはらぬは―かはらぬ《ねイ》は内

一　きよきなかれに―きよきなかれは桂

2117 をしほ井をけふわか水にくみそめて御あへたむくる春はきにけり

神祇を　度会[一]延議

2118 世々をへてくむともつきし久かたの[一]あめよりうつすをしほゐの水

みつから[一]よみあつめたりける哥を卅六番につかひて
[二]伊勢太神宮にたてまつるとて俊成卿にかちまけ
しるしてと申けるにたひ〳〵辞申しけれとしゐて申
侍とて哥合のはしにかきつけてつかはしける

西行法師

2119 藤なみをみもすそ川にせき入てもゝえの松にかけよとそ思ふ

勝負しるしつけてつかはしける歌合の奥にかき」
つけ侍ける

皇太后宮大夫俊成

2120 藤波もみもすそ河のすゑなれはしつえもかけよ松のもゝえに

題しらす

荒木田房継

2121 ふしておもひあふきてたのむ神ち山深きめくみをつかへてそまつ

度会朝棟

2122 かたそきの千木は内外にかはれともちかひはおなし伊勢の神風

賀茂遠久

2123 久かたのあまのいはふね[一]こきよせて神代のうらやいまのみあれ野

鴨祐光

2124 君かため三くにうつりてきよき河のなかれにすめるかものみつかき」

一　延議―延誠九・府・冬・静・桂・兼・章・内・正版

一　あめよりうつす―あめよりおとす桂

一　よみあつめたりける哥を―よみあつめたる歌を府・冬

二　伊勢太神宮に―太神宮に桂

一　こきよせて―こきよせし九・府・冬・静・桂・兼・章・内・正版

賀茂惟久

2125 かたをかのいはねの苔地ふみならしうこきなき世を猶いのる哉

雑哥の中に　前大納言為兼

2126 あふきてもたのみそなるゝいにしへの風を残せる住吉の松

津守国夏

2127 我君をまもらぬ神しなけれとも千世のためしは住吉のまつ

神祇哥の中に　後光明照院前関白左大臣

2128 おひそめし一夜の松のたねしあれは神の宮居も千代やかさねん

春日社にまいりて身のかすならぬ事をおもひて
よみ侍ける　京極前関白家肥後

2129 三かさ山そのうち人のかすなれはさしはなたすや神はみるらん

雑哥の中に　前太政大臣

2130 そのかみをおもへはわれもみかさ山さしてたのみをかけさらめやも

春日社へまいりてよめる　刑部卿頼輔

2131 数ならて雨のしたにはふりぬれとなをたのまるゝ三笠山かな

宝治百首哥に嶺松を　前大納言為氏

2132 ふりにける神代もとをしをしほ山おなしみとりの嶺のまつ原

建武のころ雑御歌の中に　後伏見院御哥

一 惟久―惟《雅》久九

一 ふみならし―ふみ馴し府・冬

一 まもらぬ神し―まもらぬ神は府

一 おひそめし―思ひそめし章

一 後伏見院御哥―伏見院御歌府・冬

2133 しつみぬる身は木かくれのいはし水さてもなかれの世にしたえすは

神祇を　　太上天皇

2134 たのむまこと二なけれは石清水ひとつなかれにすむかとそ思ふ

百首歌に

2135 [一]いのるこゝろわたくしにてはいはし水濁りゆく世をすませとそおもふ

社頭月を　　前左大臣

2136 いまゝてはまよはて月をみかさ山[一]あふくひかりよすゑもへたつな

春日社にて月を見て　　中臣祐春

2137 我こゝろくもらねはこそみかさ山おもひしまゝに月はみるらめ　」

祖父祐茂自筆の[一]祝本をみてよみける　　中臣祐植

2138 かはらしな跡はむかしになりぬとも神の手向の代々のことのは

文治六年女御入内の屏風の哥春日祭の[一]社頭儀　　皇太后宮大夫俊成

2139 春の日も光ことにやてらすらむ玉くしの葉にかくるしらゆふ

神祇を　　紀俊文朝臣

2140 名草山とるやさか木の[一]つきもせす[二]神わさしけき日のくまの宮

日本紀を見てよめる　　前大僧正慈勝　」

一　いのるこゝろ―いのる事九　いのる心《事イ》内

一　あふくひかりよ―あふく光に内

一　祝本を―祝《説イ》本を桂　祝《記イ》本を内

一　社頭儀―社頭・《儀イ》を桂

一　つきもせす―やきもせす内
二　神わさしけき―神わさしける《きイ》内

2141 あきらけき玉くしの葉の白妙にしたつ枝まてぬさかけてけり
狛光房
2142 うかやふきなきさに跡をとゝめしそ神世をうけしはしめなりける
春日若宮神主になりてよめる
中臣祐臣
2143 かすか山おなしあとにと祈こしみちをは神もわすれさりけり
雑哥に　賀茂教久
2144 世をいのる心を神やうけぬらし老らくまてに我そつかふる
天台座主にて侍ける時日吉祭の日禰宜匡長か
もとよりかさしのかつらをゝくりて侍けれは」
入道二品親王尊円
2145 久堅のあまつ日吉の神まつり月のかつらもひかりそへけり
神祇を　祝部成国
2146 むまれきてつかふることも神かきに契ある身と猶たのむ哉
前中納言為相
2147 代々をへてあふく日よしの神垣に心のぬさをかけぬ日そなき
寄鏡神祇といふことを　前左大臣
2148 こゝのへにあまてる神のかけうけてうつすかゝみは今もくもらし
権大納言公蔭」

一　なきさに跡を―なきさの跡を内
一　うけぬらし―うけぬらん内
静一　かつらをゝくりて―かつらをくりて九　かつらをゝくり
一　かけうけて―かけ更《うけ》て桂

2149 あまてらすみかけをうつすます鏡つたはれる世のくもりあらめや

熊野にまうて〻三の山の御正体をたてまつるとてよみ侍ける

源有長朝臣

2150 かす〳〵に身にそふかけとてらしみよみかく鏡にうつすこゝろを

暦応元年つの国のうての使にまかりてしつめ侍けるのち住吉社にまうて〻よみける

高階師直

2151 あまくたるあら人かみのしるしあれは世にたかき名はあらはれにけり

日吉社にたてまつりける百首歌の中に桜を

皇太后宮大夫俊成

2152 山さくらちりに光をやはらけて此世にさける花にやあるらん

」

雑哥の中に

前大僧正慈鎮

2153 日のもとは神の御くにときゝしよりいますかことくたのむとをしれ

嘉元百首歌たてまつりける時神祇

後西園寺入道前太政大臣

2154 あまつ神国つやしろとわかれてもまことをうくる道はかはらし

おなしこゝろを

後宇多院御哥

2155 あまつ神くにつやしろをいはひてそ我葦原の国はおさまる

一　うつすこゝろを―うつる《す》こゝろは《をイ》府・冬

兼一　しるしあれは―しるし《めくみイ》あれは冬・内　めくみあれは桂・

一　ちりに光を―ちりに日影《光イ》を桂

一　きゝしより―聞しより《からにイ》正版

二　いますかことく―いますることく章

一　後西園寺入道前太政大臣―三条《後西園寺入道前太政大臣イ》後入道前太政大臣《実重イ》冬

一　まことをうくる―まことにうくる内

風雅和歌集巻第二十

賀哥

百首歌たてまつりし時

民部卿為定

2156 かきりなきめくみを四方に敷嶋のやまとしまねは今さかゆ也

慶賀の歌とてよめる

皇太后宮大夫俊成

2157 まことにや松は十かへり花さくと君にそ人のとはむとすらん

題しらす

俊頼朝臣

2158 大よとのはまのまさこを君か世のかすにとれとや波もよすらむ

大蔵卿行宗

2159 君か代のほとはさためし千とせともいふはをろかになりぬへけれは

前参議経盛賀茂社にて歌合し侍けるに

祝のこゝろを

従三位頼政

2160 をのゝえをくたす山人かへりきてみるとも君か御世はかはらし

宝治百首歌の中に寄日祝といふことを

冷泉前太政大臣

2161 三笠山峯たちのほる朝日影そらにくもらぬよろつ代の春

山階入道前左大臣

2162 岩戸いてし日影はいまもくもらねはかしこき御世をさそ照すらん

一 第二十―第兼

一 賀茂社―賀茂神社歟冬

一 くたす山人―くたす仙人桂・章・内・正版

一 そらにくもらぬ―空もくもらぬ桂

2163 我君のやまとしまねをいつる日はもろこしまてもあふかさらめや
花山院前内大臣

おなしこゝろを
大江宗秀

2164 あめのした誰かはもれむ日のことくやふしもわかぬ君かめくみに
前大納言俊定

山月を
後山本前左大臣

2165 千代ふへきかめのお山の秋の月くもらぬ影は君かためかも

嘉元百首歌に祝
春宮大夫実夏

2166 くもりなくてらしのそめる君か代は月日とゝもにつきしとそ思

寄月祝を
二品法親王慈道

2167 [一]くもりなき[二]たかまのはらに出し月やをよろつ世の鏡なりけり

叙品のゝち題をさくりて哥よみ侍けるに禁中月

といふことを

2168 祈こし雲ゐの月もあきらけき御世の光に身をてらすかな

延喜御時御屏風の哥
貫之

2169 あたらしくあくる年をはもゝとせの春のはしめと鴬そなく

正月のころある所のうふ屋にてよめる
能宣朝臣

2170 ときしもあれ[一]春のはしめにおひたてる松は八千代の色もそへなん

人の家に子日の小松をうへて侍けるに雪の

一　くもりなき―くもりなく九・兼・章・正版　くもりなく《きイ》内

二　たかまのはらに―たかまの《かイ》はらに府・冬

一　春のはしめに―春のはしめに《とイ》桂　春のはしめと《にイ》内

ふりかゝるをみてむすひつけゝる
法橋顕昭

2171 雪ふれは花さきにけりひめこ松二葉なからや千代をへぬらん

清慎公七十賀屏風の哥
能宣朝臣

2172 はる〳〵ととをきにほひは梅の花風にそへてそつたふへらなる

長元六年内裏にて翫新成桜花といふ事を
権大納言長家

2173 色かへぬ松もなになりよろつ代にときはに匂ふ花もさけれは

廉義公賀し侍ける時屏風の絵に人の花みてかへるところ
中務

2174 あかて今日かへるとおもへと花さくらおるへき春やつきせさりける

宝治元年三月三日西園寺へ御幸ありて翫花といふ事を講せられけるに
前大納言為氏

2175 千とせふるためしをいまにはしめをきて花のみゆきの春そ久しき

山階入道前左大臣

2176 君か代にあふもかひあるいとさくらとしのをなかくおりてかさゝむ

右近大将通忠

2177 桜花千とせの春のおりにあひて君かときはの色ならはなん

一 むすひつけゝる―むすひつけ侍ける兼

一 かへるとおもへと―かへるとおもへは桂

[一]正嘉三年西園寺にて一切経供養せられけるつき
の日翫花といふ事を[二]講せられけるに
深心院関白前左大臣

2178 [一]けふより[二]はちらてしにほへさくら花君か千とせの春をちきりて
山階入道前左大臣

2179 君かため[一]うつしうへつる花なれは千世のみゆきの春もかきらし
後深草院少将内侍

2180 桜花あまた千とせのかさしとやけふのみゆきの春にあふらん
藤を
入道前関白左大臣

2181 行するゑをまつのみとりに契をきて木たかくかゝれやとの藤波
文永八年正月叙位に一級[一]ゆるされて侍けるに
内裏にて禁庭松久といふ事を講せられけるに
よみ侍ける
従二位隆博

」

2182 千世ふへき雲ゐの松に[一]みつるかなひとしほまさる[二]春のめくみを
嘉元二年伏見院に卅首哥たてまつりける時
社頭祝
円光院入道前関白太政大臣

2183 おほはらや神代の松のふかみとり千代もといのるすゑのはるけさ
七十賀しけるに人々の[一]哥をくりて侍けれはよみ
侍ける
祝部成仲

2184 もろ人のいはふことの葉みるおりそ老木に花のさく心ちする

」

一　正嘉三年―正和三年章・正版
二　講せられけるに―講せられけるついてに九　講せられける静・桂

一　けふよりは―いまよりは府・冬
二　ちらてしにほへ―ちらしてにほへ内

一　うつしうへつる―うつしうへける九・府・冬・静・桂・兼・章・内・正版

一　ゆるされて―ゆるされ九・府・冬・兼

一　みつるかな―みゆるかな九
二　春のめくみを―春のめくみは九・兼・章・正版　春のめくみは《をイ》内

一　哥をくりて―哥をくり静

小松内大臣家に菊合し侍けるに人にかはりて
よみ侍ける　建礼門院右京大夫
2185 うつしうふるやとのあるしもこの花もともに老せぬ秋そかさねん
前中納言匡房二たひ帥になりたる悦申つかは
すとて　康資王母
2186 かくしあらは千とせのかすもそひぬらん二たひみつる箱崎の松
宝治百首哥の中に寄社祝
土御門院小宰相
2187 神ち山もゝえの松もさらに又いく千世君にちきりをくらん
建仁元年三月歌合に寄神祇祝といふ事を
後京極摂政前太政大臣
2188 君か代のしるしとこれをみや河のきしの杉むら色もかはらす
文保三年百首哥の中に
民部卿為定
2189 こゝのへのみかきにしける呉竹のおひそふかすは千世のかすかも
建武元年中殿にて竹有佳色といふ事を
講せられけるに　前大納言尊氏
2190 もゝしきやおひそふ竹のかすことにかはらぬ千世の色そみえける
後伏見院立坊のはしめつかた遊義門院よりたかん
なのほそきをたてまつられてこれはすゝか竹かい

一　この花も―この花の静
一　講せられけるに―講せられける静

つれとみわきてと[一]女房のなかへ[二]おほせられけれはつゝみ紙
に[三]書つけ侍ける
従二位為子
2191 春秋の宮ゐ色そふ時にあひて万代ちきる竹とこそみれ

法性寺入道前関白家にて鶴契遐年といふ事
をよみ侍ける
宮内卿永範
2192 あしたつは千とせまてとや契らむかきらぬものを君か齢は

続古今竟宴に
冷泉前太政大臣
2193 むかしいまひろへる玉もかす〳〵にひかりをそふる和哥のうら波

和哥所にて皇太后宮大夫俊成に九十賀たま
はせけるとき
後京極摂政前太政大臣
2194 もゝとせにとゝせをよはぬ苔の袖けふの心やつゝみかねぬる

七十賀のゝちよみ侍ける
祝部成茂
2195 君かためまたなゝそちをたもちてもあかすやいのる神につかへん

宝治二年後嵯峨院に百首哥[一]たてまつり
ける時杣山を
藤原光俊朝臣
2196 世をてらすひたかのそまの宮木もりしけきみかけに今かあふらし

百首御哥の中に
院御哥
2197 [一]みなかみにさためしすゐはたえもせすみもすそ河のひとつなかれに

寄国祝を

一　女房のなかへ―女房の中に府・冬
二　おほせられけれは―おほせ事ありけれは九・府・冬・桂・章・内・正版　おほせこりありけれは兼
三　書つけ侍ける―書つけて侍ける静

一　たてまつりける時―たてまつりける内

一　みなかみに―みなかみの章・内・正版

2198 あし原やみたれし国の風をかへて[一]民の草葉もいまなひくなり

河といふことを　前左大臣

2199 くちなしの色になかるゝ[一]河水も十たひすむへき君か御代哉

雑歌に　祭主定忠

2200 みことのりみたれぬみちのさはりなくとよあしはらの国そおさまる

後鳥羽院御時五人に廿首哥をめして百首にかきなされけるとき祝哥　如願法師

2201 あひかたき御世にあふみのかゝみ山くもりなしとは人もみる覧

天禄元年大嘗会悠紀方屏風の哥近江国勢多のはしをよめる　兼盛

2202 みつき物たえすそなふるあつまちのせたのなか橋をともとゝろに

[一]承保元年大嘗会巳日[二]退出音声楽急ふなせのはし　前中納言匡房

2203 みつきものはこふなせのかけはしに駒のひつめのをとそたえせぬ

おなし[一]屏風の哥人の家の門田にいねかる所あり

2204 君か代はしつの門田にかるいねのたかくら山にみちぬへきかな

ひをきのむら人おほきところ

2205 くもりなき君か御代にはあかねさす[一]日をきの里もにきはひにけり

2198 一 民の草葉も―たのみの草葉も内

2199 一 河水も―河水に《もイ》内

2202 一 承保元年―承《永イ》保元年内
二 退出音声楽急―退出音声楽府

2203 一 屏風―御屏風内

2205 一 日をきの里も―日をきの里に府

寛治元年大嘗会屏風に小松原の本になか

る丶水ありその所にすむ人あり

2206 小松原したゆく水のす丶しきに千とせのかすをむすひつる哉

仁安元年大嘗会辰日退出音声音高山

皇太后宮大夫俊成

2207 吹風は枝もならさてよろつ代とよはふこゑのみをたかの山

正応元年大嘗会主基方屏風に[一]奈加良

川岸菊盛開行人汲[二]下流

[三]従二位隆博

2208 くむ人のよはひもさこそなか月やなからの川のきくのした水

永仁六年大嘗会悠紀方屏風[一]長沢池端午

日採菖蒲

前大納言俊光

2209 君か代のなかきためしになかさはの[一]池のあやめもけふそひかる丶

おなし大嘗会主基方屏風増井納涼の人

あり

[一]正二位隆博

2210 す丶しさをますゐのし水むすふ手にまつかよひくる万代の秋

暦応元年大嘗会悠紀方神楽哥近江国

鏡山

正二位隆教

2211 いは戸あけしやたの鏡の山かつらかけてうつしき[一]あきらけき世は

一　奈加良川—奈良川九

二　下流—下水内

三　従二位—正二位九・桂・章・内・正版

一　長沢池—長沢《原歟》池冬

一　池のあやめも—池のあやめは桂

一　正二位—従二位府・静・兼　正《従イ》二位冬

一　あきらけき世は—あきらけき代は《にイ》桂　あらけき世に内

第二部　風雅和歌集伝本考

『風雅和歌集』には、現在六〇本前後の伝本が知られている。『十三代集異同表』（樋口芳麻呂・久保田淳・福田秀一・井上宗雄編、一九六九）『勅撰集系統判別便覧』（和歌史研究会編、一九六六）を嚆矢とした伝本分類が示された後、単独の作品としては、次田香澄・岩佐美代子校注『風雅和歌集』（三弥井書店、一九七四）に於ける、主要伝本の解説（担当、岩佐）があり、『新編国歌大観』（角川書店、一九八三）には、底本・九州大学附属図書館細川文庫本を中心とした解題が示された（担当、荒木尚）。さらに、國枝利久と千古利恵子によりいくつかの伝本が紹介され[1]、最新の成果としては、中條敦仁による、十三代集又は二十一代集として一括された伝本群の調査の中での、一作品としての分類・整理もなされている[2]。

岩佐は七本ほどの伝本を調査の上、それらを四つに分類している。一方荒木は、先行する岩佐の分類については言及せず、「序文の位置、歌数等によって三系統に大別」することができるとし、新たな分類を示している。國枝・千古も、やはり先行する分類には検討を加えることなく、荒木分類に従うとして、新たに調査した伝本についての解説を加えている。中條のそれは『十三代集異同表』『勅撰集系統判別便覧』の増補的な位置付けと言え、序文の位置や基準歌の有無・位置などにより、分類・整理を行っている。

以上、それぞれに価値を有する研究ではあるものの、現存する『風雅和歌集』伝本の総体的な調査を行った上でのものとは言いがたい。それは、ついに活字化され公表されることのなかった、次田香澄の調査以来行われておらず[3]、その意味では『風雅和歌集』の伝本研究には、未だ多くの課題が残されているといえるであろう[4]。

そこで、現在確認しうる限りの伝本の書誌的事項及び本文の異同を調査した上で、伝本分類を行い、その結果『風雅和歌集』の編纂・成立過程が明らかにすることが必要であると考え、それを目指して調査を進めて来た。その結果、諸伝本それぞれについて、これまで言及されてこなかったいくつかの書誌的事項に新たに気付き得た。また、調査した主要伝本による校本を作成し、それを基に諸本との比較を行った結果、伝本の分類に於いて、従来とは若干異なる見解を持つに至った。よってここに、諸伝本についての書誌報告と伝本の分類に関する新たな案を示したいと思う。

注

(1) 國枝利久・千古利恵子「風雅和歌集諸本攷」(文学部論集〈佛教大学〉八一、一九九七・三)、『京都府立総合資料館蔵　風雅和歌集』(和泉書院、一九九七)、千古利恵子『京都女子大学図書館蔵　風雅和歌集』(和泉書院、二〇〇三)。

(2) 中條敦仁「十三代集系統分類一覧――分類基準歌と系統分類表」(自讃歌孝範注研究会、二〇〇一)。

(3) 次田は風雅和歌集に関する重要な論考を多数発表し、中でも「風雅和歌集序・第一巻(一部)の原本の出現――風雅集正本復元への階梯」(国語と国文学、一九八〇・九)「『風雅和歌集』最古の写本――厳島神社野坂宮司蔵本(中巻)の価値」(相模国文14、一九八七・三)により、伝本分類に関する考えを提示している(『玉葉集　風雅集攷』笠間書院、二〇〇四　に若干の修訂経て再録)。それらによれば次田は、相当数の写本を実地に調査していたことが知られ、それらについては、昭和五十七年度科学研究費補助金(一般研究C)の研究成果報告書「風雅和歌集の正本の復元」(No. 56510239)の中に示されている。しかしながら次田は、前述二論文の中での言及も、主たる対象とした伝本以外は、調査した諸本について簡略な書誌情報しか記しておらず、それらは総じて概括的な報告に留まり、校本の作成による本文の提示をなすことはなかった。また分類を成すに至るまでの考察の過程はほとんど省略され説明されておらず、諸本の書写年代の判定などにも疑問の点が多い。畢竟、全体を再検討する必要があるであろう。

(4) 岩佐は『風雅和歌集全注釈』(上・中・下、笠間書院・二〇〇二～四)を著し、その下巻の解題に於いて伝本を検討しているが、「精細な本文検討を経ずして性急に分類命名を行うことはためらわれる」とし、慎重を期して「校異に用いた八本につきそれぞれの特徴を述べ、将来の分離に備えるにとどめ」るとしている。猶、そこで校異に用いられた諸本についての解題は、本書著者・石澤が担当したものである。

第一章　諸本解題

以下、これまでに調査し得た諸伝本の、書誌と略解題を記す。

1　九州大学附属図書館蔵　細川文庫本（五四四―フ―二八）　伝邦高親王筆本（聖護院道興筆）　室町中期写

写本。列帖装、二帖。縦二五・九糎、横一六・八糎。表紙は、藍海松茶地に牡丹を大きく織りだした古代裂表紙。改装の際の後補か。外題はなく題簽の跡も全く見られない。見返しは、黄檗色絹地を貼付。本文料紙は、鳥の子。真名序を冒頭に、次いで仮名序、本文の順に記す。本文は、一面一〇行和歌一首一行書。字面高さ、約二二・五糎。詞書きは三字下げでこれを記す。秋上・478番歌本文と、479作者名（定家）を欠脱し、歌数は、二二一〇首。丁数は、上冊が一三八丁（墨付一三六丁、遊紙、前後各二）、下冊が一五四丁（墨付一五〇丁、遊紙、前一・後三）。所々和歌本文の右肩に、別筆と思われる出典に関する注記がある。字面高さと本の大きさから判断して改装されたことは明らかで、その際、若干天地・小口が切り落とされているものと思われる。

本書は単独伝本。旧蔵者を示す印記等はないが、宇土《うと》細川家に伝来したことが知られる。奥書・識語の類は、一見無いように見え、『新編国歌大観』の解題にもこの点は全く触れられていないが、実はよく見ると、下冊・一五二丁表にほぼ全面に渡る擦り消しの跡が看取され、その痕跡から、奥書乃至識語が八行ほどにわたって記されていたものと推測される。筆者については、伏見宮邦高親王とする、文化十三年（一八一六）十二月の古筆了意（古筆本家九代目）による極札が附属しており、荒木尚はその解題で「書陵部蔵伏見宮本の中の邦高親王（一四五六〜一五三二）自筆詠草類によって調査するとその筆致は近似しており、邦高親王筆と認めてよいようである」とする。しかし、数ある署名入りの短冊と当該本文の筆跡とを比較してみると、伏見宮邦高親王の筆とは一致せず、その特徴ある筆跡は、聖護院道興（近衛房嗣男、一四三〇～一五〇一、『廻国雑記』作者）のものであることが判明する。その奥書・識語に関しては、後人が何らかの理由により、真の筆者を隠すために擦り消したものと考えられる。聖護院道興の生没年から判断して、当該本の書写年代は室町時代中期文明年間（一四六九～一四八七）頃と考えられ、完本としては、最古の一本ということになる。

＊以上の内容については、平成十五年（二〇〇三）度和歌文学会大会（於香川大学）に於いて「九州大学附属図書館蔵細川文庫本『風雅和歌集』について」と題して口頭発表した。

2　京都府立総合資料館蔵　A本（＊甲本）（特―八三一―二三）　近世前期写

写本。列帖装、二帖。縦一六・八糎、横一七・七糎。表紙は、焦茶地花紋繋緞子表紙。外題は、薄緑色地金揉箔砂子散金泥下絵を施した小短冊の題簽に「風雅和歌集　上（下）」と墨書したものを表紙左肩に貼付する。見返しは、銀切箔野毛砂子散を中心に若干の金切箔を交えた料紙を貼る。本文料紙は、斐楮交漉。若干虫損が見られるが、本文の判読には問題がない。真名序を冒頭に、次いで仮名序、本文の順に記す。本文は、一面一二行和歌一首二行書き。詞書きは一字下げでこれを記す。本文と同筆による他本注記が見られる。字面高さは、約一三・〇糎。恋四と神祇に、異本歌二首が見られ、歌数は二二一三首。丁数は、上冊が一六二丁（墨付一五九丁、遊紙前一・後二）、下冊が一八四丁（墨付一八一丁、遊紙前一・後二）である。

当該本は、二十一代集に新葉集を合わせた一連の写本の内の一本であり、それらは全て一筆によって書写されている。玉葉集の奥書に「元禄癸酉二月下旬」とあり、当該本の下冊・一八四丁裏にも、「癸酉七月廿八日」と記されていることから、書写年次は元禄六年（癸酉、一六九三）七月であることがわかる。また、新古今集他の奥書に「法眼立益（花押）」とあり筆者は知られるものの、その伝については未詳。なお当該本は、國枝利久・千古利恵子両氏によって『京都府立総合図書館蔵　風雅和歌集』（和泉書院、一九九七）として影印がなされ、解説が付されているが（そこでは「甲本」と称される）、書写年代及び筆者についての言及はない。

3　宮内庁書陵部蔵（四〇三―一二）　寛文八年（一六六八）　山田隠士 冬木翁 奥書本　近世前期写

写本。列帖装、二帖。縦二五・五糎、横一八・三糎。表紙は、縹色地に金銀泥霞引草木花下絵。表紙左端に押八双あり。外題は「風雅和歌集　上（下）」と記した題簽を表紙左肩に貼付する。見返しは本文共紙。本文料紙は斐楮交漉（但し上下で表面の印象が若干異なり、別の紙である可能性が高い）。真名序を冒頭に、次いで仮名序、本文の順に記す。本文は、一面一〇行和歌一首一行書き。字面高さ、約二〇・五糎。詞書きは約二字下げでこれを記す。別筆による、本文の小字補入、見消ち、他本注記、作者名注記などが全体に見られる。

前出、京都府立総合資料巻本と同じく、恋四と神祇に、異本歌二首が見られ歌数は、二二一三首。丁数は、上が一三五丁（墨付一三二丁、遊紙前一・後二）、下が一五〇丁（墨付一四八丁、遊紙前一・後一）。二十一代集中の一で、全体は、複数人による寄合書。後拾遺集下巻にある、「寛文七年九月後拾遺上巻／寛文八年正月新続古今上／下巻書之／山田隠士／冬木翁（花押）」という奥書があり、他巻には奥書類が見られないことから、加藤磐斎（一六二五〜一六七四）が中心となって書写したものと考えるべきであろう。風雅集の筆者は未詳ながら、上・下冊は明らかに別筆。書写年代は、磐斎の奥書から判断して寛文七、八年頃か。

4　静嘉堂文庫蔵　伝正広筆本（一〇四―三七）　室町中期写

写本。袋綴、三冊。縦二六・四糎、横一九・八糎。縹色地に桐花を下方にあしらった紙表紙。外題は、四周双辺の匡郭を持つ題簽に「風雅和歌集古写本　上（中・下）」と墨書し、表紙左肩に貼付する。真名序を冒頭に、次いで仮名序、本文の順に記す。本文は、一面一二行和歌一首一行書き。字面高さ、約二二・五糎。詞書きは三字下げ。まま、同筆による他本注記が見られる。異本歌は見られず、代わりに恋五・1369番歌及び雑上・1447番歌を、作者名ごと脱落し、歌数は二二〇九首。丁数は、上が九九丁

(遊紙ナシ)、中が七五丁(遊紙ナシ)、下が六六丁(遊紙ナシ)。冬の部に改装の際の綴じ違えによる錯簡が見られる。その他、秋中・529と530番歌、1354・1355番歌が、作者名と歌本文ともに順序が逆になっており、詞書きの位置が全く別の位置に移ってしまっているというような異同もみられる。またこの本の親本は列帖装で、おそらくはその際に起こったと想像される大きな錯簡が、雑中・雑下にまたがった形で見られる。

この本は、全体に裏打ち修補・改装がなされており、その際に天地が幾分裁ち落とされているものと思われる。また改装に伴い、ノドの部分が窮屈になっており本が開ききらず、やや読みにくい点が見られる。痛みから袋の部分が切れてしまったものも多く、五粍程度の糊代でそれらをつなぎ、改めて袋にしている丁も多く見られ、同一丁でありながら、表と裏で虫損跡が少しずれているのがわかる。書写面が本の大きさに比べてやや窮屈な感を与えるのはこれらの改装によるものである。元来は室町期写本に見られる、大柄な袋綴じ本であったものと思われる。上冊一丁表に「徹書記門人正広風雅集全三冊　印」と、古筆別家による極札が貼付されており、書写年代は伝称筆者の生存時期とほぼ同一の室町中期から後期頃とみてよく、最古本の一つと言える。

5　宮内庁書陵部蔵(四〇〇—一〇)　御所本(旧称桂宮本)　近世前期写

写本。列帖装、三帖。縦二四・一糎、横一八・二糎。表紙は、紺紙に金銀切箔砂子散金泥草木花下絵。表紙左端に押八双あり。外題は、金土波模様下絵を施した小短冊の題簽に「風雅和歌集　上(中・下)」と墨書し、表紙左肩に貼付する。見返しは金箔に土波模様を刷りだしたものを貼り付け。本文料紙は厚手の鳥の子。まま下絵跡が見られるものの、全てにある訳ではない。あるいは接していた紙にあった金泥模様が転写したか、と思われるが、現在の本文料紙にはそれに該当するものが見られず、書写に至る前に重ねられていたのであろうか、不審。真名序を冒頭に、次いで仮名序、本文の順に記す。本文は、一面一〇行和歌一首一行書き。字面高さ約二〇・〇糎。本文と同筆と思われる、墨による書き入れが見られる。また「杉原出雲」「盛安」の印記がある。*

恋四と神祇に、異本歌二首が見られるが、先の京都府立総合資料巻本・冬木翁加藤磐斎奥書本とは、神祇の異本歌の位置と左注に異同がある。総歌数は二二一三首。丁数は、上が一〇四丁（墨付一〇一丁、遊紙前一・後二）中が八八丁（墨付八四丁、遊紙前一・後三）、下が一一四丁（墨付九九丁、遊紙前一・後四）、奥書等はない。書写年代は、江戸時代の前期から中期頃と見られる。猶当該本は、滝沢貞夫編『風雅集総索引』（明治書院、一九九一）の底本として翻字されている。

＊旧蔵印「杉原出雲」「盛安」とその使用者たる「杉原盛安」の人物像については、恋田知子『仏と女の室町――物語草子論』（笠間書院、二〇〇八）に考察がある。

6　宮内庁書陵部蔵（五〇三―一三）　永禄七年（一五六八）吉田兼右筆本　室町後期写

写本。列帖装、二帖。縦二四・二糎、横一五・九糎。表紙は紺色紙表紙。改装と言えるほどではないが一度綴じ直したことが、古い綴じ穴跡の見られることからわかる。外題は、龍文を上部にあしらった、朱色地の小短冊の題簽に、「風雅和歌集上（下）」と墨書したものを、表紙左肩に貼り付け。見返しは本文共紙。本文料紙は、やや肌理の荒い斐紙。真名序を冒頭に、次いで仮名序、本文の順に記す。本文は、一面一〇行和歌一首一行書き。詞書きは二字から三字下げでこれを記す。字面高さは約二一・〇糎。秋中・580番歌の作者名（定宗）から歌本文までを欠脱し、総歌数は二二一〇首。丁数は、上が一四四丁（墨付一四三丁、遊紙前二）、下が一五四丁（墨付一五〇丁、遊紙前一・後一、本文奥書間に二丁の白紙）。

奥書は、上冊末に「此ノ集者　上皇ノ御自撰也、此序者　法皇之宸草也、清書ノ事／依レリ当二ルニ其撰一ニ憖ニ染二ム愚筆一ヲ、仍テ為レニ書二定ムル字様一ヲ所令レムル為二サ此ノ草一ヲ也、貞和／二年十一月一日記ス之ヲ　尊円／永禄七年七月晦日、遂二ゲ上帙之功一ヲ了ヌ　右兵衛督（花押）四十九才」という、尊円の本奥書と兼右の書写奥書があり、下冊末には、「明応九年二月廿七日染筆ス、三月廿三日於二テ暁窓之灯下一ニ、終レゲ功レヲ訖ヌ〈玉葉下／与隔テ日ヲ／書レス之ヲ〉／同三月廿八日一校シ了ヌ　蓮空／自二リ古今集一至二ル新続古今集一ニ、連年雖レモ終二フト全部之功一ヲ、和歌集者不二ル全／備一セ之旨、依二リテ世説一ニ、風雅集暫ク閣レク之ヲ、夫レ謂《オモヘラク》神書経巻、皆以テ令二ム首尾一セ／而ニ為二ニ

専要《ノ》一何《ゾ》限《リテ》二和歌集《ニ》一而在《ラン》二此理一乎、仍《テ》以《テ》二竹内門跡御本／甘露寺一品亜相親長卿自筆本鳥居少路経乗自筆本、已上／三部《ヲ》一、引二合《セ》之《ヲ》一、遂《グ》二書写之功《ヲ》一、但《シ》天道虧盈《ノ》故、至《リ》二末巻《ニ》一、略《シ》二廿《ノ》字《ヲ》一訖《ヌ》／永禄七年八月十九日　右兵衛督（花押）四十九オ」という、明応九年の蓮空（甘露寺親長）の本奥書と、兼右の書写奥書が存する。

当該本は、次田香澄・岩佐美代子校注『風雅和歌集』（三弥井書店、一九七四）の底本として翻字がなされ、日本古典文学影印叢刊『風雅和歌集』（貴重本刊行会、一九八四）に、影印と解説がある（担当、久保田淳）。

7　宮内庁書陵部蔵（五〇八—二〇八）　明暦三〜寛文三年（一六五七〜六三）頃　飛鳥井雅章筆本　近世前期写

写本。列帖装、一帖。縦二五・〇糎、横一七・七糎。表紙は、茶地丁字吹きに、不規則な間隔で、金銀の縦線を引いた紙表紙。外題は「風雅和歌集」と墨書した、内曇金泥草花下絵の小短冊題簽を左肩に貼付する（筆者は雅章）。見返しは本文共紙。本文料紙は斐紙（鳥の子）。仮名序を冒頭に、真名序を本文の後に記す。本文は、一面一〇行、和歌一首一行書き。字面高さ、約二〇・〇糎。詞書きは約二字下げでこれを記す。同筆かと思われる、朱・墨の書き入れ、注記あり。冬・732番歌の作者名（盛親）から、歌本文までを脱落し、歌数は、二二一〇首。丁数は、二九一丁（墨付二八七丁、遊紙前一・後三）。巻末に、「官本云此集《ハ》詔勅《ニヨリ》不日終《ヘ》二写功《ヲ》一、数度／遂《グ》二校合《ヲ》一、可《キ》レ被《レ》比《セ》二證本《ニ》一者乎／于時《ニ》文明十二紀林鐘下旬／権中納言藤原宣胤」という、文明十二年（一四八〇）の中御門（藤原）宣胤による本奥書と、「風雅集一部、借《リ》二官庫之／御本《ヲ》一、令《メ》二繕写勘合《セ》一訖《ヌ》、彼本《ハ》／中御門亜相宣胤卿之芳墨也／写本、往年被《レ》奪二祝融《ニ》一之上／者、雖《モ》レ為《リト》二愚筆一、聊可《キ》レ備《フ》二證／本《ニ》一歟亜槐藤（花押）」という、飛鳥井雅章の識語がある。

この本も二十一代集の一で、飛鳥井雅章（一六一一〜一六七九）の一筆によるもの。新続古今集巻末にある、この二十一代集全体の識語によれば「右廿一代集者申《シ》二下官庫之／秘本《ヲ》一、連々遂《ゲ》二臨写校勘《ヲ》一訖《ヌ》、自《リ》二／明暦之比起筆《シ》、到《リテ》二寛文之今《ニ》一／終《フル》二全部之功一也　官本《ハ》往歳／逢《ヒ》二欝攸之禍《ニ》一皆為《ル》二烏有《ト》一、然／者雖《モ》レ為《リ》二老拙之蚓蚍一、竊《ニ》擬《スル》二／子孫之蚌珠《ニ》一者歟／（丁替）寛文三暦重陽前日　亜槐藤（花押）」とあり、明暦から寛文三年にかけて書写された、一連のものであることがわかる。しかし

「官庫之本」は「往歳逢欝攸之禍」と記されるように、万治四年（一六六一）正月十五日の宮中の火災により消失してしまった可能性が高く、またこの本の識語にも「被奪祝融」と炎上消失したことが記されていることから判断して、当該本は親本がその火災に遭う前の、明暦から万治三年の間に書写されたものと思われる。

8　国立公文書館蔵　内閣文庫本（二〇〇―一四五）　近世前期写

写本。袋綴、二冊。縦二七・八糎、横二〇・一糎。表紙は、肌色地無紋。外題は「風雅和歌集　上（下）」と打付書。見返しは楮の素紙で、本文とは別紙。本文料紙は楮紙。「林家蔵書」「浅草文庫」「江雲渭樹」「昌平坂学問所」等の印記があり、林羅山旧蔵。全体的に修補がなされ、本文は総裏打ちが施されている。一面九行和歌一首一行書。字高は約二二・五糎、詞書三字下げ。丁数は、上が一四三丁（遊紙ナシ）、下が一五八丁（遊紙ナシ）真名序・仮名序、本文の順に書写する。

同筆による他本注記が全体に見られ、その一部は桂宮本と一致するが、むしろ桂宮本本文にある他本注記の多くは、この内閣本系本文との校合結果によるものと思われる。

桂宮本に見られる異本歌二首の他、旅に一首、釈教に一首多く、計四首の異本歌を持つ点が注目される。奥書等はないが江戸時代前期も比較的早い頃の書写かと思われる。旧蔵者も興味深い。

9　京都女子大学図書館蔵（〇九〇―Ta八八―Ki六八二）　谷山茂旧蔵　谷山文庫本（谷山A本）　近世初期写　＊校本　底本

写本。袋綴、四冊。縦二五・〇糎、横一九・四糎。表紙は、紺青地草花唐草繋文様織出の金銀襴緞子表紙で、後補されたもの。包背装になっているが、一冊目から三冊目までは、表面のみ前記緞子による表紙が付され、裏面は厚手の楮素紙。第四冊目のみ、全冊を前記緞子により包背装にする。外題は、藍内曇料紙に金切箔を散らした小短冊の題簽を、表紙左肩に貼付し、「風雅和歌集　第一第四（第五／第八、第九／第一四、第十五／第二十）」と墨書。見返しは、金銀切箔野毛砂子散らし、銀にて雲霞を描いた装飾料紙を貼り付ける。本文料紙は楮紙。真名序を冒頭に、次いで仮名序、本文の順に記す。本文は、真名序・仮名序が、一面八行、和歌本文が、一面一〇行、和歌一首一行書きで書写される。詞書きは三字下げでこれを記す。字面高さ約二一・〇糎。異本歌・欠脱などはなく、歌数は二二一一首。丁数は、一冊目、六八丁（墨付六六丁、遊紙、前一・後二）、二冊目が五八丁（墨付五六丁、遊紙、前一・後二）、三冊目が六三丁（墨付六一丁、遊紙、前一・後二）、四冊目が一〇六丁（墨付一〇四丁、遊紙、前一・後二）。各冊の構成は、一冊目が、真名序・仮名序、巻一・春上から巻四・夏まで、二冊目が、巻五・秋上から巻八・冬まで、三冊目が、巻九・旅から巻十四・恋五まで、四冊目が、巻十五・雑上から巻二十・賀まで、となっている。各冊の一オ右下隅に印記「谷山／蔵書」（朱陽刻方印）あり。

当該本は、元上下二冊本であったのを四冊に改装したものである。その証として、第三冊目の一九丁目（巻十・恋一巻末）と、二〇丁目（巻十一・恋二巻頭、丁表は白紙で）には、ともに水損跡が見られるが、連続した丁であるにも関わらず、その水損跡は、全く一致しない。のみならず、第二冊目の一丁目（遊紙）に見られる水損跡が、三冊目の二〇丁目のそれとほぼ一致し（遊紙一丁分あったか）、あまつさえ元表紙のものと思われる茶色の糸屑が残存している。つまりこれは、元の下冊の表見返しに貼り付けられていた丁を、流用しているのである。また、第三冊目及び第四冊目の一丁目（遊紙）が、第三冊一九丁目の水損跡と一致することからして、これらは、元の上冊の後ろにあった遊紙を利用していることが知られる。さらに、第三冊の六二丁目（巻十四・恋五末、六三丁目は後補の遊紙）と第四冊の二丁目（巻十四・雑上巻頭、一丁目は元上冊後ろ遊紙を流用）にある水損跡が一致し、両者が連続していたことが証されるし、第三冊一九丁目（恋一）は裏面で終わっており、通常ならば次は、丁の表面から書写し始めるべきところ（同冊の恋二が三〇丁裏三行目で終わったのに続いて、恋三は、三一表から書き始めている）裏面から書写を開始していることなどは、冊子本の書き方として、歌書は原則として裏始まりであることによるもので、本来はここから下冊が始まっていたことを証する（第二・三・四冊が、それぞれ丁の表面から書写を開始していることも、これらが本来前の巻と連続していたことを示す）。二冊本をさらに分けて四つに分冊したのは、正保版本の流布により、その体裁に倣ったものと考えられ、この改装が正保四年（一六四七）以降に行われたことを示すであろう。奥書等は無いが、本文の書写は室町時代末〜近世初期頃と思われる。

本文の誤脱の少なさ、優秀性は岩佐美代子『風雅和歌集全注釈』（上・中・下、笠間書院、二〇〇二・二〇〇三・二〇〇四）により詳細に説かれており、その底本としても使用されている（書誌解題は、石澤が担当）。本書に於いても校本の底本とした。

猶、千古利恵子『京都女子大学図書館蔵風雅和歌集』（和泉書院、二〇〇二）にも、同書の翻字・解説があるが、特にその書誌的事項に関して、意見の異なる点が多い。

10　今治市河野美術館蔵　A本（一二二―七七八）　近世前期写

写本。列帖装、二帖。縦二二・九糎、横一六・八糎。元は二十一代集の内と思われるが、現在は単独で桐箱入り。表紙は、白地四つ目花菱繋文様緞子。表紙左端に押八双あり。外題は「風雅和歌集　上（下）」と近衛流の手で墨書した、金銀花鳥下絵を施した小短冊題簽を表紙左肩に付す。見返しは、金箔市松浮文様。本文料紙は斐紙で、全面に雲母を引く。一面一〇行和歌一首一行書。字高は約一八・五糎。丁数は、上が一四〇丁（遊紙前一・後四）、下が一五二丁（遊紙前一・後四）。奥書はない。書写年代は、近世前期と思われる。

本文は、真名序・仮名序、和歌本文の順で書写、旅部の慈道の歌は無いものの、恋四の「いもか袖」の歌、釈教歌の殷富門院大輔歌、神祇の「さくらはな」と賀茂大明神の歌を持ち、桂宮本に近似した本文を持つ。

11　今治市河野美術館蔵　B本（一〇一―六八二）　近世前期写

写本、列帖装、二帖。縦二三・七糎、横一七・〇糎。「古写二十一代集」の内で、塗りの慳貪箱に収められる。表紙は焦茶色地金銀泥撫子牡丹金切箔霞引文様。外題は「風雅和歌集　上（下）」と墨書した、朱竜門空押小短冊題簽を表紙左肩に押す。表紙左端に押八双あり。見返しは金箔秋草浮文様。本文料紙は斐紙。本文は、真名序・仮名序、和歌本文の順で書写。一面一〇行、和歌一首一行書き。字高は約一八・〇糎。丁数は、上が一三七丁（遊紙前一・後二）、下が一五一丁（遊紙前一・後二）。奥書はなし。

本文は、旅部の慈道の歌は無いが、恋四の「いもか袖」の歌、釈教歌の殷富門院大輔歌を持つ。神祇の「桜花」と賀茂大明神の歌も見られるが左注はない。河野美術館A本とは異なり、内閣文庫本と近似した本文傾向を示す。書写年代共、近世前期頃である。

12　岡山大学附属図書館蔵　池田家文庫A本（貴九一一—三一—一七、池田）　近世前期写

写本。列帖装、二帖。二十一代集の内。縦二四・九糎、横一七・六糎。表紙は胡粉色地無紋様。左端に押八双あり。外題は、薄緑色地金泥草木下絵を施した小短冊に「風雅和歌集　上（下）」と墨書したものを左肩に付す。見返しは、金箔に蝶草花浮文にした美麗なもの。本文料紙は鳥の子。本文は、真名序・仮名序、和歌本文の順。一面一〇行、和歌一首一行書。字高は、約一八・〇糎。丁数は、上が一三二丁（遊紙前一・後二）、下が一四八丁（遊紙前一・後二）。奥書はない。印記「本池／田家／蔵書」（朱陽刻方印）を巻頭に捺す。

本文は、他本との校合書き入れがあり、異本歌の有無も含めて桂宮本と一致し、近世前期の流布本文たることを示す。非常に保存状態良く、書写年代も近世初期の早い頃を思わせる。

13　岡山大学附属図書館蔵　池田家文庫B本（九一一・一四—四八）　近世後期写

写本。袋綴、四冊。二十一代集の内。縦二六・九糎、横一九・六糎。表紙は生成地蝶牡丹菊文様霧吹付紙。外題は「風雅和歌集　春夏（秋冬、恋雑上、雑下）」と墨書した楮素紙小短冊題簽を表紙左肩に付す。見返しは本文共紙本、料紙は楮紙。仮名序、本文、真名序に記す。書写面は一面一〇行、和歌一首一行書き。字高は約一九・〇糎。奥書なし。小口書あり。蔵書印「本池／田家／蔵書」「東籬」「彙窓蔵」「池田氏／蔵書記」「晩春」「菊家」「岡山大学図書」など多数を捺す。書写年代は江戸後期写。

四冊本であることと外題の記し方からも、正保版本系であることは明白で、本文的価値は正保版本に同じである。

14　鹿児島大学附属図書館蔵　玉里文庫本（九一一—一一六—二—C）　近世後期写

写本。袋綴、四冊。二十一代集の内。縦二一・八糎、横八・二糎。表紙は、茶地に唐草草木文様織出の金襴。外題は「風雅和歌集　上之一（上之二、下之一、下之二）」と墨書した金箔押布目小短冊を表紙左肩に付す。見返しは金切箔撒。本文料紙は薄様。仮名序、本文、真名序の順に記す。一面一二行和歌一首一行書き。字高は約八・〇糎。丁数は、上の一が、五六丁（遊紙前二・後二）、上の二が五九丁（遊紙前二・後二）、下の一が七二丁（遊紙前二・後二）下の二が、七一丁（遊紙前二・後二）。奥書なし。

一作品ずつ、緞子張の帙に入っており、さらにそれを収める蒔絵書簞笥がある。江戸時代後期、天保年間（一八三〇〜四四）頃、有職故実で知られる伊勢氏に教えを受け、薩摩藩記録奉行として活躍した、有馬（藤原）純応の写と伝える。國枝・千古の報告では注目すべき伝本の一つとして扱われるが、書写年代から考えて、また四冊本であることと外題の記し方からも、正保版本系であることは明白で、美麗な装訂の嫁入り本ではあるが、本文的価値は正保版本に同じ。

15　吉川史料館蔵本（五六二）　近世中期写

写本。列帖装、二冊。縦二四・四糎、横一七・九糎。二十一代集の内。表紙は、紺色地金泥梅・杜若・撫子・菊・紅葉等草木下絵表紙。外題は「風雅和謌集　上（下）」と墨書した、小短冊題簽（金泥土坡霞引草木下絵）を表紙左肩に貼付。本文料紙は斐紙。見返しは、金箔紗綾形卍繋文様刷出料紙をあしらう。真名序・仮名序・本文の順に書写。書写面は一面一〇行、和歌一首一行書き。字高は約二一・〇糎。丁数は、上が一三六丁（遊紙前一・後一）、下が一一四丁（遊紙前一・後一）。奥書はないが、近世中期頃の書写と思われ、美麗な金泥蒔絵箱に収められる。

本文は、異本歌は旅歌以外の、恋四・釈教・神祇の歌を持ち、内容的には、神祇歌の異同および本文異同から内閣文庫本に近似する。

16　北野天満宮蔵本（六―二―四二）　近世後期写

写本。袋綴、二冊。縦二四・一糎、横一七・〇糎。二十一代集の内。表紙は、薄縹色地無紋紙表紙。外題は「風雅和謌集上（下）」と墨書した、楮素紙小短冊題簽を表紙左肩に貼付。本文料紙は楮紙、見返しは本文共紙で表紙にそのまま貼付。仮名序・本文・真名序の順に書写。書写面は、仮名序・本文が、一面一二行、真名序は一〇行。和歌は一首一行書き。字高は約一八・五糎。丁数は、上が一〇八丁（遊紙前一・後二）、下が一二五丁（遊紙前一後一）。奥書はないが、下冊後見返しに「校合済」と朱書する。近世後期頃の書写と見られる。

本文は、異本歌はこれを持たず、異同は正保版本のそれと近似する。猶、朱・黒墨による本文校合が見られ、静嘉堂本系の一本と校合していることが知られる。印記「北野神社／蔵書之印」を巻頭に捺す。

17　京都女子大学図書館蔵本（KN―九一一・一四五―N73　四六〜五〇）　近世後期写

写本。袋綴、五冊。縦二六・八糎、横一八・七糎。二十一代集の内。表紙は浅葱色地布目金泥菖蒲下絵模様表紙。外題は「風雅和謌集　一（〜五）」と墨書した、小短冊題簽（金泥霞引下絵）を表紙左肩に貼付。本文料紙は楮紙で、見返しは本文共紙。真名序・仮名序・本文の順に書写。書写面は、一面一〇行、和歌一首一行書き。字高は約一九・五糎。丁数は、一が四三丁（遊紙前一・後〇）、二が七八丁（遊紙前一・後〇）、三が五一丁（遊紙前一後〇）、四が四六丁（遊紙前一・後〇）、五が五八丁（遊紙前一・後〇）。奥書はないが、印記「黒川／真頼」「黒川真頼蔵書」「黒川真道蔵書」「黒川真前蔵書」があり、近世後期から末期頃の書写と見られる。

異本歌はこれを持たず、本文は正保版本系の異同を示すが、正保版本そのもので校合した朱書入が見られ、所謂板本写しではない。

18　京都大学国文学研究室蔵本（国文学　Eb・1）　近世初期写

写本。袋綴、二冊。縦二五・五糎、横一八・八糎。勅撰九代和歌集所収本。元来二十一代集を書写したものであったと思われる。表紙は後補。外題は「勅撰九代和歌集　第十一冊風雅之上（下）」と墨書。元表紙がその下にある。上は茶刷毛目表紙に直書きで「風雅和歌集　上」と墨書、下は紺地銀泥草木下絵に、飛鳥井流の手になる「風雅和歌集　下」と墨書した題簽を付す。見返しは本文共紙で、料紙は楮紙。真名序、仮名序、本文の順に書写。書写面は、一面一〇行、和歌一首一行書き。字高は約二三・五糎。丁数は、上が一三五丁（遊紙ナシ）、下が一五一丁（遊紙前一・後二）。奥書はない。九代和歌集全体に、筆者を示す紙片が貼付されている。それによれば、当該書は上下とも庭田重定（一五七七～一六二〇）を筆者とするが、上・下冊は明らかに別筆。他の本との比較では、上は庭田重保（一五二五～一五九五）・下が重定ということになるようである。

本文的には異本歌を持たないが、恋四・釈教・神祇の異本歌を全て細字で補入している。兼右本・九大本と共通の異同が見られると同時に、静嘉堂本と共通する異同も見える。貼付された小紙片の伝称筆者名が概ね信じられるものと思われ、書写年代は室町末から江戸初期頃と考えられる。

19　京都府立総合資料館蔵　B本（＊乙本）（特八三一―一一―一〇～一三）　近世前期写

写本。袋綴、三冊。二十一代集の内。縦二七・九糎、横二〇・八糎。表紙は薄縹色無地表紙。外題は「風雅和歌集　巻上（中、下）」と墨書した、七宝繋赤色文様料紙小短冊題簽を表紙左肩に貼り付け。見返しは本文共紙（一部本文）、本文料紙は楮紙。真名序、仮名序、本文の順に書写し、一面一一行和歌一首一行書き、字高約二三・〇糎。丁数は、上が八七丁（遊紙なし）、中が七七丁（遊紙なし）下が九六丁（遊紙なし）。書写年代は江戸前期頃写か。印記は「大御学／都可佐／文庫」「縁山律／場恵照／之文庫」「京都／府図／書館」を巻頭に捺す。

当該本は、二十一代集に新葉集を合わせた一連の写本の内の一本。『京都府立総合図書館蔵　風雅和歌集』（和泉書院、一九九七）の解説では触れられていないが、これが乙本に当たるものであろう。本文的には異本歌は旅の一首を持ち、恋四の異本歌を細字で補入、釈教の一首を細字で記した後に擦り消し、神祇歌に関しては「さくら花」の一首と左注を巻頭に配した形で記した、小紙片（縦二五・五、横三・四糎、斐紙）を貼付する。本文異同は内閣文庫本にほぼ近似する。

20　宮内庁書陵部蔵本（四〇〇―七）　近世前期写

写本。列帖装、二帖。縦二五・一糎、横一七・四糎。二十一代集の内。表紙は藍色地水滴文様の紙表紙、表紙左端に押八双あり。外題は墨流し料紙に「風雅和歌集　上（下）」と墨書し、表紙左肩に貼付。見返しは、本文共紙、本文料紙は斐紙。丁数は、上が一一二丁（遊紙、前一・後二）、下が一二四丁（前一・後二）。不審紙あり。真名序・仮名序、本文の順に書写、一面一二行、和歌一首一行書き。字高は、約二一・〇糎。奥書はないが、装訂・筆跡等から見て、近世前期の書写か。

本文は静嘉堂本とほぼ一致するが、冬部の和歌の欠脱はない。雑中下の錯簡の状況・欠落共に陽明文庫本と一致する。作者名に恣意的な省略が見られ、その意図は不明である。

21　宮内庁書陵部蔵本（C一―九七）　近世前期写

写本。列帖装、三帖。縦二三・四糎、横一七・一糎。二十一代集の内。表紙は、生成色地、鶴丸・卍・格子等繋帯状文様織出緞子表紙。外題は「風雅和謌集　上（中、下）」と墨書した、小短冊題簽（金泥下絵砂子霞引き下絵）を表紙左肩に貼付。本文料紙は斐紙。見返しは布目紙に金箔貼付料紙をあしらう。書写面は、一面九行、和歌一首一行書き。字高は約一八・五糎。丁数は、上が八六丁（遊紙前一・後二）、中が一〇〇丁（遊紙前一・後一）、下が一一八丁（遊紙前一後二）。仮名序・本文・真名序の順に書写。奥書識語等はないが、近世前期頃の書写と見られる。

本文は異本歌を全く持たず、正保版本にほぼ一致する異同を見せるがその写しではない。

22　慶應義塾大学斯道文庫蔵　A本（〇九一―ト三一四―一四）　近世前期写

写本。列帖装、二帖。縦二三・四糎、横一六・八糎。二十一代集の内。表紙は、本文とは別紙の斐紙を用いた仮表紙。外題は「風雅　上（下）」と墨書した、小短冊題簽（楮打紙）を表紙左肩に貼付。本文料紙は色替斐紙様々な刷下絵を持つ。見返しは本文共紙で表紙にそのまま貼付。書写面は、一面一〇行、和歌一首一行書き。字高は約一九・〇糎。丁数は、上が一三二丁（遊紙前一・後二）、下が一四八丁（遊紙前一・後二）。真名序・仮名序・本文の順に書写。奥書識語等はないが、料紙・筆跡から判断して、近世前期頃の書写か。

本文は、京都府立総合資料館本・冬木翁本と一致する異同が多く、異本歌も恋四・神祇の二首を持つが、静嘉堂本本文との一致も見られ、系統判断は難しい。印記「簗瀬／家蔵」「慶應義塾大学／斯道文庫蔵書」を持ち、簗瀬一雄の旧蔵書。

23　慶應義塾大学斯道文庫蔵　B本（〇九一―ト一六四―三七）　近世前期写

写本。仮綴列帖装、二帖。縦二六・五糎、横一九・五糎。二十一代集の内。仮綴表紙は、本文共紙で、見返しも同様。外題は「風雅和哥　上　一（下　二）」と左端に直に墨書。本文料紙は楮打紙。書写面は、一面一〇行、和歌一首一行書き。字高は約一九・〇糎。丁数は、上が一三二丁（遊紙前一・後一）、下が一四八丁（遊紙前一・後一）。真名序・仮名序・本文の順に書写。奥書識語等はないが、料紙・筆跡から判断して、近世前期頃の書写であろう。

本文は、総体的に見ると、静嘉堂文庫本系の宮内庁書陵部蔵（四〇〇―七）本・陽明文庫本と近似するが、両本に特有の雑中・下にまたがる大幅な錯簡を持たない。それはこの部分の紙の二括り分（雑中1713番から雑下巻末までに該当する）が、他本とは異なる筆者によるもので、紙質も明らかに異なる（斐紙・鳥の子）ことによる。理由は定かでないが、この部分のみは、九大細川文庫本・兼右本・飛鳥井雅章筆本などと一致する本文によって書写される。

24　甲賀市水口図書館蔵本（中世―一一・五―一）　近世後期写

写本。列帖装、四冊。縦二七・五糎、横二〇・一糎。表紙は、香色布目地渋横刷毛目文様紙表紙。外題は「風雅和謌集壹（貳、三、四）／春上中下夏秋（二冊目以下部立を記す）」と表紙左肩に直書。本文料紙は楮紙、見返しは本文共紙。真名序・仮名序・本文の順に書写。書写面は、一面一二行、和歌一首一行書き。字高は約一九・〇糎。丁数は、一が四八丁（遊紙前〇・後二）、二が四九丁（遊紙ナシ）、三が六二丁（遊紙ナシ）、四が六〇丁（遊紙ナシ）。印記「源印／顕実」他一顆を捺す。奥書はないが、本文上部に集付け本文異同等を記す。これは旧蔵者池本鴨眠《かもね》（本名顕実《あきざね》、一七九〇～一八四六）が師事した、小沢蘆庵による注記。近世後期頃の書写と見られる。

異本歌はこれを持たず、本文は正保版本系の異同を示すが、板本写しではない異同も示す。

＊参考　大取一馬「池本鴨眠の書写活動について――水口図書館蔵「和歌集」（小澤蘆庵本）をめぐって」（『龍谷大学論集』四七二、二〇〇八・七）

25　国文学研究資料館蔵本（ア二―一〇―三七～三九）　近世中期写

写本。袋綴、三冊。二十一代集の内。縦二二・七糎、横一六・七糎。表紙は紺色無地表紙。表紙左端に押八双あり。外題は「風雅和歌集　巻上（～中、下）」と墨書した題簽を表紙左肩に貼り付け。見返しは本文共紙で、本文料紙は楮紙。真名序を巻末に、仮名序を巻頭に置く。一面一〇行和歌一首一行書き、字高約一九・五糎。丁数は、上が八四丁（遊紙前一・後一）、中が七三丁（遊紙前一）下が九六丁（遊紙前一）。

本文的には全体的に誤脱が多く、それを他本により朱・墨で補う。異本歌等は含まない。奥書はないが、真名序に朱による訓点が施されており「右之朱点者、三条西実隆公御作也」と注される。他に例を見ないもので、やや注目される。近世中期の書写。福田秀一旧蔵。

26　国立歴史民俗博物館蔵　A本（H六〇〇―四二二）　近世前期写

写本。列帖装、二冊。縦二四・〇糎、横一五・四糎。二十一代集の内。表紙は縹色地金泥龍文刷紙表紙。外題は「風雅和謌集　上（下）」と墨書した、小短冊題簽（胡粉地無紋）を表紙左肩に貼付。本文料紙は斐紙。見返しは本文共紙で表紙にそのまま貼付。真名序・仮名序・本文の順に書写、書写面は真名・仮名両序が九行、和歌は一面一〇行、和歌一首一行書き。字高は約二一・五糎。丁数は、上が一五四丁（遊紙前一・後三）、下が一六八丁（遊紙前一・後三）。奥書は下冊一一六丁オモテに「此集蒙詔命　不日終写功／数度遂校合可被比證本／者乎／于時文明十二紀林鐘下旬／厳中納言藤原宣胤」の本奥書があり、また上冊の一五二丁オモテに「慶安四年辛　卯六月廿日一校了」下冊一六六丁ウラに「慶安四辛　卯年以　官本一校了／于時六月廿三日」とあり、近世前期の書写と知られる。

本文は、異本歌はこれを全て持たず、内容的には底本や兼右本、雅章本に近い。漆塗の箱に収められる。高松宮旧蔵本。

27　国立歴史民俗博物館蔵　B本（H六〇〇―四二九）　近世前期写

写本。列帖装、二冊。縦一二・六糎、横八・八糎。二十一代集の内。表紙は焦茶（栗皮）色地無紋紙表紙。外題は「風雅和謌集　上（下）」と墨書した、小短冊題簽（胡粉地無紋）を表紙左肩に貼付。本文と同筆か。本文料紙は斐紙薄様。見返しは本文共紙で表紙にそのまま貼付。真名序・仮名序・本文の順に書写、書写面は真名・仮名両序が九行、和歌は一面九行、和歌一首一行書き。字高は約一一・〇糎。丁数は、上が一四六丁（遊紙前一・後二）、下が一九〇丁（遊紙前一・後四）。

僚巻である新続古今集の奥書によれば、兼右本の転写本というが、当該本は、兼右本風雅集独自の奥書は、これを持たない。書写年代は、近世前期であろう。本文は異本歌はこれを全て持たず（恋のみ小字補入）、内容的には底本や兼右本、雅章本に近い。高松宮旧蔵本。

28　斎宮歴史博物館蔵本　近世前期写

写本。列帖装、二冊。縦二二・七糎、横一七・〇糎。二十一代集の内。表紙は丸文唐草繋文様刷出紙表紙。外題は「風雅和詞集　上（下）」と墨書した、小短冊題簽（刷文様下絵）を表紙左肩に貼付。本文料紙は斐紙。見返しは金銀切箔散しの装飾料紙をあしらう。真名序・仮名序・本文の順に書写。書写面は、一面一〇行、和歌一首一行書き。字高は約一七・〇から一七・五糎。丁数は、上が一三二丁（遊紙前一・後二）、下が一四六丁（遊紙前一後〇）。奥書は上下とも巻末に「右以昌琢本書写之者也」とあり、近世前期頃の書写と見られる。

本文は、異本歌の有無とも桂宮本にほぼ一致し、近世における流布本文の様態を示す。

29　専修大学図書館蔵本（A九一一・一―N七三）　近世前期写

写本。列帖装、三帖。縦二四・〇糎、横一八・〇糎。二十一代集の内。表紙は浅葱色地金泥雲霞草木下絵文様表紙。外題は「風雅和歌集　上（中、下）」と墨書した、小短冊題簽（金泥草木霞引下絵）を表紙左肩に貼付。本文料紙は斐紙。見返しは簾目金箔貼付。真名序・仮名序・本文の順に書写。書写面は、一面一〇行、和歌一首一行書き。字高は約一八・五から一九・〇糎。丁数は、上が一〇六丁（遊紙前一・後四）、中が八八丁（遊紙前一・後三）、下が一三四丁（遊紙前一後三）。奥書識語等はないが、装訂・料紙・筆跡などから判断して近世中期頃の書写と見られる。

本文は、異本歌は恋四の一首のみだが、異同については桂宮本に近似する。印記「阿波国文庫」からも知られるごとく、蜂須賀家旧蔵。

30　大東急記念文庫蔵本（四一―一〇―二四―三〇一二）　近世前期写

写本。袋綴、二冊。縦二六・三糎、横一九・四糎。二十一代集の内。表紙は浅葱色地無文様表紙。外題は「風雅和詞集　上（下）」と墨書した、小短冊題簽（雲紙金泥下絵）を表紙左肩に貼付。本文料紙は楮紙。見返しは本文共紙。真名序・仮名序・

本文の順に書写。書写面は、一面一二行、和歌一首一行書き。字高は約二二・〇糎。丁数は、上が一〇五丁（遊紙前〇・後一）、下が一二〇丁（遊紙前一後二）。

奥書識語等はないが、装訂・筆跡等から、近世前期頃の書写と見られる。本文はやや特異で、異本歌は旅と恋四を持つが、釈教歌はない。また神祇歌については、巻頭二一〇三の和歌左注が「この歌は賀茂大明神の御歌となん」となっている。

途中欠脱歌も多く、本文内容は、一部内閣文庫本と近似する巻がある一方、全く一致しない部分もあり、近世前期に存した本文のいくつかを混成して伝えるか。木村正辭の旧蔵にかかる。

31　武雄市図書館・歴史資料館蔵　鍋島文庫本（前編九―一―一二）　近世初期写

写本。袋綴、二冊。縦三一・二糎、横二三・五糎の大本。二十一代集の内。ラベル「別二二／和歌集／二二―一二」を表紙右下に貼付。表紙は、紺色七宝繋地牡丹唐草文様刷出表紙。外題は「風雅和歌集　上（下）」と墨書した、小短冊題簽（朱色地金泥秋草描雲霞引下絵）を表紙左肩に貼付。本文料紙は斐紙、経典などに用いられることの多い料紙で、和歌を記すための中心線と、詞書・作者名の基準となる白界を押す。見返しは本文共紙。真名序・仮名序・本文の順に書写。書写面は、一面一二行、和歌一首一行書き。字高は約二五・〇糎。丁数は、上が一一三丁（遊紙前一・後二）、下が一一七丁（遊紙前一後二）。奥書はないが近世初期頃の書写と見られ、大名家伝来の堂々たる風格を示す本である。武雄市蔵、武雄鍋島家資料の内。

本文内容は、桂宮本に近い近世の流布本文の様態を示す。作者名注記、他本注記、および集付もまま見られ、注意される。

32　伊達文化保存会蔵本　近世前期写

写本。列帖装、三帖。縦二三・八糎、横一七・一糎。二十一代集の内。表紙は、海松布色地銀糸龍文織出緞子表紙。外題は「風雅和詞集　上（中・下）」と墨書した、小短冊題簽（金泥雲霞下絵）を表紙左肩に貼付。本文とは別筆であるが、後出二松学舎大学附属図書館本の外題と同筆と思われる。本文料紙は、斐紙で金銀泥にて様々な鳥蝶草木下絵を描き、金切箔砂子を撒くなどし、飛雲をもあしらった装飾料紙。見返しは金箔に酢漿草繋文様刷出したものをあしらう。真名序・仮名序・本文の順に書写。書写面は、一面一〇行、和歌一首一行書き。字高は約一八・〇糎。丁数は、上が一〇六丁（遊紙前一・後四）、中が八二丁（遊紙前一・後三）、下が一一二丁（遊紙前一後四）。奥書識語等はないが、装訂・料紙・筆跡などから近世前期頃の書写と思われる。

本文内容は桂宮本に近いが、異本歌は、恋四の「いもか袖」のみを持つという点で、桂宮本とは異なる。近世の流布本文の一様態を示すものであろう。

33　多和神社蔵本（中世―一一・五―一）　近世前期写

写本。袋綴、二冊。二十一代集の内。縦二五・四糎、横一九・九糎。表紙は、生成色地に金銀泥草木下絵紙表紙。押八双あり。外題は「風雅和謌集序（巻第十二）」と墨書した、小短冊題簽（金泥霞引き下絵）を表紙左肩に貼付。本文料紙は楮紙。見返しは本文共紙で表紙にそのまま貼付。真名序・仮名序・本文の順に書写。書写面は、一面一一行、和歌一首一行書き。字高は約二一・〇糎。丁数は、上が一二八丁（遊紙前二・後二）、下が一四〇丁（遊紙前一・後二）。奥書はないが、近世前期頃の書写と見られる。

本文は、恋四・神祇に異本歌二首を持ち、内容的には桂宮本に近しい。印記「香木舎文庫」（朱陽刻）、「多和文庫」（藍陽刻）、「集古清玩」（緑陽刻）、の三顆を巻頭に、「このふみ一たひよみ畢つ」（朱陽刻）を題簽に捺す。

34　鶴見大学図書館蔵本（九一一・一〇一―八　N一七―一、二）　近世前期写

写本。列帖装、二帖。縦二三・七糎、横一七・五糎。二十一代集の内。表紙は、緑地桜花波繋文様織出裂と、黄檗色地松花模様織出緞子を、上は緑・黄、下は、黄・緑と、前後を逆にして付す。外題は「風雅集　上（下）」と墨書した、金砂子撒小短冊題簽を表紙左肩に貼付。見返しは金銀切箔金砂子撒の装飾料紙を貼る。本文料紙は斐紙。仮名序・本文、末尾に真名序を置き、一面一〇行和歌一首一行書。丁数は、上が一三九丁（遊紙前一・後一）下が一五八丁（遊紙前一・後一）。奥書はない。

本文は、異本歌を持たず、本文的には、雅章本と同一系統に属する。装釘・紙質などから見て近世前期写と思われる。

35　東京国立博物館蔵　A本（QB—九六一五　五五—三九〜四二）　近世後期写

写本。袋綴、四冊。縦二四・二糎、横一六・六糎。二十一代集の内。表紙は、朱色紗綾形酢漿草繋地丸文瑞鳥文様艶出刷文表紙。外題は「風雅和詞集　春夏」（秋冬旅、恋雑上、神祇雑中下釈教賀）と墨書した、小短冊題簽（楮素紙）を表紙左肩に貼付。本文料紙は楮紙で、見返しは本文共紙。書写面は、一面八行、和歌一首一行書き。字高は約一九・五糎。丁数は、第一冊が七五丁（遊紙前一・後二）、第二冊が七七丁（遊紙前一・後二）、第三冊が九八丁（遊紙前一・後二）、第一冊が九八丁（遊紙前一・後二）。真名序・仮名序・本文の順に書写。

本文は正保板本の転写本の系統で、近世後期の流布本文の様態を示す。朱および黒墨による校合が全体に見られるが、書写を行ったと思われる穂積白敏（伝未詳）による校合奥書によれば、文化十三年に古写本と、文化十四年に道興准后の本をもって校正し、さらに天保三年には屋代弘賢本をもって校合し、天保十四年に至って、日比正広の本をもって校合した、という。文化十四年に校合した道興准后筆本とは、1九州大学図書館蔵細川文庫本の可能性が高く、天保十四年に校合した日比正広筆本とは、恐らくは4静嘉堂文庫本に該当するものと思われる。

当該本は、徳川宗敬（一橋徳川家十二代当主）の寄贈した、所謂徳川本にあたり、その下で行われた学問および書写活動の一端を示すものとして、注意すべきであろう。猶、二十一代集の他の集にも同様の校合奥書が残され、書き入れが多数見られることを付記する。

36　東京国立博物館蔵　B本（一七〇一）　近世前期写

写本。列帖装、三帖。縦二三・六糎、横一七・二糎。表紙は海松布色地七宝「壽」字繋文様金糸織出の緞子表紙。外題は「風雅和詞集　上（中・下）」と墨書した、小短冊題簽（金泥霞引き下絵）を表紙左肩に貼付。表紙左端に押八双あり。本文料紙は斐紙。見返しは金箔布目紙をあしらう。真名序・仮名序・本文の順に書写。書写面は、一面一〇行、和歌一首一行書き。字高は約一八・五糎。丁数は、上が九四丁（遊紙前一・後〇）、中が八一丁（遊紙前一・後二）、下が一〇五丁（遊紙前一後一）。奥書はないが、文政四年（一八二一）の古筆了意による折紙が附属、それによれば今城定経（一六五六〜一七〇二）以下、西園寺致季（一六八三〜一七五六）・中院通茂（一六三一〜一七一〇）・飛鳥井雅豊（一六三〇〜一六四五）・東園基量（一六五三〜一七一〇）の六名による寄合書の二十一代集の一本で、当該本は東園基量の筆とされる。外題は、今城定経の筆とする。総じて、近世中期頃の書写と見られる。

　本文に関しては、異本歌はこれを全て持たず、異同は正保版本とほぼ一致するが、版本からの転写本ではない、同系統の写本の一つである。

37　東京大学国文学研究室蔵　A本（中世　―一・五―一）　近世前期写

　写本。列帖装、二帖。縦二二・六糎、横一七・〇糎。表紙は茶色地、牡丹唐草文様織出緞子表紙。外題はないが表紙の下中央に元題簽と思われる「風雅和謌集　上勅卅二（下勅卅三）」と墨書した小短冊が見える。本文料紙は金泥で草木模様下絵を描いた楮打紙。見返しは紗綾形卍繋文刷出金箔を施す。書写面は、一面一〇行、和歌一首一行書き。字高は約一八・五糎。丁数は、上が一〇八丁（遊紙前一・後六）、中が八八丁（遊紙前一・後三）、下が一一四丁（遊紙前一後四）。真名序・仮名序・本文の順に書写。奥書識語はないが、装訂・料紙・筆跡などから近世前期頃の書写と見られる。

　本文は桂宮本に近い、近世の流布本文の様態を示すが、上冊に一箇所、下には四箇所に落丁ほかから来る本文の欠脱が見られるところが惜しまれる。

38　東京大学国文学研究室蔵　B本（一般　―一・三―一）　近世中期写

　写本。袋綴、二冊。縦二五・一糎、横一七・五糎。二十一代集の内。表紙は鼠色地水滴文様を施した紙表紙。外題は「風雅

和詞集　上　三十一（下　三十二）」と墨書した、小短冊題簽（黄檗色地草木刷下絵）を表紙左肩に貼付。本文料紙は緒の薄様。見返しは本文共紙で表紙にそのまま貼付。書写面は、一面一八行、和歌一首一行書き。字高は約一九・五糎。丁数は、上が五七丁（遊紙前一・後〇）、下が六四丁（遊紙前一・後二）。仮名序・本文・真名序の順に書写。奥書識語等はないが、僚巻である古今集にペン書き紙片が挿まれており、「石井如水翁の事契沖全集第六巻／序文第十一頁にあり／円珠庵旧蔵本如水自筆とあり／契沖の兄に当たる人」と記す（筆者不明も、あるいは久松潜一か）。その真偽は不明。近世中期頃の書写であろう。本文は正保版本とほぼ一致する異同を見せる。

39　東洋文庫蔵本（三―Faへ―八八）　近世前期写

写本。列帖装、三帖。縦二三・〇糎、横一六・二糎。表紙は、海松布色地、縦縞文様緞子表紙。外題は「風雅和詞集　上（中、下）」と墨書した、小短冊題簽（金泥霞引き下絵）を表紙左肩に貼付。本文料紙は色替斐紙様々な刷下絵を持つ。見返しは本文共紙で表紙にそのまま貼付。書写面は、一面一〇行、和歌一首一行書き。字高は約一八・〇糎。丁数は、上が一〇八丁（遊紙前一・後六）、中が八八丁（遊紙前一・後三）、下が一一四丁（遊紙前一後四）。真名序・仮名序・本文の順に書写。奥書はないが、下冊後見返しに鑑定書きがあり、そこには「風雅和歌集　三冊／石山殿師香卿真蹟也　（印）」とあり、伝称筆者として石山師香（基信・基董とも、一六六九～一七三四）の名が挙げられており、その筆であるかどうかは未詳ながら、近世前期頃の書写と見られる。現在は単独で伝わるが元々は二十一代集の内であろう。

本文は桂宮本に近似し、近世流布本文の様態を示す。他に印記「英　王堂文庫」を持ち、B・H・チェンバレンの旧蔵書である。猶、次田はこの本を谷山文庫本と同類の本とするが比較するに異同は多々見られ、同系ではないと判断される。

40　二松学舎大学附属図書館蔵本　近世前期写

写本。列帖装、三帖。縦二三・九糎、横一七・五糎。二十一代集の内。表紙は、金箔の上に草木花文様を透織にした羅紗を張った装飾料紙を用いる。外題は「風雅和謌集　上（中、下）」と墨書した、小短冊題簽（朱色地金泥霞引き下絵）を表紙左肩に貼付。その筆跡は伊達文化保存会本と同筆と見られ、注意される。本文料紙は布目斐紙。見返しは紗綾形卍繋文刷出金箔を施す。書写面は、一面一〇行、和歌一首一行書き。字高は約一八・五糎。丁数は、上が一〇六丁（遊紙前一・後四）、中が八六丁（遊紙前一・後二）、下が一一四丁（遊紙前一後四）。真名序・仮名序・本文の順に書写。奥書識語等はない。装訂・料紙・筆跡などから近世中期頃の書写と見られる。奥書識語等はないが、装訂・料紙・筆跡などから近世前期頃の書写と判断される。

本文内容は桂宮本に近いが、異本歌は恋四の「いもか袖」のみを持ち、他を持たないという点で桂宮本とは異なり、前出・伊達文化保存会本と一致するところは、近世の流布本文の一様態を示すものとして注意される。

41　日本女子大学図書館蔵本（Wa—九一一・一〇八—Nij）　近世中期写

写本。列帖装、二冊。縦二五・二糎、横一七・五糎。二十一代集の内。表紙は、生成色地無紋紙表紙。外題は「風雅　上（下）」と墨書した、小短冊題簽（楮素紙）を表紙左肩に貼付。本文料紙は素紙で、見返しは本文とは別の布目楮紙を貼付。書写面は、一面一一行、和歌一首一行書き。字高は約一九・五糎。丁数は、上が一一四丁（遊紙前一・後二）、下が一二七丁（遊紙前一・後一）。真名序・仮名序・本文の順に書写。奥書はないが近世中期から後期頃の書写と見られる。

本文は正保版本系。多数の注記、書き入れがあるが、契沖および小沢蘆庵注を引き継いだ、清水浜臣とその門人植村正路のなした注記を転記する。

42　呑香稲荷神社蔵本（一二七）　近世前期写

写本。列帖装、二冊。縦二七・〇糎、横二一・五糎。二十一代集の内。表紙は色文様等。外題未詳（写真不鮮明）。小短冊題簽を表紙左肩に貼付。本文料紙は楮紙、見返しは本文共紙か。真名序・仮名序・本文の順に書写。書写面は、一面一二行（漢仮名序は一一行）、和歌一首一行書き。字高は約二三・〇糎。丁数は、上が一〇六丁（遊紙前一・後二）、下が一三九丁（遊紙前一後一)。奥書識語等はないが、装訂・筆跡から判断して、近世前期頃の書写か。

本文は、異本歌を全く持たず、九大本と近似した異同を示す(原本未見、国文学研究資料館の紙焼き写真による)。

43　仏教大学図書館蔵本(〇九三・一—一〇二)　近世初期写

写本。列帖装、二帖。縦一七・〇糎、横一七・二糎。濃縹色地無紋表紙。外題題簽等なし。見返しは本文共紙で料紙は斐紙。真名序・仮名序、和歌本文の順で書写、一面一二行和歌一首一行書。字高約一五・〇糎。丁数は、上が一一八丁(遊紙前一・後五)、下が一二六丁(遊紙前一・後一)。奥書識語等はない。

本文は、異本歌はこれを持たず、本文内容も兼右本・九大本・谷山本などと近い。書写年代は、図書館目録及び國枝・千古の判定では室町末期写とされるが、今少し下った近世初期の書写か。

44　蓬左文庫蔵本(一六四・二)　近世前期写

写本。列帖装、三帖。縦二三・五糎、横一六・九糎。二十一代集の内。表紙は、薄縹色地、紅葉瑞獣繋文様織出緞子表紙。外題は「風雅和謌集　上(中、下)」と墨書した、小短冊題簽(金泥霞引き下絵)を表紙中央に貼付。本文料紙は斐紙。見返しは布目紙に金箔貼付料紙をあしらう。仮名序・本文の順に書写し、真名序を持たない。書写面は、一面一〇行、和歌一首一行書き。字高は約一八・〇糎。丁数は、上が八二丁(遊紙前一・後二)、中が九八丁(遊紙前一・後二)、下が一一四丁(遊紙前一後三)。奥書識語等はないが、近世前期頃の書写と見られる。

本文は異本歌を全く持たず、底本および兼右本・雅章本などに近い。

45　前田育徳会尊経閣文庫蔵本(八—廿上)　近世前期写

写本。列帖装、三帖。縦二二・九糎、横一六・五糎。二十一代集の内。表紙は黄檗色地金糸紗綾形牡丹菊花唐草繋文様織出

緞子表紙。外題は「風雅和詞集　上（下）」と墨書した、小短冊題簽（金泥霞引下絵）を表紙左肩に貼付。本文料紙は斐紙。見返しは無文金箔貼。仮名序・本文・真名序・の順に内容を書写。書写面は一面八行（真名序一〇行、仮名序一〇行）、和歌一首一行書き。字高は約一九・〇糎。丁数は、上が一三四丁（遊紙前一・後二）、下が一五四丁（遊紙前一後一）。

本文は正保版本と近似する異同を示すが、正保版本そのものからの転写ではない。奥書識語などはないが、近世前期頃の書写と見られる。

46　明治大学図書館蔵　A本（〇九九・一　一六一—三）　毛利家旧蔵本　近世前期写

写本。列帖装、二冊。縦二四・五糎、横一七・九糎。表紙は、薄縹色地無紋紙表紙。外題は「風雅和詞集　上（下）」と墨書した、小短冊題簽（斐素紙）を表紙左肩に貼付。本文料紙は斐紙。見返しは金銀切箔装飾料紙を貼付。仮名序・本文・真名序の順に書写、書写面は、一面一〇行、和歌一首一行書き。字高は約一九・五糎。丁数は、上が一三六丁（遊紙前一・後一）、下が一六〇丁（遊紙前一後二）。奥書はないが、題簽および本文の筆跡から飛鳥井雅章周辺の者の筆と認められる。

宮内庁書陵部本（五〇八—二〇八）と基本的には同一系統であるが、にもかかわらず本文の異同は、必ずしも一致しない。その書写態度を考える際、興味深い視点を呈する。現在は単独で伝わるが、元は二十一代集の内であろう。

47　明治大学図書館蔵　B本（〇九九・三　二二）　毛利家旧蔵本　近世後期写

写本。列帖装、二冊。縦一三・三糎、横二〇・二糎。表紙は浅葱色分銅繋地瑞鳥散文様織出緞子表紙。二十一代集の内。外題は「風雅和詞集　上（下）」と墨書した、小短冊題簽（金揉箔散）を表紙左肩に貼付。本文料紙は楮紙。見返しは本文共紙で表紙にそのまま貼付。書写面は、仮名序・本文の順に書写、真名序を持たない。一面一二行、和歌一首二行書き。字高は約一〇・〇糎。丁数は、上が一五六丁（遊紙前一・後二）、下が一七三丁（遊紙前一後一）。

奥書はないが、江戸中期以降の写。本文異同は正保版本のそれとほぼ一致する。

48　目白大学図書館蔵本　近世前期写

写本。列帖装、二帖。縦二五・二糎、横一七・八糎。二十一代集の内。表紙は、青鈍色地牡丹唐草文様織出緞子表紙。外題は「風雅和詞集　上（下）」と墨書した、小短冊題簽（金泥草木下絵）を表紙左肩に貼付。本文料紙は楮紙打紙。見返しには金銀切箔砂子撒装飾料紙をあしらう。真名序・仮名序・本文の順に書写。書写面は、一面一〇行、和歌一首一行書き。字高は約二一・五糎。丁数は、上が一四〇丁（遊紙前一・後一）、下が一五二丁（遊紙前一後一）。奥書等はないが、上冊一丁オモテに「堀川殿康満卿　風雅和歌集（守村・印）」古筆別家三代・古筆了仲の極札があり、伝称筆者を堀川康満（一五九〇～一六七三、八二歳）と書写年代は近世前期と見られる。

本文は旅歌を除く異本歌三首を持ち、その異同は内閣文庫本と近似する。

49　陽明文庫蔵本（近―五三―九）　近世初期写

写本。袋綴、二冊。縦約二四・九糎、横約一六・四糎。十三代集の内。表紙は、栗皮表紙。外題は「風雅　上（下）」と墨書した、小短冊題簽を表紙左肩に貼付。真名序・仮名序・本文の順に書写。書写面は、一面一〇行、和歌一首一行書き。字高は約二〇・〇糎。丁数は、上が一三四丁（遊紙前後三）、下が一四六丁（遊紙前一、後一）。奥書識語等はないが、室町末近世初期頃の書写と見られる。

本文は、異本歌四首を全て持たず、静嘉堂本に顕著な本文異同が当該本にも見られ、両者は同系統と判断される。著名な歌人（廷臣）の作者名が簡素化されて記されている点に特徴が見られる。その点も含め宮内庁書陵部本（四〇〇―七）と兄弟関係。

50　早稲田大学図書館蔵　A本（へ四―八〇九九―一七）　近世前期写

写本。袋綴、二冊。縦二六・八糎、横一九・九糎。二十一代集の内。表紙は、紺色地無文様紙表紙。外題は「風雅和詞集　上（下）」と墨書した、小短冊題簽（金泥秋草下絵）を表紙左肩に貼付。本文料紙は楮紙。見返しは本文共紙で表紙にそのまま貼付。書写面は、一面一一行、和歌一首一行書き。字高は約二一・五〜二二・〇糎。丁数は、上が一二〇丁（遊紙前一・後一）、下が一三四丁（遊紙前一後二）。真名序・仮名序・本文の順に書写。奥書識語等はないが、装訂・料紙・筆跡などから判断して、近世前期頃の書写と見られる。

本文は、旅・恋四の異本歌二首を持つが、釈教・神祇の異本歌を持たない。内容は基本的には谷山本に近く、兼右本・雅章本などとも共通する異同を持つ。一部本文に落丁あり。印記「早稲田文庫」。

51　早稲田大学図書館蔵　B本（文庫三〇―D四二一―一〜四七）　近世前期写

写本。列帖装、三帖。縦二三・三糎、横一六・四糎。二十一代集の内。表紙は紺色地金泥下絵表紙。外題は「風雅和謌集上（中・下）」と墨書した、小短冊題簽（金泥霞引き下絵）を表紙左肩に貼付。本文料紙は斐紙で、見返しは布目金箔張。書写面は、一面一〇行、和歌一首一行書き。字高は約一八・五糎。丁数は、上が一〇六丁（遊紙前一・後四）、中が八八丁（遊紙前一・後三）、下が一一四丁（遊紙前一後四）。真名序・仮名序・本文の順に書写。奥書識語等はないが、装訂・料紙・筆跡などから判断し近世前期頃の書写と見られる。

本文は、異本歌、恋四と神祇の二首を持ち、桂宮本に近い。印記「九曜文庫」があり、中野幸一の旧蔵書。

52　久保田淳蔵本　A本　近世前期写

写本。列帖装、一帖。飛鳥井家周辺で書写された、二十一代集の内。縦二五・一糎、横一七・八糎。表紙は、宮内庁書陵部の飛鳥井雅章本と同一の、茶地丁字吹きに不規則な間隔で金銀の縦線を引いた紙表紙。外題は「風雅和歌集」と墨書した、藍内曇紙金泥梅花下絵小短冊を表紙左肩に貼付。これも筆者は雅章と思われる。見返しは本文共紙、料紙は厚手の鳥の子斐紙。一面一〇行、和歌一首一行書。字高約二一糎。丁数は、二九四丁（遊紙前一・後五）。墨付きは二八八丁で、書陵部本とは、一丁分の違いがある。奥書も書陵部雅章本と同一で、本文上も仮名序を冒頭に、真名序を末尾に置き、欠脱歌も一致するなど、全く同じ特徴を示す。この本のツレと思われる本が、かつて古書肆の間で取引され、各所に分蔵されているが、元は書陵部飛鳥井雅章筆二十一代集の複本であったかと思われる。ちなみに、本文の筆跡は雅章のものとは思われず、飛鳥井家周辺の右筆の手になるものであろう。内容は、宮内庁書陵部蔵・雅章本のそれに近似する。写字台（西本願寺）旧蔵。

53　久保田淳蔵本　B本　近世前期写

写本。列帖装、二帖。二十一代集の内。縦二四・六糎、横一七・七糎。表紙は、茶地鳳凰唐草繋文様織出緞子で改装後補。外題は、朱地金泥草花霞引下絵の小短冊題簽を左肩に貼付。見返しは本文共紙で、料紙は鳥の子。一面一〇行、和歌一首一行書。字高は約二〇糎。丁数は、上が一二八丁（遊紙前一・後二）、下が一四四丁（遊紙前一・後三）。奥書はないが、装訂等から、書写年代は近世前期と思われる。

本文的には一部欠脱があり、基本的には異本歌を持たないが、内閣文庫本にのみ見られる異本歌を細字で補入、他にも他本との校合による注記がまま見られる。

54　中川博夫蔵本　近世前期写

写本。列帖装（包背装）、一帖。縦二三・一糎、横一五・四糎。表紙は、銀鼠色地に墨絵細密の下絵を描いた紙表紙。外題はなく、題簽跡（一五・二、三・九糎）を表紙左肩に残す。本文料紙は楮打紙、一部に雲母を引く。見返しは本文共紙で表紙にそのまま貼付。真名序・仮名序・本文の順に書写。書写面は、一面一〇行、和歌一首一行書き。字高は約二〇・〇糎。丁数は、二六六丁（遊紙前後〇）。奥書識語はないが、装訂・料紙・筆跡などから判断して、近世前期頃の書写と見られる。

本文的には内閣文庫本に極めて近い異同を持ち、その特徴である、異本歌四首を全て持つ。現在は単独の伝本だが、元々は二十一代集の内か。

55　濱口博章蔵本　近世前期写

写本。列帖装、三帖。縦二三・三糎、横一六・五糎。二十一代集の内。表紙は濃縹地菊撫子散唐草文様金襴。外題は「風雅和歌集　上（中、下）」と墨書した、金泥草木下絵土坡霞引の布目紙題簽を表紙左肩に付す。表紙左端に押し八双あり。見返しは、金泥にて遠山霞引・樹木草木を細描する。本文料紙は鳥の子。一面一〇行和歌一首一行書。丁数は、上が一〇八丁（遊紙前一・後五）、中が八八丁（遊紙前一・後三）、下が一〇四丁（遊紙前一・後四）。奥書は無い。

本文は、真名序・仮名序、和歌本文の順。他本との校合書き入れがあり、異本歌の有無も含めて、本文異同は桂宮本とほぼ一致する。書写年代は、近世前期・元禄頃か。もと二十一代集の揃い本であったであろうが、現在は詞花集・続後撰集を欠く。しかし歌書箪笥には、残り二作品を収める余裕がなく、早くに失われて後、箪笥が誂えられたものか。

＊御自宅に伺っての調査をお許し頂き、貴重な御教示を多数賜った。そのことをここに記し、深謝申し上げる。

真名序

『風雅和歌集』の真名序・仮名序のうち、真名序には、尊円親王が竟宴の為に書写したものが二本存する。一本は竟宴本そのもので、一本は、特別な理由により、伝存したものである。以下、この二本について、書誌を記す。

1　久曾神昇旧蔵　風雅和歌集真名序　尊円清書本

写本。巻子本、一巻。縦二八・一糎、横一四一・四糎。藍内曇料紙三枚を継ぐ。表紙は、赤茶地に萌黄色四竜紋織出緞子表紙。外題なし。見返しは金摺箔野毛散料紙。軸は装飾が施された象牙軸。奥書等はないが、筆跡から見て清書を担当した尊円入道親王（一二九八～一三五六、以下尊円親王と略称）の筆になるもの。貞和二年（一三四六）十一月九日に行われた、竟宴披講のために書されたものと思われるが、竟宴本そのものかどうかは不明。久曾神昇の旧蔵で、古書肆を経由して現在大阪青山歴史文学博物館に所蔵される。実物は未見。次田香澄「風雅和歌集序・第一巻（一部）の原本の出現――風雅集正本復元への階梯」（国語と国文学、五七―九、一九八〇・九）により概要を記した。

2　東北大学附属図書館蔵　三春秋田家旧蔵　風雅和歌集真名序（丙A―一―一―七三）　尊円筆本

写本。巻子本、一巻。縦二六・七糎、横一四三・七糎（横の長さは、本文部分のみ）。藍内曇料紙三枚を継ぐ。表紙は、黄檗色地に鶴唐草繫紋織出した緞子表紙。見返しは金銀切箔野毛砂子を散らした装飾料紙。軸は水晶。外題は、絹地金雲霞引小短冊に「風雅和歌集序」と墨書する。包紙内側に「外題六条前中納言有藤卿筆」とあるのに従えば、六条有藤（一六七二～一七二九）の筆になるもの。奥書は二つあり、前者は「已上今度ノ　勅撰ノ序ハ　法皇ノ宸草也、清書ノ事／随ヒテレ仰ニ染ム二愚筆ヲ一、書損二枚書二継ギ之ヲ一、瑚子丸ニ為テ二／墨摺ノ勧賞ト一所ノレ賜フル者也」とあり、後者は「明徳三年九月十七日青蓮院ノ候人／泰村法眼ニ与フレ之ヲ、故二品親王ノ御筆ト云々／可シレ秘ス〳〵　教尊（花押）」と記されており、これは伝領に際して所持者が書き加えたもの。前者の奥書が尊円のものと思われるが、それによれば、この一巻は、書損じてしまった二枚を書き継ぎ、それを瑚子丸に墨摺の褒美として与えたものであり、実際に第二紙には、傍書した部分が見られるほか、行間にばらつきも見られ、奥書にあるように書損じたものであることがわかる。本巻は三春秋田家に伝来したもの。それらについては、磯部彰「東北大学附属図書館蔵三春秋田家旧蔵本『風雅和歌集真名序』（尊円筆）」（文芸研究八八、一九七八・六）に詳しいので、そちらを参照されたい。

＊この他、『風雅和歌集』真名序、のみを書写した伝本は相当数に及ぶが、それらはいずれも近世前期以降の書写にかかるものである。現時点では総体的な調査には及んでいない。

残欠本

1　逸翁美術館蔵（〇九〇―Ta八八―Ki六八二）　伝頓阿筆本　南北朝期写

写本。巻子本、二巻。巻十七雑下のみの零巻。後補改装の牡丹撫子唐草繋文織出金襴表紙を付す。見返しは、金泥下絵金銀砂子雲霞引装飾料紙。象牙軸。縦二七・五糎、全長は、上巻が四〇糎前後の料紙三一紙を継いで、一一五八・九糎。下巻は、やはり三一紙を継いで、一二〇九・八糎。薄墨で上から五本の界線が引かれており、字高は上下の界高とほぼ一致し、二二・五糎。一本目と二本目との界間は二・〇糎、次いで一・五糎、五・八糎、一三・二糎の間隔で界線が引かれている。それぞれ、一番上が内題・歌頭、二番目の線が部立て、三番目の線が詞書、四番目の線が作者名の高さになっており、これに従って書写されている。本文料紙は斐紙。古筆別家の極札と加茂季鷹の極め書きが附属しており、二条為世門の和歌四天王の一人、頓何

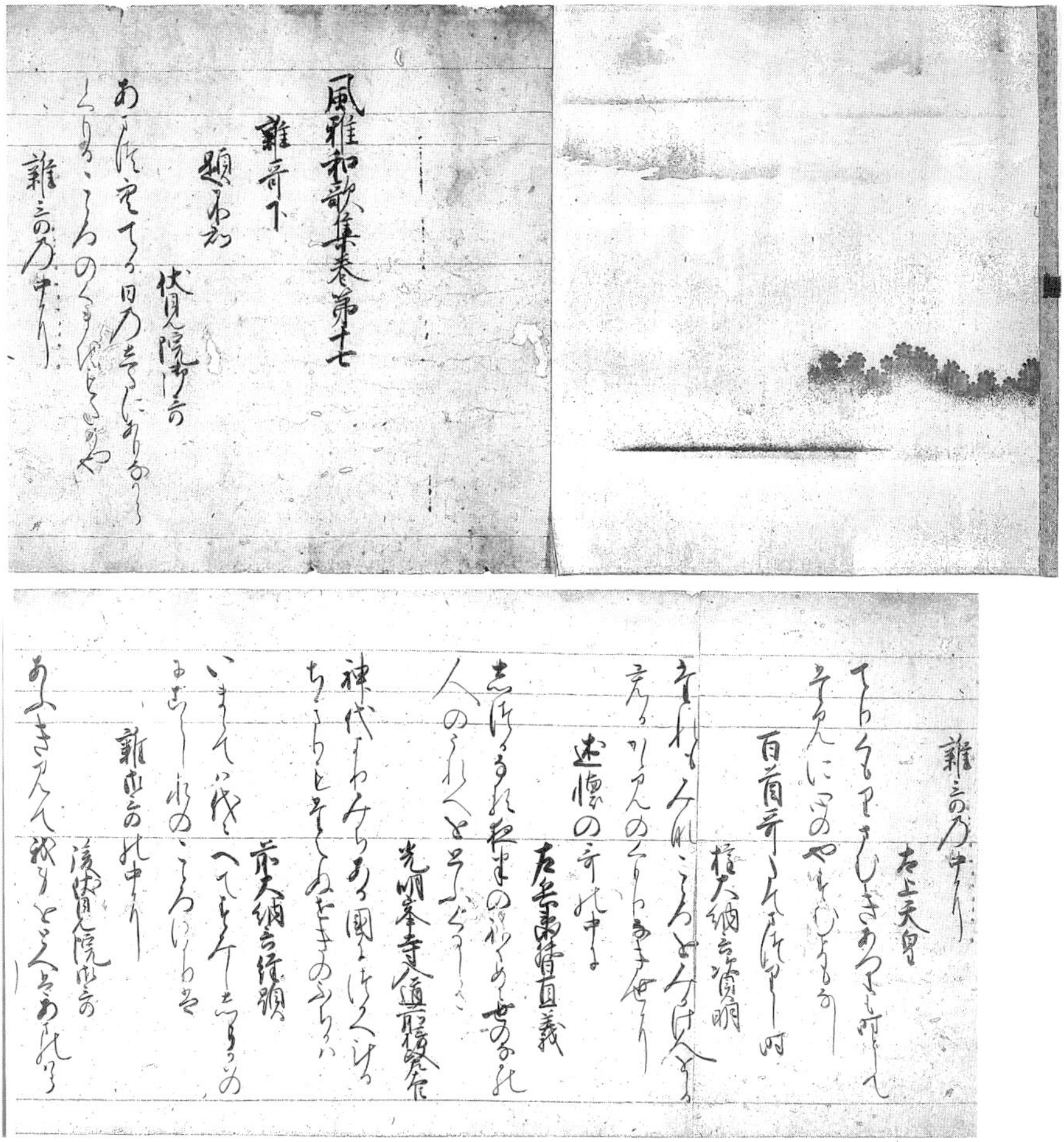

図１　『風雅和歌集』雑下　巻 17　巻頭部分（逸翁美術館蔵）

（一二八九〜一三七二）の筆跡との鑑定がされている。しかしながら一見して頓阿とは別筆、その筆跡はむしろ尊円筆風雅和歌集断簡に似て、大東急記念文庫蔵鴻池家旧蔵手鑑に冒頭部分のみであるが同じ部分があり、それと比較すると非常に近似する（図1）。当該本の書写態度は、全体をある一定の速度を持って書かれており、一方、大東急記念文庫の断簡は、奏覧本そのものではないにしろ、他の奏覧本断簡と同じ藍の内曇料紙に丁寧かつ謹厳な字で書写されているので、印象は異なるものの、両者同筆の可能性もあるのではないだろうか。断定は避けるが、同一筆者でないにせよ、両者の相似は注目される。

当該本はもとより頓阿の筆ではないが、少なくとも南北朝の書写であることは間違いないものと思われ、何よりも巻子本の『風雅和歌集』として、成立期からそれほど離れていない時期の書写本であり、極めて重要な意味を持つ。たとえ一巻分（その量から二巻に分割されているが）であったとしても、その価値は計り知れない。

その本文は、現行諸本の中では底本とした、京都女子大図書館谷山文庫本のそれに最も近い。

＊猶、伝称筆者を「後光厳院」とする、風雅和歌集断簡一枚を架蔵する。『増補新撰古筆名葉集』に「巻物切　風雅歌二行書」とあり、これに該当する。縦二五・〇糎、横八・五糎、秋下・710の作者名から歌までの三行。逸翁本と同じく薄墨による界が引かれており、界高・間隔が全く一致する。筆跡は若干異なる印象であるが、ツレの可能性が極めて高い。あるいは中書本や兼右本奥書に見られる「為ニレ書キ二定ムル字様ヲ一」草したいというような下書本などの可能性もあるか（図2）。

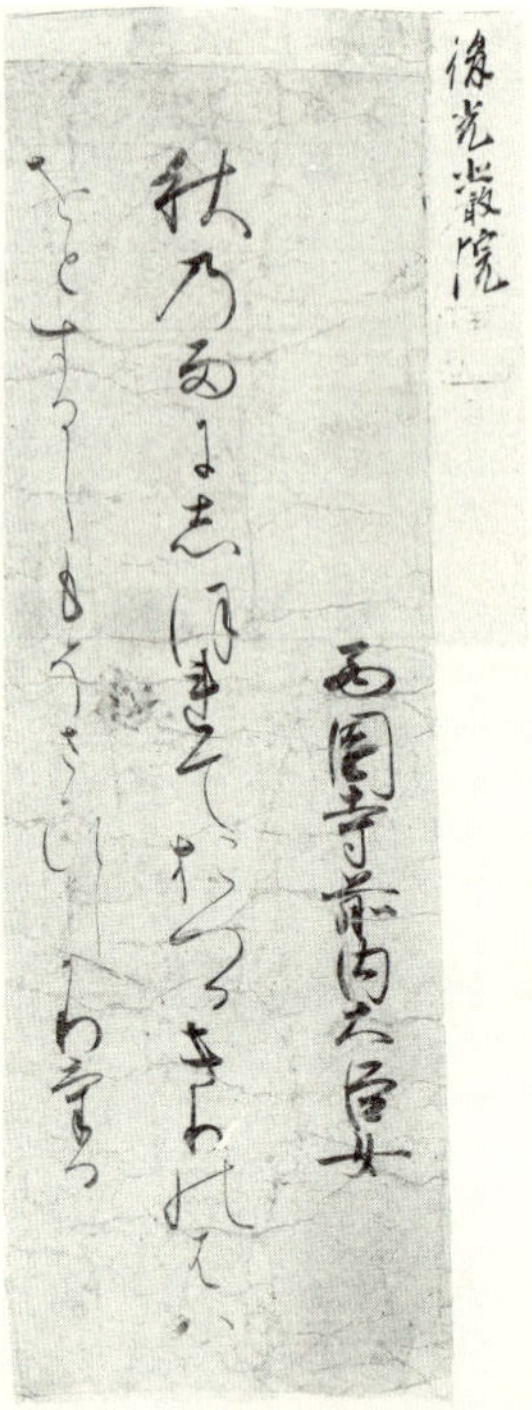

図２『風雅和歌集』断簡（逸翁本ツレ）（架蔵）

2　厳島神社　野坂宮司蔵　伝浄弁筆本　南北朝期写

写本。列帖装、一冊。縦二六・一糎、横一六・六糎。巻九・旅から巻十五・雑上までの残欠本。静嘉堂本などと同じく三冊本であったと推測される。表紙は本文共紙で、やや厚手の鳥の子。未装訂のまま伝存した仮綴本。外題は表紙左肩に「風葉《雅》和歌集」と打付書。一面八行和歌一首一行書。字高は約二二糎。最終丁に「応永十八年二月日　校了」とあり、応永十八年（一四一一）頃の書写か。同じ丁に、伝称筆者を浄弁とする「風雅和歌集下巻一冊／浄弁律師正筆」の張り紙がある。古筆本家の了意・了栄あたりの筆跡と思われるが「琴山」印はない。

本文は、次田香澄の調査によれば静嘉堂本と細部まで一致、本文の脱落箇所も一致する。書写年代の古さとゆったりとした書写面は注目される。なお実見調査しておらず、書誌は次田香澄『風雅和歌集』最古の写本――厳島神社野坂宮司蔵本（中巻）の価値」（相模国文、一九八七・三、『玉葉集　風雅集攷』笠間書院、二〇〇四所収）による。

3　京都府立総合資料館蔵本（太宰二九　A特九一一・一四五二－H二八）**太宰政夫旧蔵　室町末期写**

写本。袋綴、一冊。縦二五・四糎、横一八・八糎。表紙は縹色地金泥雲霞草木下絵。外題「風雅和歌集」と傍書の題簽を表紙中央に貼付。丁数は、一二四丁、遊紙なし。一二四丁ウラに貼紙（一三・五、一六・六糎）。各巻ごとの歌数と総歌数を記し、「玄旨」と署名、細川幽斎筆と伝える。書写年代は室町末近世初期か。昭和四十一年、太宰りの、による寄贈を示す青ゴム印スタンプを捺す。他に印記「太宰氏／精賞」「京都府立総合資料館」あり。

本文は、九大本・雅章本などと近いが、総体的には底本に近い。書写年代及び伝称筆者から見て、注意される。

4　谷山茂旧蔵本（谷山B本）**近世前期写**

写本。列帖装、一冊。元二十一代集の内。縦二三・六糎、横一七・五糎。表紙は、紺紙無地。左端に押八双あり。外題は、金箔撒小短冊に「風雅和歌集　上」と墨書したものを、表紙左肩に貼付。見返しは本文共紙、料紙は間合紙。一面一〇行、和歌一首一行、字高約一九・〇糎、詞書二字下げ。丁数は一三二丁（遊紙前一、後一）。真名序、仮名序、本文の順に写す。奥書等なし。印記「谷山／文庫」あり。

本文は異同から桂宮本系と思われる。猶、千古利恵子（『京都女子大学図書館蔵　風雅和歌集』）に報告がある。谷山のメモ書き挿入。現在、著者の架蔵にかかる。

5　国立公文書館蔵　内閣文庫本（二〇〇—一四三）　近世前期写

写本。袋綴、一冊。縦二七・三糎、横一九・九糎。表紙は、茶地菱形繋文様。外題は、「風雅和歌集　全」と墨書した題簽を、左肩に貼る。「全」とあるが恋一まで、元二冊本の上冊のみ。見返しは本文別紙の楮素紙。本文料紙は、斐楮交漉薄様。総裏打した丁も多い。一面八行和歌一首一行で書写、字高約二二・五糎、詞書二字下。印記「秘閣／図書／之印」「日本／政府／図書」を捺す。

真名序・仮名序、本文の順。丁数は、一四〇丁（遊紙ナシ）。本文は、桂宮本に近いか。

6　広島大学図書館本（大國—二二九二）　近世前期写

写本。列帖装、三冊。元二十一代集の内。縦一二・三糎、横九・一糎の小本。表紙は紺地金銀泥草木下絵霞引。外題は、金揉箔を散らした小短冊に「風雅和歌集　上（中・下）」と墨書したものを表紙左肩に付す。見返しは本文共紙で、本文料紙は鳥の子。一面九行和歌一首二行書。このような小本にして、二行書は珍しい。全体に虫損が激しく修補が加えられている。丁数は、上が一六六丁（遊紙ナシ）、中が二〇四丁（遊紙ナシ）、下が二七二丁（遊紙ナシ）。

本文は、真名序・仮名序、和歌本文の順で書写されているのだが、残念なことに、中・下巻には綴じ違えからくる錯簡があり、さらに千載集・新後拾遺集の本文が混入してしまっている。相当大幅なものなので完本とは認められない。しかしながら残存する本文からは、内閣文庫と同じ異本歌、旅の慈道歌と釈教の殷富門院大輔歌を持ち、さらに神祇歌冒頭の一首も持っている。本文の異同は、内閣文庫・桂宮本と近似しており、この系統の一本として注意されるが、如何せん錯簡による脱落が惜しまれる。

7　冷泉家時雨亭文庫蔵本　室町初期写

写本、袋綴（大和綴）一冊。真名序・仮名序、春上・中・下、夏、までの零本。縦二八・二糎、横二四・一糎。表紙は共紙表紙、料紙は楮紙。外題は表紙左肩に「風雅和詞集春夏」と直書。丁数は四九丁（遊紙前一・後〇）。本文は一面一二行から十四行。字高は未詳である。

当該本は、『新古今和歌集　打曇表紙本／風雅和歌集　春夏』（冷泉家時雨亭叢書八八・朝日新聞社、二〇一四）として影印・解題がなされた（風雅和歌集担当、小林一彦）。本文の内容は同本解題に詳しいが、二首の欠脱（春中・175、夏・378）があり、319・320の歌順が逆になっているところは、京都府立総合資料館A本・宮内庁書陵部冬木翁加藤磐斎本と一致する。しかし、本文的な異同はかなり多く、独自異文も目立つ他、明らかな誤写も散見され、その本文的価値は慎重に判断すべきであろう。

しかし本書は、これまで知られなかった、他本にない奥書を持つ。すなわち四八丁ウラに「此集多年所望之間以大納言公蔭卿／自筆本染愚筆令書写校合者也／應永廿一暦仲春之比書之訖／刑部少輔藤原家範（花押）」というもので、当該本は『風雅和歌集』撰定の為の和歌所寄人となった、正親町公蔭（一二九七～一三六〇）筆本の転写本という。公蔭は洞院公賢の『園太暦』により『風雅和歌集』の中書（中清書）を、息子である忠季と共に行っていることが知られ（貞和三年十月二十八日条）、夙にその存在は認識されていたが、奥書からその本文の系統と伝えられる本が出現したことは、非常に重要である。奥書を記した「家範」は伝未詳ながら、他にも應永年間に歌書を書写していることが、他の作品の奥書から知られるとのことで（京都女子大学谷山文庫本『越部禅尼消息』（『近代秀歌』『未来記』『為家書札』と合写））、今後とも考究してゆく必要があろう。

刊本

1　正保四年（一六四八）吉田四郎右衛門尉開板　二十一代集（十三代集）の内

刊本。袋綴、四冊。所謂正保版本。本によって様々な大きさがあるが、縦二六・九糎、横一八・〇糎ほどの大きさが最も多いか。これまで「流布本」と位置づけられてきたように、正保四年の開板以来江戸時代末期に至るまで、ほぼ同一版木をもって印行され続けたことが知られている。外題は「風雅和歌集　上之一（上之二、下之一、下之二）」の刷り題簽を左肩に貼付する。書型は、時代によって種々異なるが、印面は一面一〇行、和歌一首一行書きで、詞書きは二字下げ、字面高さは、約二〇・五糎。真名序を冒頭に、次いで仮名序、本文と続く。丁数は、上之一が六〇丁、上之二が六一丁、下之一が七八丁、下之二が七七丁。本文には、他本注記が見られる。異本歌はこれを持たず、奥書はない。

2　小型板本　近世前期以降　二十一代集の内

刊本。袋綴、二冊。縦一五・八糎、横一〇・八糎。一面一二行、和歌一首一行書き。開板時期は、正保版本よりは後ということ以外については未詳。しかし正保版本同様、同一版で江戸時代を通じて印行され広く行われたものの一つ。次田香澄の報告によれば、正保版本とは本文上若干の違いがあり、旧『国歌大観』（角川書店）の本文は、この小型板本を底本にしている。

以上、これまでに写本五五本、残欠本七本、序二本、刊本二種を調査し得た。猶、個人蔵で所在は判明しているものの、実見調査に及んでいないものや、各機関に収蔵されつつ、未だ広くは知られていないもの、当方の見落としによる未調査伝本は、まだまだあるであろう。(注)

今後とも新出の伝本・資料については博捜し、調査を続けたいと考えているが、各方面からの御教示を賜れば幸いである。

注

「日本古典籍総合目録データベース」（国文学研究資料館）を閲すると、本解題で取り挙げたものの他にも、個人蔵を含め、言及していない本およびその所蔵先がいくつか挙げられている。そのうち、彰考館本（巳三）・桑名市美秋山本・本居宣長記念館本については、調査したところ全て抄出本であり、本文系統は判然としない。また、八戸市立図書館本は、写本となっているが刊本（正保版本）の誤りである。

「日本古典資料調査データベース」（国文学研究資料館）によれば、鳥取県立図書館本（九一一・二・三一五）を見出すことが出来る。昭和四十九年の調査カードが存するが、それによると、写本・装訂・大きさ未詳。一面一一行で小字書入あり、とのことであるが、現在同館に所蔵なく、その所在は未詳である。

また校了間際に、仙台市博物館及び慶應義塾図書館（三田メディアセンター）に、二十一代集の所蔵のあることが判明した。前者は『仙台市博物館収蔵目録』一三（伊達家寄贈文化財（美術工芸・書籍）、二〇〇五・三）によれば、大きさが縦二三・四糎、横一六・七糎で、二十一代集（全四六冊、極札一・は第三八号・伊文一―一般文芸―一三）の内、風雅和歌集は三冊本。伝称筆者を冷泉為久（一六八六～一七四一）とするので、近世前期から中期の書写と思われる。後者は『慶應義塾図書館和漢貴重書目録』（二〇〇九）によれば、［二十一代集］（一三二X@一八一@二）［承応頃］写、縦二三・九糎、横一六・〇糎、綴葉装（列帖装）二五帖、田中光顕・加藤義清旧蔵、多くの集に延宝七～九年（一六七九～八一）頃の中院通茂（一六三一～一七一〇）による、道晃法親王（一六一二～一六七八）の本との校合書入があるというが、風雅和歌集については未詳である（佐々木孝浩氏の御教示を得た）。実見調査は今後の課題としたい。

この他にも、古書店および古書展により嘱目し得たものが二点ある。どちらも二十一代集の内で、一本は桂宮本系の異本歌を持ち、一本は異本歌を全く持たないものであったが、両者ともその詳細は未詳。御所蔵者・各所蔵機関のご報告・御示教を俟ちたい。

第二章　伝本研究と分類

第一節　従来の伝本分類と問題点

『風雅和歌集』の伝本はこれまで、以下のように分類されてきている。

〈風雅和歌集　伝本分類〉

A　第一類　流布本系

仮名序巻頭、本文、真名序（末尾）・二二一一首

第二類　桂宮本系

真名序・仮名序、本文・二二一三首（含異本歌二首）

第三類　静嘉堂本系

真名序・仮名序、本文・二二一一首

第四類　兼右本（中間的形態）

真名序・仮名序、本文・二二一一首

（岩佐美代子　分類）

＊次田香澄・岩佐美代子校注『風雅和歌集』（中世の文学・三弥井書店、一九七四）

B

第一類　流布本系

仮名序巻頭、本文、真名序（末尾）・二二一一首

第二類　桂宮本など

真名序・仮名序、本文・二二一三首（含異本歌二首）

第三類　中間的形態本、兼右本・九大細川文庫本

真名序・仮名序、本文・二二一一首

＊『新編国歌大観』第一巻勅撰集編（角川書店、一九八三）

（荒木　尚　分類）

C　真名序・仮名序の位置、異本歌の有無と位置で、四つに分類

＊中條敦仁「十三代集系統分類一覧――分類基準歌と系統分類表」（『自讃歌孝範注研究会会誌』九、二〇〇一・三）

（中條敦仁　分類）

以上、三様の分類が示されてきている。

これまでの分類は、「総歌数、異本歌の有無、真名序・仮名序の位置」という三点からなされてきた。しかし、これだけで系統分類をなすことには問題があろう。

まず、総歌数と異本歌の有無ということについて見てみよう。厳密に言えば、両者は異なる関係のものであるが、実際にはほとんど同義であることが多い。和歌の出入りは、諸伝本に於いて、独自の欠脱（誤写・錯簡）などによるものはあるにはある

のだが、ほとんどの場合、伝本分類において、ある歌の有無がその目安として使われることはよく行われており、確かにある程度の系統・分類の判断の基準となりうる。通常、異本歌・分類基準歌などと呼ばれるところのものであるが、『風雅和歌集』に於いてもそれは存在し、その異本歌・分類基準歌は、他の勅撰集と比べると揺れが少なく、以下の四首にほぼ収斂する。

〈異本歌・分類基準歌〉

いもか袖わかれし日より敷たえの衣かたしき知つゝそぬる　（恋四・1228と1229の間）

桜花あたにちるこそうれしけれ浮世としらぬ人もみるへく
この歌は賀茂大明神の御歌となん　（神祇・2103〈巻頭〉の次）

この二首は、前掲三分類の全てにおいて挙げられているものである。猶、二首目の神祇歌（巻頭部分）については、これまであまり問題とされてこなかったが、その位置（2103番歌の前か後かに）と左注の有無に諸本間で違いがあり、注意すべきである。

以下に、本文異同を掲げてみよう。

【神祇歌　異同】

風雅和歌集巻第十九

神祇哥

桜花あたにちるこそうれしけれうき世をしらぬ人もみるへく

この歌は賀茂大明神の御歌となん

2103 世中にものおもふ人のあるといふはわれをたのまぬ人にそありける

これは鴨御祖明神の御歌となむ

2104 三笠山雲ゐはるかにみゆれとも真如の月はこゝにすむかな

2103の前に「さくら花あたにちるこそうれしけれうき世をしらぬ人も見るへく／この歌は賀茂の大明神の御歌となん」アリ　京都府立総合資料館本・冬木翁本

慶應斯道文庫Ａ本・武雄市図書館本・多和神社本・斎宮歴史博物館本・濱口博章本

桜花あたにちるこそうれしけれうき世をしらぬ人もみるへく

此歌は賀茂明神の御歌となん

2103 世中にものおもふ人のあるといふはわれをたのまぬ人にそありける

この歌は賀茂大明神の御哥となん

2104 三笠山雲ゐはるかにみゆれとも真如の月はこゝにすむかな

2103の前に「桜花あたにちるこそうれしけれうき世をしらぬ人も見るへく／この歌は賀茂明神の御歌となん」アリ　早稲田図書館Ｂ本

2103 世中にものおもふ人のあるといふはわれをたのまぬ人にそありける

桜花あたにちるこそうれしけれうき世をしらぬ人もみるへく

2103の後に「桜花あたにちるこそうれしけれ浮世をしらぬ人もみるへく／この歌は賀茂大明神の御歌となん」がアリ、「これは鴨御祖明神の御歌となむ」ナシ　桂宮本

此歌は賀茂大明神の御歌となん

2104 三笠山雲ゐはるかにみゆれとも真如の月はこゝにすむかな

2103 世中にものおもふ人のあるといふはわれをたのまぬ人にそありける

この歌は賀茂大明神の御歌となん

2104 三笠山雲ゐはるかにみゆれとも真如の月はこゝにすむかな

2103左注「この歌は賀茂の大明神の御歌となん」　大東急記念文庫本・伊達文化保存会本・二松学舎大学本・専修大学本・東洋文庫本

2103 世中にものおもふ人のあるといふはわれをたのまぬ人にそありける

これは鴨御祖明神の御歌となむ

桜花あたにちるこそうれしけれうき世をしらぬ人もみるへく

この歌は賀茂大明神の御歌となん

2104 三笠山雲ゐはるかにみゆれとも真如の月はこゝにすむかな

2103の後に「桜花あたにちるこそうれしけれうき世をしらぬ人もみるへく／この歌は賀茂大明神の御歌となん」アリ　内閣文庫本　河野美術館Ａ本・中川本

2103 世中にものおもふ人のあるといふはわれをたのまぬ人にそありける

桜花あたにちるこそうれしけれうき世をしらぬ人もみるへく

これは鴨御祖明神の御歌となむ

2104 三笠山雲ゐはるかにみゆれとも真如の月はこゝにすむかな

2103の後に「桜花あたにちるこそうれしけれ浮世をしらぬ人もみるへく」がアリ、左注「これは鴨御祖明神の御歌となむ」アリ　河野美術館Ｂ本・吉川史料館本以上のように、本文はやや錯綜した様相を示し、大きく分類するところまでは可能であるものの、そこに明確な書承関係を見出し、系統について云々することは、困難であるように思われる。

さらに岩佐によって指摘され、中條によっても分類基準歌として示されている異本歌に、次の二首がある。

旅の心を　　二品法親王慈道

ゆくさきのとまりやちかくなりぬらん松のあなたに煙たつなり（旅・915と916の間）

最勝王経捨身品を　　殷富門院大輔

今はとて衣をかけし竹の葉のそよいかはかりかなしかるらん（釈教・2064と2065の間）

これは内閣文庫本に見られるもので、荒木分類に於いては全く触れられていないが、河野美術館本（A・B）、の他、吉川史料館本・大東急記念文庫本・中川博夫本・目白大学本、残欠本の広島大学附属図書館本などにも見られ、先に挙げた二首に、この二首を合わせた、四首の有無が、一応の分類の目安となる。

ただこれはあくまで「目安」であり、これに加えて本文内容の比較・異同の確認を行うことにより、その系統を判断してゆく必要がある。しかし、荒木・中條の分類では、それがなされていない。

次に、序の位置による分類について考えてみよう。岩佐・荒木両分類で流布本とされた、仮名序を巻頭に、次いで本文、そして真名序を巻末に持つという形態の本文を持った伝本群を例に取ると、これを岩佐・荒木両分類ともに正保版に代表される、としているが、実は正保版は、真名序・仮名序、本文の順である。これは序の配置だけではなく、本文内容を比較した上での分類であると考えられるのだが、それを明確に断っていないのはやはり問題であろう。同時に、これまで自明のこととされきた、序の位置による分類が基準となり得るのかどうかということ自体も、改めて考えてみる必要があるのではないだろうか。

田渕句美子は、論文「『新古今和歌集』序の成立」（『文学』岩波書店、二〇〇三・三）の中で、序の系統と本文の系統は必ずしも一致しない、という興味深い事実を指摘している。これまで自明なものとされてきた、序の位置が系統により異なるということ、言い換えれば序と本文とは一具のもので常に連動してある、という前提に再考を促したものである。

つまり『新古今和歌集』に於いては、成立した後、本文と序とは別々に流布・伝播し、それがある時点において取り合わせられ、一つの作品として書写されるようになってゆく、というプロセスが、そこで明らかにされたのである。

翻って考えてみると勅撰集の書写の様相は一通りではない。撰者の手控え、または中書本・中清書本と呼ばれるものから転写され、流布してゆくことはごく一般的に行われたと考えられる。その典籍としての装訂・形態は、通常冊子体であることが多かったと思われる。しかし勅撰集は、その正式な完成形態である奏覧本においては、最も格の高い装訂形式である巻子装に仕立てて清書されるものであった。

それが借り出され、ある時点で冊子体に形を変えて書写され、さらに転写されていくという過程も、同時に存在した。その巻子本から冊子本に写される時点で、序を持つ勅撰集、特に真名序・仮名序の両方を持つ場合、それをどの位置に写すかは問題となる。こと『風雅和歌集』に関して言えば、花園院が光厳院の立場に於いて草した真名序、それを和訳した仮名序、そして和歌本文、という順番であるべきところであるが、その成立過程と序の性格を十分に理解しないで書写された場合、真名序・仮名序の両方を併せ持つ勅撰集、それは必ずしも多くなく、その代表として『古今和歌集』と『新古今和歌集』の二つが挙げられるが、特に古典和歌の規範とも言うべき『古今和歌集』の形に引きずられて、それらに多く見られる配列である、仮名序、本文、そして末尾に真名序を置く、という順で序の位置を変えて、書写されるということが行れた可能性は、決して皆無とは言えないだろう。

そのように考えてみると、実によく理解される事実がある。

これまで『風雅和歌集』の本文としてよく利用されてきた、宮内庁書陵部蔵吉田兼右本（兼右本と略）と九州大学附属図書館細川文庫本（九大本と略）、そして書陵部蔵飛鳥井雅章筆本（雅章本と略）は、その序の位置により中間本と流布本という別の伝本群に分類されてきている。しかしながらその本文異同を閲すると、三者がそれぞれ独自の異文を持つと同時に、三者共通の異文を持つという例は、相当数見られるのである。(1)

諸本解題に掲げたように、兼右本はその奥書から永禄七年（一五六八）に、竹内門跡（曼殊院）本・明応九年（一五〇〇）甘露寺親長書写本・青蓮院坊官鳥居小路経乗本の三本を「引き合わせて」書写したという、いわゆる校合本文であることが知られる。兼右本が拠った三本それぞれの本文が、具体的にどのようなものであったのかは、現存諸伝本を調査した結果、それぞれの奥書を持つ単独の伝本を見出すことが出来なかったため、未だ定かではないが、曼殊院・青蓮院という門跡寺院に縁のある二つの伝本、特に青蓮院近辺に伝わったそれは、清書者である尊円入道親王筆本（「竟宴本」または「清書本」）の流れを汲む、筋の良い本であった可能性が高い。またもう一本の甘露寺親長本も、明応九年（一五〇〇）の書写であることは注目される。これも解題で明らかにしたように、九大細川文庫本は、本文の筆者が聖護院道興（一四三〇〜一五〇一）であると考えられ、(2)本自体には奥書こそないものの、(3)文明年間（一四六九〜一四八七）の書写と推測されるが、それは明応九年（一五〇〇）に近接して、それよりも若干年代的には前に位置していることは注意される。

そして雅章本であるが、その奥書によると、親本は文明十二年（一四八〇）中御門宣胤の書写本である。甘露寺親長と中御門宣胤は、舅・娘婿と間柄でもあり、兼右本が親本とした内の一本である親長本と、雅章本の親本・宣胤本の間に密接な関係があったことを想像しても問題はあるまい。

以上を合わせて考えると、従来ほとんど注意されてこなかったことであるが、聖護院道興筆の九大本と、兼右本の親本の一つである甘露寺親長本、そして雅章本の親本たる、中御門宣胤本はすべて、室町中期から後期にさしかかる比に書写されたものであり、(4)相互の関係には非常に近しいものがあったと考えてよい。

つまり序の位置を除けば、これまで流布本と言われてきた本文に、中間本と言われる本と一致する性格の異文が見られることは、その書写された時代と書写圏を考えると、非常によく理解されるのである。

もとより、『風雅和歌集』に於いても、すべての写本が序と本文の系統を異にするものであるとは言えず、序の位置による分類基準自体が、全く無効であるとまでは言えない。しかしそれは決して絶対的な基準という訳ではなく、むしろ本文の異同及び書写経路からそれを判断することによる分類が、妥当である場合も多いことを指摘しておく。そうなると、これまでの分類方法は、自ずと変わって来ざるを得ないのである。

次に、岩佐分類と荒木分類に於ける大きな違いとして、静嘉堂文庫本（以下、静嘉堂本と略称）を、一系統として立てるかどうかということについて取り挙げたい。

本文校異を見れば明らかなように、静嘉堂本には、他本に見られない独自異文が非常に数見られ、一系統を立てなくてはならないものである。(5)

校異の中から、静嘉堂文庫本に於ける本文異同の例をいくつか挙げてみよう。

進子内親王

1122　いてかてに又たちかへりおしむまに別の戸口あけすきぬ也《にけり》静

恋歌の中に　権大納言公宗女

1166　人はしらしいまはとおもひとるきはゝ《きはの》静うらみのしたによはきあはれも

恋哥に　儀子内親王

1180　我と人あはれ心のかはるとてなとかはつらきなにか《なとか》静恋しき

院一条

1185　さめかたみしはしうつゝになしかねぬ《なしかねて》静あはれなりつる夢の名残を

恋一・二から挙げたが、本文の異同を見れば、その独自異文の状況は歴然である。これは、単なる誤写のレベルでの生じた異同などではなく、明らかにその発生の源が異なる、別系統の本文ということが言えるのである。(6)

諸本解題にも記したように、静嘉堂本の本文には親本の段階で生じたと判断される、大きな錯簡が見られる。それゆえ、この本の価値に疑問を差し挟むことも出来る。

しかしながら、次田香澄により「応永十八年校了」という識語を持つ、伝浄弁筆の古写本である、厳島神社の野坂宮司所蔵本が、静嘉堂本とほとんど同じ本文を持つことが報告されている。[7] 伝本として書写年代的に最も古いものの一つであることは極めて重要であり、（本書第三部第一章、解題番号4参照）これは分冊して書写された内容の一致から、三冊本の中巻のみの端本と考えられるが、その内容が同じく三冊に分冊書写されている、静嘉堂本と一致することも、書誌学的な面からして重要な点として指摘することが出来る。つまり静嘉堂本は、本文異同上他本と対立する本文を持ち、なおかつそれがかなり古い時代まで遡りうるという意味で、岩佐の分類のごとく、一系統を立てて考えるべき伝本なのである。

しかしこの事実は、歌数・異本歌の有無や序の位置だけで分類すると脱落する性質のものであり、その点、荒木・中條の分類では見過ごされているため、正確な分類ということは出来ない。単に和歌の出入りや歌順だけではなく、書誌学的な面からも個々の伝本の性格を見極め、校本を作成し、本文異同を閲して、本文の性格も含めた検討を行った上で、伝本分類及び本文系統の判断は、なされなければならないのである。

その上で、現在最も良質な拠るべき本文を持つ善本と考えられる、京都女子大学図書館蔵、谷山文庫本（〇九〇―Ta八八―Ki六八二）について記しておく。

この本は夙く、次田香澄により「風雅和歌集序・第一巻（一部）の原本の出現――風雅集正本復元への階梯」（『国語と国文学』一九八〇・九）の中で「作者名及び位置における誤りが一カ所もなく、かつ本文中の字句異同の中で、京極派和歌本来の姿を伝えると思われる箇所がしばしば見いだされる」とし、「風雅集完成時の姿をよく伝えていると言えそうである」とされ、ほぼ全面的に賞揚されたものであったが、その報告以後、暫くの間、その所在が知られなかった。しかし近年、京都女子大学図書館に所蔵されていることが明らかとなり、まず千古利恵子によってその本文が翻印・刊行された。また岩佐美代子『風雅和歌集全注釈』（笠間書院）の底本としても用いられている。その本文が古態を伝えていることに関しては、前掲次田論文に真名序の検討を通じての詳しい考察があり、また岩佐の注釈により、本文上誤写と考えられる点が非常に少ないこと、作者名表記がきわめて整備されていることを、この本文の優れた点として明らかにされている。京極派和歌の表現上の特徴をよく伝えた本文の優秀性から、今後『風雅和歌集』を読む際には、一番に拠るべき本文と考えられる。

よって、諸本個々の性格を明らかにするために本文校合を行う際にも、底本として据え、基準とするには最適であると考え、本書の校本の底本もこれに拠った。現存諸本を出来る限り網羅的に調査整理した現段階に於いてもそれは変わらず、諸本の系統関係がかなり明らかになった現時点で、全体的に見て、この本の持つ本文を凌ぐ伝本は見出されておらず、その優秀性もまた、一層明確になったものと考えられる。[8]

第三節　伝本分類

以上、現在までに調査し得た『風雅和歌集』諸伝本について、本書第三部第一章に於いて解題を記した。そしてそれらを基に、従来の伝本分類於ける問題点を指摘した。

問題点を指摘した部分を基に、私に分類を見直すと、次のようになろう。

〈分類私案〉

風雅集 伝本 分類

第一類（初撰本群）

内閣文庫本系（二冊）

桂宮本系（二冊）

京都府立総合資料館本・冬木翁本系（二冊）

第二類（中間本群）

　静嘉堂文庫本（三冊）系

第三類（精撰本群）

　九大本（二冊）

　雅章本（一冊）・高松宮本（二冊）

　兼右本（二冊）

　正保版本（四冊）

　谷山文庫本（四冊）

　第一類と第二類の前後関係は、本文異同の性質からは必ずしも明らかではない。しかし異本歌の有無が、切り継ぎ・切り出しのいずれによるかと言えば、切り出しの方向であることは、疑いがない。

　そして、一類本は、その異本歌の数とその位置により、さらに三つに別れると思われる。一つ目は、内閣文庫本系である。異本歌は旅・恋四・釈教・神祇の四首ないし三首を持ち、その多さもさることながら、本文の異同に於いて、他と対立するものが多いことが挙げられる。もっとも、誤写によると思われるものも多いので、本文の質としては必ずしも良質なものとは言い難い。ただ、諸本調査の結果、思いの他この系統の写本は多く、その反映として、桂宮本系本文や静嘉堂文庫本系の本文に、校合本文として、他本注記されていることが多いことは重要であろう。従来、異本歌の有無以外では取りあげられてこなかったが、明らかに一系統を立てなくてはならないものである。

　二つ目には、桂宮本系である。異本歌は恋四・神祇の二首を基本とするが、時に内閣文庫本系に主として見られる、旅・釈教の異本歌を持つことがある。しかし、その本文内容は明らかに内閣文庫本とは異質で、両者の本文は基本的に交わらず、両者には本文に小字傍書される他本注記が散見されるが、その内容は相互補完的であり、完全な別系統である。

三つ目は、京都府立総合資料館本・冬木翁（加藤磐斎）本系である。異本歌は、桂宮本と同じく、恋四・神祇の二首を持つが、本文異同の内容から判断すると、前記内閣文庫本・桂宮本とも対立する独自異文が多い。諸本調査の結果、伝本数的には多いものではないのだが、他の系統の本文の中に、他本注記としてこの本文系統の異同を示すものが見出されるので、一系統を立てて考えるべきものである。

近世初～中期にかけての伝本、特に嫁入り本と呼ばれる、美麗な表紙を持った二十一代集（乃至、十三代集）の写本群には、圧倒的に第一類本が多い。その意味では、物理的に多くが残る版本を措けば、第一類本こそがいわゆる「流布本」の位置にあったとも言えるであろう。

第一類本は、本文異同に於いて、谷山本とは著しい違いを示し、かつ異本歌を持つということで、撰集の初期段階の本文を伝える伝本群と判断したものである。

第二類本は、前節で言及した静嘉堂本系である。伝本的には錯簡があり、本文としての瑕瑾がある。しかし、その本文内容は独自異文を多く見せ、かつ書誌学的に見て古い書写年代の本がいくつか残ることから見逃すことは出来ず、一系統を立てる必要がある。

かつ、類をも分けたのは、異本歌を全く持たないこと、書写の形態、すなわち全体の分冊の状況が他に見られない三分冊であることを重く見た結果である。第一類とは異なり、なおかつ第三類の本文、谷山本と異なる独自異文を多く持つことから、本文の改訂がある程度行われた後の本文を伝えるものとして、中間本とした。

第三類は、これも前節で示した、九大本・兼右本・雅章本など、文明補充本・新写本の系統の本文である。これらは、いわば禁裏伝来の本文にあたり、異本歌はこれを持たず、本文としては良質の本文を持っていると見ることが出来る。かつ、底本とした谷山本の本文上の誤りを補うことが出来る[9]という点でも、重要な伝本群であると言える。また、江戸時代に出版されたため、最も多く行われた正保版本・小型板本であるが、本文異同を見ると、第三類の代表的伝本として、校異を挙げた、九大本・兼右本・雅章本の三者、または兼右本と雅章本との共通異文を閲すると、刊本の本文はそれらとほとんど一致する本文異同を見せる。現時点で、正保版・小型板本の親本と見做しうる伝本は見定められていないが[10]、同系統の本文と判断出来るものである。

　第三類の内、谷山本が最終的な形態、つまり奏覧正本の流れを汲む精撰本であるとするならば、そこに至るまでの、精撰過程上の諸伝本の様々な段階を、序と本文の扱いも含めて、新たな枠組みの中で捉え直さなければならない。

　しかし、今なお調査が不十分な為か、その最終形態にまで至る階梯は、未だ不明のまま、と言わざるを得ない。特に、三類本の中でも、谷山本と近似する本文を持つ伝本が見出されることを期待して調査を続けてきたのだが、現時点では残念ながらそれは、一本も見出せていない。猶不明な点は多々残っている。しかし、六十余本の伝本を調査した上での、現時点に於ける結果として纏め、ここに示しておく（以上述べてきたところに従い、諸本を分類したリストを後に示した。参照されたい）。

　今後、更なる写本の出現とともに、その精査と本文生成の過程の解明を行うことにより、今回提示した分類もまた、訂正を余儀なくされることがあろう。ただし、その軸となるべき部分に関しては大きく異なることはないのではないかと考えている。新たな伝本との邂逅に期待しつつ、研究と調査を継続したい。

注

（1）九大本・兼右本・雅章本、三者共通の異文を持つという例49・84・215・273・274・518・838・896・969・1052・1313・1324・1330・1387・1620・1700・2057（二例）・2117・2182、の計二一例。ちなみに、これらはすべて正保版本の異同とも一致する。また、兼右本と雅章本とのみの共通異文は二七例、兼右本と九大本とのみの共通異文は二例である。参考までに、九大本と雅章本との共通異文は二六例あり、これらもまたその多くが、正保版本の異同と共通するのも、注意される。

（2）本書第三部第一章、解題番号1参照。九大本は伝称筆者を伏見宮邦高親王（一四五六〜一五三二）とし、荒木解題もそれに従うが筆跡的に合致しない。ただし両者の生存年代、活躍時期はほぼ重なるものではある。

（3）右同、本文末に奥書全体が擦り消されたと見られる丁があり、元々は奥書が存したらしいことが判明する。猶、この本と覚しき「道興筆本」を校合に用いた、とする東京国立博物館本（解題番号33）もある。

（4）応仁の乱後、焼失した本を補う為に書写された写本群、いわゆる「文明補充本」「文明新写本」に該当する。兼右本が参看した他二本についても同断である。井上宗雄『中世歌壇史の研究』室町前期（明治書院、一九七四改訂）第七章以下に詳しい。

（5）静嘉堂本の独自異文は、一三八箇所を数えることが出来る。校本として使用した伝本の中では最も多く、特徴的な本文を示す。

（6）静嘉堂本の次に多くの独自異文を示すのが内閣文庫本で、計九四箇所を示すが、内閣文庫本は誤写と思われる異同も多く、静嘉堂本の独自異文には及ばない。また桂宮本も多くの独自異文を持つが、静嘉堂本のそれとは一致しない。

（7）「『風雅和歌集』最古の写本――厳島神社野坂宮司蔵本（中巻）の価値」（『相模国文』14、一九八七・三。『玉葉集　風雅集攷』笠間書院、二〇〇四　に若干の修訂を経て再録）の中で指摘している。極めて重要な指摘であるが、一般的にはあまり受け入れられていない。

（8）書承関係が全く不明であること、微細な異同も含めて閲するに、極めて近似する伝本が見出されていない点に、未だ若干の不安は残っている。しかし、複数本による本文校合・校勘の結果、整合性の高い本文が生み出された、というような可能性までは考え難いであろう。それは、他の勅撰和歌集を含めた和歌作品、または物語や他ジャンルの文学作品などに於いて、そのような例がほぼ皆無であることからも、谷山本が、後代の手による校合を経た、合理的な整定本文であるとは考えなくてもよいであろう。

（9）小異はあるが、正保版本と同系統。正保版本の刊行時期を大きく下らない時期に開板か。注7の次田論考に指摘がある。

（10）九大本・兼右本・雅章本のいづれかと完全に一致する異同を持つという訳ではない。

諸伝本分類リスト

第一類（初撰本群）

【内閣文庫本系】

10　今治市河野美術館蔵　A本（一二一―七七八）　近世前期写

11　今治市河野美術館蔵　B本（二〇一―六八二）　近世前期写

15　吉川史料館蔵本（五六二）　近世前期写

19　京都府立総合資料館蔵　B本（＊乙本）（特八三一―一一―一〇〜一三）　近世前期写

30　大東急記念文庫蔵本（四一―一〇―二四―三〇一二）　近世前期写

48　目白大学図書館蔵本　近世前期写

54　中川博夫蔵本　近世前期写

【桂宮本系】

12　岡山大学附属図書館蔵　池田家文庫　A本（貴九一一―三一―一七、池田）　近世前期写

28　斎宮歴史博物館蔵本　近世前期写

29　専修大学図書館蔵本（A九一一・一―N七三）　近世前期写

31　武雄市図書館・歴史資料館蔵鍋島文庫本（前編九―一―二三）　近世初期写

32　伊達文化保存会蔵本　近世前期写

33　多和神社蔵本（中世―一一・五―一）　近世前期写

39　東洋文庫蔵本（三―Fa へ―八八）　近世前期写

40　二松学舎大学附属図書館蔵本　近世前期写

51　早稲田大学図書館蔵本（文庫三〇—D四二一—一〜四七）　近世前期写

55　濱口博章蔵本　近世前期写

【府立本・冬木翁本系】

22　慶應義塾大学斯道文庫蔵　A本（〇九一—ト三一四—一四）　近世前期写

第二類（中間本群）

【静嘉堂文庫本系】

20　宮内庁書陵部蔵本（四〇〇—七）　近世前期写

23　慶應義塾大学斯道文庫蔵　B本（〇九一—ト一六四—三七）　近世前期写

49　陽明文庫蔵本（近—五三一—九）　近世初期写

第三類（精撰本群）

【九大本・兼右本・雅章本系】

18　京都大学国文学研究室蔵本（国文学　Eb・1）　近世初期写

26　国立歴史民俗博物館蔵　A本（H六〇〇—四二二）　近世前期写

27　国立歴史民俗博物館蔵　B本（H六〇〇—四二九）　近世前期写

34　鶴見大学図書館蔵本（九一一・一〇一—八　N一七—一、二）　近世前期写

35　東京大学国文学研究室蔵本（中世—一・五—一）　近世前期写

42　呑香稲荷神社蔵本（一二七）　近世前期写
43　仏教大学図書館蔵本（〇九三・一―一〇二）　近世初期写
44　蓬左文庫蔵本（一六四・二）　近世前期写
46　明治大学図書館蔵　A本（〇九九・一　一六一―三）　近世前期写
50　早稲田大学図書館蔵本（へ四―八〇九九―一七）　近世前期写
52　久保田淳蔵　A本　近世前期写
53　久保田淳蔵　B本　近世前期写

【正保版本系】

13　岡山大学附属図書館蔵　池田家文庫本（九一一・一四―四八）　近世後期写
14　鹿児島大学附属図書館蔵　玉里文庫本（九一―一一六―二―C）　近世後期写
16　北野天満宮蔵本（六―二―四二）　近世後期写
17　京都女子大学図書館蔵本（KN―九一一・一四五―N73　四六〜五〇）　近世後期写
21　宮内庁書陵部蔵本（C一―九七）　近世前期写
24　甲賀市水口図書館蔵本（中世―一一・五―一）　近世後期写
25　国文学研究資料館蔵本（ア二―一〇―三七〜三九）　近世中期写
35　東京国立博物館蔵　A本（QB―九六一五　五五―三九〜四二）　近世後期写
36　東京国立博物館蔵　B本（一七〇二）　近世前期写
38　東京大学国文学研究室蔵本（一般―一・三―一）（二十一代集の内）　近世中期写
41　日本女子大学図書館蔵本（Wa―九一一・一〇八―Nij）（二十一代集の内）　近世中期写

45　前田育徳会尊経閣文庫蔵本（八―什上）（二十一代集の内）　近世前期写

47　明治大学図書館蔵　B本（〇九九・三　二一）　近世後期写

第三章　尊円親王筆『風雅和歌集』断簡をめぐって

はじめに

第一七番目の勅撰和歌集である『風雅和歌集』には、極めて希有なことに、その竟宴の際に用いられたと見られる真名序と春上の一部が現存していることが知られている。(1) 藍内曇料紙に写されたそれらの筆者は、世に御家流の祖と謳われる、青蓮院門跡の尊円入道親王（永仁六年〈一二九八〉～延文元年〈一三五六〉、五九歳。以下尊円親王、又は尊円と略称する）で、春上の部の巻末には、尊円の自筆による奥書があり、書写の経緯が記されている。また大東急記念文庫蔵鴻池家旧蔵手鑑には、雑下の巻頭部分の断簡も見られる。しかしこれらの他にも、そのツレと考えられるものはまだ若干存在する。(2)

加えて『看聞日記』には、後崇光院貞成親王の父・栄仁親王が将軍義満に献上したものとして「風雅集正本〈清書青蓮院二品親王也、納手箱、殊勝之物也〉」（永享七年〈一四三五〉八月二十七日条）の記述があり、尊円は竟宴本の清書のみならず『風雅和歌集』奏覧正本の清書も行ったものと考えられている。

本稿では、現在知られているところの尊円親王筆『風雅和歌集』断簡を集成し、その性格について考察したいと思う。

「竟宴本」断簡集成

現在までに、管見に入った尊円親王筆藍色雲紙の内曇料紙に書写された『風雅和歌集』の断簡は、以下の七葉と一巻である。略書誌と翻字を掲げる。

①鶴見大学図書館蔵　手鑑所収　伝尊円筆（極札・古筆本家初代了佐「尊円[印]」）縦二八・〇糎、横一四・一糎、藍色雲紙、字高約二二・〇糎。

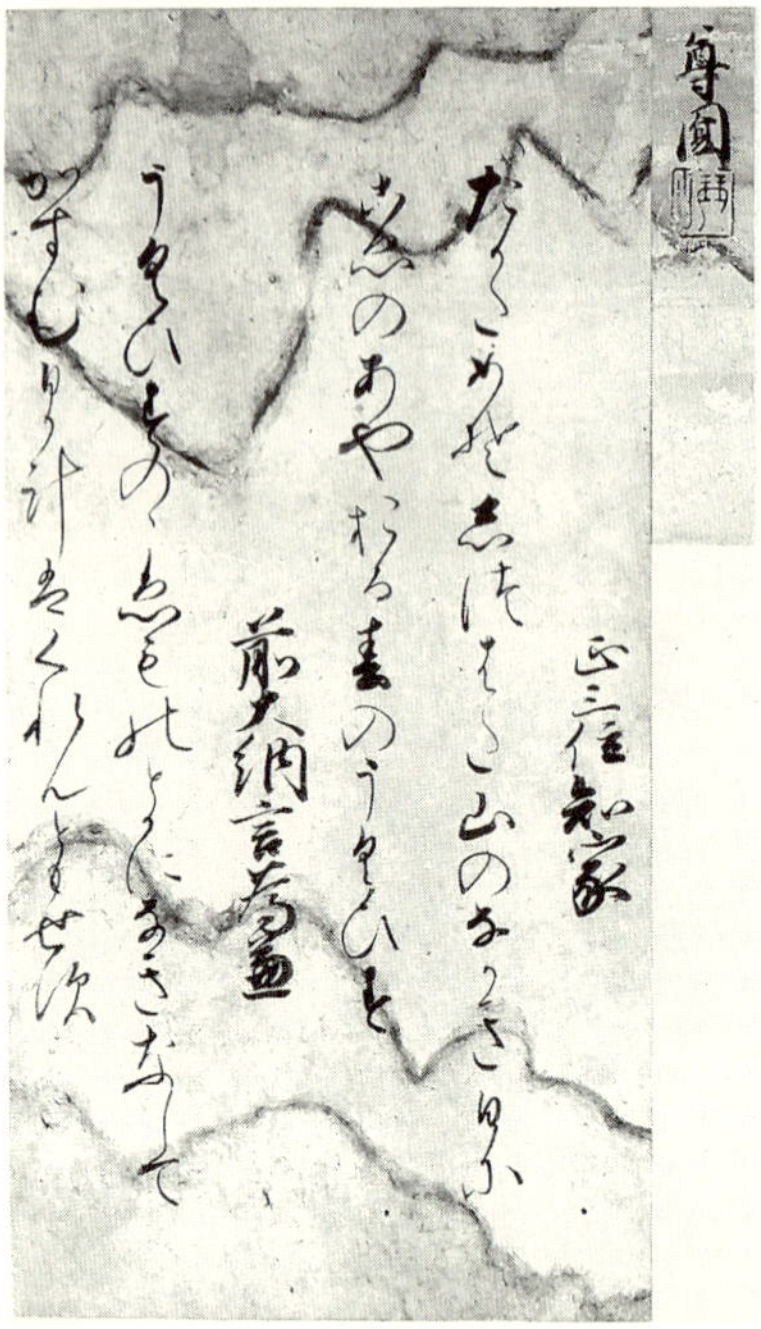

図1

「

＊巻一・春上・50作者～51

正三位知家

たかためそしつはた山のなかき日に

こゑのあやおる春のうくひす
前大納言為兼
うくひすのこゑものとかになきなして
かすむ日かけはくれんともせす
」

②田中登蔵　伝尊円筆（極札・古筆了雪「青蓮院殿尊円親王のとかなる［印］」）縦二七・〇糎、横九・〇糎、藍色雲紙、字高二二・〇糎。

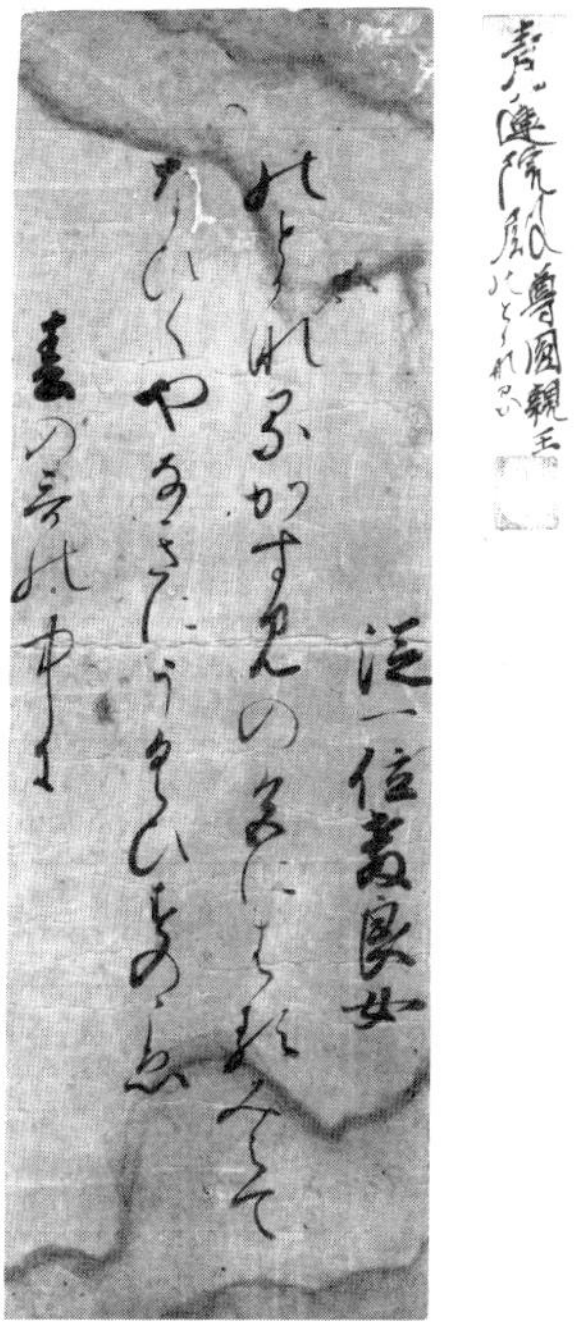

図2

「
従一位教良女
のとかなるかすみの色にはるみえて
なひくやなきにうくひすのこゑ
春の歌の中に

*巻一・春上・59作者～60詞書

③大阪青山歴史文学博物館蔵・久曾神昇旧蔵　巻子装　一巻　縦二七・五糎、長さ一五八・四糎（三紙継、第一紙四七・三糎、第二紙二二・二糎、第三紙四五・四糎、このあと軸継紙一九・三糎あり）藍色雲紙、紫檀軸。

」

＊巻一・春上・83作者～90

「

前中納言定家
雲ちゆくかりのはかせもにほふらむ
むめさくやまのありあけの空
前大納言為兼
梅か丶はまくらにみちてうくひすの
こゑよりあくるまとのしの丶め
百首哥の中に
進子内親王
まとあけて月の影しくたまくらに
むめか丶あまるのきの春風
梅をよみ侍ける
前大納言尊氏
のきのむめはたまくらちかくにほふなり
まとのひまもる夜半のあらしに

題しらす
院御哥
たかさとそかすみのしたの梅やなき
をのれ色なるをちかたの春
永福門院内侍
あめはるゝかせはおり〳〵ふきいれて
こすのまにほふのきの梅か枝
春哥の中に
太上天皇
わかなかめなにゝゆつりて梅の花
さくらもまたてちらむとすらん
題しらす
和泉式部
みるまゝにしつえの梅もちりはてぬ
さもまちとをにさくさくらかな

此第一巻去年十一月五日
書進　仙洞同九日竟宴之
時被披講了而少々被添

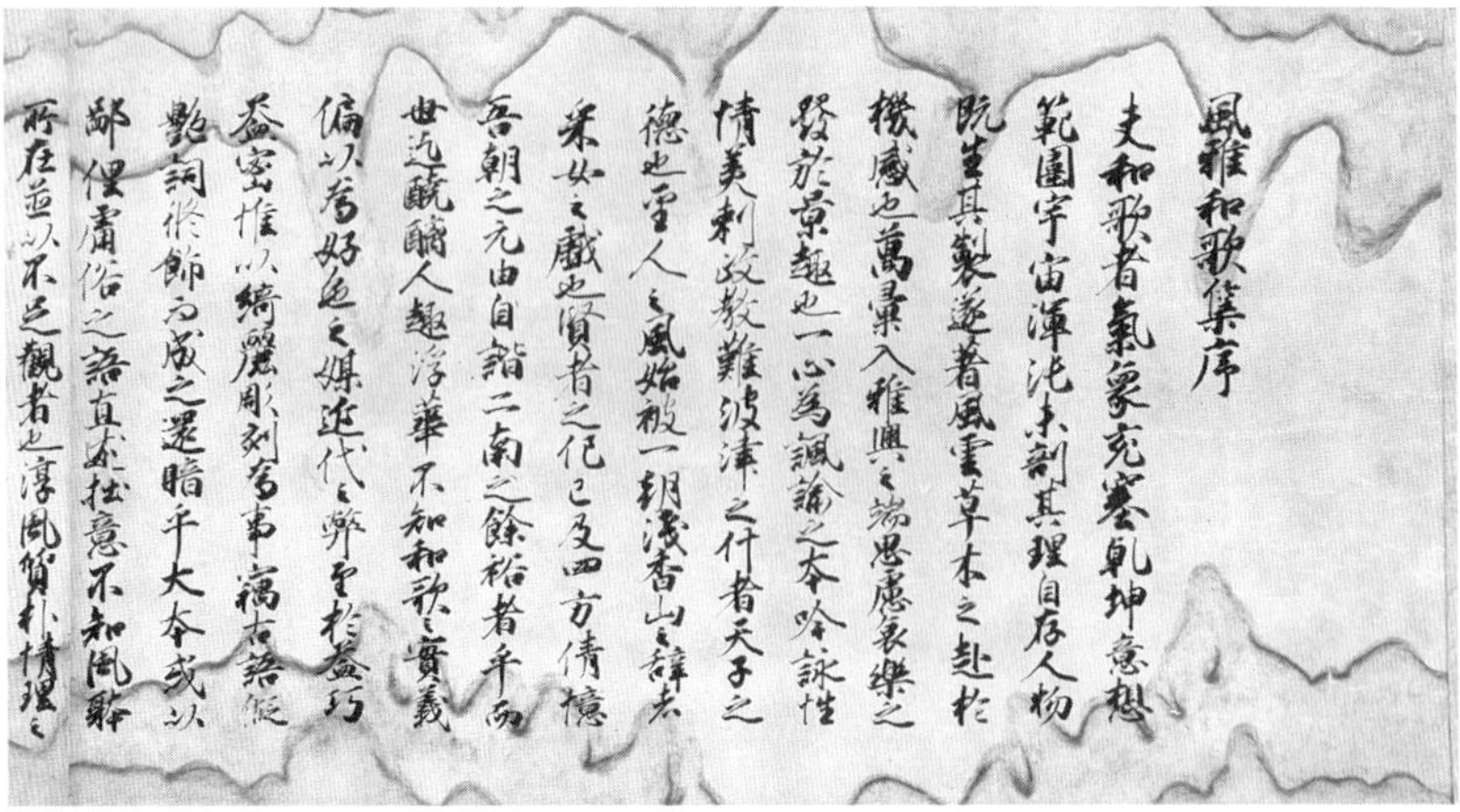

風雅和歌集序
夫和歌者氣象充塞乾坤意想範圍宇宙渾沌未剖其理自存人物既生其製遂著風雲草木之赴於機感也萬彙入雅興之端思慮哀楽之發於景趣也一心為諷諭之本吟詠性情美刺政教難波津之什者天子之徳也聖人之風始被一朝淺香山之辞者采女之戯也賢者之化已及四方倩憶吾朝之元由自謂二南之餘裕者乎而世迄醨醨人趨浮華不知和歌之實義偏以為好色之媒近代之弊至於益巧益密惟以綺麗彫刻為事窮古語從艶詞修飾而成之遂瞻乎大本或以鄙俚庸俗之語直為指意不知風騒所在並以不足觀者也淳風簡朴情理之

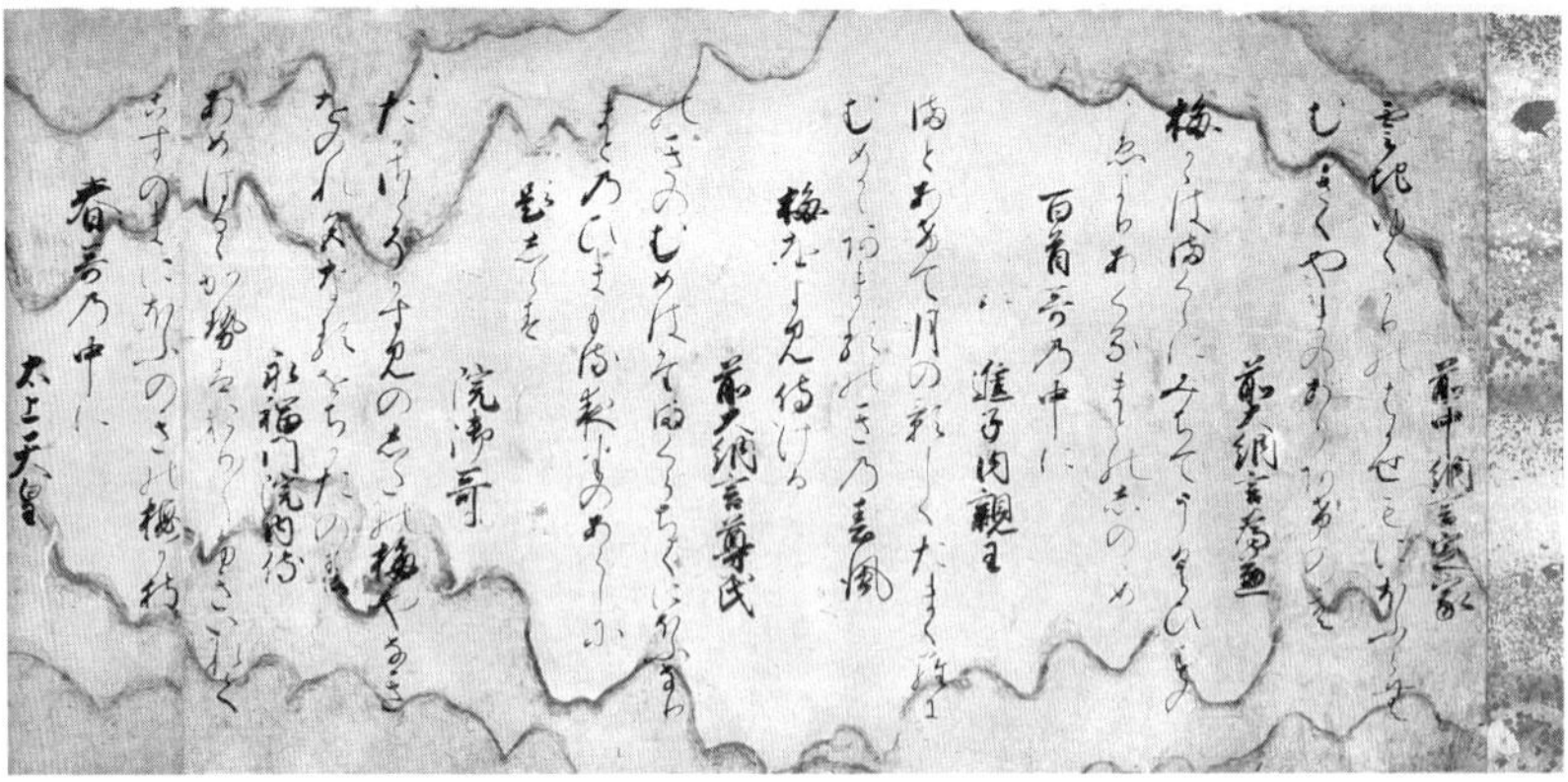

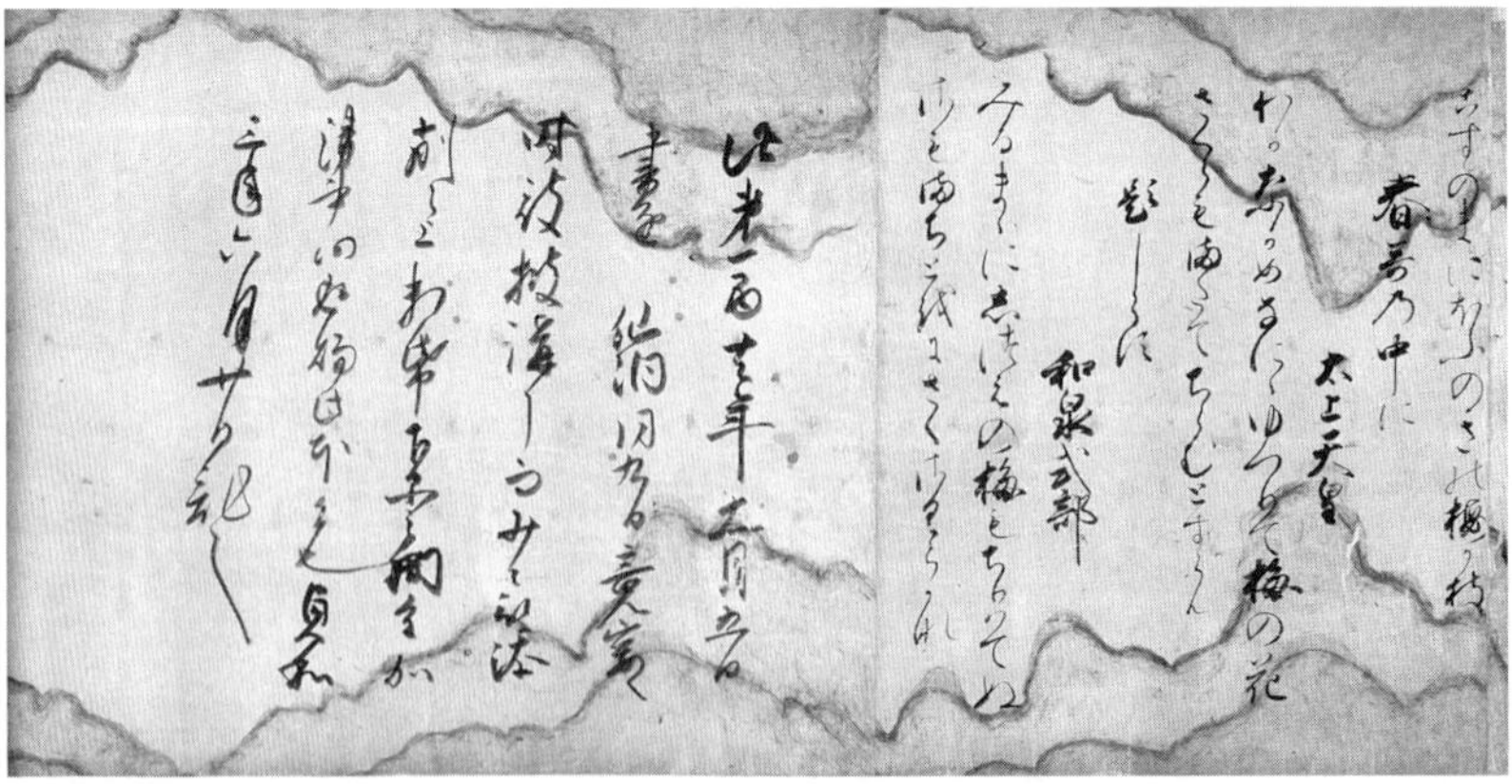

図3

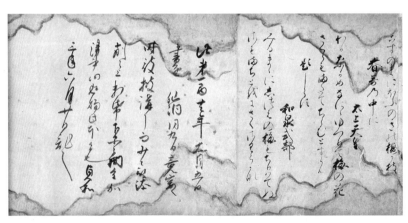

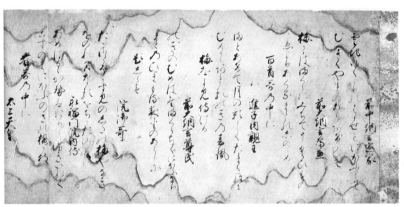

削之上料帋下品之間重加
清書仍返賜此本者也貞和
三年六月廿日記之
　　　傳領臨池不才（花押）」

＊花押は尊応法親王（一四三二～一五一四）か

④鶴見大学図書館蔵　台紙貼付　伝伏見院筆（極札・嘉右衛門「伏見院　印」裏書等なし）縦二七・三糎、横一二・一糎、藍色雲紙、字高約二二・〇糎。

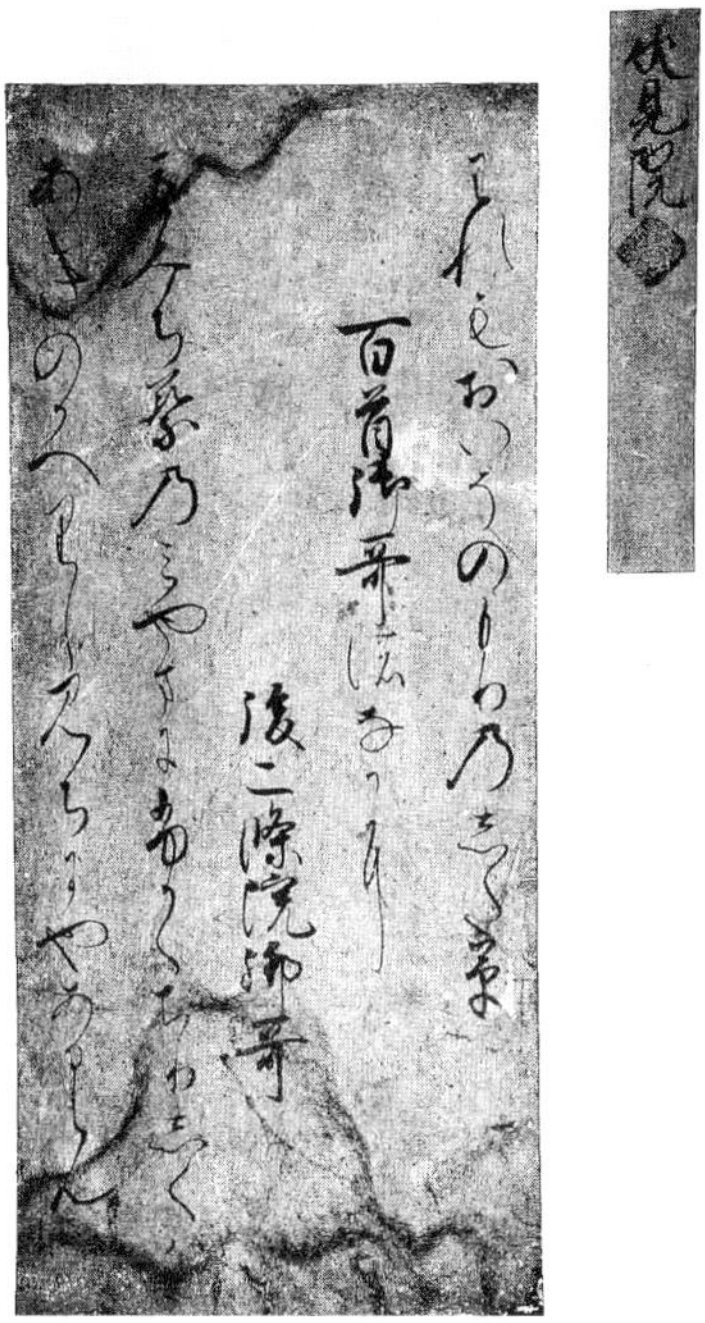

図4

＊巻八・冬・726下句～727

「
われもおいそのもりのした草
　百首御哥のなかに
　　後二條院御哥
もみち葉のみやまにふかくちりしくは
あきのかへりしみちにやあるらん
」

⑤鶴見大学図書館蔵　台紙貼付　伝伏見院筆（極札・嘉右衛門「伏見院　印」裏書等なし）縦二六・九糎、横一一・九糎、藍色雲紙、字高約二二・〇糎。

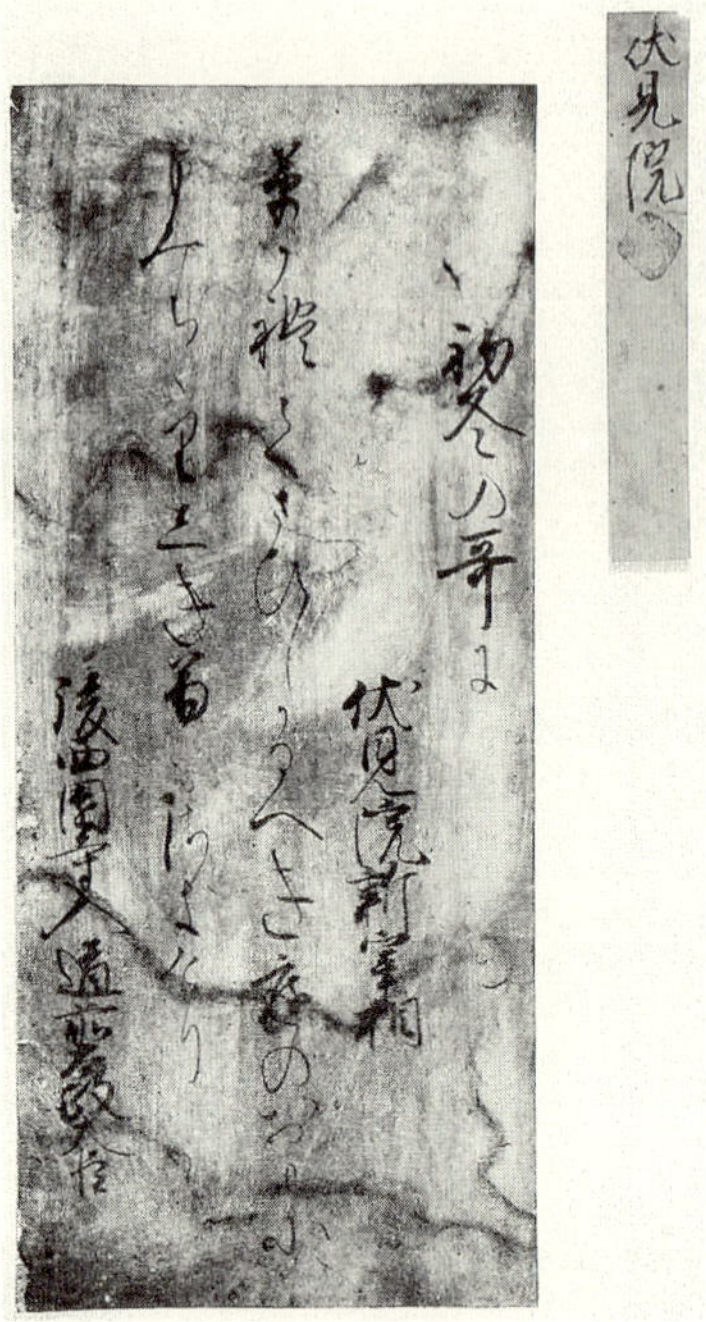

図5

「

初冬の哥に

伏見院新宰相

草かれてさひしかるへき庭のおもに
もみちゝりしき菊もさきけり

後西園寺入道前太政大臣

」

＊巻八・冬・728～729作者名

⑥徳川美術館蔵　手鑑『水茎』所収　伝後伏見院筆（極札・神田家「後伏見院　庭はたゝ〔印〕」恒川了盧「後伏見院歌二首　庭はたゝ〔印〕」）縦二七・三糎、横一三・九糎（『鳳凰台・水茎・集古帖』（徳川黎明会叢書　古筆手鑑篇四　思文閣出版、一九八九）に拠る）。

「

庭はたゝしもかと見れはをかのへの
まつの葉しろきけさのはつ雪

藤原朝定

さゝの葉のうへはかりにはふりをけと
みちもかくれぬ野への□すゆき

」

＊巻八・冬・814～815

⑦林家旧蔵　古筆手鑑所収　伝伏見院筆（未詳極「伏見院」）大きさ不明（東大史料編纂所紙焼写真帖〈6182-14〉に拠る）。

「
とふ人のあとこそあらめまつかせの
をとさへたゆる山のしらゆき
藤原頼氏
ふりつもるこすゑの雪やこほるらし
あさひもゝらぬ庭の松か枝
建保五年四月庚申に冬夕を
西園寺入道前太政大臣
やまのはのゆきのひかりにくれやらて
ふゆのひなかしをかのへの里
雪をよみ侍ける
」

＊巻八・冬・833～836詞書

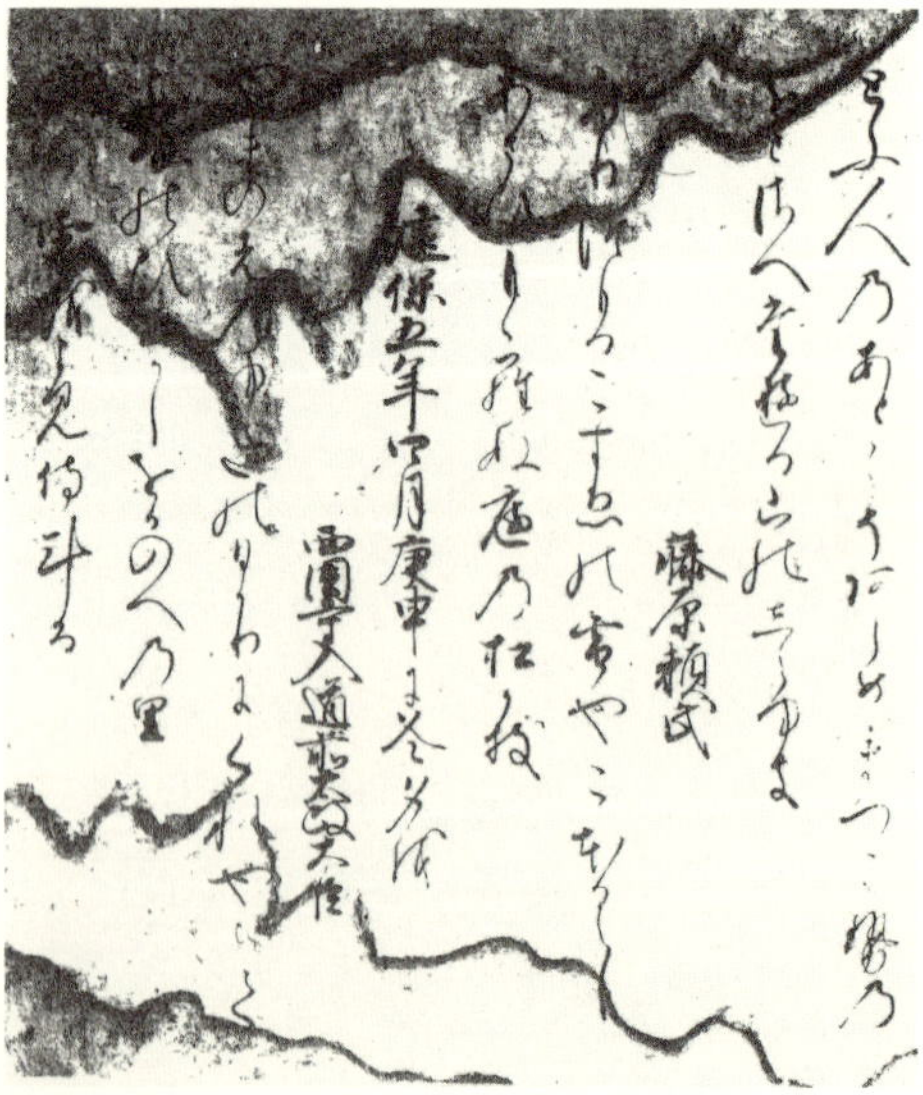

図６

⑧大東急記念文庫蔵『手鑑　鴻池家旧蔵』伝尊円筆（未詳極「青蓮院尊円」）、鑑定未詳。縦二七・〇糎、横四五・六糎、藍色雲紙、巻一七雑下巻頭（大東急記念文庫　善本叢刊　中古中世篇　別巻三　汲古書院、二〇〇四　に拠る）。

「
風雅和歌集巻第十七
雑哥下
題不知

＊巻十七・雑下・1796～1798

伏見院御哥

あまつそらてる日のしたにありなから

くもるこゝろのくまをもためや

雑哥の中に

太上天皇

てりくもりさむきあつきも時として

たみに心のやすむまもなし

百首哥たてまつりし時

権大納言資明

たれもみなこゝろをみかけ人をしる

君かかゝみのくもりなき世に

（　　　）」

以上は全て、原態は巻子本と考えられ、上下ともに藍色の雲をあしらった打曇料紙の表面にはそれを示す巻物皺が看取される。

特に①②は、近年発見された新出のものであるが[3]、この③の春上の巻は筆者尊円親王自らの記した奥書識語に「此の第一巻は、去年十一月五日仙洞に書き進む、同九日、竟宴の時、披講せられ了んぬ、しかして少々添削せらるるの上、料帋下品の間、重ねて清書を加ふ、仍っ

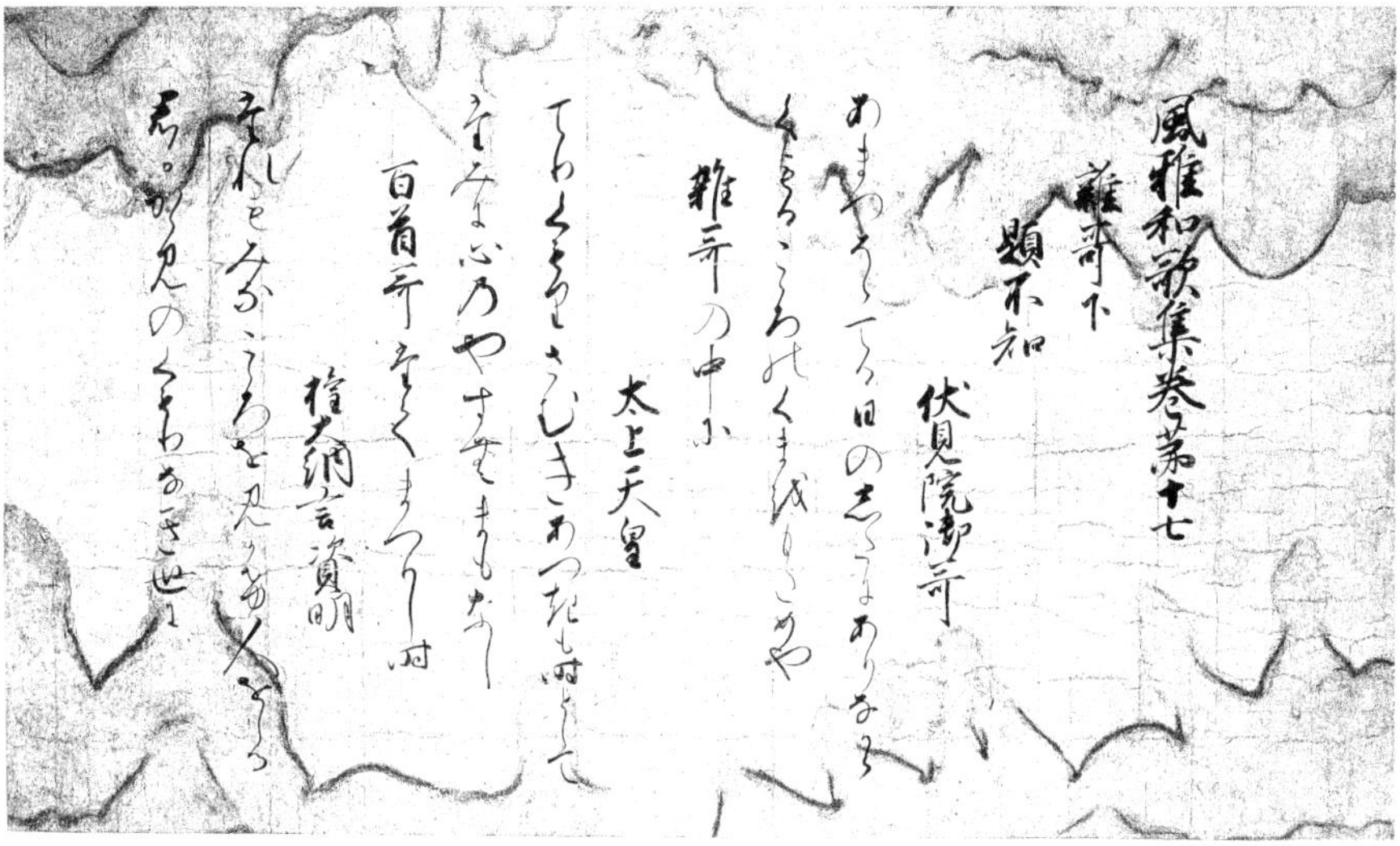

図7

て此本を返し賜う者なり、貞和三年六月廿日これを記す」（私に読み下して示す）とあることにより、これが竟宴に用いられた本であることが明らかにされている。そのツレが、新たに二葉発見されたことの意義は極めて大きいものがあると言えよう。

また⑧雑下の巻頭断簡については、注2で触れたように次田香澄の解説があったが、その後この断簡を収める手鑑の影印解説（『手鑑　鴻池家旧蔵』大東急記念文庫　善本叢刊　中古中世篇　別巻三　汲古書院、二〇〇四）が刊行され、久保木秀夫により当該断簡についての新たな解題が示された。引用すると、

> ところで当該断簡を最初に紹介した次田香澄は、のち『中世の文学　風雅和歌集』（三弥井書店、一九七四）において「かつてこれを風雅集正本の断簡と考えた」「が、末尾の余白から考えて、この三首だけを書いたものと思われる」と述べた。しかし当該断簡には巻き皺が多く認められ、その点もと巻子装だったとおぼしく、ならば少なくともこの一葉だけで独立していたのではないようにも推測される。また次田が「末尾の余白」と言ったその部分のうち、前行の「のくもり」あたりの高さのところには、三文字分ほどを擦り消したような痕跡がわずかに認められるようであり（もっとも、あるべき「述懐の歌の中に」という詞書にしては、位置的にも文字数的にも中途半端であり不審）、それらについての合理的説明がつくような資料の出現がまたれる。ちなみに末尾余白部分に紙継ぎ痕などは存しない。雲紙の雲も途切れていない。

という、実見調査した上での、簡にして要を得た報告がなされている。特に巻物皺の存在からする原態の推定、断簡末尾の余白部分に見られる文字の擦消しの痕跡についての指摘、その部分における紙継ぎ（および雲の途切）の有無についての言及は重要であり、これらから判断すると、次田の「この部分だけを書いたもの」という見解には訂正を要するであろう。しかし、擦り消された文字の高さや、他の部分（当該断簡の後続部分、また他の巻について）の残存状況などを含め、未だなお不明な点は残る。さらなるツレの断簡の出現が待たれるところである。

鶴見大学図書館蔵の二葉④⑤は内容的に連続しており、極めも同一人物である。しかしながら個々の伝来過程の違いにより、

現在の状態が極めて異なる点もまた、興味深いものがある。⑤も写真で判断する限り、表面の状態は必ずしも良好でなく、判読不能の部分も存する。(4) ④⑤⑥は一面五行、⑦は一〇行であるが、書写内容的には④の一行目が726番歌の下句のみ、⑤の五行目は728番歌の作者名だけが、⑥は814番歌の作者名が無く、⑦に至っては最初の833番歌の作者名を欠く上に、一〇行目に次の836番歌の詞書のみを記す、というように、書写面内で本文内容の統一を欠いた形で切断されている。しかしこれは必ずしも珍しい例ではなく、切断に際して、書写内容などを全く考慮せずに、ごく単純に行単位で切断し、断簡化させて行ったことによるものであろう。(5)

④から⑦の断簡は、全て冬部の歌であり、この巻のみ単独で伝来した可能性が高いと思われる。また、伝称筆者を伏見院または後伏見院としていることに関しては、この両者は、広沢切でも有名なように、非常に近似した筆跡の持ち主であること、尊円親王は伏見院の皇子であり、その筆跡にも似通う面があるところから、古筆鑑定家によって、そのように極められたものと考えられる。しかしながら言うまでもなく、『風雅和歌集』の成立時には、伏見院・後伏見院共に既に薨じており、筆者となることは到底あり得ない。

そしてこれらは全て、同筆であることが了解され、従来他に知られる尊円の筆跡と比較しても、その真筆に疑いのないものである。

歴代勅撰和歌集中、成立時に遡る伝本が現存する明らかな例は『風雅和歌集』以外にはなく、しかもその筆者による奥書の証言により、当該本が竟宴に用いられたものであるという事実までもが判明するというのは極めて希有なことであり、その資料的価値は非常に高いものがある。今後とも新たな断簡の出現が期待されるところである。(6)

『風雅和歌集』「正本」の断簡

これまで、藍色雲紙の内曇料紙に記され、『風雅和歌集』竟宴時に用いられた本の断簡について見てきた。ところが近年、それらとは明らかに別種ではあるものの、同じ尊円親王を伝称筆者とする『風雅和歌集』断簡が見出され、その存在が報告された。それは落合博志所蔵の二葉（国文学研究資料館編『古筆への誘い』三弥井書店、二〇〇五）と『日本の書と紙　古筆手鑑『かたばみ帖』の世界』（佐々木孝浩他、三弥井書店、二〇一二）に所収される一葉の計三葉である。以下に、略書誌と翻字を掲げる。

⑨落合博志蔵A（国文学研究資料館編『古筆への誘い』三弥井書店、二〇〇二）伝尊円筆、正筆書（古筆別家十三代了仲）。縦二九・八糎、横一七・三糎、字高二六・三糎（界高二六・九糎）。

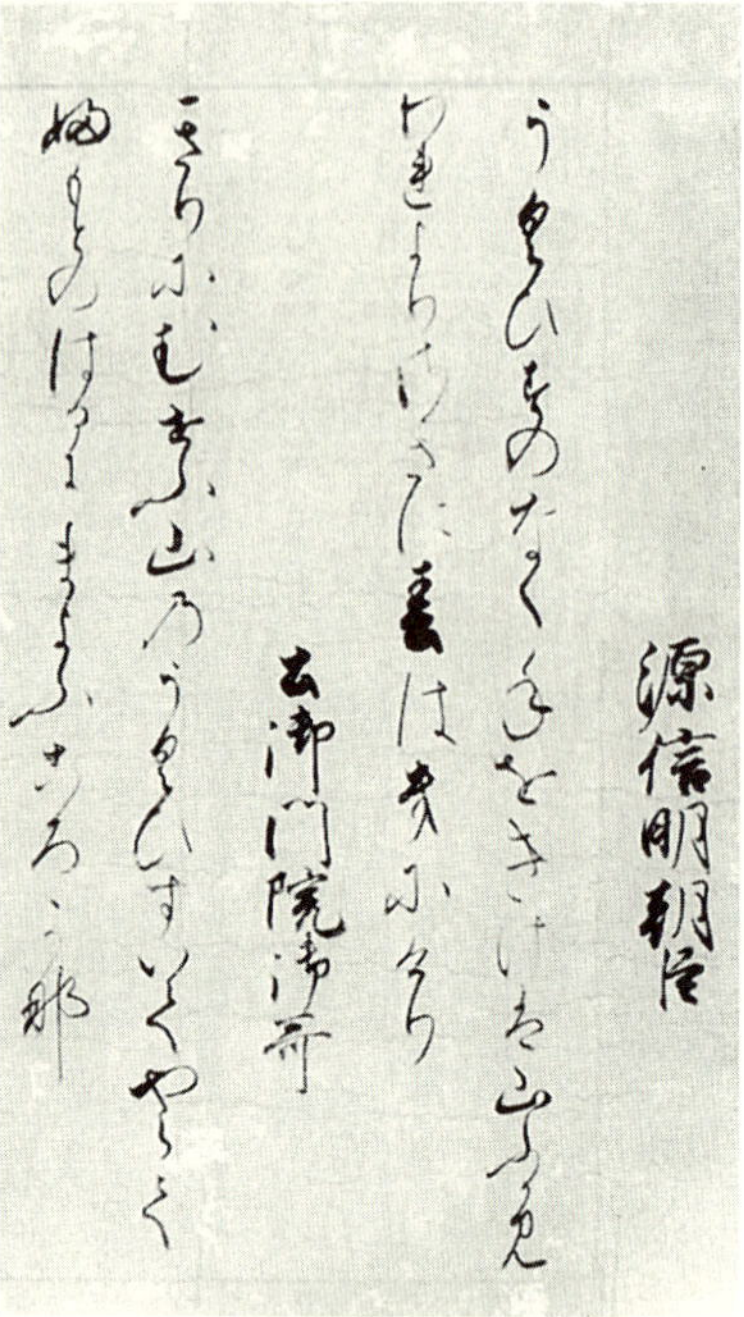

図８

「　　　　*巻一春上・48作者〜49

源信明朝臣

うくひすのなくねをきけは山ふかみ

われよりさきに春はきにけり

土御門院御哥

きりにむせふ山のうくひすいてやらて

ふもとのはるにまよふころかな

」

⑩落合博志B（国文学研究資料館編『古筆への誘い』三弥井書店、二〇〇二）伝尊円筆、守村極（古筆別家十三代了仲）。縦二九・八糎、横七・三糎、字高二六・〇糎（界高二六・九糎）。

図9

「

徽安門院

みちのへや竹ふく風のさむけきに

はるをませたる梅かゝそする

」

＊巻一春上・63作者〜和歌

⑪『日本の紙と書　手鑑『かたばみ帖』の世界』（三弥井書店、二〇一二）伝尊円親王筆、守村極（古筆別家十三代了仲）。縦二九・六糎、横一四・三糎（界高二六・八糎）。

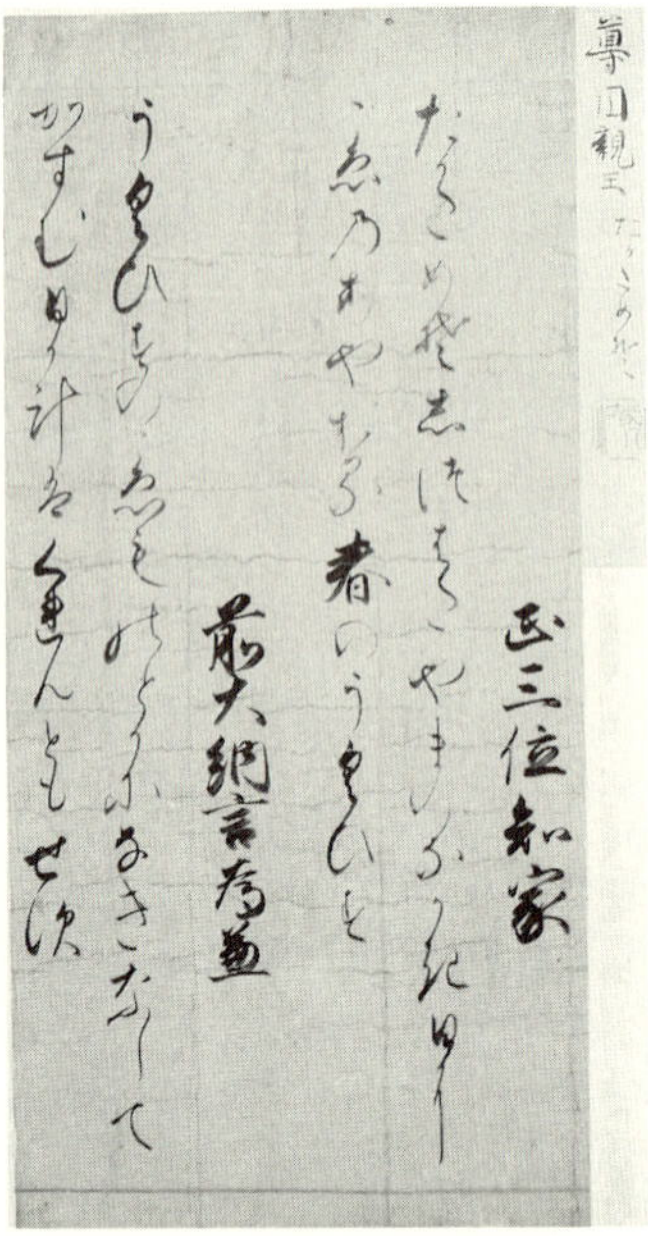

図10

＊巻一春上・50作者～51

「
正三位知家
たかためそしつはたやまのなかき日に
こゑのあやおる春のうくひす
前大納言為兼
うくひすのこゑものとかになきなして
かすむ日かけはくれんともせす
」

上下に金界を施した料紙に書写されたもので、巻物皺が非常に顕著であり、これも原態は巻子本であることは明白である。

また筆跡も尊円のものとみてよく、⑪の断簡は、①の鶴見大学図書館蔵手鑑に押された一葉と全く同じ部分であり、筆跡は同一とみて間違いない。しかし、これらは先に見た、雲紙料紙の断簡と比べると縦寸が約三・〇糎ほど大きい。ここで、先に掲げた尊円の奥書をもう一度みて見よう。意味を取って訳せば「此の第一巻（春上）は、昨年十一月五日に仙洞御所へ書いて進めた（奉った）もので、同月九日の竟宴の時に披講されたものだが、（その後、本文に）添削が加えられた上に、料紙が『下品』であったので『重ねて清書』を行った。そこでこれを返し賜ったのである　貞和三年六月二十日」となる。これを見ると竟宴本に用いられたところの本の雲紙料紙と「清書」の際に用いられた料紙が異なるものであることは十分に考えられる。[7]少なくとも『看聞日記』に言う「風雅集正本〈清書青蓮院二品親王也、納手箱、殊勝之物也〉」とも齟齬を来さない。

つまり、この上下金界を施した料紙に記されたものこそが、尊円の言う『風雅和歌集』の「清書」本で、『看聞記』の言う、「正本」である可能性は高く、それを窺わせるという意味で、これらの断簡は非常に貴重なものと言えよう。

ただし、新たに出現した金界を持った断簡の中には『風雅和歌集』諸本間に全く知られない作者異同が見られる。63番歌の作者が「伏見院御歌」ではなく「徽安門院」となっているのであるが、現時点でこの作者異同を持つ『風雅和歌集』の伝本は見出されていない。となると果たして、これらを『風雅和歌集』の清書本たる「正本」と見做してよいのかどうかには、未だ一抹の不安が残る。またこれら三葉とも、すべて詞書を欠いている点にもやや不審がある。分割断簡化し古筆切にする際に見栄えを考えての切除はまま見受けられるが、これらが「正本」そのものであるか否かについては、今少し慎重に考えて判断を留保しつつ、今後のさらなる新たな断簡の出現を待ちたいと思う。

おわりに

以上、現在知られるところの尊円親王筆『風雅和歌集』断簡、「竟宴本」[8]と「正本」かと目されるもの二種について、報告を行った。その価値は『風雅和歌集』成立の過程と、最終的な本文を示すという意味で、その重要性については、贅言を要さない。

今回明らかにしたごとく、中には伝称筆者を尊円親王とせず、伏見院・後伏見院とするものもある。それにより見逃されてきた断簡もまだ世には埋もれているかとも考えられる。今後とも一葉でも多くの断簡の出現を期待するとともに、自らもその博捜に努めたい。

注

（1）真名序は、次田香澄「風雅和歌集序・第一巻（一部）の原本の出現——風雅集正本復元への階梯」（『国語と国文学』一九八〇・九、『玉葉集　風雅集攷』笠間書院、二〇〇四に再録）の中で、全文が翻字され、一部その影印を載せる（『玉葉集　風雅集攷』の口絵写真に全部掲載）。また春上の巻軸部分は『風雅和歌集』（日本古典文学会影印叢刊24、貴重本刊行会、一九八四）の巻末に、付録として影印掲載されている（解説久保田淳）。両者とも、もと久曾神昇（志香須賀文庫）の所蔵にかかるが、『思文閣古書資料目録』一七八号　善本特集　第十四輯（二〇〇二・七）に、真名序の一部と春上巻軸部分全部の図版が掲載され、その後大阪青山歴史文学博物館の所蔵となった。本書に③として掲載したのがそれである。

（2）その有名なものとして、大東急記念文庫蔵鴻池家旧蔵手鑑に押された、巻一七雑下の巻頭部分の断簡があり、それは次田香澄・岩佐美代子校注『風雅和歌集』（中世の文学、三弥井書店、一九七四）に口絵写真として掲載されている。次田はこれを奏覧正本そのものではなく、巻頭部分だけを書いて誰かに与えたものか、とされた。

（3）①は鶴見大学図書館蔵の手鑑に押されているもので、「第一三五回鶴見大学図書館貴重書展「風格の古筆手鑑 深奥なる古筆切」に於いて報告された。『新古今和歌集の新しい歌が見つかった！』（鶴見大学日本文学会・ドキュメンテーション学会鶴見大学図書館編、久保木秀夫、中川博夫著、笠間書院、二〇一四）の中にも紹介されている。②はそれに先立って、古書目録『阪急古書のまち二〇一二年／37周年記念』に掲載された一葉で、現蔵者のご好意によりここに報告する。

（4）これほどまでに表面が損じてしまう理由は、料紙が、単なる打曇ではなく、その表面を染めて打つなどの加工がなされていることに拠るものであろう。②に見られる刷毛目は、裏打ちの際に染料が落ちて生じたものか。③の表面が荒れて見えるのも、染料により損傷が目立っているものと考えられる。

（5）ちなみに巻頭部分は、巻名・部立、詞書（二行）・作者名で、五行と考えられる為、①の上句までの、十行分で一面としたと想像される。

（6）⑦の834番歌の第三句が「こほるらん」となっている伝本がある（静嘉堂本・正保版本）。また、⑥の814番歌の作者名には諸本間に注目すべき異同が見られるが、その直前で切断されてしまっているため、残念なことにその異同の有無を知ることが出来ない。新たに見出されることを期待したい。

（7）この藍色の雲紙料紙をさして「下品」とすることの是非についてはやや不審であるが、大きさも含めて、より上質の紙を求めたということであろう。

（8）本論考発表時には、先に取りあげた藍色雲紙の内曇料紙に書写された断簡について「奏覧正本」と呼称して論述したが、それは適切ではなく、正しくは「竟宴本」と称するべきものであった。ここに謹んで訂正したい。

第三部　光厳院　関連論考

第一章　伝西園寺実衡筆「書状切」について

はじめに

伝称筆者を西園寺実衡とする書状の切は、森茂暁『鎌倉時代の朝幕関係』に宮内庁書陵部蔵『古文書雑纂』（谷三六八）中の一葉が、翻刻・紹介されており、同書の口絵にその写真が掲載されている。これは、同書に示されたごとく[1]、嘉暦元年（一三二六）三月二十日、春宮・邦良親王（後二条院第一皇子）の薨去に伴う、次期春宮立坊をめぐる、鎌倉最末期の両統迭立の一面を示す貴重な史料であると考えられる。

今回、新たにツレと思われる切を二葉見出したため、その報告と共に、内容について考えてみようと思う。[2]

「書状切」の紹介

まず『鎌倉時代の朝幕関係』に載る、一葉を示す。[3]

a．宮内庁書陵部蔵『古文書雑纂』（谷三六八）所収　伝西園寺実衡筆　縦三三・五糎、横一七・五糎　料紙は楮紙。

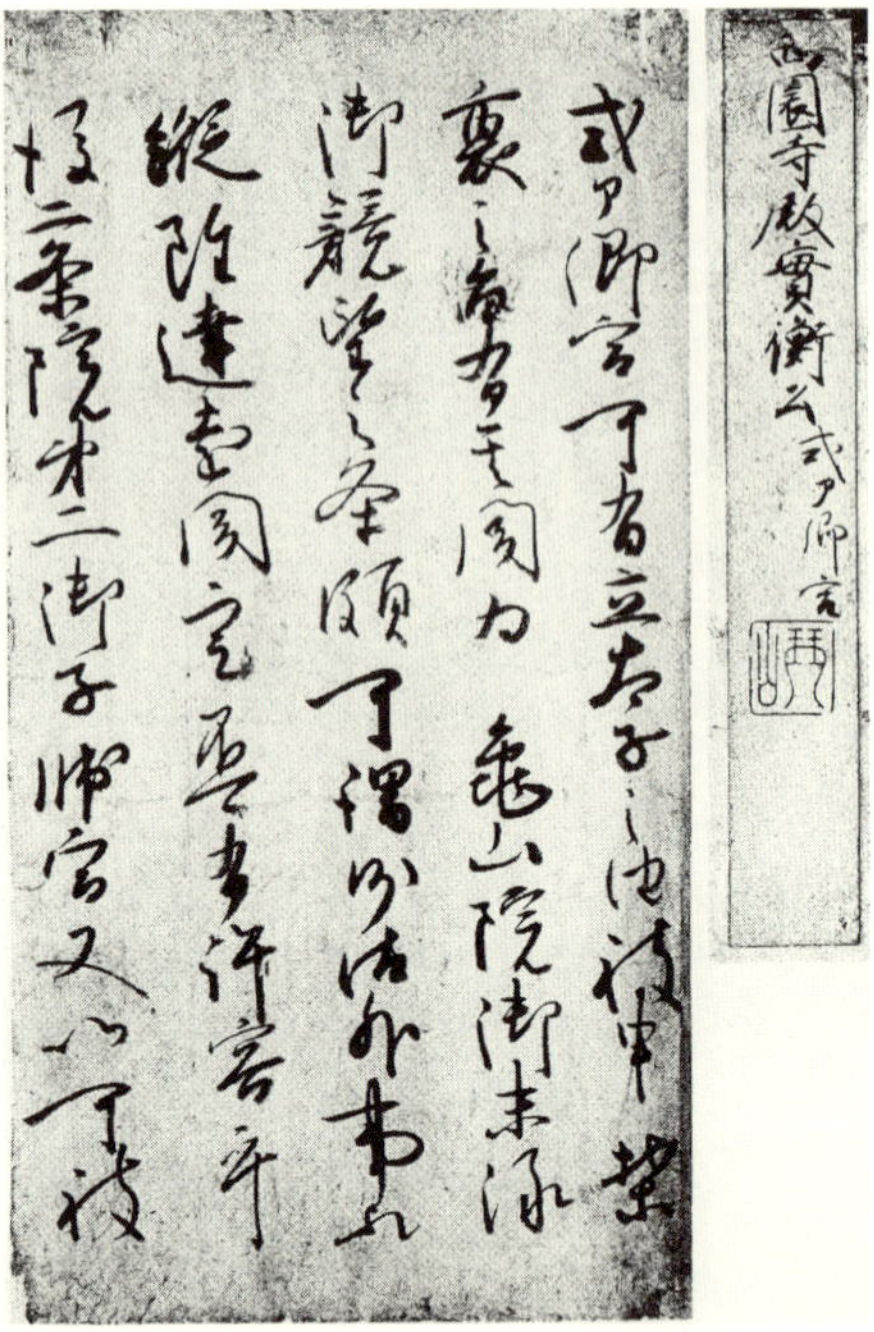

図１

「式部卿宮可有立太子之由被申　禁
裏之旨有其聞為　亀山院御末流
御競望之条頗可謂沙汰外事歟
縦雖達遠聞定不可有許容乎
後二条院第二御子帥宮又以可被」

*「旨」の字の下に、擦り消しの跡あり

極札あり。縦一四・二糎、横二・〇糎　本紙、裏面左上に上部のみを貼り付け。
表「西園寺殿実衡公　式部卿宮　印（琴山）」裏「文書之切　丁丑　三　了珉（印）」（右上に割り印）古筆本家五代目了珉によ

る、元禄十年（一六九七）三月の極め。

次いで、新たに見出した二葉とその書誌は以下の通りである。

b．手鑑『文彩帖』（根津美術館蔵）所収[4]　伝西園寺実衡筆　縦三〇・九糎、横一三・六糎　料紙は楮紙。

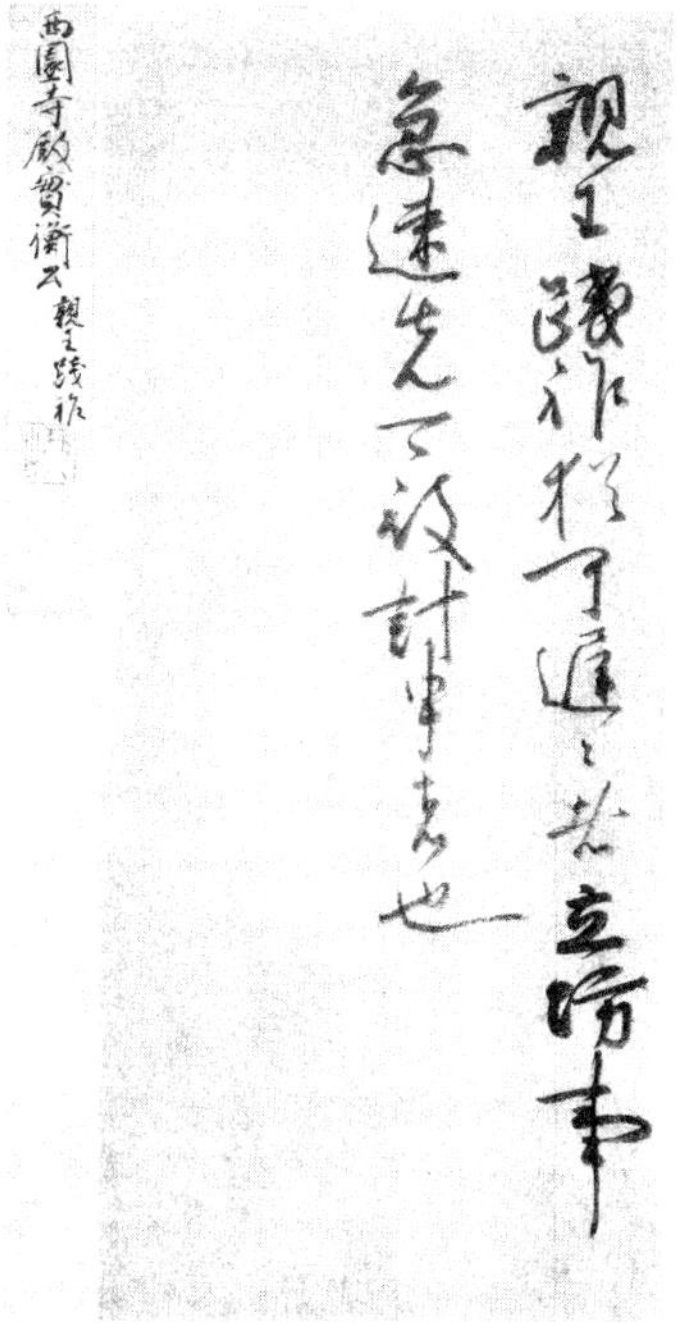

図２

「親王践祚猶可遅々者立坊事
急速先可被計申者也」

極札あり。（切左横上に貼付。筆跡から見て了珉極めか）

表「西園寺殿実衡公　親王践祚　印（琴山）」大きさは未詳。

c.　鶴見大学図書館蔵（請求記号　210.42/S）幅装　伝西園寺実衡筆　縦三〇・五糎、横九・五糎　料紙は楮紙。

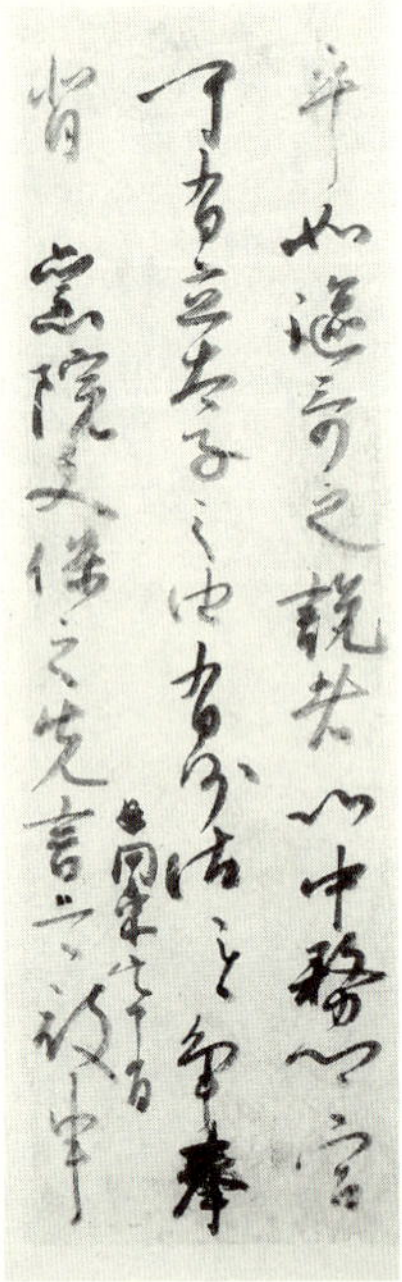
図３

「乎如謳哥之説者以中務卿宮
可有立太子之由有沙汰云々争奉
弁関東定申旨
背　舊院文保之先言・可被申　」

＊「謳」「争」の字は、墨色により、上から重ね書きしていることがわかる。
・は補入記号と考えられ、傍書もおそらく同筆であろう。

極札二枚あり。

1　縦一四・二糎、横二・〇糎　表「西園寺殿実衡公　乎如謳哥之説（琴山）」裏「切　丁丑　五　了珉（印）」（右上に割り印）古筆本家五代目了珉による、元禄十年（一六九七）五月の極め。

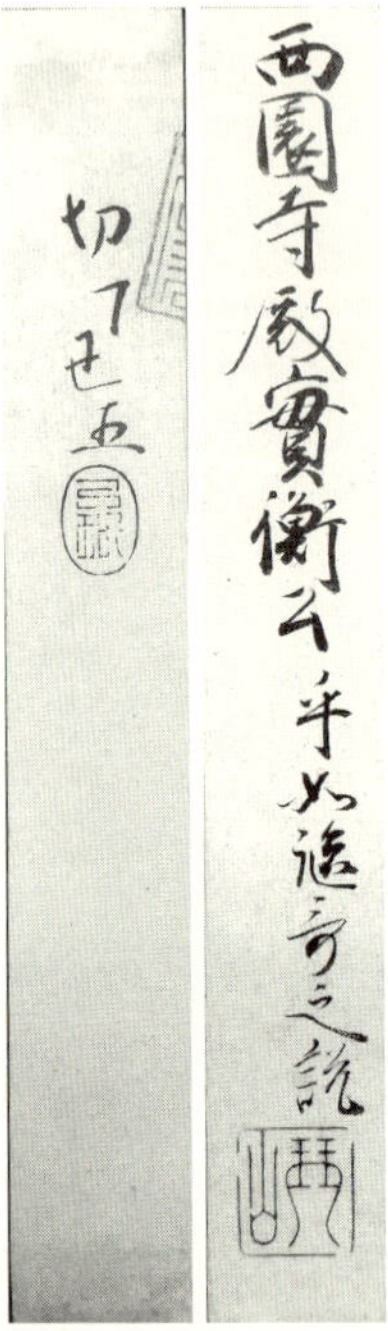
図４

2　縦一四・二糎、横二・一糎　表「西園寺実衡公　乎如謳哥之説者（琴山）」裏「切　乙未　十　了音（印）」（右上に割り印）古筆本家、六代目了音による正徳五年（一七一五）十月の極め。

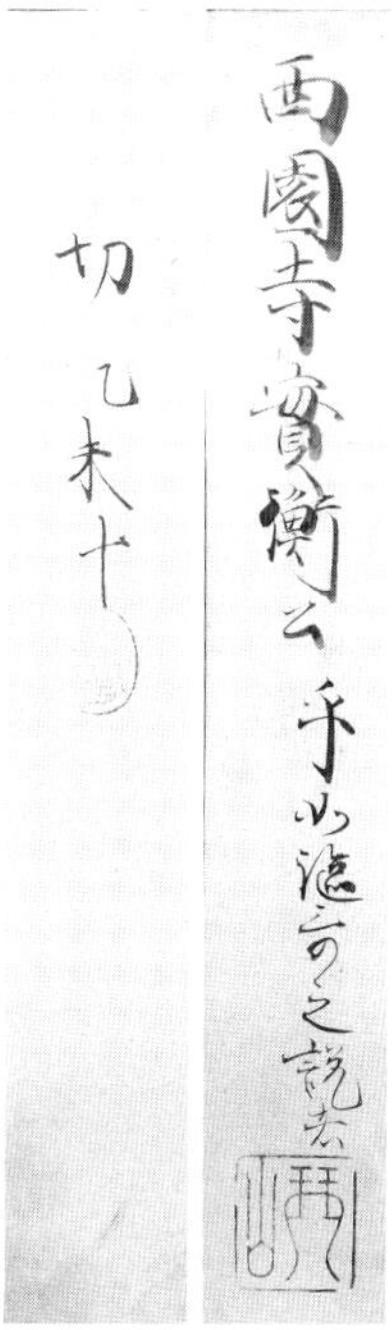

図５

この二葉は、書陵部のそれと比べて縦の大きさが約二糎ほど小さいが、『文彩帖』の方は天が、鶴見大学のものは地がそれぞれ切られていると思われ、筆跡から見てツレであることは間違いない。また書陵部の切と、鶴見大学の切に附属している内の一枚の極札が同じ古筆本家五代目了珉のもので、『文彩帖』のものもこれも同じく了珉のものと思われる。これについては、最後に若干触れたい。

これら三葉をツレと認定して、元の状態及びその内容と性質について、森の論考で明らかにされたところと合わせて考えてみよう。

内容の考察（一）——人物比定

森茂暁は、書陵部の一葉からその原態・内容について考察しているが、(5) 新出のツレの二葉から、森の推定がほぼ間違いないことが裏付けられると思う。

最初に、これは原態は書状であろうと思われるが、その場合、正本ではなく案文であるということが、重ね書き・補入を持つ、cの鶴見大学図書館の切から判明する。

次に内容であるが、鶴見大学の切は「謳哥の説（巷間の噂）では、『中務卿宮』が立太子するという沙汰が有ったなどと言っている。どうして『舊院』の文保の先言と関東の言っていたことに背くことがあろうか」ということになろう。[6] bの『文彩帖』の切は、「『親王』の践祚がなお遅れるようであるならば、立坊のことは急ぎ取り計らわれるべきである」ということになる。

森は、書陵部の一葉の中に登場する人物の内、「亀山院御末流」たる、「式部卿宮」を昭訓門院所生の恒明親王、「後二条院第二御子帥宮」を邦省親王、「禁裏」を後醍醐天皇とされ、年代の推定も行っている。妥当な見解と思われるが、それに従うと、新たに登場する「中務卿宮」「舊院」「親王」はそれぞれ誰が該当するのであろうか。

cの鶴見大学の一葉の文意は、「中務卿宮」が立太子することが、「舊院」の「文保の先言」に背く、ということである。この元の書状が嘉暦元年の物と考えると「中務卿宮」は、後醍醐天皇皇子の尊良親王と見る事ができる。

bの『文彩帖』の一葉の「親王」が誰であるのかは、この切の前の部分にその名が記されていた可能性もあり、もしこれ一葉だけであったなら何とも言えない。しかしツレである他の二葉と合わせて総合的に見れば、元の書状の内容はある「親王」の践祚・立坊を働きかけたものと推測され、次期春宮候補に大覚寺統に連なる、恒明親王・邦省親王・尊良親王を不可とする、となれば、この書状は持明院統の側から出された物と考えられ、そうであるならば、この「親王」は、後伏見院皇子・量仁親王（後の光厳院）の事と見てほぼ間違いなかろう。

『花園天皇宸記』には、量仁親王はただ「親王」とのみ記されている事が多い。持明院統にとって、次代を担うべき人物といえば、それは量仁親王であり、他者は考えられない。故に、この部分の前に「量仁」とは書かれておらず、「親王」とだけあって、それで量仁親王のことを指していると考える。むしろそれが逆に、この書状が持明院統側からのものであることを証する事になると思う。

それでは「舊院」は誰であろうか。文保期に生存していて、この書状の成されたと推測される嘉暦元年には薨去していたとなると、大覚寺統では後宇多院、持明院統では伏見院が該当する。『花園天皇宸記』では、「舊院」とは伏見院の事を指しており、後宇多院のことは、そのまま「後宇多院」と記されている。元の書状が、持明院統側からのものだとすると「舊院」は、後宇多院より伏見院と考えるのが妥当であろう[7]。

嘉暦元年当時の禁裏は後醍醐天皇である。後醍醐天皇は、文保二年（一三一八）に践祚以来、六年を経ていた。『文彩帖』の切の前部分の内容を推測すれば「一代限りとされていた後醍醐天皇は、邦良親王に皇位を譲るべきであった。しかし、それが果たされないうちに、邦良は薨去してしまった。本来譲っていなければならない皇位なのだから、これを期に天皇は譲位すべきであり、順番から、次は量仁親王が践祚すべきである。もしそれが叶わず遅れるのならば、取り急ぎ立坊のことだけは、すぐに取り計らわれるべきである」と、いうようになっていたのではなかろうか。

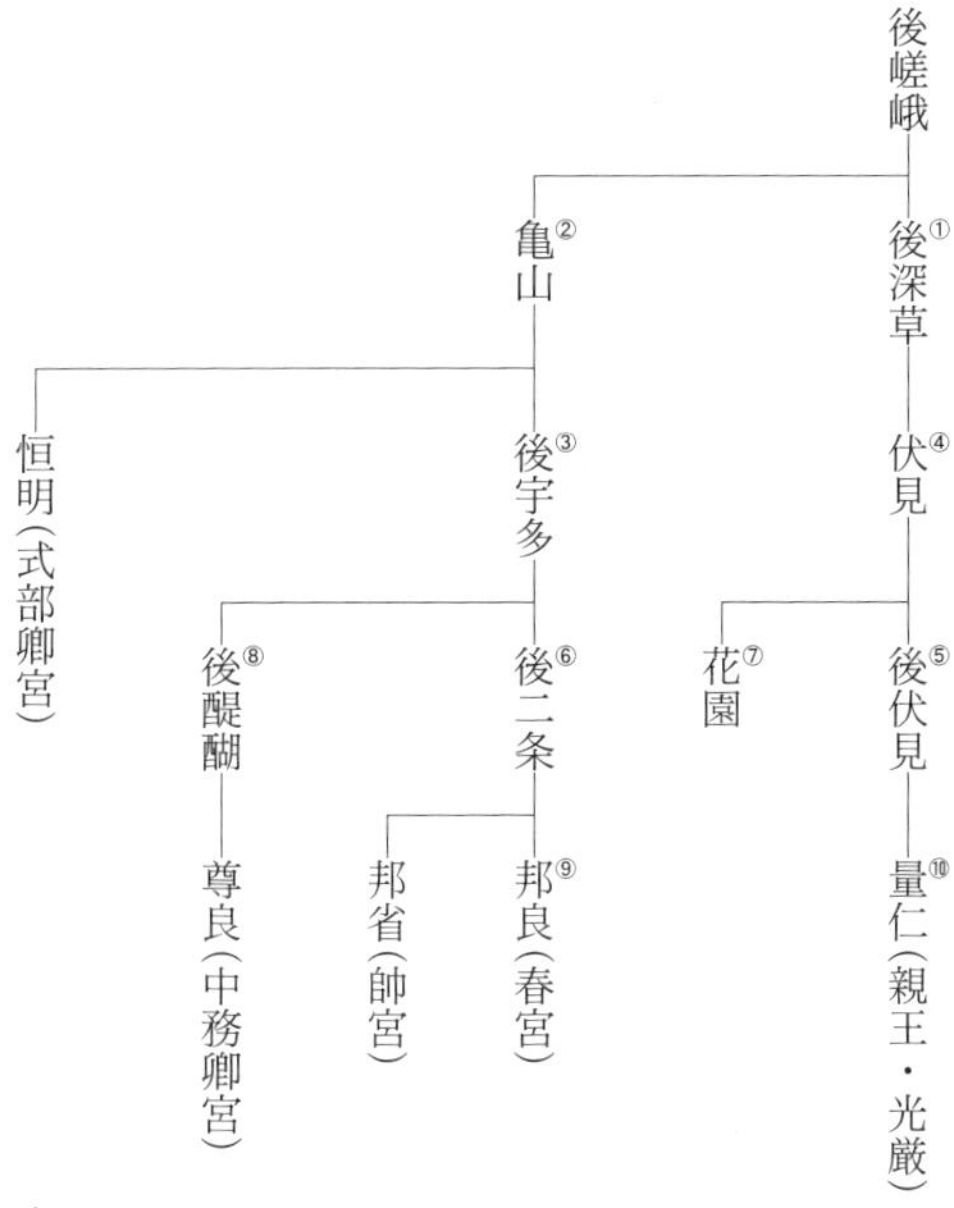

＊春宮立坊順に番号を付した。

つまり『文彩帖』の一葉は、森の推測した「先の文書の後欠部分を推測すれば、後の部分に量仁を推す旨のことが記されていたのかもしれない」[8]という、まさにその一部分が存在したということになろう。また鶴見大学の一葉も、その文意からして他の春宮候補を難じた部分で、書陵部の一葉に続く部分であろうと思われる[9]。以上の関係を系図で示すと上記の如くである。

これらの切の原形は、嘉暦元年三月二十日、春宮であった後二条院第一皇子・邦良親王の薨去後、持明院統の側から関東に出された、量仁親王の践祚・立坊を働きかけた書状、そして、その手控えの案文ということができよう。

内容の考察（二）――書状起草の主と作成の時期

森は、前掲著書の中で、[10] この元の文書を「関東申次西園寺実衡が東宮候補として恒明・邦省親王の不可なることを幕府に対して告げた書状」と推測し、「この後欠文書は、関東申次が関東に対して東宮候補の適・不適の進言、ないし推薦といってもいいようなことを行っていたことを示す貴重な史料」としている。その理由として、量仁親王の母が、実衡の妹にあたる広義門院であること、『花園天皇宸記』の記事から、室町院遺領に関する訴訟の際、持明院統から幕府に向けての連絡に実衡が当たっていること、後伏見院に屋形船を贈っていることなどから、実衡が「ずいぶん持明院統に接近しているように思われる」とし、「関東との対決を密かに準備しつつあった後醍醐天皇と西園寺実衡との折り合いが芳しくなかったであろうことは十分想像できよう」と述べている。

しかし私は、これは内容的に見て、平林盛得の指摘のごとく、[11] 高位者の誰か、おそらく後伏見院と花園院が共同で草した、関東への量仁親王の践祚・立坊を働きかける為の書状の案文であろうと思う。

これを実衡の草したものではないと考える理由は、いかに強大な権力を誇った関東申次とはいえ、天皇に対してはあくまでも一廷臣である以上、公の立場としては、皇位継承という大問題について書状に於いて、皇位継承・東宮候補の適・不適の進言、ないし推薦といってもいいようなことを行うこと――それは皇室に対する表だった干渉となる――は、公的な立場としては、あり得ないと考えるからである。

確かに、実衡の祖父であり前関東申次である、西園寺実兼などの事を考えれば、関東申次が皇位継承に関してそれ相応の影響力を持っていたであろう事に、疑いの余地はない。しかしそれが、幕府に対して次の春宮候補を名指しで推薦し、それについて文書を送る、という様なことにまで及んだかについては、それを示す物的証拠である文書などが残っておらず、不明としか言いようがない。しかし翻って考えれば、残っていないというよりはむしろ、そこに関わった事を示す証拠たる文書類は残さなかった、と考えるべきではないだろうか。文書類を残すことなく口頭によって事を運ぶからこそ、そこに関東申次の意向を働かせるチャンスがある。「文保の御和談」に於ける、実兼の行動は典型的にそれを証していると思われる。[12]

　また、実衡の父である公衡は、嘉元三年（一三〇五）後宇多院から勘気を蒙り、関東方からの取りなしによって許されるという事件を起こしている。これは後二条天皇の御代、院政を執っていた後宇多院と、亀山院皇子・昭訓門院所生の恒明親王の後見を託された公衡との間に起こった、恒明親王の処遇をめぐる問題が原因と考えられている。[13]

　この公衡の一件の背後に、昭訓門院の父である実兼がいたであろうことは、あまり指摘されていないが明白であろう。昭訓門院は亀山院の許に、正式に「入内」している訳ではない。[14]順序から言えば、後宇多院後宮に入るのが自然であったにもかかわらず、それがなされなかった事については、その出自も含めて岩佐美代子に考察があるが、[15]そこに説かれる如く、昭訓門院は実兼にとって大覚寺統とのつながりのための切り札的存在であったに違いない。その昭訓門院に生まれた男児で、しかも「亀山院鍾愛之御末子」[16]となれば、それを利用しようとしないはずがない。さらに当時の西園寺家は、後深草・亀山両院の頃と比べ、両皇統に対して、外戚としてのつながりがやや薄れてきており、自分の直接の孫に当たる恒明親王の立坊は、実兼にとって、また西園寺家にとっても、願ってもないことであったはずである。[17]

　もし、関東申次が皇位継承について表だって発言することが可能であり、その意向がそのまま実現するほどの強い影響力を及ぼすものであったとするならば、歴代関東申次中、関東からの信頼も厚く、最も権力があったと見られている実兼の力を背後にした、関東申次公衡の意見で、恒明親王の立坊は紛れもなく実現していたはずである。ところが、そうはならなかった。

　公衡の蒙った勘気の直接的な原因は定かではないが、『増鏡さしぐし』などに伝えられる生真面目で一本気な公衡の性格から推せば、父・実兼のように政略的に巧みではなく、亀山院の遺志等を盾にして、理詰めで直裁的かつ強硬に事を運ぼうとしたことが、後宇多院の勘気を蒙ったことの理由として、考えられると思う。

　しかし何よりも、公衡が後宇多院によって勘気を蒙り、地位・所領を召し上げられるという事になったということ――それは、実兼・公衡親子の目論見に対しての後宇多院からの激しい拒絶と、明白な制裁の意味が込められていると見てよい。つまり公衡の一件は、いかに強大な権力を持つ関東申次とはいえ、臣下たる者が、皇位継承について表立って干渉することはできない、ということを示したものであり、ここでは関東申次の皇位継承問題に関する発言力の大きさよりも、むしろ皇位継承問題のデリケートさをこそ、重く見るべきであると思う。

　以上のような経緯を踏まえるならば、公衡の息である実衡が、表立った皇室干渉となる[18]次期春宮候補に関する、適・不適の進言や推薦の様なことを、「書状」によって行ったとは考え難く、故にそのような内容を持つ当書状を、実衡の草したものと考える事には、俄に賛成しかねるのである。

　次に、この書状の主を後伏見・花園両院と考える根拠としては、『花園天皇宸記』元亨元年（一三二一）十月九日、十一日の記事を挙げたい。[19]

　そこでは、関東に申し入れる為の「御事書」は、後伏見院の「御前」で近臣の日野俊光や禎覚などと共に「被仰合被直之」と記され、さらに花園院が自らの「所存」を後伏見院に述べている事が記されている。この記事によれば、関東に遣わされる「事書」の内容は、何人かの臣下の者と共に勘案されてはいるが、「被直之」の主語は後伏見院と考えられるから、そこには直接的に後伏見・花園両院の意見が反映しており、この書状なども、仮に端書などから、臣下の名前が具体的に浮かんできたとしても、それは浄書者ないし勘案者の一人の名前であり、内容の実質的な部分は後伏見・花園両院が草したものと見てよかろう。加えて、鶴見大学蔵の一葉、cの断簡にある「争《いか》で舊院の文保の先言に背く」のか、という強い口吻からは、臣下のというよりは、より高位者のそれが感じられ、更に言うならば、その勁さからは花園院の姿を想像することも、そう難しいことでは無いであろう。もっとも、量仁親王の実父である後伏見院の方が、立坊への願いはより強いものがあっただろうし、[20]実際に書状を遣わす際には、その意見は十分に反映されていたであろうが、それは花園院の名に於いてではなく、持明院統の正嫡である後伏見院の名によって遣わされたに違いないのである。

さらに『公卿補任』嘉暦元年の記事からは、『花園天皇宸記』の中で度々関東への使者として下向していることが知られる日野俊光が、この年の四月二十八日に「勅使」として、関東に下向していることが知られる。確証こそないが、その際の書状が、これら伝実衡筆書状から推測されるところの、正式な書状である可能性は、非常に高いと思われるのである。

おわりに

結論として、この書状切は、内容的には、春宮であった後二条院第一皇子・邦良親王薨去後、持明院統側の後伏見・花園両院によって草され、日野俊光が勅使として関東に下向した際に遣わされた、量仁親王の践祚・立坊を働きかける為の書状の案文の断簡である、と考える。故にその成立は、邦良親王薨去の嘉暦元年（一三二六）三月二十日から、日野俊光が関東に下向する同年四月二十八日の間と考えられ、書写年代も同じと見てよかろう。一月余りの間にこれが草されたと考えると、そこにこの機会を逃すまいとする、後伏見・花園両院を中心とした、持明院統側の強い意気込みを感じることも出来るかと思う。

しかしながらこの書状の筆者が、実衡である可能性がないとは言えない。確実な実衡の筆跡というものは少なく、その真偽は判断しかねる。[21]

とはいうものの、古筆鑑定家が、古筆の伝称筆者としてはさして著名ではない実衡の名を敢えて示している以上、この書状が分割される以前に実衡筆と極めるだけの、何らかの物理的な根拠があったかとも想像され、もし極めの根拠となる部分が出現すれば、いかなる理由で実衡筆と極められたのかが判明するであろう。また、これがいつ頃どのような形で分割されたかについても、三葉の極札が共通して古筆了珉のものであることから推すならば、江戸時代以前に分割されて各々伝わったというよりはむしろ、元禄十年（一六九七）年の時点で分割された可能性は極めて高いものと思われる。[22]

ともあれ、内容・筆跡とも、南北朝期前夜、両統迭立の皇統争いの具体相を示す、貴重かつ興味深いものである事は間違いない。さらなるツレの出現を、是非期待したい。

注

（1）『鎌倉時代の朝幕関係』（思文閣出版、一九九一）第一章第二節、関東申次をめぐる朝幕関係、五　西園寺実衡、七四頁以下。

（2）西園寺実衡は、伝称筆者として有名なものではなく、従ってこの古筆切には、名物切のような固有の名称はないが、仮に、その内容から判断される形態から「書状切」と呼ぶことにした。

（3）書影、翻字及び書誌については、森前掲著書、七六頁による。但し、その状態及び極札裏については、直接実物を閲覧調査した結果による。

（4）『古筆手鑑大成』第三巻（角川書店、一九八四）所収。通し番号、51。書影、翻字及び書誌は同書による。解説の平林盛得は、「書状断簡か。二行。料紙は楮紙。南北朝時代。親王の皇位継承がなお実現しないならば、皇太子冊立の事を早く、先に計らわれるべきである、と読みとれる内容は、わずか二行の文面であるが、きわめて興味深い。鎌倉時代後半の、持明院・亀山院両統迭立から南北朝時代にいたる複雑な情勢の中での高位者の書状であろうか。西園寺実衡と伝称する切は知られておらず、『新撰古筆名葉集』にも記載がない。」としておられる。

（5）森前掲著書に同じ。

（6）この挿入の語句の翻字及びその文脈的処理については、やや判断に苦しんだが、旧稿発表後佐藤進一氏から的確なご教示を得た。記して深謝する。

（7）森茂暁『南北朝期公武関係史の研究』（文献出版、一九八四）第一章第一節「鎌倉後期の朝幕関係――皇位継承をめぐって」所収の、宮内庁書陵部蔵「御事書並目安案嘉暦三年量仁親王践祚事」（伏405）の一部分に、「文保譲国事、偏依関東之形勢及其沙汰畢、加之　後宇多院御契約分明之処、忽令忘彼芳恩給、背　先□《(院カ)》御約諾、被抑留理運之践祚之条理、豈可□□君子之道乎」とあり、鶴見大学の切と、内容・表現が近似していることが注意される。この「事書案」も持明院統側からものであり、ここで「後宇多院」と記されていることは、「舊院」が後宇多ではないことの証となる。又、その直後の「先院」は、『花園天皇宸記』では、伏見院を指して用いられており、こちらからも証される。

（8）龍粛『鎌倉時代』下（春秋社、一九五七）二六四頁以下参照。なお、徳治三年（一三〇八）の後宇多院の譲状は、『鎌倉遺文』に二三三六九号として、載る。

（9）その前後は、これだけでは明らかにし得ないのだが、感じとしては書陵部のものの方が前のようである。

（10）森前掲著書、七八頁以下。

（11）　注4参照。

（12）　有名な「文保の御和談」の実情を記した『花園天皇宸記』元亨元年（一三二一）十月十三日裏書によれば、後醍醐の後、邦良・量仁という順番は、文書によって明確に定められてはいない。逆にそれが文書として残っていなかったが故に、実兼はそれを「立坊次第已関東定申了、不可被乱云々」と、持明院統側に対して突っぱねるような態度に出られたと考えられる。持明院統側としては、相手が関東であったが故に、あまりに強い責任追及はできなかった訳で、これが、文書が残っていて、それによって実兼の仕業と判明していたら、その責任の追及は当然なされたに違いない。「文保の御和談」については、非常に重要な問題であり、別稿を用意して論じたい。

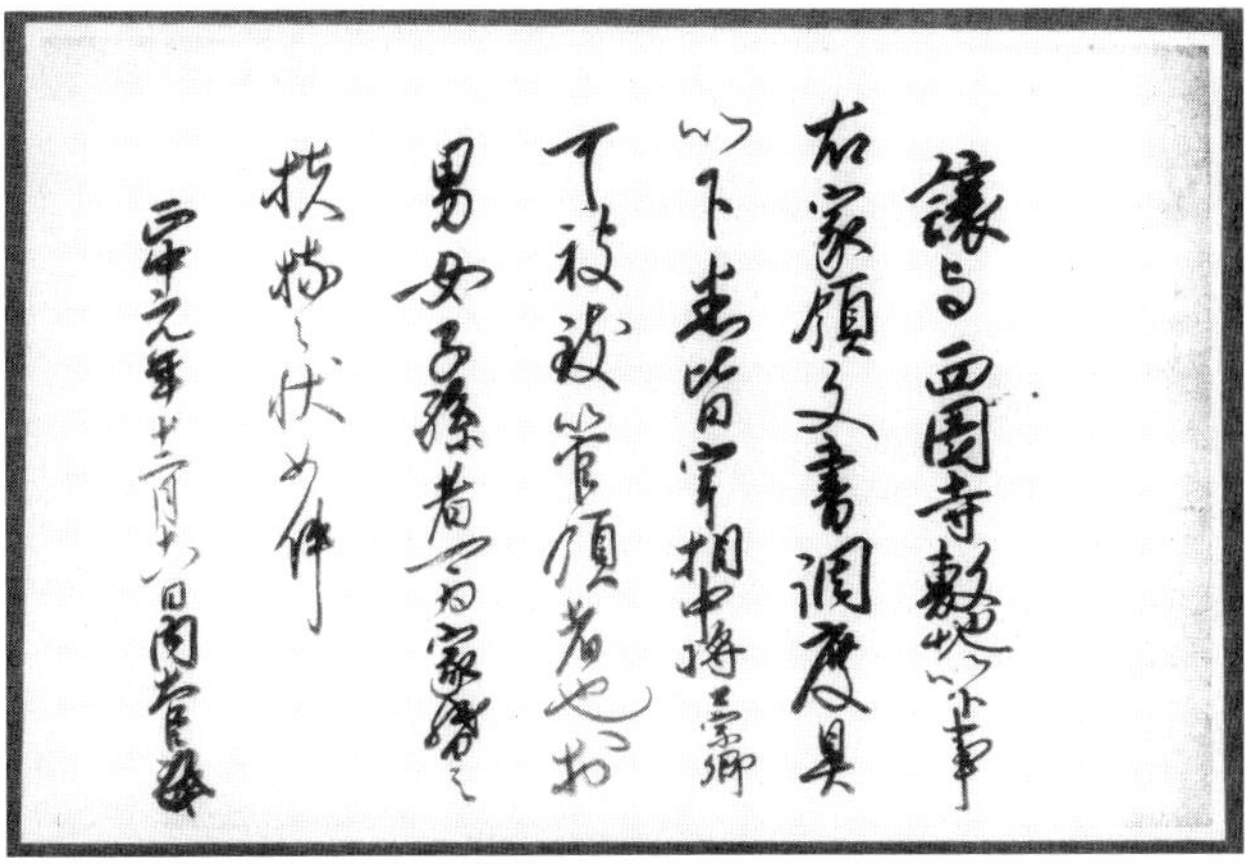

図６　西園寺実衡譲状（正中元年十二月十八日）
（台紙付写真、567-7471、東京大学史料編纂所蔵）

（13）　森前掲著書、六四頁以下。

（14）　『続史愚抄』正安三年（一三〇一）正月十一日、十六日以下によれば、盗み取られたということになっているが、体よく亀山院に与えた形と見てよい。

（15）　岩佐美代子『京極派歌人の研究』（笠間書院、一九七四）第二章第二節「西園寺実兼——とはずがたり作者の女児をめぐって」一三六頁以下参照。そこで、岩佐は、昭訓門院は実兼と後深草院二条との間に生まれた女児であると推定している。

（16）　『園太暦』観応二年（一三五一）九月六日条。

（17）　伏見院は、洞院実雄女・玄輝門院愔子、後伏見院は五辻経氏女・従三位経子、花園院は洞院実雄女・顕親門院季子、後宇多院は洞院実雄女・京極院佶子、後二条院は、源具守女・西華門院基子、後醍醐院は五辻忠継女・談天門院忠子の、それぞれ所生であり、西園寺家の女性所生の皇嫡は、量仁親王（光厳院）までいない。

（18）　しかも鶴見大学の切の内容からは、そこに今上・後醍醐天皇への直接的な非難の文言が含まれている。いかに後醍醐天皇と実衡の折り合いが芳しくなかったとしても、父・公衡の勅勘事件のことを考えると、実衡がこのような強い口調を以て、禁裏を非難するとは考えがたい。

(19) この記事の程近くに、先に触れた「文保の御和談」について記された部分が存在する。

(20) 後伏見院による、量仁親王立太子の願文案が残っている。

(21) これについて、是非諸先学からのご教示を俟ちたい、としたところ、故辻彦三郎氏から、史料編纂所に蔵される、実衡の譲状について御教示を頂いた（正中元年十二月十八日、台紙付写真416―5319、および567―7471）。それにより確認したが、本稿で取り上げた書状切に見られる、やや特徴的な「可」の字体や「事」「者」などの字の横角の長さなどから判断して、筆者は俄に実衡とは認め難く、別筆のようである。御教示頂いた辻氏の御厚情に深謝するとともに、ここに記して、その御冥福を祈る。

(22) 根津美術館に問い合わせたが、『文彩帖』の極札の裏側については確認不能との回答を頂いた。

第二章　『高野山金剛三昧院奉納和歌短冊』（『宝積経要品』紙背）の無署名短冊をめぐって

はじめに

財団法人前田育徳会尊経閣文庫に蔵される、国宝『宝積経要品』は、その紙背に足利尊氏・直義兄弟を始めとして高師直のような当時の有力武士、また『徒然草』の作者・兼好を含む和歌四天王の頓阿・浄弁・慶運などの署名入りの和歌短冊があることで知られ、その奉納先から『高野山金剛三昧院奉納和歌短冊』とも呼ばれる。元禄五年（一六九二）に前田綱紀が金剛三昧院から譲り受けて以来、前田家の所蔵となり現在に至っている。昭和四年（一九二九）には、尊経閣叢刊の一つとして複製刊行もされており、夙に有名なものである。

一二〇枚ある短冊にはそれぞれ名乗が記されており、その短冊に記された和歌の筆者及び作者が判明するのだが、中に六枚、名乗を欠く、つまり無署名の短冊がある。これらは従来、宸翰という点では衆目一致するものの、その筆者及び作者を誰に比定するかについては、二つの意見が示されて来ているが未だに決着を見ていない。

本稿では、改めてこれら六枚の短冊を取り上げ吟味することで、従来とは異なる、新たな見解を示したいと思う。

『高野山金剛三昧院奉納和歌短冊』について

『宝積経要品』は、縦三一・五糎、横、一〇・六糎の、折本一帖。(1) これをくるむようにして、裏表紙で本体と接した帙があり（経摺装《きょうしゅうそう》）、その帙に外題が記される。(2) 帙を開くと現れる表紙には、紺紙に金泥で、上方に仏画の掛け軸を、下方に香炉花瓶を置いた卓子と跪き合掌する人物を、そしてその周囲に金銀泥の雲霞を描く。現在の表紙の付け方からは『宝積経要品』が表であることは明白であり、その裏面が本稿で問題とする『高野山金剛三昧院奉納和歌短冊』（以下、『金剛三昧院短冊』と略称することがある）ということになる。

なお『宝積経要品』に付された足利直義の跋文から、この一帖の成立過程を知ることが出来る。それによれば、「或人」の霊夢により、二〇余人が「南無釈迦仏全身舎利（なむさかふつせむしむさり）」の一文字づつを題として、それを歌頭に冠して和歌を詠じたことがあり（形式としては、短冊による続歌であったことになる）、それは、一軸を成していた。そして歌を詠んだ者達の結縁の為に、その「紙背」に、真文（宝積経の中の「摩訶迦葉会」「優婆離会」の一部）を、直義・夢窓疎石・尊氏の三人が書写（一軸を書）し、金剛三昧院に奉納することになった、というのである。写経に際しては短冊だけでは足りない分の紙を継ぎ足しており、現在は、短冊四枚を一折とする三〇折に、別紙六折分を加えた、計三六折から成っている。跋文の日付は、康永三年（一三四四）十月八日であるが、歌が詠進されたのは、作者の中の一人、細川和氏の没年から康永元年（暦応五年・四月に改元、一三四二）九月以前と考えられている。(3) その作者は二七名で、歌数の多い順に挙げると、尊氏・直義（一二首）、〈御製〉・為明・為秀（六首）、有範・広秀・行珍・行春・和氏・道恵・成藤・実性・頓阿・慶運・兼好（五首）、重茂・顕氏・頼春・貞頼・蓮智（三首）、高範・浄弁（二首）、師直・清胤・光政・季行（一首）。この他に、奉納に際してであろう、賢俊の歌一首が、短冊とは別に、序歌として書き添えられている。問題は、〈御製〉とした、無署名の六枚の短冊の筆者及びその和歌の作者である。

無署名短冊の「作者」

短冊に署名がない場合、その和歌について考えられるのは、それが①天皇または上皇の詠、②女房の詠、③古歌を記したもの、の三通りである。③の古歌を記した場合には、その歌が著名なものであることが多く、何も記す必要がない。①②の場合もまた、基本的には、ある場に於いては名を記さずともそれと分かる、逆に言うと、何も書いていないことで自ずとある人物に限定されてゆく、と言うことが根底にある。懐紙の場合、『袋草紙』「一、題目書様」に「女歌不書題目並名字。御製又題目許歟」とあるのが、署名がないことに言及している最も古い例であり、短冊の場合もこれに準ずるものと考えられている。[4]『金剛三昧院短冊』の場合、他の作者の顔ぶれとその歌数から推して、当時ここに名を連ねるだけの女房歌人がいたとは考えられず、①の、天皇または上皇、の詠――すなわち〈御製〉――と推定するのが妥当である。

それでは、この無署名の短冊の「作者」は一体誰なのか。

従来、この短冊については時の天皇であるところの、光明天皇のものとする見方が大勢を占めている。夙に『短冊作者考』（大日本史料第六編之八所収、金剛三昧院蔵）が無署名の短冊を「光明院御製」として挙げており、それ以降ほとんどがこれを踏襲している。それは比較的近年の『宸翰英華 別篇 北朝』（一九九二）に至るまで変わらない。これに対して、唯一疑義を呈しているのが井上宗雄で、『中世歌壇史の研究 南北朝期』（明治書院、一九六五）に於いて、「（御製）は名欠、光明天皇といわれているが（群書解題）、或は光厳上皇かもしれぬ」とされた。[5] その理由は明確に示されてはいないが、おそらくは、中世和歌研究者の立場から見て、光厳院（康永元年当時、三十歳）が幼少より、京極派女流歌人の中心であった祖母・永福門院の膝下で教育されて和歌に堪能であり、『金剛三昧院短冊』が詠進された康永期は、盛んに歌会を催している事が知られ、[6] 同時期に自撰の『光厳院御集』を編纂し、[7] 第一七番目の勅撰集『風雅和歌集』（貞和四年〈一三四八〉頃完成か）の実質的撰者でもあるという、和歌事跡に関して枚挙に遑がない人物であるのに比べ、光明天皇（康永元年、二四歳）は全く和歌事跡に乏しく、[8] これらを勘案して、光明天皇を無署名短冊の作者に比定することへの違和感から、先の発言がなされたものと思われる。稿者も基本的に井上の意見に賛成で、当時の和歌事跡及び和歌への素養面から考えて、『金剛三昧院短冊』の無署名短冊に記された和歌の「作者」は、光明天皇ではありえず、全て、光厳院のものと考えるべきであると思う。

しかしながら、その「筆者」についてはどうであろうか。

無署名短冊の「筆者」

これまでに『金剛三昧院短冊』の無署名短冊の筆跡を検討した例は管見に入らず、[9] 短冊の「作者」と「筆者」は、無条件に同一のものと見なされ、これらが分けて議論されたことはなかった。それは至極当然で自明のことと考えられてきたからである。しかしながら、この無署名短冊に於いては、その「作者」と「筆者」とは、必ずしもイコールの関係ではないようだ。改めてこの六枚の無署名の短冊をつぶさに眺めて見ると、従来全く指摘されてこなかったある事実に気付き得る。図版を掲げて見よう。問題の六枚の無署名短冊は掲出順に見ると、同じ無署名の短冊であるとは言いながら、その記され方がまちまちなのである。しかしよく見てみると、題の字と和歌の書き始め位置との間の距離によって、これらは二つに分けることが出来るのである。並べ替えて、それらを示してみると次のようになる。

筆跡Aの方は、早卒とも言えるほどの速度と力強い筆勢が感じられ、字の連綿に滞りが見られないのに対して、筆跡Bの方は、明らかに筆勢が弱く、連綿も滞り勝ちであり、所々に線の震えも見られる。[10] また、筆跡Aの方は歌一首を、当初から二行ではなく三行以上で記すことを意識したと思われる書き方であるのに対し、筆跡Bの方は一首を二行で書くつもりが、書ききれずに余り書きになってしまっているようにも見受けられる。そして何より、題の字からの和歌の起筆までの間隔が、筆跡Aは一・三糎から一・七糎ほどであるのに対して、筆跡Bの方は、ほぼそれらのほぼ倍の間隔、約四・〇糎で揃っており、この点で両者は全く異なっている。よって、両者は同筆とは考えられない。

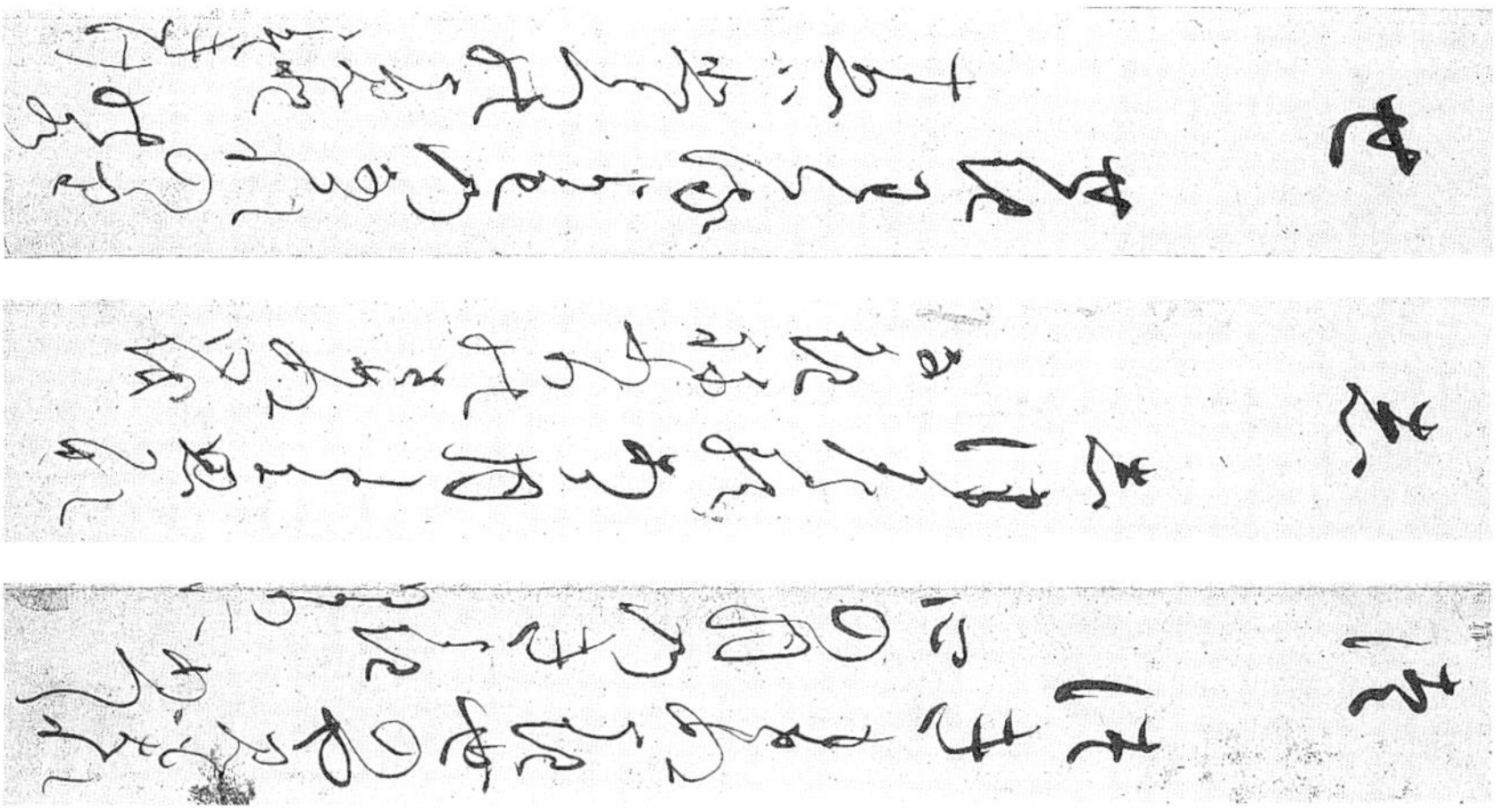

67

45

30

筆跡B

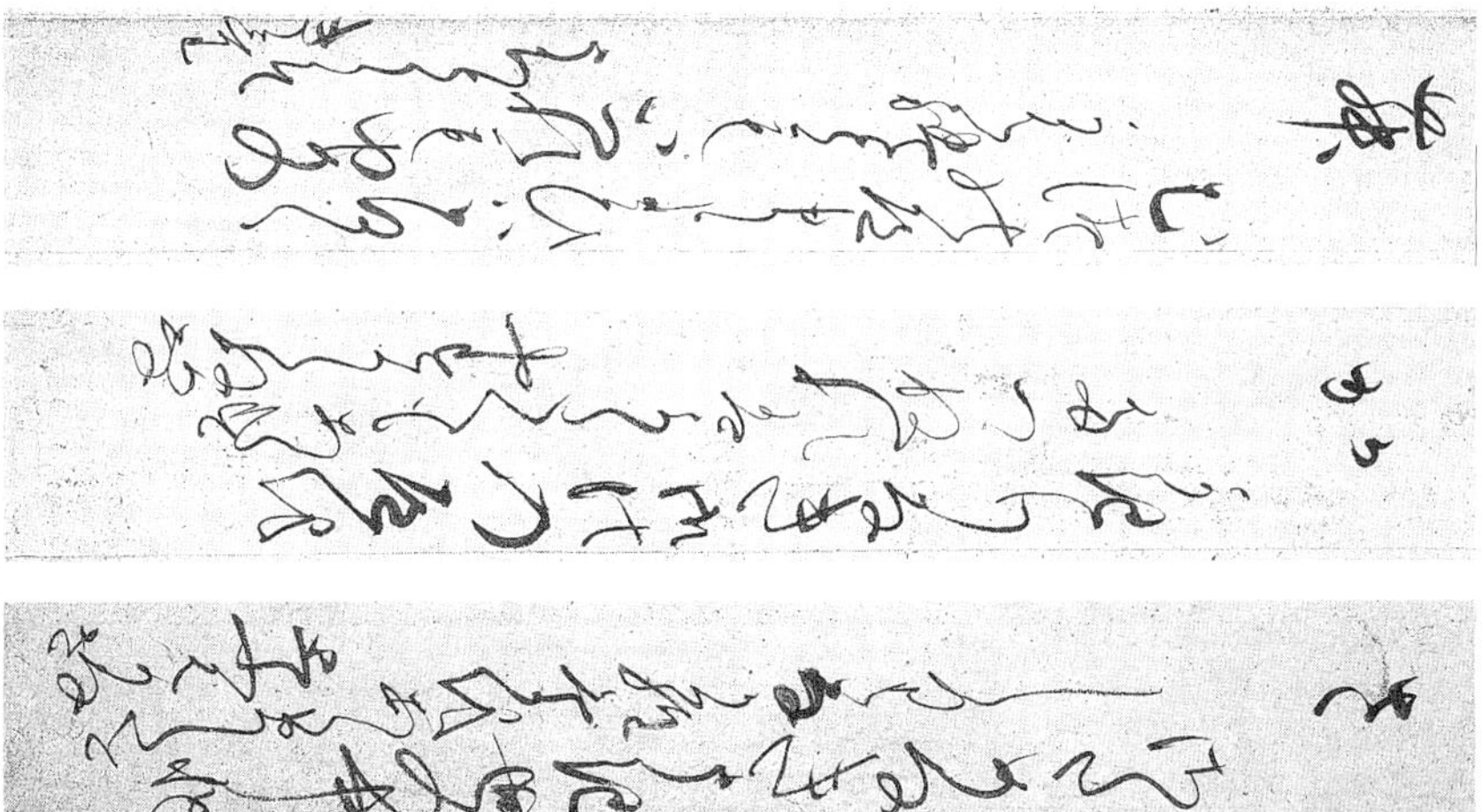

62

28

3

筆跡A

つまり、これまで同一筆者によるものと思われてきた、六枚の無署名短冊は、実は三枚づつ、二人の筆者によって記されたものであったと考えなければならないのである。

Bの筆跡を詳細に見て行くと、一字一字はAの筆跡と似通った面が見出せる。但し先にも指摘した通り、線の震えなど、筆勢の弱さがどうしても目に付く。また形式的な面からも同筆とは考えられない。これは、一体どういうことなのか。

おそらくBの筆跡は、Aの筆跡による歌稿を脇に置いて転写した、つまり臨写したものであろう。自詠でないものを写したため、間違いを恐れる余り筆勢は弱くなり、連綿は無くなり、剰つさえ線に震えまで来した、ということなのであろう。何よりも、筆跡Bは筆力及び技巧的な面で、筆跡Aには遠く及ばない。

それに加えて前項で述べた通り、和歌に堪能な光厳院と必ずしもそうではなかった光明天皇、という和歌事跡に関する状況を鑑みれば、まず光厳院が六枚の短冊和歌をしたため、うち三枚はそのまま用いられたが、残りの三枚は光明天皇の許に送られて、それを元に光明天皇がそれを転写して提出した、という構図が浮かび上がってくる。またAの筆跡そのものも、光厳院の真跡類と比較するに同筆と見てよいものと思われるのである[11]。

おわりに

以上、『金剛三昧院奉納和歌短冊』の無署名短冊について検討を行って来た。その結果、六枚の無署名短冊には、実は二手の筆跡があることが判明した。また、その筆者には光厳院と光明天皇とが、それぞれ比定され得ることを指摘した。

『金剛三昧院短冊』の作者構成を見てみると、ほとんどが武家中心である[12]。他は、歌道家の為秀・為明と法体歌人とであり、そのような中に、突如として宸翰が見られるということには、ある種、かなりの違和感が感じられる。何故、この中に宸翰が加えられたのであろうか。

恐らくそれは、尊氏か直義によって（直義の可能性が高い）、この『金剛三昧院短冊』に対する権威付けの為に、御製が求められたものと考えられる。しかし直接的にはそれが、光厳院と光明天皇の、どちらに対してなされたのかは明確にし難い。表向きは、天皇であった光明に要請がなされたものの、これまで述べて来たように、光明はそれに即応できるだけの能力を持ち合わせていなかった為に、和歌に堪能な光厳院が、その代作をしたものとも考えられるし、また当初より、光厳・光明の両者に対して要請があり、和歌に必ずしも堪能でない天皇の為に光厳院が代作をし、光明天皇はそれを転写して、尊氏・直義に送った、とも考えられよう。

しかしいずれにせよ、六枚の無署名短冊に二手の筆跡が見られる以上、結果として『金剛三昧院短冊』は、当時の治天の君である光厳院と今上である光明天皇の、両者の宸翰を頂くことになり、その「権威付け」という目的に関しては、十二分の効果がもたらされたということになったのであろうと想像される。(13)

『金剛三昧院短冊』奉納の意義については、宗教・歴史の方面からの様々な議論があり、美術・書流史の方面からも、その美術的・筆跡的意義についての言及がなされて来ている。それらに踏み込んだ議論については、稿者の力の及ぶところではないので言及を差し控えるが、今後、同作品を考える際には、これまでに明らかにしたところを踏まえた上での、さらなる議論の展開を期待したいと思う。

注

（1）『宝積経要品』は、国宝の為、基本的に閲覧調査を許されていない。以下の書誌的情報は、尊経閣叢刊『宝積経要品』の複製及び解題、安良岡康作『徒然草全注釈』下（角川書店、一九六八）口絵解説、春名好重『古筆大辞典』（淡交社、一九七九）の「宝積経要品」の項などを参考として、記述した。

（2）外題は摩滅しており「宝積」の二字は判読出来るものの後は不明。『宝積経要品』解説によれば、「金地題簽形の中に宝積経要品の五字を墨書す。この文字は光明院の御書であると云ふ。但し今は「宝積」の二字の外は字形摩損して容易にこれを弁知し難い」（一二頁四行目〜。以下引用に際しては、漢字を通行の字体に改めた部分がある）ということだが、複製で見る限り、「宝積」の二字の大きさと字間から推して、摩滅部分に「経要品」とあったかどうかは疑問で、おそらく書かれていたのは、あと一字のみ（「経」か）であろう。光明院の筆かどうかも未詳。また、現在の装訂が、奉納当時からの原装かどうかは不明で、あるいはこの特異な形態になる前には、現在の帙が、元々は巻子本の表紙で、それがある時点で折り本に改装された可能性なども十分考えられるが、実物を調査し得ていない現時点では、推測の域を出ない（その後、『国宝　宝積経要品　高野山金剛三昧院奉納和歌短冊』（財団法人前田育徳会、勉誠出版、二〇一二）が発行され、鮮明な画像資料に加え、書誌・伝来等について、最新の成果が明らかにされた。その解説によると外題の字については「経」の字までかすかに読み取れるとのことで、本来「宝積経要品」とあったものか。なお、現在の装訂が改装であるか否か、判断しきれず保留しておいたが、『足利尊氏　その生涯とゆかりの名宝』（栃木県立博物館、開館30周年記念特別企画展、二〇一二年十月十三日～十一月二十五日）に於いて、展示に供されていた、当該『宝積経要品』の実物を拝見することが出来た。それを見る限り、元々が巻子本でそれを改装したものであるとの明徴はなく、逆に短冊の継ぎ目に合わせて、均等に折目があることからすると、奉納当初より現装訂であったと考えてよいものかと思われる（勿論、修補の機会はあったと考えられるが、それは所謂「改装」ではない））。

（3）『宝積経要品』解説によれば、和氏の短冊は五枚あるが、うち一枚は他の四枚と著しく筆跡を違えており、「その一枚か四枚のうち、いづれかを他人の代筆と見るべきか、或はこの一枚を和氏の短冊にあらずして別人のものとすべきか。尚研究する余地があるであらう」としている。本稿の目的からは外れるので詳述することは避けなければならないが、17・43・61・95・116（短冊の通し番号は、前掲・安良岡の『徒然草全注釈』下（六一〇頁以下）に付されたものに拠り、『金剛三昧院奉納和歌短冊』冒頭にある賢俊の歌は、短冊和歌ではないので、数に加えない）の、和氏の署名がある五枚の短冊の内、確かに17の「ふきつたふわしの山かぜいまゝでも／にほひぞたえぬ法のはなぶさ」の筆跡は、外の四枚とは、別筆跡と見るべきであろう。（さらに名乗は、「和氏」ではなく「知氏」とも判読できる。如何）さらに、43の短冊は、全体で一二〇枚ある短冊の内、唯一題を欠いており、紙質も、墨の掠れ方から判断して粗いことが分かり、外の短冊とは異なって見える。筆跡も他の三枚（61・95・116）とは、若干異なるようである。紙質・墨色など書誌的な問題に関しては、複製だけでは限界がある。改装の問題も含めて、今後より一層、実物に即した形で、考究されるべき事柄であると思われる。

（4）橋本不美男『原典をめざして』（笠間書院、一九七四）二七八頁。懐紙と短冊では、格が全く違い、正式な場では懐紙を用いるべきで、短冊は略儀である。なお、短冊に関して、宸翰並びに女流が無署名であることを言明しているものは意外と少なく、ぐっと時代が下って、江戸時代の持明院流の入木道資料である『持明院家入木道伝秘』『持明院家法家伝』（森尹祥〈一七四〇～一七九八、幕府右筆〉編）などに見られる程度である。その理由として、天皇・院と同じ会に列することの出来る人々にとっては、あまりに自明なことととして記されなかったのと、そうでない人々にとっては、それを知っておく必要がなかった、と言うことか。

（5）西山美香も、近年「室町幕府初期政権の仏事としての『高野山金剛三昧院短冊和歌』奉納——浄化と再生の希求」（『文学』三―二、二〇〇二・三）の中で、「北朝天皇（光厳院か　光明天皇とも）」という記し方をしており、井上の意見に従っているかと思われるが、その理由については明確にしない。猶『武家と禅宗——夢窓疎石を中心に』（笠間書院、二〇〇四）に再録された同論文に於いてもこの点についての変更加筆等はない。

（6）井上前掲著書、四〇一頁以下参照。

（7）原田芳起「光厳院御集と花園院御集」史学・文学三―一、一九六〇・三（『探求日本文学中古中世編』一九七九に再録）・國枝利久「光厳天皇全歌集」解説（『光厳天皇遺芳』常照皇寺、一九六四）・岩佐美代子『光厳院御集全釈』（風間書房、二〇〇〇）解説など。猶、稿者は、『光厳院御集』の原本（宸筆か）が昭和の初期まで存在していた可能性を示す資料を見い出した。これについては、この後、別稿「宸筆『光厳院御集』をめぐって」と題し成稿した（本書第三部第三章所収、参照）。

（8）勅撰集への入集状況を見ても、光明院は風雅集に七首が見られるだけであるのに対し、光厳院は、風雅和歌集以下の各勅撰集に、合わせて七九首が入集している事実からも、和歌への関わりの違いは、容易に看取される。

（9）それは、光厳院には、その真跡と認められる和歌資料が知られているのに対して（『三十六番歌合』（天理図書館蔵）や、『日吉山王七社法楽和歌』（尾高正久氏蔵）、『法華経要文和歌懐紙』（妙満寺、立命館大学等蔵）など、前掲『宸翰英華別篇北朝』所収）、光明院については仮名筆跡資料がほとんどなく、ともするとここで問題とする『金剛三昧院短冊』の無署名短冊が、その唯一の真跡と認められてきたことで、有効な筆跡比較をするに及ばなかったことにも原因があろう。

（10）30・45の「月」の字や、45・67の「能」を字母とする「の」など。

（11）比較対象として、光厳院の春宮時代のものと思われる、「量仁」の署名のある短冊を掲げる（本書第三部第三章参照）。
これは、江戸時代に短冊蒐集で名を馳せた、浦井有国（一七八〇～一八五九）が、所蔵短冊を模刻したものとして有名な、『続眺望集』（弘化四年〈一八四七〉刊）に収められており、周知のものである。その原本は現在、MOA美術館に所蔵されており（『いはほ』・短冊手鑑二四帖の内）同美術館の御好意により、その写真を掲げた。両者には、筆速に違いがあり、またそれが記された年代も離れていると考えられる為、容易に比較しがたい面もあるが、両者とも同筆と判断する。猶、鶴見大学名誉教授で、書家の貞政少登（研司）氏によれば、空間の取り方や筆遣いの呼吸などがは同一者によるものと見え、両者は同筆であろうとの見解を示された。

（12）当初から奉納を目的としたのであったならば、詠進は正式な懐紙で行われてしかるべきで、短冊という略儀により歌が詠進されたことの意味は、もっと注意されてよいであろう。あるいは、尊氏・直義を除く武家歌人の多くが、歌を寄せることは出来ても、懐紙による正式な詠進には対応出来なかったという可能性もあるのではなかろうか。また『金剛三昧院短冊』が、直義の跋文に言う通り、ある人の「霊夢」のより行われたものであるならば、初めは、必ずしも奉納を目的としたものではなかったので、略儀である短冊による詠進となった、とも考えられる。

（13）『金剛三昧院短冊』の成立過程から考えると、両宸翰は当初から存在したのではなく、康永三年の奉納に際して、直義らの求めに応じて詠出された可能性もあるだろう。そう考えると、光厳院の筆と考えられる筆跡Aが、早卒の内に記された印象を与えることとも、何らかの関係があろうか。

第三章　宸筆『光厳院御集』をめぐって

はじめに

光厳院（諱は量仁、正和二年〈一三一三〉～貞治三年〈一三六四〉）は、南北朝の未曾有の動乱期を生き抜いた、北朝天皇第一代目に数えられる人物である。幼少の頃より、持明院統の正嫡たるべく教育を受け、漢学の素養は勿論、琵琶の名手でもあり、文雅の道に通じた正統派の天皇であった。

とりわけ和歌に於いては、京極派女流歌人中随一の存在であった祖母・永福門院と、叔父にあたる花園院からの薫陶を受け、後期京極派を代表する歌人に成長すると同時に、永福門院亡き後には同派の指導的役割をも果たした。そして永福門院の遺志を受け継ぎ、花園院の監修の下、『玉葉和歌集』に続く二つ目の京極派を中心とした勅撰集『風雅和歌集』を親撰、完成せしめたことでも知られ、文学史上に於いて特筆される人物である。

その光厳院には、自撰と考えられる『光厳院御集』[1]があり、岩佐美代子により『光厳院御集全釈』（風間書房、二〇〇〇）が著され、全首に渡る行き届いた注解がなされた。『光厳院御集』の現存諸本については、同書の解題に於いて極めて的確で明快な整理と説明がなされ、そこに現在の研究の水準が示されている。

よってそこに付け加えるべきものはほとんどないのだが、古筆資料の中にこの『光厳院御集』に関する新たな資料を見出した。それにより、現在近世期の写本でしか知られない『光厳院御集』に、その書写年代が南北朝期にまで遡る写本が、昭和の初めまで確実に存在していたことを確認した。さらに『光厳院御集』の原資料である、光厳院宸筆短冊の存在をも知り得た。よって本稿では、それらについて報告すると共に、『光厳院御集』の伝写・書承関係、その本文などについて、若干考察を加えたいと思う。

『光厳院御集』について

まず始めに『光厳院御集』とその諸本について、岩佐の整理に従いつつ略述しておく。

『光厳院御集』は、康永元年（一三四二）十一月頃までに、光厳院の自撰により成立したものと考えられている。伝本としては、現在、一六五首からなる本が五本、二四九首からなる本が一本の、計六本が知られている。

（一）　一六五首本

①宮内庁書陵部蔵御所本（「花園院御製」150―370）

②国立公文書館内閣文庫蔵『賜蘆拾葉』五、所収（「花園院御集」217―11）

③同右『墨海山筆』二、所収（「光厳院帝御製和歌集」217―31）

④宮内庁書陵部蔵和学講談所旧蔵『続群書類従』巻四二三所収（「光厳院御集」453―2）

⑤ノートルダム清心女子大学蔵黒川文庫『家集部類』一八（「光厳院御集」233）

（二）　二四九首本

⑥宮内庁書陵部蔵御所本（「花園院御集」151―369）

そのうち一六五首本の中の二本が、外題を「花園院御製」とし、二四九首本も「花園院御集」と記され、特に後者は実際に花園院の詠を収めているため、古くはこれらはすべて花園院の集であるとされてきた。しかしながら、原田芳起「光厳院御集と花園院御集」（史学・文学三—一、一九六〇・六　後、『探求日本文学中古中世編』風間書房、一九七九に再録）により、一六五首本は光厳院の集で、二四九首本はそれに勅撰集に載る、光厳院と花園院の歌を増補した、混態本であることが明らかにされ、それ以後、これが定説となっている。[2]

これら諸本は全て江戸時代の書写であるが、それらの中では、①の宮内庁書陵部蔵本（150—370）が、比較的書写年代が古い近世初期写とされ、『光厳天皇遺芳』所収「光厳天皇全歌集」（担当、國枝利久）『私家集大成』（担当、國枝）『新編国歌大観』（担当、鹿目俊彦）などの底本として採用されている。また、岩佐美代子『光厳院御集全釈』でも底本として選定されているが、その理由として、書写年代は勿論、本文的に京極派の特色、例えば特徴的な字余りなどを正しく書写しており、その反対に諸本により、改訂しなければならないと認められる所は一箇所もない、という点を強調されている。[3] 実際に、本文異同は『全釈』に示されており、その見解は正しいものと思われる。

ただ如何せん、諸本はどれも江戸時代の書写にかかるものばかりであり、室町時代に遡る古筆断簡すら見出せない以上、[4] 本文上の不安が全く残らないわけではない。

宸筆『光厳院御集』断影

しかしながら、わずか六本の伝本とはいうものの、その奥書に注目すべき文言を含んだものが無いわけではない。③の国立公文書館内閣文庫に所蔵されている『墨海山筆』二、所収の、「光厳院帝御製和歌集」（217—31）がそれである。以下に、その奥書を示す。[5]

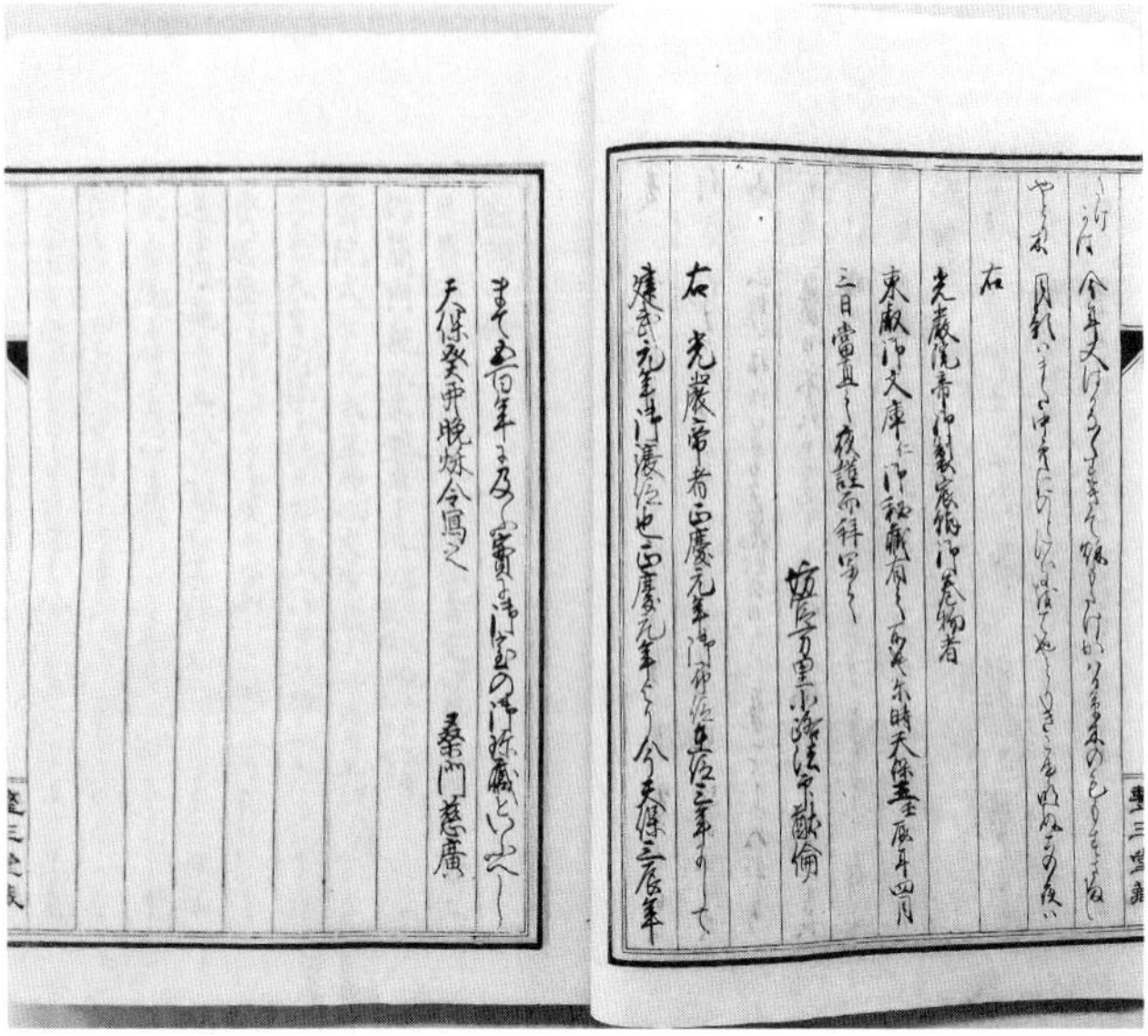

図１　『墨海山筆』二所収「光厳院帝御製和歌集」奥書（217―31、内閣文庫蔵）

「右
光厳院帝御製宸翰御巻物者
東叡御文庫仁御秘蔵有之所也尓時天保三壬辰年四月
三日当直之夜謹而拝写之
　　　　坊官万里小路法印猷倫
右　光厳帝者正慶元年御即位在位三年にして
建武元年御譲位也正慶元年より今天保三辰年
まて五百年に及ふ実に御室の御珍蔵といふへし
天保癸卯晩秋令写之
　　　　桑門慈広」

この奥書によると、『墨海山筆』所収本は、天保三年（一八三二）坊官・万里小路法印猷倫の書写本に、天保十四年（一八四三）『墨海山筆』編者の慈広[6]が識語を加えたか、あるいはその転写本ということになる。

注目したいのは、天保三年まで「東叡御文庫」（上野寛永寺の文庫）に、光厳院の「宸翰」と伝えられる『光厳院御集』の「巻子本」が秘蔵されていた、という一文である。混態本である二四九首本の奥書に、室町時代の後期、天文八年（一五三九）に甘露寺伊長の本を山科言継が写したという事実が記される他は[7]、その伝来経路がほとんど知られない『光厳院御集』にあって、もしそれが本当に光厳院の「宸翰」、つまり自筆であったならば、その書写年代は成立時に遡る可能性が高く、それは諸本中

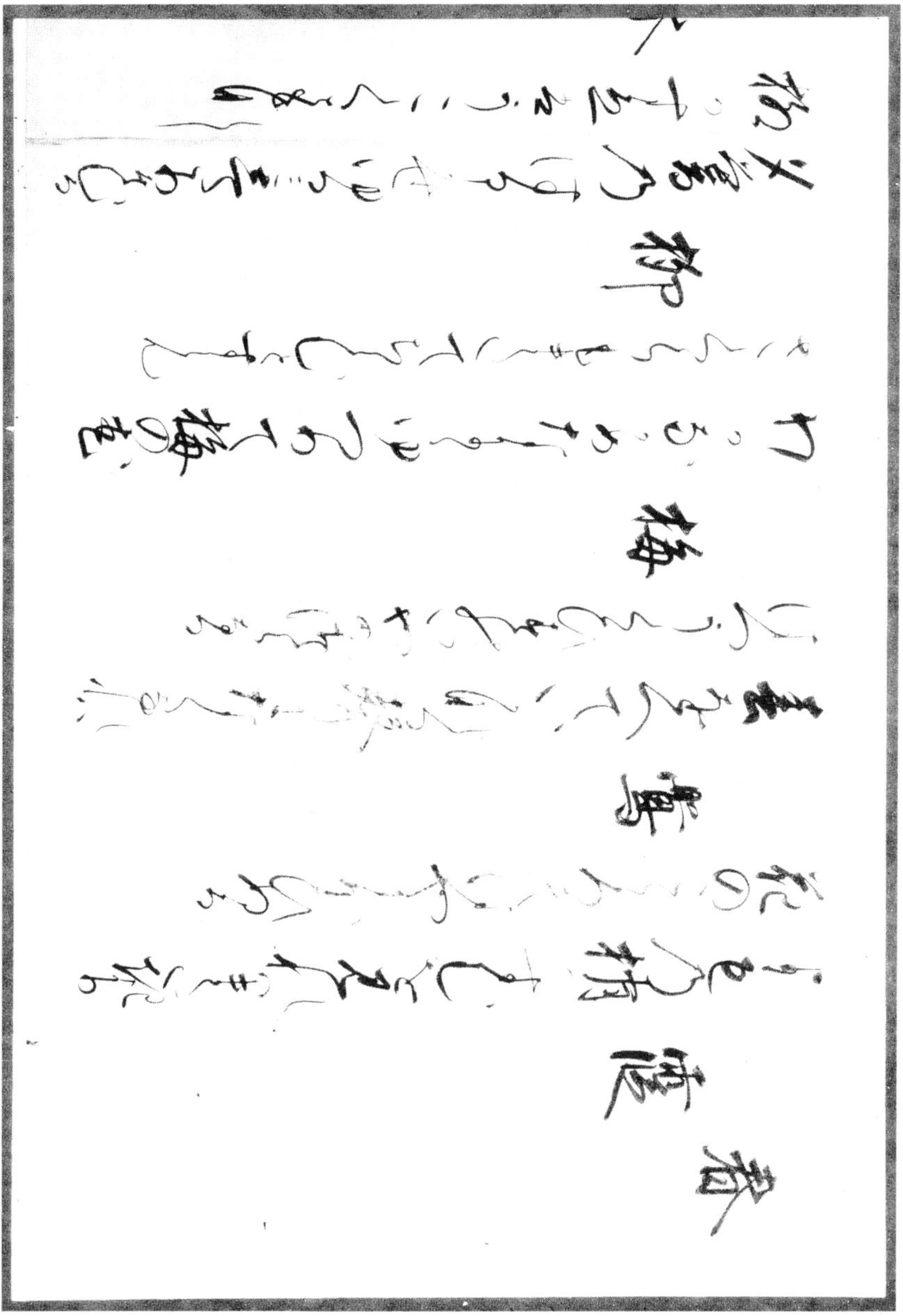

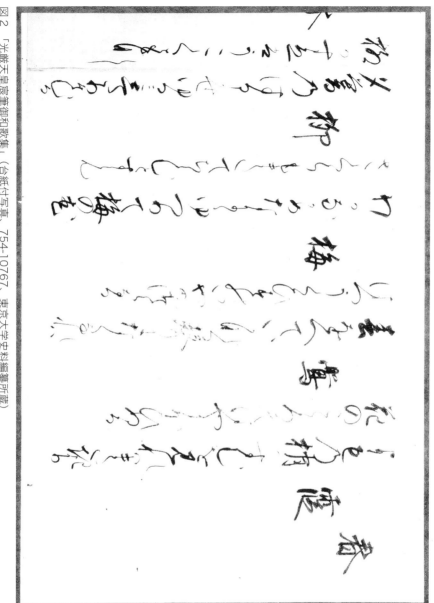

図2　「光厳天皇宸筆御和歌集」（台紙付写真、754-10767、東京大学史料編纂所蔵）

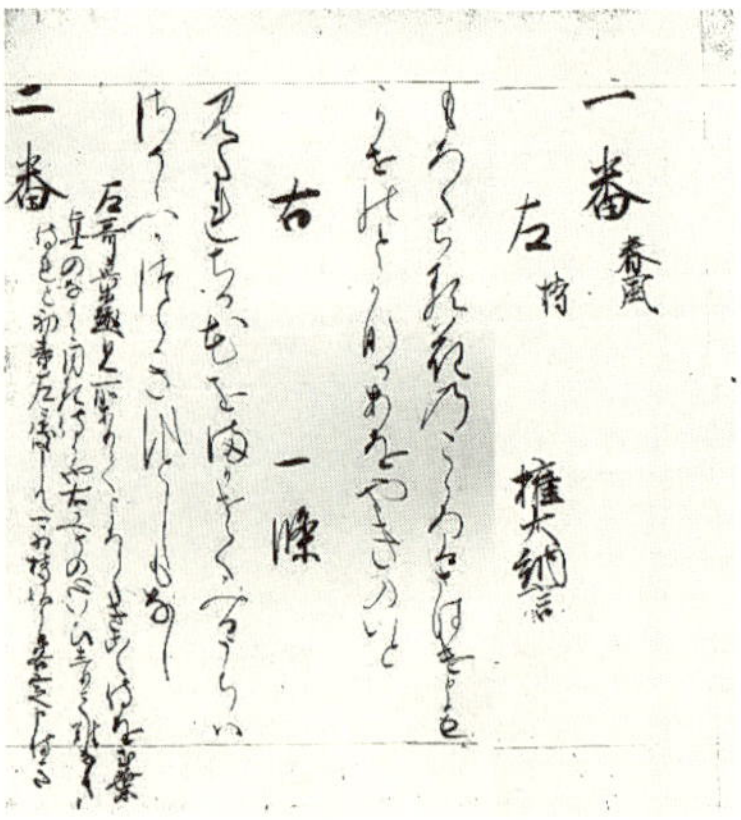

図３　光厳院宸筆『三十六番歌合』（天理大学附属天理図書館蔵）

抜群の古さを誇ることになる。だがそれだけではなく、本文的に見て、重要かつ信頼に足るものであることは、容易に想像されるところであろう。

　とはいうものの、手掛かりは奥書の「東叡山文庫」にあったということだけであり、『墨海山筆』所収本そのものは、本文的に必ずしも善本であるとは言い難く[8]、そうでなくとも上野寛永寺は、明治維新時の混乱と太平洋戦争による空襲により、その子院も含め、多くが失われたといい、蔵書に関しても、本坊の文庫以外にも子院それぞれが相当の典籍類を所持していたらしいが、それらの詳細な追跡調査は非常に困難で[9]、これまでその存在に関して、十分な注意が払われてこなかったのには、致し方がない面があった。

　しかしながら、その存在の徴証は、皆無という訳ではなかった。

　東京大学史料編纂所には現在「光厳天皇宸筆御和歌集」（754—10767）という名称の、台紙付写真が一枚、所蔵されている[10]。台紙の端に記された情報によれば、昭和二年（一九二七）当時、鳥取県の木山竹治[11]により所蔵されていたものであることがわかる。縦の大きさは三〇・七糎、冒頭部分を写したと思われるその書影には紙の継ぎ目が見られ、次の歌の題の一部が見えていることから断簡零葉ではなく、最低でも二紙以上が継がれたものと思われ、原態は巻子本であると推定される。そして何よりもその内容は、現在知られている『光厳院御集』の冒頭部と全く一致し、これが『光厳院御集』の一伝本であることは間違いない。そして注目すべきは、その筆者と書写年代である。縦三〇糎という大きな紙に、行間をゆったりと取って、一首を二行書きにするという、その堂々とした書風はすぐに宸翰様であることが看取され、また丁寧な書きぶりから見て、草稿などではなく、清書本に近いものであることを窺わせる。

　比較として、光厳院宸筆であることが明らかである、『三十六番歌合』（天理大学附属天理図書館蔵）を掲げた。あくまで写真による判断ではあるが、両者は、書写態度にこそ若干の相違は見られるものの、同筆と判断してよく、謹直な字体でゆったり記されたそれは、右筆による書写や模写などでは到底あり得ず、原本そのものであると判断してよかろう。

結論から言うと、これは光厳院自身の筆跡——つまり宸筆であると判断される。そして、本の形状が「巻子本」であるとなれば、直ちに『墨海山筆』本の奥書にある、東叡山文庫に秘蔵されていた「光厳院帝御製宸翰御巻物」が想起されよう。勿論、両者が全くの同一物であるかどうかは即断出来ず、それを証する為には、今少し周辺資料による証明が必要であるが、江戸時代末の混乱期に寺外へと流出し、巡り巡って木山竹治の所蔵に帰したという可能性は、非常に高いものと思われる。少なくとも、光厳院宸筆の『光厳院御集』といわれるものが、昭和二年までは、確実にこの世に存在していたのである。そのことは強調しておきたいと思う。[12]

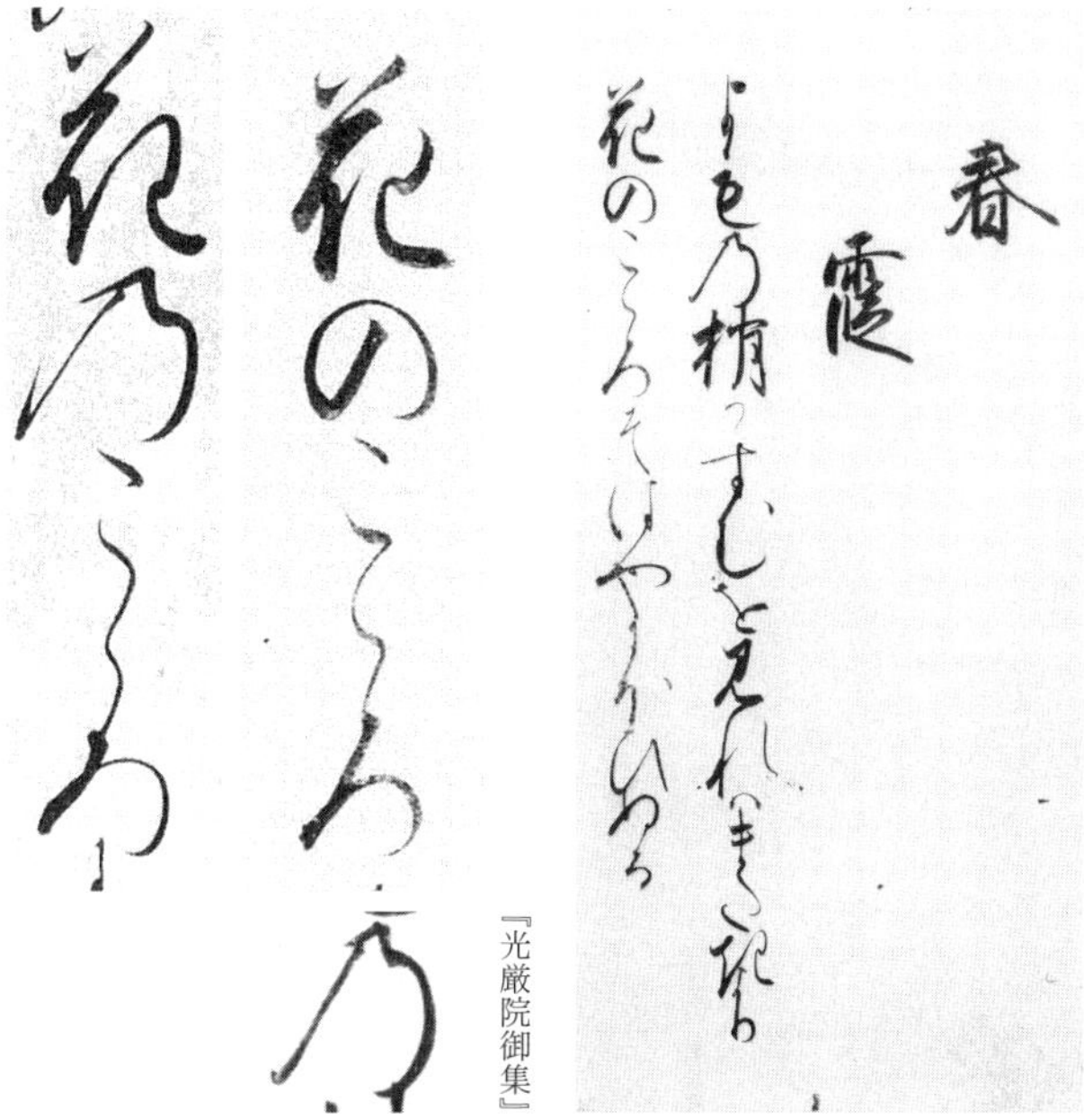

『光厳院御集』　『三十六番歌合』

図４　「光厳天皇宸筆御和歌集」（『光厳院御集』）

光厳院の短冊資料——本文異同に関連して

光厳院の仮名筆跡は、『三十六番歌合』（前出）や『法華経要文和歌懐紙』（妙満寺切）などが比較的よく知られ、『高野山金剛三昧院短冊』（『宝積経要品』紙背）[13]（前田育徳会尊経閣文庫）なども知られているが、和歌の詠草として、その自筆性が確実視されるものの一つに、短冊の存在がある。京極派には、それら短冊の古い例と認められる、鎌倉時代後期の伏見院・西園寺実兼などのものがいくつか確認できるが、[14]光厳院にもまた、自筆の短冊が認められるのである。

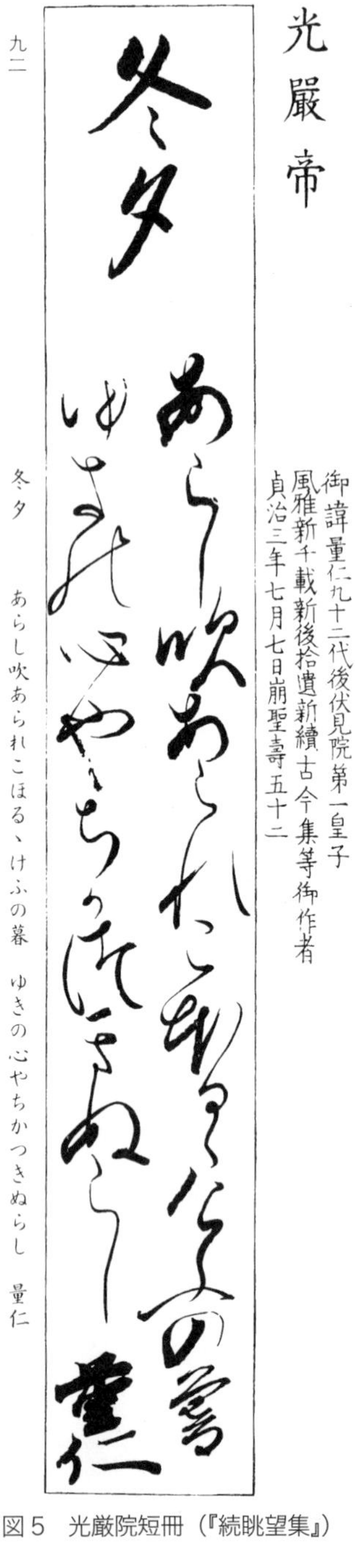
光嚴帝
御諱量仁九十二代後伏見院第一皇子
風雅新千載新後拾遺新續古今集等御作者
貞治三年七月七日崩聖壽五十二
九二
冬夕
あらし吹あられこほる丶けふの暮　ゆきの心やちかつきぬらし　量仁
図５　光厳院短冊（『続眺望集』）

それは江戸時代後期京都に住んだ豪商で、世に「短冊天狗」と称されたという浦井有国（通称・徳右衛門、有国は号。安永九年〈一七八〇〉～安政五年〈一八五八〉、七九歳）が、所蔵していた短冊の中から、優品を選んで模刻し、出版した短冊帖として夙に有名な『眺望集』『続眺望集』[15]の内、『続眺望集』の中の冒頭にある、「量仁」の署名入りの非常に珍しい短冊である。おそらく、これまでは模刻ということであまり注目されなかったのであろうが、実はこの模刻は実物を「透写」したもので[16]、その意味で極めて正確な模刻であり、十分信頼するに足るものである。

さらにそれだけではなく、模刻された短冊の実物は今に伝わり、現在熱海にあるＭＯＡ美術館に所蔵されている。[17]二四帖という大部の短冊手鑑帖の中、「いはほ」と銘された、宸翰を集めた帖の七枚目に貼られている。光厳院の若い頃の筆跡として、非常に貴重なものであると言える。さらにもう一つ注目されるのは『続眺望集』で光厳院の次に模刻されている、伝称筆者を息子の後光厳院とする短冊である。[18]短冊帖「いはほ」の十枚目に貼られているそれは、よく見ると光厳院の短冊と筆跡の上で非常に似通っており、同筆としか見られないのである。さらにそこに記された歌の他出を調べてみると、何と両者は『光厳院御集』の中に、64・65と連続して収録されている。こうなると、後者の短冊の筆者は後光厳院ではあり得ず、これらは二枚とも、光厳院の宸翰短冊と認めてよい。

図６　短冊手鑑『いはほ』(MOA 美術館蔵)

そうして見ると、二枚目の短冊の本文には、実に興味深い異同が見られる。『光厳院御集』65番歌の第五句は「かけさえぬなり」となっているのだが、短冊ではよく見ると「かけきえぬ也」となっているのである。[19] 解釈の上ではどちらも成り立つが、光厳院の自筆であるということと、光厳院が教えを受けた永福門院に「花のうへにしばしうつろふ夕づくひいるともなしに影きえにけり」（風雅集・春中・199）という先行する表現があることからして、ここは「かけきえぬ也」の本文を取るべきである。[20] そして、これらを基に自選されたと考えられるのが『光厳院御集』である以上、宸筆の巻子本ではおそらく、後者の短冊の本文になっているのに違いないのである。

わずか一字の違いではあるが、逆に言えばそうであるからこそ、京極派和歌のように、特徴的な表現を持つ作品にとって、このような違いが判明するという点で、作者の「自筆」が持つ、資料としての意味は非常に大きく、やはり改めて、宸筆『光厳院御集』の出現が、鶴首されるのである。

おわりに

以上、現存諸本では江戸時代写本しか知られない『光厳院御集』に、作者である、光厳院の宸筆本が昭和の初めまで伝わっており、それは今なお存在する可能性があることを指摘した。また光厳院宸翰の短冊を紹介し、そこに見られた異同から、自筆資料が持つ意味の重要性を改めて確認した。

繰り返しになるが、宸筆『光厳院御集』が、今もどこかでひっそりと息づいていることを祈りつつ、再びこの世に出現してくれることを、心静かに待ちたいと思う。

注

（1）書名については『光厳院御集』が、元々の書名であったとは思われない。それは、他の天皇のいわゆる『御集』などと同じで、本来は特別な書名を持たなかったものが、後人により、命名されたものであろう。それにより、後述のごとく、花園院の集と誤認されることなどもあったのであるが、現在では原田芳起「光厳院御集と花園院御集」（史学・文学三―一、一九六〇・六、のち『探求日本文学中古中世編』風間書房、一九七六　に再録）により、これが光厳院の集であることが明らかにされ、その後、私家集大成・新編国歌大観などの認識を経てきており、今後、研究上内容的に揺れることはないと判断し、書名を『　』で括った。

（2）注1参照。

（3）岩佐前掲著書、五頁以下参照。

（4）今のところ、著者はそれに類するものを見出し得ていない。博雅の諸先学からの御垂教を御願いする。

（5）以下、引用は私意により、漢字を通行の字体に改め、句読点を付した。岩佐の翻読とは若干異なる点がある。

（6）上野寛永寺の子院、津梁院主、大僧正、梅処閑人・整三堂・錦洞館・旭岱子と号した。生没年未詳。『大江戸和歌集』上（安政五年〈一八五八〉刊、一首）、紀貫之九百年忌追善歌集『たち花の香』（弘化四年〈一八七八〉刊、一首）に、その名が見える。『墨海山筆』は、一一一巻八二冊（内、四一巻を欠き、現存七〇巻）からなる一大叢書で、天保頃から下って安政頃までかけて、関根為宝・鍋田三膳・屋代弘賢など、多数の友人・知人らを頼って書写蒐集し、成立したもの。その大部分は内閣文庫所蔵だが、一部は東京大学史料編纂所にも蔵される。

（7）二四九首本である、⑥の宮内庁書陵部蔵御所本（「花園院御集」151―369）は、奥書によれば「此集以甘露寺亜相之本於灯火／馳禿筆校合畢／天文八年九月廿二日　左衛門督藤言継」とあり、天文八年（一五三九）に、山科言継が、甘露寺亜相（伊長）本を写したものであるが、言継本は現在知られず、これが言継本からの直接の書写になるものかどうかは、残念ながら明らかでない。

（8）岩佐前掲著書、五頁に挙げられる例を示せば、「うらみのそこそ」（歌番号106）（①宮内庁書陵部蔵御所本（150―370））に対して『墨海三筆』本は「恨のそこと」、同様に「物おもふ身には」（29）に対して「は」を、「燭のかけを」（144）に対しては「を」を欠くなど、かならずしもこの本だけではないが、誤写と思われるものが目立つ。

（9）『寛永寺及び子院所蔵文化財総合調査報告（上）――石造遺物・聖教典籍編』一九九九・三、九五頁に、「（1）寛永寺所蔵の聖教典籍類の変遷について」の一節があり、そこに概略が示されているが、明治維新の際、寛永寺周辺が彰義隊戦争の主戦場となり、戦後数年間、寛永寺関係者は自分の住坊はもちろん、その寺域に入ることさえ許されなかった時期があり、その間、盗人が跳梁跋扈した時期があったことや、明治・大正期には、維持の困難な子院も現れ、統廃合が繰り返されたりしたことにより、旧寛永寺所蔵本は、比叡山に移されたり、他の寺院に転出した僧侶が携行したり、市井に流出し、転売されたりしたこともあったという。それらを経つつも、現在なお、寛永寺本坊書庫（ちなみに、この報告書の中に翻字されている、「東叡山本坊文庫惣目録」には『光厳院御集』の記載は見られない）および各子院において、相当数の蔵書があるとも言う。これらの実態とその所蔵品の追跡は、今後の課題であろう。なお『墨海山筆』の編者・慈広のいた津梁院は、昭和二十年（一九四五）三月の、所謂東京大空襲で消失しているということである。

（10）この存在を最初に見出したのは、久保木秀夫であった。しかし自身の専門から離れるものであるという理由から、著者にこれを示し、成稿を慫慂された。御厚情に深謝する。

（11）木山竹治は、大正から昭和の初めにかけて、鳥取市立第一中学校（現県立鳥取西高等学校）の地理の教諭であった人物で、著書に『松田直之』（鳥取県教育委員会、岩美郡教育委員会、一九二五）がある。

（12）ご遺族にお話を伺ったところ、故人の蒐集品などは空襲による罹災などもなく、処分されたこともない、とのことであったが、当該本については現在のところ、所在が確認出来ていない、という。その出現を切に待ちたい。

（13）「『高野山金剛三昧院短冊』（『宝積経要品』紙背）の無署名短冊について」（『目白大学紀要』一〇、二〇〇三・七、本書第三章第二節に収録）で、『高野山金剛三昧院短冊』の中に六枚ある無署名の短冊のうち、三枚が光厳院の筆跡によるもので、もう三枚は、光厳院が詠んだ和歌を短冊に記したものがあり、それを元に光明天皇が転写・書写したものであるということを明らかにした。

(14) 拙稿「京極派和歌の短冊資料」（『国文鶴見』三五、二〇〇〇・一二）に於いて、言及したことがある。

(15) 『眺望集』（浦井有国編、中野荘次 解説・釈文、臨川書店、一九八五）に、影印翻刻がなされている。また、これに関連した論考として、注14の拙稿、および「東京国立博物館蔵・短冊手鑑（「振古仙雅」「古今吹万」）をめぐって——付、京都女子大学図書館蔵、吉澤文庫本「振古仙雅」（板本）影印」（『研究と資料』四四、二〇〇〇・一二、酒井茂幸との共同執筆）、また拙稿「鶴見大学図書館蔵（和歌名人短冊）について」（『国文鶴見』三八、二〇〇四・三）をご参照頂きたい。

(16) 有吉保所蔵の古筆家資料の中に、それらの短冊を透写し、その時に極札を発行していることが確かめられるものがある。それは正に、この『眺望集』『続眺望集』を作成する際に、同時に行われたものと分かるのである。「古筆了伴模写短冊集」「古筆了伴模写短冊集」（承前）（『語文』111・112、二〇〇一・一二、二〇〇二・三、有吉保以下五名による）参照。

(17) その内容の詳細および伝来などについては、田中之博「MOA美術館所蔵の短冊手鑑について」（企画展『珠玉の書——短冊手鑑の世界』展示図録、二〇〇二・六、同展示は、MOA美術館にて七月まで開催されたもの）に詳しい。

(18) 後光厳院は、光厳天皇第二皇子で、名は弥仁。暦応元年（一三三八）～応安七年（一三七四）、三七歳。康永元年（一三四二）当時は五歳であり、当然筆者たり得ない。

(19) 短冊の筆跡を見ると、「かけ」の「け」の字の下で、筆が止まっているのが見て取れる。これは明らかに、次の字「き」の一画目である。このように「き」の一画目を離して記すのは、草仮名に於いてはごく自然の事である（『三十六番歌合』十七番右（「女房」は光厳院の隠名）、第四句「秋かせさむき」の「き」参照）。そしてこれが、誤写・誤読を招きやすいこともまた、周知のことであろう。

(20) 表現された一首の内容からしても、ここは「夕日の光は消え入ってしまった」とするのが適切である。

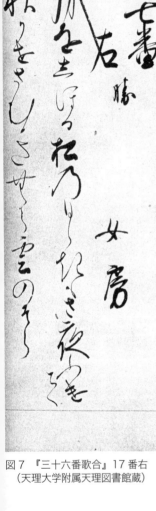

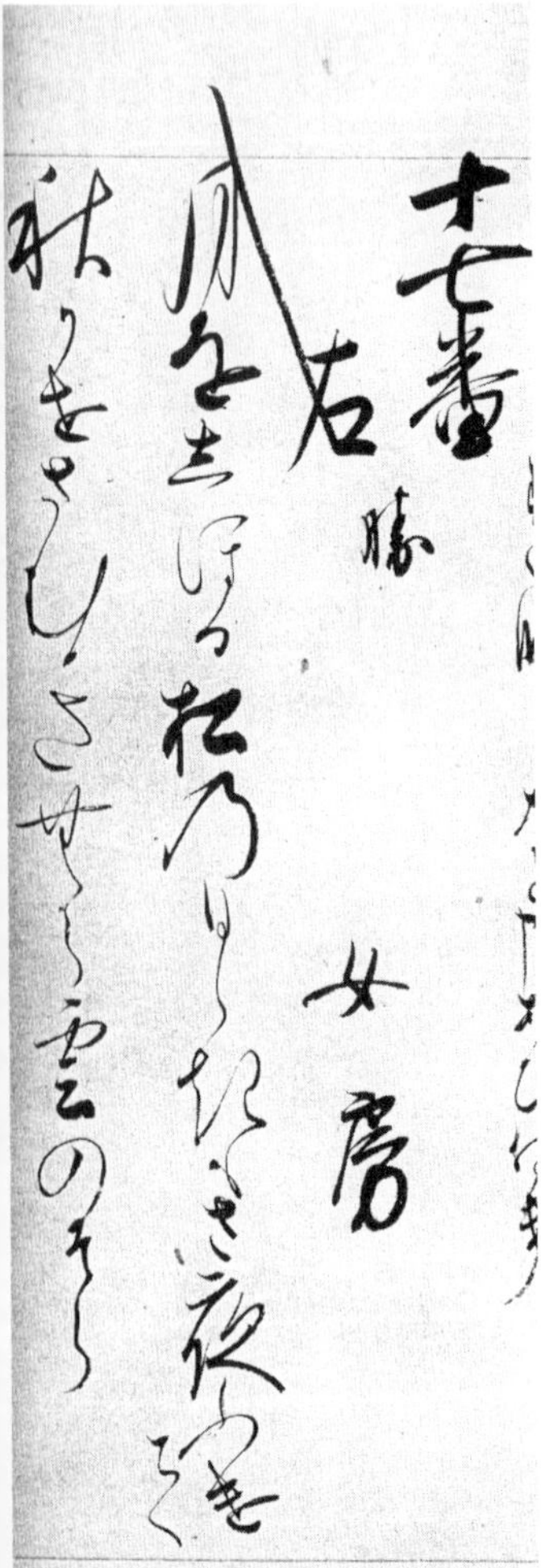
図７　『三十六番歌合』17 番右
（天理大学附属天理図書館蔵）

あとがき

本書は、平成十六年度鶴見大学に提出した、博士学位論文『京極派和歌の基礎研究』の内、第二章・第三章を中心に再構成して纏めたものである。御審査頂いた、主査・中川博夫、副査・高田信敬、堀川貴司の諸氏に、御礼を申し上げたい。

爾来、十年を経ることになったが、ここに単著として上梓することとなった。校本については、渡部泰明の科研の研究協力者として作成したものがあり、諸本解題は、岩佐美代子『風雅和歌集全注釈』(笠間書院)で、書かせて頂いた諸本解題を基としている。両氏にお声掛け頂き、その仕事をお手伝いしたところから、前半部の研究は始まった。結果、相当数の伝本を見ることになり、博く諸本を調査なさっていた次田香澄氏の次くらいには、風雅和歌集の諸本調査をすることが出来たと自負している。このような研究の機会を与えてくださった渡部・岩佐両氏には、深謝したい。

諸本を博捜する過程で、従来とは異なる見解を抱くことになった、伝本研究と分類に関しては、書き下ろしであるが、以下、既に雑誌等に論文として発表したものについての、初出を示しておく。猶これらは、本書に収録するに当たり、頂戴した御示教や最新の研究成果を容れて、一部表現を改め、訂正・改稿した部分がある。諒とされたい。

第二部第三章　尊円親王筆『風雅和歌集』断簡　『国文鶴見』三七、二〇〇三・三
(原題「尊円親王筆『風雅和歌集』奏覧正本の断簡」)

第三部第一章　伝西園寺実衡筆「書状切」　『国文鶴見』三二、一九九八・一二
(原題「伝西園寺実衡筆「書状切」について――資料の紹介と考察」)

第二章　『高野山金剛三昧院奉納和歌短冊』（『宝積経要品』紙背）の無署名短冊をめぐって
『目白大学紀要』一〇、二〇〇三・七（原題「『高野山金剛三昧院短冊』（『宝積経要品』紙背）の無署名短冊について」）

第三章　宸筆『光厳院御集』について　『古筆と和歌』（久保木哲夫編）笠間書院、二〇〇八
（原題「宸筆『光厳院御集』をめぐって」）

またこの他に、「『冬木翁』の古典書写」（『鶴見日本文学会報』五二、二〇〇三・三）、「逸翁美術館蔵『風雅和歌集』について」（『国文鶴見』四二、二〇〇八・三）なども、諸本解題の中に部分的に組み入れている。

最初に『国文鶴見』で拙稿を発表したのは、博士後期課程に進学した平成七年（一九九五）であった。以来二十年の歩みがたったこれだけかと、内心忸怩たる思いはあるのだが、学位論文の時もそれまでに発表した論文・論考の全てを収められた訳ではないのだから、それらは一書に纏められないほど幅広く様々なことに取り組んできたことの現れであると、一応ここでは、自らを納得させておくことにする。

修士論文で取り上げたのは、西園寺実兼であった。博士学位論文も本書に纏めた以外の部分は実兼に関係するものだ。それがなぜ、風雅和歌集に行き着いたのか。それは、自分なりに研究を進めてゆく中で、核になったのが「京極派和歌の発生と変遷」ということにあったから、だと思う。

京極派和歌は、西園寺実兼無くしては生まれ得なかった。伏見院が立坊・即位し、その下に京極為兼が仕えるようになり、伏見院の許に永福門院が入内して、京極派の中核が形成されるが、それらは全て西園寺実兼を起点とした人的関係の中にある。伏見院と為兼亡き後、京極派を守りそれを次に伝えたのは永福門院であり、それを伝えられたのが光厳院である。光厳院は、実兼の男で永福門院の同母兄、公衡の女・広義門院寧子の所生であるから、実兼にとっては曾孫に当たる。実兼が誕生させた京極派は、この光厳院の親撰した風雅和歌集の成立の後、政治的な混乱の中、実質的な活動を終えることになった。つまり、一見すると遠く離れ、無関係のようにも思われる、西園寺実兼の研究と風雅和歌集および光厳院関係の研究は、人的関係

と京極派和歌の始発と終着という視点で、私の中では、かなり明確に繋がっているのである。

ともかく、自分のやってきたことを何とか一書に為すことで、研究に一区切りを付けられたことを、今、正直に大変嬉しく思う。

これまで、様々な先生方のお導きでここまでやってくることが出来た。高校時代の恩師である山西明先生、明治大学で学問の手ほどきを受けた鈴木一雄先生、大野順一先生、非常勤で出講されていた講義を受けて以来、現在まで親しくご指導頂いている、久保田淳先生。鶴見大学大学院に移るきっかけも、鈴木先生と久保田先生のお導きによるものだが、その鶴見大学では、池田利夫・岩佐美代子・小野正弘・坂本育雄・貞政研司（少登）・高田信敬・田口暢穗・古田東朔・山下一海、大三輪龍彦といった錚々たる先生方にお教えを頂いた。これら先生方には、感謝の念と共に本書のことを御報告申し上げたいと思う。しかし今となっては、既に鬼籍に入られた方もいらっしゃる。その先生方に本書をお見せ出来なかったことは痛恨の極みであるが、謹んで御霊前に報告したい。

その他にも学会、特に和歌文学会で面識を得て、親しく御指導・御示教頂いている先生方は数多い。また同世代の研究仲間や後輩の研究者たちからも、常日来、学恩と刺激を受けている。その方々にも、感謝している。

資料の閲覧調査でお世話になった、各所蔵先の関係者各位にも心から御礼を申し上げたい。就中、大学院進学以来お世話になっている鶴見大学図書館の歴代館員の方々と前職の目白大学図書館員諸氏、そして、現職の国文学研究資料館の事務方館員諸氏には特にお世話になった。ここに記して深謝申し上げる。

最後に、神保町の某酒場に於いて、一書を纏めるよう、強く慫慂してくれた畏友・久保木秀夫と、上梓に際し、様々な面でご尽力くださった勉誠出版の吉田祐輔、両氏の後押しのお蔭で、本書は世に出ることとなった。お二方の御厚情に深謝。心から、ありがとう。

猶、本書は、平成二十五年度目白大学より与えられた学内研究費（課題名「風雅和歌集の伝本の研究」）の成果を含む。そして同年目白大学より申請し採択された、平成二十六年度科学研究費助成事業（科学研究費補助金）（研究成果公開促進費・学術図書　課題番号：265031）の交付を受けている。関係各位の御厚意にも深謝するところのものである。

平成二十七年二月

著者　識

「校本　風雅和歌集」各句索引

【あ】

あかさりし
――にほひのこれる　1391
――やみのうつつを　1097
あかしつるかな　0374
あかすくれぬる　0297
あかすこそみれ　0190
あかすやあると　0174
あかすやいのる　2195
あかすよなよな　0385
あかたなの　1777
あかつきかけて　1637
あかつきしるは　1742
あかつきそなき　0712
あかつきちかく　1625
あかつきの
――あさきりこもり　1299
――かねはまくらに　1908
――くもさへみねに　1116
あかつきのかね
あらしのうちの――　1632
ふもとにとほき――　1628
またはきこえぬ――　0786
あかつきのくも　1631
あかつきのとこ
さらにひさしき――　1630
またねひさしき――　1119
あかつきのやま
しかのねたかき――　0635
つきしつかなる――　1629
あかつきふかき　0867
あかつきや
――ちかくなるらむ　0787
――またふかからし　1623
あかつきやみの
――むらくものそら　1624
――よかはこくなり　0371
あかつきを
――うきものとたに　1120
――たれしらせてか　1113
あかてくれぬる　0173
あかてけふ　2174
あかてすきぬる　0341
あかてのみ　1563
あかぬいろかは　1421
あかぬきのふの　1087
あかぬこころの　0165
あかぬたひかな　1564
あかぬなこりを　0330
あかぬなるへし　0892
あかぬははなの　0179
あかねさす　2205
あきおほえたる　0441
あきかけて　0456
あきかせうこく　0471
あきかせさむみ　0571
あきかせそふく
さきのつはさに――　0511
したはうちちり――　0513
をかのやなきは――　0508
あきかせちかし　0444
あきかせと　0401
あきかせに
――うきくもたかく　0509
――うきくもはれて　1554
――うきたつくもは　1545
――うすきりはるる　0543
――おきところなき　1532
――こほるるつゆや　0476
――そなたのかりの　0542
――たまゆらやとる　0567
――とまらすおつる　0480
――なひくあさちの　1286
――ゆふくれきよく　0591
あきかせの

――たかきみそらは　0545
――みにしむはかり　2004
――をきのうへこす　0495
あきかせのおと　0582
あきかせのには　0483
あきかせのやと　0510
あきかせは
――たきのいとをや　1542
――とほきくさはを　0505
あきかせふきて　1298
あきかせふきぬ　0504
あきかせよはき　0497
あききては　0453
あききても　0446
あききりに　0535
あききりの
――おほつかなさを　0901
――たえまにみゆる　0669
あきくるかたの　0452
あきくれて　0720
あきくれは　0474
あきこしかすは　0135
あきこそきたれ　0592
あきさひて　0569
あきさむき
――ありあけのそらの　1568
――ゆふひはみねに　0486
あきされは　0682
あきすさましき　0458
あきそうかへる　0491
あきそかさねむ　2185
あきそかし　0499
あきそかなしき
うきよのさかの――　2033
おとせぬをきも――　0496
かたふくおいの――　0639
はつかなるより――　0451
はれもくもるも――　0604
あきそくれゆく　0689
あきそこひしき　1990
あきそさひしき　0506
あきそしらるる　2078
あきそちかつく　0442
あきたけて　0703
あきちかき　1523
あきちかし　0400
あきてふそらや　0637
あきなくしかも　1539
あきならめ　0477
あきなれは　1283
あきにそありける　0725
あきにそめなす　0606
あきのあはれは　0640
あきのあはれを　0450
あきのあめに　0710
あきのあめの
――こまかにそそく　0648
――はれゆくあとの　0574
――まとうつおとに　0708
あきのいなはの　1547
あきのいろかな　0512
あきのいろは　0455
あきのうきくも　0602
あきのうれへは　0613
あきのかたみに　0776
あきのかへりし　0727
あきのかりかね　2029
あきのきく　0699
あきのくれかた　1585
あきのこころは　1571
あきのこころを　1974
あきのこなたは　1211
あきのこのはを　0707
あきのさかのの　0679
あきのしほかせ　1544
あきのしらつゆ　0501
あきのそら
――なみたにくれし　2038
――ねさめしくれぬ　0712
あきのそらかな　0454
あきのたの
――なひくすゑはの　1956
――ほにいててかりそ　0553
――またはつかなる　0568

あきのたひねの 0626
あきのつき
——くもらぬかけは 2165
——ふけてはかけの 1556
あきのつきたに 0609
あきのなかはの 1553
あきのなかめも 1534
あきのなこりを 1591
あきのなみたに 1559
あきのなみたの 1972
あきのはきさく 1285
あきのはつかせ
そてにおとろく—— 0448
をきのはむけの—— 0449
あきのひかけの 0532
あきのひきよき 0507
あきのひさむき 0527
あきのひに 0641
あきのひの
——うつりやすくも 0503
——しくれにむかふ 0704
あきのひよはき 0653
あきのむらくも 0541
あきのむらさめ
あらしはかろき—— 0646
くもにしたかふ—— 0649
しくれににたる—— 0651
ふもとをめくる—— 1548
あきのももよを 0594
あきのやまかせ
きりふきわくる—— 0638
——こころあらは 0632
あきのゆふきり 0668
あきのゆふくれ
たたそのままの—— 1535
とはたのおもの—— 0566
あきのよさむに 0672
あきのよの 0549
あきのよのつき
いそやまいつる—— 0620
おいのかすそふ—— 1562
おもへはうれし—— 1577
しつかにのほる—— 0590
しらすのにはの—— 0556
ふくるはおそき—— 2070
ほかよりもすむ—— 2113
ゆくともみゆれ—— 0603
あきのよは 0522
あきのよはかな 0673
あきのわかれち 0722
あきはかきらし 0696
あきはきにけり 0447
あきはきの 0521
あきはきのはな 0479
あきはくれぬと 0705
あきはたた 0599
あきはなけれと 0721
あきふかみ 0482
あきまつほとや 0438
あきみえて 0457
あきみしは 0759
あきもきにけり
はきのはなさく—— 1282
はやなとせの—— 1989
あきもくれぬと 1586
あきものさむき 0643
あきもはや 1565
あきやみゆらむ 0440
あきよりさきに 0399
あきよりふゆに 0729
あきよりも 0385
あきらけき
——たまくしのはの 2141
——みよのひかりに 2168
あきらけきよは
あまてらすひの—— 2114
かけてうつしき—— 2211
あきをおくりて 0724
あきをかけたる 1971
あきをかけてそ 0443
あきをかさぬる 0470
あきをかさねて 1561
あきをへて 0610
あきをまたて 1944

あきをやのこす　0276
あくからすらむ　0181
あくかれて　1102
あくかれやすく　0595
あくかれよとや　1092
あくるかそらと　0784
あくるしののめ　1635
あくるつきかけ　0387
あくるとしをは　2169
あくるなりけり　0394
あくるやをしき　1531
あくるをきはに　0559
あけかたちかき　0472
あけかたに　1430
あけかたの　0764
あけくれのそら　0904
あけすきぬなり　1122
あけそめて
　そらはほのかに――　0498
　のきはのみねは――　1631
あけつるよはの　1086
あけてみてまし　1228
あけにけり　0390
あけぬこのよは　1609
あけぬとおもふ　0673
あけぬとて　1125
あけぬとやおもふ　0924
あけぬらむ　0887
あけぬるか
――またはいつかの　1123
――ねさめのまとの　1633
あけぬれと　0058
あけのこるほしの　1627
あけほのに
――いつるかふねの　1728
――きりのしたゆく　0657
――ちかきまつのみ　0661
――ひとむらくもる　0658
あけほののこゑ　0136
あけほののそら　0029
あけむあしたに　0858
あけもせて　1669
あけやせむ　1301
あけやらて　1628
あけゆくおとは　1638
あけわたる　1724
あさあけに
――ふるとしもなき　0311
――ゆくかたみえぬ　1723
あさあけの
――いろこきくもに　0650
――くもにまかへる　0845
あさあけのそら　0844
あさあらしに　0925
あさあらしの　0666
あさあらしは　0039
あさかせさむみ　0529
あさからす
――こゑするもりの　1636
――なくねもさひし　0772
あさかりけりと　1079
あさきこころの　1005
あさきりかくれ　0554
あさきりこもり　1299
あさきりに　0127
あさきりの
　おほつかなきに――　0553
　はれゆくをちの――　0680
あさきりふかし　1777
あさくのみ　1855
あさくまのみや　1463
あさくもひとの　1201
あさくもり　0285
あさくらのこゑ　0887
あさけのこすゑ　0655
あさけのそらは　0868
あさけのまとに　0057
あさけのやまは　0761
あさけれは　1009
あさことに　1939
あささはをのは　0016
あさせもふかき　0364
あさたつひとは　0904
あさちいろつく　0716

あさちかうへそ 0563
あさちかしたに 1790
あさちかにはの 0715
あさちにましる 1528
あさちはら 0504
あさちふに
——あきまつほとや 0438
——のこるともなき 0560
あさちふのしも 0719
あさちふや 0771
あさとあけに 0062
あさなあさな 1109
あさなきに 0022
あさにけにみむ 1036
あさねかみ 1022
あさひかけ
——うつるこすゑは 0659
——さすやくもまの 0817
——そらにくもらぬ 2161
あさひこもれる
——はるのやまのは 0023
——やまのはの 1639
あさひさす
——のきはのゆきは 0842
——みもすそかはの 0004
あさひにきゆる 0530
あさひももらぬ 0834
あさひやま
——のとけきはるの 0018
——またかけくらき 0657
あさふむをのの 0126
あさほらけ 0531
あさまたき
——うのはなやまを 0309
——つゆけきはなを 2092
あさみとり
——かつみるうちも 0092
——けふやはかかる 0302
——すすしきいろに 0353
——のへのかすみに 0077
——はつしほそむる 0112
——みたれぬほとの 0097
——やなきのいとの 0109
あさゆくひとの 0905
あさゆふの 1865
あさるききすの 0041
あさるしらさき 0261
あしからの
——やまのあらしの 0227
——やまもとくらき 0907
あしからのせき 0908
あしたつの
——こをおもふこゑは 1858
——なれしくもゐに 1849
あしたつは
——ちとせまてとや 2192
——もとのくもゐに 1848
あしてをみても 1718
あしのしたねよ 0968
あしのはに
——あめふりかかる 0932
——かくれてすめは 0426
——ゆふしもさやき 1598
あしのはむすふ 0792
あしのむらたち
のこるもさひし—— 0791
みらくすくなき—— 1717
あしはやみ 0651
あしはらに 1848
あしはらや 2198
あしひきの
——やまにいるひの 0202
——やまのあきかせ 0677
——やまのさくらに 0173
——やまのしらゆき 0001
——やまほとときす 0332
——やまのはかくす 1514
あすありとても 1986
あすかかは
——ひとつふちとや 0362
——ふちもせになる 2058
——またとしなみの 0897
あすかかはにも 1232
あすかならすの 1053

あすかならすを　1052
あすかゐの　0186
あすさへもみむ　0857
あすのちきりも　1067
あすもしられす　1333
あすもはかなし　1911
あすもまた　0930
あすをもまたす　0233
あせこすなみに　0267
あせしとそおもふ　2059
あせすそありける　0170
あせのほそみち　0265
あそへとも　0079
あたしいろに　2034
あたしちきりの　1060
あたしのの　0476
あたしよに　1904
あたしよの　1829
あたちのくさは　0506
あたちのまゆみ　1221
あたなるはなの　0212
あたなるほとの　1148
あたなるよにそ　1986
あたなれと　0231
あたにかこへる　1750
あたにそめける　1009
あたにみしよの　1210
あたにもあるかな　0950
あたらいろかを　2061
あたらこのよを　1941
あたらしき　1410
あたらしく　2169
あたらつきよを　0369
あたらよの
——つきをひとりそ　0921
——なこりをはなに　0208
あたりけり　1735
あたりのくもそ　1639
あたりをさらぬ　1453
あちきなく
——あたなるはなの　0212
——いはてこころを　0975
——はるはいのちの　1480
あちきなし　1059
あちきなみ　1240
あちきなや　1014
あつさゆみ
——いるののくさの　0905
——ためらふほとに　1506
あつまちの　2202
あつまやの　1497
あつむるひとの　1526
あとこそあらめ　0833
あとしたふ　1992
あとしなければ　0864
あとそゆかしき　2087
あとたえて
——うつまぬしもそ　0816
——とふひはよはの　0395
——へたつるやまの　1759
あとたにみえぬ　0751
あとつけむ　1612
あととめて
——はなのゆきふむ　0227
——まよはぬみちは　1808
あとなきよりも　0820
あとならむ　0019
あとなれや　1710
あとなわすれそ　1844
あとにのこりて　1611
あとのあはれは　2002
あとはあれとも　1791
あとはかりして　1751
あとはむかしに　2138
あとふりて　1422
あとまてすすし　0414
あとみえて
——あしのはむすふ　0792
——むらむらのこる　0041
あともなき
——しつかいへゐの　1774
——もとよりたれを　1880
あともなければ　0233
あともなし

――たまれはかてに 1602
――たれふみわけて 2095
――みねよりおくの 1781
――わたらてとしや 1729
あともはかなし 0958
あとやむかしに 1443
あとをしよよに 1607
あとをそしたふ 1806
あとをもちたひ 2003
あはすして
――こころのうちに 1034
――としのへぬれは 1032
あはすもあらぬ 1091
あはちしまやま 1551
あはぬたえまを 1160
あはぬためしの 0990
あはぬものかは 1450
あはのうへのゆき 0860
あははかくこそと 1100
あははやの 1272
あはゆきそふる 0014
あはれあはれ 1177
あはれいかに 1292
あはれいつか 1961
あはれいつまて 1620
あはれうきみの 2046
あはれうけとる 0606
あはれかな
――おとせぬまつの 1736
――このひとふしそ 1275
あはれこころの 1180
あはれさても 1579
あはれさも 0491
あはれさよ
――なれしちきりの 1353
――なれてつかへし 1680
あはれさらは 1144
あはれしらし 1183
あはれしらは 2028
あはれその 1952
あはれたれかは 1955
あはれつれなき 1062
あはれとおもふ
――うちにしも 1262
――かたもありやと 1044
あはれとそおもふ
いろをはふかく―― 2019
たたひとりみて―― 2099
てにとるからに―― 1222
あはれとて 1913
あはれとはおもふ 0672
あはれとひとの 1859
あはれとも 0831
あはれともなき 0283
あはれとや 0313
あはれとやみむ 1093
あはれとやみる 1872
あはれなと
――あひもおもはぬ 0954
――もえしけふりに 1997
あはれならすは 0617
あはれなり
――かかるひとまの 1112
――ひとはふりにし 2030
――われもおいその 0726
あはれなりけり 0597
あはれなりしを 1405
あはれなりつる 1185
あはれなる 1178
あはれなるかと 1287
あはれなるかな
いつのためそと―― 1320
――むくいありて 1169
ゆふへのいろの―― 1954
あはれなるこそ 1015
あはれなるしも 1146
あはれなるは 1174
あはれなるへき
――あけほののこゑ 0136
――ふしはなけれと 1215
あはれなるよ 1184
あはれなれ
――そをたにひとの 1360
――たえぬはかりの 1176

——ちきりならては 1015
あはれにこゑの 0565
あはれにそ
——つきにそむくる 1673
——よもきかにはの 1880
あはれにつきの 1683
あはれにつひに 1141
あはれにて 1266
あはれにならて 1184
あはれになれは 1307
あはれにも
——うさにもおつる 1197
——うつつにおもふ 1897
——おのれうけてや 1427
あはれにわれも 1165
あはれのそふよ 1170
あはれはあはれ 1249
あはれまた
——いかにこころの 0504
——ゆめたにみえて 1301
あはれみせし 1273
あはれむかし 0502
あはれむかしと 1929
あはれもうさも 0980
あはれもひとの 1407
あはれやとまる 0495
あはれよのなか
あふもあはぬも——
かくてもへなむ—— 1522
あはれより 1762
——さらになみたも 1397
——われもこころを 1162
あはれをいとと 1939
あはれをそしる 1582
あはれをなほも 1154
あはれをは 1140
あはれをひとり 1398
あはれをもとへ 1537
あひおもふ 1017
あひかたき
——きみにあへるよ 1108
——みよにあふみの 2201
あひみしときに 1407
あひみつる 1098
あひみてしかな 1130
あひみることは 1562
あひもおもはし 1384
あひもおもはぬ 0954
あひもせす 1091
あふかさらめや 2163
あふきてそらを 1803
あふきてたのむ 2121
あふきても 2126
あふきみて 1802
あふくひかりよ 2136
あふくひよしの 2147
あふことに 1094
あふことは
——くちきのはしの 1373
——たえぬるなかに 1361
あふことを
——かよふこころと 1187
——まとほにたのむ 0462
あふさかの
——せきならはこそ 0987
——せきはあけぬと 0906
あふさかや 1637
あふさかを 1090
あふせありやと 1999
あふせにかへし 1149
あふせによする 0467
あふせはかたき 0468
あふたなはたは 0465
あふちさく 0346
あふちなみより 0404
あふてふあきは 1988
あふときもなき 1338
あふとみつるも 1103
あふのまつはら 1089
あふひくさ
——かさすうつきの 0314
——ふたはよりこそ 0313
あふひともなし 0929
あふほとやなき 0469

あふみちや 0788
あふもあはぬも 1522
あふもかひある 2176
あふよあるやと 1331
あふよしもなみ 1231
あふよもいまは 1983
あへしまやまの 0959
あへすして 0682
あへるなりけり 1410
あへるをくるま 1127
あまきるはなに 0235
あまきるほしそ 1624
あまくたる 2151
あまくもの
——たえまたえまを 1209
——たゆたふこころ 1207
——ゆふゐるみねの 1504
あまころも 1513
あまたあとある 0914
あまたかそへて 1284
あまたちとせの 2180
あまたにて 0820
あまたのつはさ 0546
あまたのはなは 0202
あまたのやとも 0392
あまたみえて 0129
あまつかみ
——くにつやしろと 2154
——くにつやしろを 2155
あまつかり 0555
あまつかりかね
いくつらすきぬ—— 0531
つはさやほさぬ—— 0535
あまつそら 1796
あまつひよしの 2145
あまつみそらに 1208
あまてらす 2149
あまてらすひの 2114
あまてるかみの 2148
あまとふかりの 0538
あまとふくもの 1046
あまねくおほふ 1687
あまねくそそく 2050
あまのいさりひ 1725
あまのいはとも 0887
あまのいはふね 2123
あまのかは
——あふせによする 0467
——きりたちわたる 0464
——けふのあふせは 0466
——とわたるふねの 1530
——ほしあひのそらは 1990
——やすのわたりも 0468
——よそのあふせに 0461
——わたらぬとしは 1280
あまのかはかせ
あけかたちかき—— 0472
つままつよひの—— 0463
あまのかはきり 0460
あまのつりふね
くもにはなるる—— 1724
たえまにみゆる—— 0669
まかきをいつる—— 1719
ゆくかたみえぬ—— 1723
あまのはころも 0462
あまのはしたて 1610
あまのはら
——おほふかすみの 0020
——すめるみとりの 1802
——ふりさけみれは 0464
——やそしまかけて 0931
あまよのかねの 1669
あまよのまとに 1675
あまりある 0613
あまりうきには 1356
あまりおいぬる 1474
あまりくたくる 1200
あまりてよそに 0807
あまりには 0991
あまるつらさを 1153
あまるなみたを 1252
あまをとめこか 1713
あまをふね 1716

——さすかかさなる　1844
——つなきなからそ　1720
——わかかたにひく　2093
あみのうけなは　1887
あめおとすなり　1766
あめかかるなり　0419
あめきほふなり　0408
あめくたすなり　1687
あめこほるなり
いろこきくもに——　0650
まかきのたけに——　1690
あめしほる　0258
あめすきて　1497
あめそそく
——そとものましは　1517
——まきのしつくは　1658
——やなきかすゑは　0102
あめそそくなり　0311
あめつちの　0006
あめのうちに　0217
あめのおとは　1670
あめのくれ　1767
あめのした　2164
あめのしたには
——たれかすむへき　2106
——ふりぬれと　2131
あめのなこりの　0647
あめのねさめは　1826
あめのゆふくれ
たのもさひしき——　1771
ふるのやまへの——　1694
ゆくひとすこし——　1730
あめのよに　1769
あめのよの　0564
あめはいま　1697
あめはすきぬる　0481
あめはるる
——かせはをりをり　0088
——のきのしつくに　0381
——をたのさなへの　0358
あめはれて
——いろこきやまの　1698
——くもふくかせに　0425
——つゆふきはらふ　0418
——ゆふひのみねを　0357
あめはれのほる　1699
あめふきはらふ　0120
あめふりかかる　0932
あめふりしむる　0310
あめふることを　1226
あめふるさとの　0248
あめもこころに　0900
あめようつす　2118
あめをのこして　0411
あめをもよほす　1741
あやしきまては　1667
あやしくかはる　1023
あやしくつねは　0965
あやしくも　1010
あやしとおもへは　0447
あやにくに
——しのはるるみの　1936
——みてもなほこそ　0165
——わかしたへはそ　1144
あやにくにして　1244
あやにこひしき　1205
あやめくさ
——ひくひともなし　0345
——われのみなかき　1392
あやめつたふ　0347
あやめにすかる　0381
あやめのくさの　1960
あやめもつらき　1959
あやめわくへき　1507
あやめをは　0344
あらいそなみの　1710
あらいその　1720
あらさらむ　1292
あらきあめの　1688
あらしこそふけ　1665
あらしそさはく　1753
あらしとそおもふ
いたらぬところ——　1573
わたらぬとしは——　1280

あらしとそきく 0340
あらしとは 1173
あらしにそてを 0940
あらしにまさる 1736
あらしにましる
——むらさめのおと 0711
——ゆきもすさまし 0888
あらしにもるる 1657
あらしのうちの 1632
あらしのうへの 2024
あらしのおくに 1662
あらしのすゑに 0294
あらしのつてに 0033
あらしのつての 0786
あらしののちの 0743
あらしのまとに 0780
あらしのやまの 0241
あらしはかろき 0646
あらしはすきて 0645
あらしふく 1548
あらしふくなり 2037
あらしふけとは 1752
あらしもさむし 2107
あらしやはらふ 0838
あらしやま 0167
あらしよしはし 1749
あらしをわくる
——さやのなかやま 0927
——はつかりのこゑ 0537
あらすなりぬる 2008
あらすなるころ 1254
あらそひかねて 0150
あらたにみつを 0268
あらたのおもの 1439
あらなくに 0967
あらぬうきよに 1426
あらぬおもひに 0983
あらぬおもひも 1143
あらぬかたにや 1981
あらぬこのよを 2007
あらぬちきりは 1074
あらぬなかめの 1368
あらぬねなから 0536
あらぬよに 1352
あらはとたのむ 1333
あらはれて
——けふりにうすき 1641
——すそのにくたる 1515
——つきかけみかく 0619
——ときときてらす 0575
——ゆきになりゆく 0862
あらはれにけり 2151
あらはれぬ 0027
あらはれやらぬ 0656
あらひとかみの 2151
あらふとも 2094
あらましに
——たのめぬくれそ 1043
——みをなくさめて 1870
あらましにてや 1938
あらましにのみ 1875
あらましの
——こころのままに 1896
——たたそのままに 1897
あらましは 1949
あらましを 1495
あらむかきりは 0695
あらむとそ 1677
あらむとやする 1572
あられおつなり 0801
あられそおつる 0803
あられちるなり 0800
あられふるなり 0806
あられをそきく 0805
ありあけかすむ 0295
ありあけの
——かけよりしらむ 1626
——つきとしもとの 0785
——つきはかたふく 0636
——つきはたえたえ 0638
——ひかりにまかふ 0719
ありあけのかけ 1636
ありあけのそら 0083
ありあけのそらの 1568

ありあけのそらを 0640
ありあけのつき
　うかりしままの―― 1374
　おもかけさらぬ―― 1296
　くもかくれぬる―― 1991
　さくらわけいる―― 0208
　しくるるそらに―― 2079
　それもかたみの―― 1297
　のこるともなき―― 1433
　はなのくもまに―― 0207
　はるにかかれる―― 0890
ありあけのつきに
　――ころもうつなり 0671
　――なほそかたらふ 0333
ありあけのつきの 0903
ありあけのつきは
　――かけすみて 1567
　――そらすみて 0635
ありあけのには
　かけうすくなる―― 0633
　かけとほくなる―― 0634
ありあけのやま 0437
ありあけほそき 1432
ありかたきよに 1850
ありかよふ 1716
ありけるものを
　ちちのおもひの―― 1898
　――ひくひとの 1820
ありけるよ 1178
ありけれは 2044
ありしうつつそ 1355
ありしにかはる 1263
ありしにそにぬ 1261
ありしにまさる 1330
ありしにもあらぬ 1578
ありしにもにぬ 1256
ありしむかしの 1681
ありしよに 1678
ありしよの 1095
ありてかひなき 1361
ありてものうき 1441
ありてゆくらむ 1613
ありとなつけそ 1775
ありとはなしに 1673
ありとやはみる 2057
ありなから
　――きえぬとみえて 2088
　――くもるこころの 1796
ありなまし 0090
ありやとかくる 1389
あるかあるにも 2007
あるかすくなき 1937
あるかともおもへ 1083
あるかひも 1835
あるかひもなき 1611
あるしからにそ 1447
あるしまつらむ 0626
あるといふは 2103
あるにまかする
　――よこそやすけれ 1812
　――わかみこそ 1815
あるにまかせて 1811
あるへかりける 1037
あるままに 1136
あるものを
　――ありしうつつそ 1355
　――とはれぬはなや 0231
あるよとおもふに 0926
あるよとたれも 1071
あれこそまされ 1791
あれたるやとそ 0617
あれつるかせの 0805
あれなまし 1443
あれにける
　――にはのかきほの 1583
　――やとてつきは 0623
あれぬひの 0894
あれはあらるる 1784
あれはこそ 1521
あれはそひとを 1402
あれはてて 1528
あれまくに 1749
あをねかみねに 0256
あをはのやまの 0311

あをむなり　0891
あをやきの
——いとはふりせぬ　0104
——かつらきやまの　0971
あをやきのいと　0094
あをやきは　0107

【い】

いかかいとはむ　1007
いかかこたへむ
とふひとあらは——　0982
なみたのつゆを——　1223
いかかさためむ　1901
いかかせむ
——あとのあはれは　2002
——さすかこころの　1877
いかかたのまむ　1218
いかかとそおもふ　0947
いかかとて　0183
いかかなきけむ　0340
いかかみえつる　1023
いかかみし　1291
いかかむすひしと　1190
いかてかなには　0926
いかてかはるを　0303
いかてきよめむ　2094
いかてしられむ　1270
いかてちりけむ　1219
いかてとくみむ　0220
いかてなへてに　1310
いかてほさまし　1944
いかてみやこの　0938
いかてわれ　1343
いかならむ　1036
いかなるのへの　0502
いかなるゆめの　1023
いかなれは
——うきひとかたに　1248
——ふたはみつはに　2052
——まつやとにしも　0335
いかなれや　1196
いかにあはれの　0499
いかにあれは　1088
いかにおもへと　1915
いかにかいもに　1338
いかにかなけく　2010
いかにこころの
——うれしからまし　2105
——ならむとすらむ　0504
いかにして
——たちのほるらむ　1846
——つつみもたらむ　1714
——つまこもれりと　0969
——のなかのしみつ　1785
——わするるものそ　1229
いかにしてかは　1840
いかにしのひ　2010
いかにすむとも　1814
いかにせかまし　0962
いかにせむ
——くものゆくかた　1278
——そむかはとこそ　1889
——つねのつらさは　1268
——はなもあらしも　0240
——はひのしたなる　1616
——よにいつはりの　1136
いかにそひとの　1254
いかになかめむ　0901
いかにみるや　1290
いかはかり　0829
いきてよの　1096
いくあきの　0520
いくうつり　1400
いくかになりぬ　1513
いくこゑなかは　0128
いくさとひとの　0019
いくさとも　1582
いくたひか　1793
いくたひききて　1069
いくたひものを　1313
いくちよきみに　2187
いくつらすきぬ　0531
いくとせか　0473
いくとせふりぬ　2116

いくへたて　1324
いくへともなく　0225
いくほとと　1367
いくほとの　1986
いくほとのよと　1861
いくほとのよに　1310
いくほとのよは　1862
いくめくりしつ　1856
いくめくりとも　0696
いくゆふへ　1052
いくよかへぬる　0312
いくよのはるを　0105
いくよへぬらむ　0955
いくよまつらむ　1069
いくよをへても　0467
いけのあやめも　2209
いけのつつみの　0099
いけのふちなみ　0307
いけのへの　0857
いけのみきはに　1794
いけのみきはの　1493
いけのみさひに　0254
いけみつに　2027
いけみつの　0249
いけみつは　0398
いけりともなし
　きみにおくれて――　2017
　としのへぬれは――　1032
いけるかひなき　1332
いけるはかりの　1409
いこそねられね　0523
いさいつまてと　1879
いさこにつきは　0497
いさぬれむ　0858
いさまたしらぬ　1843
いさやこら
　――やまとへはやく　0944
　――わかなつみてむ　0016
いさやてことに　0172
いさりする　1713
いしまのみつは　1564
いしまのみつの　1563
いすすかは
　――とこよのなみの　2116
　――なかれのすゑは　2112
いせしまや　0022
いせのあまの　1888
いせのうみ　1213
いせのかみかせ　2122
いそかさるらむ　2040
いそかすとりの　1115
いそかすは　1621
いそかるれ　1825
いそくなるらし　0143
いそくらむ
　――ほかにまたみぬ　0146
　――やまたのさなへ　0352
いそくわかれは　1119
いそけとも
　――のとかにしらむ　1638
　――ふくるはおそき　2070
いそけひと　2041
いそちあまりの　2049
いそちのちの　1862
いそちまて　2048
いそのかみ
　――ふるさとにさく　0169
　――ふるのやまへの　1694
いそのまつ　0821
いそのまつはら　1706
いそやまいつる　0620
いそやまの　1707
いそやまもとは　1712
いたつらに
　――あたらこのよを　1941
　――あまたかそへて　1284
　――おいのかすそふ　1618
　――おいをまつにそ　2084
　――おもはぬなかの　1105
　――けふさへくれは　0897
　――すゑもとほらぬ　1218
　――まきのしたはの　0972
　――よそにもあるか　1077
いたひさし　1882

いたやののきの 1589
いたらぬところ 1573
いつかたに
——ありあけのつきの 0903
——おもひさためむ 1903
いつかわすれむ 1498
いつかわたらむ 2041
いつくとも 0818
いつくにのこる 1269
いつくにも 2057
いつくにゆくも 2063
いつくもはなに 1472
いつことて 0617
いつさめて 1909
いつしかききつ 0062
いつしかふかき 0963
いつそとたにも 1118
いつちゆくらむ 0339
いつとさためぬ 1279
いつとしならは 1849
いつとてか 0308
いつとても 0319
いつとなく 0977
いつとまつ 1131
いつともわかぬ 0856
いつならむ 1249
いつのためそと 1320
いつのまに
——おほつかなくも 1135
——こけさへいろの 0758
いつのゆふへも 1973
いつはとも 0093
いつはりとしも 1158
いつはりの
——あるよとたれも 1071
——ちきりもさすか 1070
いつはりはする 1173
いつまてかみむ 1939
いつまてと 1829
いつまてはてて 1830
いつみのこゑも 1527
いつもかはらぬ 1683
いつもせしかと 1587
いつもみし 0158
いつるあさひの
——かけにまかせて 1804
——かすむより 0005
いつるあさひも 1805
いつるかふねの 1728
いつるつきかけ
こほりをかけて—— 0777
やととふさとに—— 0918
いつるとも 2076
いつるともなき 0848
いつるひの 0024
いつるひは 2163
いつるみかつき 0452
いつるみねには 0631
いつるより 0590
いつれうつつと 1901
いつれかもとの 0702
いつれわかみの 1174
いつれをゆめと 1904
いつれをわきて 0914
いつをいつとて 2040
いつをはれまと 0610
いつをまつらむ 1940
いているいきの 1957
いてかてに 1122
いてしかたとは 1570
いてしつき 2167
いてつらむ 1793
いてぬとみゆる 0588
いてぬへきかな 0979
いてぬれと 0906
いてねとや 0693
いてやらて
——あさひこもれる 1639
——たけのはかくれ 0058
——ふもとのはるに 0049
いとさくら
——こころにかかる 0187
——としのをなかく 2176
いとところそ 1246

いととしく　1226
いととひとめや　0219
いととみとせの　1960
いとなまぬよは　1811
いとなれは　0108
いとはしきみを　1378
いとはしきよそ　1868
いとはふりせぬ　0104
いとはやも　0717
いとはるる　1025
いとはれなから　1318
いとはれむ　1192
いとひかたくそ　1141
いとひけむ　1760
いとひこし　1569
いとひたちぬる　1362
いとひまさる　1247
いとひもそする　1188
いとひもはてし　0596
いとひをしみ　1365
いとふこころに　1750
いとふしも　1349
いとふなりけり　1933
いとへとも　1962
いともさむけし　0038
いなつまの
——しはしもとめぬ　0573
——ひかりのほとか　1956
いなつまのかけ
くもよりあまる——　0407
ひかりによわる——　0576
いなはかうへは　0660
いなはにかかる　1541
いなはにつつく　0687
いなはのかせに　0525
いなむしろ　0570
いなりやま　1779
いにしへいまの
——おほつかなさを　1840
——ことのはを　1841
いにしへに
——かへすたのみの　1918
——なせはこそあれ　1926
——ひとをもみをも　1401
いにしへの
——いまみるはかり　1925
——かせをのこせる　2126
——なかれのすゑを　2086
——のもりのかかみ　0395
いにしへは　1813
いにしへも　1934
いにしへを　1933
いぬのこゑのみ　1774
いねかてに　1556
いのちこそ　1336
いのちさへ　1333
いのちそされは　1350
いのちともかな　1952
いのちなかさを　1351
いのちなりけり
さてしもをしき——　1094
ひとのなさけも——　1860
いのちなれは　1149
いのちにかくる　1234
いのちにて　1562
いのちひとつを　1277
いのちまつ　1792
いのちをは　1823
いのねられぬに　1299
いのりきて　1565
いのりこし
——くもゐのつきも　2168
——みちをはかみも　2143
いのるこころ　2135
いはかきしみつ　0388
いはかねの　0967
いはきをにはの　1756
いはこえて　1481
いはしみつ
——さてもなかれの　2133
——たちまふことも　1850
——にこりゆくよを　2135
——ひとつなかれに　2134
いはしろの　0956

いはすとも 1718
いはすなりぬる 1110
いはせのなみに 0256
いはたたみ 0910
いはつつし 0290
いはておもふは 1891
いはてこころを 0975
いはてもいろに 0979
いはとあけし 2211
いはといてし 2162
いはなみはらふ 0100
いはねとも 1175
いはねにほそき 0861
いはねのこけち 2125
いはねのこけに
——かけきえて 0508
——はなそのこれる 0294
いはねのさくら 1463
いはねのしみつ 1524
いはのかけみち 0914
いははしる 0321
いははやと 1324
いはひてそ 2155
いはふことのは 2184
いはほのまくら 1762
いはましものを 1948
いはまつたふ 1527
いはまにのこる 1614
いはまより 0274
いはもとしろく 0255
いはもるおとも 0386
いはるるも 1929
いひいてむ 0976
いひかねて 1118
いひしかと 1094
いひしちきりの 1148
いひしままの 1076
いひしものから 1019
いひすてて 1770
いひなして 1935
いひなせと 1111
いひはせて 1270
いひもつくさむ 1913
いふきはは 1252
いふこともなし 1802
いふしもそうき 1242
いふたなはたも 1280
いふはをろかに 2159
いふひともかな 1202
いふへきひとは 1363
いふみちもなし 1013
いふよりも 1891
いへこふらしも 0945
いへちなりけり 2063
いへつとに 1715
いへつとにせむ 0218
いへのかせ 1838
いへはうし 1958
いへははるかに 1957
いへゐせは 0055
いほにもる 0618
いほのきはに 1771
いほへふりしけ 0857
いほむすふ
——やましたみつも 1776
——やまちのゆきも 1603
いほもるとこも 0525
いほもるはなを 1471
いほりならへぬ 1754
いまかあふらし 2196
いまかよふとも 1292
いまこえかかる 0908
いまここになく 0322
いまこそなかめ 1108
いまこそは 1221
いまさかゆなり 2156
いまさかりかも 0161
いまさかりなり 0065
いまさしのほる 0587
いまさらに
——あさきこころの 1005
——うしといふこそ 1867
——かすめはとほき 0029
——くるしさまさる 1090

――すきしつきひの　0896
――のほりそやらぬ　1853
いましかも　1514
いましはや　0584
いましもあれ　1237
いましもは　1736
いますかことく　2153
いまそいつなる　0919
いまそかしこき　1817
いまそすすしき　0424
いまそなくなる　0339
いまなひくなり　2198
いまにかへして　1822
いまになり　1914
いまのこころに　1200
いまのみあれの　2123
いまのゆふくれ　1404
いまはうれしき　1306
いまはかきりの　2020
いまはかたみの　2038
いまはくもゐの　1467
いまはさつきと　0985
いまはたた
――うきかたのみや　1359
――したふはかりの　1620
――みすしらさりし　1401
いまはとおもひ　1166
いまはとて
――こころよわくそ　1085
――つらきになして　1242
いまはとよわる　1366
いまはなりぬる　1141
いまははや　0673
いまはみの　1864
いまはよしやと　1265
いまはよに
――ありてものうき　1441
――まつへきはなの　1477
いまはわれ
――うきよをよそに　1954
――またみるましき　1680
いまひとさかの　1810
いまひとしほを　0685
いまひとたひは　1379
いままては
――まよはてつきを　2136
――よよへてすみし　1801
いまみることは　1931
いまみるはかり　1925
いまむかふ　0933
いまもかしこき　2115
いまもかも　1553
いまもかわかね　1930
いまもくもらし　2148
いまもなほ
――なれしむかしは　1834
――ゆめかとおもふ　1976
いまもへたてす　2009
いまもまよはて　1809
いまもみてしか　1285
いまやゆめ　1915
いまよりかくや　1075
いまよりつゆを　1944
いまよりは
――あひもおもはし　1384
――さつききぬとや　0352
いもかこころの　0967
いもかため　0078
いもかたもとを　1035
いもかりかゆく　1300
いもにあはぬかも　1033
いもにこひつつ　1209
いもまつと　1065
いもをおきて　1230
いもをおもひ　1299
いもをはみすそ　1037
いやはかなる　1910
いやめつらしき　0079
いやめつらしみ　1109
いらぬにまよふ　2081
いりあひくらき　1700
いりあひに　0536
いりあひの　0757
いりあひのおと　1663

いりあひのかね
あらしにもるる――　1657
こゑにいろある――　0203
またおとろかす――　1045
いりあひのかねに
――あらしこそふけ　1665
――ふきませて　1540
いりあひのかねの　1664
いりあひのこゑ　0250
いりあひのそら　2046
いりあひは　0664
いりうみかけて　1610
いりうみの　0668
いりえにさむき　0791
いりえのふねに　0932
いりかかる　0662
いりかたに　0548
いりかたの
――かけこそやかて　0890
――つきはかすみの　0137
いりかたのつき
まかきにきよき――　0630
まとにかすめる――　0125
いりなむとおもふ　1572
いりぬとみえし　2054
いりぬるいその　0923
いりぬるみねの　1650
いりひおちて　1780
いりひさす
――うらよりをちの　1544
――みねのうきくも　1644
いりひのあとの　1652
いりひのかけに　0540
いりひのきはに　0027
いりひのこれる
――みほのまつはら　1712
――をかのまつはら　0356
いりひののちに　1666
いりひはなみの　1706
いりひをうくる　1711
いりひをそみる　1541
いるかたはるる　0124
いるそかしこき　1946
いるたひに　1827
いるつきを　0631
いるてふなをは　0782
いるともつきを　2076
いるともなしに　0199
いるののくさの　0905
いるののつゆの　0986
いるをのみみて　1506
いろいろになる　0694
いろあるくもに　1652
いろいろに　0679
いろうすき　0457
いろかはりゆく　1651
いろかはる
――こするゑをみれは　0554
――そてのなみたの　2036
――やなきかうれに　0527
いろかへぬ
――ときはなりせは　1220
――まつもなになり　2173
いろかもしるき　1446
いろかれてゆく　0563
いろくれて　0483
いろこきくもに　0650
いろこきに　1650
いろこきやまの　1698
いろこくて
――ふくとしもなき　0393
――よものこするゑは　0675
いろこそかはれ　1596
いろさひて　0655
いろさへそてに　0073
いろさめて
――いりひのこれる　0356
――のこるひかけそ　1647
いろそあけゆく　0196
いろそかなしき
さひゆくあきの――　0713
ゆふへにむかふ――　0538
いろそくれゆく　0102
いろそこもれる　0091

いろそさひしき　0482
いろそすくなき　0915
いろそすすしき
　うつるみとりの――　1524
　おとせぬなみの――　0429
いろそそひゆく　0092
いろそつれなき　0972
いろそへて　0692
いろそまされる　0285
いろそみえける　2190
いろつきそむる　0676
いろつきにけり
　ふもとのをたも――　0569
　よものこすゑも――　0550
いろつきぬらむ　0682
いろつくあきを　1284
いろとみなから　2100
いろならはなむ　2177
いろなるくもに　0804
いろなるさまに　1219
いろなれや　0287
いろにいてけれ　0624
いろにいてたる　2035
いろにいてぬる　0991
いろにかなしき　1290
いろにそありける　0774
いろにつけても　1978
いろになかるる
　――かはみつも　2199
　――たにかはのみつ　0288
いろになきけむ　1854
いろになりぬれ　0459
いろにのとけき　0026
いろにはあるらむ
　いつれかもとの――　0702
　なみたのかはの――　1206
いろにみえつつ　0963
いろのうちに　0785
いろはすこしも　0170
いろはすさまし　2077
いろはなけれと　1872
いろはみえけり　0718
いろはみえける　0100
いろはみゆるを　1262
いろふかき　0691
いろふかく　1008
いろふかくみゆ　0752
いろまさりける　0112
いろもかはらす
　きしのすきむら――　2188
　さくやとからは――　1965
いろもそへなむ　2170
いろもまさらし　0736
いろやかはれる　1964
いろやそふらむ
　あかぬははなの――　0179
　ちりかふほとも――　1590
いろやなに　1255
いろやみゆる　1175
いろよりつきの　0854
いろよりも　0074
いろをそへぬる　2096
いろをはふかく　2019
いろをみえけむ　1147
いをぬるなへに　1671

【う】

うかふとおもへは　1727
うかふへき　2089
うかやふき　2142
うからすとても　1862
うからぬにこそ　1191
うからぬひとに　0999
うからぬも　1177
うかりけり　1263
うかりける　1116
うかりしままの　1374
うかりしを　1385
うかりつる　2001
うかれきて　2064
うかれなは　2106
うきあまりには　1362
うきうへも　1314
うきかうへの　1309

うきかうれしき　1308
うきかたのみや　1359
うきくさなから　0254
うきくもたかく　0509
うきくもに
——このはふきませ　0742
——みえぬゆふひの　0732
うきくもの
——あきよりふゆに　0729
——しくれふらして　0809
うきくものかけ　0730
うきくものそら
しくれにむかふ——　0704
みそれになりぬ——　1600
うきくもはれて　1554
うきことを
——いかてなへてに　1310
——おもはしとても　1877
うきしつむ　1624
うきしまかはら　0925
うきたつくもは　1545
うきたひことに　1895
うきたるきりも　0666
うきつまつまに　1345
うきてたつ　1684
うきてのこれる　1512
うきてゆく　0735
うきなかの　1095
うきなかよ　1323
うきなから
——あるにまかする　1815
——おもひいてける　1354
——さすかにたえぬ　1152
——みをもいとはし　1402
うきなはひとも　1017
うきにいとひ　1277
うきにおほゆる　1171
うきにしも　1170
うきにそふ　1165
うきにたへたる　1336
うきになくさむ　1829
うきにならひて　1813
うきにならふ　1306
うきにならむ　1181
うきにはしはし　1246
うきねにも　1960
うきはうしとて　1249
うきはうれしき　1830
うきはてきかて　1952
うきひとかたに　1248
うきひとのみや　1173
うきふしに　1244
うきふしは　1326
うきふしも　1199
うきみかくれの　1392
うきみそと　1153
うきみのうさを　1389
うきみのとかと　1154
うきみはいつか　2089
うきみはひとに　1192
うきもちきり　1164
うきもなくさむ　1986
うきものからに　1174
うきものと　1296
うきものとたに　1120
うきものは　1327
うきもふたよの　1169
うきもよし　1311
うきやたれ　1273
うきゆくくもの　0731
うきゆめの　1906
うきよかな
——さそふもつらし　0240
——よしののはなに　2079
うきよとは
——おもひなからに　1875
——なへていふなる　1876
うきよならねは　1747
うきよなるらむ　1866
うきよにかへる　1943
うきよにめくる　2060
うきよのいろに　1816
うきよのさかの
——あきそかなしき　2033

——のへのつゆ　1977
うきよのともは　1676
うきよのなかに　1580
うきよのなかの　1893
うきよのはるに　0212
うきよのほかの
——ことかたらなむ　1505
——やまさとに　1569
うきよのゆめの　1907
うきよのゆめは　1908
うきよのゆめを　1984
うきよへたつる　1772
うきよりさきに　1024
うきよりも　1390
うきよりもなほ　1263
うきよをそむく　1953
うきよをよそに　1954
うきをはうきに　1322
うきをはおける　1172
うきをはしらぬ　1182
うきをもしらぬ　1321
うくひすそなく
たけのはかくれ——　0058
はるのはしめと——　2169
うくひすなきつ　0054
うくひすなきて　0045
うくひすなくも
たけのはやしに——　0056
をはうちふれて——　0046
うくひすの
——おなしねをのみ　0052
——かをらぬこゑの　0061
——きなくやまふき　0279
——こつたふむめの　0149
——こゑものとかに　0051
——こゑよりあくる　0084
——なくねをきけは　0048
——ふるすははるの　0053
うくひすのこゑ
いつしかききつ——　0062
こほれてにほふ——　0060
ともしくもあらし——　0055
なひくやなきに——　0059
まつはるつくる——　1420
うくひすのなく　0057
うくひすのねに　0177
うくひすのねも　1414
うくひすは　0075
うけぬらし　2144
うこきなき　2111
うこきなきよを　2125
うさあはれさは　1257
うさこひしさも　1195
うさそかさなる　1259
うさならさりし　1317
うさになりゆく　1291
うさにもおつる　1197
うさはへたたる　1998
うさはまして　1262
うさもあはれも　1400
うさもありけり　1358
うさもしられす　1272
うさをもしひて　1276
うしといふこそ　1867
うしといふらむ　1160
うしとても
——いくほとのよと　1861
——うからすとても　1862
——たれにかとはむ　1303
うしとのみ　1348
うしとみし　2010
うすかりしかと　2019
うすきいろなる　0276
うすきひかけに　0442
うすきやなきの　0091
うすきやまのは　0028
うすきりて
——こほれるくもに　0761
——をかへのすきに　0629
うすきりに
——あきのひよわき　0653
——つゆみえそめて　1550
うすきりの
——あさけのこすゑ　0655

——そらはほのかに 0498
——やまもととほく 0514
うすきりのやま 0662
うすきりはるる 0543
うすくこき 1686
うすくみえて
——あけのこひるほしの 1627
——かけなるやまそ 1649
うすくもくらき 0844
うすくもに 0544
うすくもの 0597
うすくもり
——またはれやらぬ 0845
——をりをりさむく 0848
うすくもる 0311
うすこほり 0783
うすこほりかな
あしのはむすふ—— 0792
したにはすける—— 1614
のこるともなき—— 0035
うすもみち
——さひしきいろに 0689
——またこのころは 0676
うたかたも 0279
うたたねなから
——あかすよなよな 0385
——ふくるよの 0384
うたたねに 0383
うたたねの
——そてにおとろく 0448
——はかなきゆめの 1898
うたたねのゆめ 1210
うたてはかなき 1355
うたてわれ 1988
うちかすみつつ 0889
うちこえくれは 0945
うちしめり
——あさきりふかし 1777
——すすきのうれは 0494
うちそよき 0601
うちたへて 0974
うちつけに 1015
うちときかすは 2069
うちとのみやの 2110
うちなひき
——はるさりくれは 0046
——はるとおもへと 0045
——はるはきぬらし 0147
うちにこそ 1309
うちにしも 1262
うちにたに
——すみさためたる 1792
——ちちのおもひの 1898
うちのあしろき 0873
うちのかはきり 0667
うちのかはなみ 0619
うちのしはふね 0657
うちのわたりの 0122
うちはへて 0109
うちはらひ 0572
うちむれて 0538
うちむれぬ 0076
うちもおかれぬ 1215
うちもねす 2024
うちもねられぬ 0922
うちよする 1710
うちわたす
——うちのわたりの 0122
——はまなのはしの 0658
うつしううる 2185
うつしうゑし
いろかもしるき—— 1446
やとのむめとも—— 1447
うつしうへつる 2179
うつしける 1344
うつしこころも 1339
うつしても 2087
うつしてや 2086
うつしもて 0683
うつすかかみは 2148
うつすこころを 2150
うつせみの
——ひとめをしけみ
あはすして 1032

——ひとめをしけみ
いもにあはぬかも 1033
うつつさへ 1910
うつつとそなき 1915
うつつともかな
うれしきゆめを—— 0998
おもひあはする—— 1896
うつつなりけり 2066
うつつにおもふ 1897
うつつにて
——いまみることは 1931
——またみぬゆめの 1186
うつつには 1035
うつつにはこし 2102
うつつにも 1100
うつつのゆめに 1102
うつつはゆめに 1900
うつつをゆめに 0998
うつまぬしもそ 0816
うつみひに 0879
うつみひの 1616
うつみひのもと
おくくらくなる—— 0878
はるものふかき—— 0034
うつむしらゆき 0308
うつもるる
——くさきにかせの 0851
——ゆきのしたくさ 0969
うつもるるみは 1603
うつもるるみを 1539
うつもれて
——きりのまかきに 0562
——くさのいほりと 1790
——けふりもさむき 0852
——まきのははらふ 0827
うつもれてのみ 1616
うつらたつなり 0572
うつらなくなり 0571
うつりかを 2012
うつりさためぬ 1642
うつりさめて 0674
うつりにけりな
——さよのたまくら 1107
——なかめせしまに 0237
うつりぬるかな 0073
うつりはつとも 1347
うつりはつる 1376
うつりやすくも 0503
うつりゆくよの 1965
うつるこすゑは 0659
うつるにほひは 1426
うつるひの 0459
うつるみとりの 1524
うつるもうすき 1654
うつるもこほる 0817
うつるもよはき 1585
うつれとも 1672
うつれはかはる 0274
うつろはぬかな 0700
うつろはぬまを 0180
うつろはむかも 0551
うつろひて
——あきかせよわき 0497
——あきすさましき 0458
——このはにかかる 0642
——むらむらかはる 1648
うつろひにけり 0307
うつろふいろは
——はなのこころを 0243
——ゆきとのみ 0239
うつろふみねは 0024
うつろへは 0149
うてなには 2101
うときかな 1012
うとくなりゆけ 1251
うのはなやまを 0309
うはひてさける 0065
うふねのかかり 0371
うふねはそれと 0372
うへこすたまは 0398
うへにして 1706
うへのおもひを 1172
うへはかりには 0815
うみちかみ 1716

うみやまの　0935
うみをわたれる　2042
うらうらの　1725
うらかせそふく
まさこふきまき――　1708
ゆふしもさやき――　1598
うらかせは　1704
うらかるる
――あさちかにはの　0715
――をはなかすゑの　1585
うらかれて　0506
うらさひしさは　0669
うらちかみ　1719
うらちとり　1611
うらなから　0933
うらならなくに　1203
うらのつりふね　1726
うらのまつの　1705
うらふれて　1207
うらふれをれは　1286
うらみおかはや　1181
うらみかは　1269
うらみけむ　0245
うらみけりとは　1270
うらみしな　0259
うらみしを　1396
うらみすは　1395
うらみそつねに　1254
うらみたたは　1245
うらみてのみそ　1089
うらみても
――いまはかたみの　2038
――おもひしらねは　1147
うらみてもなほ　1296
うらみにむきて　1307
うらみぬを　1321
うらみねは　1079
うらみのうちに　1387
うらみのかすは　1323
うらみのしたに　1166
うらみのみ　1951
うらみはてし　1325
うらみはてても　1061
うらみはてむ　1265
うらみはてよ　1307
うらみはや　0230
うらみむとすれは　1255
うらみやつもる　1484
うらみをやめて　1345
うらむとも　1386
うらむへき　1378
うらむるにしも　1155
うらむるふしそ　1179
うらやまし　0934
うらやまれけり　0466
うらよりをちの　1544
うらわのなみに　2006
うらわのなみを　0927
うるふくさきは　2050
うるほすあめは　2051
うれしかほにも　0268
うれしからまし
いかにこころの――　2105
またあすならは――　1076
うれしかりけり
たつねぬひとも――　0863
つらきもひとは――　1030
ゆめはさめても――　1100
うれしかるへき　1902
うれしきことの　1899
うれしきことは　1890
うれしきは　1410
うれしきゆめを　0998
うれしくとても　1310
うれしけれ　1167
うれしとそきく
うれしきことは――　1890
こさるるみにも――　1845
うれしとも　1039
うれはしき　1807
うれふれと　1365
うれへかほにや　1576
うれへなく　1811
うれへにて　0559

うろよりも 2108
うゐてみし 1528
うゐはしめてか 0273
うゐわたす 0216

【え】

えこそさためね 1165
えそいはぬ 1315
えそまつましき 0949
えたくらき 1689
えたさひて 0808
えたにさへ 1733
えたひちて 0363
えたふきかへす 0480
えたもとををに 0479
えたもなく 0193
えたもならさて 2207
えとやなるらむ 2090
えやはかくれむ 0978
えやはととめぬ 0706

【お】

おいかみは 0215
おいかよに
——ことしもはなの 0236
——たれとむかしを 1912
おいきにはなの 2184
おいきもはるに 1450
おいとなる 1617
おいとなるらむ 1561
おいにけり 0105
おいぬれは
——かつみることは 1932
——またあふことを 0947
おいのいのちの 1937
おいのかすそふ
——あきのよのつき 1562
——としのくれかな 1618
おいのこころに 1936
おいのすさひに 1558
おいのたもとに 1487
おいのともなる 0775
おいのなみ 1622
おいのなみたの 2032
おいのはるとも 1457
おいのまくらの 1537
おいのみに 1810
おいはかひなし 1502
おいらくの 1619
おいらくまてに 2144
おいをまつにそ 2084
おきうかりけり 1391
おきこくふねの 1430
おきそふしもに 0769
おきそふしもの 2077
おきそふつゆの 0600
おきつしらなみ 1707
おきつなみ 0937
おきていのるも 1824
おきてみれは 0784
おきところなき
——しらくもの 1746
——そてのしらつゆ 1532
おきところなく 0771
おきなから 1529
おきにいてそふ 1725
おきのひかたの 0790
おきへより 1715
おきやそふ 1533
おきわかれぬる 1118
おくくらくなる 0878
おくしもの 0702
おくしもは 0764
おくそはるけき 0913
おくそゆかしき 0189
おくつゆしもに 0682
おくつゆに 0563
おくつゆの
——ちるさへをしき 0479
——ひるまにさへも 1283
おくつゆは 0547
おくつゆも 2005
おくとはわかれ 1983
おくはあれとも 1746

おくはのこさむ　1217
おくふかきいろ　0195
おくふかくして　1774
おくみえぬ　0661
おくもたつねし　1472
おくものこるを　1140
おくやまに　1873
おくやまの
――あかつきしるは　1742
――いはほのまくら　1762
――いほもるはなを　1471
――むろのとほそに　1566
おくやまのいほ　1764
おくりぬる　2098
おくるるみちの　2022
おくれてのほる　0389
おくれても　2029
おくれぬあきの　2028
おくれねは　0299
おけるあさしも　1586
おけるなりけり　0776
おこたりを　1086
おさふるそての　0961
おしかへし　1169
おしこめて
――かすみそはるの　0008
――さのみはひとの　1163
――つひにさてやの　1950
おしてうくれは　0006
おしなへて
――たかむかしとは　1806
――ひとつかをりに　0144
おしねいろつく　0717
おしほゐのみつ　2118
おしほゐを　2117
おそくさけとも　0259
おそくちりけり　0259
おそけれと　1420
おそさくら　0297
おちくさに　0871
おちくるあゆの　0513
おちくるはなも　0250
おちけりな　1194
おちすさふ　0647
おちそひて
――くもふかくなる　1658
――つゆもしくれも　2032
おちそむる　0450
おちたるつきに　0519
おちつきて　2074
おちつもる　0725
おちぬよなれは　1803
おちはかうへに　0730
おちはにしろき　0813
おちはにも　1591
おつるかれはの　0756
おつるたまみつ　0842
おつるなみたそ　1199
おつるもみちの　2034
おとおもみ　0646
おとさへたゆる　0833
おとすさましき　0709
おとすなり　0747
おとすみて　0397
おとするかせを　1754
おとするしもそ　0710
おとすれと　1908
おとせさるらむ　0335
おとせすは　1377
おとせてふるは　1769
おとせぬあめの　0198
おとせぬなみの　0429
おとせぬまつの　1736
おとせぬをきも　0496
おとそきこゆる　1728
おとそさひしき　0756
おとそすすしき　0435
おとそたえせぬ　2203
おとそましれる　0757
おとたえて　0794
おとたかのやま　2207
おとたつる　0807
おとたにもせす　0797
おとつれそなき　1372

おとつれはなし　1745
おとつれもせぬ　0047
おとつれもなき　1066
おとにのみ　1003
おとにはたてぬ　0114
おとのはけしさ　1684
おとはかはらす　1596
おとはかり　1589
おとはかりして　0618
おとはして　1689
おとはのこれる　1613
おとはのやまも　0029
おとはやみて　0851
おともせす
――たまくらうとき　1211
――やましつかなる　0826
おともせて
――たにしつかなる　1748
――よそなるたにに　0836
おともとところに　2202
おともやすると　1377
おとよりも　1549
おとりやはせし　1891
おとろかうへの　1417
おとろかすらむ　1976
おとろかて　2046
おとろかぬ　1911
おとろかみちの　0770
おとろくも　1906
おとろけは　1995
おとろのみちの　1443
おとろへさりし　1822
おとをたにせよ　1763
おなしあとにと　2143
おなしありあけの　1295
おなしおもかけ　1294
おなしかけなる　1672
おなしくは
――おとろへさりし　1822
――つきのをりさけ　0175
――やまほとときす　0319
おなしこころに
――いふひともかな　1202
――ちきりこしかは　1380
おなしこゑなる　0317
おなしそらこそ　0690
おなしつきひは　0865
おなしつきをは　1288
おなしつらさの　2011
おなしなかめに　1436
おなしなくねを　0318
おなしねをのみ　0052
おなしはつねも　1502
おなしひひきも　1632
おなしみちにと　0930
おなしみとりの　2132
おなしゆめちも　1355
おなしよさむの　1582
おなしよと　2007
おなしよに
――いくたひものを　1313
――おいのいのちの　1937
おなしよにたにと　1406
おなしよの　1361
おのかいのちの　1327
おのかしなしな　2050
おのかなくねも　0561
おのかねくらを　0058
おのかはつねを　0326
おのかものから　1360
おのつから
――あふよありやと　1331
――おもひあはする　1020
――おもひいつとも　1359
――おもひもいては　1047
――おもひやいつる　1408
――かきねのくさも　0891
――こけのしたにも　1969
――とひもとはれも　1399
――なほゆふかけて　1416
――ゆめちはかりの　1187
――わかおもひねに　0995
おのれいろなる　0087
おのれうけてや　1427

おのれこゑなき 1540
おのれとおつる 0843
おのれとや 0676
おのれのみ 1128
おのれまかはす 1739
おひかせに 0412
おひかせはやき 1726
おひそふかすは 2189
おひそふたけの 2190
おひそめし 2128
おひたてる 2170
おへるましはの 1733
おほうみの 1212
おほえけり 1241
おほえけれ 1016
おほえしきはも 1241
おほえすそらも 0785
おほえすつきそ 0982
おほえぬほとの 1975
おほかたに 1012
おほかたの
――あきのなかめも 1534
――うつつはゆめに 1900
――ひとにさへこそ 1251
――よはやすけなし 1253
――よをさへかけて 1362
おほかたは
――ことしのみやは 0296
――たのむへくしも 1191
おほかたを 0466
おほくもあるかな
およはぬきはの―― 1159
みちゆきひとの―― 0162
おほそらに 1687
おほつかなきに 0553
おほつかなくも 1135
おほつかなさを
――いかになかめむ 0901
いにしへいまの―― 1840
おほはらの 1230
おほはらや 2183
おほふかすみの 0020
おほみやところ 0168
おほみやひとの 0106
おほみやひとも 0076
おほゆるは
――はなにこころの 0143
――わかおいらくの 1925
おほゆるを 1576
おほよとの 2158
おほろなる 0778
おほろにも 1488
おほゐかは
――うきたるきりも 0666
――うふねはそれと 0372
――さゆるあらしの 0795
――せきもととめす 0753
――はるかにみゆる 1730
――やまのもみちを 0683
――ゐせきにとまる 0725
おもかけかすむ 2039
おもかけくるる 1126
おもかけさらぬ 1296
おもかけならて 1464
おもかけならぬ 1214
おもかけにして 1301
おもかけにたつ 0142
おもかけの
――こころにそひて 1026
――とまるなこりよ 1393
おもかけは
――こころのうちに 1054
――のこるかたみの 1186
おもかけはかり 0981
おもかけも
――とめてみるへき 0883
――みるここちする 1852
おもかけを 0939
おもきふねしも 1727
おもたかや 0261
おもなれて
――かすむもしらず 1489
――これをまことの 1183
おもはさりし 1465

おもはさるへく　1098
おもはしと　1031
おもはしとても　1877
おもはすよ　1752
おもはていりし　1471
おもはぬいそに　0921
おもはぬなかの　1105
おもはぬに
――ときしりかほに　1448
――なすこころしも　1196
おもはぬもみゆ　1903
おもはねと　1678
おもはねは
――こころにかかる　2076
――なにをいのちの　1168
おもひあはする
――うつつともかな　1896
――かたそなき　1210
――ひともこそあれ　1020
おもひあはせむ
いつすてはてて――　1830
ゆめをゆめとも――　1909
おもひあはせよ　1137
おもひあまり　1000
おもひいつとも　1359
おもひいつへき　1963
おもひいつや
――かはらぬはなの　1978
――なれしくもゐの　1466
――よとせふりにし　0865
おもひいつる
――こころはいまの　1926
――こころやきみは　1295
――むかしににたる　1560
――われもつねより　1233
おもひいつるそ　1387
おもひいてけむ　1341
おもひいてける　1354
おもひいてすや　1833
おもひいてて　1785
おもひいててや　1332
おもひいてなき
おもひいつるそ――　1387
――ちきりとおもへと　1178
おもひいてにして　1021
おもひいての　1933
おもひいては　1436
おもひいてはなし　1928
おもひいても　1863
おもひいてもなき　0614
おもひいてよ　1347
おもひいる　1772
おもひいれしと　1199
おもひいれすやと　1179
おもひおくらむ　0293
おもひおもひ　1201
おもひきや　1860
おもひくたす　1400
おもひけつ　1153
おもひけりと　1156
おもひけるかな　1377
おもひけるよと　1012
おもひけるよの　1162
おもひこそやれ
そふるつらさを――　1385
みやこのそらを――　0941
おもひこむる　0044
おもひさためし　1246
おもひさためむ　1903
おもひさまさし　1238
おもひさます　1356
おもひしうへの　1358
おもひしことも　1324
おもひしに
――あらしそさはく　1753
――すてもうきは　1889
――またみちたゆる　0403
おもひしままに　2137
おもひしよりも　1331
おもひしらぬに　1198
おもひしらねは　1147
おもひしらは　1866
おもひしられし　1142
おもひしる　1941

おもひしを 2051
おもひすてて 1946
おもひすててし 1581
おもひそおくる 0139
おもひそまさる 1923
おもひそめても 0972
おもひたえ 1375
おもひたえなむと 1334
おもひたちにし 1944
おもひたちぬる 1879
おもひたつ
——きそのあさぬの 1855
——みちのしるへか 1445
おもひたつかな 1615
おもひたつとも 1886
おもひためたる 1221
おもひつくす
——こころにときは 1672
——こころよゆきて 1188
おもひつつくと 1826
おもひつらね 1357
おもひてうゑし 1755
おもひとけは 1171
おもひとひとや 1172
おもひとり 1061
おもひとりし 1157
おもひとる 1271
おもひとれは 1250
おもひなからに 1875
おもひなからも 1870
おもひなさはや 1401
おもひなさまし 1164
おもひなさむ
——うれしくとても 1310
——つれなしとたに 1349
おもひなすも 1312
おもひならねは 0977
おもひなれは 0979
おもひにて 1272
おもひねなれと 1184
おもひねの
——ゆめそむかしの 1920
——ゆめはさめても 1100
——ゆめよりほかは 1922
おもひのこさぬ 1435
おもひみたるる 1204
おもひみたれて 1205
おもひみたれむ 1128
おもひむせひて 1245
おもひもいては 1047
おもひもいれぬ 1958
おもひもはてし 1676
おもひもよらぬ 1846
おもひもわかぬ 1831
おもひやいつる
——しらかはのみつ 1460
——とはかりの 1408
おもひやはしる 0964
おもひやよわる 1308
おもひやらなむ 1051
おもひやられし
——そのをりの 1871
——はるけさも 0935
おもひやりつれ 0183
おもひやる
——おいのなみたの 2032
——こけのころもの 1945
——こけのしたたに 2025
——こころもすすし 0463
——こころもともに 0899
——こころもふかき 0829
——こころやかねて 0142
——こころをそへて 1872
——ちさとのねさめ 1693
——ねさめもいかか 1074
おもひやるらむ 0957
おもひやれ
——きみかめくみの 1452
——ふかきなみたの 2035
——みやこはるかに 0937
おもひゆゑ 0966
おもひわかねと
うさこひしさも—— 1195

たかむかしとは――　1806
おもひわかれす　1102
おもひわひぬれ　1191
おもふあたりの　1202
おもふあはれに　1395
おもふあはれも　1367
おもふいろを　1316
おもふおもひの　0991
おもふおもひは　1212
おもふおもひよ　0989
おもふおもふ　1861
おもふかきりを　1319
おもふかたに
――おもひむせひて　1245
――ききしひとまの　1013
――よしたたすへて　1163
おもふかたへ　1364
おもふかと　1155
おもふかな　1999
おもふかほとは　1200
おもふくもゐの　1464
おもふくるしさ　1799
おもふこころあり　1003
おもふこころの
――あらさらむ　1292
――あらましに　1043
――おくはのこさむ　1217
おもふこころは
――こころにて　1040
――としそへにける　1002
――としへても　0973
おもふこころを
――いひもつくさむ　1913
――みかさやま　1805
おもふこそ
――こひしきよりも　1334
――なきひとよりも　1987
おもふこと
――たれにのこして　1437
――なくはいつまて　1869
――はるともみには　1448
おもふさへこそ
――うれしけれ　1167
――はかなけれ　1335
おもふそといふ　1139
おもふたひに　1190
おもふてふ　1016
おもふといふ　1385
おもふとはなしに　1415
おもふなるらむ　1135
おもふにつけて　1619
おもふには　0880
おもふにまけは　0984
おもふにも　1189
おもふのちに　1357
おもふはおのか　1302
おもふはかりそ　1829
おもふはかりの　1411
おもふはかりは
――えそいはぬ　1315
――ちきりやはする　1072
おもふひと　1290
おもふひとの　1179
おもふほとこそ　1267
おもふほとは　1216
おもふまに
――ねさめのかねも　1914
――はきのはなさく　1282
おもふままなる　1902
おもふみに　1199
おもふみの
――さらぬわかれに　1406
――なにゆゑいそく　1827
おもふもあかぬ　1099
おもふもかなし
――あはれなと　1997
――ささかにの　1318
おもふもさひし　1694
おもふものから　0038
おもふもみえす　1903
おもふより
――くもになかめぬ　1501
――こころよわくそ　1265
おもふらむ

——うきをはおける　1172
——こころにもあらて　1874
——したふににたる　1351
おもへかし　1974
おもへたた　2031
おもへとて　1313
おもへとも
——たたこのくれを　1328
——つきにこひしき　1570
——みえぬよよには　1311
おもへとや　1991
おもへはうれし　1577
おもへはかなし　1881
おもへはつらき　0287
おもへはゆゆし　0466
おもへはわれも　2130
おもほえぬかな　1459
おもほゆる　1254
おもほゆれ　1281
おもりつつ　0494
おもるうはの　0812
およはぬうさの　1252
およはぬうへに　2072
およはぬうへも　1161
およはぬきはの　1159
おりしつまれる　1685
おりたちて　2058
おりゐるくもは　1628
おろかなれ　1867

【か】

かかけまし　2083
かかしとおもふ　1216
かかみなりけり　2167
かかみなりける　1560
かかみなるらむ　0608
かかみやま　2201
かからしを　1237
かかりけるよに　1821
かかりけれ　1264
かかりひのかけ　0372
かかるあきかせ　0502
かかるいのちに　1371
かかるうきめを　2006
かかるおもひや　0960
かかるこころを　1012
かかるしらくも
なほやまふかく——　1454
まつにみたれて——　1697
かかるちきりは　1318
かかるつきよを　1080
かかるひとまの　1112
かかるへきよの　1867
かかるまて　0729
かきあつめたる　1833
かきおくことの　1838
かきくもる　1587
かきくらし
——しくるとみれは　1600
——よそもしくるる　2036
かきくれし　1972
かきくれて
——ふりたにまされ　0113
——みやこもゆきの　0832
かきたむる　1841
かきつはた　0261
かきつもる　1835
かきねのくさも　0891
かきねより　0103
かきほあれたる　0510
かきみたす　1107
かきらぬものを　2192
かきりありやと　1070
かきりこそあれ　1153
かきりとおもふに　1275
かきりとそみる　1475
かきりなき　2156
かきりなく
——うきものからに　1174
——ふかきちきりを　1138
かきりなりとも　1183
かきりにて
——このよなからは　1405
——またもみさらむ　1097

かきるとも　0723
かきわけて
——たかためつめる　0015
——つめるわかなに　0014
かくかひもなき　1837
かくこそありけれ　1593
かくこそは　1449
かくこそものは　1176
かくしあらは　2186
かくしつつ　1490
かくしてそ　1666
かくすみすてて　1793
かくそありし　1397
かくてこそ　1566
かくてしも　1308
かくてはひとの　1146
かくてもすつる　1815
かくてもへなむ　1762
かくともせめて　0988
かくなわの　1204
かくはかり
——あひみしときに　1407
——うつりゆくよの　1965
——こひむとかねて　1037
——とりあつめたる　1884
——みえすてあるは　1381
かくやとおもへは　1015
かくやはと　1241
かくやはとおもふ　1314
かくるしらゆふ　2139
かくれあらはれ　0604
かくれかもなし　1792
かくれさりけり　0327
かくれてすめは　0426
かくれとも　1494
かくれなき　1005
かくれなく　0630
かくれぬものは　0080
かくれもあへす　0871
かくろへかねて　0126
かくろへて　1741
かけうけて　2148
かけうすき　0581
かけうすくなる　0633
かけうつす　1492
かけおちて　0207
かけおちにけり　0749
かけきえて
——すそよりくるる　0662
——やなきにあをき　2056
——をかのやなきは　0508
かけきえにけり　0199
かけきよき　0635
かけこそあきの　0459
かけこそやかて　0890
かけさえて　0767
かけさえとほる　0779
かけさたまらぬ　0503
かけさらめやは　1834
かけさらめやも　2130
かけしいのちを　1349
かけしかと　2045
かけしけき　0376
かけすみて　1567
かけそうつろふ
そらゆくくもの——　1686
みえぬゆふひの——　0732
かけそさひしき　1642
かけそすすしき　0386
かけそたちうき　0446
かけそふけぬる　1054
かけそめて　0312
かけたけぬらむ　1579
かけたにもなし　1557
かけてうつしき　2211
かけてもたれか　1963
かけなるうみは　1707
かけなるやまそ　1649
かけにこそ　0603
かけになくなり
かたふくかたの——　0557
よふかきつきの——　0332
かけになりて　0854
かけにまかせて　1804

かけぬときなく 1338
かけぬひそなき 2147
かけぬひはなし 0971
かけぬまもなし 1212
かけのたれをの 1128
かけのみたるる 0400
かけはしに 2203
かけはたえにき 1580
かけはなれゆく 1124
かけははや 0620
かけはやみ 0639
かけはれて
——さへつるとりの 0197
——のきはのくもは 1766
かけひのみつに 1745
かけひのみつの 1763
かけふけて 0428
かけまてなひく 1493
かけみえて
——あやめにすかる 0381
——きりふきわくる 0638
——しくるるやまに 0735
かけみたるなり 0397
かけみまほしき 0465
かけめつらしく 0452
かけもうらめし 1370
かけもさくらに 1451
かけもすたれに 1520
かけもみとりに 0098
かけよとそおもふ 2119
かけよやつねの 1267
かけよりしらむ 1626
かけよわき
——このまのゆふひ 0458
——やなきかうれの 0512
——ゆふひうつろふ 1595
かけろひあへす 0734
かけろひて
——しくれにすくる 1588
——つきとほくなる 0634
——をかのをはなに 0486
かけろふまとは 0348
かけをこひつつ 1681
かこたすもなし 1348
かこたねと 1080
かこちかほにや 1349
かこちつつ 1154
かことはかりは 1018
かこともとむる 1315
かさしけむ 1222
かさしたる 0106
かさしとや 2180
かさすうつきの 0314
かさすかな 0697
かさとりの 0744
かさなりて 0155
かさなるみねに 0911
かさなるゆきに 1808
かさなれと 0329
かさぬれと 0700
かさねきて 0940
かさねしそての 2012
かさねてきかぬ 1038
かさねてみゆる 0698
かさねても 0594
かしこきみよを 2162
かすかすに
——いかてみやこの 0938
——ひかりをそふる 2193
——みにそふかけと 2150
かすかにそきく 1502
かすかにて 1675
かすかにみゆる 1722
かすかのに 1539
かすかのの 0015
かすかののはら 0755
かすかののへに 0148
かすかのや
——おとろかみちの 0770
——ききてなれぬる 0520
かすかやま
——いつるあさひの 1804
——おなしあとにと 2143
——もみちにけらし 0552

かすきえぬ　1726
かすことに　2190
かすそかくれぬ　0600
かすそきえゆく　1627
かすともなしに　0461
かすならす　1535
かすならすとも　1526
かすならて　2131
かすならぬ　1881
かすなれは　2129
かすにしれとや　2158
かすにまさるは　1863
かすにもあらす　1326
かすにもあらぬ　1927
かすはみえけり　0573
かすはわかみに　1617
かすますは　1412
かすまぬしもそ　1439
かすみあへす　0034
かすみえて
——あさひにきゆる　0530
——おきにいてそふ　1725
——つきをまちける　0500
——とほちのそらを　0540
——のこるともなき　0035
かすみかねたる　0033
かすみくるる　0119
かすみけれ　0890
かすみしか　1487
かすみしものを　0301
かすみそはるの　0008
かすみたち
——こほりもとけぬ　0006
——ひらくるはなは　0148
かすみたつ
——のかみのかたに　0054
——みねのさわらひ　1442
かすみたなひく
このはしのきて——　0031
はるてふけふは——　0001
かすみてくもる　0200
かすみてとほき　1723
かすみとならむ　1453
かすみなりけり　0021
かすみにおもき　0250
かすみにくるる　0117
かすみにほふ　1428
かすみにまかふ　0022
かすみにもるる　0030
かすみのいろに
——くれなりて　0204
——はるみえて　0059
かすみのうちに
——つきそふけぬる　0206
——ほのめきて　0023
かすみのうへの　1432
かすみのきはに　0026
かすみのこりて　1434
かすみのしたの
——はるかせに　0201
——むめやなき　0087
——やまのはに　0091
かすみのそこそ　0070
かすみのそらの　0028
かすみのそらは　0205
かすみのにほひ　0159
かすみふけて　0124
かすみふけゆく　0123
かすみもふかき　1433
かすみやけふり　0037
かすみゆく　1413
かすみより　0060
かすみわたる
——とほつやまへの　0283
——をかのやなきの　0095
かすみわたれる　1430
かすみをわけし　1429
かすむくもちを　1476
かすむすゑのに　0025
かすむひかけは　0051
かすむもしらす　1489
かすむものから　0043
かすむやまもと　0235
かすむゆふくれ　0144

かすむより　0005
かすむらむ　1427
かすめとも　0080
かすめはとほき　0029
かすめるすゑの　1438
かすめるやまの　0027
かすやかさねむ　0897
かせかよふ
——まかきのをきの　1596
——やままつかねの　0430
かせこえて　0437
かせさえて
——たまりもあへす　0802
——みそれになりぬ　1600
かせさむき　0796
かせさむみ　0522
かせさゆる　0873
かせすきて
——あきのひさむき　0527
——しられぬゆきの　0225
——なつをわするる　1517
かせすさふ　1642
かせすさふなり　0486
かせそすすしき
すたれうこかす——　0434
すたれにすさふ——　0428
ふくとしもなき——　0393
かせたかき　0417
かせたちて
——のきはにはるる　1508
——ゆふひすすしき　1523
かせたにも　0260
かせにあまきる　0223
かせにあまれる　0080
かせにおつる　0630
かせにおとろく　0421
かせにしかるる　0605
かせにしたかふ　0492
かせにしられぬ　1482
かせにそへてそ　2172
かせにつけても　1220
かせになひく
——やなきのかけも　0123
——をはなかすゑに　0634
かせになりて　1592
かせにのこらし　0220
かせにまかせて　0249
かせにみたるる
——せみのもろこゑ　0418
——はつかりのこゑ　0528
かせにみたれて　0419
かせにもりくる　0382
かせにやなきは　0096
かせによこきる　0850
かせにわかれて　0389
かせのおと　1278
かせのおとに
——ことそともなく　1538
——よふかくいつる　0599
かせのおとの　0447
かせのおとも　0801
かせのこのはの　1994
かせのすすしさ　1518
かせのたよりを　0402
かせのならすも　1059
かせののこせる　0750
かせのまにまに　0740
かせのよの　0606
かせはいとはす　0166
かせはすそのの　0408
かせはやみ　0411
かせはやみて　0228
かせはよはりて　0855
かせはをりをり　0088
かせふきとまる　0487
かせふきまする　0747
かせふけは
——えたもとををに　0479
——まさらぬみつも　1481
かせませに　0038
かせみえて　0355
かせもうらみし　0243
かせもおとせて　0398
かせもおとせぬ　0724

かせもすすしき 0441
かせものとけく 0101
かせよりさきに 0167
かせわたる
――たのものさなへ 0356
――まくすかはらに 0720
かせわたるみゆ 0348
かせをいたみ 1713
かせをいとふ 0183
かせをかへて 2198
かせをのこせる 2126
かそふれは 1604
かたかたに
――なきてわかれし 1924
――をしむへきよを 1946
かたからめ 0298
かたくとも 1267
かたしきて 0383
かたそきの 2122
かたそしられぬ 1612
かたそなき 1210
かたのあれや 1121
かたはあかしの 0933
かたはありけり 0116
かたはさためき 1388
かたふきて 1555
かたふきにけり 1574
かたふくおいの 0639
かたふくかたの 0557
かたふくかたは 0628
かたふくすゑに 0028
かたふくつきも 0030
かたふくつきを 0632
かたへすすしき 0406
かたみさへ 2001
かたみならぬを 1393
かたみなりけり 1923
かたみのいろも 2030
かたみのひかす 1992
かたもありける 1308
かたもありやと
あはれとおもふ―― 1044
さらはなくさむ―― 1304
かたもさためす 0789
かたやあると 1050
かたやまかけの
――おちくさに 0871
――はるのくれ 0289
――むもれみつ 1814
――ゆふやみは 0399
かたよりて
――いけのみさひに 0254
――いろなるくもに 0804
かたらはむ 1004
かたらへとしも 0315
かたりあはせむ 1912
かたりもせまし 1099
かたるはかりの 1928
かたをかに 1595
かたをかの
――あふちなみより 0404
――いはねのこけち 2125
――おとろかうへの 1417
――ならのかれはに 0806
かたをによりて 1337
かついつまてと 2029
かつかつおつる 0869
かつかつそそく 0404
かつかつましる 0042
かつかつみゆる 1778
かつきえて 0842
かつきゆる 0040
かつしかの 1709
かつしかや 0361
かつちりて 0643
かつみかくるる 0361
かつみたれつつ 0108
かつみるうちも 0092
かつみることは 1932
かつむすふ 0862
かつらきやまの 0971
かつらにすへく 0107
かとたのするゑそ 0555
かとたのするゑは 1541

かなしかりけれ 2018
かなしきに
——あきかせさむみ 0571
——ふかくもゆきの 2025
かなしきは
——おもかけさらぬ 1296
——けふのたむけの 2088
——すくるつきひも 2022
——つまなきとこの 2004
——またもかへらぬ 2000
かなしきものを 1312
かなしくも 2006
かなしけれ
——あるかあるにも 2007
——うきはへたたる 1998
かなしさは 1968
かなしさを 1976
かなはなむ 0900
かなはぬに 1892
かならすと 1041
かならすもなく 0787
かねことよ 1150
かねてすすしも 0399
かねてにしにそ 2098
かねてもえたの 0141
かねてより 1181
かねのおと 1742
かねのおとかな
かすみにもるる—— 0030
つつみのこれる—— 0282
かねのおとに
——あくるかそらと 0784
——ゆめはさめぬる 1630
かねのおとの 0673
かねのおとを 1661
かねのこゑこゑ 1666
かねはまくらに 1908
かねひくなり 1662
かはおとすみて 0122
かはかりの 1317
かはかりも 1162
かはきりしろく 1609
かはすにかよふ 1288
かはせにさける 0275
かはせのなみの 0443
かはちとりかな 0787
かはつなく
——ぬまのいはかき 0360
——ゐてにやはるも 0272
かはつなくなり
あせこすなみに—— 0267
いけのみさひに—— 0254
こかけのいけに—— 0271
かはつのこゑも 0266
かはとほき 0511
かはのせに 0276
かはみつも 2199
かはむかひ 1728
かはやしろ 0366
かはやなき 0513
かはらさりけり
きかまほしさも—— 0317
ゆめはみやこに—— 0956
かはらさりける 1970
かはらさるらむ 0242
かはらしな 2138
かはらぬけふの 0721
かはらぬちよの 2190
かはらぬつきの 1681
かはらぬのきに 1422
かはらぬは 2115
かはらぬはなの 1978
かはらぬも 1294
かはらぬものは 0470
かはらねと
——あらぬうきよに 1426
——なれしくもゐの 1990
——むかしのかけは 0623
——わかみひとつの 1851
かはりきて 2039
かはりけり 1878
かはりたつ
——こころとみゆる 1260
——すへてうらみの 1257

——ひとのこころの　1255
かはりもそする　1322
かはりやすると　0895
かはりゆく　1193
かはりゆくらむ　1248
かはるかうへの　1276
かはるかするゑに　1137
かはるかと　1261
かはるかな
——ありしむかしの　1681
——すすしきかせの　0391
かはるこころの
——いろはみゆるを　1262
——かはりもそする　1322
かはるこころを　1303
かはるこするゑは　0624
かはるしもうし　1316
かはるてふ　1264
かはるとて　1180
かはるなるらむ　1256
かはるらむ
——けさはつしもの　0758
——みはあらぬよの　1403
かはれとも　2122
かひそなき　1061
かひなかるへき　1004
かひなくて　1409
かひにみるかな　0750
かひはなけれと　0336
かひもあらしを　1181
かひもなく　0744
かひもなし　1747
かひをひろふと　1715
かふれとも　0305
かへさはをくれ　0337
かへすあらしは　0631
かへすしるしは　1081
かへすたのみの　1918
かへにおとする　0564
かへにきえゆく
——あきのひの　0704
ゆふひのかけそ——　0478
かへにそむける　2067
かへのひまもる　0561
かへらさらなむ　0467
かへらさらめや　1848
かへらすもかな　1271
かへらぬいろは　0210
かへらぬものは　0720
かへらむほとを　0948
かへりおくるる　0137
かへりきて　2160
かへりこぬ　1921
かへりにし　1009
かへりぬるかな　1506
かへりみて　0908
かへりみる　0155
かへりやはする　1924
かへるかたなき　1917
かへるかり
——あきこしかすは　0135
——ことつてやらむ　0139
——はねうちかはす　0134
——わかことつてよ　1227
かへるさしらぬ　2064
かへるさに　0663
かへるさの　1127
かへるとおもはは　1485
かへるとおもへと
——はなさくら　2174
はるよりさきに——　0251
かへるとも　0950
かへるへき　2020
かへるまて
——えそまつましき　0949
——こころにのこれ　1436
かへるやまちに　0336
かへるやまひと　1783
かへるらむ　0138
かへれとも
——たたなほひとの　1171
——みはあらためぬ　1394
かみかきに
——こころのぬさを　2147

——ちきりあるみと 2146
かみかきの 0755
かみかせに 2114
かみさひて 1737
かみちやま
——うちとのみやの 2110
——ふかきめくみを 2121
——ももえのまつも 2187
かみなつき
——くものゆくての 0740
——くもままつまに 0738
——しくれにましる 1590
かみなつきかな 2036
かみなひの 0754
かみなひやまに 0339
かみなれは 2109
かみにつかへむ 2195
かみにまかせて
——ちらさすもかな 1462
をしむこころを—— 1461
かみのおまへの 0627
かみのたむけの 2138
かみのとりゐの 0772
かみのまにまに 2112
かみのみくにと 2153
かみのみやひと 1509
かみのみやゐも 2128
かみはみるらむ 2129
かみまつり 2145
かみもみあれに 0313
かみやまの
——すそののあふひ 1498
——たまくしのはに 1416
かみよのうらや 2123
かみよのまつの 2183
かみよもとほし 2132
かみよより 1800
かみよをうけし 2142
かみわさしけき 2140
かめのをやまの 2165
かものあけほの 1429
かものかはかせ 0886
かものかはみつ 0444
かものみつかき
いくよかへぬる—— 0312
なかれにすめる—— 2124
かよひけりと 1142
かよひちを 1775
かよひなは 1093
かよふおもかけ 2015
かよふこころと 1187
かよふこころの
——そらにしくるは 1289
——みちはあれと 0952
かよふとて 1218
かよふとも 0864
かよふなる 1104
かよふはかりの 1373
かよふよに 2041
かよふらむ 2009
からあひの 1109
からくれなゐに 0690
からくれなゐの 0683
からさきや 1722
からすなくなり 0846
からすはに 1660
からすひとこゑ 1635
かりかねきつ 0552
かりかねの
——きこゆるなへに 0550
——そらにしれはや 0549
——はなのをりしも 0138
かりそなくなる 1299
かりそめふしの 0955
かりなきわたる 0798
かりにやつくる 0401
かりねのゆめの 0958
かりねのゆめは 0928
かりのとふ 2062
かりのなく
——とほちのやまは 0541
——ゆふへのそらの 0544
かりのなみたの 0547
かりのはかせも 0083

かりのひとこゑ　0764
かりのひとつら
　かへりおくるる――　0137
　こえてちかつく――　0543
　たのもにくたる――　0533
　つきのあたりに――　0545
　のとかにわたる――　1545
　ひかけをわたる――　0534
　ほのほのみゆる――　0532
　やまのはわたる――　1546
　ゆくともみえぬ――　0539
かりのふしふし　1257
かりのやとりの　1792
かりはきにけり　0554
かりひとの　0126
かりまくら　0955
かるいねの　2204
かるくさの　0572
かれきのすゑの　0846
かれつもる　0747
かれなはかれめ　1763
かれねたた　0984
かれののくさも　0111
かれののはらに　0797
かれのみまさる　0560
かれはのあさち　0714
かれむとすらむ　0219
かれゆくあきの　0718
かれゆくくさの　0705
かろきになして　1823
かをらぬこゑの　0061
かをりすすしく　1508
かをりにほひ　0176
かをるはかりの　0166
かをるはるかせ　1425
かをるはるかな　0159

【き】

きえつつき　2028
きえていくかの　0036
きえなましかは　1407
きえにしあきの　2013
きえにしあとを　1977
きえぬとみえて　2088
きえぬへき　1947
きえぬへきみを　1616
きえぬらむ　0622
きえはてて　1695
きえはてぬとも　1963
きかさらめやは　1859
きかすなよ　1042
きかてきこゆる　1663
きかぬわかれち　1121
きかはそわれも　1380
きかまほしさも　0317
ききかへて　1745
きききかす　1632
ききくらすかな　0052
ききこめぬ　1692
ききしひとまの　1013
ききしより　2153
ききすなくなり
　――かくろへかねて　0126
　――をささかくれに　1444
ききそふる　1244
ききそめて　0177
ききつとかたる　1500
ききつもるかな　1962
ききてかひなき　0323
ききてたに　1104
ききてなれぬる　0520
ききなれぬとりの　1767
ききのあけほの　0194
ききのしたつゆ　0654
ききのしたはは　0551
ききのしらゆき　0868
ききのもみちは　0687
ききはしめぬる　0450
ききみることの　1029
ききもわかれぬ　0438
ききやしつると　0316
ききやなさまし　0326
ききわひて　0708
きくうちに　1138

きくかひもなし　1504
きくからに　0523
きくそかなしき　0705
きくたひに　1987
きくなへに　2067
きくのさかつき　0696
きくのしたみつ　2208
きくのはな
――いつれかもとの　0702
――なかつきのけふ　0695
きくまてにして　1399
きくまてもなし　1123
きくもさきけり　0728
きくもすすしき　0417
きけはかひなし　1003
きけはなみたそ　1195
きこゆなれ　2091
きこゆるなへに　0550
きこゆるを　1957
きさらきや　0067
きしのあをやき
――えたひちて　0363
ゆふひになひく――　0509
きしのうへたに　1510
きしのうへの　0105
きしのすきむら　2188
きしはれて　0511
きそのあさぬの　1855
きつなれしは　0885
きてみれと　0164
きてもみゆへく　0953
きなくやまふき　0279
きにけるよ　1279
きぬきぬを　1119
きぬたのおとに　1582
きのふけふ
――くものはたてに　0964
――よはのとかにて　0110
きのふこそ　1084
きのふにけふの　1244
きのふのあはれ　1193
きのふのうさは　1157
きのふのけふり　1996
きのふのさくら　0232
きのふのそらに　2075
きのふのままの　1971
きのふのゆふへ　1134
きのふのゆめに　1992
きのふのゆめの　1911
きのふまて　0301
きのふみさりし　1264
きのふもおなし
――あさみとり　0302
――はなとりのはる　2061
きのふもくれし　1666
きのふもけふも　1088
きのふもみえし　0194
きはをいふらむ　1145
きはをみすとも　1192
きほひつつ　0524
きみかかみの　1798
きみかすかたを　1285
きみかすみこし　1791
きみかすむ
――そなたのやまを　0936
――やとのこすゑの　0171
きみかため
――うつしうゑける　2179
――つかへふりぬる　1604
――またななそちを　2195
――みくにうつりて　2124
きみかためかも
くもらぬかけは――　2165
たてしちかひは――　2111
きみかちとせの　2178
きみかてふれす　0279
きみかときはの　2177
きみかはるとや　1451
きみかみよかな　2199
きみかみよには　2205
きみかめくみに　2164
きみかめくみの　1452
きみかめくみは　1819
きみかゆく　0949

きみかよに 2176
きみかよの
——かすにとれとや 2158
——しるしとこれを 2188
——なかきためしに 2209
——ほとはさためし 2159
きみかよは
——しつのかとたに 2204
——つきひとともに 2166
きみかよはひは 2192
きみこふと 1298
きみたにとへな 1478
きみとわれとか 1232
きみなくは 1840
きみにあはて 1382
きみにあへるよ 1108
きみにいのちを 1309
きみにおくれて 2017
きみにこころは 1143
きみにこころを 0971
きみにこひ 1286
きみにさきたつ 1952
きみにそひとの 2157
きみにそわきて 1446
きみにのみこそ 1149
きみにまさりて 1327
きみにわか 2022
きみはきぬらし 0464
きみもさは 1916
きみゆゑに 1212
きみをおくると 0899
きゆるしらくも 0256
きゆるもをしき 1237
きゆれはきゆる 0860
きよきかはの 2124
きよきなかれに 2116
きよくすすしき 0322
きよとおもひし 2018
きよみかた
——いそやまもとは 1712
——ちりしくはなや 0257
——なみをかたしく 0621
——ふしのけふりや 0622
きりうすき 0532
きりかとみれは 0648
きりきりす
——あきはくれぬと 0705
——あはれにこゑの 0565
——おのかなくねも 0561
——こゑはいつくそ 0556
——つきをやしたふ 0557
——なからむあとの 1537
——なくよをさむみ 0563
——よわるをしたふ 0715
きりきりすかな
かへにおとする—— 0564
くるるをいそく—— 1536
きりたちわたる 0464
きりにくもれる 0904
きりにこもれる 0664
きりにへたてぬ 0516
きりにむせふ 0049
きりのあさあけ 0647
きりのあなたに 0555
きりのいろより 0517
きりのうへに 0665
きりのおちはは 1592
きりのかれはは
——おとおもみ 0646
——にはにおちて 0711
きりのしたゆく 0657
きりのはおつる 1549
きりのはの 0645
きりのはは 0710
きりのはれまの 0531
きりのひとはの 0450
きりのふもとに 1552
きりのまかきに 0562
きりのやまもと 0660
きりはまかきに 1133
きりはるる
——たのものするゑに 0687
——をちのやまもと 0619
きりはれて

――やまちあきなる　1543
――ゆふひにのこる　1551
きりふかき　0663
きりふきかくる　1544
きりふきわくる　0638

【く】

くさかくれ　0580
くさかれて　0728
くさきにかせの　0851
くさきのたねと　2051
くさきをみるも　1234
くさくさの　2051
くさとるたかを　0872
くさにおちて　0408
くさにむしなく　0581
くさのいほに　1757
くさのいほりと　1790
くさのいほりに　2048
くさのいほりの　1769
くさのうへのつゆ　1529
くさのうへより　1691
くさのかけより　2015
くさのしけみに　1523
くさのすゑに　0439
くさのはなさく　0132
くさのまくらの　0920
くさはこそ　0769
くさはにうすき　0040
くさはのうへに　0500
くさはのつゆの　0573
くさはのつゆも　0630
くさはより　0502
くさまくら
――たひとしおもへは　0946
――たひはいもこそ　1227
くさむらの　0579
くさもきも
――たねはひとつを　2052
――のわきにしをる　0652
くさもきもなし　1214
くさわかみ　0126
くさをもとめて　0870
くたくへしやは　0975
くたけてそよる　0873
くたすやまひと　2160
くたるやまひと　0663
くちきのはしの　1373
くちすもあるかな　1469
くちてすてたる　2093
くちなしの　2199
くちにしいろそ　0773
くちのこる
――のきのかけひを　1765
――のりのことのは　2065
――ふるきのきはの　1423
くにそおさまる　2200
くにつちうるふ　1687
くにつまもりの　2111
くにつやしろと　2154
くにつやしろを　2155
くにはおさまる　2155
くはのかと　1943
くひなかな　0379
くひなこゑして　0377
くひなたに　1228
くひななく　0378
くひななくなり　0376
くへきはるとは　0300
くまなきつきを　0924
くまなしとても　1575
くまもなき　0556
くまもなく　0585
くまをもためや　1796
くみそめて　2117
くみてこそしれ　0430
くみてしらなむ　1419
くみやしつらむ　1788
くむともつきし　2118
くむひとの　2208
くもあけぬなり
なきつるみねは――　0334
のきはのそらは――　1634
くもおりかかる　0358

くもおりて　1771
くもかかる　1690
くもかくれぬる　1991
くもかせも　0439
くもきりに
――あきのひきよき　0507
――わけいるたには　0912
くもこそかへれ　1655
くもさへみねに　1116
くもしつむ　1767
くもそたちける　0171
くもそのとけき　0745
くもそまちかき　1698
くもそわかるる　1434
くもちかきまて　0401
くもちゆく　0083
くもとかすみの　0120
くもとひわくる　0413
くもとほき　0539
くもとりの　1205
くもなへたてそ　0936
くもにいろある　1428
くもにきえて　0410
くもにしたかふ　0649
くもにつけてき　0053
くもになかめぬ　1501
くもになくらむ　1503
くもにはつれて　0910
くもにはなるる　1724
くもにひはりの　0132
くもにほのめく　0451
くもにまかへる　0845
くもにわけいる　0822
くものあとに　1699
くものあなたに　2091
くものいろ　0159
くものいろかな　1653
くものいろよ　1368
くものうへに
――なきつるかりの　0551
――なれみしつきそ　1559
くものうへの
――とよのあかりに　0881
――はなにいろそふ　1468
くものうへのつき
なれてつかへし――　1680
なれてみとせの――　1565
くものうへひと　0003
くものかけはし
――かはらねと　1851
やまちあきなる――　1543
くものかよひち　0882
くものこころ　1687
くものたえたえ
――かけみえて　0735
――ふれるしらゆき　0818
くもののこれる　0598
くものはたてそ　1651
くものはたてに　0964
くものひとむら
きゆるもをしき――　1237
やまのはかくす――　1514
くものゆききに　0800
くものゆくかた　1278
くものゆくての　0740
くものゆふくれ　1236
くものゆふへも　1369
くものよそにも　1093
くもはのきまて　0359
くもはれて
――すめはすみけり　0612
――たのもにのこる　0667
――つきのあたりに　0545
――ふもとをめくる　1548
――みとりのそらを　0586
くもひとむらに
――あられおつなり　0801
――かけろひて　1588
くもひとむらの　0431
くもふかき　1580
くもふかくなる　1658
くもふかし　1759
くもふきおくる
――おひかせに　0412

——やまかせに 1525
くもふきすさふ 0644
くもふきまよふ 1684
くもふくかせに 0425
くもまにつたふ 0603
くもまによわき 0734
くもまのかけは 0320
くもまのひかけ 1648
くもままつまに 0738
くもまもる 0540
くもまよふ 0223
くもまより
——しはしほのめく 0574
——まちいててみれは 0387
——やまもとみえて 1547
くももかからぬ 0590
くももさむけし 0781
くもよりあまる 0407
くもよりおろす 0524
くもらしと 1805
くもらぬかけは 2165
くもらぬつきに 1589
くもらねは 2162
くもらねはこそ 2137
くもりあらめや 2149
くもりそめて 0668
くもりつつ 2021
くもりなき
——きみかみよには 2205
——たかまのはらに 2167
くもりなきよに 1798
くもりなく
——てらしのそめる 2166
——みかけるたまの 2101
くもりなしとは 2201
くもりはしむる 0405
くもるこころの 1796
くもるもつきの 1568
くもれよし 1852
くもゐのたつに 1847
くもゐのつきに 1092
くもゐのつきも 2168
くもゐのにはの 0887
くもゐのまつに 2182
くもゐのよそに 0526
くもゐはるかに 2104
くもゐまてとや 0400
くもをへたてて 0368
くやしきものは 1919
くやしくそ
——さらぬわかれに 2016
——しはしひとまを 1011
くゆるおもひの 2012
くらきあまよの 1503
くらきまかきの 0577
くらきよに 0376
くらきよの 0932
くらけれは 1783
くらしわつらふ 0047
くらふとなしに 1319
くらふのやまに 0082
くらゐやま
——かさなるゆきに 1808
——くるしかるへき 1853
——のほらぬしもそ 1810
——はるまちえたる 1419
——むかしのあとに 1809
——むすほほれつる 1418
くりかへし 0104
くりかへしては 1326
くるしかりける 1810
くるしかりけれ 1334
くるしかるへき 1853
くるしきせのみ 0926
くるしさまさる 1090
くるとあくと 1786
くるひとは 1573
くるるいろそふ 1660
くるるころかな 0503
くるるそらかな
かけろひあへす—— 0734
ゆけともとほみ—— 0916
くるるなみまに 1725
くるるひの 1664

くるるまて　0855
くるるやまもと　0517
くるるをいそく　1536
くれうつる　0516
くれかかる
——そとものをたの　0349
——ひかけはよそに　0766
くれそかなしき　1368
くれそさひしき　0487
くれそさむけき　0808
くれそまたるる　0461
くれそめて
——いりひのこれる　1712
——まさこのうへそ　0579
くれたけの
——あらしにましる　0888
——おひそふかすは　2189
——にはみえぬまて　1755
——ふしなからみる　0605
——ふしみのさとの　0324
——めくれるさとを　0688
くれなはと　1259
くれなりて　0204
くれなゐに　1206
くれなゐの　0075
くれにけり　1046
くれぬといそく　0915
くれぬとおもへは　0896
くれぬとて
——たちこそかへれ　0192
——なかめすつへき　1438
——なにかはいそく　0898
くれぬなり　2046
くれぬるか　1738
くれのあき　0625
くれはつる　0420
くれはてて　0765
くれはとり　0447
くれむともせす　0051
くれもあへす　0587
くれもをしまし　0895
くれやらて
——ふゆのひなかし　0835
——まつはらうすき　0660
くれやらぬ　0878
くれゆくそらに　0203
くれゆくそらの　1040
くれをすきまし　1621

【け】

けさこそは　1135
けさしもまさる　1132
けさのあさけ　0552
けさのはつゆき
——ふしのすそのの　0819
——まつのはしろき　0814
けさのわかれち　1126
けさはつしもの　0758
けさはなほ　0180
けさみれは　0225
けさよなほ　1023
けさわかれぬる　1131
けしきことなる
——くもそたちける　0171
——はななれは　0141
けしきにそ　1110
けしきより　0018
けしきをひとに　0974
けしきをよもに　0008
けなはけぬへき　2083
けなはをしけむ　0858
けにおもふ　1161
けにさてそかし　1405
けにもさはりの　1083
けぬかうへに　0001
けぬかうへにや　0819
けぬへきものを　0986
けふいくか　1601
けふくれぬ　1986
けふこそいそけ　1509
けふこそのへに　0013
けふさへくれは　0897
けふそくもまに　0453
けふそひかるる　2209

【こ】

こきよせて 2123
こきわかれゆく 0292
こくらきもりは 1737
こくらくて 0378
こけあをき 0436
こけおひにけり 1383
こけころも
——いまよりつゆを 1944
——そてのしつくを 1529
こけさへいろの 0758
こけのうへに 1583
こけのころもて 1470
こけのころもの 1945
こけのしたたに 2025
こけのしたにも 1969
こけのしたみつ 1765
こけのそて 2194
こけのたもとに 1930
こけむして 1729
こけむしろ 1762
ここちこそすれ
つきはむかしの—— 1678
みやこのほかの—— 1794
われのみあかぬ—— 1342
ここちさへする 2008
ここちして 0879
ここちやはする 2021
ここにかなしも 1693
ここにさへ 1752
ここにすむかな 2104
ここになかなむ 0321
ここにのみ 0495
ここのそち 1474
ここのつの 1858
ここのへに
——あまてるかみの 2148
——いくめくりとも 0696
——かさねてみゆる 0698
——ちよをかさねて 0697
——みしよのはるは 1978
ここのへの 2189
ここのへや 0002
ここのめくり 2039
こころあらは
——かたふくつきを 0632
——まとのほたるも 1526
こころありて 1431
こころありてや 0290
こころある 0377
こころあるものを 0970
こころうつす 1491
こころおかるな 1340
こころかあはれ 1306
こころかな 1457
こころこそ
——あくかれやすく 0595
——みのせきもりと 1894
——ややすみまされ 0615
こころさし 2080
こころして 0750
こころしてふけ 1749
こころしも 1031
こころすむ 0609
こころせよ 1674
こころそとまる 0009
こころそみゆる 1839
こころたに 1892
こころつからに 1171
こころつよくも 1884
こころととめて
——おもふかと 1155
——みるひとやなき 1770
こころとならは 1941
こころとは 1873
こころとひとを 0493
こころとまては 1017
こころとみゆる 1260
こころとめし 2030
こころとやおもふ 1321
こころならひに 1087
こころなりけり
かせにしたかふ—— 0492
のかれはてぬは—— 1883
はなにあかぬは—— 1474

はなにそめてし―― 0210
こころなりけれ 1084
こころなりせは 1288
こころなるらむ
いつれわかみの―― 1174
こころやつきの―― 0612
つらきにかへる―― 1313
こころなれや 1305
こころにあまる
――おもひなれは 0979
――はるのあけほの 1437
――ゆききなりけり 1101
こころにうかふ 1668
こころにうとき 1353
こころにかかる
――はるのこのもと 0187
――やまのはもなし 2076
こころにかはる 1239
こころにかわく 1904
こころにこむる 0976
こころにしらぬ 1413
こころにそひて 1026
こころにそむく 1747
こころにて
――くれゆくそらの 1040
――たかおとろかす 1302
こころにときは
――うつれとも 1672
――わかなくに 0093
こころにとむる 0939
こころにのこれ 1436
こころには 1033
こころにはるを 0305
こころにむかふ 1734
こころにもあらて 1874
こころにもなほ 1735
こころにものを 1282
こころのいろに 1235
こころのいろの
――あさけれは 1009
――えやはかくれむ 0978
――そひまさるころ 1142
こころのうちそ
――のとかなりける 1411
――みたれゆく 1010
こころのうちに
――こころあるものを 0970
――こふるこのころ 1034
――さきたちて 1054
――とまるなりけり 0253
こころのうちの
――あらぬおもひに 0983
――おもひゆゑ 0966
――たくひとや 1511
――はるそものうき 1456
――ものうさを 1865
こころのうちは
――ことのはの 1161
――わしのやま 2082
こころのうちを 1346
こころのかよふ 1103
こころのすめは 1760
こころのするは 1516
こころのそこの 1140
こころのそこは 1814
こころのにほひ 2100
こころのぬさを 2147
こころののちは 1181
こころのほとは 0182
こころのままに
――さそへとも 1424
――みるゆめを 1896
――をりてかささむ 0699
こころのみ 0866
こころのやみの 1575
こころのゆくへ 2075
こころはいまの 1926
こころはかりは 1801
こころはそめし 2034
こころはなりて 1693
こころひとつに 1828
こころほそきを 1496
こころほそくて
つまきのけふり―― 0824

——ひをもふるかな　0115
こころほそくも　1615
こころほそさを　0937
こころもおなし　2097
こころもしらて　1077
こころもすすし　0463
こころもそらに　0330
こころもともに　0899
こころもはるを　0006
こころもふかき　0829
こころもまとふ　1968
こころもわかみ　1868
こころやかねて　0142
こころやきみは　1295
こころやつきの　0612
こころやゆきに　2023
こころやりにも　1228
こころゆくまて　0184
こころよゆきて　1188
こころより　1812
ころよわきは　0992
こころよわくそ
——とりはなくなる　1085
——またあはれなる　1265
こころよわさそ　1269
こころをあらふ　1527
こころをかして　0472
こころをかみや　2144
こころをそへて　1872
こころをそみる　0074
こころをたにも　1304
こころをちりの　1816
こころをとめし　1969
こころをとめは　1893
こころをは
——かすともなしに　0461
——かねてにしにそ　2098
——くもゐのつきに　1092
——みつのくるまに　2045
こころをはみし　1163
こころをひとに　0902
こころをみかけ　1798
こころをもとく　1031
こころをよせて　1836
こさめふりつつ　0529
こさるるみにも　1845
こしかたの　1928
こすのまにほふ　0088
こすゑいかにと　0188
こすゑいろこき　0421
こすゑかは　1606
こすゑかをれる　0840
こすゑしも　1636
こすゑにあめの　1689
こすゑにあめは　0346
こすゑにせみは　0420
こすゑにたかき　0607
こすゑにのこる　1646
こすゑには　0798
こすゑによわく　0424
こすゑによわる　0457
こすゑのうへは　0206
こすゑのかせは　0763
こすゑのそらに　0207
こすゑのつきは　0428
こすゑのつゆそ　0412
こすゑのはなに　0198
こすゑのはなも　0144
こすゑのひかけ　0674
こすゑのゆきや　0834
こすゑのゆきを　0837
こすゑはかりに　0821
こすゑはかりの　0665
こすゑむらむら　0686
こすゑもおもき　0193
こすゑより
——あかつきふかき　0867
——おちくるはなも　0250
——おつるかれはの　0756
——かせにみたるる　0418
——ちりおくれたる　0229
——よこきるはなを　0234
こすゑをみれは　0554
こすゑをわくる　0363

こそのふるこゑ 0328
こそもさそ 1622
こたかきすきに 1567
こたかくかかれ 2181
こたへはや 1018
こつたふむめの 0149
ことありかほに 1091
ことうらに 2093
ことうらよりも 0627
ことかたらなむ
——うきよのほかの 1505
——しのふふたよの 0324
ことかたらはむと 1003
ことかよふ 1028
ことこそはるの 0298
ことしけきよに 1516
ことししも 1981
ことしのみやは 0296
ことしはた 0896
ことしはとしの 0895
ことしみそむる 0009
ことしもかくて 2084
ことしもとりつ 1529
ことしもはなの 0236
ことしもはやく 0888
ことそともなき 1574
ことそともなく 1538
ことつきて 1366
ことつてまし 1485
ことつてむ 1847
ことつてやらむ 0139
こととききよりは 1108
こととへや 1383
ことなつは 0340
ことにいてて 1929
ことにしらふる 1542
ことにそありける 0075
ことにのみ 2057
ことのはに
——いろはなけれと 1872
——かけてもたれか 1963
ことのはにして 1252
ことのはの
——いろなるさまに 1219
——およはぬうへに 2072
——およはぬうへも 1161
——かはるかすゑに 1137
——むくさのうへの 1839
——わかきかさりし 1145
ことのはのみを 1399
ことのはも 1000
ことのはもなし 1324
ことのはもなほ 0976
ことのはを
——かせにつけても 1220
——のこさすきみに 1841
——まことかほにや 1060
ことはかくこそ 1016
ことはなりけり 2071
ことはのはなの 1495
こともかたらめ 1221
ことわりそなき 1892
ことわりも 1356
ことわりもなき 1357
ことわりや 0887
ことわりを 1876
ことをあまたの 1832
ことをこそおもへ 0701
ことをたに 1202
こぬをうしとは 1080
このうちを 1849
このきはと 1358
このくれに 1300
このくれの 1077
このころの
——あやしくつねは 0965
——ふちやまふきの 0293
このころは
——そらもひとこそ 1224
——つきにもなほそ 1558
このさとの
——はなにあかても 0188
——むかひのむらの 0103
このさとは 1773

このしたに　0435
このしためくる　0434
このしたやみの　0376
このてるつきは　1677
このねぬる　0529
このはしのきて　0031
このはなも　2185
このはにかかる　0642
このはにて　0748
このはぬれて
——くちにしいろそ　0773
——さむきゆふひは　0749
このはのしたも　0748
このはふきませ　0742
このはふりそふ　0737
このはみたれし　0116
このはるかせに　1418
このひとえたは　0218
このひとふしそ　1275
このひとふしは　1325
このまうつろふ　0454
このまにみえて　1705
このまのつきに　0377
このまのつきの　0386
このまのゆふひ　0458
このまもりつる　0589
このまより
——おちたるつきに　0519
——くもにはなるる　1724
このみのうたて　0950
このもとに
——かくおくことの　1838
——すみけるあとを　1473
——のこるひとはも　2037
このもとは　1484
このもとを　2026
このよとやみる　1902
このよなからは　1405
このよなりけり　1889
このよなりけれ　1815
このよなれとも　1894
このよにさける　2152
このよにて　2054
このよのみかは　1335
こはいかにして　2047
こひあまる　1236
こひうらみ　1143
こひこひて　0328
こひさらめやも　1337
こひしかりけれ
たひはいもこそ——　1227
ひとこそかくは——　1343
こひしかるらし　1224
こひしかるらむ
たひねとなれは——　0954
まとひまさりて——　1031
こひしきうちの　1029
こひしきは
——かすみをわけし　1429
——なれしくもゐの　1679
こひしきひとに　0987
こひしきや　1206
こひしきやなそ　1283
こひしきよりも　1334
こひしさに
——しなはやとさへ　1999
——なりたつうちの　1214
——みのうきことも　1030
こひしさの
——あまつみそらに　1208
——すすむままなる　1238
こひしさも　1243
こひしさよ　1404
こひしさをのみ　1293
こひしとも　1328
こひしなむ
——のちのあはれの　0988
——のちのよまても　0993
——みをもあはれと　1363
——わかよののちの　1364
こひしわたれは　1339
こひすてふ　0974
こひてしねとか　1381
こひなるはてを　1365

こひはまされと 1229
こひむとかねて 1037
こひむとすらむ 1114
こひよわるみは 1333
こふかきいけの 0266
こふかきかたに 1741
こふともよしや 1386
こふへきものか 1134
こふらむとたに 1347
こふるこのころ 1034
こふるなみたの 0951
こふるはおいを 1933
こふれとも 1338
こほりしつまる 1599
こほりても 1613
こほりなりけり 0388
こほりにけりな 0547
こほりにたてる 1598
こほりのうへを 0794
こほりのとこに 0799
こほりのほとも 0862
こほりもとけぬ 0006
こほりもなみも 0873
こほりやすらむ 0795
こほりをかけて 0777
こほるあさけの 0841
こほるかと 0781
こほるつきかけ 0780
こほるらし 0834
こほるらむ 0839
こほるるつゆや 0476
こほれてにほふ 0060
こほれぬよ 1200
こほれるくもに 0761
こほれるゆきの 0867
こまかにそそく 0648
こまそつまつく 0945
こまつはら 2206
こまつましれる 0746
こまとめて
――すきそやられぬ 0257
――みるにもあかす 0184
こまのひつめの 2203
こむとしも 0300
こむらさき
――いつしかふかき 0963
――のこれるきくは 0776
こもりえの
――はつせのひはら 1657
――はつせのやまは 0825
こもるなりけり 0020
こやのなつこそ 0426
こやのまつはら 0656
こゆへきあすの 1622
こゆへしと 1846
こゆれはやすき 0935
こよひいかにと 1046
こよひかな 0377
こよひさへこそ 1087
こよひたかはぬ 1076
こよひとまりぬ 1089
こよひにて 1076
こよひのあはれ 1098
こよひのつきも 1574
こよひのつきを 1290
こよひのゆきに 0858
こよひはかりは
――あらしとそきく 0340
――さてあかすとも 1075
こよひはひとに 1068
こよひひとよは 1114
こよひもゆめは 0923
こよひわか 1289
こよひをは 1063
こらかてを 0031
こりしくやまに 0967
こりぬるも 1320
これそこの
――のかれさりける 1170
――もろこしふねに 1789
これそほとけの 2108
これはかり 1442
これもゆめにて 1330
これやさは

――あたちのまゆみ　1221
――かさねしそての　2012
――かはるなるらむ　1256
これをこのよの　1025
これをまことの　1183
ころたにも　1317
ころのなかめを　1967
ころもうつ　0672
ころもうつなり
ありあけのつきに――　0671
つきのみやこも――　0670
ころもてに
――あめふることを　1226
――いかてかはるを　0303
――すすしきかせを　0405
ころもてぬれぬ　1715
ころもにうつれ　0943
ころもにもまた　0304
ころもはうへに　0305
ころもほすてふ　0366
ころもやうすき　0641
ころもわすれて　1479
こゑくれて　1758
こゑさえて　1609
こゑさわくなり　1738
こゑしつむなり　1732
こゑしろくなる　1637
こゑするたけに　0459
こゑするもりの　1636
こゑそあらそふ　1780
こゑそきこゆる　0909
こゑそさひしき
――いりあひのかねの　1664
――とほきいりあひの　0119
こゑそしめれる　1669
こゑそすくなき　0135
こゑそちかつく　0790
こゑそなかるる　0270
こゑそふけゆく　1555
こゑたつる　0578
こゑつきぬなり　1914
こゑなから　0269
こゑなふるしそ　1004
こゑなをしみそ　0343
こゑにいろある　0203
こゑにもあらし　0315
こゑのあやおる　0050
こゑのいろかな　0322
こゑのいろさへ　0075
こゑのうちに　0450
こゑのひひきに　0350
こゑはいつくそ　0556
こゑはかりして　0663
こゑはこころに　0526
こゑはして　0555
こゑはつもらぬ　0329
こゑもさひしき
――ききなれぬとりの　1767
――そなたのかりの　0542
こゑもさやかに　0548
こゑものとかに　0051
こゑものとけき
――くもにひはりの　0132
――さへつるとりの　0197
こゑもみたるる　0425
こゑやみて
――ややかけみゆる　0420
――ゆふへのくもそ　1656
こゑやむもりに　0423
こゑよりあくる　0084
こゑよりおつる　0521
こゑよりも　1115
こゑをなして　1731
こをおもふ
――こころやゆきに　2023
――やみにそまよふ　1943
こをおもふこゑは　1858
こをおもふたつの　1859

【さ】

さえくれて　0799
さえさえて
――ゆつきかたけに　0810
――よふかきまとに　0805

さえたるそらに　0778
さえとほる　1599
さえのほる　0670
さえまさるらむ　1556
さかぬまの　0143
さかののあきの　0473
さかのやま　1791
さかはとおもひて　0072
さかひはやへの　0021
さかりとは　0194
さかりをはみる　0177
さきかさなれる　0193
さきさかぬ　0144
さきしより
——はなにむかはぬ　0151
——ひとひもくもの　0152
さきすさひつつ　1966
さきそひて　0145
さきそふにはの　0180
さきそむる　2078
さきそめて　0068
さきそめにけり　0150
さきたちて
——いそやまいつる　0620
——しはしもひとに　2016
——ちきりしつきの　1054
さきたつこけの　2028
さきたつひとの　0909
さきたつみちは　0820
さきたてて
——くもりはしむる　0405
——ひかりをのりの　2043
さきたるそのの　0107
さきちるほとは　0231
さきにけり　1970
さきにけれ　1449
さきぬれは　0076
さきのつはさに　0511
さきののすくろ　0014
さきのよを　1167
さきのゐる
——あたちのくさは　0506
——いけのみきはに　1794
さきみちて　0166
さきゆくみれは　0147
さくここちする　2184
さくさくらあれは　0153
さくさくらかな　0090
さくとしらすや　0064
さくとみしまに
——ちりにけるかな　0241
——はるそくれぬる　0287
さくはなの　1994
さくむめの　0066
さくものを　0474
さくやとからは　1965
さくらいろの
——ころもにもまた　0304
——ころもはうへに　0305
さくらかり　0192
さくらさく　0191
さくらちる　0264
さくらなかれし　0274
さくらなりけり
はるにかなへる——　0176
みちゆきふりは——　0134
さくらにもるる　0158
さくらのえたは　0140
さくらのはなの　0149
さくらのはなは　0150
さくらはかりの　0164
さくらはけふの　0220
さくらはな
——あかぬこころの　0165
——あまたちとせの　2180
——いさやてことに　0172
——いまはくもゐの　1467
——いろはすこしも　0170
——うつろふいろは　0239
——おそくさけとも　0259
——きみかちとせの　2178
——このひとえたは　0218
——さくとみしまに　0241
——たたひとりみて　2099

——ちとせのはるの　2177
——ちりかすきなむ　0221
——ちりくるときや　0238
——なにしこころを　0181
——はるくははれる　0213
——みしひとかすに　1466
——をしむこころを　1461
——をりてかささむ　0184
さくらはなかも　0148
さくらはなさく　2073
さくらもまたて　0089
さくらわけいる　0208
さけるむめかな　1448
さけるものから　0170
さけるをかへに　0055
さこそあらめと　1245
さこそけに　1503
さこそとかなし　1906
さこそはと　1871
さこそわれ　0477
ささかにの
——いとはれなから　1318
——のきにいとひく　1496
ささかにのいと　1497
ささたけの　0057
ささなみや　1554
ささのはに　0046
ささのはの
——うへはかりには　0815
——さやのなかやま　0928
さしいりぬ　0585
さしいるつきの　1557
さしかへて　0371
さしそへて　0592
さしそめて　0843
さしてたのみを　2130
さしてひとよと　1530
さしてものうき　2027
さしはなたすや　2129
さしもたのめぬ　1041
さすかあはれも　1250
さすかいかに　1027
さすかかさなる　1844
さすかこころの　1877
さすかさこそと　1053
さすかにかくる　1129
さすかにたえぬ　1152
さすとなき　0642
さすとみるみる　0379
さすやあさひの　0197
さすやくもまの　0817
さそしのふらむ　1017
さそてらすらむ　2162
さそはぬはなも　0228
さそはれてこは　1007
さそはれぬ　0182
さそひはてし　0743
さそひもはてぬ　0260
さそふともなき　0756
さそふもつらし　0240
さそふらむ　0903
さそへとも　1424
さたかにて　0406
さたむるかたの　2063
さためかねぬる　1277
さためしすゑは　2197
さためなき　1248
さためなきよに　1793
さためなのよや
ひとにこころの——　1193
わかこころさへ——　1878
さつききぬとや　0352
さつきはかりの　0343
さつきやみ
——そこともしらぬ　0374
——ともしにむかふ　1522
さつをのほくし　0373
さてあかすとも　1075
さてしもをしき　1094
さてはうれしき　1179
さてもあるみと　1865
さてもいかにと
——いふしもそうき　1242
——いふみちもなし　1013

さてもとも　1019
さてもなかれの　2133
さてもなほ　0174
さてもまた　1118
さてもわか　0989
さてやとおもふ　1951
さとさとの　1638
さととほくとも　0016
さとなるる　0335
さとのあさあけ　1640
さとのいぬ　0917
さとのこなたに　1701
さとのしるへに　0916
さとのつつきに　0066
さとのひとむら
　けふりさひしき――　0853
　けふりのこれる――　1699
さとはあさひに　1641
さとはたまかは　0308
さとはなれ　0946
さとみえて　0489
さなからかはる　1949
さなからそみる　1871
さなからゆめと　1905
さなへとる
　――たのものみつの　0353
　――みとしろをたの　1509
　――やまもとをたに　0357
さなへとるなり
　きしのうへたに――　1510
　すきのこかけに――　0354
　ふるのわさたは――　0351
さなへのすゑに　0355
さなへのはすゑ　0350
さのみおつらむ　1198
さのみたた　1146
さのみはひとの
　――こころをはみし　1163
　――なにかみせけむ　1316
さのみやと　1068
さはかりも　1155
さはになくなる　1858
さはへのみつに　0400
さはりあれは　1069
さはりとおもへは　1067
さはりなく　2200
さはりならひし　1078
さはりをしひて　1079
さはるときかぬ　1063
さはるとせめて　1042
さはるとたにも　1066
さひしからむ　1764
さひしかりけり　1670
さひしかりける　0710
さひしかるへき　0728
さひしきいろに　0689
さひしくうつる　0512
さひしくみゆる　0533
さひしけれ　0618
さひしさのみの　1695
さひしさは
　――のきはのをきの　1549
　――はなよいつかの　0117
　――むかしよりなほ　1486
さひしさもなし
　こころのすめは――　1760
　みやまのおくは――　1761
さひしさよ　1592
さひしとはかり　1770
さひゆくあきの　0713
さへつりかはす　0130
さへつるとりの　0197
さへつるはるの　0077
さほかはの　1821
さほのやまかせ　1609
さほやまの　0554
さまさてをみむ　1921
さまさまの
　――こころそみゆる　1839
　――わかなくさめも　1366
さましかねぬる　1154
さまなれは　1346
さみたれに
　――あさせもふかき　0364

——あたらつきよを　0369
——うきてのこれる　1512
——きしのあをやき　0363
——こえゆくなみは　0361
——ころもほすてふ　0366
——たえぬはふしの　0365
さみたれの
——くもはのきまて　0359
——くもをへたてて　0368
——はれままちいつる　0367
——ふるやののきは　0344
さみたれのころ
そらもかきくらす——　1511
たみののしまの——　1513
とはになみこす——　0345
ななせのよのと——　0362
みくさうかるる——　0360
さみたれのそら　0347
さむからし　0880
さむきあさけに　0717
さむきあさひの　0843
さむきあつきも　1797
さむきあめは　0797
さむきかり　1300
さむきなへに　0551
さむきひの　0798
さむきゆふひは
——かけおちにけり　0749
——みえなから　0801
さむくふくらし　0677
さむけきに
——つはさをたれて　0846
——はるをませたる　0063
さむけくに　0754
さむしろは　1391
さむるひかすに　1993
さむるまもなし　1186
さむるをも　2069
さめかたき　2011
さめかたきかな　1375
さめかたみ
——けさしもまさる　1132
——しはしうつつに　1185
さめてのち　1919
さめてはものを　1098
さめぬあはれも　1244
さめぬへきかな　2097
さめぬまに　1130
さめぬまよひに　1906
さめむともせす　1908
さめもさめすも　1905
さめやらて　1653
さめやらぬ　1907
さもあらはあれ　1807
さもうかりけると　1357
さもこそは　2008
さもさためなき　1203
さもなかそらに　1133
さものこりある　1197
さもほともなき　1985
さもまちとほに　0090
さやかなる　2021
さやかにをなけ　0320
さやけきは　0637
さやけきよりも　0597
さやのなかやま
あらしをわくる——　0927
——なかきよも　0928
さゆるあらしの
——やまかけにして　0795
——やまのはに　0777
さゆるしもよの　0763
さゆるはるかせ　0037
さゆるよの
——いりうみかけて　1610
——そらたかくすむ　2077
さよころも　1081
さよちとり　0790
さよなかに　0515
さよのたまくら　1107
さよのなかやま　0515
さよふかく　0271
さよふけて
——あきかせちかし　0444

――こころをあらふ 1527
――このまのつきの 0386
――しもふきかへす 0886
――ひとはしつまる 0593
さらさりし 1291
さらてはかへる 1922
さらてももろき 1974
さらにおほゆる 0893
さらにかなしき 1995
さらにこそ
――あすのちきりも 1067
――わすれしことの 1281
さらにしれとや 1389
さらにそふころ 1268
さらになみたも 1397
さらにひさしき 1630
さらにまた
――いくちよきみに 2187
――ひかけうつろふ 0415
さらにみのうき 1929
さらにもいはす 1035
さらぬたに 1496
さらぬわかれに
――さきたちて 2016
――なりもこそすれ 0948
――なりやはてなむ 1406
さらはとて
――うらみをやめて 1345
――たのむになれは 1159
さらはなくさむ 1304
さらはをしへよ 1303
さりともと
――あふきてそらを 1803
――けふをはまちし 1084
――なほまつものを 1085
さりとももとのみ 1940
さりともな 2085
さをしかの 0986
さをしかのこゑ
おちたるつきに―― 0519
ききてなれぬる―― 0520
きりにへたてぬ―― 0516
きりのふもとに―― 1552
くもよりおろす―― 0524

【し】

しかすかに 0153
しかそなくなる
――いなはのかせに 0525
――やましたとよみ 0522
しかなきて 0514
しかのねたかき
――あかつきのやま 0635
――よはのあきかせ 0636
しかのねを
――いりあひのかねに 1540
――われのみきくか 0518
しかのはなその 0153
しかのやま 0681
しかのやまこえ
くもにわけいる―― 0822
はなににほへる―― 0224
しかはかり 1522
しかまつことの 1521
しかもなくなり 0515
しからきの 0823
しきしまの
――みちにわかなは 1843
――やまとしまねは 2156
しきしまのみち 1839
しきたへの 1383
しくるとみれは 1600
しくるとも
――しられぬにはは 0749
――よそにはみえす 0733
しくらめ 0690
しくるころの 0738
しくるそらに 2079
しくるやまに 0735
しくれおとして 0741
しくれくらして 0809
しくれこころちは 1587
しくれすきて 0730
しくれすさめる 0729

しくれつつ　0803
しくれつる　0684
しくれてわたる　0742
しくれにいろや　0678
しくれにかかる　2031
しくれにかさす　1584
しくれにかすむ　1588
しくれにそてを　0744
しくれにて　1589
しくれになれる　0641
しくれににたる　0651
しくれにましる　1590
しくれにむかふ　0704
しくれぬものを　0676
しくれのあとの　0685
しくれのあめ　0736
しくれのいたく　0694
しくれのそらの　0732
しくれふるなり　0731
しくれふるらし　0752
しくれゆく
——くもまによわき　0734
——たたひとむらは　0745
しくれをそみる　0739
しけきこすゑも　0678
しけきなけきも　1521
しけきみかけに　2196
しけけれは　1773
しけしといもに　1034
しけみかしたに　0427
しけみかすゑに　0572
しけみになひく　0402
しけみはみえぬ　1512
しけりあふ　0382
しけるふるさと　1755
しけれるやとに　1795
したかせに　0133
したくさしほる　1731
したすきて　0714
したそすすしき　0431
したたるあめを　2067
したつえたまて　2141
したにはすける　1614
したにははやき　0961
したにもゆれと　1417
したにやみつの　1613
したはうちちり　0513
したはおつなり　0456
したはしき　0291
したはなみより　0429
したはにすかる　0475
したはにましる　0261
したはのいろよ　1340
したはより　0718
したひてそゆく　0330
したひまさる　1981
したふかたの　1247
したふとも
——いしまのみつは　1564
——しらはそけふの　0722
したふににたる　1351
したふはかりの　1620
したまてそゆく　2065
したむせひ　0793
しためくむなり　0111
したもえて　0875
したもみち　0694
したやつゆけき　2028
したゆくなみの　0035
したゆくみつの　2206
したりまされる　0110
したりやなきは　0106
したわらひかな　0042
したをれて　0713
しつえのつゆに　0078
しつえのむめも　0090
しつえはきえて　0821
しつえもかけよ　2120
しつかいへゐの　1774
しつかなる　1799
しつかにおつる　0645
しつかにて
——あらしのおくに　1662
——かせふきとまる　0487

しつかにとこそ 1753
しつかにのほる 0590
しつくさひしき 0113
しつけきに 1655
しつたまき
——かすにもあらぬ 1927
——くりかへしては 1326
しつのかきねも 0081
しつのかとたに 2204
しつはたやまの 0050
しつまりて 0392
しつみこし 2089
しつみぬる 2133
しつみはつる 0027
しつみはてぬ 1706
しつむしらくも 1758
しつむひの 1705
しつむみと 1821
しなえうらふれ 1298
しなはやと 1335
しなはやとさへ 1999
しぬるわかれの 1958
しのになみこす 0366
しののにぬれて 0127
しののめに 0196
しののめの
——かすみもふかき 1433
——くもにしたかふ 0649
——ややあけすくる 1434
——をちのかすみの 0195
しののめのそら
ありあけかすむ—— 0295
なほあけのこる—— 0160
しののめのみち 1968
しのはるる 1559
しのはるるかな 1932
しのはるるみの 1936
しのはれて 0976
しのはれむ 1744
しのひかたきを 1307
しのひかね 0979
しのひねならめ 1503
しのふおもひの 2003
しのふかうへも 1153
しのふかな 1374
しのふくさ 0984
しのふとも 1276
しのふにはなる 1028
しのふふたよの 0324
しのふらし 0884
しのふらむ 0438
しのふるころは 0325
しのふるこゑも 0327
しのふるなかの 1113
しのふるに 0992
しのふれと 0991
しのふれは 0986
しはしうづつに 1185
しはしうつろふ
なこりのなみそ—— 1705
——ゆふつくひ 0199
しはしおかまし 1253
しはしかくるる 0870
しはしこそ 0962
しはしたたよふ 0387
しはしとたえて 0416
しはしとひとを 1948
しはしとみれは 1685
しはしなかめて 0331
しはしなかるる 1688
しはしなほ 1783
しはしはかよふ 1751
しはしはかりは 0992
しはしはらふ 0855
しはしひとまを 1011
しはしほのめく 0574
しはしみむ 0628
しはしもいかて 1921
しはしもとめぬ 0573
しはしもひとに 2016
しはのかき 1750
しはのしたみち
みねよりおくの—— 1781
ゆくほとおそき—— 0872

しはふかうへの　0816
しはふにしろき　0767
しはふにましる　0291
しはふのいろの　0760
しはよせかけて　1782
しひてこひしき　1305
しひてなほ　1070
しひてもたたく　0379
しほかせあらく　0789
しほつやま　0945
しほのみちひる　1203
しほひにきよき　1706
しほひのかたに　1710
しほひのかたの　0022
しほよりのほる　0668
しほれきて
――しくれにかかる　2031
――みやこもおなし　0535
しほれそふ　2033
しほれておつる　0710
しほれふす　0480
しめのうちは　1461
しめのほかも　1462
しめりより　0654
しもかとみれは　0814
しもかれむ　0701
しもくもり　0778
しもこほる
――たけのはわけに　0762
――のへのささはら　0802
しもさむき　0761
しもしろき　0772
しもとくる　0773
しもにあけゆく　0555
しものあけかた　0767
しものうへのつき　0779
しものくちはそ　0759
しものくちはに　0768
しものしたくさ　0770
しものしたにも　0891
しものふりはも　0726
しものまくらは　0780
しもはおくとも　1597
しもふきかへす　0886
しもよのそらの　1599
しもよのつきそ　0784
しらいとの　1854
しらかはの　1801
しらかはのみつ　1460
しらきくのはな
けふりをえたる――　0697
まかきにほふ――　0701
しらきくは　0775
しらくもの
――かさなるみねに　0911
――しはしとみれは　1685
――たなひくやまの　1746
――みちゆきふりは　0134
――やへたつみねと　0156
――やへたつみねも　1702
――やへたつやまの　0238
しらくもは　0157
しらさきの
――つはさにかけて　0413
――ゆくかたみれは　1740
しらさりき　1120
しらさりけりな　0864
しらさりし
――ふかきかきりは　1376
――むかしなからの　1243
――よふかきかせの　1211
しらすけの　0944
しらすのにはの　0556
しらすれは　0608
しらせてしかな
かくともせめて――　0988
たたこのくれを――　1328
われておもふと――　0981
しらせねは
――あはれもうさも　0980
――つれなきいろも　0999
しらせましかは　0298
しらたまか　1223
しらつゆの

――あきのかたみに 0776
――おくとはわかれ 1983
しらつゆは 0448
しらてやとしの 1621
しらとりの 1412
しらなみの 1708
しらなみは 0467
しらぬおきなを 1939
しらぬこころに 2068
しらぬなけきの 1982
しらぬよに 1476
しらねとも
――てにとるからに 1222
――なかれてはやき 0445
――ねさめのそらに 0135
――やとりしぬへき 0186
しらはそけふの 0722
しらませは 1037
しらみそめぬる 0785
しらみまさる 1627
しらみゆく 1432
しらゆきふれり 0823
しらゆきも 0884
しらゆふは 0443
しらるへき 1007
しらるれは 1148
しられさるへき 1893
しられしな
――うきみかくれの 1392
――おさふるそての 0961
しられすも 1533
しられぬかせは 0779
しられぬにはは 0749
しられぬゆきの 0225
しられむとおもふ 1000
しりなから
――いまひとたひは 1379
――けふのくるるは 0300
――ちきりしままを 1071
しりもせし 1236
しるきかな 0716
しるしあれは 2151
しるしとこれを 2188
しるしとて 1772
しるしには 1411
しるしをのこす 1789
しるしをもみる 2086
しるひとそなき 1776
しるひともなき 2099
しるひともなし 1365
しるへかほなる 1006
しるへする 2096
しるへせよ 1539
しるへならすは 0082
しるへなるらむ 0874
しるへにそする 0917
しろたへに 2141
しろたへの 0768
しをりつる 0649
しをれはに 1597
しんによのつきは 2104

【す】

すかたなりける 0008
すかたにて 1756
すかたより 0101
すかのねの
――なかきはるひを 0163
――なかきひかけを 0173
すかるなくのの 1538
すきかてになく 0370
すききつる 0938
すきこしかたの 1668
すきしかと 1089
すきしつきひの 0896
すきそやられぬ 0257
すきにける 1384
すきにしかたは 1934
すきにしかたを 1920
すきにしみたに 1385
すきにしを 1387
すきぬとおもへは 0187
すきぬるかせの 0496
すきぬれと 0526

すきぬれは　1935
すきのいほ　1608
すきのいほりの　1779
すきのこかけに　0354
すきのこすゑの　0653
すきのこすゑも　1737
すきのしたかけ　0906
すきのしたみち　0355
すきのまろはし　1768
すきのむらたち　0358
すきゆくあきを　0706
すくささらなむ　1941
すくさまし　1953
すくしきて　0369
すくしきぬらむ　0105
すくしつるかな
　あまたかそへて――　1284
　あらましにのみ――　1875
すくなきを　1117
すくるこすゑの　0416
すくるころかな　1245
すくるつきひも　2022
すけてひくらむ　1542
すけのをかさに　0025
すこくみえて　1700
すこしはるある　0879
すさひなるらむ　1111
すさひにそなる　1029
すさひにて　1456
すさましき　0816
すすかやま　0694
すすきのうれは　0494
すすきふきしく　0489
すすしかりけり　0396
すすしかりける　0443
すすしかりけれ　0426
すすしきいろに　0353
すすしきかけを　0383
すすしきかせの　0391
すすしきかせを　0405
すすしきなへに　0423
すすしきに　2206
すすしくすめる　0436
すすしくて　0348
すすしくむかふ　0380
すすしさそへて　0349
すすしさみゆる　0415
すすしさを　2210
すすしやと　0402
すすのしたみち　1455
すすふくおとは　0827
すすまぬかたの　1067
すすみつる　0392
すすむことのは　1216
すすむとて　0385
すすむにつけて　1247
すすむままなる　1238
すすめこし　2066
すすりにむかふ　0977
すそのにくたる　1515
すそののあふひ　1498
すそののをはな　0485
すそのより　1698
すそよりくるる　0662
すたくかはつの
　――こゑそなかるる　0270
　――こゑなから　0269
　――こゑのひきに　0350
すたれうこかす　0434
すたれにすさふ　0428
すたれのほかに　0129
すたれはつきの　0383
すたれもしろく　0850
すてかたきよを　1947
すてかぬる　1868
すてかねぬ　2100
すててきかれめ　1309
すててもうきは　1889
すてぬるみにも　1907
すてもをしみも　1149
すてやらて　1875
すへてうらみの　1257
すへてこの　1249
すへてたた　1320

すへてひとには 1241
すますこころを 1776
すませとそおもふ 2135
すまのうらや 1551
すまひはかりは 1747
すまむとて 1869
すみかなりけり 2082
すみかまの
——けふりならねと 1615
——けふりにはるを 0876
——けふりはかりを 0877
すみけるあとを 1473
すみけるつきを 0614
すみさためたる 1792
すみすてし 0153
すみそめの
——いろをはふかく 2019
——ゆふへのいろの 1954
すみそめのそて
あらぬうきよに—— 1426
いろにいてたる—— 2035
ほかにはいかか—— 1886
すみとほるつきは 0767
すみなれし 2064
すみなれて 1761
すみなれにけむ 1569
すみにけり 0036
すみのほるあとの 0598
すみはてられぬ 1873
すみまさるかな 0616
すみよしの
——かみのおまへの 0627
——きしのうへたに 1510
すみよしのまつ
かせをのこせる—— 2126
ちよのためしは—— 2127
なみまにうかふ—— 1721
すみれさく 0246
すみわひて 1570
すみわふる 1825
すむいほの 1768
すむかとそおもふ 2134
すむつきの
——いらぬにまよふ 2081
——うきよのなかに 1580
すむつきも 2116
すむとこそきけ 2054
すむとしも 1341
すむとても 1991
すめはすみけり 0612
すめるはかりに 0611
すめるつきかけ 1566
すめるみとりの 1802
すめるをうけて 1818
するかなる 1231
するわさならし 0519
すゑあひて 1640
すゑおもる 0275
すゑくれて 0912
すゑすゑを 0488
すゑそかたふく 1533
すゑそみたるる 0484
すゑたれて 1557
すゑとしらすや 1867
すゑとほりける 1949
すゑなれは 2120
すゑにみなきる 0793
すゑにもにこる 1818
すゑのはるけさ 2183
すゑのよまても 2059
すゑはるかなる 0949
すゑはれて 1439
すゑもしらねは 1022
すゑもたのます 1148
すゑもとほらぬ 1218
すゑもへたつな 2136
すゑをこころに 1842
すゑをはたてよ 2110

【せ】

せきいるる 1563
せきいれて 2119
せきいれぬみつそ 1688
せきかくる 0267

せきこえなはと　1090
せきならはこそ　0987
せきのしらゆき　1607
せきのすきむら　1637
せきのといてて　0907
せきのふちかは　1800
せきはあけぬと　0906
せきもととめす　0753
せきもりは　0997
せきわけて　0264
せせのゆふして　0445
せたえする　0783
せたのなかはし　2202
せにももみちの　0752
せはしとおもふ　1757
せみのこゑは　0419
せみのはの　0442
せみのひとこゑ　0421
せみのもろこゑ
――あきかけて　0456
かせにみたるる――　0418
すくるこすゑの――　0416
――やかてまちとる　0422
せめてたた　1202
せめてたもとに　1483
せめてはなひけ　1364
せめてわか　1267
せをはやみ　0873

【そ】

そこきよき
――いけのみきはの　1493
――たまえのみつに　0396
そこきよみ　1524
そことなき
――うらみそつねに　1254
――かすみのいろに　0204
そことなく　0123
そこともしらぬ　0374
そこにふけて　0137
そこのうらみを　1317
そこのこころに　0440
そこふかみ　1252
そそくあさあけ　0198
そそくはるさめ　0118
そてさへいろに　0693
そてしほれそふ　0925
そてそうつろふ　1206
そてそつゆけき　0905
そてたれて　0017
そてにおとろく　0448
そてにくもれる　1882
そてにはくもれ　1370
そてにはつきの　1564
そてにみたるる　0882
そてにみるかな　1563
そてにもつつめ　0962
そてのいろかは　1855
そてのうへに
――かはらぬつきの　1681
――たれとてつきの　1578
――つゆおきあまる　1974
――ゆきませにちる　0067
そてのしつくを　1529
そてのしらたま　1124
そてのしらつゆ　1532
そてのしらゆき　0883
そてのつき　0610
そてのつきかけ　0886
そてのつゆかな　0499
そてのつゆをは　1577
そてのなみたの　2036
そてのなみたを
しくれにかかる――　2031
ととめかねける――　1011
そてのはるさめ　1971
そてのゆき　0224
そてはぬるとも　0217
そてふれし　1470
そてほすまなき　1213
そてやくちなむ　1945
そてをつらぬる　0002
そともにわたす　1768
そとものきりの　0456

そとものたけに
——のこるうすきり　0659
——ふきあれて　0039
そとものたにに　1758
そとものならの　0807
そとものましは
——かせすきて　1517
——しけれれは　1773
そとものむめは　1420
そとものもりの　0689
そとものをたの　0349
そなたのかりの　0542
そなたのやまも　0832
そなたのやまを　0936
そなたのゆきの　0869
そなたより　1372
そのいろとなき　0491
そのうちの　1139
そのうちひとの　2129
そのうへに
——うさあはれさは　1257
——たかおもはせて　1868
そのうへの　1260
そのかみを　2130
そのきはは　1993
そのことのはの　0233
そのちりちりの　2037
そのなもしらぬ　0262
そのなもよしや　0984
そのひとなみに　1833
そのふしと　1256
そのふしとなき　1255
そのまくらには　1383
そのままに
——おもひあはする　1210
——たえまをしるは　2071
——なかれのすゑを　2087
——なほそてそほる　1972
そのままの　1130
そのゆくへ　1195
そのよにあはぬ　1369
そのよには　1388
そのよにひとは　1394
そのよのゆめの　1018
そのよはつきを　1291
そのよまてはの　1397
そのをりの　1871
そひぬらむ　2186
そひまさるころ　1142
そふあはれかな　1155
そふとおもへは　1151
そふなこりかな　1993
そふものを　1250
そふるつらさを　1385
そへてかなしき　1951
そほちにけらし　1065
そましとそおもふ　1816
そむかはとこそ　1889
そむかはや　1938
そむきもすへき　1866
そむくとも　1942
そむくはかりそ　1949
そむこころかな　0212
そむるもふかき　2090
そむれはそまる　1854
そめかふる　0774
そめしこころそ　1008
そめしこころを　1344
そめてけり
——しくれにかさす　1584
——しくれのあとの　0685
そめてやむへき　1855
そめまかはせる　0702
そめやらぬ　0674
そめられて　1235
そらきよく　1567
そらさへみえて　0781
そらさむみ　0800
そらすみて
——しかのねたかき　0635
——ゆふひになひく　0509
そらそくれゆく　0804
そらそさむけき　0043
そらそしつけき

いりひのあとの――　1652
まれなるほしの――　1625
そらたかく　0767
そらたかくすむ　2077
そらとちて　0034
そらなから　0889
そらなれや　1654
そらにうかるる　0903
そらにかくこそ　2091
そらにきこゆや　1858
そらにくもらぬ　2161
そらにしるくは　1289
そらにしるらむ　1805
そらにしれはや　0549
そらになかめて　1281
そらにのみ　1601
そらにひひきて　0607
そらにまたるる　1043
そらにもくもの　0652
そらのいろ　1234
そらのいろに　0840
そらのみとりは　1627
そらはくもらて　0309
そらはほのかに　0498
そらはまた　1550
そらはれて
――きりのふもとに　1552
――こすゑいろこき　0421
――たけのはしろき　0849
――ふけはとたのむ　0628
――まつよりしたの　0024
そらふくかせも　0224
そらもかきくらす　1511
そらもかはらし　0723
そらものとけき　0119
そらもひとこそ　1224
そらもゆきけに　0799
そらゆくくもの　1686
そらゆくつきひ　2085
それかとよわき　0714
それしもものの　1312
それしもや　1192
それそかなしき　1950
それたにも
――きのふのゆめに　1992
――ひとのゆるせる　1393
それとしらなむ　1718
それとなき　1955
それとなく　0130
それとはかりの　0759
それとはなしに　0289
それとみて　0877
それならすとも　1340
それはむかしに　1961
それまては　1179
それもかたみの　1297
それもかなしき　1274
それもなれての　0996
それもまきるる　0116
それもみな　1029
それもむかしの　1404
それよりたえし　1396
それをたに
――おもひさまさし　1238
――つらきかなかの　1021
それをなさけに　1095
そをたにかせの　1483
そをたにひとの
――いとひもそする　1188
――ゆくへとおもへは　1360
【た】
たえしとそおもふ　2080
たえすそなふる　2202
たえせぬものか　1553
たえたえに
――あらはれやらぬ　0656
――いくつらすきぬ　0531
――うつるもこほる　0817
――かへのひまもる　0561
――かよふはかりの　1373
――とやまをめくる　0733
――はれまにむかふ　0347
たえたえの　0603

たえてさくらの　0214
たえてみしかき　1743
たえなむとても　1240
たえにしひとの　1390
たえぬはかりの　1176
たえぬはふしの　0365
たえぬるなかに　1361
たえねとも　0625
たえねはと　1318
たえはたえよと　1377
たえまあらせし　0175
たえまおほみ　0265
たえまたえまを　1209
たえまにみゆる　0669
たえまのかけは　2070
たえまをしるは　2071
たえもせす　2197
たえやしぬらむ　0828
たかうらみにか　1403
たかおとろかす　1302
たかおもかけの　1352
たかおもはせて　1868
たかきこすゑに　1629
たかきこすゑの　0442
たかきすすきの　0484
たかきみそらは　0545
たかきやま　1819
たかくらやまに　2204
たかさこの　0226
たかさとそ　0087
たかさはるよの　1111
たかしのやまの　1708
たかすみかまの　0874
たかせやま　0929
たかためそ　0050
たかためつめる　0015
たかためも　1500
たかちきり　1403
たかなすときの　1427
たかなにたてし　1866
たかねには　0819
たかねのくもの
――ひとなひき　2062
――ひとむらは　0160
たかねのそらは　1548
たかねのつきの　2082
たかねのまつに　1656
たかののおくの　1788
たかまこととて　1976
たかまのはらに　2167
たかまのやまの　0156
たかむかしとは　1806
たかゆくへとも　1006
たきおちて　0427
たきかはの　0861
たきつかはせは　1481
たきつかはなみ　0321
たきつこころを　0962
たきつせや　0255
たきのいとをや　1542
たくひとや　1511
たくへても　0902
たけからしみを　1240
たけとこそみれ　2191
たけのあなたに
――いりひおちて　1780
――つきみえて　0582
たけのかき　1774
たけのさえたの　1642
たけのしたみち
はなのゆきふむ――　0907
やまもとくらき――　0227
たけのはかくれ　0058
たけのはしろき　0849
たけのはに
――かせはよわりて　0855
――すすしさみゆる　0415
たけのはのほる　0601
たけのはやしに　0056
たけのはわけに　0762
たけのひとむら
けふりにうすき――　1641
もみちましれる――　0680
たけはむらむら　0852

たけふくかせの　0063
たけよりにしに　0432
たこのうらの　0365
たそかれに　0342
たたうきなかそ　1028
たたかりそめの　2048
たたくおとせは　1228
たたくちはてね　0968
たたこのくれを　1328
たたこのままの　1271
たたそのままに　1897
たたそのままの　1535
たたつくつくと
——ふくるよのあめ　1692
——ものをおもふ　1239
たたなはひとの　1171
たたにうれふる　1899
たたぬひそなき　0152
たたひとかたを　1272
たたひとつのみ　2044
たたひとなひき　0598
たたひとへ　1750
たたひとへなる　0303
たたひとむらは　0745
たたひとりみて　2099
たたふれは　1842
たためのまへの　1869
たたゆめとのみ　1993
たたよふそらの　0597
たちいてて　0881
たちおくれけむ　1997
たちかへり　1429
たちかへる
——これもゆめにて　1330
——くもゐのたつに　1847
——そてにはつきの　1564
たちくらしつる　0163
たちこそかへれ　0192
たちこめて
——よそめかすめる　0876
——をのへもみえぬ　0665
たちさわくなり　0788
たちそむる
——からすひとこゑ　1635
——きりかとみれは　0648
——はるのひかりと　0003
たちとまり　1133
たちとまるへく　0900
たちとまるらむ　0272
たちならふ　0583
たちぬれて　1065
たちのほる
——くもよりあまる　0407
——けふりさひしき　1701
たちのほるなる　1845
たちのほるらむ　1846
たちはなの
——かけもさくらに　1451
——かをりすすしく　1508
たちへたつらむ　0303
たちへたてたる　0937
たちまふことも　1850
たちみちにけり　0359
たちもとまらぬ　1996
たちもはなれす　2015
たちよらて　0187
たちよれは　0417
たちわたるへく　0460
たつききすかな　0871
たつけふり　0916
たつたかは　2073
たつたやま　0221
たつとりの　0870
たつぬとも　1471
たつぬるやまの　0750
たつぬれは
——かせにしられぬ　1482
——きのふのそらに　2075
——しけみになひく　0402
——みちこそたえね　1607
たつねあひけむ　2047
たつねいりし　0830
たつねいる
——かへさはおくれ　0337

――みやまかくれの 1505
――やまちのすゑは 1665
たつねきつれは 0327
たつねくる
――ひとはみやこを 0252
――はなもちりなは 0219
たつねつる
――かひはなけれと 0336
――はなはかきりも 1454
たつねつるかな 0167
たつねてそきく 1499
たつねてそとふ 1977
たつねてたにも 0138
たつねにはこて 0181
たつねぬひとも 0863
たつねはや 1455
たつねみむ 0168
たつねゆく 0189
たつのいちや 1843
たつひとは 0924
たつるけふりの 1640
たつをみるみる 0032
たてしちかひは 2111
たてしゆゑ 1014
たてつれは 2059
たとへむかたも 1449
たとられて 1915
たとるはかりの 0323
たなしをふね 0792
たなはたに 0472
たなはたの
――あきをかさぬる 0470
――あふせはかたき 0468
――ちきりはあきの 0469
――ちきりやうすき 0462
――ちきれるあきも 1279
たなひきて 1644
たなひきわたる 0157
たなひくやまの 1746
たにかけや
――こふかきかたに 1741
――ましはのけふり 1700
たにかはの 1817
たにかはのみつ
あさせもふかき―― 0364
いろになかるる―― 0288
たにこしに 0872
たにしつかなる 1748
たににしつまる 1656
たににひとすち 1643
たにのこほりの 0793
たにのしたみつ
ありとなつけそ―― 1775
――おとたえて 0794
たにのとほそに 0847
たにのとほその 1655
たにのきはの 1767
たにのむもれき 1606
たにふかき 1732
たにみつの 1419
たにみつは 1418
たによりのほる
――あかつきのくも 1631
――さみたれの 0359
たねしあれは 2128
たねはひとつを 2052
たねをまきけむ 0154
たのしみもなし 1811
たのましすへて 1151
たのましと 1040
たのますとても 1137
たのまなむ 1450
たのまねと
――うきなはひとも 1017
――たのめしくれは 1044
たのまねは
――はなもわかよを 0215
――またぬになして 1048
たのままし 1158
たのまれす
――かくてはひとの 1146
――こころのかよふ 1103
――さらてはかへる 1922
たのまれね 1067

たのみありて　1404
たのみかたけれ　1038
たのみかねぬる　1345
たのみそなるる　2126
たのみそめしか　0313
たのみところも　1246
たのみなきよと　1991
たのみなりける　1829
たのみなりての　1156
たのみのうちに　1063
たのみやせまし　1070
たのむかな　1803
たのむこころは　1001
たのむとなれは　2058
たのむとひとや　1874
たのむとをしれ　2153
たのむになれは　1159
たのむはかなさ
　かよふこころを――　1187
　ちきりしままを――　1071
たのむへき　0950
たのむへくしも　1191
たのむへしやは　0492
たのむまこと　2134
たのむより　1151
たのむるよはの　1259
たのむれはまた　1061
たのめおきし　0233
たのめこし　0232
たのめさりせは　1081
たのめしくれは　1044
たのめしほとの　0230
たのめしよはの　1074
たのめしをさへ　1066
たのめすてて　1051
たのめたにせよ　0993
たのめとも　2026
たのめぬくれそ　1043
たのめねは　1080
たのめはつらし　1168
たのめもやます　1062
たおもさひしき　1771
たのもにうきて　0263
たのもにくたる　0533
たのもにのこる　0667
たのものさなへ　0356
たのものすゑに　0687
たのものみつの　0353
たのもはるかに　1645
たのもよりたつ　1740
たひころも
　――あさたつひとは　0904
　――はるかにたては　0901
　――またやはかかる　0621
たひとしおもへは　0946
たひにはありけれ　2020
たひねしかねつ　0959
たひねする　0515
たひねとなれは　0954
たひねをやせむ　0899
たひのあはれを
　――かすかすに　0938
　――さなからそみる　1871
たひのこころを　0903
たひのしるしと　0943
たひのみちかな　0939
たひのやとりを　0924
たひはいもこそ　1227
たひひとの
　――さきたつみちは　0820
　――たかののおくの　1788
　――ゆききのをかは　0185
たひまくら
　――かりねのゆめに　0958
　――みやこのゆめに　2024
たへさらめ　0769
たへしのふらめ　1521
たへなるこゑに　2057
たまへのみつに　0396
たまかきに　2113
たまかつま　0959
たまかつら　1338
たまかはの
たまかはのみつ　0281

こほるるつゆや——　0476
たかののおくの——　1788
たまくしのはに
——かくるしらゆふ　2139
——のこるしらゆき　1416
たまくしのはの　2141
たまくらうとき　1211
たまくらちかく　0086
たまくらに　0085
たまさかの
——ひとのなさけの　1306
——ひとめのひまを　1072
——よをさへわくる　1121
たましくにはに
——たまそちりける　2092
——むらさきの　0002
たましひは　1102
たましまや　0513
たまそちりける　2092
たまたまの　1114
たまたまのよを　1176
たまたまも　1213
たまつさに
——おもひこころの　1217
——なほともすれは　1216
——またこのくれと　1129
たまつさも　1485
たまつさよ　1215
たまつしま　1714
たまとそみかく　2013
たまのゐのみつ　1787
たまのをの　1382
たまのをやなき
ひとはつつちる——　0644
むつたのよとの——　0098
ゆふひをそむる——　0103
たまのをを　1337
たまはひろはす　1836
たまほこの
——みちあるみよに　1605
——みちゆきひとの　0162
たまゆらに　1134
たまゆらやとる　0567
たまらしと　0033
たまらぬは　0838
たまりもあへす　0802
たまれはかてに　1602
たみにこころの　1797
たみのくさはも　2198
たみのしまの　1513
たみのわらやを　0880
ためしなく　1358
ためしにはひく　2045
ためしをいまに　2175
ためとてそ　0692
ためはかり　0988
ためらふほとに　1506
たもちても　2195
たもとかな　1786
たもとならねは　1852
たもとにて　1989
たゆたふこころ　1207
たゆむなり　0904
たゆるまつほと　1957
たよりならては　0493
たらちねの　1443
たらちねよ　2047
たるひそしけき　1608
たるひのすゑに　0842
たれかいはむ　1363
たれかこたへむ　0128
たれかしらむ　1973
たれかすむへき　2106
たれかとふ　1577
たれかはとはむ　0501
たれかはもれむ　2164
たれかよかるる　1160
たれしらくもの　0154
たれしらせてか　1113
たれすみうしと　1760
たれとてつきの　1578
たれとむかしを　1912
たれにうれへむ　1346
たれにかいはむ

——いせのあまの 1888
——ひとしれす 1058
たれにかかれる 1001
たれにかとはむ 1303
たれにかも 0178
たれにのこして 1437
たれふみわけて 2095
たれもひとめを 1049
たれもみな
——あたらいろかを 2061
——こころをみかけ 1798
たれゆゑくらす 0337
たをりくしつる 0290
たをりてのちも 1584
たをりてゆかむ 0944
たをりもて 0172
たをるとて 0078

【ち】

ちかきいりあひの 1758
ちかきこすゑの 0204
ちかきまつのみ 0661
ちかくなるらむ 0787
ちかのしほかま
おもはぬなかの—— 1105
ゆめのたたちの—— 1104
ちかひのふねの 2089
ちかひはおなし 2122
ちかひをふかく 2059
ちきはうちとに 2122
ちきらぬに 1055
ちきりありて 0960
ちきりあるみと 2146
ちきりおきて
——こたかくかかれ 2181
——さくらわけいる 0208
ちきりおくらむ 2187
ちきりおもふか 1329
ちきりこしかは 1380
ちきりこそ 1038
ちきりしつきの 1054
ちきりしひとも 0957
ちきりしままを 1071
ちきりしを 1168
ちきりとおもふに 1170
ちきりとおもへと 1178
ちきりとおもへは 1169
ちきりならては 1015
ちきりなりけり 0470
ちきりなるらむ 0995
ちきりなれとや 1025
ちきりのみかは 1167
ちきりはあきの 0469
ちきりはかりか 1105
ちきりはかりそ 1361
ちきりもさすか 1070
ちきりもたえぬ 1800
ちきりやうすき 0462
ちきりやはする 1072
ちきりをは 1152
ちきるかな
——さらぬわかれに 0948
——とまりかはらぬ 0930
ちきるもけふの 1167
ちきるらむ 2192
ちきれるあきも 1279
ちくさのはなは 0528
ちくまかは 0036
ちさとのねさめ 1693
ちちのおもひの 1898
ちとせとも 2159
ちとせのかすも 2186
ちとせのかすを 2206
ちとせのはるの 2177
ちとせふる 2175
ちとせまてとや 2192
ちとりなく 1609
ちよのかすかも 2189
ちよのしらきく 0698
ちよのためしは 2127
ちよのはつはる 0002
ちよのみゆきの 2179
ちよふへき
——かめのをやまの 2165

——くもゐのまつに 2182
ちよもといのる 2183
ちよやかさねむ 2128
ちよをかさねて 0697
ちよをへぬらむ 2171
ちらさすもかな 1462
ちらさましやは 1220
ちらさりし 0244
ちらすなりけり 0222
ちらすはみまし 0245
ちらすもみちは 2090
ちらてこころに 0211
ちらてしにほへ 2178
ちらてもはてし 0218
ちらまくをしみ 0056
ちらむとすらむ 0089
ちりうける 0288
ちりおくれたる 0229
ちりかすきなむ 0221
ちりかひくもる 0754
ちりかふほとも 1590
ちりくるときや 0238
ちりしきて
——おとすさましき 0709
——をはなのこれる 0755
ちりしくときは 0751
ちりしくは 0727
ちりしくはなや 0257
ちりてうつろふ 0481
ちりてなみよる 0248
ちりてののちは 0736
ちりにける 0251
ちりにけるかな 0241
ちりにしはなに 1344
ちりにひかりを 2152
ちりにましはる 2109
ちりぬとて 0245
ちりぬへし 0278
ちりのこる 0247
ちりのみそ 1746
ちりはてて 1594
ちりはてぬ 0090
ちりははらはし 1073
ちりひちの 1702
ちりまかふ 2043
ちりみちて 0510
ちりもこそすれ 0217
ちりもゐかたき 2101
ちるあられかな 0807
ちるさへをしき 0479
ちるときは 0280
ちるはかりにて 1601
ちるはなは 0254
ちるはなを
——せめてたもとに 1483
——をしむはかりや 0242
ちるへくもあらぬ 0166
ちるまてに 1484
ちるもうらめし 0240
ちるゆきに
——いつるともなき 0848
——かすみかねたる 0033
ちるをみるらむ 0236

【つ】

つかふることも 2146
つかふるみちに 0473
つかふるよゐの 1565
つかへける 1800
つかへこし 1611
つかへしままの 0866
つかへしみちは 1927
つかへてそまつ 2121
つかへふりぬる 1604
つきいてにけり 0591
つきいりかかる 2062
つきうすき 0397
つきうつる 0414
つきかけすすし 0437
つきかけそ 1560
つきかけに
——うふねのかかり 0371
——のきのあやめの 0367
つきかけの

——いるをのみみて 1506
——くまなしとても 1575
——すみのほるあとの 0598
つきかけは 0597
つきかけみかく
——うちのかはなみ 0619
——みほのうらなみ 0622
つきかけを 0592
つきかたふきぬ 1298
つきこそあきの 0624
つきこそありけれ 1676
つきこそいつれ 1056
つきさえて
——にはしつかなる 0762
——むすへはとくる 0388
つきしつかなる 1629
つきしとそおもふ 2166
つきすむみねの 0518
つきせさりける 2174
つきそうれしき 1115
つきそかすめる 0122
つきそかたふく 0629
つきそかなしき 0561
つきそこほれる 0768
つきそさひしき 0593
つきそさやけき 1554
つきそしるらむ 1571
つきそすすしき 0420
つきそふけぬる 0206
つきそほのめく
またかけみえぬ—— 0544
やまのはつかに—— 0583
つきそまたるる 0588
つきそみえゆく 0580
つきとしもとの 0785
つきとほくなる 0634
つきなしとても 0341
つきならぬ 0637
つきなれと 2054
つきにこひしき 1570
つきにそなるる 0385
つきにそむくる 1673
つきにとわたる 1610
つきになかなむ 0319
つきになりぬる 0579
つきにはきくの 0700
つきにはれたる 0378
つきにむすひて 0547
つきにもなほそ 1558
つきにやあるらむ 1679
つきぬはむめの 1424
つきのあたり 0781
つきのあたりに 0545
つきのいろかな 1599
つきのいろも 0606
つきのかけかは 0594
つきのかけこそ 0618
つきのかけしく
——たまくらに 0085
——とこそすすしき 0384
つきのかつらも 2145
つきのこなたの 0587
つきのさはりも 2109
つきのしたゆく 0546
つきのしるへに 0595
つきのすかた 0739
つきのすかたは 0625
つきのすかたも 0380
つきのすすしさ 0382
つきのたよりに 1573
つきのちかつく 0576
つきのひかりの 0379
つきのほる 0586
つきのみそとふ 0613
つきのみやこも 0670
つきのゆく 0602
つきのよの 0421
つきのよは 1369
つきのをのへは 1552
つきのをりさけ 0175
つきはあれと 1654
つきはいつより 1569
つきはいりて 0471
つきはかすみて 0271

つきはかすみの 0137
つきはかたふく 0636
つきはかりをは 1055
つきはくもらぬ 1857
つきはさやけき 0617
つきはすくなき 0435
つきはたえたえ 0638
つきはたた 0983
つきはなにゆゑ 1825
つきはなほ 0633
つきはのこれる 0196
つきはまた 1778
つきはみるらめ 2137
つきはむかしの 1678
つきはよふかき 1636
つきひとともに 2166
つきひのいまた 1803
つきひのほとを 1240
つきひもおなし 0698
つきふくるよの 0601
つきまちいてて 1783
つきまつとても 0390
つきみえそめて 0581
つきみえて 0582
つきみつつ 1572
つきみるたひに 1057
つきもうらめし 1293
つきもこころし 1093
つきもこころや 0616
つきもすさまし 0848
つきもせす 2140
つきもなみたに 2021
つきもみす 0724
つきもみるらむ 1576
つきやいつる 0391
つきやこのよの 0608
つきやさやけき 0627
つきやもよほす 0578
つきよみのかみ 2115
つきよりかはる 1653
つきよりも 2077
つきをかたしく 0570
つきをきてみむ 0621
つきをとははや 1287
つきをひとりそ 0921
つきをまちける 0500
つきをまつ 0577
つきをみしかな 0881
つきをみて
――かかるいのちに 1371
――かよふこころの 1289
つきをみるとも 1295
つきをやしたふ 0557
つきをやとして 0440
つきをわすれて 0611
つくつくと
――あめふるさとの 0248
――おもへはかなし 1881
――かすみてくもる 0200
――こころほそくて 0115
――ことそともなく 1574
――しつくさひしき 0113
――すきにしかたを 1920
――なかきはるひに 0052
――ひとりきくよの 1670
つくはねの 0960
つくはやま 0678
つくるかも 1586
つくろはぬ 1756
つけすとも 1057
つけやらむ 0178
つたはひかかる 1583
つたはれるよの 2149
つたひきて 1765
つたふへらなる 2172
つたへつるかな 1841
つたへてしかな 1046
つつしさく 0289
つつみかねぬる 2194
つつみのこせる 0282
つつみもたらむ 1714
つつむかうへの 1027
つつむなかは 1038

——ひとめにさはる 1050
——まれのあふよも 1106
つつめはと 1049
つてにたに 1372
つなきなからそ 1720
つねならぬ 1977
つねにしもあらぬ 1290
つねのうらみに 1183
つねのうらみの 1250
つねのつらさは 1268
つねはたた 1251
つねはなかめて 1196
つねはなかめの 0966
つねよりはなの 0285
つねよりも
——あはれなりしを 1405
——のとけくにほへ 0213
つのくにの
——なにはのさとの 1719
——なにはよりそと 1718
——なにはわたりの 0301
——ゐなののきりの 0656
つはくらめ 0129
つはさにかけて 0413
つはさのほかに 1645
つはさまて 0538
つはさもはるの 0026
つはさやほさぬ 0535
つはさをたれて 0846
つはめなく 2056
つひにいかに 0989
つひにきえなは 1453
つひにさても 1387
つひにさてやの 1950
つひにすきなむ 1938
つひのたのみは 0090
つひのちきりの 1266
つまきこりゆく 1751
つまきこる 0828
つまきこるなり 1773
つまきこるをの 0847
つまきにさせる 0290
つまきのけふり 0824
つまきのみちの
——かへるさに 0663
——まつかけに 1782
つまこもれりと 0969
つまとふしかを 0523
つまなきとこの 2004
つままつよひの 0463
つまやこひしき 0515
つむともつきし 0695
つめるわかなに 0014
つもらさるらむ 1601
つもりける 1073
つもりてなれる 1702
つもるしらゆき
けふりのうへに—— 0875
こすゑはかりに—— 0821
そらはくもらて—— 0309
つもるたかねは 0818
つもるつきひも 1618
つもるらむ 0819
つもれとも
——つかへしままの 0866
——なさけとおもふ 1323
つもれはをしき 1490
つもれるゆきの 0830
つゆおきあまる 1974
つゆおちて 0659
つゆかけて 1945
つゆきえし 2015
つゆきえむ 1973
つゆけきこけの 1786
つゆけきはなを 2092
つゆけさは 1971
つゆしけき 0567
つゆそかわかぬ 1960
つゆそけぬへき 1286
つゆそすすしき 0367
つゆそみえゆく 0498
つゆなから 0955
つゆならて 0601
つゆならぬ 0449

つゆにかさねて 2033
つゆにしも 0920
つゆにたに 1340
つゆにふし 0940
つゆにふす 0483
つゆぬきとむる 1497
つゆのあきより 2031
つゆのいのちは 1956
つゆのいのちを 1947
つゆのいろかな 0500
つゆのおくての 0570
つゆのしらたま 2014
つゆのたもとは 0942
つゆのひとしほ 0675
つゆのみの 1963
つゆはかり 1001
つゆはかりたに 0475
つゆはわかおく 1125
つゆふかき 0629
つゆふきおとす 1518
つゆふきはらふ 0418
つゆふきむすふ 0693
つゆみえそめて 1550
つゆみえて 0198
つゆもおくらむ 0455
つゆもしくれも 2032
つゆもなみたも 0613
つゆももらさぬ 1219
つゆをあらはす 0577
つらからむ
――ときこそあらめ 0975
――ひとをもなにか 1378
つらかりし 1327
つらきうらみは 1151
つらきかきりや 1358
つらきかなかの 1021
つらきしも 1329
つらきにかへる 1313
つらきになして 1242
つらきもちきり 1164
つらきもひとは 1030
つらきよなれは 1363
つらきわかれの 1981
つらきをは 1189
つらくこそなれ 1079
つらくしもなき 1110
つらくとも 0990
つらくはいのち 1173
つらけれと
――うれしきことは 1890
――おもひしらぬに 1198
――なほこひしきよ 1182
――ひとりみるへき 0182
つらさにて
――いまひとしほの 1268
――またはあはれに 1271
つらさより 1082
つらさをは 1154
つらさをも 1315
つらしとおもふ 1175
つらしとも
――なかなかなれは 1270
――なほよのつねの 1269
つらにわかるる 2029
つりのうけひく 1888
つれつれと
――くらしわつらふ 0047
――とふひともなき 1795
――なかめなかめて 1664
――なまねのみする 1224
――やまかけすこき 1734
つれてとふ 0546
つれなかりけり 1500
つれなかりけれ 1336
つれなきいろも 0999
つれなきかたに 1351
つれなきくもの 0811
つれなきに 1068
つれなきよりも 1336
つれなくて
――かはるこころを 1303
――よそのあはれを 1962
つれなさの 0994
つれなしとたに 1349

つれもなき
——うつつをゆめに　0998
——ひとのこころの　0997
つれもなく　1350

【て】

てことにひける　0010
てならひよ　0977
てにとりもちて　2017
てにとるからに　1222
てにむすふ　1124
てらしのそめる　2166
てらしみよ　2150
てらすみかけの　2115
てらすらむ　2139
てらふかき　1669
てりくもり　1797
てりまさりける
あまたのはなは——　0202
はれまそつきは——　0596
てるつきの　0931
てるひくるしき　0409
てるひのしたに　1796

【と】

とかむるこゑを　0917
ときありて　1683
ときかたまけぬ　0149
ときこそあらめ　0975
ときさへゆめの　1101
ときしあれは　1458
ときしなけれは　1369
ときしもあれ　2170
ときしもそ　0202
ときしらぬ
——さとはたまかは　0308
——ふしのたかねに　0037
——みのみものうき　1967
——やとののきはの　1478
ときしりかほに　1448
ときすきし　1477
ときそともなき　0985
ときときてらす　0575
ときとして　1797
ときにあひて
——みにあまりぬる　1452
——よろつよちきる　2191
ときにそありける
さらにみのうき——　1929
ひとにわかるる——　1988
ときのまも
——きみにさきたつ　1952
——またいかならむ　1112
ときのまもなし　0151
ときはなりせは　1220
ときはににほふ　2173
ときははや　1625
ときはやま
——かはるこすゑは　0624
——つゆもらさぬ　1219
ときわかぬ
——きみかはるとや　1451
——なみたにそては　1489
——まつのすゑにも　0011
とくくれななむ　0460
とくるこころは　1419
とくるひもなし　0796
とけてねぬ　0693
とけにけらしな　1418
とけるなるへし　2072
とこそすすしき　0384
とこなつのはな　1528
とこのすすしさ　1527
とこのひとりね　0570
とこやみを　2115
とこよのなみの　2116
ところところに　0783
ところところの　0939
ところまてかく　0164
としことに
——あひみることは　1562
——かはらぬけふの　0721
——なかめぬはるは　0179
——はるのわするる　1414

――はるをもしらぬ 0284
としことの 1553
としそへにける 1002
としたけてみる 1488
としつきさへに 1384
としつきそうき 1409
としつきの 1863
としなみこえて 1864
としにまれなる 0343
としのくれ 1620
としのくれかな
おいのかすそふ―― 1618
さらにおほゆる―― 0893
はやくもすくる―― 1617
としのくれかな
としのしるしに 0213
としのはしめの 1410
としのへぬれは
――いけりともなし 1032
うきにならひて―― 1813
としのをなかく 2176
としふかき 1737
としふとも 2049
としふりて 1603
としふれと
――かへらぬいろは 0210
――もくつそつもる 1836
――ゆくへもしらぬ 2047
としへたる 0712
としへてみれと 0104
としへても 0973
としをふるかな 1870
としをへて
――あれこそまされ 1791
――おなしこゑなる 0317
――おなしなくねを 0318
――かはらぬものは 0470
――なくさめかたき 1571
――ひとのためなる 0898
とたえなりけり 1851
とたひすむへき 2199
とちこめて 0822
ととせおよはぬ 2194
ととまらぬよに 1994
ととまらぬよは 1593
ととまらむ 0298
ととまりて 1617
ととめかねける 1011
ととめしそ 2142
とにかくに 1024
とにもかくにも 1204
とはかりに
――うきかうれしき 1308
――おもかけくるる 1126
――やすくもおける 0499
とはかりの
――あらましにてや 1938
――わかあらましに 1047
――わかなくさめも 1408
とはすとも
――さはるとせめて 1042
――わかれしひとの 2002
とはすなり 1075
とはたのおもの
――あきかせに 0567
――あきのゆふくれ 0566
とはになみこす 0345
とはぬかな 1088
とはぬそつらき 0831
とはぬつらさは 1890
とはぬとをしれ 1980
とはぬはさこそ 1051
とはぬまを 1258
とはぬもとふに 1891
とははやあすの 0232
とはまほしけれ 0316
とはむとすらむ 2157
とはやままつに 1412
とはるへしとは 1860
とはるやと 1764
とはるると 1332
とはれさりける 1979
とはれぬいまは 1019
とはれぬはなや 0231

とはれましやは　1289
とはれやはする　1975
とひこかし　1371
とひこそはせめ　2003
とひつれて　1660
とひもとはれも　1399
とふことの　1002
とふさきの　1645
とふとりの
——あすかならすと　1052
——つはさもはるの　0026
——なかめのすゑも　0941
とふとりのあと　2075
とふひとあらは　0982
とふひとなしの　1973
とふひとの　0833
とふひとはなし　0592
とふひとも
——なきふるさとの　0342
——またれぬほとに　1761
とふひともかな　0180
とふひともなき　1795
とふひともなし
あらしもさむし——　2107
うつもるるみは——　1603
とふひはよはの　0395
とふへきはなの　1479
とふへきものを　1088
とふほたる　0396
とへかしと　1043
とほからなくに　0946
とほきいりあひの　0119
とほきうらわに　0620
とほきくさはを　0505
とほきこすゑの　0147
とほきさくらの　0157
とほきにほひは　2172
とほきむかしの　1932
とほくなりゆく　1520
とほくゆく　0899
とほさかりける　2016
とほさかりゆく　1660
とほさかる
——なこりこそなほ　1998
——ひかすにつけて　2000
とほさかるこそ　1935
とほさかるへき　1258
とほちのそらを　0540
とほちのむらの　0191
とほちのやまは　0541
とほつやまへの　0283
とほやまの　1697
とほやまのまつ　0729
とほやままつは　1690
とほやまもとの　0489
とまもるつきを　0922
とまらすおつる　0480
とまりかはらぬ　0930
とまりふね　0923
とまりもあへす　0280
とまるなかめを　0289
とまるなこりよ　1393
とまるなりけり
こころのうちに——　0253
こゑはこころに——　0526
とまるらむ　0616
とめしとや　1591
とめてみるへき　1852
とめてみれは　1261
とめなから　1092
ともしくあらし　0055
ともしけち　0375
ともしすと　0374
ともしにむかふ　1522
ともしひの　1673
ともしひのいろ　1239
ともしひのかけ
なみたににほふ——　1064
ねさむるかへに——　0708
ともしひは　1675
ともちとり　1610
ともつなの　2055
ともときくかな　1754
ともなしにして　1612

ともにおいせぬ　2185
ともにちとせの　0172
とやまには　0407
とやまのくもは　0684
とやまのこすゑ　0569
とやまより　0742
とやまをめくる　0733
とよあしはらの　2200
とよのあかりに　0881
とよのあかりの　0885
とよらのかねの　1555
とらぬひそなき　0352
とらのまたらを　2074
とりあつめたる　1884
とりかへる　0847
とりのこゑ　0826
とりのこゑこゑ　0130
とりのなくらむ　1113
とりのねきかぬ　1742
とりのねに　1123
とりのねをたに　1121
とりのはつこゑ　0867
とりのひとこゑ
　たにしつかなる――　1748
　はるかにかへる――　1644
とりのゆく
　――ゆふへのそらの　1659
　――ゆふへのそらよ　1388
とりはなくなる　1085
とりもこゑせぬ　1784
とるきはは　1166
とるさなへかな　0349
とるやさかきの　2140
とわたるふねの　1530

【な】

なかかはよ　1203
なかきいのちか　1884
なかきいのちの　1382
なかきこのよを　0959
なかきためしに　2209
なかきなりけり　1327
なかきねふりの　2069
なかきねふりは　2097
なかきはるひに　0052
なかきはるひを　0163
なかきひかけを　0173
なかきひに　0050
なかきよに
　――うきよのゆめを　1984
　――まよふやみちの　1909
なかきよの
　――しものまくらは　0780
　――ねやのいたまは　0741
　――やみのうつつに　2068
　――ゆめのうちにて　1901
なかきよも　0928
なかくもかなや　2055
なかくやひとに　1128
なかさはの　2209
なかしたえすは　1232
なかしてふ　0594
なかそかなしき　1000
なかそとおもへは　1396
なかそはるけき　1247
なかそらたかく　0633
なかつきの
　――ありあけのつきに　0671
　――きくのさかつき　0696
なかつきのけふ　0695
なかつきや
　――なからのかはの　2208
　――よさむのころの　0719
なかなかつらき　1923
なかなかつらし　1294
なかなかなれは　1270
なかなかに
　――おもひたえなむと　1334
　――たのめさりせは　1081
　――なにかこころの　1147
なかはさしいる　1757
なかはのつきの　1852
なかははれゆく　0507
なかはゆきなる　0809

なかむとて 0964
なかむへき 0832
なかむらし 2061
なかむらむ
――おなしつきをは 1288
――またみぬはなの 0142
なかむるうらの 0292
なかむるままに 1679
なかむれは
――このまうつろふ 0454
――みのうきことの 1576
なかめあくへき 0594
なかめうかるる 0595
なかめおかむ 1437
なかめおくる 0330
なかめかちなる 0965
なかめかな
――いかなるゆめの 1023
――こころうちの 0983
なかめくらさむ 1091
なかめこし 0029
なかめして
――かすみにくるる 0117
――こよひのつきも 1574
――わかよのつきも 1579
なかめすつへき 1438
なかめせしまに 0237
なかめたにせす 0974
なかめつる
――おもはぬいそに 0921
――くさのうへより 1691
なかめつるかな 1133
なかめても 0640
なかめなかめて 1664
なかめなれにし 1297
なかめにあたる 1663
なかめには 1214
なかめぬはるは 0179
なかめのこす 0167
なかめのすゑに 1659
なかめのすゑも
――みえぬまて 0941
――やまそかすめる 0007
なかめのみして 0989
なかめのみする 1224
なかめはつきに 1292
なかめまて 1668
なかめやはせぬ 0341
なかめやる
――あきのやまかせ 0632
――まさきのかつら 1594
――やまはかすみて 0118
――をかのやなきは 0808
なかめゆゑ 1479
なかめよとてや 1556
なかめより
――なきつるみねは 0334
――むかしにかすむ 1435
なかめらるる 1039
なかめをそする 1795
なかめをひとは 1236
なからのかはの 2208
なからのやまの 0190
なからへて
――あらはとたのむ 1333
――とはるへしとは 1860
――われもすむへき 1948
なからへにける 1331
なからへは 1332
なからへむ 0236
なからまし 2069
なからましかは
ひとにもさその―― 1138
よしいくほとの―― 1895
なからむあとの 1537
なからめや 1028
なかりけり
――いつるみねには 0631
――としたけてみる 1488
――なほやまふかく 1454
――みやこのはるは 0161
なかりせは
――いかにこころの 2105
――なにをうきよの 0609

――なにをかたひの　0951
なかるとすれと　0255
なかるらむ　1295
なかれけむ　0926
なかれそふ　0364
なかれてそゆく　0666
なかれてはやき
――せせのゆふして　0445
――はるのくれかな　0281
なかれにすめる　2124
なかれのすゐは　2112
なかれのすゐを
――うつしても　2087
――うつしてや　2086
なかれはすゐも　2080
なきあをやきの　0108
なきおちて　1629
なきかけしたふ　2027
なきさにあとを　2142
なきさにひろふ　1213
なきさによする　1835
なきすきて　1635
なきすさふ　0422
なきすてて　0338
なきそめて　1536
なきつつゆくは　1300
なきつるかりの　0551
なきつるみねは　0334
なきてわかれし　1924
なきときは　2063
なきとまりぬる　0564
なきなして　0051
なきなそと　1018
なきなとも　1021
なきになしつる　1014
なきにのみ　1812
なきにもよらぬ　1820
なきひとの　1191
なきひとよりも　1987
なきひとを　2003
なきふるさとの　0342
なきみならねは　1877
なきみなりけり　1887
なきみなれとも　1933
なきよなりせは
あはぬためしの――　0990
たえてさくらの――　0214
なきわかみかな　1449
なきわたりける　0553
なきわたるみゆ　0127
なきわたるらむ　0549
なくかはつかな　0268
なくこゑも　0442
なくこゑを　1859
なくさまは　2003
なくさまはこそ　1311
なくさむかとて　1561
なくさむる　1895
なくさむるかな
あさくもひとの――　1201
よふかきふゆを――　0879
なくさむを　1131
なくさめかたき　1571
なくさめかほに　1175
なくさめそなき　1168
なくさめて　1828
なくさめに
――まつまちすさふ　0306
――みつつもゆかむ　0936
なくさめにせむ
――なにをうきよの　0609
――のちのよまても　0993
なくさめは　1472
なくさめよ　1069
なくさやま　2140
なくしかの　0521
なくせみの
――こゑもみたるる　0425
――こゑやむもりに　0423
――はやまのかけは　0424
なくそらみれは　0529
なくちとりかな　0789
なくてすきこし　1863
なくてたえにし　1341

なくとつけなむ 1847
なくとりの 1637
なくなくかへる 1125
なくならめ 1246
なくねもさひし 0772
なくねをきけは 0048
なくはいつまて 1869
なくへきころと 1501
なくよをさむみ 0563
なけかはや 0996
なけかれす 1813
なけきかな 0721
なけきしことも 1813
なけきそはるも 1970
なけきのこれる 1398
なけきをも 1890
なけくかな 0472
なけくとつけよ 2040
なけくとて 1577
なけくへき 1832
なけくらむ 1347
なけのなさけよ 1260
なけれとも
――あかぬはなの 0179
――あめのねさめは 1826
――あれたるやとそ 0617
――たれにかかれる 1001
――ちよのためしは 2127
なこそたかけれ 1703
なこりかは 1438
なこりこそ 1907
なこりこそなほ 1998
なこりさへ 0893
なこりしはしの 0334
なこりとは 1129
なこりともなく 1353
なこりなからむ 1274
なこりならても 0136
なこりなりける 1920
なこりのなみそ 1705
なこりまて 0496
なこりより 1959
なこりをくもに 0331
なこりをけふに 0723
なこりをは 0341
なこりをはなに 0208
なさけとおもはむ 1483
なさけとおもふ 1323
なさけなりけり 1568
なさけはうへの 1456
なさけはかりは 1267
なさけまてをそ 0044
なさけもそみる 1325
なさけよこれも 1491
なさけをかくる 1372
なさけをそみる 0691
なさけをも 1458
なさしとおもふに 1010
なしかとおもふ 1325
なしかねぬ 1185
なしこそはせめ 1152
なしてこそおもへ 1876
なしはてし 1322
なしはてつ 1900
なしやはつる 1396
なすこころしも 1196
なすものを 1198
なせはこそあれ 1926
なせりとも 0209
なせるあはれは 1535
なそやわひしき 1667
なちのたかねの 1473
なつあさき 0310
なつかしきかな
かねてもえたの―― 0141
しつのかきねも―― 0081
はなけれとも―― 0140
なつきては 0303
なつくさの 1516
なつにしられぬ 1519
なつのあけほの 0301
なつのかきねを 0308
なつのけしきの 0377
なつのひの 0431

なつのゆくては　0445
なつのよの　0394
なつのよのつき　0381
なつのよは　0388
なつはきの　1340
なつふかき　0437
なつみかは　0796
なつやまの　0427
なつやまのいろ　0302
なつをわするる　1517
なつをわすれし　0446
なとうくひすの　0047
なとおもふらむ　0315
なとかかなしき　1048
なとかたのめぬ　1129
なとかはつらき　1180
なとちきりけむ　1530
なとてさくらを　0245
なとやかへらぬ　1849
なとやふきこぬ　1006
なとわかるらむ　1116
ななせのよとの　0362
ななそちの　1864
なにおもひけむ
　せきこえなはと――　1090
　はなさきなはと――　1979
なにおもふらむ　1490
なにかいふ　1150
なにかいまはと　1328
なにかくるしき　2109
なにかこころの　1147
なにかこひしき　1180
なにかこほるる　0980
なにかせむ　0214
なにかはいそく　0898
なにかはしのふ　0318
なにかまたるる　0318
なにかみせけむ　1316
なにことも　1964
なにことを
――おもひつくと　1826
――まつことにてか　1953
なにしこころを　0181
なにそとたとる　1223
なにとなき　0132
なにとなく
――うちもおかれぬ　1215
――おもひそおくる　0139
――こころそとまる　0009
――こよひさへこそ　1087
――すきこしかたの　1668
――にはのこすゑは　0124
――にはのよもきも　0713
――はななけれとも　0140
――はなやもみちを　1856
――みるにもはるそ　0291
――むかしこひしき　1682
――ものかなしくそ　0566
――やまたのいほの　0571
――ゆふへのそらを　1667
なにとなみたの　1198
なにとふるらむ　0736
なになけきけむ　1821
なになけくらむ　0296
なににおつらむ　1832
なににかかる　1350
なににかくらむ　1226
なににかけてか　1507
なににかは　1893
なににかれゆく　0769
なににゆつりて　0089
なにのかひなき　0989
なにのかひなく　0973
なにのこるらむ　1937
なにのすさひの　1579
なにのもよをす　0283
なにはえに　1717
なにはえの　1431
なにはかた
――いりえにさむき　0791
――うらさひしきは　0669
――みきはのゆきは　1602
なにはなる　0426
なにはのさとの　1719

なにはのみやは　1716
なにはよりそと　1718
なにはわたりの　0301
なにめてて　2053
なにゆゑいそく　1827
なにゆゑさても　1341
なにゆゑさのみ　1199
なにをいのちの　1168
なにをうきよの　0609
なにをかことに　0455
なにをかするゑの　1864
なにをかたひの　0951
なにをかもみむ　1900
なのみして
――はなにととまる　0185
――またみしかよは　0469
なのみなりけり　0468
なのるなり　0985
なはしろのころ　0265
なはしろみつに　0263
なはしろみつを　0270
なひかぬまつは　1731
なひきたちて　0096
なひきもはてぬ　0094
なひくあさちの　1286
なひくすすきの　0488
なひくすゑはの　1956
なひくたまもそ　0433
なひくともなき　0841
なひくなり　0350
なひくむらさめ　0494
なひくやなきに　0059
なひくやなきの　0101
なへていふなる　1876
なへてすむらむ　0637
なへてのそらは　0745
なほあかなくに　0209
なほあくかるる　1457
なほあけのこる　0160
なほありあけの　0739
なほいくへとも　0911
なほいそくらむ　1117
なほいとふかな　1885
なほいにしへの　2087
なほいのるかな　2125
なほうつむかな　2025
なほうつるらむ　1451
なほうらむらむ　0231
なほおくのみね　0027
なほおとつれて　1733
なほおもふこそ　2007
なほかさぬへき　0775
なほかせさむき　0067
なほこひしきよ　1182
なほこひにけり　0946
なほさきかほる　0194
なほさりに
――ひとはみるらむ　1217
――やまほとときす　0338
なほさりの
――あはれもひとの　1407
――ことはのはなの　1495
なほしはし
――うきをはうきに　1322
――このひとふしに　1325
なほそおとろく　2011
なほそかしこき　1808
なほそかたらふ　0333
なほそこひしき
くりかへしては――　1326
すきにしかたは――　1934
ひとはうからて――　1189
なほそてしほる　1972
なほそのうちも　1861
なほそまつ　0331
なほそゆかしき　0623
なほたのまるる　2131
なほたのみけれ　1314
なほたのむかな　2146
なほたれゆゑと　1348
なほともすれは　1216
なほのこりける
あはれにこゑの――　0565
むかしのあとそ――　1605

なほのこりけれ 1907
なほのこるらむ 1352
なほひとつての 1000
なほふかし 0647
なほふるゆきに 0034
なほまたれけれ 1050
なほまつものを 1085
なほみちくらし 0906
なほみちとほし 0877
なほめつらしき 0328
なほもあはれに 1152
なほもこの 1676
なほもなさけの 1309
なほもよに 1389
なほやこころの 1942
なほやしられぬ 0640
なほやそむらむ 0743
なほやまふかく 1454
なほゆかし 1139
なほゆきそふる 0032
なほゆくさきに 0192
なほゆふかけて 1416
なほゆふかせを 0446
なほよのつねの 1269
なほわけいりて 1482
なみかかる 0821
なみこえて 0360
なみそたちける 0683
なみたおちそふ 0610
なみたかな 1194
なみたかは
——したにははやき 0961
——たきつこころを 0962
——わかみひとつを 1916
なみたこそ
——おのかものから 1360
——こけのたもとに 1930
なみたさそひつ 0520
なみたたに 1200
なみたとふらむ 1578
なみたとまてに 1201
なみたとやみる 1250
なみたなりけり
おとせてふるは—— 1769
かすにまさるは—— 1863
こころよわきは—— 0992
こゑよりおつる—— 0521
わすれぬものは—— 1831
なみたなるらむ 1302
なみたにくれし 2038
なみたにそては 1489
なみたにて 1971
なみたににほふ 1064
なみたのあめに 2026
なみたのあめは 1208
なみたのかはの 1206
なみたのつゆを 1223
なみたのひまや 1249
なみたのみ 1882
なみたのみうく 1196
なみたはおなし 1989
なみたまてには 0980
なみたももろく 0449
なみたをは 0978
なみたをも 2013
なみちのすゑは 1551
なみとそらとは 1711
なみにたたよふ 1720
なみのうへのあめ 1704
なみのおとかな 0922
なみのおとに 0923
なみのおとは 1845
なみのかすには 1837
なみのせきもり 0257
なみのはなちる 1463
なみはこすゑの 0286
なみまくらして 0921
なみまにうかふ 1721
なみもありけり 2093
なみもよすらむ 2158
なみやかくらむ 1602
なみをかたしく 0621
なみをはそてに 1208
ならのおちはに 1212

——うつもれて　0562
——おとすなり　0747
ならのかれはに　0806
ならのひろはに　0419
ならはさらなむ　0782
ならはなれ　1232
ならひあらは　1158
ならひたつ　1662
ならひのをかの　0679
ならへおきて　1703
ならむとすらむ　0504
なりたつうちの　1214
なりにきと　1961
なりにけらしも　0107
なりにけり
——かせによこきる　0850
——けふこそのへに　0013
——このまもりつる　0589
——むつたのよとの　0098
——ゆふしもこほる　0766
——をきのはむけの　0449
なりにけるかな　1790
なりにけれ
——なかめうかるる　0595
——やすくいつへき　1894
なりぬとも　2138
なりぬなり　1625
なりぬへき　2084
なりぬへきかな　0973
なりぬへけれは　2159
なりぬらむ
——すきのいほりの　1779
——ななせのよとの　0362
なりぬるを　1201
なりはてて　1143
なりはてぬれと　1469
なりもこそすれ　0948
なりやせむ　1096
なりやはてなむ　1406
なりゆけは　1964
なるままに　1651
なるみかた　0789
なるるままの　1141
なれしきのふの　0211
なれしくもゐに　1849
なれしくもゐの
——あきそこひしき　1990
——さくらはな　1466
——つきにやあるらむ　1679
なれしちきりの　1353
なれしひころも　1012
なれしむかしは　1834
なれてきく　1537
なれてそあらまし　1241
なれてつかへし　1680
なれてひさしき　1744
なれてみつらむ　0473
なれてみとせの　1565
なれてみる　1571
なれにしはなは　1465
なれぬれは　1831
なれはすれとも　1109
なれまさる　1558
なれみしつきそ　1559
なれをしそ　0672
なをたにせめて　0996
なをなかしけむ　0273
なをなかすらむ　1817
なをのこさはや　1809
なをはたのまし　1786
なをはなかさし　1818
なをもたのまめ　0987

【に】

にきはひにけり　2205
にこらしみつの　1801
にこりにしまぬ　2014
にこりゆくよを　2135
にしにやつきの　1779
にしのそらの　1653
にしのそらは　1626
にしのたつ
——ふもとのすきは　0410
——みねよりあめは　1696

にしふくかせに 0494
にしをおもふ 2097
にたるゆふへを 1278
にはかにかはる 0447
にはしつかなる
　しもよのつきそ―― 0784
――ふゆのさよなか 0762
にはしろき 0497
にはそくれゆく 1550
にはたつみ
――あとまてすすし 0414
――せきいれぬみつそ 1688
――ちりてなみよる 0248
にはとほく 0557
にはとほみ 0310
にはにあとある 1415
にはにおちて 0711
にはにしたたる 1765
にはにはあとも 0040
にはにふして 0528
にはにみたるる 0730
にはのあきかせ
　きりのはおつる―― 1549
――みにしみて 0478
にはのあられは 0804
にはのいけみつ 0862
にはのうすゆき 0813
にはのおちはを 0743
にはのおもに
――おいのともなる 0775
――ちりてうつろふ 0481
――はきのかれはは 0709
――ひとめかるへき 0716
――もみちりしき 0728
――ゆふへのかせは 0484
にはのおもの 0581
にはのおもは 0863
にはのかきほの 1583
にはのかけかな 1654
にはのくさむら 0432
にはのこすゑは 0124
にはのこすゑを 0382
にはのこのはに 0803
にはのこはきの 1533
にはのしらゆき 0854
にはのつきかけ 0605
にはのともしひ 0471
にはのはるかせ 2056
にはのはるさめ 0114
にはのひかりは 0878
にはのましみつ 0397
にはのまつかえ 0834
にはのむし 0578
にはのむしは 0564
にはのむらさめ 0642
にはのよもきも 0713
にははたた 0814
にはふかき 0510
にはみえぬまて 1755
にはみせかぬる 0748
にはもまかきも 0501
にはよりはるる 0121
にほてるうらの 1554
にほのうみや 1723
にほのかよひち 1005
にほひけるかな 0169
にほひしらみ
にほひなりけり 0576
――かせにあまれる 0080
――かをらぬこゑの 0061
――つきぬはむめの 1424
にほひなりけれ 0076
にほひのこれる 1391
にほひゆく 0070
にほひゆゑ 0212
にほひをとめて 0073
にほふかの 0082
にほふさかりは 0081
にほふつきかけ 0205
にほふなり 0086
にほふはるへの 0062
にほふふちなみ 1492
にほふむめかえ
　かはらぬのきに―― 1422

のへのかすみに――　0077
ゆきのうちより――　0068
にほふやとをは　2053
にほふらし　0584
にほふらむ
――むめさくやまの　0083
――やまほととぎす　0370
にほへとも　2099
にほへるはなの　0074

【ぬ】

ぬさかけてけり　2141
ぬしさたまらぬ　0326
ぬしはしらたま　1222
ぬとはまたれて　1983
ぬともなきよは　1096
ぬまのいはかき　0360
ぬらしてぞゆく　0744
ぬるかうちに
――あふとみつるも　1103
――みるよりほかの　1910
ぬるかうちには　1900
ぬるともよしや　0409
ぬれたるうへに　1682
ぬれておつる　0646
ぬれにけるかも　0078
ぬれぬまそなき　2026
ぬれのみまさる　1226

【ね】

ねくたれかみの　1107
ねくらあらそふ　1738
ねさへかれめや　1597
ねさむるかへに　0708
ねさめしくれぬ　0712
ねさめせは　0957
ねさめてきけは　0671
ねさめなりけり
――あかつきしるは　1742
――つまなきとこの　2004
――わかおいらくの　1925
ねさめにきけは　0806
ねさめのかねも　1914
ねさめのそらに　0135
ねさめのつきの　0548
ねさめのほとを　0549
ねさめのまとの　1633
ねさめのやまは　1669
ねさめもいかか　1074
ねせりおふる　0016
ねたくもあるかな　1384
ねてもさめても　1904
ねにかへりゆく　0252
ねにかへる　0253
ねにこそたてね　0986
ねにはなくとも　1392
ねぬよのとこは　1301
ねのなかるらむ　1507
ねまちのつきの　1082
ねやちかき　0057
ねやのいたまは　0741
ねやのおくまて　0585
ねやのともしひ　1672
ねやまてとほる　0764
ねやまても　0125
ねやもるつきに　1425
ねられぬままの　1558
ねられねは
たたつくつくと――　1239
ゆめにはあらし――　1026
ねをのみそなく　1611

【の】

のかみのかたに　0054
のかれさりける　1170
のかれてつきは　0615
のかれぬを　1958
のかれはてぬは　1883
のかれはてぬる　1885
のきちかき
――まつはらやまの　0591
――むめのにほひも　1425
のきにいとひく　1496
のきのあやめに

――かせわたるみゆ 0348
――のこるたまみつ 0346
のきのあやめの 0367
のきのいとみつ 0115
のきのかけひを 1765
のきのしつくに 0381
のきのしつくは 0114
のきのしつくも 0347
のきのしつくを 1675
のきのしのふに 0498
のきのたまみつ
　かつかつおつる―― 0869
　ひかりはもらて―― 0368
のきのつきかけ 0849
のきのはるかせ 0085
のきのはるさめ 0113
のきのまつかせ
――にはのむし 0578
ゆふくれしをる―― 1661
のきのむめかえ 0088
のきのむめは 0086
のきのやまのは 0809
のきのやままつ 1752
のきはしくるる 0541
のきはにほふ 1966
のきはにはるる 1508
のきはのくもは 1766
のきはのそらに 0118
のきはのそらは 1634
のきはのはなは 0145
のきはのまつそ 1744
のきはのまつは 0836
のきはのみちに 1621
のきはのみねは 1631
のきはのやまそ 1413
のきはのやまの 1743
のきはのゆきは 0842
のきはのゆふひ 2056
のきはのをきの 1549
のきはふつたの 1557
のこさすきみに 1841
のこさまし 1395
のこらさりけり 0859
のこらまし 1942
のこりけり
――ありあけかすむ 0295
――なれしきのふの 0211
――はるやむかしの 1421
のこりすくなき 1912
のこりつる 0765
のこりなく
――おもひすててし 1581
――ことしもはやく 0888
のこりゐて 1997
のこるうすきり 0659
のこるかたえに 1344
のこるかたみの 1186
のこるしらゆき 1416
のこるすゑはの 0482
のこるたまみつ 0346
のこるちきりを 1371
のこるともしひ 1674
のこるともなき
――ありあけのつき 1433
――うすこほりかな 0035
――はなのいろかな 0258
――まつむしのこゑ 0560
――よはのともしひ 1633
のこるなこりの 1375
のこるはすゑの 0771
のこるひかけそ 1647
のこるひかけの 1550
のこるひとはも 2037
のこるひとむら 0661
のこるもくつは 1710
のこるもさひし 0791
のこるもすこき 1595
のこれとも 0633
のこれるきくは 0776
のさはのみつも 0506
のしまかさきの 0788
のちかならすの 1069
のちしもそ 1156
のちしもなかき 0673

のちそとおもへは　0996
のちにしも　1630
のちにはまたと　0950
のちのあはれの　0988
のちのはるとも　0215
のちのよと　1957
のちのよまての　1150
のちのよまても　0993
のちはかたみと　1374
のちまても　0588
のてらたちこむる　0282
のとかなりける　1411
のとかなる
——うくひすのねに　0177
——かすみのいろに　0059
——かすみのそらの　0028
——けしきをよもに　0008
のとかなるへき　0004
のとかにしらむ　1638
のとかにすさふ　0095
のとかにそちる　0228
のとかにて
——かすみにおもき　0250
——かすみのうちに　0206
——くもにいろある　1428
——ひかけにおつる　0868
——やなきのすゑも　0894
——をちのかすみの　0102
のとかにわたる
——かりのひとつら　1545
——のへのゆふかせ　0488
のとけきいろを　0176
のとけきに　0020
のとけきはるの　0018
のとけきものと　1490
のとけくにほへ　0213
のとけしとても　0214
のなかのしみつ　1785
のなるくさきそ　0112
のはなりにけり　0019
のへすさましき　0746
のへにいてて　0011
のへにきゆらむ　2005
のへのあきかせ　0489
のへのあさしも　0760
のへのいろも　0560
のへのうすゆき
しはふかうへの——　0816
みちもかくれぬ——　0815
のへのかすみに　0077
のへのかすみの　0133
のへのささはら　0802
のへのさゆりは　0402
のへのしらゆき　0041
のへのつゆ　1977
のへのはる　0132
のへのゆふかせ　0488
のへのゆふくれ
またさととほき——　0942
をちかたかすむ——　0246
のへのわかなは　0012
のへのわらひの　1441
のへのをちかた　0378
のへはるかにて　0505
のほらぬしもそ　1810
のほりそやらぬ　1853
のほりわつらふ　0910
のほるしらくも　1696
のほるせの　1820
のほるつきかけ　0585
のもやまも　0844
のもりのかかみ　0395
のやまのたひも　0940
のりおきて　1789
のりおくれなは　2041
のりにあはすは　2089
のりのあめは　2050
のりのことのは　2065
のりのため　2060
のりのともしひ
けなはけぬへき——　2083
そらゆくつきひ——　2085
のりのには　2091
のりのにはに　2090

のりまもる　2059
のりをこそとけ　2057
のれるふねみゆ　1716
のわきたつ　0651
のわきにあるる　0650
のわきにしほる　0652
のわきににたる　0439
のわきはやみて　0649

【は】

はおとして　1634
はかすをきみか　0010
はかなかりけれ　1987
はかなきかすに　1961
はかなきこけの　2065
はかなきことも　1156
はかなきふしも　1261
はかなきものは　0860
はかなきゆめの　1898
はかなくて
――きえにしあきの　2013
――たえにしひとの　1390
はかなくも　0948
はかなけれ　1335
はかなさは
――けふともしらぬ　1940
――ゆめかとたにも　1975
はかなさよ
――かせのこのはの　1994
――たたかりそめの　2048
はかなしと　1870
はかりかたしな　1727
はきかえに　0759
はきかはな　0943
はきかはなすり　0481
はきのうはつゆ
――とまらすおつる　0480
――ひかりまちとる　0453
はきのうへに　0547
はきのかれはは　0709
はきのすゑこす　0476
はきののもせに　1283
はきのはなさく　1282
はきのはの　1284
はきのふるえの　0477
はきもふるえに　0474
はこさきのまつ　2186
はこふなせの　2203
はしちかみ　0384
はしのうへに　1730
はしのもみちは　0675
はしめおきて　2175
はしめてさらに　1190
はしめなりける
かみよをうけし――　2142
みにしめそむる――　0071
はしめなるらむ　1258
はしめはけふに　1002
はしめより　1151
はたれしもふる　0522
はちすはの
――うへこすたまは　0398
――にこりにしまぬ　2014
はちすはのつゆ　2013
はつあきは　1531
はつかなる　0097
はつかなるより　0451
はつかのかけも　1082
はつかりの　0529
はつかりのこゑ
あきのひさむき――　0527
あらしをわくる――　0537
かせにみたるる――　0528
はつかりは　0526
はつくさは　1417
はつさくらはな　0146
はつしくれ
――おもひそめても　0972
――ふるきみやこは　0681
はつしほそむる　0112
はつしもに　0705
はつしもの　0717
はつせのひはら　1657
はつせのやまは　0825

はつせやま
――かたふくつきも　0030
――さくらにもるる　0158
――なにをかことに　0455
――ひはらにつきは　1555
はつはきの　0475
はつもとゆひの　0963
はつもみち　0679
はつゆきの　0812
はてしとおもへは　1146
はてそひさしき　1398
はてそゆかしき　1266
はとのなく　0653
はなうくひすの
――なさけをも　1458
――ひとときのはる　1491
はなおちすさふ　0247
はなかかれとて　0154
はなかをる　0160
はなこそみえね　0439
はなさかぬ　0161
はなさかり
――うつろはぬまを　0180
――かをるはかりの　0166
――きみたにとへな　1478
――けしきことなる　0171
――わかるるはるも　0293
はなさかりかも　0156
はなさきそむる　0284
はなさきなはと　1979
はなさきにけり　2171
はなさくと　2157
はなさくら
――をりてかささむ　0217
――をるへきはるや　2174
はなさへうくて　1980
はなしつかなる　0200
はなしろき　0206
はなすすき
――かせにしたかふ　0492
――こころとひとを　0493
――すきゆくあきを　0706
――まねくたよりに　0490
はなそこのよの　1480
はなそちりける　0226
はなそなかるる　0263
はなそのこれる　0294
はなそのとけき　0229
はなたちはなや　0370
はなたにも　1966
はなちらて　1857
はなちらめやも　0279
はなちりて　0246
はなちるはきは　0482
はなとこそみれ　1009
はなとしいはむ　1462
はなとはきけと　0253
はなとみゆらむ　0238
はなともいはし　0060
はなとりに　1457
はなとりの
――なさけのうへの　1456
――なさけまてをそ　0044
――はるにおくるる　0306
はなとりのはる
きのふもおなし――　2061
つらききわかれの――　1981
はななかりけり　0164
はななけれとも　0140
はなならて　0061
はななれと　1965
はななれは
――おもかけならて　1464
――かねてもえたの　0141
――ちよのみゆきの　2179
――むかしなからに　0169
はななれや　0195
はなにあかて　1453
はなにあかても　0188
はなにあかぬは　1474
はなにいろそふ　1468
はなにこころの　0143
はなにそうとき　1470
はなにそはるの　0177

はなにそめてし　0210
はなにととまる　0185
はなになかるる　0264
はなになるころ　0070
はなににほへる　0224
はなにむかはぬ　0151
はなにもて　0176
はなにやあるらむ　2152
はなのあたりは　0183
はなのいろいろ　0291
はなのいろかな　0258
はなのいろかは　0182
はなのいろに　0193
はなのいろの
――なほさきかをる　0194
――むかしながらに　1459
はなのうたかた　0248
はなのうへに
――さすやあさひの　0197
――しはしうつろふ　0199
――つゆをあらはす　0577
はなのうへの　0203
はなのおもかけ　0211
はなのかけかな　0186
はなのかそする　0223
はなのかふかき
――はるのよの　0125
――やとのゆふくれ　0201
はなのかれはも　1777
はなのくもまに　0207
はなのこころを
　うつろふいろは――　0243
　またてうつろふ――　0230
はなのこすゑも　0167
はなのさかりの　0189
はなのさかりは　0272
はなのさかりを　0278
はなのさく　0262
はなのしからみ　1494
はなのしたみち　0190
はなのしらなみ
　たきつかはせは――　1481
　みきはにあまる――　0249
はなのしらゆき
　うらみやつもる――　1484
　けふのたむけの――　2088
はなのすゑすゑ　0497
はなのためにも　1455
はなのたよりと　0970
はなのちり　1982
はなのつゆそふ　0281
はなのにはかな　0244
はなのにほひを　2043
はなののきはに　0205
はなののちも　0295
はなのひかりを　1452
はなのほかまて　0159
はなのみゆきの　2175
はなのゆき　0233
はなのゆきふむ　0227
はなのをりしも　0138
はなはかきりも　1454
はなはさなから　0275
はなはなほ　1967
はなはまたてそ　0251
はなはみな　1462
はなふみわけて　0261
はなみにと　0162
はなみるはるの　0175
はなもあらしも　0240
はなもありけり　1482
はなもかひなし　0280
はなもことしや　1475
はなもさきける　1447
はなもさけれは　2173
はなもちりなは　0219
はなもみしよの　1964
はなももみちも　1683
はなもわかよを　0215
はなもわかれす　0204
はなやちりなむ　0209
はなやちるらむ　2091
はなやのこると　0168
はなやもみちの　0893

はなやもみちを 1856
はなやゆき 0037
はなゆゑに 1460
はなよいつかの 0117
はなよたた 0840
はなれてのほる 1698
はなをこそおもへ 0188
はなをたつねて 1473
はなをときはに 0174
はなをのこして 0192
はなをはいかか 0260
はなをはかせの 0222
はなをまつへき 1606
はなをりかさし 0191
はなををりつる 1969
はねうちかはす 0134
はねやすむめる 1848
ははそはら 0736
はひのしたなる 1616
はまかせに 0788
はまきよみ 0627
はまちとり 1612
はまなのはしの 0658
はまのまさこを 2158
はもやまや 2107
はやきえにける 1685
はやきなりけり 2022
はやくして 0745
はやくそはるの 0100
はやくもすくる 1617
はやししつかに 1635
はやしのとりの 1780
はやななとせの 1989
はやまかすそに 0374
はやましけやま 0373
はやまのかけは 0424
はやまのきりの 0661
はやまわくらむ 0375
はらふあきかせ 0586
はらふこからし 0794
はらふたかまの 0811
はらへはそてに 0223
はりまかた 1089
はるあきの 2191
はるうとき 1479
はるかすみ 0032
はるかせそふく
すけのをかさに―― 0025
みたれぬほとの―― 0097
わかはのしはふ―― 0131
はるかせに
――したゆくなみの 0035
――はなのかふかき 0201
はるかせの
――いはねのさくら 1463
――こころのままに 1424
――たかゆくへとも 1006
――ややふきよわる 0229
はるかせは 0121
はるかなる
――おきのひかたの 0790
――かとたのすゑは 1541
はるかにかへる 1644
はるかにたては 0901
はるかにみする 0568
はるかにみゆる 1730
はるきても 1606
はるきぬと 1411
はるくさに 0042
はるくさは 1444
はるくははれる 0213
はるくれし 0302
はるくれは 0017
はるけさも 0935
はるけすて 1951
はるけまし 1840
はることに 0210
はるさむきころ 0039
はるさめかすむ 0145
はるさめそふる
けふもしきしき―― 0109
みとりもふかく―― 0099
はるさめに
――あらそひかねて 0150

──とほきいりあひの　0119
──のなるくさきそ　0112
──めくむやなきの　0092
はるさめの　1225
はるさめのそら
　かすみにくるる──　0117
　やまのはうすき──　0247
はるさめは　0115
はるさめよ　0116
はるさりくれは　0046
はるされは　0031
はるしきぬれや　0069
はるそくれぬる　0287
はるそひさしき　2175
はるそものうき　1456
はるたちて　0072
はるちかくみゆ　0894
はるてふけふは　0001
はるとあきとは　1856
はるといへは　1487
はるとおもへと　0045
はるとはえこそ　1850
はるとみなから　0898
はるともえやは　1412
はるともみえす　0012
はるともみには　1448
はるとやなれも　0262
はるならなくに　1427
はるなるいろの　0020
はるにあはすは　1443
はるにあふらむ　2180
はるにおくるる　0306
はるにかかれる　0890
はるにかささむ　0172
はるにかなへる　0176
はるになりぬれ　0066
はるになる　0140
はるになるいろ　0093
はるになるらし　0054
はるにむかへる　0007
はるにわかるる　0296
はるのあけほの
　こころにあまる──　1437
　こころにのこれ──　1436
　こすゑもおもき──　0193
　むかしにかすむ──　1435
はるのあはゆき　0040
はるのあらしの　0235
はるのいけに　1492
はるのいろは
　──はなともいはし　0060
　──やなきのうへに　0043
はるのいろを
　──みにしめそむる　0071
　──もよほすあめの　0111
はるのうくひす　0050
はるのかすみに　0044
はるのかせ　2079
はるのかたみに　0297
はるのかへらむ　0299
はるのかり
　──あはれなるへき　0136
　──わかふるさとに　1485
はるのきて　1415
はるのくるらむ　1982
はるのくれ
　──それとはなしに　0289
　──なにのもよほす　0283
はるのくれかた　0266
はるのくれかな　0281
はるのけしきに　2078
はるのけしきは　1431
はるのこころ　0214
はるのこころに　0892
はるのこころは　0186
はるのこころも　0146
はるのこのもと
　こころにかかる──　0187
　はなにとまる──　0185
はるのそら　0004
はるのたの
　──あせのほそみち　0265
　──なはしろみつを　0270
はるのたひひと　2064

はるのなこり　0292
はるのなさけは　0295
はるのはしめと　2169
はるのはしめに　2170
はるのひかりと　0003
はるのひかりは　0005
はるのひとしほ
　さくらにもるる――　0158
　はなにいろそふ――　1468
はるのひに　0047
はるのひの
　――なからのやまの　0190
　――はなしつかなる　0200
はるのひも　2139
はるのひを　1490
はるのふちなみ　1493
はるのめくみを　2182
はるのやまさと　1458
はるのやまのは
　あさひこもれる――　0023
　かすめるすゑの――　1438
はるのゆふかせ
　あめふきはらふ――　0120
　のとかにすさふ――　0095
　やまもとわたる――　0234
はるのゆふくれ　1439
はるのゆめ　2066
はるのよの　0125
はるのよのつき
　かすみふけゆく――　0123
　かすむもしらす――　1489
　としたけてみる――　1488
はるのわするる　1414
はるはいのちの　1480
はるはきにけり
　さくさくらあれは――　0153
　まつのすゑにも――　0011
　みあへたむくる――　2117
　われよりさきに――　0048
はるはきぬらし　0147
はるはとまらぬ　1494
はるはへぬ　0216
はるはまつ　0101
はるはむかしに
　――かはりきて　2039
　――へたてきて　1470
はるはむれつつ　0162
はるはると
　――おのれまかはす　1739
　――とほきにほひは　2172
　――なかめのすゑに　1659
　――ゆくもとまるも　0947
はるひかけ　0130
はるひのとけみ　0129
はるひをけふに　0209
はるふかき
　――のてらたちこむる　0282
　――のへのかすみの　0133
はるふかみ　0241
はるふりて　1475
はるへとは　0038
はるまちえたる　1419
はるまつむめは　1449
はるまても　1979
はるみえて　0059
はるもいまた　0041
はるもかきらし　2179
はるもくれぬる　1495
はるもたのます　1477
はるもつれなし　1622
はるものふかき　0034
はるもはや　0294
はるやきぬらむ　1413
はるやちかつく　0891
はるやまの　0014
はるやむかしの　1421
はるゆくみつは　0036
はるよりさきに　0251
はるるあとに　0809
はるるかひなき　0369
はるるくもまに　0737
はるるひのかけ　0413
はるるまもなし　0832
はるるもわひし　1078

はるをおそしと 0068
はるをちきりし 1994
はるをちきりて 2178
はるをのこせる 0304
はるをませたる 0063
はるをまちけむ 1620
はるをまつらし 1423
はるをもしらぬ 0284
はるをもわくや 1967
はれすのみ 1282
はれそむる
——みねのあさきり 1546
——をちのとやまの 0537
はれそめて 1696
はれたるそらは 0393
はれてもすすし 1525
はれにけり 0684
はれぬおもひに 1024
はれぬとみつる 1697
はれはこそあらめ 1575
はれまそつきは 0596
はれまなき 1511
はれまにむかふ 0347
はれまのそらは 0602
はれまののきに 0580
はれままちいつる 0367
はれもくもりも 0740
はれもくもるも 0604
はれゆくあとの
——くもまより 0574
——やまかけに 1518
はれゆくか 0120
はれゆくそらに 1515
はれゆくをちの 0680
はれわたる 0686
はをちらすかな 1838
はんにやたいに 2102

【ひ】

ひおきのさとも 2205
ひかけうつろふ 0415
ひかけおよはぬ 1519
ひかけさす
——いなはのうへは 0660
——そなたのゆきの 0869
——やまのすそのの 0042
ひかけさなから 0731
ひかけさへ 0685
ひかけにおつる 0868
ひかけにみれは 0686
ひかけのこる 1536
ひかけのにはは 0773
ひかけのやまの 1739
ひかけはいまも 2162
ひかけはのきに 0642
ひかけはよそに 0766
ひかけみえて 1643
ひかけをわたる 0534
ひかすならねは 1998
ひかすなりけり 0720
ひかすにつけて 2000
ひかすはしはし 1131
ひかすへにけり 0940
ひかすをも 0230
ひかりことにや 2139
ひかりそふ 0500
ひかりそへけり 2145
ひかりにまかふ 0719
ひかりにも 0573
ひかりによわる 0576
ひかりのほとか 1956
ひかりはしもを 0700
ひかりはそらに 0625
ひかりはのこる 2085
ひかりはもらて 0368
ひかりまちとる 0453
ひかりもうれし 2014
ひかりもさむし 0778
ひかりをいかて 2083
ひかりをそふる 2193
ひかりをのりの 2043
ひかりをみつの 2113
ひかれきて 1141
ひきかへて

――うれしきゆめを　0998
――かはるしもうし　1316
ひくひとの　1820
ひくひともなし　0345
ひくへきひとも　1887
ひくらしのこゑ
あきおほえたる――　0441
あきすさましき――　0458
きくもすすしき――　0417
こすゑによはる――　0457
ひくらしのやと　0310
ひこほしの
――あふてふあきは　1988
――つままつよひの　0463
ひころにもにぬ　0966
ひころのうさも　1110
ひさかたの
――あまつひよしの　2145
――あまのいはふね　2123
――あまのかはきり　0460
――あめもこころに　0900
――あめよりうつす　2118
――つきのたよりに　1573
ひさしくなりぬ　1382
ひさしといふも　1985
ひたかのそまの　2196
ひたすらに　0596
ひとえたに　0691
ひとえたの　0260
ひとかけもせす　0129
ひとかたに　0094
ひとかたにしも　1165
ひとかたにやは　1039
ひとかへるなり　0191
ひとくもりする　0837
ひとこころ
――うきあまりには　1362
――うきにたへたる　1336
――うもひみたるる　1204
――およはぬきはの　1159
ひとこそあらめ　1116
ひとこそあれ　1274
ひとこそかくは　1343
ひとこそかはれ　0474
ひとことに　0079
ひとことよ　1013
ひとことを　1034
ひところそなく　0336
ひところに　1634
ひとこゑの　0331
ひとこゑは　0323
ひとさかり　1683
ひとさそふなり　1445
ひとしきり
――あらしはすきて　0645
――ふきみたしつる　0228
ひとしくれ　1568
ひとしなければ
ききつとかたる――　1500
つりのうけひく――　1888
ひとしほは　1584
ひとしほまさる　2182
ひとしほも　2035
ひとしほり　0481
ひとしれす
――おもふこころは　0973
――おもふもあかぬ　1099
――まつよのつきの　1058
――われのみよわき　1275
ひとしれぬ　0966
ひとしれぬよの　1059
ひとすちに
――うきよりもなほ　1263
――おもひもはてし　1676
――かせもうらみし　0243
――ひくへきひとも　1887
ひとそかなしき　2081
ひとそそきする　0739
ひとたひの　1149
ひとつあらしに　1661
ひとつかをりに　0144
ひとつそのりの　2045
ひとつての　1399
ひとつてよ　1389

ひとつなかれに
—すむかとそおもふ 2134
みもすそかはの— 2197
ひとつなりけり 2051
ひとつにしらむ 0844
ひとつにて
—いるひをうくる 1711
—はなににほへる 0224
ひとつはちすに 2005
ひとつふちとや 0362
ひとつまに 1142
ひとときの 1985
ひとときのはる 1491
ひととせに 0892
ひととはぬ 1655
ひととほり
—ひかけさなから 0731
—みちふみわくる 0760
ひととわれとの 1247
ひとなきさとに 1004
ひとなひき 2062
ひとにあはれの 1329
ひとにいかなる 1145
ひとにいはれむ 1961
ひとにいふへき 0977
ひとにうつる 1304
ひとにかたらむ
いかてみやこの— 0938
たひのしるしと— 0943
ひとにかたるな 1095
ひとにきかれし 1386
ひとにくますな 1787
ひとにこころの 1193
ひとにこころを 1261
ひとにこよひの 1287
ひとにさへこそ
—うとくなりゆけ 1251
—とはまほしけれ 0316
ひとにしらせむ 0969
ひとにそありける 2103
ひとにたに 1113
ひとにちきりを 1177
ひとにてひとの 1376
ひとになれしと 1320
ひとにはいはし 1021
ひとにはしひて 1025
ひとにはひとの 1347
ひとにまかせて 1321
ひとにもかかる 0994
ひとにもさその 1138
ひとにわかるる 1988
ひとのあはれに 1995
ひとのあはれの 1016
ひとのあらそひ 2105
ひとのうきなを 1014
ひとのうきよを 1367
ひとのうへまて 1885
ひとのうらむる 1175
ひとのうれへを 1799
ひとのおもかけ 1205
ひとのおもはは 1027
ひとのかなしき 1190
ひとのかよふ 1184
ひとのけしきに 1315
ひとのこころか 0994
ひとのこころし 0299
ひとのこころに 0314
ひとのこころの
—いかなれは 1248
—いろやなに 1255
—かはらさるらむ 0242
—せきもりは 0997
ひとのこころを 1854
ひとのこひしき 1233
ひとのしつまる 1106
ひとのすてし 1398
ひとのたのまぬ 1136
ひとのたのめは 1409
ひとのたのめを 1123
ひとのたまつさ 1053
ひとのためなる 0898
ひとのつらさは 1335
ひとのつらさも 1243
ひとのとへかし 0477

ひとのなかめも　1237
ひとのなさけの　1306
ひとのなさけは　1263
ひとのなさけも　1860
ひとのならひに　1182
ひとのまとろむ　0325
ひとのみにこぬ　0278
ひとのやととも　1459
ひとのゆききの　1729
ひとのゆるせる　1393
ひとのよは　1985
ひとのをるらむ　0072
ひとはいさ　1060
ひとはいつまて　1276
ひとはいはし　1784
ひとはうからて　1189
ひとはうく　1266
ひとはうし　1253
ひとはおとせぬ　1592
ひとはおもはぬ　1144
ひとはしつまる　0593
ひとはしらし
――いまはとおもひ　1166
――かたやまかけの　1814
ひとはつつちる　0644
ひとはつれなし　1056
ひとはなけれと　0139
ひとはのこれる　0759
ひとはふりにし　2030
ひとはみやこを　0252
ひとはみるらむ　1217
ひとはゆき　1133
ひとはゆるさぬ　0995
ひとはらひ　0235
ひとはをしむに　0138
ひとひもくもの　0152
ひとふしもなし　1323
ひとへによこそ　0066
ひとまつなこそ　1055
ひとむらかすむ　1640
ひとむらくもる　0658
ひとむらの
――かすみのそこそ　0070
――くもふきおくる　1525
――さとのしるへに　0916
ひとむらは　0160
ひとめかるへき　0716
ひとめこそ　1763
ひとめにさはる　1050
ひとめのひまを　1072
ひとめをいとふ　1764
ひとめをしけみ
――あはすして　1032
――いもにあはぬかも　1033
ひともあはす　1665
ひともあらは　1223
ひともいとふを　1350
ひともおもはし　1150
ひともかな　1913
ひともこころや　2009
ひともこそあれ　1020
ひともこそしれ　0984
ひともこそとへ　0490
ひともさそ　1351
ひともとたてる　1650
ひともとと　1755
ひともとに　0095
ひともとのまつ　1722
ひともとひこぬ　1484
ひともとよ　2078
ひともなき　0128
ひともなさけや　1395
ひともみな　1342
ひともみも　1476
ひともみるらむ　2201
ひともやしのふ　1127
ひともやわれを　1233
ひとやこひしき　1235
ひとやしるらむ　1865
ひとやはあらぬ　1273
ひとよけにこそ　1264
ひとよこそ　1083
ひとよされは　1160
ひとよのまつの　2128

ひとよまして 1140
ひとよりは 1312
ひとよりはうき 1156
ひとりあかす 1692
ひとりきくよよの 1670
ひとりこそみれ 1471
ひとりさしいる 0593
ひとりさはへに 1847
ひとりしもやは 0299
ひとりなかめて 1251
ひとりぬるよも 1391
ひとりみまうき 0178
ひとりみよとや 1080
ひとりみるへき 0182
ひとをうらみむ
いまひとたひは―― 1379
――ことわりそなき 1892
ひとをさそはぬ 1293
ひとをしる 1798
ひとをひとの 1319
ひとをまつとて 1078
ひとをもなにか 1378
ひとをもみをも 1401
ひとをわすれむ 1343
ひのかけは 0432
ひのくまのみや 2140
ひのことく 2164
ひのときにかも 1036
ひのもとは 2153
ひはらにつきは 1555
ひはらのあらし 0810
ひはらのおくに 0664
ひはらまきはら 1753
ひはらもいとと 0825
ひはりあかる 0131
ひひききて 0203
ひひきそめて 0664
ひひきやそらに 0670
ひひきをおくる 0757
ひまかときけは 0422
ひまこそなけれ 1587
ひまふくかせも 1674
ひまみえて
――あめふきはらふ 0120
――のこるともなき 1633
――やまのはわたる 1546
ひまやなからむ 0366
ひまゆくつきの 0639
ひめこまつ 2171
ひもくれぬなり 0423
ひらくるはなは 0148
ひらくるほとを 1450
ひらけそふ 0198
ひるまにさへも 1283
ひろさはの
――いけのつつみの 0099
――なかれはするゑも 2080
ひろはにも 0807
ひろへるたまも 2193
ひをふるゆきの 1601
ひをもふるかな 0115

【ふ】

ふかきうみにも 1819
ふかきえの 0968
ふかきおもひの 1192
ふかきかきりは
――うつりはつる 1376
――われはかりかと 1139
ふかきかたには 1111
ふかきちきりを 1138
ふかきなけきに 1951
ふかきなみたの 2035
ふかきめくみの 1821
ふかきめくみを 2121
ふかきやまちを 1499
ふかきやまに 0614
ふかきやまは 0830
ふかきやまへに 1445
ふかきよに 0907
ふかきよの 1425
ふかくくみてし 2080
ふかくさの 2033
ふかくそめし 2100

ふかくたつ　0023
ふかくみゆるを　1842
ふかくもゆきの　2025
ふかけれは
―あさゆくひとの　0905
―よにふるみちの　0828
ふかすもあらなむ　0239
ふかみとり　2183
ふかれてあかる　0133
ふきあれて　0039
ふきいれて　0088
ふきうつり　0488
ふきおろす
―のきはのやまの　1743
―ふしのたかねの　0925
ふきかくる　0850
ふきかへす　0419
ふきくるかせに　0108
ふきくるかせの　1372
ふきこめて　1661
ふきさゆる　0786
ふきしきて　0485
ふきしをり　1704
ふきしをる
―かせにしかかる　0605
―ちくさのはなは　0528
ふきすてて　0496
ふきそふれとも　0344
ふきたてて
―またしくれゆく　0707
―やまもとわたる　0234
ふきつるかせや　0094
ふきとほす　0763
ふきとめて　1732
ふきとめよ　1483
ふきにけり　1709
ふきはしめけむ　0502
ふきませて　1540
ふきみたし
―にはよりはるる　0121
―のわきにあるる　0650
ふきみたしつる　0228
ふきみちて　0484
ふきやかへさぬ　0632
ふきよする　0249
ふきよせて　0294
ふきわくる
―こすゑのつきは　0428
―このはのしたも　0748
―たけのあなたに　0582
ふきわけて
―あらしにもるる　1657
―かせにもりくる　0382
ふきわたる　0235
ふくあらしかな　0771
ふくかせに
―かつかつそそく　0404
―とまりもあへす　0280
―ふちえのうらを　0286
―めくらすゆきそ　0882
ふくかせの
―さそふともなき　0756
―すすしきなへに　0423
―たよりならては　0493
ふくかせは
―えたもならさて　2065
―はかなきこけの　2207
ふくたひに
―なみのはなちる　1463
―ひとくもりする　0837
ふくとしもなき　0393
ふくとたに　0779
ふくとなき
―かすみのしたの　0201
―かせにやなきは　0096
ふくともみえぬ　1838
ふくるつらさを　1049
ふくるはおそき　2070
ふくるままに　1599
ふくるよの
―こすゑにたかき　0607
―つきのかけしく　0384
ふくるよのあめ　1692
ふくるよのつき　0778

ふけしより 1259
ふけてこそなけ 0325
ふけてしもこそ 1050
ふけてそしけき 0558
ふけてとふ 1117
ふけてはかけの 1556
ふけにけり
——しくるころの 0738
——またうたたねに 1520
ふけにける 1056
ふけぬとも 1058
ふけぬなり
——ほしあひのそらに 0471
——またとはれてと 1064
ふけぬらむ 0670
ふけぬれと 1063
ふけはてて 0611
ふけはてぬ
——たのめしをさへ 1066
——ひとのしつまる 1106
ふけはとたのむ 0628
ふけゆくままに 1048
ふしておもひ
——あふきてたのむ 2121
——おきていのるも 1824
ふしなから 0812
ふしなからみる 0605
ふしのけふりや 0622
ふしのすそのの 0819
ふしのたかねに 0037
ふしのたかねの
——あさあらしに 0925
——もえつつかあらむ 1231
ふしのねは 1515
ふしのねを 0908
ふしはなけれと 1215
ふしふしよ 1314
ふしみのさとの 0324
ふしみやま
——あらたのおもの 1439
——ふもとのいなは 0667
ふしもさすかに 1178
ふしやなき 0100
ふすまのうちの 0880
ふたこゑに 0786
ふたたひと 1917
ふたたひにほふ 0892
ふたたひみつる 2186
ふたつなけれは 2134
ふたつのみちを 1703
ふたはなからや 2171
ふたはみつはに 2052
ふたはよりこそ 0313
ふたらくの 2042
ふちえのうらを 0286
ふちころも 2018
ふちさくころの 0285
ふちつつし 0288
ふちとおもふに 1916
ふちなみも 2120
ふちなみを 2119
ふちのころもの 2001
ふちのはな 0287
ふちもありけり 0284
ふちもせになる 2058
ふちやまふきの 0293
ふてのあと 1923
ふねつなく 0098
ふねもうらめし 0292
ふままくをしき
——にはのおもは 0863
——はなのにはかな 0244
ふみならし 2125
ふみわくる 1440
ふみわけて 0501
ふもとすすしき 0427
ふもとにて
——けふりにましる 0688
——みねよりみねの 0913
ふもとにとほき 1628
ふもとのいなは 0667
ふもとのいりえ 1543
ふもとのさとは 0588
ふもとのすきは 0410

ふもとのてらの　0536
ふもとのはなの　0196
ふもとのはなも　0155
ふもとのはるに　0049
ふもとのひはら　1647
ふもとのまつを　1696
ふもとのみちの　1783
ふもとのをたも　0569
ふもとより　1708
ふもとをめくる　1548
ふゆかれの
——しはふのいろの　0760
——のへすさましき　0746
ふゆかれも　1596
ふゆされは　0777
ふゆにうつろふ　0774
ふゆのきて　0726
ふゆのさよなか　0762
ふゆのしも　0771
ふゆのちかさは　0716
ふゆのつき　0782
ふゆのひなかし　0835
ふゆのひの　0734
ふゆのやまもと　0772
ふゆのよの　0806
ふゆふかき　0794
ふりうつむ　1608
ふりおけと　0815
ふりおもる　0836
ふりくれと　0856
ふりけるも　0813
ふりさけみれは　0464
ふりしめて　0797
ふりすさふ　0732
ふりすさむ　0849
ふりそめて　1691
ふりたにまされ　0113
ふりつみし　0069
ふりつもる
——いろよりゆきの　0854
——こすゑのゆきや　0834
——ゆきまにおつる　0861
ふりつもるらむ　0829
ふりてもふりぬ　0866
ふりにける
——あとをしよよに　1607
——かみよもとほし　2132
——ゆきのみやまは　2095
ふりにしあとの　0884
ふりにしさとに　1230
ふりぬとも　0232
ふりぬれと　2131
ふりのみかくす　0859
ふりはつる　0770
ふりはてて　0803
ふりはるる
——あさけのそらは　0868
——にはのあられは　0804
ふりはれて　0867
ふりよわる　0411
ふりをやむさへ　1670
ふるあめに　0110
ふるあられかな　0802
ふるえのはきの　0718
ふるかはみつの　0783
ふるきあはれの　2096
ふるきかさしの　0168
ふるきたまつさ　1397
ふるきのきはの　1423
ふるきのさくら　1477
ふるきひととち　1410
ふるきみやこは　0681
ふるきゆふくれ　1403
ふるきをうつす　1560
ふることのみそ　1225
ふるこのはかな　1589
ふるさとと　2063
ふるさとに
——かよふこころの　0952
——さけるものから　0170
——ちきりしひとも　0957
ふるさとにさく　0169
ふるさとの
——のきはににほふ　1966

——はなはまたてそ　0251
ふるさとのあき
つきにこひしき——　1570
つたはひかかる——　1583
ふるさとのには　0758
ふるさとは
——あさちかしたに　1790
——のきはふつたの　1557
ふるさとひとに　0953
ふるさとも　0954
ふるさとを　0951
ふるすにたにも　1924
ふるすははるの　0053
ふるとしもなき　0311
ふるとてひとの　0900
ふるなへに　0111
ふるにそありける　1208
ふるのたかはし　1729
ふるのやまかせ　0239
ふるのやまへの
——あめのゆふくれ　1694
——やまさくら　0237
ふるのわさたは　0351
ふるほとは　0416
ふるほとよりも　0838
ふるままに　0825
ふるもうし　1078
ふるやなき　0841
ふるやののきの　1882
ふるやののきは　0344
ふるゆきは
——いほへふりしけ　0857
——むかしのあとそ　1605
ふれはかつ　0841
ふれはなるへし　0694
ふれるしらゆき　0818

【へ】

へたたらぬ
——わかみのほとの　1934
——をしかのこゑは　0517
へたたりて　0432
へたつるはては　1324
へたつるやまの　1759
へたてきて　1470
へたてすもかな　1476
へたてともなし　0383
へたてゆかむ　1075

【ほ】

ほかにたつねぬ　1458
ほかになして　1816
ほかにはいかか　1886
ほかにまたみぬ　0146
ほかにもとめぬ　1773
ほかよりもすむ　2113
ほけきやうも　2102
ほさてけふ　1513
ほしあひのそら　1531
ほしあひのそらに　0471
ほしあひのそらは　1990
ほしおほみ　0393
ほしきよきそら　0763
ほしのひかりの　0391
ほしのひかりも　0637
ほしわひぬ　0942
ほしをつらぬる　0003
ほすひまそなき　2032
ほたしなりける　1480
ほたるとふ　0399
ほたるなりけり
うへこすたまは——　0398
とふひはよはの——　0395
ほたるにまかふ　0375
ほつえのむめを　0078
ほとそかなしき　1366
ほとそきこゆる　0812
ほとたにあかぬ　1124
ほとときす
——あかてすきぬる　0341
——あかぬなこりを　0330
——いまはさつきと　0985
——うきよのほかの　1505
——おなしはつねも　1502

―かたらへとしも　0315
―かひなかるへき　1004
―かへるやまちに　0336
―かみなひやまに　0339
―きかまほしさも　0317
―ききつとかたる　1500
―きよくすすしき　0322
―くらきあまよの　1503
―ことかたらはむと　1003
―ことときよりは　1108
―こひよはかりは　0340
―さつきはかりの　0343
―さやかにをなけ　0320
―しのふたよの　0324
―しのふるこゑも　0327
―たれゆゑくらす　0337
―なくへきころと　1501
―なこりしはしの　0334
―なにかはしのふ　0318
―ぬしさたまらぬ　0326
―ひとにさへこそ　0316
―ひとのこころに　0314
―ひとのまとろむ　0325
―ふかきやまちを　1499
―まつとせしまに　0307
―まつよのかすは　0329
―よこくもかすむ　0333
―よそになくねは　1504
ほとときすかな
　ききてかひなき―　0323
　なほめつらしき―　0328
　　われのみなのる―　0342
ほととたのめし　2020
ほととてや　0325
ほとなくそ　1344
ほとなくつもる　0839
ほとはさためし　2159
ほとふるや　1258
ほとふれは　1225
ほともさためす　1879
ほともしられす　0830
ほともなきよに　2034
ほともなく　0589
ほともなみちに　1726
ほとをまつまに　1106
ほとをもひとに　1073
ほにいつる　1547
ほにいてて　0706
ほにいててかりそ　0553
ほのうへを　0568
ほのかなりとも　0320
ほのかなる　0981
ほのほのと　0030
ほのほのみゆる　0532
ほのみえて　0373
ほのめきて　0023

【ま】

まかきにきよき　0630
まかきにほふ　0701
まかきのきくの　0774
まかきのくさに　1536
まかきのたけに　1690
まかきのたけの　1738
まかきのはきは　0483
まかきのはなは
―うすきりて　0629
―みえわかて　0516
まかきのをきの　1596
まかきはくらき　0582
まかきはのへと　1528
まかきをいつる　1719
まかすれは
―うれしかほにも　0268
―すたくかはつの　0270
―たのもにうきて　0263
まかせてけりな　0269
まかふいろなき　1722
まかふかりかね　0536
まかふまて　0226
まきぬとしみは　1035
まきのいたとの　1056
まきのしたつゆ　0647
まきのしたはの　0972

まきのしたみち 1689
まきのしつくは 1658
まきのそまひと 0823
まきのとに 0593
まきのとを
――かせのならすも 1059
――こころやりにも 1228
――しひてもたたく 0379
まきのはことに 1586
まきのははらふ 0827
まきのひとむら 0033
まきのやの 1674
まきもくの 0810
まきもくやまに 0031
まきるれと 1931
まくすかはらに 0720
まくらさためぬ 1120
まくらせしひと 1383
まくらにそきく 1675
まくらにちかき 0764
まくらにて 0922
まくらにみちて 0084
まくらぬれゆく 1194
まくらのしたの 0565
まことある 2071
まことかほにや 1060
まこととも 1975
まことにや 2157
まことのみちに 1946
まことのみちの 0830
まことをうくる 2154
まさきのかつら 1594
まさきのすゑは 0703
まさこちに 1722
まさこのうへそ 0579
まさこのうへの 0414
まさこのうへは 0813
まさこふきまき 1708
まさらぬみつも 1481
まさりけり 1486
まさるかたの 1145
まさるとて
――とはぬもとふに 1891
――はなをはかせの 0222
まさるらし 1819
まされとも 0114
ましてうきにも 1177
ましてふるきの 0216
ましはのけふり 1700
ましらなくなり 1567
ましりなは 1955
ますかかみ
――しらぬおきなを 1939
――つたはれるよの 2149
――てにはとりもちて 2017
ますけおふる 0268
ますらをか 1768
ますらをの 1339
ますらをは 1521
ますらをや 0375
ますゐのしみつ 2210
ませぬころかな 1143
またあけぬるよ 1083
またあけやらぬ 0195
またあすならは 1076
またあはれなる 1265
またあふことを 0947
またあめとふる 0412
またあらましの 1911
またいかならむ 1112
またいくつきひ 1114
またいそかるる 1040
またいはれぬる 1157
またうすくもる 0840
またうたたねに 1520
またうつりぬる 1992
またうらわかき
――わかなをそつむ 0017
――をかのへの 1444
またおきあへぬ 0448
またおちやまぬ 0654
またおともなし
けふやとやまに―― 1086
つきふくるよの―― 0601

またおとろかす　1045
またおなしくは　1130
またおなしよの　1371
またおなしよを　1277
またかきやらむ　1022
またかけくらき　0657
またかけみえぬ　0544
またかなし　1367
またかはらすよ　0475
またかはりぬる　0773
またかへるさに　1117
またかへるなり　0255
またかよふ　1355
またくらしつつ　2084
またくれやらぬ　1654
またこのくれと　1129
またこのころは　0676
またこひしきそ　1357
またこむはるも　1476
またこもりえの　0455
またさそひゆく　1591
またさととほき　0942
またしきほとの　1499
またしくれゆく　0707
またしとおもふ　1045
またしらさりし　1016
またしらぬ　0164
またすきぬらむ　1088
またすはあらねと　0319
またそかなしき　2001
またそらたかき　1115
またたえは　1330
またたちかへり　1122
またたちかへる　2112
またたれをかは　1478
またつゆおちぬ　1689
またつらし　1019
またてうつろふ　0230
またてしらます　0741
またとしなみの　0897
またとはるへき　1423
またとはれてと　1064
またとらぬ　0350
またなかからぬ　1531
またなそちを　2195
またなりぬらむ　1785
またぬになして　1048
またねひさしき　1119
またはあはれに　1271
またはいつかの　1123
またはいてしと　1827
またはかけしの　1622
またはきこえぬ　0786
またはつかなる　0568
またはよも　1475
またはれやらぬ
――あさあけの　0845
――わかおもひかな　0933
またひとに　1928
またひとの　1754
またひとふしの　1268
またふかからし　1623
またふたつなし　2044
またふたはより　0312
またほしみえて　1626
またましいかに　1764
またみしかよは　0469
またみちたゆる　0403
またみつくらき　1728
またみつもなし　2044
またみぬに　0980
またみぬはなの　0142
またみぬゆめの　1186
またみるましき
――あはれさよ　1680
――ゆめにしも　1375
またむかひぬる　0911
またもかへらぬ　2000
またもこぬ　1919
またもこむ　1850
またもみさらむ　1097
またやたのまむ　1052
またやはかかる　0621
またやへたてむ　1082

またやみさらむ 1126
またやみむ 1126
またよひの 0390
またるるつきそ 0584
またれけれ 1087
またれつつ 0343
またれぬほとに 1761
またれのみして 1061
またれまたれて 0151
またわけそめぬ 1455
またわすれぬる 1356
またをしまるる 1581
まちいててみれは 0387
まちえても
——おいはかひなし 1502
——おもふはかりは 1072
——たとるはかりの 0323
まちかくて 0517
まちかねて 2040
まちけらし 0068
まちしよまての 1404
まちすくす 1240
まちとほにのみ 0143
まちなれし 1368
まちなれしよに 1278
まちふけぬらむ 1060
まちもまたれす 1604
まちもよはらす 1062
まちわひて 0316
まつおつる 1195
まつかえに 1493
まつかかりつつ 0314
まつかけに
——しはよせかけて 1782
——すすしくすめる 0436
まつかけの 1510
まつかせに
——たえてみしかき 1743
——つきのをのへは 1552
まつかせの 0833
まつかせも 0607
まつかねに 0446
まつかよひくる 2210
まつくれそめて 1646
まつくれに 1053
まつこころをは 1051
まつことにせむ 1864
まつことにてか 1953
まつさくはなそ 0071
まつすきて 1652
まつそさひしき 1650
まつそはかなき
わかあらましに—— 1047
わかあらましを—— 1828
まつたのみたに 2069
まつといはむ 1044
まつとしらなむ 1057
まつとしられし 1068
まつとせしまに
——はるそくれぬる 1495
——わかやとの 0307
まつにふく 0441
まつにほひぬる 1639
まつにみたれて 1697
まつのあきかせ 0631
まつのあらしの 0826
まつのいろかは 0158
まつのうすきり 0658
まつのうへに 0380
まつのうれに 1623
まつのおとかな 0606
まつのおとを 1542
まつのおもては 1662
まつのかけなる 1720
まつのかこひの 1749
まつのかせ 1745
まつのこかけに 0417
まつのこのまに 0583
まつのしたかけ 0837
まつのしたみち
かつかつみゆる—— 1778
——わけゆけは 0929
まつのしつえに
まつのしらゆき 1732

あらしやはらふ――　0838
おのれとおつる――　0843
まつのすゑにも　0011
まつのすゑはに　0857
まつのはしろき　0814
まつのはの　0010
まつのひとむら　0668
まつのひともと
こころにむかふ――　1734
しるしをのこす――　1789
つきをこなたの――　0587
むかふみきりの――　1735
まつのみとりに　2181
まつのみとりも　0226
まつのむらたち　0665
まつのももえに　2120
まつのゆふかせ　1643
まつのゆふひの　0915
まつはとかへり　2157
まつはなみたの　1832
まつはやちよの　2170
まつはらうすき　0660
まつはらに　1544
まつはらのやま　0507
まつはらやまの　0591
まつはるつくる　1420
まつふりて　1794
まつへきはなの　1477
まつほとに
――おもひしよりも　1331
――たえはたえよと　1377
まつまちすさふ　0306
まつみならねと　1880
まつむしのこゑ　0560
まつもこたかき　1492
まつもなになり　2173
まつものからに　1038
まつもはかなし　1063
まつやとにしも　0335
まつよにむかふ　1039
まつよのかすは　0329
まつよのつきの　1058
まつよのとこの　1073
まつよりうへに　0589
まつよりしたの　0024
まつらかた　0021
まつをたのみの　1042
まつをはらふ　0408
まとあけて　0085
まとうつおとに　0708
まとしろき　0548
まとちかき　1631
まとにかすめる　0125
まとのうちに　0724
まとのくれたけ
うきよへたつる――　1772
――ふしなから　0812
まとのしののめ　0084
まとのしらめる　1779
まとのひまもる　0086
まとのほかに　2067
まとのほたるも　1526
まとはれて　1993
まとひのまへの　2100
まとひまさりて　1031
まとふかき　0707
まとふかきよに　1674
まとほにたのむ　0462
まとろまぬ　1101
まなくふる　0678
まねかさりけり　0493
まねきやむ　0487
まねくたよりに　0490
まねくとならは　0706
まねくとも　0492
まのはきはら　0944
まはきちる　0478
まはきはら　0600
ままのうらかせ　1709
ままのつきはし　0361
まもらぬかみし　2127
まやのきはに　1497
まゆすみも　1107
まよはてつきを　2136

まよはぬみちは 1808
まよひきにける 2048
まよひそめし 1329
まよひもそする 2053
まよふかな 2068
まよふころかな 0049
まよふやまちは 0918
まよふやみちの 1909
まよふゆきかな 0820
まよふらむ 2023
まよへとも 1545
まれなるほしの 1625
まれにあふと 1280
まれにききつる 0558
まれにみる 1132
まれのあふよも 1106

【み】

みあへたむくる 2117
みあれきに 1498
みえけるものを 1376
みえしなるらむ 1354
みえすてあるは 1381
みえすなりて 1690
みえそめて
――かすむものから 0043
――すすしくむかふ 0380
――もえこそやらね 1440
――やまのはつかに 0583
みえつるは
――こころにあまる 1101
――たかまのやまの 0156
――たたにうれふる 1899
みえつれは 1459
みえなから
――くもひとむらに 0801
――こころのうちに 0970
みえぬかな 1447
みえぬくもまも 0575
みえぬことのは 1158
みえぬまて 0941
みえぬまの 0999
みえぬものから 1256
みえぬゆふひの 0732
みえぬよよには 1311
みえねとも
――くものたえたえ 0818
――つきこそあきの 0624
みえはこそあらめ
おもかけならて―― 1464
――かくはかり 1381
みえもしなまし 1081
みえわかて
――おちはにしろき 0813
――きりにへたてぬ 0516
――くさはにうすき 0040
――やまもとめくる 0372
みえわたる 0566
みかかれて 0600
みかきなす 2014
みかきにしける 2189
みかくかかみに 2150
みかくつきかけ 0783
みかくれて
――しけみはみえぬ 1512
――すたくかはつの 0269
みかけるたまの 2101
みかけをうつす 2149
みかさのやまを 2106
みかさやま
――あふくひかりよ 2136
――いつるあさひも 1805
――おもひしままに 2137
――くもゐはるかに 2104
――さしてたのみを 2130
――そのうちひとの 2129
――みねたちのほる 2161
みかさやまかな 2131
みかつきの
――はつかなるより 0451
――ひかりまちとる 0453
――われておもふと 0981
みかつきのかけ
ことしみそむる―― 0009

なみたにくれし―― 2038
　はるるくもまに―― 0737
みかりする 0871
みかりのに 0870
みきはにあまる 0249
みきはのほたる 0397
みきはのゆきは 1602
みきりのたけの 1824
みくさうかるる 0360
みくにうつりて 2124
みくにつたはる 2071
みくまのの 2006
みこそあらめ 1816
みこそうけれと 1312
みこそくもゐの 1465
みこそこかるれ 1104
みことのり 2200
みこもりにして 0968
みさりせは 0614
みしかきゆめの 0390
みしともは 1937
みしひとかすに 1466
みしひとの 1996
みしひとも 1912
みしひともなき 1980
みしものを 1134
みしもみえしも 1102
みしよににたる 1370
みしよのつきは 1294
みしよのはるは 1978
みしよはやかて 2066
みすしらさりし 1401
みすへかりける 1446
みせしとおもへは 0974
みそあはれなる 1319
みそうきなみの 1844
みそきする
――かはせのなみの 0443
――ゆくせのなみも 0444
みそれになりぬ 1600
みそれのにはや 0839
みたされて
――こころのすゑは 1516
――ひとかたにしも 1165
みたのみふねの 2041
みたるなり 1632
みたるるたまは 0521
みたるるときに 1337
みたれあしの 0429
みたれしくにの 2198
みたれしちりも 2114
みたれそめぬる 1022
みたれてそゆく 0652
みたれぬほとの 0097
みたれぬみちの 2200
みたれゆく 1010
みちあらめやは 1823
みちあるくにに 1800
みちあるみよに 1605
みちかけしける 1677
みちくるしほに 1607
みちこそたえね 0790
みちしあらは 1809
みちしはの 1125
みちたとるらし 0823
みちたにもなし 1373
みちたるしほに 0931
みちなかりせは 1953
みちなれは 2108
みちにあたれる 2074
みちにけるかな 0625
みちにやあるらむ 0727
みちにわかなは 1843
みちぬへきかな 2204
みちぬらし 1717
みちぬれは 1208
みちのしはくさ 1440
みちのしはふに 0246
みちのしるへか 1445
みちのへに 0431
みちのへのつき 0392
みちのへや 0063
みちはあれと 0952
みちはかはらし 2154

みちはとちても　1943
みちはまよはし　1804
みちふみわくる　0760
みちもあれや　0934
みちもかくれぬ　0815
みちもさくらを　0189
みちもさすかに　1028
みちもとほらす　1516
みちやたえなむ
　うきよにめくる――　2060
　つまきこるをの――　0847
みちゆきひとの　0162
みちゆきふりは　0134
みちよりをもき　1823
みちをしるらむ　2095
みちをはかみも　2143
みつあをき　1543
みつおつる　0271
みつからそうき　1005
みつからたにも　1378
みつきもの
　――たえすそふなる　2202
　――はこふふなせの　2203
みつくきのあと　1218
みつすみて　0267
みつせきいれて
　――すみよしの　1510
　――やまとなる　0351
みつせきわくる　0265
みつそすくなき　0793
みつつこえこし　0221
みつつもゆかむ　0936
みつとはいはし　1020
みつにはいろも　0859
みつにふして　0275
みつのあたりそ　1519
みつのいろかな　0436
みつのおとかな　0427
みつのおとして　0376
みつのおもに　0860
みつのくるまに　2045
みつのこころも　0430
みつのこころを　0961
みつのしらなみ　0861
みつのみなかみ　1817
みつのみね　1703
みつるかな
　――なちのたかねの　1473
　――ひとしほまさる　2182
みつるゆめかな　1897
みつをわたりて　0722
みてもなほ　1923
みてもなほこそ　0165
みてやかへらむ　0277
みとしろをたの　1509
みとせのけふも　2011
みとりこき
　――かすみのしたの　0091
　――ひかけのやまの　1739
みとりなりけり　0104
みとりにて
　――むらむらしろき　0602
　――ゆふひにみかく　1707
みとりのこたち　0310
みとりのそても　1468
みとりのそらを　0586
みとりのほらに　1580
みとりもふかく　0099
みなあはれにや　1164
みなかたふけて　2094
みなかなし
　――いのちにかくる　1234
　――そのよにあはぬ　1369
みなかみに
　――さためしすゑは　2197
　――しくれふるらし　0752
みなかみの　1818
みなせかは　1613
みなそこかけて　1492
みなそこきよき　0433
みなそこの　0266
みなといりの　0792
みなとえの　1598
みなとかは　0445

みなとのあしに　1704
みなひとに　2040
みなひとの
——いをぬるなへに　1671
——こころのうちは　2082
——てことにひける　0010
みなひとを　2055
みなふゆくさの　1597
みならぬに　1507
みなりとも　1902
みなれさを　1530
みなれとも　1927
みにあまりぬる　1452
みにかへて　0296
みにかへてこそ　2018
みにこそありけれ　1784
みにしみて
——かけさえとほる　0779
——さゆるしもよの　0763
——ゆふひのかけそ　0478
みにしむはかり　2004
みにしむものは　0061
みにしめそむる　0071
みにそふかけと　2150
みにとめて　1398
みにはいまさら　1619
みにはそへまし　0951
みにはまされり　1899
みにもなほ　1474
みぬかたの　0188
みぬひとのため　1714
みぬよはそなき　1055
みぬよまて
——おもひのこさぬ　1435
——おもふもさひし　1694
みねこえやらぬ　1778
みねしらむ　0207
みねたかき　1646
みねたちのほる　2161
みねつつき　0910
みねともひとの　0960
みねにすくなき　1647
みねにのこれる　0811
みねのあききり　0530
みねのあさきり　1546
みねのうきくも
——たなひきて　1644
とやまをめくる——　0733
みねのかけはし　0912
みねのくも　0927
みねのこからし　0693
みねのこのはに　0524
みねのさわらひ　1442
みねのしらくも
こえてあとなき——　0952
なかはさしいる——　1757
わかるともなき——　1623
みねのしらゆき
うつるもこほる——　0817
きえていくかの——　0036
こころもふかき——　0829
とはぬそつらき——　0831
みねのひかけも　0765
みねのまつかえ　0437
みねのまつかせ
おのれこゑなき——　1540
わらやはけしき——　0703
みねのまつはら　2132
みねのもみちは
しくれのあとの——　0685
ゆふひにそむる——　0684
みねのやまてら　1777
みねはみとりの　1649
みねもふもとも　1643
みねよりあめは　1696
みねよりおくの　1781
みねよりおろす　0666
みねよりはるる　0410
みねよりみねの　0913
みのあらましも　1878
みのうきことの　1576
みのうきことも　1030
みのうさに
——こころつよくも　1884

——まつはなみたの 1832
みのうさも 0895
みのうさを
——こころひとつに 1828
——わすれぬものは 1831
みのうへに 1618
みのうれへ 1561
みのかくれかの 1752
みのせきもりと 1894
みのためのよは 1807
みのはてに 1949
みのはては 1348
みのほとの 1182
みのほとを 1441
みのみものうき 1967
みのりはつねの 2072
みはあやにくに 1962
みはあらためぬ 1394
みはあらぬよの 1403
みはかくて 1885
みはくちぬとも 2110
みはこかくれの 2133
みはしのめしに 0881
みはてつるかな 1984
みはなそちの 1475
みはもとのみに 1400
みふねのやまを 0127
みほのうらなみ 0622
みほのまつはら 1712
みまくほしけれ 0165
みむひともかな 0065
みもすそかはに 2119
みもすそかはの
——すゑなれは 2120
——はるのそら 0004
——ひとつなかれに 2197
みもせぬひとの 0964
みもとなるへき 2108
みやかはの 2188
みやきもり 2196
みやこなるらむ 1827
みやこなれとも 1759
みやこにすきて 0616
みやこには 1499
みやこのそらを 0941
みやこのはるは 0161
みやこのひとの 1745
みやこのほかの 1794
みやこのやまは 0682
みやこのゆめに 2024
みやこはるかに 0937
みやこへかよふ 0934
みやこへも 0831
みやこもおなし 0535
みやこもたひの 2008
みやこもゆきの 0832
みやこをそおもふ 0932
みやはしら
——たてしちかひは 2111
——みはくちぬとも 2110
みやまいてし 0626
みやまいてて 0332
みやまかくれの
——おそさくら 0297
——なかめゆゑ 1479
——ほとときす 1505
みやまちに 0909
みやまには 0823
みやまにふかく 0727
みやまのあらし 1732
みやまのおくの
——あきのそら 0712
——かよひちを 1775
——よふことり 0128
みやまのおくは 1761
みやまのさとの
——しるしとて 1772
——むめのにほひに 1008
みやまのはなは 1970
みやまへのつき 0607
みやまへも 0069
みやまゐは 2107
みやゐいろそふ 2191
みやゐなりけり 1737

みゆきちるひは　0038
みゆきふりにし　1460
みゆきふる　0846
みゆはかり　1073
みゆらむものを
―あはれとも　0831
およはぬうへも―　1161
みゆらめと　1002
みゆるかけはし　0910
みゆるかな　0003
みゆるなりけり
かせものとけく―　0101
こころにそひて―　1026
とほきさくらの―　0157
みゆれとも　2104
みよしのの
―おほみやところ　0168
―はなのさかりの　0189
―やまにともまつ　0064
―やまよりゆきは　0856
―よしののさくら　0152
―よしののやまに　2073
―よしののやまの　0032
みよしのや　0827
みよにあふみの　2201
みよのひかりに　2168
みよはかはらし　2160
みらくすくなき
―あしのむらたち　1717
―いもにこひつつ　1209
みらくすくなし　0923
みるうちの　1345
みるうへは　1905
みるからに　1293
みるここちする　0883
みることは　1904
みるつきの　1520
みるつきや　1561
みるとしもなき　1431
みるとなき　1735
みるともきみか　2160
みるにしも　1319
みるにもあかす　0184
みるにもはるそ　0291
みるひとに　0608
みるひとの
―こころのうちに　0253
―こころやつきの　0612
―さてもいかにと　1242
―をしむこころや　0222
みるひとも　1346
みるひとやなき　1770
みるへかりけり　0615
みるへかりけれ　1566
みるへききみの　0692
みるほとに
―そらゆくくもの　1686
―はるとあきとは　1856
みるほともなく　0394
みるままに
―あまきるほしそ　1624
―あやしきまては　1667
―かへにきえゆく　0704
―しつえのむめも　0090
―のきのしつくは　0114
―のきはのはなは　0145
―のきはのやまそ　1413
―もみちいろつく　0677
みるみちもかな　0994
みるみるくもに　1695
みるめもさらに　2042
みるもうし　1053
みるもすすしき　0433
みるものを　1288
みるやいかに　2074
みるやとて　1969
みるゆめは　1901
みるゆめや　0095
みるゆめを　1896
みるよしもかな　0174
みるよはの　1048
みるよはもなし　0610
みるよりほかの　1910
みるをりそ　2184

みれとあかぬ 2017
みれとあかぬかも 0106
みれともあかす 1714
みわかはの 0351
みわたせは
――かすかののへに 0148
――くもまのひかけ 1648
――さかひはやへの 0021
――すきのこかけに 0354
――すそののをはな 0485
――そらはくもらて 0309
――つまきのみちの 1782
――なみはこすゑの 0286
――なみまにうかふ 1721
――やまもととほき 0853
――よものこすゑも 0550
みをあるものと 1386
みをおきて 1866
みをかくしても 1883
みをかくす
――みやまのおくの 1775
――やとにはうゑし 0490
みをかへて 0994
みをこかす 1105
みをしつめける 2006
みをしらぬ 1172
みをしりけりと 1395
みをしるあめよ 1881
みをしるかたの 1356
みをそうらむる 1390
みをそおもふ 2029
みをてらすかな 2168
みをてらせ 1526
みをなくさめて 1870
みをなしはてし 1812
みをはおもはて 1457
みをはかへむと 1094
みをもあはれと 1363
みをもいとはし 1402
みをもくたかす 1461
みをもこころの 1532
みををしむかな 1332

【む】

むかしいま 2193
むかしかたりに 1964
むかしかたりも 1950
むかしかな
――けふをとめこか 0883
――ものわすれする 1936
むかしこひしき 1682
むかしたにこそ 1487
むかしたれ
――うゑはしめてか 0273
――ひとのこころを 1854
むかしなからに
――にほひけるかな 0169
――みえつれは 1459
むかしなからの 1243
むかしならねは 1922
むかしなりけれ 1935
むかしなれとも 0885
むかしにかすむ 1435
むかしにかへり 1914
むかしにかよふ 1921
むかしににたる
――くものいろよ 1368
――つきかせそ 1560
むかしには 1578
むかしにも 1917
むかしのあとそ 1605
むかしのあとに 1809
むかしのかけと 2026
むかしのかけは
――なかりけり 1488
――なほそゆかしき 0623
むかしのはるの 1429
むかしのみ 1679
むかしのゆめそ 1931
むかしはかりの 0983
むかしみし 1851
むかしみしよの 2021
むかしみはしの 1467
むかしやゆめと 1915

むかしより 2081
むかしよりなほ 1486
むかしをしのふ 1930
むかしをそおもふ 0216
むかしをみつる 1919
むかひのむらの 0103
むかひのやまを 0585
むかふうちの 1110
むかふともしひ 0724
むかふみきりの 1735
むかふよの 1064
むかふよのつき 0611
むかへはひとの 1291
むきそめて 1024
むくいありて 1169
むくいなるらむと 1311
むくさのうちに 1839
むくらのかとに 0592
むこのうらより 1721
むさしのは 1597
むしなきそめて 0580
むしのこゑこゑ 0438
むしのこゑより 0579
むしのなくらむ 0559
むしのねのこる 0655
むしのねは 0562
むしのねも 0558
むしのひとこゑ 0714
むしろにそしく 2043
むすひおきつる 1787
むすひすてて 0958
むすひつるかな 2206
むすひなす 1842
むすひやはする 0928
むすふかりいほ 1793
むすふこほりの 0796
むすふてに
——つきをやとして 0440
——まつかよひくる 2210
むすふともなく 0390
むすふなれとも 1342
むすふよも 0956
むすふをささの 0955
むすへとや 2005
むすへはとくる 0388
むすほほれつつ 1204
むすほほれつる 1418
むせふなみたに 1118
むそちあまり 1984
むそちのしもや 0775
むつたのよとの 0098
むなしきそらに 1052
むなしきふねそ 2027
むなしきものと 1677
むなしくあくる 1259
むなしくて
——あけつるよはの 1086
——またあけぬるよ 1083
むはたまの
——こよひのゆきに 0858
——よるてふときそ 1671
——よるのころもを 1918
むまれきて 2146
むめかえに 0071
むめかえになく 0075
むめかえも 1423
むめかかあまる 0085
むめかかそする 0063
むめかかに 1007
むめかかは
——しるへかほなる 1006
——まくらにみちて 0084
むめこそはるの 0076
むめさきにけり 0069
むめさくやまの 0083
むめのこすゑの 0070
むめのにほひに 1008
むめのにほひも 1425
むめのはつはな 0067
むめのはな
——いまさかりなり 0065
——うつるにほひは 1426
——かせにあまれる 0080
——かせにそへてそ 2172

――きみにそわきて　1446
――くらふのやまに　0082
――さきたるそのの　0107
――さくとしらすや　0064
――さくらもまたて　0089
――さけるをかへに　0055
――ちらまくをしみ　0056
――にほひをとめて　0073
――にほふさかりは　0081
――にほふはるへの　0062
――はるのこころに　0892
――めつらしみにや　0072
むめのはなかも　0079
むめやなき　0087
むもれきと　1469
むもれみつ　1814
むらきえに　0869
むらくもしろき　0584
むらくもに
――かくれあらはれ　0604
――かけさたまらぬ　0503
――ひとそそきする　0739
――よこきるかりの　0530
むらくもの
――たえまのかけは　2070
――はれまそつきは　0596
――ひまゆくつきの　0639
むらくものそら　1624
むらくものつき　0628
むらさきの
――そてをつらぬる　0002
――ふちさくころの　0285
むらさきは　0774
むらさめに　0349
むらさめの
――くもふきすさふ　0644
――すくるこすゑの　0416
――なかははれゆく　0507
むらさめのおと　0711
むらさめのふる　0562
むらさめは　1518
むらしくれ
――それもまきるる　0116
――はるるくもまに　0737
――はれもくもりも　0740
むらすすきかな　1595
むらすすめ
――こゑするたけに　0459
――ねくらあらそふ　1738
むらとりの　1924
むらむらかはる　1648
むらむらしろき
――あきのうきくも　0602
――くももさむけし　0781
むらむらに　0746
むらむらのこる　0041
むらむらはるる　0534
むれてたつ　0799
むろにいりぬる　2108
むろのとほそに　1566

【め】

めうほふの　2044
めくみそめけむ　2052
めくみをよもに　2156
めくむやなきの　0092
めくむより　0141
めくらすゆきそ　0882
めくりあふ
――おなしつきひは　0865
――つきひもおなし　0698
めくりあふへき　2049
めくるみとしも　1678
めくれるさとを　0688
めつらしき　1468
めつらしく　0465
めつらしみにや　0072
めにかかるへき　1594
めにかけて
――あらしをわくる　0927
――くれぬといそく　0915
――ゆくほとおそき　0872
めにちかき　1995
めにみえぬ　0902

めにみるくもも　1235
めもはるに　0013

【も】

もえこそやらね　1440
もえしけふりに　1997
もえつつかあらむ　1231
もえておもへと　1033
もくつそつもる　1836
もくつのみして　1835
もしほくさ　1833
もしほくさかな　1837
もしほもやかぬ　0365
もすのゐる　0703
もちつきのこま　1553
もちわふる　1532
もとすきて　0482
もとそかなしき　1982
もとのくもゐに　1848
もとのこころは
　ひとこそかはれ――　0474
　――わすられて　0244
もとのこころを　0477
もとのなみたの　1945
もとのみにして　1273
もとのみを　1822
もとよりたれを　1880
もとよりの　1905
もとよりも　2109
ものうきいろに　1966
ものうさを　1865
ものおもふ
　――こころのいろに　1235
　――こころのいろの　0978
ものおもふと　0965
ものおもふに　1287
ものおもふひとの　2103
ものおもふみとは　1010
ものおもへと　0519
ものかなしくそ　0566
ものことに
　――こころをとめは　1893
　――ふりのみかくす　0859
ものすそぬれぬ　1713
ものそかなしき
　あめのねさめは――　1826
　ことそともなく――　1538
ものそとも　1830
ものたにもなし　1594
ものとこそきけ　2058
ものとして　1727
ものともしらて　0236
ものともなしに　1744
ものなおもひそ　1207
ものなりなから　0753
ものなれと　2050
ものなれは　2042
ものにそありける
　いろにいてぬる――　0991
　こころはいまの――　1926
　こゆれはやすき――　0935
　こゑはつもらぬ――　0329
　さものこりある――　1197
　ちりもゐかたき――　2101
　つゆはわかおく――　1125
　なみはこすゑの――　0286
　ゆめちはかよふ――　1917
ものにふれて　1535
もののあはれを　0608
もののかなしき　1024
もののふの
　――みちよりおもき　1823
　――やそうちかはの　0782
もののわひしき　1861
ものふりて　0266
ものやおもはむ　1330
ものわすれする　1936
ものわすれせぬ　1390
ものをおもはぬ
　――さまなれは　1346
　――わかみならまし　1857
ものをおもふ　1239
ものをおもへは　1234
ものをこそおもへ

あやめもつらき―― 1959
うからぬひとに―― 0999
けさしもまさる―― 1132
そてほすまなき―― 1213
みはあらためぬ―― 1394
もひきのすかた 1036
もみちいろつく 0677
もみちしにけり
こすゑむらむら―― 0686
しけきこすゑも―― 0678
ふるきみやこは―― 0681
もみちするころ 0690
もみちせし 0768
もみちちりしき 0728
もみちにけらし 0552
もみちのにしき 0953
もみちはなかる 2073
もみちはの
――うすきいろなる 0276
――したにはすける 1614
――ちりしくときは 0751
――とまらぬよは 1593
――みやまにふかく 0727
もみちはは 1590
もみちはみれは 0725
もみちはを 0750
もみちましれる 0680
もみちをもをる 0692
ももえのまつに 2119
ももえのまつも 2187
ももしきの 0106
ももしきや
――おひそふたけの 2190
――みきりのたけの 1824
――わかこのへの 0699
ももちとり 0077
ももとせに 2194
ももとせの 2169
もゆるかけさへ 0396
もよほして 1293
もよほすあめの 0111
もらさすとても 0978
もらすより 1148
もらぬいはやの 1786
もりうつる 1643
もりかぬる 0435
もりくるつきそ 1882
もりのこのはは 0755
もりのしたかけ
ゆふひすすしき―― 1523
われしもとまる―― 0338
もりのしたくさ
むしのねのこる―― 0655
ゆふしもこほる―― 0766
われもおいその―― 0726
もりのしたつゆ 0425
もりのひとむら
さとのこなたに―― 1701
ゆくかたみれは―― 1740
もりひとむらは 0378
もるにそありける 0344
もるひかけかな 0761
もれにけり 1837
もろかつら 0312
もろきこのはの 0757
もろくおちゆく 1593
もろくなる
――きりのかれはは 0711
――やなきのしたは 0643
もろこしかけて 0021
もろこしふねに 1789
もろこしまても 2163
もろこしも 0690
もろともに
――かならすもなく 0787
――はかなきものは 0860
――みしひともなき 1980
――みしよのつきは 1294
もろひとの 2184

【や】

やかてこひしき 0960
やかてまちとる 0422
やくすみかまの 0875

やこゑなく　1128
やしほのころも　1109
やすかはと　0926
やすからむ
——たのめしよはの　1074
——つつむかうへの　1027
やすくいつへき　1894
やすくとも　1051
やすくもおける　0499
やすのわたりも　0468
やすむまもなし　1797
やすむやまひと　1782
やすらひに　1056
やそうちかはの　0782
やそうちひとも　0018
やそしまかけて　0931
やたのかかみの　2211
やとからや　0146
やとかるつきを　1563
やととてつきは　0623
やととはしめよ　0053
やととふさとに　0918
やととふすゑの　0917
やとならは　1948
やとなれと　0284
やとなれは　1414
やとにはうへし　0490
やとにはひとの　1748
やとのあるしも　2185
やとのこすゑに　0225
やとのこすゑの　0171
やとのこすゑも　0161
やとのさくらの　2078
やとのなつくさ　0403
やとののきはの　1478
やとのはるさめ　1486
やとのひとめそ　0769
やとのふちなみ
こたかくかかれ——　2181
はるをのこせる——　0304
やとのむめかえ　1421
やとのむめとも　1447
やとのもみちの　0691
やとのもみちは　2030
やとのゆふくれ
くさにむしなく——　0581
はなしつかなる——　0200
はなのかふかき——　0201
ひとはおとせぬ——　1592
やとはむかしに　1422
やとめつらしき　1756
やともはかなし　1442
やともるつきや　0626
やとやとに　1640
やとりける　0982
やとりしぬへき　0186
やとるつきかけ
おいのたもとに——　1487
ぬれたるうへに——　1682
やとるつきかな　0920
やとをははなに　2064
やなきかうれに　0527
やなきかうれの　0512
やなきかえたそ　0110
やなきかけ　0099
やなきかすゑは　0102
やなきにあをき　2056
やなきのいとの
——あさみとり　0097
——うちはへて　0109
やなきのいとを　0121
やなきのうへに　0043
やなきのかけも　0123
やなきのかれは　0510
やなきのしたは　0643
やなきのすゑの　0542
やなきのすゑも　0894
やなきはいたく　0105
やはらくる　2113
やはらけて　2152
やふしもわかぬ　2164
やふしわかぬ　0262
やへさくら　1450
やへたつみねと　0156

やへたつみねも 1702
やへたつやまの 0238
やへのしらくも
ふもとのはなも—— 0155
わかあとうつめ—— 1873
やへむくら 1795
やへやまふきの 0280
やへやまふきは 0278
やほよろつよの 2167
やまあひに 1685
やまあらしに
——うきゆくくもの 0731
——このはふりそふ 0737
——もろくちりゆく 1593
やまあひの 0886
やまうすき 0205
やまおろしの 0837
やまおろしのかせ
したくさしをる—— 1731
にはみせかぬる—— 0748
またしくれゆく—— 0707
ゆふくれはけし—— 0485
やまかくれ 0074
やまかけすこき 1734
やまかけなれは 0796
やまかけに
——あきおほえたる 0441
——かつかつみゆる 1778
——つゆふきおとす 1518
やまかけにして 0795
やまかけののき 1608
やまかけは 1754
やまかけや
——たけのあなたに 1780
——たによりのほる 0359
——ちかきいりあひの 1758
——よのまのきりの 0654
やまかせそふく
さむきあさけに—— 0717
すすしきいろに—— 0353
やまかせに
——おつるもみちの 2034
——つれなきくもの 0811
——はれてもすすし 1525
——もろきこのはの 0757
やまかせの
——くものゆききに 0800
——をささにすくる 1684
やまかせは 1656
やまかせも 0641
やまかたつきて 1768
やまかつの
——しつのかきねも 0081
——しはしはかよふ 1751
やまかつら 2211
やまかはの
——いはまにのこる 1614
——せにももみちの 0752
——みなそこきよき 0433
やまかはのみつ 1842
やまかはを 0263
やまきはに
——うくひすなきて 0045
——たたひとなひき 0598
——ひかけをわたる 0534
——ゆくともみえぬ 0539
やまきはの 0147
やまさくら
——あたりをさらぬ 1453
——うつりにけりな 0237
——ちりにひかりを 2152
——はなみるはるの 0175
——はなをときはに 0174
——またれまたれて 0151
——よそにみるとて 0163
——をしむこころは 1469
やまさくらかな
ねにかへりゆく—— 0252
ひとりみまうき—— 0178
やまさとに
——ありあけのそらを 0640
——かけひのみつの 1763
——つきはいつより 1569
やまさとの

——なきかけしたふ　2027
——はなさへうくて　1980
やまさとは
——いさいつまてと　1879
——いとひとめや　0219
——さひしとはかり　1770
——せみのもろこゑ　0456
——つきもこころや　0616
——つまきのけふり　0824
——みねのこのはに　0524
やまさとを
——たれすみうしと　1760
——はなさきなはと　1979
やまさむし　1586
やましたかせの　0754
やましたとよみ　0522
やましたみつの　1776
やましたみつを　0264
やましつかなる　0826
やましろの　0345
やまそいろこき　1659
やまそかすめる
なかめのすゑも——　0007
まつよりしたの——　0024
やまそくれぬる　1645
やまそくれゆく　0664
やまたえて　1541
やまたかみ　0914
やまたのいほの　0571
やまたのくろに　0934
やまたのさなへ　0352
やまたのはらを　0354
やまたはひたの　0618
やまちあきなる　1543
やまちとかしる　0337
やまちなりけり　0751
やまちにも　1784
やまちのすゑは　1665
やまちのゆきも　1603
やまちはゆきの　0828
やまとことのは　1843
やまとしまねは　2156
やまとしまねを　2163
やまとなる　0351
やまとへはやく　0944
やまとほき　0159
やまとみつとの　1534
やまにいるひの　0202
やまにいるらむ　1825
やまにしあらすや　1702
やまにともまつ　0064
やまのあきかせ　0677
やまのあなたに　1651
やまのあらしの　0227
やまのいはねの
——ふちつつし　0288
——まつかけに　0436
やまのいろかと　1686
やまのいろかな　1648
やまのうくひす　0049
やまのおく　1753
やまのおくかな　1756
やまのおくのみ　2023
やまのかすみも　0039
やまのかひ　0157
やまのこのはは　2074
やまのさくらに　0173
やまのしたくさ
そのなもしらぬ——　0262
ややかれわたる——　0674
やまのしたみち　1700
やまのしつくに　1065
やまのしつくの　0364
やまのしらゆき
おとさへたゆる——　0833
——けぬかうへに　0001
やまのすそのの
——はるくさに　0042
——ゆふくれに　0131
やまのはうすき　0247
やまのはかくす　1514
やまのはかけの　0259
やまのはきゆる　1691
やまのはつかに　0583

やまのはに
――いりなむとおもふ 1572
――うすきやなきの 0091
――かけめつらしく 0452
――かすみのこりて 1433
――ことしみそむる 0009
――こほりをかけて 0777
――しかのねたかき 0636
――それもかたみの 1297
――のこるともなき 1434
――ほのほのみゆる 0532
やまのはの
――あたりのくもそ 1639
――ありあけのつきに 0333
――いりひののちに 1666
――いろあるくもに 1652
――つきのこなたの 0587
――つきはのこれる 0196
――なかめにあたる 1663
――ひかりによわる 0576
――ゆきのひかりに 0835
やまのはのそら
ありあけほそき―― 1432
のとかにしらむ―― 1638
むらくもしろき―― 0584
やまのはのつき
いるかたはるる―― 0124
おくれてのほる―― 0389
しくるるころの―― 0738
またをしまるる―― 1581
よふかくいつる―― 0599
わかみをさそへ―― 2098
やまのはのまつ
くもにいろある―― 1428
つきいりかかる―― 2062
やまのはもなし
いるひをうくる―― 1711
こころにかかる―― 2076
やまのはわたる 1546
やまのはを
――いつるあさひの 0005
――いてぬとみゆる 0588
――こえてちかつく 0543
――しつかにのほる 0590
やまのもみちは
けふりにましる―― 0688
しくれにかさす―― 1584
やまのもみちを 0683
やまのゆふかけ 1517
やまのゐの
――かけはなれゆく 1124
――そこのこころに 0440
やまはかすみて 0118
やまはとのこゑ 1741
やまははるかに 0155
やまはゆふひの 1766
やまひとの
――おへるましはの 1733
――つまきにさせる 0290
――のきはのみちに 1621
――わけいるほかの 1781
やまひめの
――そむるもふかき 2090
――もみちのにしき 0953
やまふかき
――くさのいほりの 1769
――すまひはかりは 1747
――やとにはひとの 1748
――ゆきよりたつる 0874
やまふかく
――たつねきつれは 0327
――たつねにはこて 0181
――なほわけいりて 1482
――みをかくしても 1883
やまふかみ
――おりゐるくもは 1628
――ゆききえなはと 0403
――われよりさきに 0048
やまふきの
――なをなかしけむ 0273
――はなのさかりは 0272
――はなのしからみ 1494
――はなのつゆそふ 0281
やまふきのはな

うすきいろなる——　0276
うつれはかはる——　0274
やまほとときす
——いかなれは　0335
——ここになかなむ　0321
——すきかてになく　0370
——つきになかなむ　0319
——なきすてて　0338
——ひとこゑの　0331
まつまちすさふ——　0306
——みやまいてて　0332
やままたやまは　0913
やままつかせの　0797
やままつかねの　0430
やままつは　1695
やまみえて　0687
やまみちに　0409
やまみつの　0386
やまもとくらき　0907
やまもしとほき　0853
やまもととほく　0514
やまもとに
——くもおりかかる　0358
——ひかけおよはぬ　1519
——もみちましれる　0680
やまもとの
——こすゑむらむら　0686
——さとのこなたに　1701
——さとのつつきに　0066
——たけはむらむら　0852
——たのもにくたる　0533
——たのもよりたつ　1740
——まつのかこひの　1749
——まつのゆふひの　0915
——をちのひかけは　0406
やまもとは　1646
やまもとみえて　1547
やまもとめくる　0372
やまもとや
——あめはのほれる　1699
——いほのきはに　1771
——このしためくる　0434
やまもとわたる　0234
やまもとをたに　0357
やまよりうへに　0908
やまよりゆきは　0856
やまをこえ　0722
やまをたのみし　0744
やみにそまよふ　1943
やみのうつつに　2068
やみのうつつを　1097
ややあけすくる　1434
ややかけみゆる　0420
ややかれわたる　0674
ややくれて　0205
ややけしきたつ　0454
ややすみまされ　0615
ややはれて　0346
ややふきよわる　0229
ややふくるほと　1059
やよひのやまの　0258
やるかたなきは　0902

【ゆ】

ゆきうつる　0939
ゆきかかる　1420
ゆきかとて　0223
ゆきかよふ　0751
ゆききえなはと　0403
ゆききなりけり　1101
ゆききにそみる　0679
ゆききにも　1046
ゆききのをかは　0185
ゆききはちかき　1759
ゆきくれて　0917
ゆきけのくもに　0798
ゆきけのさはに　0017
ゆきけのそらに　0864
ゆきけもよほす　0800
ゆきしかは　0054
ゆきしつかなる　0851
ゆきすりに　1787
ゆきすりの　0943
ゆきそふりしく　0855

ゆきたにのこれ 1606
ゆきつもるらし 0825
ゆきてたに 0220
ゆきてみむ 0297
ゆきとのみ 0239
ゆきとまる 0920
ゆきなやみ 0409
ゆきなやむ 0793
ゆきなれと 0859
ゆきにして 0878
ゆきになりゆく 0862
ゆきにひかすは 1608
ゆきのあけほの
　ふりてもふりぬ―― 0866
　よとせふりにし―― 0865
ゆきのあさあけ
　けふりもさむき―― 0852
　こすゑかをれる―― 0840
ゆきのあさかせ 0827
ゆきのいろに 0844
ゆきのいろを 0065
ゆきのうちに
　――けふもくらしつ 0824
　――けふりさひしき 0853
ゆきのうちより 0068
ゆきのこのもと 0232
ゆきのしたくさ 0969
ゆきのしたしは 0870
ゆきのしらいと 0841
ゆきのとほやま 0845
ゆきのひかりに 0835
ゆきのふふきに 0822
ゆきのみやまの 2096
ゆきのみやまは 2095
ゆきのみゆらむ 0064
ゆきのむらきえ
　――かきわけて 0015
　にはにあとある―― 1415
ゆきのやまさと 1604
ゆきのゆふくれ 0826
ゆきはけなくに 1417
ゆきはふりつつ 1412
ゆきふかし 0847
ゆきふりしきぬ 0045
ゆきふりて 0863
ゆきふりにけり 0810
ゆきふるとしの 0889
ゆきふれは 2171
ゆきまあまたに 0019
ゆきませにちる 0067
ゆきまつそらの 0808
ゆきまにいろは 1440
ゆきまにおつる 0861
ゆきまもあをく 0013
ゆきもけなくに 0069
ゆきもすさまし 0888
ゆきやこれ 0811
ゆきやつむらむ 0012
ゆきよりたつる 0874
ゆきをれのこゑ 0836
ゆくあきの 0723
ゆくあらしかな
　このはふきませ―― 0742
　なほおとつれて―― 1733
ゆくかたみえぬ 1723
ゆくかたみれは 1740
ゆくかはの 1818
ゆくくもに 0389
ゆくこのはかな 0753
ゆくさきは 0822
ゆくすゑの
　――はなかかれとて 0154
　――みちはまよはし 1804
ゆくすゑは 0911
ゆくすゑを
　――おもふにつけて 1619
　――たのむとひとや 1874
　――まつのみとりに 2181
ゆくせのなみも 0444
ゆくつきの
　――はれもくもるも 0604
　――ひかりはもらて 0368
　――みらくすくなき 1209
ゆくてすすしき 0355

ゆくともみえぬ 0539
ゆくともみゆれ 0603
ゆくひとすこし 1730
ゆくひとの 0025
ゆくへきものを 0277
ゆくへしらすも 1430
ゆくへたつねよ 2002
ゆくへたに 1982
ゆくへとおもへは 1360
ゆくへなき 1093
ゆくへならねと 1007
ゆくへもしらす 1092
ゆくへもしらぬ 2047
ゆくへをたにも 0298
ゆくほたる 0400
ゆくほたるかな 0401
ゆくほとおそき 0872
ゆくみつの 0429
ゆくもとまるも 0947
ゆけともとほみ 0916
ゆつきかたけに 0810
ゆふあらしふきて
——あふひともなし 0929
——さむきひの 0798
ゆふかけおそき 0431
ゆふかけて
——いつちゆくらむ 0339
——けふこそいそけ 1509
ゆふかけに 1285
ゆふかすみ 0282
ゆふかせすすし 0432
ゆふかせに 0644
ゆふきりに 0537
ゆふきりの
——はれまのきに 0580
——むらむらはるる 0534
ゆふくれかけて 0578
ゆふくれかたは 0889
ゆふくれきよく 0591
ゆふくれしをる 1661
ゆふくれしろき 1704
ゆふくれそなき 1501
ゆふくれに
——きかてきこゆる 1663
——はなをりかさし 0191
——わかはのしはふ 0131
ゆふくれの
——かすみのきはに 0026
——くもちかきまて 0401
——くもにほのめく 0451
——こころにむかふ 1734
——しほかせあらく 0789
——なかめのすゑも 0007
——のきはのそらに 0118
——みそれのにはや 0839
——やまのはうすき 0247
——をはなかすゑに 0491
ゆふくれのあめ
あきものさむき—— 0643
おとすさましき—— 0709
かせふきまする—— 0747
さひしさのみの—— 1695
にはよりはるる—— 0121
のきはにはるる—— 1508
のへすさましき—— 0746
のわきににたる—— 0439
やまのはきゆる—— 1691
ゆふくれのいろ 1534
ゆふくれのそら
こころにうかふ—— 1668
こまかにそそく—— 0648
すすむままなる—— 1238
のきにいとひく—— 1496
まつよにむかふ—— 1039
まつをたのみの—— 1042
ゆふくれのつき 0589
ゆふくれのには
しつかにおつる—— 0645
ゆきしつかなる—— 0851
ゆふくれのはる 0096
ゆふくれのやと 0495
ゆふくれのやま
あきのひよわき—— 0653
おとせぬまつの—— 1736

くもこそかへれ―― 1655
くもふかくなる―― 1658
すすしくむかふ―― 0380
ゆふくれのゆき 0850
ゆふくれは
――おもひみたれて 1205
――そらにはくもの 0652
ゆふくれはけし 0485
ゆふくれみえぬ 0854
ゆふくれを
――またおとろかす 1045
――われまちかねて 1041
ゆふけふり 0874
ゆふしくれ 0743
ゆふしてかけし 1498
ゆふしほとほく 1717
ゆふしもこほる 0766
ゆふしもさむし 0765
ゆふしもさやき 1598
ゆふしもの 0718
ゆふすすみ 0430
ゆふたちすらし
――あしひきの 1514
――たちのほる 0407
ゆふたちの
――かせにわかれて 0389
――くもとひわくる 0413
――くもふきおくる 0412
ゆふたちのあと
すすしさみゆる―― 0415
はれてもすすし―― 1525
ゆふたちのあめ
あとまてすすし―― 0414
かつかつそそく―― 0404
ぬるともよしや―― 0409
みねよりはるる―― 0410
ゆふたちのくも
かたへすすしき―― 0406
すそのにくたる―― 1515
よそになりゆく―― 0411
ゆふたちのそら 0405
ゆふたつくもに 0408
ゆふつくひ
――いはねのこけに 0508
――いりぬるみねの 1650
――いるともなしに 0199
――うつりさためぬ 1642
――うつるもよわき 1588
――かすむすゑのに 0025
――かたふくすゑに 0028
――くもひとむらに 1585
――こすゑによわく 0424
――さひしくうつる 0512
――やまのあなたに 1651
ゆふつくよ
――かけろふまとは 0348
――くもまのかけは 0320
――ややけしきたつ 0454
ゆふつゆに 0959
ゆふなきに 0292
ゆふなみこゆる 1709
ゆふなみちとり 0788
ゆふなみに 0433
ゆふひうすき 0714
ゆふひうつる
――そとものもりの 0689
――やなきのすゑの 0542
ゆふひうつろふ 1595
ゆふひかけ
――さひしくみゆる 0533
――たのもはるかに 1645
――のこるもさひし 0791
ゆふひかけかな 1646
ゆふひかけろふ 0514
ゆふひさす
――おちはかうへに 0730
――とほやまもとの 0489
――とやまのこすゑ 0569
――みねはみとりを 1649
――やまたのはらを 0354
ゆふひさすなり 0735
ゆふひすすしき 1523
ゆふひにそむる 0684
ゆふひにて 0541

ゆふひになひく　0509
ゆふひにのこる　1551
ゆふひにみかく　1707
ゆふひのあとの　0539
ゆふひのあとは　1653
ゆふひのかけそ　0478
ゆふひのかけは　0505
ゆふひのこれる　0912
ゆふひのそらは　1428
ゆふひのみねを　0357
ゆふひのやなき　0511
ゆふひのやまに　0457
ゆふひはみねに　0486
ゆふひはりかな　0133
ゆふひをそむる　0103
ゆふへにむかふ　0538
ゆふへのいろの　1954
ゆふへのかせは　0484
ゆふへのくもそ　1656
ゆふへのくもに　1955
ゆふへのくもの　0651
ゆふへのそらの
――うすくもに　0544
――はるはると　1659
ゆふへのそらは　0894
ゆふへのそらよ　1388
ゆふへのそらを　1667
ゆふへのつゆの　1533
ゆふへのやまに　0586
ゆふへのゆきの　0849
ゆふへはあすの　0723
ゆふへより　0805
ゆふまくれ
――あきくるかたの　0452
――すかるなくのの　1538
――まよふやまちは　0918
ゆふやまの　0919
ゆふやまふかき　0044
ゆふやまや　1647
ゆふやみに　0575
ゆふやみのそら
すすしきかせの――　0391
はるるかひなき――　0369
ほたるにまかふ――　0375
ゆふやみは　0399
ゆふゐるみねの　1504
ゆめかとおもふ　1976
ゆめかとたにも　1975
ゆめかなほ　1022
ゆめそかし　1902
ゆめそはかなき　1097
ゆめそむかしの　1920
ゆめたえて　0780
ゆめたにみえて　1301
ゆめちならねは　1103
ゆめちはかよふ　1917
ゆめちはかりの　1187
ゆめちまてこそ　0997
ゆめちをは　1921
ゆめといひて　1903
ゆめとてや　1099
ゆめとのよりそ　2102
ゆめなから　2011
ゆめならて　1983
ゆめなれと　2097
ゆめなれとこそ　1019
ゆめなれな　1098
ゆめなれや　1491
ゆめにさへ　2015
ゆめにして　1114
ゆめにしも　1375
ゆめにそありける　1919
ゆめにたに
――いもかたもとを　1035
――みえはこそあらめ　1381
――みつとはいはし　1020
ゆめにても　1899
ゆめになりぬる　1910
ゆめにはあらし　1026
ゆめにみえつつ
やまのおくのみ――　2023
やれいねかねつ――　1230
ゆめにみゆな　1188
ゆめにもひとの　1354

ゆめのあふせも　1027
ゆめのうちにて
——さもほともなき　1985
——みるゆめは　1901
ゆめのかよひち　1743
ゆめのたたちの　1104
ゆめのたたちは　2009
ゆめのちきりは　1120
ゆめのなこりの　1130
ゆめのなこりは　1132
ゆめのなこりを　1185
ゆめはかりたに　1096
ゆめはさめても　1100
ゆめはさめぬる　1630
ゆめはみとせの　2010
ゆめはみやこに　0956
ゆめはわかみる　1184
ゆめもはかなし　1918
ゆめよみきとも　1095
ゆめよりほかは　1922
ゆめをたに　0394
ゆめをゆめとも
——おもひあはせむ　1909
——しらぬこころに　2068
ゆるさりけれ　0997
ゆるしたちぬる　1162
ゆるしつる　1011

【よ】

よかはこくなり　0371
よかはのすきの　2086
よからすは　1629
よかれそむる　1082
よかれとて　1160
よかれになれぬ　1084
よきてきこえす　1414
よきてゆかなむ　2053
よこきりて　0546
よこきるかりの　0530
よこきるはなを　0234
よこくもかすむ　0333
よこくもに　1432
よこそやすけれ　1812
よころへて　0626
よさのうみ　1430
よさむなる　0565
よさむにて　0525
よさむのころの　0719
よしいくほとの　1895
よしいまは　1137
よしさらは
——ことしはとしの　0895
——たたくちはてね　0968
——またしとおもふ　1045
——みなあはれにや　1164
よしたすへて　1163
よしなかりける　1177
よしのかは
——いはせのなみに　0256
——いはなみはらふ　0100
——さくらなかれし　0274
よしのさくら　0152
よしののはなに　2079
よしののやまに　2073
よしののやまの　0032
よしのやま
——たれしらくもの　0154
——はなのためにも　1455
よしやいつまて　1260
よしやかならす　1905
よしやたた　1862
よしやよしのの　1472
よしやよのなか　1938
よせくるなみに
——いさりする　1713
——ころもてぬれぬ　1715
よそなから　0971
よそなからこそ　0183
よそならめ　1465
よそなりし　1394
よそなるたにに　0836
よそにあけゆく　0373
よそにては　0970

よそにても　1859
よそにてもみる　1402
よそになくねは　1504
よそになりゆく　0411
よそにのみ
——おもふくもゐの　1464
——みてやかへらむ　0277
よそにはみえす　0733
よそにみるとて　0163
よそにもあるか　1077
よそのあはれと　1987
よそのあはれを　1962
よそのあふせに　0461
よそのおもかけ　1467
よそのさとひと　0672
よそのとしつき　1408
よそひとも　0465
よそめかすめる　0876
よそもしくるる　2036
よとせのふゆの　1984
よとせふりにし　0865
よとのかはふね
こするゐをわくる——　0363
なかくもかなや——　2055
なきにもよらぬ——　1820
よとのかりこも　1512
よとのつきはし　1709
よとみしも　2112
よなよなかはる　0958
よなよなよ　1062
よなりけり　2085
よなりせは　1857
よにいつはりの　1136
よにかとおもへは　1112
よにこそありけれ　1996
よにしあらめ　2008
よにしたえすは　2133
よにたかきなは　2151
よにつかへはや　1822
よにふるみちも　0828
よにみちにけり　0005
よにわすられぬ　1942
よのうさに　1879
よのうさは　1472
よのけしきかな　0004
よのことわりそ　1995
よのためのみそ　1807
よのなかに
——あれはそひとを　1402
——さりともとのみ　1940
——ひとのあらそひ　2105
——またをしまるる　1581
——ものおもふひとの　2103
よのなかの
——うきたひことに　1895
——うきはうれしき　1830
——ひとのうれへを　1799
——ひとのこころの　0242
よのなかは
——あすかかはにも　1232
——むなしきものと　1677
よのなかを
——こころほそくも　1615
——のかれてつきは　0615
——のかれはてぬは　1883
——ひとのうへまて　1885
よのならひこそ　1958
よのまのきりの　0654
よはあらぬよの　1400
よはしつかなる　1671
よはなれは　1531
よはにやきつる　0057
よはのあきかせ　0636
よはのあらしに　0086
よはのかりかね　0546
よはのしらゆき　0839
よはのたひひと　0930
よはのつき　1370
よはのとかにて
——それとなく　0130
——ふるあめに　0010
よはのともしひ
かへにそむける——　2067
のこるともなき——　1633

よはのなこりを 1099
よはのねさめに 1799
よはののこりは 1117
よはのひとりね 1194
よはひとはせむ 0010
よはひもさこそ 2208
よはふこゑのみ 2207
よはやすけなし 1253
よひすくるかけ 1058
よひのいなつま
しはしほのめく―― 0574
たまゆらやとる―― 0567
つゆをあらはす―― 0577
ときときてらす―― 0575
はるかにみする―― 0568
よひのまに 0387
よひのまは
――たれもひとめを 1049
――まれにききつる 0558
よふかきかせの 1211
よふかきつきに 0600
よふかきつきの 0332
よふかきに 0122
よふかきふゆを 0879
よふかきまとに 0805
よふかきみちに 1127
よふかきみつの 0435
よふかくいつる 0599
よふかくこゆる 0909
よふかくて 1119
よふけてしろき 0392
よふことり
――いくこゑなかは 0128
――ふかきやまへに 1445
――みふねのやまを 0127
よふねこくなり 0931
よもきかにはの 1880
よもきふの 0501
よもきふのには
とふひとなしの―― 1973
ふけてそしけき―― 0558
よもすから
――こころのゆくへ 2075
――つまとふしかを 0523
――とまもるつきを 0922
――ひかりはしもを 0700
――ふるほとよりも 0838
よものおもひは 1692
よものこすゑは 0675
よものこすゑも 0550
よものもみちは
ちりかひくもる―― 0754
――ふりはてて 0803
よよしとひとに 1057
よよにかへるよ 1329
よよのあとかも 1853
よよのことのは 2138
よよのちきり 1190
よよのむくひと 1189
よよへてすみし 1801
よよへても 1421
よよをへて
――あふくひよしの 2147
――いまそかしこき 1817
――くむともつきし 2118
よるしもまさる 0559
よるてふときそ 1671
よるにそありける 0465
よるのあめに 1693
よるのころもを 1918
よるはなは 0255
よるはなや 0256
よるひとも 0108
よるひるいはす 1339
よろつよちきる 2191
よろつよと 2207
よろつよに 2173
よろつよの 0209
よろつよのあき 2210
よろつよのはる 2161
よろつよを 0695
よわきあはれも 1166
よわきみつに 1727
よわるらむ 0094

よわるをしたふ　0715
よわれはや　1157
よをいのる　2144
よをうしと　1886
よをうみの　1887
よをこめて　0924
よをさへかけて　1362
よをさへわくる　1121
よをさむみ　0671
よをしらて　1911
よをすくすみを　1874
よをてらす
——ひかりをいかて　2083
——ひたかのそまの　2196
よをなけくらむ　1869
よをはへたてて　1750
よをやすてけむ　1906

【わ】

わかあしはらの　2155
わかあとうつめ　1873
わかあらましに　1047
わかあらましを　1828
わかうきふしに　1396
わかうくる　2072
わかおいらくの　1925
わかおもはなくに　1207
わかおもひかな
こころにこむる——　0976
またはれやらぬ——　0933
わかおもひねに　0995
わかおもひをは　1014
わかおもふにも　1892
わかおもふひと　1077
わかかたにひく　2093
わかかたの　1079
わかかねことを　1136
わかかへるとき　0221
わかきかさりし　1145
わかきみの　2163
わかきみのため　1824
わかきみを　2127
わかここのへの　0699
わかこころ
——いとなまぬよは　1811
——うらみにむきて　1307
——くもらねはこそ　2137
——すめるはかりに　0611
——たれにかいはむ　1888
——はるにむかへる　0007
——またかはらすよ　0475
——ゆきけのそらに　0864
わかこころいたし　0552
わかこころさへ　1878
わかこころにも　1018
わかことつてよ　1227
わかこひころも　1065
わかこひは　0963
わかこひをれは　1300
わかしたへはそ　1144
わかしのひねそ　0985
わかしめし　0012
わかそてに　0982
わかそての
——つゆもなみたも　0613
——ぬれたるうへに　1682
わかそのの　0056
わかそのを　0053
わかたつそまの　1703
わかたひねをも　0957
わかためと　0326
わかために
——うすかりしかと　2019
——きよとおもひし　2018
——ふかきかたには　1111
わかための　0315
わかなかめ　0089
わかなくさめも
——ことつきて　1366
——よそのとしつき　1408
わかなくに　0093
わかなつみてむ　0016
わかなつみてめ　0013
わかなつむ　0019

わかなつむらし 0018
わかなるらむ 0015
わかなみた 1197
わかなをつむ 0017
わかねさめとふ 1913
わかのうらなみ
おもひもよらぬ―― 1846
かけさらめやは―― 1834
なきさによする―― 1835
ひかりをそふる―― 2193
わかのうらに
――こころをよせて 1836
――たちのほるなる 1845
――みそうきなみの 1844
わかのうらの
――そのひとなみの 1833
――なみのかすには 1837
わかのうらわの 1612
わかのまつはら 0022
わかのれる 0945
わかはのしはふ 0131
わかふるさとに 1485
わかまたしらぬ 1968
わかみいつくに 1253
わかみこそ 1815
わかみともかな 1243
わかみならねは 0949
わかみならまし
おもひいてもなき―― 0614
ものをおもはぬ―― 1857
わかみなりせは 1942
わかみにうくる 1819
わかみのうちを 2094
わかみのほとの 1934
わかみひとつに 1876
わかみひとつの
――とたえなりけり 1851
――ふちとおもふに 1916
わかみふりぬる 1486
わかみもひとも 1352
わかみよに 0237
わかみをかへは 2060
わかみをささへ 2098
わかみをとへは 1802
わかやとの
――あきはきのさく 1285
――いけのふちなみ 0307
――さくらのはなは 0150
――さくらはけふの 0220
――はなたちはなや 0370
――まかきにほふ 0701
――ものなりなから 0753
――やへやまふきは 0278
わかやとのたけ 0856
わかやとは 1751
わかやとを 1415
わかやまさとの 0692
わかやまの 1886
わかゆきとまる 0919
わかよのつきの 1579
わかよののちの 1364
わかよのはなも 0216
わかよふけぬる 1673
わかよふけゆく 1559
わかるとなれは 2001
わかるともなき 1623
わかるらむ 0136
わかるるに 0304
わかるるはるも 0293
わかれこし 2009
わかれこそ 2020
わかれしひとの
――なこりより 1959
――ゆくへたつねよ 2002
わかれちを 1115
わかれてきつれ 1135
わかれても 2154
わかれならねは 2049
わかれなりけり
またもかへらぬ―― 2000
やるかたなきは―― 0902
わかれにし 2037
わかれにて 1968
わかれのとくち 1122

わかをれは 1298
わきていろこき 1649
わきてなかめむ 1955
わきてなと 0559
わきてなほ
――こほりやすらむ 0795
――やまとみつとの 1534
わきもこか 1036
わきもこに
――あふよしもなみ 1231
――こひはまされと 1229
わくるこころは 2024
わけいるたには 0912
わけいるほかの 1781
わけきつる
――つゆのたもとは 0942
――やまたやまは 0913
わけゆけは 0929
わしのたかねに 2081
わしのやま 2082
わしのやまには 2054
わすらるる
――そてにはくもれ 1370
――みをあるものと 1386
――わかみもひとの 1352
わすられて
――とほきむかしの 1932
――ふままくをしき 0244
わすられなくに 1229
わすられぬ
――こそのふるこゑ 0328
――なみたはおなし 1989
――みやまのさとの 1008
――むかしかたりも 1950
わすられむ 0996
わするはかりに 1785
わするへき 1380
わするやと 0992
わするるものそ 1229
わするれと 0252
わするれは 1030
わすれかたきも 1928
わすれかたみと 1096
わすれさりけり 2143
わすれさりける 1931
わすれさるらむ 1359
わすれしことの 1281
わすれしな 1422
わすれしの 1409
わすれしもせし 1465
わすれしもせす 1927
わすれすなから 1258
わすれすは 1057
わすれすよ 0885
わすれてそまつ 1049
わすれてみはや 1144
わすれても 1788
わすれてや 1066
わすれなは 1274
わすれぬと 1380
わすれぬものは 1831
わすれぬものを 0305
わすれぬを 1834
わすれみつ
――なにゆゑさても 1341
――われのみあかぬ 1342
わすれむと 1302
わすれむとすれは 1305
わすれめや 1467
わすれやしぬる 1225
わすれゆく 1343
わたくしにては 2135
わたさむとおもふ 2055
わたつうみを 2094
わたのはら 1711
わたらてとしや 1729
わたらぬとしは 1280
わたりかねける 1916
わたりかはにも 1999
わたりとは 1460
わたるうきくも 0357
わたるからすの 1634
わたるかりかね
こゑもさやかに―― 0548

とほちのそらを――　0540
やまもとみえて――　1547
わたるしらさき　1739
わたるせの　1203
わたるなり　0505
わひしきことは　0394
わひつつは
――おなしよにたにと　1406
――たのめたにせよ　0993
――ひとにまかせて　1321
わひぬるはては　1272
わひぬれは　1176
わひはつる　1374
わひひとの　1575
わらやはけしき　0703
われいねかねつ　1230
われかくて　2106
われからそとは　1379
われこそつねに　1825
われこそひとを　1314
われさへあやな　0523
われさへしひて　1274
われさへすつる　1348
われさへに　1353
われさへはては　1068
われしもとまる　0338
われそうき　2049
われそかなしき　1041
われそつかふる　2144
われそわひしき　1279
われたにしらぬ
――このころの　0965
――なみたかな　1194
われたにも　1757
われておもふと　0981
われとこそ　1297
われとそめなす　1236
われとひと　1180
われなから
――われからそとは　1379
――われにかなはぬ　1305
われならなくに　1001
われならぬ
――ひとにくますな　1787
――ひとにこよひの　1287
――ひともやしのふ　1127
われにうこかぬ　0967
われにかせ　0953
われにかなはぬ　1305
われにてしらぬ　1140
われのみあかぬ　1342
われのみきくか　0518
われのみさめぬ　1266
われのみと　0909
われのみなかき　1392
われのみなのる　0342
われのみは　1276
われのみみをは　1365
われのみよはき　1275
われはおもひ　1025
われはかはらぬ　1273
われはかりかと　1139
われはこひしき　1225
われはとなから　1572
われはなし　1339
われまちかねて　1041
われまちかほに　0920
われもいそきし　1388
われもいつまて　0715
われもいとへは　1367
われもいひき　1173
われもおひその　0726
われもこころを　1162
われもすむへき　1948
われもたのます　1150
われもつねより　1233
われもはつかし　0880
われもひとも　1062
われやはをしむ　1350
われよりさきに　0048
われをありきと　1466
われをたのまぬ　2103
われをもすつな　0070

【ゐ】
ゐせきにとまる　0725
ゐてにやはるも　0272
ゐてのたまかは　1494
ゐてのたまみつ　0273
ゐてのやまふき
　かはせのさける――　0275
　みてやかへらむ――　0277
ゐなののきりの　0656

【ゑ】
ゑひのまくらの　2066

【を】
をかのかやねを　0956
をかのへの
　――まつのはしろき　0814
　――をささかくれに　1444
をかのへのさと
　ふゆのひなかし――　0835
　ゆふしもさむし――　0765
をかのへのまつ　0514
をかのへや
　――さむきあさひの　0843
　――なひかぬまつは　1731
をかのまつはら
　いりひのこれる――　0356
　しくれにかすむ――　1588
をかのやなきの　0095
をかのやなきは
　――あきかせそふく　0508
　――えたさひて　0808
をかのをはなに　0486
をかへなる　0675
をかへのすきに　0629
をかへもいまは　0768
をきのうへこす　0495
をきのはすくる　0599
をきのはむけの　0449
をくらやま
　――のきはのまつそ　1744
　――ふもとのてらの　0536
をくるまの
　――うきよにめくる　2060
　――すたれうこかす　0434
をささかくれに　1444
をささにすくる　1684
をさまらぬ　1807
をさまりぬ　2114
をさまれる　1806
をさめおきてし　2102
をしかのこゑは　0517
をしかまつ　0373
をしからぬかな　2042
をしからめ　1055
をしきかな　1480
をしきとしかな　1619
をしくそありける　0300
をしくもあるかな
　すきしつきひの――　0896
　はるのけしきは――　1431
　われのみきくか――　0518
をしけくもなし　1382
をしそなくなる　0799
をしとおもふ　0299
をしへおけ　1304
をしへしみちの　1539
をしほやま　2132
をしまさらめや　0215
をしまのまつの　1724
をしみこし　0893
をしみとめたる　0721
をしむこころは　1469
をしむこころや　0222
をしむこころを　1461
をしむとて
　――いのちひとつを　1277
　――すてかたきよを　1947
をしむはかりや　0242
をしむへきよを　1946
をしむまに　1122
をしめとも　0243
をたのさなへの　0358

をたのなはしろ
はなになかるる―― 0264
まかせてけりな―― 0269
――みつすみて 0267
をちかたかすむ 0246
をちかたの
――さとはあさひに 1641
――やまはゆふひの 1766
をちかたのそら 1660
をちかたのはる 0087
をちかへり 0321
をちこちかすむ 0096
をちこちに 0422
をちこちの 1582
をちのかすみの
――いろそくれゆく 0102
――おくふかきいろ 0195
をちのたひひと
ころもやうすき―― 0641
みやこへかよふ―― 0934
をちのとやまの 0537
をちのひかけは 0406
をちのやなきの 0093
をちのやまのは 1626
をちのやまもと 0619
をちのゆふくれ 0145
をちのゆふひは 0662
をとめかそての 0884
をとめこか 0882
をののあさちに 0572
をののえを 2160
をののやまさと 0877
をののやまもと 0876
をのへのかせに 0226
をのへもみえぬ 0665
をのへをつきは 0919
をのやまは 0875
をはうちふれて 0046
をはなかすゑに
――あきそうかへる 0491
――かけろひて 0634
をはなかすゑの 1585
をはなかすゑも 0487
をはなそしろき 0483
をはなのこれる 0755
をひえのすきの 2107
をみころも 0885
をみなへし
――つかふるみちに 0473
――にほふやとをは 2053
をやまたの
――いほもるとこも 0525
――つゆのおくての 0570
をやまたや 0355
をやまぬほとの 1688
をやみたにせよ 1881
をらすとて 0218
をりかさしつつ 0079
をりけるひとの 0074
をりしりかほの 1442
をりしるひとの 0691
をりつるに 0073
をりてかささむ
こころのままに―― 0699
――こころゆくまで 0184
――そてはぬるとも 0217
としのをなかく―― 2176
をりてかへらむ 0260
をりてたに 0277
をりにあひて 2177
をりはへて 0322
をりまとはまし 0082
をりをりさむく 0848
をりをりそしる 1441
をりをりに
――ききみることの 1029
――しくれおとして 0741
――むかしをしのふ 1930
をりをりの 1878
をりをりませし 1317
をりをりや 1354
をるへきはるや 2174
をるほとは 2092
ををよはみ 1337

「校本　風雅和歌集」各句索引

詞書・左注　所収歌

【あ】
あきのあはれは　2033詞
あはれむかしと　1916詞
ありしにもにぬ　1924詞
ありなから　2088詞
【い】
いつかおもひの　1983詞
【う】
うきみははるの　1465詞
うみにおふなる　2042左
【お】
おきてもまよふ　1983詞
おきなから　1055詞
おのつから　2009詞
おもかけにたつ　2009詞
おもひしほとは　1998詞
おもふより　1916詞
おりゐるたつは　1848詞
【か】
かきやらす　1842詞
かなしかりけり　1998詞
かへるにつけて　1924詞
かよふらむ　2009詞
【き】
きえぬとしめす　2088詞
きみにちきりを　1842詞
【け】
けふはゆくらむ　0299詞
けふもわかれは　1998詞
【こ】
このみるめをは　2042左
こひしかるへき　1848詞
【さ】
さかののつゆも　2033詞
さくらはな　1465詞
さそはれて　0299詞
さはみつに　1848詞
さめむとすらむ　1983詞
【た】
たなひきて　2109左
たまへとそおもふ　2042左
【つ】
つきのさはりと　2109左
つきみぬきみか　1055詞
【て】
てもたゆく　0074詞
【と】
としふとも　1848詞
ともにみむとて　0074詞
とりのこの　1924詞
【な】
なけれとも　1998詞
なこそをしけれ　1055詞
なみたのふちを　1916詞
なるそかなしき　2109左
なれしくもゐそ　1848詞
なれしくもゐの　1465詞
【ね】
ねをやなくらむ　1924詞

【は】
はなはみな 0299詞
はなをたむけよ 2088詞
はるのゆめ 1993詞
はれやらぬ 2109左
【ひ】
ひとりやはるの 0299詞
【ふ】
ふかかれとても 1842詞
ふかくさや 2033詞
ふしてこひ 1983詞
ふたとせの 2033詞
ふたらくの 2042詞
ふるすには 1924詞
【ほ】
ほとけには 2088詞
【ま】
またきえぬなり 2033詞
またれぬみをは 1055詞
まほろしにもや 2009詞
【み】
みなせかは 1916詞
みにかへて 1998詞
みのうきくもの左
【む】
むすふはかりそ 1842詞
むめのはな 0074詞
【も】
ものおもひしれ 0074詞
ものなれは 2042左
【や】
やまみつの 1842詞
【ゆ】
ゆきにもまかふ 2088詞
【よ】
よしさても 1055詞
よそになるとも 1465詞
よものあらしに 0299詞
【わ】
わかすむやまの 2009詞
わするなよ 1465詞
わたりかねつつ 1916詞
【を】
をりてそきつる 0074詞

著者略歴

石澤一志（いしざわ・かずし）

昭和43年（1968）、横浜生。

明治大学文学部卒業、鶴見大学大学院博士後期課程単位取得退学。博士（文学）。目白大学社会学部専任講師を経て、現在国文学研究資料館特任助教。

専門は中世文学（和歌）・文献学。

著書に、『伏見院御集〔広沢切〕伝本断簡集成』（共著、笠間書院、2011）、『京極為兼』（笠間書院、2012）、『為家卿集／瓊玉和歌集／伏見院御集』（和歌文学大系64、明治書院、2014、伏見院御集校注担当）などがある。

風《ふう》雅《が》和《わ》歌《か》集《しゅう》　校《こう》本《ほん》と研《けん》究《きゅう》

（平成二十六年度日本学術振興会科学研究費補助金「研究成果公開促進費」助成出版）

著者　石澤一志

発行者　池嶋洋次

発行所　勉誠出版㈱

〒101-0051 東京都千代田区神田神保町三-一〇-二

電話　〇三-五二一五-九〇二一㈹

二〇一五年二月二十七日　初版発行

印刷　太平印刷社

製本　大口製本印刷

ISBN978-4-585-29094-0　C3095